国家社科基金重大招标项目

"十四五"国家重点出版物
出版规划项目

湖北省公益学术著作
Hubei Special Funds 出版专项资金
for Academic and Public-interest
Publications

民国时期中国文学史著作整理丛刊

丛书主编　陈文新　余来明

新著中国文学史

上

林之棠　著

王同舟　张坤　整理

长江出版传媒 ｜ 崇文书局

图书在版编目（ＣＩＰ）数据

新著中国文学史 / 林之棠著；王同舟，张坤整理
. -- 武汉：崇文书局，2024.1
（民国时期中国文学史著作整理丛刊 / 陈文新，余
来明主编）
ISBN 978-7-5403-6597-4

Ⅰ. ①新… Ⅱ. ①林… ②王… ③张… Ⅲ. ①中国文
学—文学史 Ⅳ. ① I209

中国国家版本馆 CIP 数据核字 (2023) 第 198171 号

出 品 人　韩　敏
项目统筹　程可嘉
责任编辑　程可嘉
责任校对　董　颖
装帧设计　甘淑媛
责任印制　李佳超

新著中国文学史
XINZHU ZHONGGUO WENXUESHI

出版发行　长江出版传媒｜崇文书局
地　　址　武汉市雄楚大街 268 号 C 座 11 层
电　　话　(027)87677133　邮政编码　430070
印　　刷　湖北新华印务有限公司
开　　本　880 mm×1230 mm　　1/32
印　　张　22
字　　数　507 千
版　　次　2024 年 1 月第 1 版
印　　次　2024 年 1 月第 1 次印刷
定　　价　92.00 元（全两册）

（如发现印装质量问题，影响阅读，由本社负责调换）

整理说明

　　林之棠的《新著中国文学史》原由北平华盛书局于 1934 年出版，收入本套丛书，意在揭示二十世纪前半叶中国文学研究界文学史写作的多样性，也将为我们全面认识彼时学者精神状态、学术追求以及学术资源、学术体制等问题提供一个独特而生动的案例。兹将这部文学史的作者、原书情况及本次的整理情况加以说明。

一、关于林之棠

　　林之棠（1896—1964），字召伯，又字乐民，福建福安人。1920 年考入北京大学中文预科，两年后升入本科，同级生有游国恩、陆侃如。1926 年毕业，获文学学士学位。1928 年，考入北京大学文学研究所国学门作研究生，1931 年毕业。1930 年起，在包括北平大学在内的北京多所学校任教。1937 年，抗日战争全面爆发，林之棠南下进入华中大学（今华中师范大学前身），任教二十一年。其间于 1946 年被当时的教育部定为"部聘教授"。1958 年响应号召，支援东北地区办学，任教于吉林师专、长春师专。1962年秋，结束支援任务，调回武汉，至1964年3月去世，任教于中央民族学院武汉分院（今中南民族大学前身）。

林之棠出版著作多种，主要有《诗经音释》（商务印书馆）、《新著中国文学史》（北平华盛书局）、《国学概论》（北平华盛书局）、《中国思想学术史》（北平华盛书局）等，另有《学术文》，系编选中国历史上的哲学论文而成。这些著作多集中出版于1930年至1934年间，此后则未见其出版著作。据何士龙、承炎撰《林之棠传略》，林之棠尚有《二千年来诗经异说总闻》《诗经虚字释例》《词选释》等未刊著作百万余言。《林之棠传略》（载《中国现代社会科学家传略》第六辑，山西人民出版社，1985年版）对其生平及学术成就有较为详细的介绍。

二、《新著中国文学史》情况

林之棠这部《新著中国文学史》1934年9月由北平华盛书局刊行。原书封面，书名以艺术字分两行横排题写，"新著"以小字处理，"中国文学史"以大字处理。版权页书名竖排，"新著"二字居上以小字双列排印，其下"中国文学史"以大字单行排印。书脊则径题"中国文学史"。据此，此书可称为"中国文学史"，称为"新著中国文学史"则更符合著作彰显不同于众的意图。全书共十一编，首编为《文学概论》，第二编至第十一编，依时代顺序，分别论述先秦至清代文学。各章连续编号，末章为第五十二章，但书中第十四、十五、二十四章均重出，实际为五十五章。原书分三卷（三册），卷上为第一至第四编，叙至建安三国文学；卷中为第五至第七编，叙魏晋南北朝、唐代、五代文学；卷下为第八至第十一编，叙宋、元、明、清四代文学。卷下（第三册）末页为758页，但卷中第426页后出现跳码，接下来为477页，故原书实际共708页。下册末附《中国文学史刊误表》28页。不计刊误表，全书约27万字。

据书前《叙例》所说，林之棠1925年即草创此书大纲，1933年开始"总纂"，"自草大纲迄成书，前后隔离十年之久"。但从成书的情况来看，其写作准备并不充分。后半段特别是明、清两代文学史的写作，以及关于戏曲、小说等文体的写作，均有仓促上阵之嫌。这反映的是当时学界较为普遍的情况。属于林之棠个人的原因则是，他在"总纂"这部《新著中国文学史》的同时，还进行着《诗经音释》《国学概论》《中国思想学术史》《学术文》的编著刊印，这就引起了校勘粗疏等方面的问题。《新著中国文学史》如此，同期出版的《中国思想学术史》等也如此。

排除校勘方面的缺陷，林之棠这部《新著中国文学史》的学术质量，在整理者所接触的二十世纪前半叶近二十部文学史著作中，仍在可取之列。它在内容上突出各代文学主要文体与成就，并勉力将小说、戏曲等为传统文学观念拒斥的文体纳入叙述，试图比较完整地呈现中国文学发展的进程，这些都是值得肯定的。而且，林之棠在分析文学演进时所采取的一些方法，如通过句式的变化观察和解释汉赋的演化，颇具新意，迄今仍有启发意义。当然，这部文学史最具学术意义的地方仍在于它从一个独特角度反映了二十世纪早期古代文学研究、中国文学史写作的场景。林之棠或许没有接触过陈寅恪关于学术研究的"预流"之说，但他的聪明才智使其能够比较准确地把握住当时流行的学术话语、写作方式及名家风向，兼收并蓄，纳入这部《新著中国文学史》之中。因此，这部文学史相当程度地汇集了当时学界的流行元素，也使其"研究"气息比许多同类著作更为浓厚。

三、整理情况说明

此次整理的基本原则是力求保存原书面貌，同时兼顾正确性。考虑到原书校勘方面问题较多，为便于读者阅读，整理者在正文中采用校勘过的文字，而将原书讹脱衍倒等情况以页下注方式加以显现。以下说明各种问题的具体处理方式。

（一）关于原书章节目录的处理

原书分三卷（三册），各卷前列该卷目录。此次整理后，合并为一卷（一册），原书各卷前目录亦合并至书前。原书各卷之前目录与书中正文标题均存在编号与内容方面的舛误，还存在目录与正文标题之间不一致的情况。整理时，卷前目录或书中标题有一处是正确的，即据正确者校改舛误者。如第十二章《汉代赋家》第十四节，卷前目录为"王粲及其他"，书中标题为"王粲"，此节确论及王粲以外其他赋家，故依目录。

目录及标题基本分为"编""章""节"三级。各"编"序号无误，各"章"中，第十四、十五、二十四共三章，编号均有重复。各"节"中，第五十章第六"节"编号重复。此数处，目录及正文标题均误，整理时保持原书面貌，不予更正。

删去原书目录中列举的作家名氏 6 处。《新著中国文学史》兼有"作品选"功能，部分章节以列举作品为主，在书中并未以作家名氏为标题，而在书前目录中则列出作家名氏，既失照应，亦嫌累赘，故予删除。目录所删 6 处为：第十九章在"建安三国之诗歌"章标题后，同行列举之魏武帝等 5 人名氏；第二十章在"建安三国之散文"标题后，同行列举之孔融等 3 人名氏；第二十四章在"两晋南北朝之乐府"标题后，另起行列举之石崇等 23 人名氏；第三十一章"五代词家"第二节"李后主"后，另起行列举之李存勖等 12 人名氏；第三十三章"宋代词家"第十节"姜夔"后，另起行列举之宋词作家 57 人名氏；第四十一章"元曲之作家"第四节"马致远"后，另起行列举之高文秀等 42 人名氏。

（二）关于原书标点符号、段落的处理

林之棠原书标点的舛错与混乱状况令人瞠目。林之棠运用了新式标点，但似乎还遗留着以旧式"圈点"代替标点的习惯，一些段落里，连续使用逗号，这在各编首章文学发展背景分析中表现尤为明显，通常数百字一逗到底。一些段落中，特别是诗歌段落中，则连续使用句号。而且林之棠使用标点极为随意，如第六章第六节列举《王风·黍离》，第一、二章如此标点：

知我者谓我心忧，不知我者谓我何求。悠悠苍天！此何人哉？

知我者谓我心忧；不知我者，谓我何求，悠悠苍天，此何

人哉？

如此随意标点，令读者感到烦乱。比这些更严重的是，必不可断而断、必不可不断而不断的"硬错误"在原书中也比比皆是。原书引用古籍时这类错误极多，林之棠自己的文字也有大量的标点硬伤。

为节省读者目力，整理时对原书标点符号作了调整。特别是对必不可断而断、必不可不断而不断的情况，均予校改。因原书此类问题过多，整理时通常不另作说明，以省篇幅。

原书在分段上也颇为随意，无论林之棠本人所撰，还是书中引用、列举作品，均存在这种情况——如林之棠从史籍中抄录作家传记，对史传所录作家的作品往往不分段落，一段到底。整理过程中，对林之棠本人所撰文字的段落划分一般不加改动。而对原书所引古代作品段落划分则依据通行方式加以调整，不再另行说明。

（三）关于原书文字的校勘

本书正文中呈现的是经整理者校改后的文字，对原书校改之处，通常以注释方式加以说明。校改的范围包括林之棠自己的论述文字，也包括林之棠引用（明引、暗引）的文字、录入书中的文学作品及作品后的注释文字。林之棠自己的论述文字，主要采取理校方法。所引用文字，即根据所引原书进行校勘。录入书中的文学作品，文字若与传世通行版本有异，而确有版本依据，则不校改；若无版本依据，则予校改。

原书中的异体字径改为通用字。林之棠自己行文中所用通假字，如"假借"作"叚借"、"悯"作"闵"之类，改为本字，一般不作说明。

（四）关于原书所列文学作品及注释格式的更改

原书中，所列文学作品及作品后的注释，字体、字号均与其他正文相同。本书整理时，将所列文学作品及文后注释改为楷体，使之区别于其他文字，较为醒目。

原书作品之后的注释，各条之间不分行，连续排列。对于词条的标示，林之棠通常采用三种形式。第一种，以括号标出被释文字，居首，作为注释词条。如：（凭）依倚也。第二种，以括号标出被释文字，而并不居首。如：草冬生不死者，楚人名之曰（宿莽）。第三种，并不标示出被释字词，仅列出注释。这种情况在卷上、卷中对汉魏六朝赋、诗的注释中经常出现。林之棠往往从《楚辞章句集注》《昭明文选》等书中录出作品正文居前，将作品正文中所插入注释文字合并入正文后的注释部分，而未一一增添注释的词条，致使读者不知部分释文所释的对象。本书整理者一概使用方头括号标示注释词条，以便醒目；对第二、第三种情况，在注释内容之前另加词条，以使各条注释起止更清晰，并在词条后右上角加星号以示词条标识为整理者所加。如以上所举第二种情况即改为：

【宿莽】* 草冬生不死者，楚人名之曰宿莽。

以第二十三章第十三节《陶渊明》所列陶渊明《咏贫士诗》为例说明对第三种情况的更改。陶诗为："万族各有托，孤云独无依。暧暧虚中灭，何时见馀晖。朝霞开宿雾，众鸟相与飞。迟迟出林翮，未夕复来归。量力守故辙，岂不寒与饥？知音苟不存，已矣何所悲。"原书注释为：

《文选》注：孤云，喻贫士也。王逸《楚辞》注曰：暧暧，昏昧貌。喻众人也。亦喻贫士。《左氏传》：晋荀吴曰：量力而行。又向戌曰：饥寒之不恤，谁能恤楚也。古诗曰：不惜歌者苦，但伤知音稀。《楚辞》曰：已矣，国无人兮莫我知。

更改后的注释为：

【孤云】＊《文选》注：孤云，喻贫士也。【暧暧】＊王逸《楚辞》注曰：暧暧，昏昧貌。【"朝霞"二句】＊喻众人也。【"迟迟"二句】＊亦喻贫士。【"量力"二句】＊《左氏传》：晋荀吴曰：量力而行。又向戌曰：饥寒之不恤，谁能恤楚也。【知音】＊古诗曰：不惜歌者苦，但伤知音稀。【"知音"二句】＊《楚辞》曰：已矣，国无人兮莫我知。

之所以做出这些改动，是因为原书的注释极易引起烦乱之感。读者排除整理者所添加的双鱼尾号的词条标识，大体可以恢复原书注释情况。

（五）关于原书刊误表在整理中的运用

原书卷下（第三册）之末，附有林之棠本人所作《中国文学史刊误表》。此次整理予以删除。刊误表前识语称："此书经棠校阅后，手民未及照改，即行付印，致错误甚多，兹特作刊误表如下。其尚有亥豕鱼鲁之处，当于再版时订正。"刊误表共 28 页，各页刊误条数不等，平均约为 32 条，整个刊误表订正之处约为 900 条。所有刊误条目中，半数以上是对标点符号（包括专名线、书名线）及格式的修订，对文字讹脱衍倒进行刊误者不及半数，另有少数条目系对原文语意不妥之处进行修订。对原书标点符号进行校改，大可不必，因原书此类舛误至少以万计，需要数百页来刊误，区区数十页刊误表无法胜任。而且刊误表也系仓促而成，其中多有原书虽误而校改成另一种错误的，也有原书不误而改成错误的。如十八章第一节王粲《登楼赋》后的注释，原书本作"当阳县城楼"，而刊误表谓当改为"富阳县城楼"。林之棠将《新著中国文学史》的讹错丛生归咎于"手民"，但刊误表的情况证明林之棠自己甚至在刊误时也潦草敷衍。故原书刊误表对本次整理作用极为有限，整理时也不完全遵循刊误表的校改意见。刊误表涉及对原书语意进行修订的，本次整理悉予吸收，并出注说明。如第四十六章《明代之传奇》中说"阮大铖之《燕子笺》……集剧场之大成，亦佳"，刊误表将"亦佳"改为"尤为难得"，整理时即以"尤为难得"作正文，而以注释说明原书此处本作"亦佳"。

目　录

1

叙 例

一，文学史之职分，系集各时代之作家作品评之以价，作有统绪之纪述。中国文学已有三千年之历史，欲一一加以精审之批评，无论何人皆绝对不可能。故本编于前代文学已有定评者，即根据成说，注明出处（如魏文、陈思之论建安三国，彦和、仲伟之论魏晋齐梁），而后附以己见，虽一人独作之书，亦兼收分工并进之效。

一，中国之有文学史，始于林传甲，迄今二十年来，作者虽多，亦皆各存一说。其普遍现象，则惟①列作品，绝少加释，或记作品名目而不详及其内容，致令读者每感隔雾看山之苦。本编注意及此，故举例特富，其难读者，并集注附之。昔司马子长叙《屈原贾生列传》，皆附屈、贾原著。班固《艺文志》、陈氏辅臣之赞，皆有小注。兹因其义，著为斯编。菅蒯之作，抑何敢滥附史乘，镂之，聊备学者之参考云耳。

一，说理文重在造意，言情文妙在谋篇，故说理文可以截一

---

① 惟：原书作"罹"，必误。据文意，或当作"罗"，或当作"惟"，
作"惟"似义胜。

1

章，取一节，而述其义意；言情文即须首尾兼顾，统观其全体。故本编引证原作，除万不得已者外，悉录全篇，俾免洞中观火。

一，本编大纲，草于民国十四年，在国立北京大学读书时，补充材料，始于民国二十年任国立北平大学讲席时。总纂则始于民国二十二年。自草大纲迄成书，前后隔离十年之久。前日之所是者，今日已以为非；今日之所是者，安知他日不以为非？学问之境无穷，本书只代表作者此时之见解而已。改订[①]重刊，当俟来日。博雅通学，幸垂教焉。

　　　　民国二十三年八月二十九日，福安林之棠识于旧都

---

① 订：原书此字漫漶不全，据文意补。

第一编　文学概论

第一章　文学与人生

文学系人生之灵魂，人生无文学以为之维系，则一切动作皆等于机械。换言之，则人类之生活便无意义矣。

文学由于悲哀或快乐之情绪所结晶，此种情绪即同情心。人喜亦喜，人忧亦忧，人喜若己[①]喜，人忧若己忧，文学家即将此悲喜之心情表现于纸背。俾大众读之，生出一种共同感应。

读屈子《离骚》而知其悲天悯人之旨，读陶潜《田园》诗而知山野中亦自有孔颜乐趣。是故文学之大力能使顽夫廉，懦夫有立志。

孝父母，不忘本也；睦兄弟，示有亲也；友夫妇，敬朋友，和为贵也；举天下之大，一物之细，皆莫不存爱惜之心，情之极也。深于文学之修养者，不言不忘本，而孝；不见示有亲，而悌；不言友，而夫妇和；不道敬，而朋友信，举世尊而敬之者，以其习于人道，视人犹己也。

---

① 己：原书作"已"。

1

闻风声而兴感，见行云而徘徊，登临吊古，横槊赋诗，或怨王孙不游，或叹幽人长往，或描摹社会状放[①]，或抒写身世遭逢，莫不事出衷情，语本真谛，动天地，感鬼神，有由然矣。

---

① 状放：原文如此，疑为"状况"之误。

第二章　文学之起原

文学原于人类天性之自然，非偶然也。人心之中足以引起文学之思想作用者，殆为情感，Emotion[1]。情感者何？喜怒哀惧爱恶欲，所谓七情是也。七情中首先引起文学之作用者则为惊惧，盖人之离母体，诞于世界，受日光空气之刺激，则发恐惧而狂呼呀呀，丫！丫！此恐惧之念兴，即文学之原起，呀呀之音作，即诗歌之调成。

故世界各民族文学之产生，韵文必先于散文，而诗歌又先于韵文。此就其本源而言之也。若论其发达程序，则艺术为文学之母，欲言文学，须先明艺术。艺术与宗教有密切关系，谈艺术，又不可不先述宗教。

在初民时代，始有巫觋作歌舞以娱神灵，继则歌舞离巫觋而独立。巫觋娱神，本于宗教，而歌舞动作，形成艺术。盖原始时代之人民观自然界雷电风雨之交临，日月寒暑之来往，莫不惊悸诧异，当万象森罗变化莫测之时，不由而生愿望，不由而感哀乐，愿望生则祈祷之念兴，哀乐生则歌舞娱神之事作，譬风之舞也 Wind Dance！雨之舞也 Rain Dance！太阳之舞也 Sun Dance！彼辈用种种姿势体态，象征风雨太阳之形式，俾神灵知其迫切要求。又若农夫欢望其禾苗畅茂，则在田中高跳，跳多

---

[1] Emotion：原书如此。此处如依正常标点方式，当为"殆为情感（emotion）"。然而，林之棠之标点方式，自有其独特用意。故整理者不作更改。此书后文尚有多处涉及英文，均依原书式样照录，以便读者体会林之棠原书风味。

高，则望苗长多高，在此动作之下，谓之为艺术之表现也可，谓之为宗教之信念也亦无不可。其后此种要求渐由具体而变为抽象，由局部而变为普遍，由不得已之要求而变为人生消遣行乐之玩艺，于是歌舞遂离宗教而独立。

歌舞分言之为跳舞、音乐、歌唱三种。

跳舞用身体 By bodily action——Dance；

音乐用器皿 By instrument①——Music；

歌唱用声音 By voice——Song；

歌唱又分为三：

（1）抒情诗 Lyric，

（2）戏剧诗 Drama，

（3）叙述诗 Epic，

三者立而文学之体裁成。

总之文学之产生，由于悲哀或快乐之情绪所结晶，其主要根源，不外艺术与宗教。然艺术与宗教，又原于警异之一念，此乃人类天性之自然，非偶然也。

---

① instrument：原作"enstrument"，据原书《刊误表》改。

第三章　中国叙述诗不发达之原因

叙述诗，系无限时间之流露，魔术咒语之化装，既非论功颂德之歌，亦非止僻防邪之训；乃作之者所以畅怀舒愤，闻之者足以快意陶情。《虞书》曰："诗言志，歌永言，声依永，律和声。"然则叙述诗亦放于此乎？何四千年来中国叙述诗仅有辞赋之一部，及李白之《长干行》，杜甫之《石壕①吏》《潼关吏》，白居易之《琵琶行》《长恨歌》，与夫《陌上桑》《孤儿行》《采蘼②芜》《木兰辞》《孔雀东南飞》数十篇而已，其故可得而思矣。盖叙述诗每由剧烈之战争，流血之惨剧激荡而成。中国国境四围民族，在古代民智未开，早被同化，故民族遂成偏倚之势，相安无事。天经地义之思既深，愤激之陈情，不平之感想，自然居淘汰之域，此叙述诗之所以不能发达者一也。

凡物不平则鸣，草木无声，风吹之鸣。诗者心之声也，人对于自然界每怀不满，则发为歌诗，自具③兴观群怨之致。中国地大物博，生活优越，对于自然界一切现象，辄抱消极主义，则所以赋陈其不平者自少，此叙述诗之所以不能发达者二也。

叙述诗多基于神话传奇之作，盖怪诞之诗，连篇累牍④，可随意描写，遇间断之处，则说鬼谈神以相关连。中国文化发达最早，怪诞思想极为薄弱，且交通不便，邻邦神话亦末由飞渡以

---

① 壕：原书作"豪"。
② 蘼：原书作"薇"。
③ 具：原书此字残缺，据文意定为"具"。
④ 牍：原书作"续"（續）。

及，传奇之事，亦就稀少，此叙述诗之所以不能发达者三也。

以上三端，俱为叙述诗不能发达之重要原因；然亦有因特种关系，而叙述诗为所障碍，不能发达者：

诗之根本不发达，而叙述诗受其影响。——二典三谟既美备于唐、虞，（？）训诰誓命复继盛于殷周。秦汉而还，迄于两晋六朝①，文体错出，诗学寖衰，叙②述诗受天然淘汰，此叙述诗之所以不能发达者四也。

词赋之体裁成立，叙述诗遂无形为所吞并。——自屈平之《楚辞》作，而南方之辞赋遂兴。赋者所以敷陈将③事，其义即叙述之意，名虽有异，其实则一，此叙述诗所以不能发达者五也。

限于韵律平仄，作叙述诗便感困难，自然无发达希望。——自沈约创声病之说，声律之学大盛，尔后诸家遵轨，竞为新丽，陈隋之间，江总、庾④信、虞茂⑤、陆敬已成五律七律排律。叙述诗为叙述本事，一经韵律之限，便不能畅叙⑥其情，此叙述诗之所以不能发达者六也。

因士林风气所趋，无人提倡而因以汩没⑦者。——三百篇之

---

① 六朝：原书正文作"梁随"，其中"随"字误。据原书后刊误表改为"六朝"。

② 叙：原书作"叔"，据原书《刊误表》改。

③ 将：疑当作"其"。"赋者敷陈其事而直言之者也"，为古人常语，尚未见"敷陈将事"之说。

④ 庾：原书作"廋"。

⑤ 虞茂：原书如此，疑有误。或当为虞世基（？—618），世基字茂世，于律诗发展有贡献。

⑥ 叙：原书作"叔"。

⑦ 汩没：原书作"泊没"。

后《离骚》冲涛而出，士夫翕然慕①之，莫不以托陈引喻点染幽芳于烦乱瞀扰之中，具悃款悱②恻之旨。故汉初文人多以《楚辞》为文章之极轨，遂以成风气，且得君主提倡，风骚之势力历千年而不衰。有唐一代，诗称全盛，读唐玄宗之早渡蒲关③至剑门诸诗，大率④亦祖尚魏晋，出入风骚。即张、沈、宋、王维、孟浩然、李颀、岑参、高适、王昌龄辈，虽发扬⑤蹈厉，青华旺盛，叙述方面则少及焉。是盖潮流所趋，非可以人力回之者，此叙述诗之所以不能发达者七也。由上观之，中国叙述诗之所以不发达，其原盖有自矣。

---

① 慕：原书作"幕"，据原书《刊误表》改。
② 悱：原书作"排"，据原书《刊误表》改。
③ 早渡蒲关：原文如此，此篇名多作"早渡蒲津关"。
④ 大率：原书作"大索"，据文意改。
⑤ 扬：原书作"杨"。

第四章　文学定义

文学之名，始见于《论语》。《论语》曰："文学：子游、子夏。"文学究作何解？孔子并未有明释，子游、子夏之文学如何，《论语》载子游事亦无一条言及，子夏事言学者六，言文者一，亦无涉于文学二字之涵义。惟韩非《五蠹篇》云"行仁义者非所用，用之则害功；工文学者非所用，用之则乱法"，"今修文学，习言谈，则无耕之劳，而有富之实；无战之危，而有贵之尊，则人孰不为此？"从法家目中反映出之文学函义，可以作下列之假定。

（1）从反面言，文学之外延为儒学。儒学只先秦学术之一，故文学不能作所有学术解。邢昺以下释《论语》者皆误。

（2）从正面言，韩非以工文学、习言谈并称，言语即辞令，则文学当指文章。

（证一）《史记·屈原传》："其文约，其辞微。"文即文章，辞即言谈，文辞并称，为古通用话。韩非以文学、言语并称，其文学二字当然系指文章。

（证二）《史记·儒林传》："下者明天人之际，通古今之义，文章尔雅，训辞深厚[①]。"此亦文辞并称[②]，文指文章之[③]证。

---

① 厚：原书作"原"，据原书《刊误表》改。

② 称：此字原书误排于下二行之首，位于"邢昺《论语疏》"之前，今据原书《刊误表》改。

③ 之：原书脱，据原书《刊误表》补。

邢昺《论语疏》谓文章博学则有子游、子夏，将文学二字分析释之，于是文学之本义始晦。

后之学者从文中，又分出笔。梁元帝《金楼子·立言篇①》云，章奏泛谓之笔，吟咏风谣，流连哀思谓之文。至唐韩愈、柳宗元，倡文以明道，王通倡文以贯通。文学之本义乃失。

近世外慕风炽，论文者，每以外国文学定义铨衡中国文学，然如英国批评家 Matthew Arnold② 谓③ "文学乃一极大名词，凡用文字书写或印刷于书籍者命之曰文学"。夫用文字书写印刷于书籍者多矣，若皆可命之为文学，则医院之报告书、户籍册之生死录皆成文学，则文学史之领域将扩大至无可下笔矣。又如：

英国 Horcester④ 谓 "文学系学问，智识幻想之结果，用文字保存之者"，其含糊之性与安氏等。然则居今欲言文学定义将如何乎？曰用文字表现真实之心情而有音乐性、普遍性、永久性、美丽性，足以感动人者谓之文学。

---

① 篇：此字原书残缺，据《金楼子》补。

② Arnold：原书作 "Apnold"。

③ 谓：原文漫漶，据文意补。

④ Horcester：疑有误。

第二编　先秦文学

第五章　周代文学之背景①

　　"周自武王一戎②衣而天下定，归马放牛，櫜弓③戢矢，车甲藏于府库，干戈包于虎皮，建学明伦，教天下以偃武修文。由是肃慎贡矢，西旅④献獒。迄成康之世，四海晏安，刑措不用。虽中经幽厉，痛卒瘅⑤于下民，悲愍愍于中国，瞻禾黍而离离可叹⑥，鞠茂草而踧踖堪嗟。然宣王即位，命秦仲而西戎远駾，命南仲而猃狁以攘，命方叔而蛮荆来威，命召虎而淮夷率服。君子读《云汉》《江汉》之诗，而知其忧民之至，经营之勤，读《嵩高》《常武》之诗，而叹其卿士之多，蕃宣⑦之盛"，民习于太

---

　　① 背景：原书目录页作"背景"，正文作"背影"。

　　② 戎：原书此字残缺，据《尚书·武成》补。

　　③ 櫜弓：原书作"櫜弓"。

　　④ 旅：原书作"族"。《尚书·西旅》："西旅献獒。"

　　⑤ 卒瘅：原书作"卒瘅"，据原书《刊误表》改。

　　⑥ 叹：原书作"欺"。

　　⑦ 蕃宣：按，"蕃宣"出《崧高》"四国于蕃，四国于宣"。

平盛世，故呈于文学者，除一部论功颂德军旅田猎之乐歌外，多为男女言情之作。及"西辙转东，而王迹扫地，陵夷至于威烈之际，泯泯棼棼，么麿日甚。于时谈士云起，狙诈如星，仪秦辈掉电光之舌，驰波涛之辩，以簧鼓天下，今日说合纵，则欲悉虑以摈孤秦，明日说连横，则欲控袂①而臣六国，纷纷藉藉，各是其谋，以争相雄长"。斯时也，齐有孟尝，赵有平原，魏有信陵，楚有春申，皆务为"缯缴之说"，"指鹿为马"，廉直之士多不容于当时，君子读《离骚》《哀郢》之篇，而知屈平愤时嫉俗，志洁行廉；读《九辩》《招魂》之章，而识宋玉悲天悯人，咀华含英。是以知文艺之产生，随时代潮流为转移，而时代潮流之转移，又视文艺鼓吹而变迁，此二者皆互为因果关系也。

---

① 控袂：原书如此，疑误。似当作"投袂"。

第六章 《诗经》

第一节 原诗

"民禀天地之灵，合五常之德，刚柔迭用，喜愠分情"，"夫志动于中而形于言，言之不足，故嗟叹之，嗟叹之不足，故咏歌之，咏歌之不足，不知手之舞之，足之蹈之也。"

"情发于声，声成文谓之音，治世之音安以乐，其政和；乱世之音怨以怒，其政乖；亡国之音哀以思，其民困。故正得失，动天地，感万物，莫近于诗。"

然揆厥源泉，"股肱""元首"①，托自唐虞，《康衢②》《击壤》，盛传上世。书缺有间，遗文不睹，其辞盖弗深考矣。

故欲求之信史，则文艺所兴，宜自《诗经》始也。

第二节 《诗经》之时代

《诗经》之产生当在纪元前十一世纪，《周颂》为最早，当在武王至昭王之百年中。《商颂》作于宋襄公时（西元前③六五〇年顷）（《史记·宋世家》）。《鲁颂·闷宫》鲁公子奚斯所作，则《鲁颂》当作于前六五〇年左右（《薛君韩诗章句》）。

---

① "股肱""元首"：原书均使用书名号。
② 衢：原书作"冲"。
③ 前：原书无，据文意补。

《大雅》三十一篇当系西周之诗，《小雅》则为东迁后之诗。十五国风之《周南》《召南》，崔述《读风偶识》谓不能属之于风，当另行独立。邶鄘二风，王国维谓其有目无诗，则十五国风所存者仅十一国矣。

《国风》之时代先后自《豳风·破斧》"周公东征"始（约当西历前十世纪）。迄《齐风》之《南山》"齐子归止"止（约在纪元前七○○年左右）。总之《诗经》之时代，约当纪元前十一世纪至七世纪之间，前后大约有五百年之久。此则级友陆君侃如考之甚详，与余意见亦合。

第三节　"删诗"疑

史迁去古不远，父谈受《易》于杨何[①]，复又问《书》故于孔安国，闻《春秋》于董生，讲业于齐鲁之邦，其于孔门渊源至近，无疑也。惟删诗一事，仲尼弟子无传，诸子传记，亦无旁证，独史迁言之凿凿，《孔子世家》云："古者诗三千余篇，及至孔子，去其重，取可施于礼义，上采契、后稷，中述殷周之盛，至幽厉之缺，始于衽席，故曰《关雎》之乱，以为风始；《鹿鸣》为《小雅》始，《文王》为《大雅》始，《清庙》为《颂》始，三百五篇，孔子皆弦歌之，以求合《韶》《武》《雅》《颂》之音。"后儒有孔子删诗之说，皆本于《史记》。

《汉书·艺文志》："孔子纯取周诗，上采殷，下取鲁，凡三百五篇，遭秦而全者，以其讽诵，不独在竹帛故也。"

---

① 杨何：原书作"扬何"。

《汉书·礼乐志》："古者王官失业，《雅》《颂》相错，孔子论而定之，故曰'吾自卫反鲁，然后乐正，《雅》《颂》各得其所'。"

《经典释文》："孔子最先删录，既取周，上兼《商颂》，凡三百十一篇。"（《史记探原》："此依《毛诗序》，合《南陔①》《白华》等六篇而言，然《序》云'有其义而亡其辞'，'亡'对'有'而言，乃有无之'无'，非亡佚之'亡'也。"——之棠案，此系刘原父语，见王应麟《困学纪②闻》——"本无其辞，则所谓有义者，义于何见？见之于序而已，未尝有诗也，安得列于篇数？此古文家之谬说，大背于《世家》也。"）

欧阳修云："今书传所载逸诗，何可数也。以郑康成《诗谱图》推之，有更十君而取其一篇者，又有二十馀君而取一篇者，由是言之，何啻三千？"

王崧《说纬》："删诗云者，非止全篇删去，或篇删其章；或章删其句；或句删其字，如'棠棣之华，偏其反而！岂不尔思？室是远而！'此《小雅·棠棣③》之诗也，夫子谓其以室为远，害于兄弟之义，故篇删其章也。'衣锦尚絅，文之著也。'此《鄘风·君子偕老》之诗也，夫子恶其尽饰之过，恐其流而不反，故章删其句也。'谁能秉国成，不自为政，卒劳百姓。'此《小雅·节南山》之诗也，夫子以'能'字为意之害，故句删

---

① 南陔：原书作"商陔"，据原书《刊误表》改。
② 纪：原书作"记"，据原书《刊误表》改。
③ 棠棣：原书作"棣棠"，据原书《刊误表》改。

其字。"

之棠案，《左传》记吴季札①适鲁观乐，事在孔子前，而所歌之风，无出十五国外，岂孔子以季札观乐之歌风为标准，而以删诗耶？此其可疑者一。

逸诗屡见于《论语》，《论语》记自孔子门人，孔子删之，而门人存之，谅不至此，此其可疑者二。

《太史公自序》云："诗三百，大抵圣贤发愤之所为作也。"太史公何以知此三百篇大抵皆圣贤所作？圣贤发愤作三百篇，其馀二千七百馀篇又为孰所作乎？苟其间亦有圣贤所作之诗，则孔子将以何标准而尽删之耶？若绝无圣贤所作之诗，孔子又何自而知，遂得尽删之耶？此其可疑者三。

《论语》曰："子曰：诗三百，一言以蔽之，曰'思无邪'。"又曰："诵诗三百，授之以政，不达；使于四方，不能专对，虽多亦奚以为？"夫删诗虽绝顶聪明者，其删之结果亦只足代表删诗者个人之见解而已，孔子有删三千诗为三百之事，当有周详之说明，今一则曰"诗三百"，再则曰"诵诗三百"，其间绝无寓删诗微意，则三百似当为流传诗数，故辞意极轻便，此其可疑者四。

《荀子》言："诗三百，中声所止。"《墨子》言："儒者诵诗三百，歌诗三百。"《庄子》称曾子歌《商颂》，亦未尝提及三千。诸子言诗皆云三百，删诗之事史迁而外，更无第二其人，可资佐证，此其可疑者五。

孟子云："王者之迹熄而《诗》亡，《诗》亡然后《春秋》

---

① 札：原书作"扎"。

作。"史迁《孔子世家》亦云："孔子之时周室微，而礼乐废，《诗》《书》缺。"《伯夷列传》又云："《诗》《书》虽缺，虞夏之文可知。"可见《诗》在孔子前，已不全，尚得谓孔子删三千诗为三百乎？此可疑者六。

总上六端，虽不敢举以考订史迁《史记》，而质疑问难，恐史迁再起，亦未必河汉斯言也。

第四节　关于旧说四始六义及今古文之解释

《诗》有四始焉。《关雎》为《风》始，《鹿鸣》为《小雅》始，《文王》为《大雅》始，《清庙》为《颂》始，取其首篇之名而命之也。

诗有六义焉。一曰"风"，二曰"赋"，三曰"比"，四曰"兴"，五曰"雅"，六曰"颂"，取其便于体会诗旨而命之也。

诗有今文古文之分焉。今文传自齐辕固，鲁申公，燕韩婴，所谓三家诗是也，古文传自毛苌、毛亨，今盛行之十三经毛诗是也。

第五节　《诗经》之特点

《诗经》之特点有六，一曰"兮""乎而"并用。例如《丰》："子之丰兮，俟我乎巷兮，悔予不送兮。子之昌兮，俟我乎堂兮，悔予不将兮。"与《著》之："俟我于著乎而，充耳以素乎而，尚之以琼华乎而。俟我于庭乎而，充耳以青乎而，尚之以琼莹乎而"，同。若将《丰》之"兮"，与《著》之

"乎而"互易，句法毫无差异。足征此"兮"字即"乎而"之合音，而"乎而"二字，即"兮"字之反切也。此兮字体至屈宋大发达，遂①为《楚辞》词句中重要骨节，而"乎而"体，后遂无传焉。

二曰倒字。《诗经》中多倒字为用之例，如言"谷中"，则曰"中谷"（《葛覃》），"林中"则曰"中林"（《兔罝》），"心中"则曰"中心"（《氓》），"河中"则曰"中河"（《柏舟》），诗歌中之有倒字当自此始。

三曰反句。意在正，而文似反。例如《扬②之水》："不流束薪"，流束薪也，"不流束楚"，流束楚也。《崧高③》："不显申伯"，申伯显也。《韩奕》："不显其光"，显其光也。《烈文》："不显维德"，显维德也。《执竞》："不显成康"，显成康也。"不"字概作"丕"字解。

四曰重言。《诗经》中重言字多随其前后文义以见意，如花取其美，"灼灼其华"，"皇皇者华"；叶取其盛，"维叶萋萋"，"其叶湑湑"；山取其高，"南山崔崔"，"泰山岩岩"；水取其长，"淇水悠悠"，"泌之洋洋"；天取其大，"浩浩昊天"，"藐藐昊天"；日月取其光，"杲杲出日"，"明星煌煌"。（说详拙著《〈诗经〉重言字释例》，见《国学月报》。）

五曰对答。《诗经》有自相问答之体，如《鸡鸣》云："鸡

---

① 遂：此字原书为油墨遮盖，模糊不清，据文意定。

② 扬：原书作"杨"。

③ 崧高：原书作"崧嵩"。

既鸣矣，朝既盈矣。"下即答云："匪鸡则鸣，苍蝇之声。"又曰："东方明矣，朝既昌矣。"下即答云："匪东方则明，月出之光。"《溱洧》云："女曰观乎。"下即答云："士曰既且。"《黄鸟》云："谁从穆公。"下即答云："子车仲行。"《株林》云："胡为乎株林？"下即答云："从夏南。"皆是。

六曰想象。《诗经》中有设想作他人言语之辞，如《卷耳》云："陟彼崔嵬，我马虺隤，我姑酌彼金罍，维以不永怀"，"陟彼高冈，我马玄黄，我姑酌彼兕觥，维以不永伤"，"陟彼砠矣，我马瘏矣，我仆痡矣，云何吁^① 矣"。前后六"我"字皆指怀人而言。又如《陟岵》云："陟彼岵兮，瞻望父兮。父曰：'嗟予子，行役夙夜无已，上慎旃哉，由来无止。'陟彼屺兮，瞻望母兮。母曰：'嗟予季，行役夙夜无寐。上慎旃哉，由来无弃。'陟彼冈兮，瞻望兄兮。兄曰：'嗟予弟，行役夙夜必偕。上慎旃哉，由来无死。'"此父曰、母曰、兄曰，皆遥作设想之语也。

第六节　《诗经》之内容及《诗经》以外之诗歌^②

《诗经》描写质朴，含味隽永，如《小雅·出车》：

> 我出我车，于彼牧矣。自天子所，谓我来矣。召彼仆夫，谓之载矣。王事多难，维其棘矣。

> 我出我车，于彼郊矣。设此旐矣，建彼旄矣。彼旟

---

① 吁：原书作"呼"。
② 原书正文中标题为"《诗经》之内容"，书前目录页作"《诗经》之内容及《诗经》以外之诗歌"，从目录改。

旐斯，胡不旆旆？忧心悄悄，仆夫况瘁。

王命南仲，往城于方。出车彭彭，旂旐央央。天子命我，城彼朔方。赫赫南仲，猃狁于襄。

昔我往矣，黍稷方华。今我来思，雨雪载涂。王事多难，不遑启居。岂不怀归，畏此简书。

喓喓草虫，趯趯阜螽。未见君子，忧心忡忡①。既见君子，我心则降。赫赫南仲，薄伐西戎。

春日迟迟，卉木萋萋。仓庚喈喈，采蘩祁祁。执讯获丑，薄言还归。赫赫南仲，猃狁于夷。

【"我车"之"我"】语词。【牧】田也，古田字通作甽，牧或作甿，二字形近易讹②。【谓我来】使我来也。【况】况之俗，况，寒水也，因通为寒苦之称，苦亦病也，况瘁皆为病，与殄瘁尽瘁同义。【方】朔方，近猃狁之国也。【彭彭】盖骄骄之假借，盛也。【央央】央、英，古同声通用，言鲜明也。【襄】除也。【简书】即盟书之假借，古简字读若简，与明盟同声通用。【执讯获丑】讯为军中通讯问之人，盖谍者之类。丑，首之假借。获，馘③之假借。【夷】除也。

此诗佳处有二。（1）"昔我往矣，黍稷方华。今我来思，雨雪载涂"，俯仰古今，不胜沧桑世变、朝市改易之感，与《采薇》诗之"昔我往矣，杨柳依依。今我来思，雨雪霏霏"，音

---

① 忡忡：原书作"冲冲"。

② 讹：原书作"伪"，系"讹"字之误。

③ 馘：原书此处空缺，据原书《刊误表》补。

节略同。（2）"春日迟迟，卉木①萋萋。仓庚喈喈，采蘩祈祈"，春至阳生，大有日暖风和，万物向荣之概。与《七月》诗之"春日迟迟，采祁祁。蘩为此春酒，以介眉寿"，声情暗合。

又如《葛覃》：

> 葛之覃兮，施于中谷，维叶萋萋。黄鸟于飞，集于灌木，其鸣喈喈。

> 葛之覃兮，施于中谷，维叶莫莫。是刈是濩，为𫄨为绤，服之无斁。

> 言告师氏，言告言归。薄污我私，薄浣我衣。害浣害否，归宁父母。

【葛】草名，蔓生可为𫄨绤者。【覃】延长也，谓葛引蔓延长也。【施】移延也。【中谷】谷中也。施于中谷，犹言施于谷中也。句与"施于中逵""施于中林"，构造同。【萋萋】盛貌。【黄鸟】即今之黄雀。【灌木】丛木也。【喈喈】和声也。【莫莫】茂也。【濩】为镬之假借，镬所以煮物，故濩训煮。【刈】田器，用刈以取物，故刈训取。【𫄨】*精曰𫄨。【绤】*粗曰绤。【斁】厌也。【言】语词也，《传》从《释诂》训"言"为"我"，然《诗》中如"我疆我理"，"我任我辇"，"我车我牛"之类，"我"皆语词。则以"言"为"我"，亦语词耳。【师】女师也。妇人所以有师者何？学事人之道也。【薄】语词。【污】烦。【私】私服。【浣】濯也。【害】何也。【归宁父母】*

---

① 卉木：原书作"卉水"。

妇人谓嫁曰归。"归宁父母"下三字连读。

一章叙葛之生，并及时鸟之变，次章叙葛之盛，可作衣裳，三章衣服既成，洁治以嫁。观诗中鸟鸣丛木景象，村女生活瞭然在目矣。

又如《汉广》：

南有乔木，不可休思。汉有游女，不可求思。汉之广矣，不可泳思。江之永矣，不可方思。

翘翘错薪，言刈其楚。之子于归，言秣其马。汉之广矣，不可泳思。江之永矣，不可方思。

翘翘错薪，言刈其蒌。之子于归，言秣其驹。汉之广矣，不可泳思。江之永矣，不可方思。

【南】南土也。【错】杂也。【乔】高也。【汉】水名。【江】亦水名。【永】长也。【方】桴。【翘翘】不平坦貌。【楚】荆属。【秣】饲也。【蒌①】蒿。"息"作"思"②，从《韩诗》改，语辞也。惠氏曰：《九经古义》引《乐记》云："使其文足论而不息"。《荀子》"息"作"偲"。《说文》云："偲，思之意。"思、息双声，疑即古通用。

此诗叠咏江汉，烟水云横，离合缥缈③，一唱三叹，妙在有意无意之间。

---

① 蒌：原书作"萎"。
② 整理者注："'息'作'思'"云云，《毛诗》中《汉广》首句作"南有乔木，不可休息"，此条注释即说明此书据《韩诗》改为"不可休思"。
③ 缥缈：原书作"缥纱"。

又如《殷其雷》：

殷其雷，在南山之阳。何斯违斯，莫敢或遑？振振君子，归哉归哉！

殷其雷，在南山之侧。何斯违斯，莫敢遑息？振振君子，归哉归哉！

殷其雷，在南山之下。何斯违斯，莫或①遑处？振振君子，归哉归哉！

【殷】雷声。【何斯】斯，此人也。【违斯】斯，此地也。【或】古通有。【遑】闲也。【处】止也。

此诗以雷鸣起兴，思君子情切，殆有不胜其来归恐后之心焉。"何斯"之"斯"指君子也，"违斯"之"斯"指南山也。雷声自山南而山侧而山下，相去益近矣，然君子乃去之益远而莫得休息，此所以望其归也。

又如《击鼓》：

击鼓其镗，踊跃用兵。土国城漕，我独南行。

从孙子仲，平陈与宋。不我以归，忧心有忡。

爰居爰处，爰丧其马。于以求之？于林之下。

死生契阔，与子成说。执子之手，与子偕老。

于嗟阔兮，不我活兮。于嗟洵兮，不我信兮。

【镗】鼓声也。【踊跃】击刺之状。【兵】戈戟之属。【土】言卫国之民或役土功于国也。【漕】卫邑。【孙子仲】姚际恒云，卫穆公时孙桓子良夫，良夫子

文子林父，相继①为卿，所云孙子仲者，不知即其父若子。卫穆公背清丘之盟，救陈，为宋所伐，平陈、宋之难，数兴军旅，其下怨之，而作此诗。陈、宋在卫之南，故曰"我独南行"。城漕之事，他经传无见。穆公为文公孙，或因楚丘既城，此时始城漕耳。【爰】于也。【契】合也。【阔】离也。【成说】成誓言②也。

此诗首叹国家征兵不均，继叙人归我留之感，三叙寻马失伍，以补留戍之由，四叙追念前时恩爱③之情，五归结远托异地，深恐不得生还，边防遥戍，永断归期，念天地之悠悠，独怆然而涕下。

又如《谷风》：

习习谷风，以阴以雨。黾勉同心，不宜有怒。采葑采菲，无以下体。德音莫违，及尔同死。

行道迟迟，中心有违。不远伊迩，薄送我畿。谁谓荼苦？其甘如荠。宴尔新昏，如兄如弟。

泾以渭浊，湜湜其沚。宴尔新昏，不我屑矣。毋逝我梁！毋发我笱！我躬不阅，遑④恤我后！

就其深矣，方之舟之；就其浅矣，泳之游之。何有何亡，黾勉求之。凡民有丧，匍匐救之。

① 继：原书作"断"，据史实改。
② 誓言：原书作"逝言"。朱熹《诗集传》："成说，谓成其约誓之言。"
③ 恩爱：原书作"恩受"。
④ 遑：原书脱此字。

23

不我能慉，反以我为雠。既阻我德，贾用①不售。昔育恐育鞠，及尔颠覆。既生既育，比予于毒。

我有旨蓄，亦以御冬。宴尔新昏，以我御穷。有洸有溃，既诒我肄②。不念昔者，伊余来墍。

【习习】连续不绝也。【黾勉】勉勉也。【谷风】大谷之风。【葑】蔓菁③也。【菲】土瓜也。【下体】根也。【不远伊迩】言夫之送我，乃不远而甚近，至于门而止耳。【畿】门内也。【荼】苦菜。【荠】味甘。取其叶作菹及羹，亦佳。【泾】水名，出甘肃。【渭】水名，亦出甘肃。【湜湜】清貌。【沚】渚也。【屑】洁。【逝】之。【梁】鱼梁。【笱】捕鱼之竹器。【阅】容。【方】捊④舟船也。【匍匐】手足并行也。【慉】养。【阻】却。【贾用不售】如贾之不见售也。【御】禦也。【洸】武貌。【溃】怒。【肄】劳。【墍】息也。言曾不念昔者我之来息时也。

此诗词托弃妇，韵调惨怆，大有鸟尽弓藏、兔⑤死狗烹之意。

又如《静女》：

静女其姝，俟我于城隅；爱而不见，搔首踟蹰。

静女其娈，贻我彤管；彤管有炜，说怿女美。

---

① 用：原书作"角"。
② 肄：原书作"肆"。
③ 蔓菁：原书作"蔓青"。
④ 捊：原书如此。疑当作"桴"。
⑤ 兔：原书作"免"。

自牧归荑，洵美且异；匪女之为美，美人之贻。

【静】闲雅也。【姝】美。【踟蹰】行不前貌。【娈】好貌。【贻】当作诒，遗也。【彤管】红管也。或即荑也。【炜】赤貌。【"说怿女美"之"女"】指彤管。【牧】郊外也。【归】贻也。【荑】茅之始生者。【匪】非也。【"匪女之为美"之"女"】指荑。

此诗描写物轻人重之意，何等活跃！

又如《新台》：

新台有泚，河水弥弥。燕婉之求，籧篨①不鲜。

新台有洒，河水浼浼。燕婉之求，籧篨不殄。

鱼网之设，鸿则离之。燕婉之求，得此戚施。

【新台】台名。【泚】水中台影鲜明之貌。【弥弥】盛也。【燕】安。【婉】顺。【籧篨】疾之丑朣②肿而不能俯之貌，言婚姻安顺之求，忽得此丑恶之人也。【鲜】善。【洒】高峻也。【浼浼】平也。【殄】善也。【离】丽，言设渔网者，宜得鱼，鸿乃鸟也，反离焉。【戚施】蟾蜍也，以喻丑恶不可使仰也。

观台魂③之鲜明，玩河水之弥弥，大好风光，宜为佳人生色不少，今以燕婉之求，而得籧篨④残疾之人，婚姻之出于卖买⑤式者往往如斯，吾辈青年读此诗可以惕然醒矣。

---

① 籧篨，原书作"蘧篨"，后两处同。
② 朣：原书作"拥"。
③ 台魂：原书如此，疑当作"台影"。
④ 籧篨：原书作"遽除"。
⑤ 卖买：原书如此，疑当作"买卖"。

又如《桑中》：

爰采唐矣，沬之乡矣。云谁之思？美孟姜矣。期我乎桑中；要我乎上宫；送我乎淇之上矣。

爰采麦矣，沬之北矣。云谁之思？美孟弋矣。期我乎桑中；要我乎上宫；送我乎淇之上矣。

爰采葑矣，沬之东矣。云谁之思？美孟庸矣。期我乎桑中；要我乎上宫；送我乎淇之上矣。

【唐】蒙菜也。【沬】卫邑名。【乡】邑也。【孟】长也。【爰】语词也。【桑中】【上宫】【淇上】沬乡中小地名。【弋】杞女，夏后氏之后，贵族也。【庸】鄘女，亦贵族也。

观诗中桑中之期，上宫之要，淇水之送，深情何限。

又如《氓》：

氓之蚩蚩，抱布贸丝。匪来贸丝，来即我谋。送子涉淇，至于顿丘。匪我愆期，子无良媒。将子无怒，秋以为期。

乘彼垝垣，以望复关。不见复关，泣涕涟涟；既见复关，载笑载言。尔卜尔筮，体无咎言。以尔车来，以我贿迁。

桑之未落，其叶沃若。于嗟鸠兮！无食桑葚。于嗟女兮，无与士耽。士之耽兮，犹可说也；女之耽兮，不可说也。

桑之落矣，其黄而陨。自我徂尔，三岁食贫。淇水汤汤，渐车帷裳。女也不爽，士贰其行。士也罔极，二三其德。

26

三岁为妇，靡室劳矣。夙兴夜寐，靡有朝矣。言既遂矣，至于暴矣。兄弟不知，咥其笑矣。静言思之，躬自悼矣。

及尔偕老，老使我怨。淇则有岸，隰则有泮。总角之宴，言笑晏晏。信誓旦旦，不思其反。反是不思，亦已焉哉！

【氓】民也。【蚩蚩】无知貌。【贸】买也。【顿丘】地名，卫邑，在淇水南。【垝】毁也。【垣】墙。【复关】复，反也。关，卫之郊关，君子所近，借以指君子也。【不见复关】犹云不见君子。【体】兆卦之体。【葚】桑实也。【耽】乐也。【说】解也。【陨】落。【徂】往。【汤汤】水盛貌。【渐】渍也。【帷裳】车饰。【爽】差。【靡】不也。【靡室劳】言不以室家之事为劳也。【靡有朝】言无旦夕之暇。【咥】笑貌。【总角】言女子未许嫁，则未笄，但结发为饰，其发聚之为两角，总角亦有指未冠之男子者。【晏晏】和柔也。【旦旦】明也。【反】言反复前日也。【亦已焉哉】言亦已而已矣。

贸丝成谋，乘垣以从，事虽出于孟浪，情则一往而深。何期桑落黄陨，前盟竟背，秋水盈盈，徒令人望复关而悯涕，忆顿丘而感愤。诗人妙笔打从读者心上来，吾于此诗信焉。

又如《有狐》：

有狐绥绥，在彼淇梁。心之忧矣，之子无裳。

有狐绥绥，在彼淇厉。心之忧矣，之子无带。

有狐绥绥，在彼淇侧。心之忧矣，之子无服。

【绥绥】舒行貌。【梁】*在绝水曰"梁"。【厉】深水可涉处也。【带】所以申束衣也。【服】衣服也。

国乱民散，狐兽横行，君子叹之子之无裳，望淇水而心忧，然则当日鳏寡孤独流亡①道路之情境，皆可于诗外求之也。

又如《黍离》：

彼黍离离，彼稷之苗。行迈靡靡，中心摇摇。知我者谓我心忧，不知我者谓我何求。悠悠苍天，此何人哉？

彼黍离离，彼稷之穗。行迈靡靡，中心如醉。知我者谓我心忧，不知我者谓我何求。悠悠苍天，此何人哉？

彼黍离离，彼稷之实。行迈靡靡，中心如噎。知我者谓我心忧，不知我者谓我何求。悠悠苍天，此何人哉？

【黍】谷名。【离离】垂貌。【稷】亦谷，似黍而小。【迈】行也。【靡靡】犹迟迟也。【悠悠】远意。【穗】秀也。【噎】咽喉闭塞之貌，言忧深也。

国乱民散，山野田园，常感寂寞凄凉。此诗述彷徨中道，见黍离而兴感，望前路而战栗，描写气象愁惨，令人读之悲从中来。

又如《采葛》：

彼采葛兮，一日不见，如三月兮。

---

① 流亡：原书作"留亡"，据文意改。

彼采萧兮，一日不见，如三秋兮。

彼采艾兮，一日不见，如三岁兮。

【萧】荻也。【艾】蒿也。

一日之别，竟同三秋，情何深也。以视十年知交，转眼而不相识者，相去何如耶？读此诗者取《子衿》而较观之，笃厚之情有不悠然而兴乎？

又如《将仲子》：

将仲子兮，无逾我里，无折我树杞！岂敢爱之，畏我父母。仲可怀也，父母之言，亦可畏也。

将仲子兮，无逾我墙，无折我树桑！岂敢爱之，畏我诸兄。仲可怀也，诸兄之言，亦可畏也。

将仲子兮，无逾我园，无折我树檀！岂敢爱之，畏人之多言。仲可怀也，人之多言，亦可畏也。

【将】请也。【仲子】男子之字也。【里】田里也。【树杞】杞树也。【树桑】桑树也。【诸兄】公族也。【树檀】檀树也。

此诗叙逾墙折柳，妙致环生，爱敬之诚，都从"畏""怀"二字中道出。

又如《子衿》：

青青子衿，悠悠我心；纵我不往，子宁不嗣音？

青青子佩，悠悠我思；纵我不往，子宁不来？

挑兮达兮！在城阙兮！一日不见，如三月兮！

【青青】纯绿色。【衿】领之别名也。【佩】佩玉也。【挑】轻挑跳跃之貌。

此诗较之《王风·采葛》，情尤真切。

又如《溱洧》：

　　溱与洧，方涣涣兮。士与女，方秉蕑兮。女曰："观乎？"士曰："既且！""且往观乎？洧之外，洵訏且乐！"维士与女，伊其相谑。赠之以芍药。

　　溱与洧，浏其清矣。士与女，殷其盈矣。女曰："观乎？"士曰："既且！""且往观乎？洧之外，洵訏且乐！"维士与女，伊其将^①谑。赠之以芍药。

　　【涣涣】春水盛貌。【秉蕑】秉执香草。【既且】既，往也。【且】语辞。【訏】大也。【浏】深貌。【殷】众也。

春潮绿涨，士女如云，贻花结爱，佳期容与。读者细味此诗，回想秦淮河畔，莫愁湖边，将不胜其今昔之感矣。

又如《十亩之间》：

　　十亩之间兮，桑者闲闲兮。行与子还兮。

　　十亩之外兮，桑者泄泄兮。行与子逝兮。

　　【闲闲】往来自得之貌。【行】犹将也。【泄泄】犹闲闲也。【逝】往也。

薄田十亩，桑种几株，开荒南野，守拙园林，陶公于此诗盖三折肱矣，读者取《归园田诗》而较观之，可豁然^②贯通矣。

又如《山有枢》：

　　山有枢，隰有榆。子有衣裳，弗曳弗娄；子有车马，弗驰弗驱。宛其死矣，他人是愉。

---

① 将：原书作"相"。
② 豁然：原书作"瞎然"。

山有栲，隰有杻。子有廷内，弗洒弗扫；子有钟鼓，弗鼓弗考。宛其死矣，他人是保。

山有漆，隰有栗。子有酒食，何不日鼓瑟？且以喜乐，且以永日。宛其死矣，他人入室。

【枢】有针刺如柘，其叶如榆，瀹为茹，美滑于白榆。榆之类，有十种，叶皆相似，皮及木理异耳。【榆】白榆也。【娄】曳也。【宛】死貌。【愉】乐也。【栲】叶似栎，木皮厚数寸，可为车辐①，或谓之栲栎。栲读为槔，今人言栲，失其声耳。【杻】檍也。叶似杏，而尖。白色，正赤为木，多曲少直，枝叶茂好，二月中叶疏。华如棟而细，蕊正白，盖此树今官园中种之，正名曰万岁也。【考】击也。

有衣弗娄，有马弗驱，有钟鼓弗考，有酒食弗乐，此古今富家翁、守钱虏之通病也，诗人非讥其啬，讥其啬而鄙耳。然又不直说，句句皆用客观方法出之。故曰温柔敦厚诗教也。

又如《葛生》：

葛生蒙楚，蔹蔓于野。予美亡此，谁与独处？

葛生蒙棘，蔹蔓于域②。予美亡此，谁与独息？

角枕粲兮，锦衾烂兮。予美亡此，谁与独旦？

夏之日，冬之夜。百岁之后，归于其居。

冬之夜，夏之日。百岁之后，归于其室。

【蔹】草名，似栝楼，叶盛而细。【蔓】延也。

---

① 车辐：原书作"车幅"。

② 域：原书作"城"。

31

【独】妇人自称也。【予美】妇人指其夫也。【域】茔域①也。【亡】不在也。

此诗情词恳至，哀感动人。

又如《月出》：

月出皎兮，佼人僚兮。舒窈纠兮，劳心悄兮。

月出皓兮，佼人懰兮。舒懮受兮，劳心慅兮。

月出照兮，佼人燎兮。舒夭绍兮，劳心惨兮。

【佼】言人之貌姣好也，佼为姣之假借②。【纠】愁结也。【舒窈纠】言宽愁结之情也。【悄】忧也。【懰】好貌。【懮受】忧思也。【慅】亦忧也。【夭绍】纠系之意。

读《采葛》③"三岁"之章，咏《蒹葭》"伊人"之句，当月白景明之夜，思美人兮，天一方，能无懮受窈纠而愁思乎？情之所至，殆无物可以舒其夭绍也。读者，当从其声情风格中求之。

又如《七月》：

七月流火，九月授衣。一之日觱发，二之日栗烈④。无衣无褐，何以卒岁？三之日于耜，四之日举趾。同我妇子，馌彼南亩，田畯至喜。

七月流火，九月授衣。春日载阳，有鸣仓庚。女执

---

① 茔域：原书作"莹域"。
② 假借：原书作"叚借"。叚为叚之误，今直接改为"假"。
③ 《采葛》：原书作《米葛》。
④ 烈：原书作"冽"。

懿筐，遵彼微行，爰求柔桑。春日迟迟，采蘩①祁祁。女心伤悲，殆及公子同归。

七月流火，八月萑苇。蚕月条桑，取彼斧斨。以伐远扬，猗彼女桑。七月鸣鵙，八月载绩。载玄载黄，我朱孔阳，为公子裳。

四月秀葽，五月鸣蜩。八月其获，十月陨箨。一之日于貉，取彼狐狸，为公子裘。二之日其同，载缵武功。言私其豵，献豜于公。

五月斯螽动股，六月莎鸡振羽。七月在野，八月在宇，九月在户，十月蟋蟀入我床下。穹窒熏鼠，塞向墐户。嗟我妇子，曰为改岁，入此室处。

六月食郁及薁，七月亨葵及菽。八月剥枣，十月获稻。为此春酒，以介眉寿。七月食瓜，八月断壶。九月叔苴，采荼②薪③樗，食我农夫。

九月筑场圃，十月纳禾稼。黍稷重穋④，禾麻菽麦。嗟我农夫，我稼既同，上入执宫功⑤。昼尔于茅，宵尔索绹。亟其乘屋，其始播百谷。

二之日凿冰冲冲，三之日纳于凌阴⑥。四之日其蚤，献羔祭韭。九月肃霜，十月涤场。朋酒斯飨，曰杀

---

① 采蘩：原书作"采繁"。
② 采荼：原书作"采茶"。
③ 薪：原书作"新"。
④ 穋：原书作"樛"。
⑤ 宫功：原书作"公功"。
⑥ 凌阴：原书作"凌阳"。

羔羊。跻彼公堂，称彼兕觥，万寿无疆。

【授】使为之也。【授衣】授冬衣使为之，盖九月妇功成，丝麻之事已毕，始可为衣也。【七月】夏之七月也。【火】大火星也。【一之日】斗建子，一阳之月。【二之日】斗建丑，二阳之月也。变月言日，言是月之日也。【觱发】风寒也①。【栗烈】烈当作冽，气寒也。【褐】毛布。【卒岁】岁之终，即二之日也。【于】为也。【耜】田器也。【馌】饷。【田畯】农正也。【载阳】生蚕时也。【仓庚】黄鹂也。【懿】深美。【遵】循。【微行】小径也。【蘩】②白蒿也。【祁祁】众多也。【萑苇】即蒹③葭也。【蚕月】治蚕之月，三月也。【条桑】条乃挑之假借④。【远扬】远枝扬起也。【猗】盛貌。【女桑】小桑也。【鵙】伯劳鸟也。【绩】缉也。【阳】明也。【蓑】草名。【陨】坠也。【萚】落。【于貉】往取貉也。【其同】会合也。【缵】继也。【豜】三岁豕也。【斯螽】蝗类，长而青。【莎鸡】色青褐，六月作色如纺丝，或曰五月之斯螽，六月变而为莎鸡，七月变⑤而为蟋蟀。【穹】空隙也。【窒】塞也。【墐】涂也。【改岁】⑥改岁

① 此条注释，原书作："（觱）发。（风）寒也。"
② 蘩：原书作"繁"。
③ 蒹：原书作"兼"。
④ 假借：原书作"段借"。段为叚之误，今直接改为"假"。
⑤ 原书"变"前衍"蓑"字。
⑥ 原书径书"改岁者"云云，整理者于此条前另加"改岁"二字，以醒眉目。

者，以冬成，今入于孟冬，便有徂年、伤暮之思，古今一也。【葵】菜名。【菽】豆也。【剥】击。【介】助。【眉寿】豪眉也，年老者方有豪眉。【壶】瓠。【叔①】"收"声之转也。【苴】麻。【荼】苦菜。【樗】恶木可为薪也。【同】聚。【宫功】治邑居也。【索】绳。【绹】绞。【乘】升。【凌阴】冰室也。【蚤】早朝也。【韭】菜名。【献羔】仲春献羔开冰，先荐寝朝是也。【朋】*两樽曰朋。【公堂】学校也。【公子】【女】*疑农夫自言其子女也。

此诗描写趋事赴功，男耕女织。盛世良民，勤劳如此，以视二十世纪，文明都市，博弈②樗蒲，烟火灯船，相去何如耶！

《诗经》之外，《麦秀歌》《采薇歌》《禳田者祝》《易水歌》见于《史记》；《城者讴》《子产诵》见《左传》；《接舆歌》见《论语》《庄子》；《龟山操》《琴歌》见《琴操》；《徐人歌》见《新序》；《越人歌》见《说苑》。兹并一一次之于后：

《史记·宋微子世家》：箕子朝周，过殷墟，感宫室毁坏生禾黍。箕子伤之，乃作《麦秀》之诗以歌咏之，其辞曰：

麦秀渐渐兮，禾黍油油！彼狡童兮，不与我好兮。

【狡童】指纣。

《史记·伯夷列传》：武王已平殷乱，天下宗周，而伯夷叔齐耻之，义不食周粟。隐于首阳山，采薇而食。及饿且死，作

---

① 叔：原书作"菽"。
② 博弈：原书作博奕。

歌，其辞曰：

> 登彼西山兮，采其薇矣[1]。以暴易暴兮，不知其非
> 兮！神农虞夏，忽焉[2]没兮！吾安适归矣？吁嗟徂兮，
> 命之衰矣。

《史记·滑稽列传》：楚大发兵加齐，齐王使淳于髡之赵
请救兵，赍金百斤，车马十驷。淳于髡仰天大笑，冠缨索绝。
王曰："先生少之乎？"髡曰："何敢！"王曰："笑岂有说
乎？"髡曰："今者臣从东方来，见道旁有禳田者，操一豚蹄，
酒一盂而祝曰：

> 瓯窭满篝，污邪满车，五谷蕃熟，穰穰满家。

> 【禳田】祝田丰也。【瓯窭】少也。【篝】笼也。

【污邪】下田地也。

臣见其所欲者奢，故笑之。"

《史记·刺客列传》：燕太子丹使荆轲刺秦王，至易水，高
渐离击筑，荆轲和而歌，为变徵之声，士皆垂泪，又前而歌曰：

> 风萧萧兮易水寒，壮士一去兮不复还！

《左传·宣公二年》：郑公子归生受命于楚伐宋，宋师败
绩，华元逃归，为植，巡功，城者讴曰：

> 睅其目，皤其腹，弃甲而复。于思于思，弃甲复
> 来。

---

[1] 矣：原书作"兮"。
[2] 忽焉：原书作"忽然"。

【皤】腹大也。【于思】言须多也。【那】^①何也。

《左传·襄公三年》：子产从政一年，舆人诵之曰：

> 取我衣冠而褚之，取我田畴而伍之，孰杀子产，吾其与之。

【褚】藏也。

及三年，又诵之曰：

> 我有子弟，子产诲之。我有田畴，子产殖之。子产而死，谁其嗣之。

庄子《养生主》^②：孔子适楚，楚狂接舆游其门曰：

> 凤兮凤兮，何如德之衰也？来世不可待^③，往世不可追也。天下有道，圣人成焉；天下无道，圣人生焉。方今之时，仅免刑焉。福轻乎羽，莫之知载；祸重乎地，莫之知避。已乎已乎，临人以德，殆乎殆乎，画地而趋。迷阳迷阳，无伤吾行，吾行却曲，无伤吾足。

【趋】循也。【迷阳】狂诈也。

《琴操》：季桓子受齐女乐，孔子欲谏不得，退而望鲁龟山，作歌曰：

> 予欲望鲁兮，龟山蔽之。手无斧柯，奈龟山何！

《琴操》：（齐人杞梁）殖死，其妻援琴作歌曰：

---

① "那"条：原书如此，与所释正文不匹配。《左传》原文下尚有"（华元）使其骖乘谓之曰：'牛则有皮，犀兕尚多，弃甲则那！'"等句，林之棠所释"那"字，当对应"弃甲则那"句。

② 《养生主》：原书如此，当为《人间世》。

③ 待：原书作"恃"。

乐莫乐兮新相知，悲莫悲兮生别离。

刘向《新序》：延陵季子将西聘晋，带宝剑以过徐君。徐君观剑，不言而色欲之。延陵季子为有上国之使，未献也，然其心许之矣。及反，则徐君死于楚，于是季子以剑戴徐君墓树而去。徐人嘉之，而歌曰：

延陵季子兮不忘故，脱千金之剑兮带丘墓。

刘向《说苑》：鄂君子皙之泛舟于新波也，乘青翰之舟，张翠盖，会钟鼓之音毕，榜枻越人，拥楫而歌曰：

今夕何夕兮，搴舟中流。今夕何夕兮，得与王子同舟。蒙羞被好兮，不訾诟耻。心几烦而不绝兮，知得王子。山有木兮木有枝，心说君兮君不知。

上列数首较为可信，风情格调亦佳，故次之。至若《帝王世纪》所载之《击壤歌》，《列子·仲尼篇》所载之《康衢谣》，《尚书大传》所载之《卿云歌》、《八伯歌》、《帝载歌》，《家语》所载之《南风歌》，《孔丛子》所载之《获麟歌》，《吴越春秋》所载之《渔父歌》等，全属赝品。其他或韵调不调，或风格不合，无足以当风雅，概从删削。其能继嗣三百篇卓然南方文学之精粹者，《楚辞》是已。

第七章　楚辞

第一节　屈原

《楚辞》之第一位作家，为屈原。屈原，含忠履洁，君匪从流，臣进逆耳，大志不酬，遂放湘南，临渊有投沙[①]之志，吟泽发憔悴之容，骚人之文，自兹而作。

盖[②]屈原，名平，楚之同姓也。为楚怀王左徒。博闻强志，明于治乱，娴于辞令。入则与王图议国事，以出号令；出则接遇宾客，应对诸侯。王甚任之。

上官大夫与之同列，争宠，而心害其能。怀王使屈原造为宪令，屈平属草稿未定。上官大夫见而欲夺之，屈平不与，因谗之曰：王使屈平为令，众莫不知；每一令出，平伐其功曰："以为非我莫能为也。"

王怒，而疏屈平。

屈平疾王听之不聪也，谗谄之蔽明也，邪曲之害公也，方正之不容也；故忧愁幽思而作《离骚》。《离骚》者，犹离忧也。——夫天者，人之始也；父母者，人之本也。人穷则反本，故劳苦倦极，未尝不呼天也；疾痛惨怛，未尝不呼父母也。屈平

---

① 投沙：原书如此，疑当作"怀沙"。"怀沙负石"，谓自沉于水。

② 自此"盖"字以下，直至本节之末，叙述屈原生平，原书首尾均加引号。但中间文字并非悉依《史记·屈原贾生列传》原文，而且大段引文中，双引号、单引号使用混乱。为节省读者目力，整理者去掉首尾引号，将中间文字作一般叙述文字处理。特此说明。

正道直行，竭忠尽智以事其君，谗人间之，可谓穷矣！信而见疑，忠而被谤，能无怨乎！

屈平之作《离骚》，盖自怨生也。《国风》好色而不淫，《小雅》怨诽而不乱，若《离骚》者，可谓兼之矣。上称帝喾，下道齐桓，中述汤武，以刺世事。明道德之广崇，治乱之条贯，靡不毕见。其文约，其辞微；其志洁，其行廉。其称文小而其指极大，举类迩而见义远。其志洁，故其称物芳；其行廉，故死而不容自疏。濯淖污泥之中，蝉蜕于浊秽以浮游尘埃之外，不获世之滋垢，皭然泥而不滓者也。推此志也，虽与日月争光可也。

屈平既绌。其后秦欲伐齐，齐与楚从亲，惠王患之，乃令张仪佯去秦，厚币委质事楚，曰："秦甚①憎齐，齐与楚从亲，楚诚能绝齐，秦愿献商於之地六百里。"

楚怀王贪而信张仪，遂绝齐使，使如秦受地，张仪诈之曰："仪与王约六里，不闻六百里。"

楚使怒去，归告怀王。怀王怒，大兴师伐秦。秦发兵击之，大破楚师于丹淅②，斩首八万，虏楚将屈匄③，遂取楚之汉中地。

怀王乃悉发国中兵以深入击秦，战于蓝田。魏闻之，袭楚至邓。楚王惧，自秦归。而齐竟怒不救楚。楚大困。

明年，秦割汉中地与楚以和。楚王曰："不愿得地，愿得张仪而甘心焉。"

---

① 甚：原书作"其"。
② 淅：原书作"渐"。
③ 屈匄：原书作"屈匃"。

张仪闻，乃曰："以一仪而当汉中地，臣请往如楚。"如楚，又因厚币用事者臣靳尚，而设诡辩于怀王之宠姬郑袖。怀王竟听郑袖，复释去张仪。

是时，屈平既疏，不复在位。使于齐，顾反。谏怀王曰："何不杀张仪？"

怀王悔，追张仪，不及。

其后，诸侯共击楚，大破之，杀其将唐眛[①]。

时秦昭王与楚婚，欲与怀王会。怀王欲行。屈平曰："秦虎狼之国，不可信，不如毋行。"怀王稚子子兰劝王行："奈何绝秦欢！"怀王卒行，入武关，秦伏兵绝其后，因留怀王以求割地；怀王怒，不听。亡走赵，赵不内。复之秦，竟死于秦而归葬。

长子顷[②]襄王立，以其弟子兰为"令尹"。

楚人既咎[③]子兰以劝怀王入秦而不反也。屈平既嫉之，虽放流，眷顾楚国，系心怀王，不忘欲反，冀幸君之一悟，俗之一改也。其存君兴国而欲反覆之，一篇之中三致志焉。然终无可奈何。故不可以反，卒以此见怀王之终不悟也。

人君无愚智贤不肖，莫不欲求忠以自为，举贤以自佐，然亡国破家相随属，而圣君治国累世而不见者，其所谓忠者不忠，而所谓贤者不贤也。怀王以不知忠臣之分，故内惑于郑袖，外欺于张仪，疏屈平而信上官大夫、令尹子兰。兵挫地削，亡其六郡，

---

① 唐眛：原书作"唐眛"。
② 顷：原书作"项"。
③ 咎：原书此字前衍"子"字。

身客死于秦，为天下笑。此不知人之祸也。《易》曰："井渫不食，为我心恻，可以汲。王明，并受其福。"王之不明，岂足福哉！

令尹子兰闻之，大怒，卒使上官大夫短屈原于顷襄王，顷襄王怒而迁之。

屈原至于江滨，被发行吟泽畔。颜色憔悴，形容枯槁。渔父见而问之曰："子非三闾大夫欤？何故而至此？"

屈原曰："举世混浊，而我独清；众人皆醉，而我独醒。是以见放。"

渔父曰："夫圣人者，不凝滞于物，而能与世推移。举世混浊，何不随其流而扬其波？众人皆醉，何不餔其糟而啜其醨？何故怀瑾握瑜，而自令见放为？"

屈原曰："吾闻之，新沐者必弹冠，新浴者必振衣，人又谁能以身之察察，受物之汶汶者乎？宁赴常流，而葬乎江鱼腹中耳！又安能以皓皓之白，而蒙世俗之温蠖乎？"乃作《怀沙》之赋。

于是怀石，遂自投汨罗以死。

第二节　楚辞之名称

屈原既死之后，楚有宋玉、唐勒、景差之徒，皆好辞而以赋见称，至汉刘向集屈宋诸赋，并加东方朔、淮南小山、王褒等之辞赋，与自己之《九叹》合为一集，名曰《楚辞》。楚辞之成专书，当自此始。

第三节　楚辞发生之原因

子谓伯鱼曰："汝为《周南》《召周》矣乎！人而不为《周南》《召南》，其犹正墙面而立诸！"又曰："不学诗，无以言。"又曰："诵诗三百，不达，使于四方，不能专对，虽多亦奚以为？"可知孔子之时，《诗经》之权威甚大，举凡立身立言，均唯此是赖，证之以《左传》所载诸侯酬酢宴宾之引诗倡诗之举，尤为可信。屈原楚之贵族，位列大夫，尝出使各国，其能不学诗乎，此《楚辞》原于《诗经》者一也。

"兮"字之用法最为普遍者，当推《楚辞》，前乎《楚辞》。如《老子》、《越人歌》、《徐人歌》、《接舆歌》、孺子《沧浪歌》等为数甚少，不足备一家之言，惟《诗经》特多。如《伐檀》《遵大路》《采葛》《十亩之间》等篇，皆全部用"兮"字，其他或一句一用，或两句一用，或三句一用，随在而有。然则《楚辞》既以"兮"字著名，而"兮"字之发祥，则始于《诗经》，此《楚辞》原于《诗经》者二也。

乃或者以《诗经》多用短句叠字，《楚辞》多用长句与骈语；《诗经》多用重调，反复咏叹，《楚辞》则多直陈，绝无重调；《诗经》表现近于写实，《楚辞》则浪漫，因谓《诗经》与《楚辞》绝对歧异，绝无渊源关系，是盖未之思也。夫诗歌由简而繁，为自然之原则，四言降而五言，五言降而七言，七言降而长短句，后者比前者，用字特多，犹之白话文比文言文，用字独多也。若谓《诗经》句短，《楚辞》句长，为无渊源关系，然则五言与四言，七言与五言，长短句与七言，白话与文言皆无渊源关系矣，其说可通乎？至谓《诗经》多用重调，然《楚辞》亦何尝不常用重调，观《离骚》中香草恶草连篇累牍[1]，意多重复，虽不若《诗经》之字字相同，然意多重复，特重调之变相耳。若夫《诗经》表现近于写实，《楚辞》浪漫，观雅颂以下，文王后稷禹上帝随在而有，此写实欤？《离骚》开首即述世裔，明本志，岂浪漫耶？故吾以为一种文学之产生，必有其渊源关系，断不能谓为偶然而出也。

第四节　《离骚》之内容

《离骚》之内容，材料特别丰富，音节特别谐和，风格特别高远，其原有三：

（一）迷信

夫文，道实易尽，说虚可以靡穷，谈理近质，言情可以动人，是以博雅之士，必旁搜载籍，说鬼言神，以助其词藻。屈原楚人，楚民俗信巫而好淫[2]祀，屈原自幼习于淫祀之国，其思想受迷信影响甚大。观《离骚》所载乘龙跨凤，朝苍梧而夕悬圃，大有绝云霓，负苍天，翱翔乎太虚之上，手宇宙而足乾坤之势。以是行文，焉得不磅礴郁积，震惊天地也哉？此《离骚》之所以照耀千古与日月争光也。

（二）声乐

诗歌必备之条件有四：（1）情感，（2）想现，（3）音乐，（4）风格，前已言之矣。《吕氏春秋·音初篇》云："禹行功见涂山之女，禹未之遇，而巡省南土，涂山氏之女，乃命

---

① 牍：原书作"续"。

② 淫：原书作"浮"。

其妾候禹于涂山之阳，女乃作歌，歌曰：'候人兮猗。'实始作为南音。"可知南音即为"兮猗"，"兮猗"之在南音中，犹"了""的"之在北音中也。今人言北语，几于无句不用"了""的"，宜乎《离骚》中无篇不"兮猗"也。此骚体之所以成为骚体，"兮猗"之驱策，实过半当。

（三）山水

苏氏论司马迁曰："太史公行天下，周览四海名山大川，故其文疏荡有奇气。"是故周览广者，其文豪爽，波澜起伏，别具①风采，以视闭门造车者，相去岂可以道里②计？屈原楚人，曾北游齐，在交通不便之战国时代，由楚至齐，须经历沅湘洞庭大江诸胜，故其文浩荡，有一泻无尽之势。所谓"济沅湘以南征兮，就重华而陈词"，"登昆仑兮食玉英"，"横大河③兮扬灵"，若将沅湘昆仑大江诸胜易以无名之山水，便索然寡味矣。

有此三点，故能俯仰古今，抑扬顿挫，上承《诗经》，下开汉赋，为骈俪之远祖，作辞赋之先河，信一代之奇文，百世之妙品也。

第五节　屈赋之形式上特点与"兮"字用法

屈赋之形式上特点有六：

（一）自传式叙述。案《离骚》云："帝高阳之苗裔兮，朕

---

① 具：原书作"俱"。
② 道里：原书作"道理"。
③ 大河：原书如此。当作"大江"。

皇考曰伯庸。摄提贞于孟陬兮，惟庚寅吾以降。皇览揆^①余于初度兮，肇锡余以嘉名，名余曰正则兮，字余曰灵均。"此种自叙方法，匪独《诗经》未之前闻，即古逸亦所未见。此当为《离骚》之创体。

（二）句首用发声辞。案《诗经》中句首用发声辞极少，而屈赋则屡见之，如，"纷吾既有此^②内美兮"之"纷"，"汩余若将^③不及兮"之"汩"，"羌内恕己以量人兮"之"羌"，"謇吾法^④夫前修兮"之"謇"，皆发声辞也。

（三）篇末用"乱曰"作结。案《诗经》自首至末，率为一体，《离骚》则于章末添一"乱曰"，如云，"乱曰：已矣哉，国无人莫我知兮"之类，皆是。

（四）借物为比。案屈赋多借香草美人方君子，秽草党人方小人。

（五）神话。案《诗经》，《雅》《颂》多言宗庙之事，神话尚少，屈赋本之，笔机排脱，大有羽化登仙之概，如云，"吾令羲和弭节兮，望崦嵫而勿迫"，"饮余马于咸池兮，总余辔乎扶桑。折若木以拂日兮，聊逍遥以相羊。前望舒使先驱兮，后飞廉使奔驰^⑤。凤凰^⑥为余先戒兮，雷师告余以未具"之类，皆是。

---

① 览揆：原书作"鉴揆"。
② 此：原书"此"字前衍"所"字。
③ 汩余若将：原书"汩"作"汨"，"若"字脱。
④ 法：原书作"发"。
⑤ 奔驰：原书如此，当作"奔属"。
⑥ 凤凰：原书如此，当作"鸾皇"。

（六）句末以"兮"字为终止辞。案屈赋最特异之点，即隔一句，用"兮"字为终止词，如云，"日月忽其不淹兮，春与秋其代序。惟草木之零落兮，恐美人之迟暮"，此一起一伏用"兮"字之法即为后来《楚辞》之最重要格式。

"兮"字之用法又分为八：

（1）而

a. 吹参差兮谁思。

b. 桂棹兮兰枻①。

（2）于

a. 搴谁留兮中洲。

b. 遭②吾道兮洞庭。

（3）以

a. 驾飞龙兮北征。

b. 聊逍遥兮容与。

（4）之

a. 望涔阳兮极浦。

b. 采芳洲兮杜若。

（5）则

a. 心不同兮媒劳。

b. 恩不甚兮轻绝。

（6）乃

a. 期不信兮告余以不闲。

---

① 枻：原书作"拽"。

② 遭：原书作"遭"。

（7）在

a. 罾^①何为兮木上。

b. 麋何为^②兮庭中。

（8）本字

a. 洞庭波兮木叶下。（此原可作而，但不若用兮字佳，当为兮字之正当用法。）

（9）兮字可取消

a. 令沅湘兮无波。

b. 使江水兮安流。

或以屈赋用楚地楚物为独具之特点，吾意不然。夫沅湘洞庭固可言楚地，然"苍梧""悬圃""咸池""扶桑"亦可谓楚地乎？而《离骚》中固已言朝发轫于"苍梧"，夕余至乎"悬圃"矣。蕙茝薜^③荔固为楚物，而"兰""桂""芙蓉"则无地无之，《九歌》固已言"桂棹兮兰枻^④""搴^⑤芙蓉兮木末"矣。此未足为定论也。

第六节　屈原之作品

屈原之作品共十一篇。（侃如之《屈原》，国恩之《楚辞概论》言之甚详，可参阅）

1《橘颂》　2《离骚》　3《抽思》　4《悲回风》　5《惜诵》

---

① 罾：原书作"会"。
② 何为：原书如此，当作"何食"。
③ 薜：原书作"薛"。
④ 枻：原书作"拽"。
⑤ 搴：原书作"搴"。

以上五篇作于怀王朝（即西元[①]前四世纪末年）。

6《思美人》　7《哀郢》　8《涉江》　9《怀沙》　10《惜往日》　11《天问》

以上六篇作于顷襄王朝（即西元[②]前三世纪初年）。

馀十六篇为伪作。《九歌》（十一篇）

12《远游》　13《卜居》　14《渔父》　15《招魂》　16《大招》

其最佳者莫若《离骚》，兹并次之于篇。

《离骚》：

帝高阳之苗裔兮，朕皇考曰伯庸。摄提贞于孟陬兮，惟庚寅吾以降。

皇览揆余于初度兮，肇锡余以嘉名，名余曰正则兮，字余曰灵均。

纷吾既有此内美兮，又重之以修能。扈江离与[③]辟芷兮，纫秋兰以为佩。

汨[④]余若将不及兮，恐年岁之不吾与。朝搴阰之木兰兮，夕揽洲之宿莽。

日月忽其不淹兮，春与秋其代序。惟草木之零落兮，恐美人之迟暮。

不[⑤]抚壮而弃秽兮，何不改乎此度也？乘骐骥以驰

---

① 元：原书脱此字。
② 元：原书脱此字。
③ 与：原书作"以"。
④ 汨：原书作"汨"。
⑤ 不：原书脱此字。

骋兮，来！吾导夫先路[1]！

昔三后之纯粹兮，固众芳之所在。杂申椒与菌桂兮，岂惟纫夫蕙茝？

彼尧舜之耿介兮，既遵道而得路；何桀纣之昌披兮，夫惟捷径以窘步？

惟党人之偷乐兮，路幽昧以险隘。岂余身之惮殃兮？恐皇舆之败绩。

忽奔走以先后兮，及前王之踵武。荃不揆[2]余之中情兮，反信谗而齌怒。

余固知謇謇之为患兮，忍而不能舍也！指九天[3]以为正兮，夫惟灵修之故也！

初既与余成言兮，后悔遁而有他。余既不难夫离别兮，伤灵修之数化。

---

① 路：原书后衍"也"字。

② 荃不揆：原书为"荪不揆"，据后文对应注释条目为"荃"，故改"荪"为"荃"。此句通行本为"荃不察余之中情兮"，而《楚辞补注》指明有异本为"荃不揆余之中情兮"，林之棠喜好取别本文句，故不改"揆"为"察"。

③ 九天：原书作"九夫"。

余既滋兰之九畹兮，又树蕙之百畮①。畦留夷②与揭车兮，杂杜衡与芳芷。

冀枝叶之峻茂兮，愿俟时乎吾将刈。虽萎绝其亦何伤兮？哀众芳之芜秽。

众皆竞进以贪婪兮，凭不厌乎求索。羌内恕己以量人兮，各兴心而嫉妒。

忽驰骛③以追逐兮，非余心之所急。老冉冉其将至兮，恐修名之不立。

朝饮木兰之坠露兮，夕餐秋菊之落英。苟余情其信姱以练要兮，长顑颔亦何伤！

擥木根以结茝兮，贯薜荔之落蕊。矫菌桂以纫蕙④兮，索胡绳之纚纚。

---

① 畮：原书此处作"畂"，而后文注释部分对应注释词条为"【畮】，即亩字"，故从后文而改。通观这部《新著中国文学史》，林之棠此人颇喜爱用假借字、异体字以见独特，例如全书"假借"二字，常用"叚借"。于各作品文句也喜欢采取有别于通行本的，例如本处收录《离骚》的文字、注释，都明显是据洪兴祖《楚辞补注》，但文句又往往取《补注》所弃版本，如"何不改乎此度也"，《补注》指出《昭明文选》曾说"一云'何不改乎此度也'"，而《补注》不取此异本，林之棠取异本。即此"亩"（畮）字，《补注》正文取"亩"，注释此字时说："《释文》：亩作畮。"而林之棠实际是在正文中欲取"畮"字，不然后文注释不会以"畮"字为条目："【畮】，即亩字。"

② 留夷：原书此处作"蘦荑"，而文后注释以"留夷"为条目，故改。

③ 驰骛：原书此处作"驰骛"，而后文注释以"驰骛"为条目："【驰骛】，一作驰骛"，可知作者意欲取"驰骛"。据《楚辞补注》，《文选五臣注》谓"驰"一作"驰"。

④ 蕙：原书作"兰"。

蹇吾法夫前修兮，非世俗之所服。虽不周于今之人兮，愿依彭咸之遗则。

哀民生之多艰兮，长太息以掩涕。[1] 余虽好修姱以鞿羁兮，謇[2]朝谇而夕替：

既替余以蕙纕兮，又申之以揽茝。亦余心之所善兮，虽九死其犹未悔！

怨灵修之浩荡兮，终不察夫民心。众女嫉余之蛾眉兮，谣诼谓余以善淫。

固时俗之工巧兮，偭规矩而改错，背绳墨以追曲兮，竞周容以为度。

忳郁邑余侘傺兮，吾独穷困乎此时也！宁溘死以流亡兮，余不忍为此态也！

鸷鸟之不群兮，自前世而固然。何方圆之能周兮？夫孰异道而相安？

屈心而抑志兮，忍尤而攘诟。伏清白以死直兮，固前圣之所厚。

悔相道之不察兮，延伫乎吾将反。回朕车以复路兮，及行迷之未远。

步余马于兰皋兮，驰椒丘且焉止息。进不入以离尤兮，退将复修吾初服。

制芰荷以为衣兮，集芙蓉以为裳。不吾知其亦已兮，苟余情其信芳！

---

① "哀民生"二句次序，原文如此，当是作者有意如此调整。

② 謇：原书作"蹇"。

高余冠之岌岌兮，长余佩之陆离。芳与泽其杂糅兮，唯昭质其犹未亏。

忽反顾以游目兮，将往观乎四荒。佩缤纷其繁饰兮，芳菲菲其弥章。

民生各有所乐兮，余独好修以为恒。虽体解吾犹未变兮，岂余心之可惩！

女媭之婵媛兮，申申其骂[①]予，曰："鲧婞直以亡身兮，终然夭乎羽之野。

"汝何博謇而好修兮，纷独有此姱节？薋菉葹以盈室兮，判独离而不服。

"众不可户说兮，孰云察余之中情？世并举而好朋兮，夫何茕独而不予听？"

依前圣以节中兮，喟凭心而历兹。济沅湘以南征兮，就重华而陈辞：

"启《九辩》与《九歌》兮，夏康娱以自纵。不顾难以图后兮，五子用失[②]乎家巷。

"羿淫游以佚畋兮，又好射夫封狐。固乱流其鲜终兮，浞又贪夫厥家。

"浇身被服强圉兮，纵欲而不忍。日康娱而自忘兮，厥首用夫颠陨。

"夏桀之常违兮，乃遂焉而逢殃。后辛之菹醢兮，殷宗用之不长。

---

① 骂：原书如此。据《楚辞补注》，有此一本。

② 失：原书脱此字。

"汤禹俨而祗敬①兮，周论道而莫差。举贤才②而授能兮，循绳墨而不颇。

"皇天无私阿兮，览民德焉错辅。夫维圣哲以茂行兮，苟得用此下土。

"瞻前而顾后兮，相观民之计极。夫孰非义而可用兮？孰非善而可服？

"阽余身而危死兮，览余初其犹未悔。不量凿而正枘兮，固前修以菹醢。

"曾歔欷余郁邑兮，哀朕时之不当。揽③茹蕙以掩涕兮，沾余襟之浪浪。"

跪敷衽以陈辞兮，耿吾既得此中正。驷玉虬以乘鹥兮，溘埃风余上征。

朝发轫于苍梧兮，夕余至乎县圃。欲少留此灵琐兮，日忽忽其将暮。

吾令羲和弭节兮，望崦嵫而勿迫。路漫漫其修远兮，吾将上下而求索。

饮余马于咸池兮，总余辔乎扶桑。折若木以拂日兮，聊逍遥以相羊。

前望舒使先驱兮，后飞廉使奔属，鸾凰为余先戒兮，雷师告余以未具。

吾令凤鸟飞腾兮，继之以日夜。飘风屯其相离兮，

---

① 俨而祗敬：原书作"严而求合"，当是与下文巫咸之语混淆。
② 贤才：原书如此。据《楚辞补注》，别本如此。
③ 揽：原书作"览"。

率^①云霓而来御。

纷总总其离合兮，斑陆离其上下。吾令帝阍开关兮，倚阊阖而望予。

时暧暧其将罢兮，结幽兰而延伫。世溷浊而不分兮，好蔽美而嫉妒。

朝吾将济于白水兮，登阆风而绁马。忽反顾以流涕兮，哀高丘之无女。

溘吾游此春宫兮，折琼枝以继佩。及荣花^②之未落兮，相下女之可诒。

吾令丰隆乘云兮，求宓妃之所在。解佩纕以结言兮，吾令蹇修以为理。

纷总总其离合兮，忽纬繣其难迁。夕归次于穷石兮，朝濯发乎洧盘。

保厥美以骄傲兮，日康娱以淫游。虽信美而无礼兮，来违弃而改求。

览相观于四极兮，周流乎天余乃下。望瑶台之偃蹇兮，见有娀之佚女^③。

吾令鸩为媒兮，鸩告余以不好。雄鸩之鸣逝兮，余犹恶其佻巧。

心犹豫而狐疑兮，欲自适而不可。凤凰既受诒兮，恐高辛之先我。

---

① 率：原文如此。通行本作"帅"。

② 荣花：原文如此。通行本作"荣华"。

③ 佚女：原书作"妷女"，后文注释以"佚女"为条目，故改"佚女"。

55

欲远集而无所止兮，聊浮游以逍遥。及少康之未家兮，留有虞之二姚。

理弱而媒拙兮，恐导言之不固，世溷浊而嫉贤兮，好蔽美而称恶。

闺中既以邃远兮，哲王又不悟。怀朕情而不发兮，余焉能忍而与此终古！

索琼茅以筵篿兮，命灵氛为余占之。曰："两美其必合兮，孰信修而慕之？

"思九州之博大兮，岂惟是其有女？"曰："勉远逝而无狐疑兮，孰求美而释汝？

"何所独无芳草兮？尔何怀乎故宇？"世幽昧以眩曜兮，孰云察余之善恶？

民好恶其不同兮，惟此党人其独异。户服艾以盈腰兮，谓幽兰其不可佩。

览察草木其犹未得兮，岂珵美之能当？苏粪壤以充帏兮，谓申椒其不芳。

欲从灵氛之吉占兮，心犹豫而狐疑。巫咸将夕降兮，怀椒糈而要之。

百神翳其备降兮，九疑缤其并迎。皇剡剡其扬灵兮，告余以吉故。

曰："勉升降以上下兮，求矩矱之所同。汤禹严而求合兮，挚咎繇而能调。

"苟中情其好修兮，又何必用夫行媒？说操作于傅岩兮，武丁用而不疑。

"吕望之鼓刀兮，遭周文而得举。宁戚之讴歌兮，齐桓闻以该辅。

"及年岁之未晏兮，时亦犹其未央。恐鹈鴂之先鸣兮，使夫百草为之不芳。

"何琼佩之偃蹇兮，众薆然而蔽之？惟此党人之不谅兮，恐嫉妒而折之。"

时缤纷以①变易兮，又何可以淹留？兰芷变而不芳兮，荃蕙②化而为茅。

何昔日之芳草兮，今直为此萧艾也？岂其有他故兮？莫好修之害也！

余以兰为可恃兮，羌无实而容长。委厥美以从俗兮，苟得列乎众芳。

椒专佞以慢慆兮，樧又欲充夫佩帏。既干进而务入兮，又何芳之能祗？

固时俗之流从兮，又孰能无变化？览椒兰其若兹兮，又况揭车与江离？

惟兹佩之可贵兮，委厥美而历兹。芳菲菲而难亏兮，芬至今犹未沫。

和调度以自娱兮，聊浮游而求女。及余饰之方壮兮，周流观乎上下。

灵氛既告余以吉占兮，历吉日乎吾将行。折琼枝以为羞兮，精琼爢以为粻。

为余驾飞龙兮，杂瑶象以为车。何离心之可同兮？

---

① 以：原书如此，通行本作"其"。
② 荃蕙：原书如此，通行本作"荃蕙"。

吾将远逝以自疏。

邅吾道夫昆仑兮，路修远以周流。扬云霓之晻霭兮，鸣玉鸾之啾啾。

朝发轫于天津兮，夕余至乎西极。凤凰纷①其承旂兮，高翱翔之翼翼。

忽吾行此流沙兮，遵赤水而容与。麾蛟龙使梁津兮，诏西皇使涉予。

路修远以多艰兮，腾众车使径待。路不周以左转兮，指西海以为期。

屯余车其千乘兮，齐玉轪而并驰。驾八龙之蜿蜿兮，载云旗之委移②。

抑志而弭节兮，神高驰之邈邈。奏《九歌》而舞《韶》兮，聊借日③以媮乐④。

陟升皇之赫戏兮，忽临睨夫旧乡。仆夫悲余马怀兮，蜷局顾而不行。

乱曰：已矣哉！国无人，莫我知兮，又何怀乎故都？既莫足与为美政兮，吾将从彭咸之所居。

【帝】楚帝也。【高阳】颛顼有天下之号也。【苗】胤也。【裔】末也。言楚帝本颛顼胤末之子孙也。【朕】我。【皇考】亡父也。【伯庸】名也。

---

① 纷：原书如此，通行本作"翼"。
② 委移：原书如此，通行本作"委蛇"。
③ 借日：原书如此，当作"假日"。
④ 媮乐：原书此处作"偷乐"，而通行本均作"媮乐"，后文注释所列词条亦作"媮乐"，故改之。

【摄提】*太岁在寅曰摄提。【贞】正。【孟】始。
【陬】*正月为陬。【庚寅】日也。【降】生。【皇】
考也。【览】睹。【揆】度。【初度】始也。【肇】
始。【锡】赐。【嘉】善。【修】远。【扈】*楚人名
被曰扈。【江离】【辟芷】皆香草名也。【纫】
索。【汩①】去貌。【不吾与】言不待我也。【搴】取。
【阰】山名。【揽】采。【宿莽】*草冬生不死者，楚
人名之曰宿莽。【淹】久也。【序】次也。【代序】
言以次相代也。【秽】行之恶也。【三后】禹、汤、
文王也。【纯粹②】言其德纯美也。【申】王逸谓作重
字解，之棠案申椒菌桂相对成文，申当作草名。【昌
披】衣不带貌。【捷】疾。【径】邪道。【窘】急。
【偷】苟且也。【惮】难。【殃】咎③。【皇】君。
【舆】国。【踵】继。【武】迹。【荃】香草。【齌】
疾。【謇謇④】忠贞也。【灵】神。【修】远。神明能
远见也。【遁】隐也。【数化】志数易变化也。【滋】
莳。【畹】*十二亩为畹。【晦】即亩字。【哇】共呼
种之名。【留夷】香草。【揭车】香草。【杜衡】【芳
芷】香草之名。【萎】病。【绝】落。【贪婪】*爱财
曰贪。爱食曰婪。【凭】*楚人名满曰凭。【不厌求
索】言不知厌饱也。【量】度。【驼鸯】一作驰骛。

【英】华。【苟】诚。【练】简。【颣颣】不饱貌。
【擎①】持也。【贯】累也。【胡绳】香草也。【缅缅
】索好貌。【蹇②】难也。【周】合。【彭咸】殷贤大
夫。【靮羁】*缰在口曰靮。革络头曰羁。【谇】谏。
【替】废。【灵修】指怀王。【偭】背。【周】合。
【容】度。【忳】自念。【侘傺】失志貌。【溘】奄。
【尤】过。【攘】除。【诟】污。【相】视。【延】
长。【仁】立貌。【皋】*泽曲曰皋。【椒丘】*土高
四堕曰椒丘。【初服】始服也。【芰】菱。【荷】芙蕖
也。【岌岌】高貌。【陆离】参差。众之貌也。【四
荒】四远之外。【缤纷】盛貌。【女嬃③】屈原姊也。
【婵媛】牵引也。【申申】重也。【鲧】尧臣也。《帝
系》曰："颛顼后五世而生鲧。"【羽】山名。【婞
节】婞异之节。【赟】菉藜。【菉】王刍也。【葹】枲
耳也。皆恶草也。【茕】孤也。【重华】*《帝系》曰：
瞽叟④生重华，是为帝舜。【九辩】【九歌】禹乐也。
【康】太康，启子也。夏太康失国，兄弟五人，皆居于
同巷。【封狐】大狐也。【家】*妇人谓嫁曰"家"。
【浇】寒浞子也。【首】头。【辛】纣名。【颇】偏
也。【错】置。【辅】佐。【计】谋。【极】穷。
【敷】却。【耿】明。【驷】乘。【溘】犹奄也。【苍

---

① 擎：原书作"览"，据前正文改。
② 蹇：原书作"謇"。
③ 女嬃：原书作"女须"。
④ 瞽叟：原书作"鼓叟"。

梧】舜之所葬所也。【县圃】*通天神山也。【灵琐】
天门也。【羲和】日御也。【弭】驻也。【崦嵫】日所
入山也。【咸池】日浴处。【总①】结。【扶桑】日所
拂木也。【若木】在昆仑山西极。【望舒】月御。【飞
廉】风伯。【屯其】离貌。【白水】出昆仑之山。【阆
风】山，在昆仑之上。【高丘】阆风山上也。【丰隆】
雷师②也。【宓妃】神女。【蹇修】伏羲氏之臣。【纬
繣】乖戾也。【穷石】*弱水出于穷石。【洧盘】*宓妃
好清洁，朝沐于洧盘之水。【偃蹇】高貌。【有娀③】
国名。【佚】美。谓帝喾之妃，契母简狄也。【佻
轻④】。【巧】利。【虞】国。妻少康以二女。【邃】
深。【索】取。【琼茅】灵草也。【筳⑤】小折竹也，
楚人名结草折竹以卜曰篿。【灵氛】占明吉凶⑥者也。
【眩曜】惑乱貌。【艾】白蒿也。【瑾】美玉。【帏
谓之滕⑦，香囊也。【巫咸】古神巫也。【椒】香物
也。【糈】精米以享神也。【翳⑧】蔽。【缤】盛貌。
言蔽日来下，纷然来迎也。【剡剡】光貌。【扬灵】

---

① 总：原书作"摠"。前《离骚》正文作"总"，此注释处作"摠"，
　虽实为一字，终究不妥。
② 雷师：原书作"富师"。
③ 有娀：原书作"有娥"。
④ 此条原书作"轻（佻）"，条目、释文混乱。
⑤ 筳：原书作"筐"。
⑥ 原书"吉凶"前衍一"占"字。
⑦ 滕：原书作"胜"。
⑧ 翳：原书作"医"。

扬其光灵。【矩】法。【䜰】度。【挚】伊尹名，汤臣。【咎繇】禹臣也。【说】傅说也。【傅岩】地名。【吕】太公之氏姓也。【宁戚】卫人。【该】备。宁戚修德不用，退而商贾，宿齐东门外。桓公夜出，戚方饭牛，叩角而商歌，桓公闻之，知其贤，举用为客卿，备辅佐也。【央】尽。【鹈鴂】一名买鵕。【偃蹇】象盛貌。【谅】信。【折】挫。【慆】淫。【祗】敬。【历】逢。【兹】此。【沫】已。【羞】脯。【精】凿。【麛】屑①。【粻】粮。【遭】转。楚人名转曰遭。【晻霭】阴貌。【赤水】出昆仑山。【容与】游戏貌。【麾】*举手曰麾。【诏】告。【西皇】帝少皞也。【径待②】言从邪径以相待也。【不周】山名，在昆仑山西北。【转】行也。【屯】陈。【轪】辋也。【蜿蜿③】龙飞貌。【邈邈】远貌。【九歌】禹乐也。【喻乐】娱乐也。【睨】视。【蜷局】诘屈不行貌。

此篇为《楚辞》中之杰④作，间尤以乘鸾上征，虔求宓妃一节，为最有艺术价值，间尝清心读之，宛若置身云雾，瑶台无际，古代神话传奇之作，殆无出于其右者。虽然，《离骚》之产生，亦非绝无故也，蒙窃推究其源，其与屈子之家庭教育，家世

---

① 屑：原书此处仅列出欲注释的条目"麛"（前诗正文中作"糜"），后面未加注释。今察此处注释，全取洪兴祖《楚辞补注》，故依《楚辞补注》补足。
② 径待：原书作"经待"。
③ 蜿蜿：原书作"婉婉"。
④ 杰：原书作"桀"。亦可通，据原书《刊误表》改。

环境大有关系焉。案《离骚》云："皇览揆余初度兮，肇锡余以嘉名。名余曰正则兮，字余曰灵均。"王逸《楚辞注》："正，平也。则，法也。灵，神也。均，调也。可法则者莫过于天，名'平'以法天也。养物均调者，莫神于地，字'原'以法地也。"审此则屈子之家族所仰望于屈子者，固甚大也。仰望之心既殷，则教养之方必备。昔孟母三迁，孟轲卒成大儒，千古大有为之人，大都家庭教育有以造成之。屈子之父对屈子之教育，一命名之细，即讲求若此，其他可想而知之矣。屈子受此良好家庭教育之薰陶①，固当②以清白自居。观篇中好鸟香草，恶禽臭物之譬，不觉忠佞之辩，溢于言表。凡百君子莫不羡其清高，嘉其文采，哀其不遇，而悯③其志，是所谓诚于中形于外也。此家庭教育之功也。

周代无纸制之书，龟简之文，非素丰之家不能兼备，非然者，则有助于师友之耳提面命。屈原之师为谁，古籍沦佚，不可得而详，其为王族名门世裔，则《离骚》中固已明言之矣。三闾大夫，家存龟简必富，司马迁称其博闻强识，盖必有由然矣。考《离骚》所载私名（Proper noun）甚多，良由其平日所涉猎者广，囊中有物，故能意到笔随，嬉笑怒骂，尽成文章。不然，放逐湘流，行吟泽畔，乌从空中楼阁，琳琅满目也哉？此由家世环境之功也。

有此二因，故能玉质金相，百岁无匹。自孔丘终没以来，名

---

① 薰陶：原书作"薰淘"。

② 当：原书作"尝"。

③ 悯：原书作"闵"。原书中"悯"字数以"闵"字通假，整理时悉径改用"悯"字，后不再注。

儒博达之士，著造词赋莫不拟则其仪表，祖式其模范，名垂罔极，宜哉。屈原之后，当推宋玉。

第七节 宋玉

宋玉楚人，生于顷襄王九年（西元前二九零），曾从薄宦，未几即去职。家贫，悯原忠而放逐，作《九辩》以见志，卒于负刍五年，年六十九。《汉书·艺文志》著录其赋仅[①]十篇，今存[②]十四篇：（一）《九辩》，（二）《招魂》（见王逸《楚辞[③]章句》），（三）《风赋》，（四）《高唐赋》，（五）《神女赋》，（六）《登徒子好色赋》，（七）《对楚王问》（见萧统等之《文选》），（八）《笛赋》，（九）《大言赋》，（十）《小言赋》，（十一）《讽赋》，（十二）《钓赋》，（十三）《舞赋》（见无名氏《古文苑》），（十四）《高唐对》（见严可均辑《全上古三代文》），以上十四篇，只有《楚辞章句》中所载之二篇较为可信，馀均系赝[④]品。兹并次《九辩》原文于后：

> 悲哉，秋之为气也！萧瑟兮草木摇落而变衰。憭慄兮若至[⑤]远行，登山临水兮送将归。
>
> 泬寥兮天高而气清[⑥]，寂寥兮收潦而水清。憯悽增

---

① 仅：原书此处无此字，据原书《刊误表》补。

② 存：原书此处作"仅存"，据原书《刊误表》删"仅"。

③ 辞：原书作"辩"。

④ 赝：原书作"鹰"。

⑤ 至：原书如此。通行本作"在"。

⑥ 清：原书此字后衍"寥"字。

欷兮薄寒之中人。怆恍懭恨兮去故而就新，坎廪兮^①贫士失职而志不平。廓落^②羁旅兮而无友生，惆怅兮而私自怜。

燕翩翩其辞归兮，蝉寂寞而无声。雁廱廱^③而南游兮，鹍鸡啁哳而悲鸣。

独申旦而不寐兮，哀蟋蟀之宵征。时亹亹而过中兮，蹇淹留而无成。

悲忧穷戚兮独处廓，有美一人兮心不怿。去乡离^④家兮来远客，超逍遥兮今焉薄？

专思君兮不可化，君不知兮可奈何！蓄怨兮积思，心烦憺兮忘食事。

愿一见兮道余意，君之心兮与余异。车既驾兮朅而归，不得见兮心伤悲。

倚结軨兮长太息，涕潺湲兮下霑轼。忼^⑤慨绝兮不得，中瞀乱兮迷惑。私自怜兮何极！心怦怦兮谅直！

皇天平分四时兮，窃独悲此廪秋。白露既下百草兮，奄离披此梧楸。

去白日之昭昭兮，袭长夜之悠悠。离芳蔼之方壮兮，余萎约而悲愁。

秋既先戒以白露兮，冬又申之以严霜。收恢台之孟

---

① 兮：原书无，据通行本补。
② 廓落：原书后有"兮"字，据原书《刊误表》删。
③ 廱廱：原书作"癰癰"，据通行本改。
④ 离：原书作"难"。
⑤ 忼：原书作"忼"。

夏兮，然欿傺而沉藏。

叶菸邑而无色兮，枝烦挐①而交横。颜淫溢而将罢兮，柯仿佛而萎黄。

萷櫹椮之可哀兮，形销铄而瘀伤。惟其纷糅②而将落兮，恨其失时而无当。

揽骓辔而下节兮，聊逍遥以相羊。岁忽忽而遒尽兮，恐余寿之弗将。

悼余生之不时兮，逢此世之俇攘。澹容与而独倚兮，蟋蟀鸣此西堂。

心怵惕而震荡兮，何所忧之多方？仰明月而太息兮，步列星而极明。

窃悲夫蕙华之曾敷兮，纷旖旎乎都房。何曾华之无实兮，从风雨而飞飏。

以为君独服此蕙兮，羌无以异于众芳。闵奇思之不通兮，将去君而高翔。

心闵怜之惨悽兮，愿一见而有明。重无怨而生离兮，中结轸而增伤。

岂不郁陶而思君兮？君之门以九重。猛犬狺狺而迎吠兮，关梁闭而不通。

皇天淫溢而秋霖兮，后土何时而得漧？块独守此无泽兮，仰浮云而永叹。

---

① 挐：原书作"挐"。
② 纷糅：原书作"失时"。

何时俗^①之工巧兮，背绳墨而改错。却骐骥而不乘兮，策驽骀^②而取路。

当世岂无骐骥兮？诚莫之能善御。见执辔者非其人兮，故駶^③跳而远去。凫雁皆唼夫梁藻兮，凤愈飘翔而高举。

圆凿而方枘兮，吾固知其鉏铻而难入。众鸟皆有所登栖兮，凤独遑遑而无所集。

愿衔枚而无言兮，尝被君之渥洽。太公九十乃显荣^④兮，诚未遇其匹合。

谓骐骥兮安归！谓凤凰兮安栖！变古易俗兮世衰，今之相者兮^⑤举肥！

骐骥伏匿而不见兮，凤凰高飞而不下。鸟兽犹知怀德兮，何云贤士之不处？

骥不骤^⑥进而求服兮，凤亦不贪餧而妄食。君弃远而不察兮，虽愿忠其焉得？

欲寂寞而绝端兮，窃不敢忘初之厚德。独^⑦悲愁其伤人兮，冯郁郁其何极！

霜露惨悽而交下兮，心尚幸其弗济。霰雪雰糅其增加兮，乃知遭命之将至。愿徼幸而有待兮，泊莽莽与野

---

① 时俗：原书作"世俗"。
② 驽骀：原书作"骀驽"。
③ 駶：原书作"蹇"。
④ 显荣：原书作"荣显"。
⑤ 兮：原书无此字。
⑥ 骤：原书无此字。
⑦ 独：原书作"称"。

草同死。

愿自直而径往兮，路壅绝而不通。欲循道而平驱兮，又未知其所从。然中路而迷惑兮，自压桉而学诵。

性愚陋以褊浅兮，信未达乎从容。窃美申包胥之气盛兮，恐时世之不固。

何时俗之工巧兮，灭规矩而改凿？独耿介而不随兮，愿慕先圣之遗教。

处浊世而显荣兮，非余心之所乐。与其无义而有名兮，宁穷处而守高。

食不偷而为饱兮，衣不苟而为温。窃慕诗人之遗风兮，原托志乎"素餐"。

蹇充倔而无端兮，泊莽莽而无垠。无衣裘以御冬兮，恐溘死而不得见乎阳春。

靓杪① 秋之遥夜兮，心憭悢而有哀。春秋逴逴而日高兮，然惆怅而自悲。

四时递来而卒岁兮，阴阳不可与俪偕。白日晼晚其将入② 兮，明月销铄而减③ 毁。岁忽忽而遒尽兮，老冉冉而愈弛。

心摇悦而日幸兮，然怊怅而无翼。中憯恻之悽怆④ 兮，长太息而增欷。

---

① 靓杪：原书作"靚秒"。
② 入：原书作"人"。
③ 减：原书作"咸"。
④ 悽怆：原书作"悽悽"。

年洋洋以日往兮，老嵺廓而无处。事亹亹而觊[①]进兮，蹇淹留而踌躇。

何泛滥之浮云兮？焱壅[②]蔽此明月？忠昭昭而愿见兮，然霶[③]曀而莫达。

愿皓日之显行兮，云蒙蒙而蔽之。窃不自料而愿忠兮，或黕点而汙之。

尧舜之抗行兮，瞭冥冥而薄天。何险巇之嫉妒兮，被以不慈之伪名？

彼日月之照明兮，尚黭黮而有瑕。何况一国之事兮，亦多端而胶加？

被荷裯之晏晏兮，然潢洋而不可带。既骄美而伐武兮，负左右之耿介。

憎愠惀之修美兮，好夫人之忼慨；众踥蹀而日进兮，美超远而逾迈。

农夫辍耕而容与兮，恐田野之[④]芜秽。事绵绵而多私兮，窃悼后之危败。世雷同而炫燿兮，何毁誉之昧昧？

今修饰而窥镜兮，后尚可以窜藏。愿寄言夫流星兮，羌倏忽而难当。辛壅[⑤]蔽此浮云兮，下暗漠[⑥]而无

---

① 觊：原书作"冀"。
② 壅：原书作"癕"。
③ 霶：原书作"露"。
④ 之：原书作"而"。
⑤ 壅：原书作"癕"。
⑥ 暗漠：原书作"暗淡"。

光。

尧舜皆有所举任兮，故高枕而自适。谅无怨于天下兮，心焉取此怵惕？

乘骐骥之浏浏兮，驭安用夫强策？谅城郭之不足恃兮，虽重介之何益？

遭翼翼而无终兮，忳惛惛而愁约。生天地之若过兮，功不成而无效。

愿沉滞而不见兮，尚欲布名乎天下。然潢洋而不遇兮，直怐愁①而自苦。

莽洋洋而无极兮，忽翱翔之焉薄？国有骥而不知乘兮，焉皇皇而更索。

宁戚讴于车下兮，桓公闻而知之。无伯乐之善相兮，今谁使乎誉②之？

罔流涕以聊虑兮，惟著意而得之。纷忳忳③之愿忠兮，妒披离④而彰⑤之。

愿赐不肖之躯而别离兮，放游志乎云中。乘精气之抟抟兮，骛诸神之湛湛。骖白霓之习习兮，历群灵之丰丰。

左朱雀之茇茇兮，右苍龙之躣躣。属雷师之阗阗兮，通飞廉之衙衙。

---

① 愁：原书作"愁"。
② 誉：原书作"訾"。
③ 忳忳：原书如此，通行本作"纯纯"。
④ 披离：原书如此，通行本作"被离"。
⑤ 彰：原书如此，通行本作"鄣"。

前轻辌之锵锵兮，后辎乘之从从。载云旗之委蛇兮，扈屯骑之容容。

计专专之不可化兮，愿遂推而为臧。赖皇天之厚德兮，还及君之无恙。

【憭慄】心伤也。【沆寥】旷荡而虚静也。【寂】沟渎顺流漠无声也。【收潦】沟无溢潦，百川静也。【坎廪】数遭患祸，身困极也。【廓落】丧志失偶，块独立也。【耄】音茂。【偝】*楚人谓往曰偝。【旖旎】盛貌。【申包胥】楚大夫也。昔伍子胥得罪于楚，将适于吴，见申包胥，谓曰："我必亡郢。"申包胥答曰："子能覆楚，我必复楚。"遂出奔吴，为吴王阖闾臣。兴兵而伐楚至郢，昭王出奔，于是申包胥乃之秦，请救兵，立秦庭啼呼悲泣，七日夜勺饮不入口。秦伯哀之，为发兵救楚。【逴】敕角反。【俪偕】追逐。

宋玉之作品，完全祖屈原，观《九辩》所载"聊逍遥以相羊"，原于《离骚》"聊逍遥以相羊"；"何时俗之工巧兮，背绳墨而改错"，原于《离骚》"固①时俗之工巧兮，偭绳墨而改错"；"忠昭昭而愿见兮"，原于《哀郢》"忠湛湛②而愿进兮"；"尧舜之抗行兮，瞭冥冥而薄天"，原于《哀郢》"彼尧舜之抗行兮，瞭杳杳其薄天"；"何险巇之嫉妒兮，被以不慈之伪名"，原于《哀郢》之"众谗人之嫉妒兮，被以不慈之伪名"……惟《招魂》较佳，间描写天地四方一段尤好，兹次之

---

① 固：原书作"因"。
② 湛湛：原书作"淇淇"。

于后：

招魂

朕幼清以廉洁兮，身服义而未沫。主此盛德兮，牵于俗而芜秽。上无所考此盛德兮，长离殃而愁苦。

帝告巫阳曰："有人在下，我欲辅之。魂魄离散，汝筮予之。"

巫阳对曰："掌蓼，上帝其命[1]难从。若必筮予之，恐后谢之，不能复用。"

巫阳焉乃下招曰：魂兮，归来！去君之恒干，何为乎四方些？舍君之乐处，而离彼不祥些？

魂兮，归来！东方不可以托些！长人千仞，惟魂是索些！

十日代出，流金铄石些。彼皆习之，魂往必释些。归来！归来！不可以托些！

魂兮，归来！南方不可以止些！雕题黑齿，得人肉以祀，以其骨为醢些。蝮蛇蓁蓁，封狐千里些。

雄虺九首，往来倏忽，吞人以益其心些。归来！归来！[2]不可以久淫些！

魂兮，归来！西方之害，流沙千里些。旋入[3]雷渊，靡散而不可止些。幸而得脱，其外旷宇些。赤蚁若

---

[1] 命：原书此处无此字，据原书《刊误表》补。

[2] "归来！归来！"原书如此，通行本作"归来兮"。以下数处皆同此。

[3] 入：原书作"人"。

象，玄蜂若壶些。

五谷不生，藂菅是食些。其土烂人，求水无所得些。

彷徉无所倚，广大无所极些。归来！归来！恐自遗贼些。

魂兮，归来！北方不可以止些！增冰峨峨，飞雪千里些。归来！归来！不可以久些！

魂兮，归来！君无上天些！虎豹九关，啄害下人些。

一夫九首，拔木九千些。豺狼从目，往来侁侁些。

悬人以嬉①，投之深渊些。致命于帝，然后得瞑些。归来！归来！往恐危身些。

魂兮，归来！君无下此幽都些！土伯九约，其角觺觺些。敦脄血拇，逐人駓駓些。三目虎首，其身若牛些。此皆甘人。归来！归来！恐自遗灾些。

魂兮，归来！入修门些！工祝招君，背行先些。

秦篝齐缕，郑绵络些。招具该备，永啸呼些。

魂兮，归来！反故居些！

天地四方，多贼奸些。像设君室，静闲安些。

高堂邃宇，槛层轩些。层台累榭，临高山些。网户朱缀，刻方连些。

冬有突厦，夏室寒些。川谷径复，流潺湲些。

光风转蕙，泛崇兰些。经堂入奥，朱尘筵些。

---

① 嬉：原书此处作"娱"，据原书《刊误表》改。

砥室翠翘，挂曲琼些。翡翠珠被，烂齐光些。

蒻阿拂壁，罗帱张些。纂组绮缟，结琦璜些。

室中之观，多珍怪些。兰膏明烛，华容备些。二八侍宿，射递代些。

九侯淑女，多迅众些。盛鬋不同制，实满宫些。

容态好比，顺弥代些。弱颜固植，謇其有意些。

姱容修态，絙洞房些。蛾眉曼睩，目腾光些。

靡颜腻理，遗视矊些。离榭修幕，侍君之闲些。

翡帷翠帐，饰高堂些。红壁沙版，玄玉之^①梁些。

仰观刻桷，画龙蛇些。坐堂伏槛，临曲池些。

芙蓉始发，杂芰荷些。紫茎屏风，文缘波些。

文异豹饰，侍陂陁些。轩辌既低，步骑罗些。

兰薄户树，琼木篱些。魂兮，归来！何远为些？

室家遂宗，食多方些。稻粢穱麦，挐黄粱些。

大苦醎酸，辛甘行些。肥牛之腱，臑若芳些。

和酸若苦，陈吴羹些。胹鳖炮羔，有柘浆些。

鹄酸臇凫，煎鸿鸧些。露鸡臛蠵，厉而不爽些。

粔籹蜜饵，有餦餭些。瑶浆蜜勺，实羽觞些。

挫糟冻饮，酎清凉些。华酌既陈，有琼浆些。归反故室，敬而无妨些。

肴羞未通，女乐罗些。陈钟按鼓，造新歌些。《涉江》《采菱》，发《扬荷》些。

美人既醉，朱颜酡些。娭光眇视，目曾波些。

———————
① 之：原书如此，通行本无"之"字。

被文服纤，丽而不奇些。长发曼鬋，艳陆离些。

二八齐容，起郑舞些。衽若交竿^①，抚案下些。

竽瑟狂会，搷^②鸣鼓些。宫庭震惊，发《激楚》些。吴歈蔡讴，奏大吕些。

士女杂坐，乱而不分些。放陈组缨，班其相纷些。

郑卫妖玩，来杂陈些。《激楚》之结，独秀先些。

菎蔽象棋，有六簿些。分曹并进，遒相迫些。成枭而牟，呼五白些。

晋制犀比，费白日些。铿钟摇簴，揳^③梓瑟些。

娱酒不废，沉日夜些。兰膏明烛，华灯错些。

结撰至思，兰芳假些。人有所极，同心赋些，酣饮尽欢，乐先故些。魂兮归来，反故居些。

乱曰：献岁发春兮，汩吾南征。菉蘋齐叶兮，白芷生；路贯庐江兮，左长薄。倚沼畦瀛兮，遥望博。青骊结驷兮，齐千乘。悬火延起兮，玄颜烝。步及骤处兮，诱骋先。抑骛若通兮，引车右还^④。与王趋梦兮，课后先。君王亲发兮，惮青兕。朱明承夜兮，时不可以淹。皋兰被径兮，斯路渐。湛湛江水兮，上有枫。目极千里

---

① 竿：原书作"竿"。
② 搷：原书作"填"。
③ 揳：原书作"楔"。
④ 还：原书断在下句。

兮，伤春心。魂兮归来哀江南。

　　【朕】我。【沬】已。【巫阳】*女曰"巫"，"阳"其名也。【掌寢】言招魂者掌梦之官所职主也。【谢】去也。【恒①】常。【干②】一作闬，里也，楚人名里曰闬。【蝮蛇】大蛇也。【儵忽】疾急貌。【淫】游。【渊】室。【糜】碎。【蚁】*蚍蜉也。【壶】*干瓠也。【侁侁】行声也。【幽都】地下。【觺觺】角利貌。【敦】厚。【胘】背。【拇】手母指也。【駓駓】走貌。【修门】郢城门也。【篝】络。【缕】线。【绵】缠。【络】缚。【台】*无木谓之台。【榭】*有木谓之榭。【筵】席。【靡】致。【腻】滑。【瞵】脉。【陂陁】长陂。【轩辌③】轻车名。【宗】众。【搷】击。【激】清声。【吴】【蔡】皆国名。【歈】【讴】皆歌也。【六簙】*投六箸行六棋，故谓"六簙④"。【牟】*倍胜为"牟"。【比】集。【铿】撞。【博】平也，言平博无人民也。【骊】*纯黑马为骊。【结】连。【骤】走也。

　　《招魂》以"些"字为结，看似特创之体，然若易之以

---

① 恒：原书作"桓"。
② 干：原书作"轩"。
③ 轩辌：原书作"轩凉"。
④ 簙：原书作"簿"。

76

"兮"字，亦无甚差别。

故就文学史上观，宋玉殆屈原之信徒，非卓然一代文学家也。先儒多以屈宋并称，谬矣。

唐勒楚人，《汉书·艺文志》载有赋四篇，但不见于王逸《楚辞章句》，殆亡于王逸之时，景差赋《汉志》未载，殆已亡于班固之时，朱熹以《大招》为差作，无据。

第八章　散文

第一节　《论语》

韵文之外，散文之最佳者当推《论语》，《论语》记载孔子言行独多。盖孔子鲁昌平乡陬邑人，名丘字仲尼，姓孔氏，生于鲁襄公二十二年，西元前五百五十一年。其先宋人也，曰孔防叔，防叔生伯夏，伯夏生叔梁纥，纥与颜氏女野合而生孔丘。

丘生而叔梁纥死，葬于防山。防山在鲁东，由是孔子疑其父墓处，母讳之也。

孔子为儿嬉戏，常陈俎豆，设礼容。

孔子母死，乃殡五父之衢，盖其慎也。乡人挽父之母诲孔子父墓，然后往，合葬于防焉。

孔子要绖，季氏飨士，孔子与往。阳虎绌曰："季氏飨士，非敢飨子也。"孔子由是退。

孔子年十七，鲁大夫孟釐子病不能相礼。且死，诫其嗣懿子曰："孔丘圣人之后，灭于宋。其祖弗父何始有宋而嗣，让厉公。及正考父佐戴武宣公，三命兹益恭，故鼎铭云：'一命而偻，再命而伛，三命而俯，循墙而走，亦莫敢余侮。饘于是，粥于是，以糊余口。'其恭如是，吾闻圣人之后，虽不当世，必有达者。今孔丘年少好礼，其达者欤。吾即没，若必师之。"及釐子卒，懿子与鲁人南宫敬叔往学礼焉。

孔子贫且贱，及长，尝为委吏，料量平。尝为乘田，而畜蕃息。由是为司空。已而去鲁，斥乎齐，逐乎宋卫，困于陈蔡之间，于是反鲁。

乃因史记作《春秋》，上至隐公，下迄哀公十四年，十二公。据鲁，亲周，故殷，通之三代。约其文辞，而指博。后世学^①者多录焉。

及卒，年七十三。以鲁哀公十六年，四月，己丑，西元前^②四百七十九年卒。

弟子集其言行，作《论语》二十篇。此书虽多谈哲理，然其文辞可称者甚多，言简意该，别具境界。"浴乎沂，风乎舞雩，咏而归"，理想之境也。"水哉水哉，逝者如斯乎，不舍昼夜"，写实之境也。"二三子……前言戏之耳"，喜之境也。"好勇过我，无所取材"，怒之境也。"道不行，乘桴浮于海"，哀之境也。"日月逝矣，岁不我与"，惧之境也。"一箪食，一瓢饮，在陋巷，人不堪其忧，回也不改其乐。贤哉回也"，爱之境也。"阳货欲见孔子，孔子不见，归孔子豚^③。孔子时其亡^④，而往拜之"，恶之境也。"师挚之始，《关雎》之乱，洋洋乎盈耳哉"，欲之境也。《论语》虽出门人手笔，而描写当日尼山^⑤杏坛情况，馀音犹昨。个中别具风趣，间尝三复《论语》，而知斯文之美全在运用虚词中见功夫，"前言戏之耳"，在一"耳"字；"无所取材"，在一"所"字；"日月逝矣"，在一"矣"字；"洋洋乎盈耳哉"，在一"乎"字一

---

① 学：原书此处为"子"，据原书《刊误表》改。

② 前：原书无，据文意补。

③ 豚：原书作"遯"。

④ 亡：原书作"忘"。

⑤ 尼山：原书作"泥山"。

"哉"字。若将此数虚词除去，便索然寡味矣。

至长段中最饶文学趣味者，莫如"长沮桀溺"节，其原文如次：

> 长沮、桀溺耦而耕，孔子过之，使子路问津焉。长沮曰："夫执舆者为谁？"子路曰：为孔丘。曰：是鲁孔丘与？曰：是也。曰：是知津矣。问于桀溺。桀溺曰：子为谁？曰：为仲由。曰：是鲁孔丘之徒与？对曰：然。曰：滔滔者天下皆是也，而谁以易之？且而与其从辟人之士也，岂若从辟世之士哉？耰而不辍。子路行以告。夫子怃然曰：鸟兽不可与同群，吾非斯人之徒与而谁与？天下有道，丘不与易也。

> 子路从而后，遇丈人，以杖荷蓧。子路问曰：子见夫子乎？丈人曰：四体不勤，五谷不分，孰为夫子！植其杖而芸。子路拱而立。止子路宿，杀鸡为黍而食之，见其二子焉。明日，子路行以告，子曰：隐者也。使子路反见之，至则行矣。

【长沮】【桀溺】隐者，一长而沮洳，一桀然高大。【耦】并耕也，时孔子自楚返蔡。【津】渡处。【执舆】执辔在车也。【知津】言数周流，自知津处。【滔滔】流而不返之意。【以】犹与也，言天下皆乱，将谁与变易之。【而】汝也。【辟人】谓孔子。【辟世】*桀溺自谓。【耰】覆种也，亦不告以津处。【怃然】犹怅然。【与】欤也。【易】变易也。【丈人】隐者。【蓧】竹器。

此外如，"季氏将伐颛臾[1]"节亦佳，但原文恐系伪托（参考崔述《洙泗考信录·论语馀说》），故不录。

第二节　《孟子》

《论语》之外，则有《孟子》，此书为孟子之徒，辑孟子之言行而成者。

孟子，名轲，邹人也。受业子思之门人。道既通，游事齐宣王，宣王不能用。适梁，梁惠王不果所言，则见以为迂远而阔于事情。当是之时，秦用商君，富国强[2]兵，楚魏用吴起，战胜弱敌，齐威王宣王用孙子田忌之徒，而诸侯东面朝齐。天下方务于"合纵""连衡"，以攻伐为贤。而孟轲乃述唐虞三代之德，是以所如者不合。退而与万章之徒序诗书，述仲尼之意，作《孟子》七篇。

《孟子》书多用客主问答之辞，可代表战国文体，其最脍[3]炙人口者，莫如"齐人乞墦"一段：

　　齐人有一妻一妾而处室者，其良人出，则必餍酒肉而后反。其妻问所与[4]饮食者，则尽富贵也。其妻告其妾曰："良人出，则必餍酒肉而后反，问其与饮食者，尽富贵也，而未尝有显者来，吾将瞷良人之所之也。"蚤起，施从良人之所之，遍国中无与立谈者。卒之东郭

---

① 臾：原书作"叟"。
② 强：原书作"彊"。
③ 脍：原书作"浍"。
④ 与：原书作"欲"。

墦间，之祭者乞其馀，不足，又顾而之他。此其为餍足之道也。其妻归，告其妾曰："良人者，所仰望而终身也，今若此！"与其妾讪其良人，而相泣于中庭。而良人未之知也，施施从外来，骄其妻妾。由君子观之，则人之所以求富贵利达者，其妻妾不羞也，而不相泣者，几希矣！

【良人】夫也。【餍】饱也。【显者】富贵人也。【施】邪施而行，不使良人知之也。【墦】冢也。【讪】怨詈也。【施施】喜恺自得之貌。【"由君子观之"以下】*言今之求富贵者，皆以枉曲之道，昏夜以求之，而以骄人于白日，与斯人何以异哉？

寥寥百馀字，骂尽千古钻营小人，说得何等淋漓痛快。此种文体虽亦属问答，而要在善于譬喻，故《孟子》之文，昔人谓其专长譬喻，良不诬也。其他如评"杨墨"及述"陈仲子"章，言论颇有不合论理处，此则或因年代久湮，传写脱讹，亦瑜不掩瑕也。

第三节　《荀子》

《孟子》之外，则推《荀子》。荀卿赵人。年十五，始来游学于齐。驺衍之术，迂大而闳辩。奭也，文具难施。淳于髡久与处，时有得善言。故齐人颂曰："谈天衍，雕龙奭，炙 ① 毂过髡。"田骈之属皆已死，齐襄王时，而荀卿最为老师。齐尚修列

---

① 炙：原书作"炙"。

大夫之缺，而荀卿三为祭酒焉。

齐人或谗荀卿，荀卿乃适楚，而春申君以为兰陵令。春申君死，荀卿废，因家兰陵。李斯尝为弟子，已而相秦。

荀卿嫉浊世之政，亡国乱君相属，不遂大道，而营于巫祝，信机祥，鄙儒小拘，如庄周等又滑稽乱俗。于是推儒墨道德之行事兴坏，序列著万数言而卒，因葬兰陵。

（荀卿年十五，《史记》作五十，今据《史记志疑》改。）

荀子文，理懿而辞雅，外平实，而内奇宕，但引物连类，蔓衍夸多，故其间不能无疵。所为文之最著者为《劝学篇》，《劝学篇》首中二段，尤为真切，兹附录于后：

> 物类之起，必有所始；荣辱之来，必象其德。肉腐
> 出虫，鱼枯生蠹。怠慢忘身，祸灾乃作。强自取折；柔
> 自取束。邪秽在身，怨之所构。施薪若一，火就燥也。
> 平地若一，水就湿也。草木畴生，禽兽群居，物各从其
> 类也。是故质的张而弓矢至焉；林木茂而斧斤至焉；树
> 成荫而众鸟息焉；醯酸而蜹聚焉。故言有召祸也；行有
> 招辱也。君子慎其所立乎！

辞整意浑，百炼之钢也。荀卿之外，当推李斯。

第四节　李斯

李斯者，楚上蔡人也。少乃从荀卿学帝王之术。

学已成，度楚王不足事，而六国皆弱，无可为建功者，欲西入秦。……会庄襄王卒，李斯乃求为秦相文信侯吕不韦舍人，不韦贤之，任以为郎，李斯因以得说。……秦王乃拜斯为"长史"，听其计，既又拜斯为客卿。

官至廷尉。二十馀年，竟并天下，尊主为皇帝，以斯为丞相。始皇三十四年，李斯上书曰：

古者天下散乱，莫能相一，是以诸侯并作，语皆道古以害今，饰虚言以乱实，人善其所私学，以非上所建立。今陛下并有天下，别黑白而定一尊，而私学乃相与非法教之制，闻令下即各以其私学议之，入则心非，出则巷议，非主以为名，异趣以为高，率群下以造谤。如此不禁，则主势降乎上，党与成乎下。禁之便。臣请诸有文学诗书百家语者蠲除去之。令到满三十日弗去，黥为城旦。所不去者，医药卜筮种树之书。若有欲学者，以吏为师。

始皇可其议。收去诗书百家之语以愚百姓。使天下无以古非今。明法度，定律令，皆以始皇起。同文书，治离宫别馆，周遍天下。明年，又巡狩，外攘四夷，斯皆有力焉。

斯长男由为三川守，诸男皆尚秦公主，女悉嫁秦诸公子。

……

二世二年七月，具斯五刑，论腰斩咸阳市。

斯出狱与其中子俱执，顾谓其中子曰："吾欲与若复牵黄犬，俱出上蔡东门逐狡兔，岂可得乎？"遂父子相哭，而夷三族。

李斯奏同文字，在中国文化史上其功绩远胜周孔，凌越荀孟，而焚书坑儒之罪，则又卢杞、贾似道之不若也。

此外先秦散文，尚有《尚书》《周易》《三礼》《三传》《国策》《国语》，与夫老庄杨墨申韩管吕之书，言非不辩也，特以其言尚质，缺乏文藻，兼以书简脱误，词语失修，遂阙而不载。

第三编 汉代文学

第九章 汉代文学背景[1]

汉代自高祖以迄后主四百五十二年之业，完全建筑于儒学政治之下，虽先后有外戚宦官之乱，而政治之纲领并未动摇。王莽篡汉，且欲恢宏周公之道，李、陈下狱，抑彰气节名教之端，尤为儒术添一生力军，而最昭昭动人耳目者，如高祖之以太牢祀孔子，武帝宪章六学，孝元征用儒生，光武亲临太学，明帝尊礼三老五更，章帝立白虎观以议五经同异，是已。在此儒家势力盛张至极端时代，文学之趋向，自然偏重儒术，儒术首重《诗经》，《诗经》流而为楚辞。故歌颂升平之辞赋遂勃然而兴。且此时天下太和，民多暇豫，呈于文学者类能各尽其情，故街陌歌谣之见采于乐府者亦足方轨风骚，垂声来叶。

---

① 背景：原书作"背影"。

第十章　汉代文学之派别

　　汉代文学，可分崇华守实二派言之。崇华派，以赋著称，铺张扬厉，一往无前，令人读之，目迷五色，生字连篇，一若阅字典考汇书者焉。守实派，以乐府著称，素朴[①]无华，描摹[②]真质，令人读之，手舞足蹈，跫然而喜，一若侧身田野，与乡下老说笑谈者焉。风趣不同，华实并茂，是在学者之善读耳。

---

　① 朴：原书作"枹"。大概是有意立异：《尔雅·释木》："朴，枹者。"

　② 摹：原书作"摸"。

第十一章 汉赋发达之原因

何谓赋？《诗·烝民》："明命使赋。"《传》云："赋，布也。"《管子·山权数》："赋藉藏龟。"注云："赋，敷也。"《汉书·艺文志·诗赋略》，引传曰"不歌而诵谓之赋"。可知赋之本义，敷布朗诵之谓也。汉赋之所以发达，其原因有三：

（一）一代文学之发达，往往由于君主之提倡。唐代诗学发达，由于世主以诗学取士，清代八股发达，由于世主以八股取士。足征上有好者，下必有甚焉。汉高祖沛人也，沛故楚地，高祖歌《大风》，《大风歌》即楚声。唐山夫人作《房中乐》，《房中乐》亦楚声。楚声得一代帝王为之提倡，宜乎一般热中之士，门庭溷厕皆著纸笔，以求媚世取容矣。辞赋调同，此汉赋发达之原因一也。

（二）汉自高祖一统天下，即思效秦皇故智，由二世而至万万世。故入关之初，首先以太牢祀孔子，以孔子倡尊君抑臣之说，有利于彼君主专制也。儒者首重诗书，楚辞原于《诗经》，故汉儒莫不研究楚辞以求亲媚主上。辞赋调同，此汉赋发达之原因二也。

（三）自李斯奏同文字，定秦字为标准字之后，中国文字与语言，分歧愈甚。高祖楚人，楚人当国，在朝百官不免多用楚人。胡马依北风，越鸟巢南枝，乡土观念，尽人而有，朝夕聚首不免道楚语，楚语无形中即成汉廷标准音，而燕赵齐晋他省之士因方言关系不能道楚语，只好观《楚辞》，无形中《楚辞》便为当代之标准文。辞赋调同，此汉赋发达之原因三也。

本上三端，始有贾谊，淮南王安，庄忌，东方朔，司马相如，王褒，刘向，杨雄，班固，傅毅，张衡，王逸，马季长，祢衡，王粲之徒，四百年辞赋大运动。

第十二章 汉代赋家

第一节 贾谊

贾谊，洛阳人。年十八，以能颂诗属文名于郡，文帝初召为博士，一岁中迁大中大夫。孝文帝初立，诸律令所更定及列侯悉就国，其说皆自贾生发之，于是天子以贾生任公卿之位。绛灌东阳侯冯敬之属尽害之，乃短贾生，曰洛阳少年初学，专欲擅权，纷乱诸事。天子乃疏之，谪为长沙王太傅。长沙地湿，意不自得，及渡湘水，为赋以吊屈原。后岁馀征见，又不见用。拜梁怀王傅，怀王堕马死，贾生伤为傅无状，常哭泣，岁馀亦死，年三十三。著有《贾子》十卷，集四卷，所著赋目如左：

（1）《旱云赋》（2）《虡赋》（3）《鵩鸟赋》（4）《惜誓》（5）《吊屈原赋》

贾谊之赋，系从楚赋度至汉赋之第一时期。楚赋之形式极整齐，如《离骚》云：

"余既不难离别兮，伤灵修之数化。"

"悔相道之不察兮，延伫乎吾将反。"

"济沅湘以南征兮，就重华而陈词。"

屈原著作中，此种格式几占大半，间虽有少变，亦非常例。及至宋玉，其《九辩》之格式，除句首外，馀完全与《离骚》相同，如云：

燕翩翩其辞归兮，蝉寂寞而无声。

雁廱廱而南游兮，鹍鸡啁哳而悲鸣。

独申旦而不寐兮，哀蟋蟀之宵征。

时亹亹而过中兮，蹇淹留而无成。

宋玉之《招魂》则以"些"字结尾，位置与"兮"字相反，而一起一伏则无殊，如：

魂兮归来！东方不可以托些！

长人千仞，惟魂是索些！

十日代出，流金铄石些。

彼皆习之，魂往必释些。

归来！归来！不可以托些。

魂兮归来！南方不可以止些。

此类一起一伏之格式极整齐。至贾谊，其起句极力摹仿骚体，如《旱云赋》：

惟昊天之大旱兮，失精和之正理。

遥望白云之蓬勃兮，滃澹澹而妄止。

此种长句，极似屈宋，惟结尾则反是，如云：

惜叶[1]太剧，何辜于天？无恩[2]泽忍兮，啬夫何寡德[3]矣。既已生之不与福矣。来何暴也，去何躁也？孳孳望之其可悼也。

此一节几完全脱离"楚辞"整齐之形式。又如《虡赋》：

---

[1] 叶：原书如此。别本亦有作"旱"者。按，此段引文，他书常标点为："惜叶太剧，何辜于天无恩泽。忍兮啬夫，何寡德矣。既已生之，不与福矣。来何暴也，去何躁也？孳孳望之，其可悼也。"也较为整齐，林之棠的见解，建立于其独特标点方式之上。

[2] 恩：原书作"思"。

[3] 德：原书无此字。

牧太平以深志，象巨兽之屈奇，妙雕文以刻镂，舒循尾之采垂，举其锯牙，以左右相指，负大钟而欲飞。

离开整齐之"楚辞"亦甚远，惟此当属例外！由原则上观，如《惜誓》与《吊屈原文》通首画一，一起一伏，极似《楚辞》。是故评论贾谊赋，就大体言与《楚辞》殊无出入，故班固在《艺文志·诗赋略》中标屈原赋二十五篇，与贾谊同列。然之棠认贾谊赋为汉赋，不与屈宋混为一谈，其理由有三：

（一）《楚辞》多用重言字。如宋玉《九辩》：

"燕翩翩其辞归兮"，"雁廱廱而南游兮"，"时亹亹而过中兮"，"心怦怦兮谅直"，"去白日之昭昭兮"，"袭长夜之悠悠"，"岁忽忽而遒尽兮"，"猛犬狺狺而迎吠兮"，"凤独遑遑而无所集"，"冯郁郁其何极"，"泊莽莽而无垠"，"春秋逴逴而日高兮"，"岁忽忽而遒尽兮"，"老冉冉而愈弛"，"年洋洋以日往兮"，"事亹亹而觊进①兮"，"忠昭昭而愿见兮"，"云蒙蒙而蔽②之"，"瞭冥冥而薄天"，"被荷裯之晏晏兮"，"事绵绵而多私兮"，"何毁誉之昧昧"，"乘骐骥之浏浏兮"，"遵③翼翼而无终兮"，"忳惛惛而愁约"，"莽洋洋而无极兮"，"焉皇皇而更索"，"纷忳忳之愿忠兮"，"乘精气之抟抟兮"，"骛诸神之湛湛"，"骖白霓之习习兮"，"历群灵之丰丰"，"左朱雀之茇茇④兮"，"右苍龙之

---

① 觊进：原书作"冀觊"，据前引正文改。
② 蔽：原书作"闭"。
③ 遵：原书作"遭"。
④ 茇茇：原书作"芰芰"。

91

躚躚^①"，"属雷师之阗阗兮"，"通飞廉之衙衙"，"前轻辌之锵锵兮"，"后辒乘之从从"，"扈屯骑之容容"，"计专专之不可化兮"。

一共二百五十四句，竟用四十餘句重言字，用统计学方法计算，几每六句用一句重言字。而贾谊之《虡赋》，仅一用重言。最著名之《惜誓》，亦不过三用重言。可见贾赋与宋玉赋之差异之点，即就重言字言，亦属显而易见者。

（二）宋玉赋多双声字。如《九辩》：

"萧瑟兮草木摇落而变衰"，"憭慄兮若至远行"，"惆怅兮而私自怜"，"鹍鸡啁哳而悲鸣"，"哀蟋蟀之宵征"，"悲忧穷戚兮"，"不得见兮心伤悲"，"叶菸邑而无色兮"，"柯仿佛而萎黄"，"惟其纷糅而将落兮""恨其失^②时而无当"，"蟋蟀鸣此西堂"，"心闵怜之惨悽兮"，"何时^③俗之工巧兮"，"却骐骥而不乘兮"，"当世岂无骐骥兮"，"谓骐骥兮安归"，"谓凤凰兮安栖"，"变古易俗兮世衰"，"骐骥伏匿而不见兮"，"凤凰高飞而不下"，"霰雪雰糅其增加兮"，"乃知遭命之将至"，"何时俗之工巧兮"，"愿慕先圣之遗教"，"宁穷处而守高"，"靓杪秋^④之遥夜兮"，"心憭悷而有哀"，"然惆怅而独悲"，"四时递来而卒岁兮"，"心

---

① 躚躚：原书作"跃跃"。

② 失：原书作"央"。

③ 时：原书作"世"。

④ 靓杪秋：原书作"睹杪秩"。

摇①悦而日幸兮”，“中憯恻之悽怆②兮”，“农夫辍耕而容与兮”，“今修饰而窥镜兮”，“乘骐骥之浏浏兮”。

一共二百五十四句，不同字之双声又有三十五句，再加同字之双声三十八句，合七十三句，几乎三句中即有一句双声字。再看贾谊之《虡赋》，仅“屈奇”一用不同字双声，《旱云赋》仅“仿佛”“慷慨”“四塞”“枯槁”“时俗”五用不同字双声。《鵩鸟赋》仅“闲暇”“忽荒”二用，《惜誓赋》仅“杳冥”一用，《吊屈原文》仅“跲踬”“骐骥”“鱣鲸”③三用。可见宋玉赋与贾赋就双声字看，其不同之点亦显而易见者。

（三）宋玉赋常用“纷”“羌”字为句首，作发声词。如云：

“纷旖旎乎都房”。

“羌无以异于众芳”。

“羌倏忽而难当”。

“纷忳忳之愿忠兮”。

而贾赋“纷”“羌”二发声词放在句首，几于无有，此即《楚辞》与汉赋之特殊区别。总之，在楚汉过渡时代，就形式观，固然贾赋近于《楚辞》，就内容看，汉赋异于《楚辞》，此即辞赋变迁之形迹。“楚辞”自经贾谊之变革而后，却开一新局面，从前屈宋之整齐体裁，贾谊以后即大变易。盖有变革，方有进步，不满于旧作，方有新的发现，是以辞赋至汉代乃全盛。兹

---

① 摇：原书作“将”。

② 悽怆：原书作“悽悽”。

③ 鱣鲸：原书作“遭鲸”。

并次《鹏鸟赋》全文于篇：

  单阏之岁兮，四月孟夏，庚子日施兮，鹏集予舍。止于坐隅，貌甚闲暇。异物来集兮，私怪其故；发书占之兮，策言其度。曰："野鸟入处兮，主人将去。"请问于服兮："予去何之？吉乎告我，凶言其灾。淹数之度兮，语予其期。"服乃叹息，举首奋翼，口不能言，请对以意。万物变化兮，固无休息。斡流而迁兮，或推而还。形气转续兮，化变而嬗。沕穆无穷兮，胡可胜言。祸兮，福所倚；福兮，祸所伏。忧喜聚门兮，吉凶同域；彼吴强①大兮，夫差以败；越栖会稽兮，勾践霸世；斯游遂成兮，卒被五刑；傅说胥靡兮，乃相武丁；夫祸之与福兮，何异纠缪②。命不可说兮，孰知其极？水激则旱兮，矢激则远，万物回薄兮，振荡相转；云蒸雨降兮，错缪相纷，大专槃物兮，坱③轧无垠；天不可与虑兮，道不可与谋，迟数有命兮，恶识其时？且夫天地为炉兮，造化为工，阴阳为炭兮，万物为铜；合散消息兮，安有常则，千变万化兮，未始有极；忽然为人兮，何足控抟④，化为异物兮，又何足患。小知自私兮，贱彼贵我，通人大观兮，物无不可；贪夫徇财兮，烈士徇名，夸者死权兮，品庶冯生；怵迫之徒兮，或趋西东，大人不曲兮，亿变齐同；拘士系俗兮，攌如囚

---

① 强：原书作"疆"。
② 缪：原书作"缠"。
③ 坱：原书作"块"。
④ 抟：原书作"搏"。

拘，至人遗物兮，独与道俱；众人或或兮，好恶积意，真人澹漠兮，独与道息。释知遗形兮，超然自丧，寥廓忽荒兮，与道翱翔。乘流则逝兮，得坻则止，纵躯委命兮，不私与己；其生若浮兮，其死若休，澹兮若深渊之静，泛兮若不系之舟。不以生故自宝兮，养空而游；德人无累兮，知命不忧。细故蔕蕳兮，何足以疑！

　　【单阏】《集解》徐广曰："岁在卯曰单阏。文帝六年，岁在丁卯。"【施】《汉书》作"斜"。【沕穆】《索隐》："深微貌。"【旱】《索隐》引《说文》："旱与悍同音。"【"大专"句】《索隐》："《汉书》云'大钧播物'，此'专'读曰'钧'。槃，转也。"【控抟】《集解》引如淳曰："控，引也。控抟，玩弄爱生之意也。"【摡】《汉书》作"傝"。音去陨反。《说文》："摡，大木栅也。"【或或】《集解》引李奇曰："或或，东西也。"【蔕蕳】蕳音介。《汉书》作"芥"，张揖云："蔕介，鲠刺也。"

读此亦可了然于贾生辞赋在汉代之价值矣。前乎贾谊尚有陆贾，文湮没而不昌，后乎贾谊，当推淮南王安。

第二节　淮南王安

淮南王安，高帝之孙，博雅好古，招怀天下俊杰之士分造辞赋，作为内书二十一篇，又有中篇八卷，集二卷，言神仙黄白之术，亦二十馀万言。后因谋反自杀。生平所著赋，最有名者当推《招隐士》一篇，王逸将此篇收在《楚辞》内；严可均《全汉文》载有《屏风赋》，《屏风赋》纯属四言，几看不出与楚辞有若何关系，兹专论《招隐士》一篇。案《离骚》之声韵，系平起转仄而平落，如云"帝高阳之苗裔兮，朕皇考曰伯庸。摄提贞于孟陬兮，惟庚寅吾以降。皇览揆余初度兮，肇锡余以嘉名。名余曰正则兮，字余曰灵均。纷吾既有此内美兮，又重之以修能"，转仄"扈江离与辟芷兮，纫秋兰以为佩。汩^①余若^②将不及兮，恐年岁之不吾与"，直至"老冉冉其将至兮，恐修名之不立"，方换平韵。然亦只"秋菊落英""顑颔何伤"二句，下仍接仄韵，再下则平仄相杂。结用平："陟升皇之赫戏兮，忽临睨夫旧乡，仆夫悲余马怀兮，蜷局^③顾而不行。"而《招隐士》亦平起，如"桂树丛生兮山之幽，偃蹇连蜷兮枝相缭。山气巃嵸兮石嵯峨，溪谷崭岩兮水曾波"，直到"蟪蛄鸣兮啾啾"转仄："块^④兮轧，山曲崣，心淹留兮恫荒忽。罔兮沕，憭兮慄，虎豹穴，丛薄深林兮，人上栗。嵚岑碕礒兮，碅磳磈硊，树轮相纠兮，林木茷骫。青莎杂树兮，薠草靃靡；白鹿麏麚兮，或腾或倚"。下换平："状貌崟崟兮峨峨，凄凄兮漇漇^⑤。猕猴兮熊羆，慕类兮以悲；攀援桂^⑥枝兮聊淹留。虎豹斗兮熊羆咆，禽兽骇兮亡其曹。王孙

---

① 汩：原书作"汩"。
② 若：原书无此字。
③ 局：原书作"扃"。
④ 块：原书作"块"。
⑤ 凄凄兮漇漇：此五字原书脱，据通行本补。
⑥ 桂：原书无此字。

兮归来，山中兮不可以久留。"其韵律与《离骚》大致相仿，但音节则较为紧促，一则用句短，二则末字多用隐态绘声，如"轧""弟""忽""泬""栗""穴""慄""骳""靡"，此类字在句中极能暗示事物之神气。其应表示慢辞长音时，亦颇善用显态绘声字，如"蟪蛄鸣兮啾啾"，"虎豹斗兮熊罴咆"，"雷填填兮雨冥冥，猿啾啾兮狖夜鸣，风飒飒兮木萧萧"①，其与宋玉《九辩》之"雁廱廱而南游兮，鹍鸡啁哳而悲鸣"，《诗经》之"关关雎鸠"、"呦呦鹿鸣"，《论语》之"鼓瑟希，铿尔"，《庄子·养生主》之"砉②然响然，奏刀騞然，莫不中音"，《齐物论》之"前者唱于，而随者唱喁"，皆属同一直接用显态绘声字以表现外物之声音者。如宋玉之《招魂》便叠用"魂兮归来""归兮归来"，以表示招呼之意，而《招隐士》末尾亦用"王孙兮归来，山中兮不可以久留"。然而彼究系汉赋，因不若《离骚》、《九辩》、《招魂》之齐整，自"状貌崟崟兮峨峨"以下，句句变换声调，音节亦愈紧愈促，极变幻无穷之妙。杨慎谓《招隐》"幽秀而古朗"，冯梦祯谓读此如"晨跻终南，独立千仞，峰岭皱蹙，厂漫明③，远树历历，烦草芊芊，禽鹿奔跋，有山静太古之意，俨然王孙出没其间，留连而莫知甚所处"，胡应麟亦谓此篇"冠绝千古"，信不诬也。自是以后辞赋家辈出，继淮南而起者有庄忌。

---

① "雷填填"以下三句，此例为屈原《九歌》中句，当移入下文。
② 砉：原书作"圭石"，据原书《刊误表》改。
③ 明：原书此字后有一字，漶漫不可辨。

第三节　庄忌

庄忌，会稽吴人，字夫子，东汉避明帝讳改"庄"为"严"，尝为梁孝王客，著有《庄夫子赋》二十四篇，目载《汉书·艺文志》，今仅存《哀时命》一篇。王逸《楚辞注》谓忌哀屈原受性忠贞，不遭明君而遇暗世，斐然作辞，叹而述之，故曰《哀时命》。此篇，形式上极整齐，篇凡一百五十六句，共用七十八个"兮"字，恰合每隔一句用一"兮"字。尚有"而"字，凡七十六用，约每二句一用。此格式可以左图[①]表之。

甲"兮"图

——兮　　　　　　哀时命之不及古人兮，

——　　　　　　　夫何余生之不遭时！

乙"而"图

〇〇〇而〇〇兮　　愿舒[②]志而抽冯兮，

〇〇〇其〇〇　　　庸讵知其吉凶？

丙"以"图

〇〇〇以〇〇兮　　居处愁以隐约兮，

〇〇〇而〇〇　　　志沉抑而不扬。

丁"之"图

（一）〇〇〇之〇〇兮　擎瑶木之橝枝兮，

　　　〇〇〇之〇〇　　望阆风之板桐。

（二）〇〇〇〇其〇〇兮　白日晼晼其将入兮，

---

① 左图：原书为繁体竖排，故作此。

② 舒：原书作"辞"。

○○○之○○　　哀余寿之弗将。

戊①"于"图

（一）○○○于○○兮　　置猿狄于椵槛兮，

　　○○以○○○○　　夫何以责其捷巧。

（二）○○○○于○○兮　　上同凿枘②于伏戏兮，

　　○○○○于○○　　下合矩矱于虞唐。

照上五③图填妥，即为庄忌之赋，其用法大都一成不变，此种用法虽属板滞，后来却发生绝大影响。是以辞赋若淮南王安之二三句一变，一二句又一变，颇不易学，非深通辞赋，下笔灵巧者不办。若庄忌之平整格式，则易学多矣。夫屈宋之赋所以发达，即在整齐，令人读之易于明瞭，只要每隔一句用"兮"字"些"字，读者一看便知为楚辞声调。其内容则甚不易学，因彼运用许多楚语楚地楚物，又加以许多奇语怪字，非博通群籍，便无法使其内容丰富，用字艳密。庄忌此篇整齐有过屈宋，然而仍属汉代作品，一则因彼用字疏朴，无《楚辞》之浓密，二则双声叠韵处亦少，音节上与《楚辞》异。惟其句语平白，令人一览便知，故汉代辞赋发达，与庄忌大有关系。夫文学之作品，须赋有共鸣力，不受时间空间之限制，而有永久性与普遍性。庄忌一派后来影响极大，即为此也。后此者如东方朔，即乘时而起之一员健将。

---

① 戊：原书作"戍"。

② 枘：原书作"柄"。

③ 五：原书作"四"。

第四节　东方朔

朔字曼倩，平原厌次人。武帝初即位，征天下举方正贤良文学材力之士，待以不次之位，朔上书高自称誉，文辞不逊，上伟之，令待诏公车。朔善计能言，已迁常侍郎，三伏之日，诏赐从官肉，大官丞日晏不来。朔独拔剑割肉，对同官曰："伏日当早归，请受赐。"即怀肉去，大官奏之，朔入，上曰："昨赐肉，不待诏，以剑割肉而去之，何也？"朔免冠谢。上曰："先生起自责也。"朔再拜曰："朔来朔来！受赐不待诏，何无礼也！拔剑割肉，壹何壮也！割之不多，又何廉也！归遗细君，又何仁也！"上笑曰："使先生自责，乃反自誉。"复赐酒一石，肉百斤，归遗细君。建元三年起上林苑，朔切谏，乃拜为大中大夫给事中。卒年六十馀。生平著作甚多，有集二卷，《答客难》《非有先生论》皆有名。其赋不见于《汉书·艺文志》，《七谏》一篇亦不见本传，但刘向著录曾以之收入《楚辞》内，王逸亦谓系朔所作。细玩作风，亦类似汉人手笔，若归之朔作，当不甚误。朔于辞赋，极有研究，其句法，往往下笔运用旧句而莫知其所由来，如《沉江》云："尧舜圣而慈仁兮，后世称而勿忘。齐桓失于专任兮，夷吾忠而名彰。晋献惑于骊姬兮，申生孝而被殃。偃王行其仁义兮，荆文寤而徐亡。纣暴虐以失位兮，周得佐乎吕望。修往古以行恩兮，封比干之丘垄。……苦众人之妒予兮，箕子寤而佯狂。……世俗更而变化兮，伯夷饿于首阳。独廉洁而不容兮，叔齐久而逾明。""明法令而修理兮，兰芷幽而有芳。""正臣端其操行兮，反离谤而见攘。""灭规矩而不用兮，背绳墨之正方。"《怨世》云："皇天既不纯命兮，余生终无所依。"《自悲》云："狐死必首丘兮，夫人孰能不反其真情？"《哀命》云："念女姿婵媛兮，涕泣流乎于悒。""哀高丘之赤岸兮，遂没身而不反。"《谬谏》云："怨灵修之浩荡兮，夫何执操之不固？""固①时俗工巧兮，灭规矩而改错。"此类句子，骤读之，几疑为屈宋所作，然行文之妙，端在天衣无缝，虽运用多少同样字句，却不见前后琐碎不安之象，是以汉人辞赋仿效屈宋最迫真者当推《七谏》。是篇虽与《九辩》同为骚体，但《九辩》自"悲哉秋之为气也"起，至"还及君之无恙"止，无"乱曰"以为之结，《七谏》则有。《九辩》首尾打成一片，只有韵脚分节，而无另题，《七谏》则分别题目：（一）《初放》，（二）《沉江》，（三）《怨世》，（四）《怨思》，（五）《自悲》，（六）《哀命》，（七）《谬谏》。此种形式创自宋玉而成于东方朔。若照七字论，则《七谏》为摹仿《七发》，但内容颇不同，《七发》为散体，而《七谏》则为骚体，后人以"七"名篇多仿《七发》，而绝少仿《七谏》者。至于音节谐和，与庄忌《哀时命》之起伏略同，惟《七谏》多用屈宋原语，而《哀时命》则否。是故照《哀时命》之格式填补，而加用屈宋原语，即为东方朔体之汉赋矣。继朔后有枚乘。

第五节　枚乘

枚乘字叔，淮阴人，为吴王濞郎中。吴王谋反，乘谏不纳，去之梁，从孝王游。吴王反，乘复说之，又不听，卒见禽灭，乘由是知名。景帝召拜为弘农都尉，以病去官，复游梁。梁客皆善

---

① 固：原书作"因"。

属辞赋，乘尤高。武帝即位，闻乘名，以安车蒲轮征乘，在道病死。有集二卷，间以《上谏吴王书》最有声。今录其赋目如左：

（一）《梁王菟园赋》（二）《柳赋》（三）《七发》

乘赋之最著名者为《七发》。此篇有类《答客难》，亦问答体，每章以"客曰"起，而多以"太子曰仆病未能也"终。其述七事以启发太子，犹是楚辞①《七谏》之流。篇中"则"字亦常用，如云：

　　"饮食则温淳甘膬，腥酸肥厚；衣裳则杂遝②曼暖，燂烁热暑。……冬则烈风漂霰飞雪之所激也，夏则雷霆霹雳之所感也。朝则鹂黄鸧鹒鸣鸣焉，暮则羁雌迷③鸟宿焉。"

次多用"于是"，如云：

　　"于是使伊尹煎熬，易牙调和"，"于是伯乐相其前后……于是使射千镒之重，争千里之逐。""于是使博辩之士，原本山川，极命草木……于是乃发激楚之结风，扬郑卫之皓乐"，"于是极犬马之才，困④野兽之足"，"于是榛林深泽，烟云暗莫"……

但平坦中又加入不少楼台亭榭，如第二节中夹入歌词：

　　"歌曰：'麦⑤秀薪兮雊朝飞，向虚壑兮背槁槐，依绝区兮临回溪。'"

---

① 辞：原书作"词"。
② 遝：原书作"还"。
③ 迷：原书作"逃"。
④ 困：原书作"用"。
⑤ 麦：原书作"食"。

又第九节中段云：

> "恍兮忽兮，聊兮栗兮，混汩汩①兮，忽兮慌兮，
> 俶兮傥兮，浩瀇瀁，慌旷旷兮。秉意乎南山，通望乎
> 东海。虹洞②兮苍天，极虑乎崖涘③。流揽无穷，归神
> 日母。"

细玩篇中"乎""兮"，"四言""散文""对偶"集在一
处，亦为楚辞后之创格。此外即为重言字之用法，如云：

> "其始起也，洪淋淋焉，若白鹭之下翔。其少进
> 也，浩浩湲湲，如素车白马帷盖之张。其波涌而云乱，
> 扰扰焉如三军之腾装。其旁作而奔起④也，飘飘焉如轻
> 车之勒兵。……颙颙卬卬，椐椐疆疆，莘莘将将。"

此类重言字，亦为《楚辞》后之创见，故《七发》一篇散包
各体，其后仿效者，取一而自足焉。次乘勃然而起，岱峙辞赋之
林者，为汉代第一大辞赋家司马相如。

第六节　司马相如

相如蜀郡成都人，字长卿。好读书，学击剑，故其亲名曰犬
子。孝景帝时为武骑常侍，因病免，客游梁，居数岁，著《子虚
赋》。素与临邛⑤令王吉相善，因吉饮卓王孙家，以琴与王孙⑥

---

① 汩汩：原书作"汨汨"。
② 洞：原书作"同"。
③ 涘：原书作"诶"。
④ 奔起：原书作"奔"。
⑤ 邛：原书作"卬"。
⑥ 王孙：原书作"文孙"。

女文君发生恋爱，文君夜亡奔相如。因得卓家之助，归成都，买田宅，为富人。居久，蜀人杨得意为狗监，侍上，上读《子虚赋》而善之，曰："朕独不得与此人同时哉？"得意曰："臣邑人司马相如自言为此赋。"上惊，召问相如，相如更为《游猎赋》，天子大悦，拜为郎中。后以事免，寻复为郎，拜孝文园令。有集二卷，兹录赋目如下：（一）《子虚赋》；（二）《哀秦二世赋》；（三）《大人赋》；（四）《美人赋》；（五）《长门赋》；（六）《梨赋》，（仅"唰嗽其浆"一句见《文选·魏都赋》刘逵注）（七）《鱼菹赋》；（八）《答盛擎问作赋》。其生平作品之最著名者为《子虚赋》。《子虚赋》用问答体，盖仿宋玉《招魂》而作也。《招魂》云：

　　帝告巫阳曰："有人在下，我欲辅之。魂魄离散，汝筮予之。"

　　巫阳对曰："掌蹳，上帝其命难从，若必筮予之，恐后谢之，不能复用。"巫阳焉，乃下招曰：

　　魂兮，归来！……

在《子虚赋》则以乌有先生与子虚相对答，连篇累牍，滔滔不绝，盖广《招魂》之章法而大之也。此亦相如与宋玉相同之点。尚有一例，《诗经》云"其室则迩"，屈宋中此种"其……则……"隔用之句，尚未之见。《招魂》中，只见有：

　　"其土烂人，求水无所得些。"

　　"幸而得脱，其外旷宇些。"

　　"土伯九约，其角觺觺些。"

"三目虎首，其身若牛些 [①]。"

《子虚》则不然，将此"其……则……"隔用之领土扩大多矣。如云：

> 其石则赤玉玫瑰，琳珉昆吾……其南则有平原广
> 泽……其高燥则生葳菥苞荔，薛莎青薠，其埤湿则生藏
> 莨蒹葭……其西则有……其中则有……其北则有……其
> 上则有……其下则有……

此亦汉赋之特点。尚有普遍之用字原则，比《楚辞》之"兮""些"等字更具体：

（一）于是，（二）乃，（三）若，（四）而后，（五）且，（六）若乃，（七）且夫，（八）于是乎

此八虚词，即《子虚赋》之重要骨节，彼集许多材料，不能一气堆叠下去，乃连用"于是"，至气止时，便转换"若乃"。此项用法之次序，亦可以图表之：

（甲）"于是"图

> 于是……乃……于是……于是……于是乃……于
> 是……乃……于是……也

（乙）"于是乎"图

> 于是乎……其上……其中……于是乎……于是
> 乎……其…则……其…则……于是乎……于是……于
> 是……于是……于是……于是……于是……于是乎……
> 乎……乎……于是……于是乎……于是乎……于是……
> 于是乎……

---

① 其身若牛些：原书作"其幼若中些"。

（丙）"若夫"图

　　若夫……于是……于是乎乃……于是……若夫……

于是……乃……矣

　　一篇赋中竟用如许"于是""于是乎""于"，岂非一怪奇之显明格式乎？枚乘虽亦用此，但不甚显。后人若欲摹仿司马相如《子虚赋》，明白此"于是"主义，便可以滔滔写几十万言而不绝。汉赋之发达，此"于是"调，实占一极大势力，其在文学史上，与"兮""些"并峙，"兮""些"在语尾，令人一读而知骚体，"于是""于是乎""若乃"在句中，令人一读而知赋体。是以之棠命其名曰楚辞之"兮""些"主义，汉赋之"于""于是""于是乎""若乃"主义。司马相如赋，尚有一点可记载者，即为用骚体，其词句特别冗长，与淮南王安《招隐士》恰恰相反。《招隐士》句法特别紧促，令人读之有山静太古之意，《大人赋》每句用字极冗长，如云：

　　　　骚扰冲苁其相纷挐兮，滂濞泱轧洒①以林离。

　　　　攒罗列聚丛以茏茸兮，衍曼流烂疼②以陆离。

　　　　径入雷室之砰③磷郁律兮，洞出鬼谷之堀④礨。

　　　　崴魁⑤遍⑥览八纮而观四海兮，朅度九江越五河。

---

① 洒：原书作"丽"。

② 疼：原书作"疼"。

③ 砰：原书作"研"。

④ 堀：原书作"掘"。

⑤ 崴魁：原书置于此句之首，他书均置于"洞出"句之末。疑作者下文说句法有冗长至十一字者，即以此误断之句为例，故此处仍保留原书断句方式。

⑥ 遍：原书作"偏"。

其句法冗长至九字十字十一字，屈宋虽有九字十字，但不常见。此亦相如赋独具之特点。由以上三点（一）长篇问答（二）用"于是""于是乎""若乃"（三）字句冗长，遂开后来辞赋之新纪元。兹并次其《哀二世赋》及《长门赋》于篇。

（一）《哀二世赋》：

登陂陁之长阪兮，坌入曾宫之嵯峨。临曲江之隑州兮，望南山之参差。岩岩深山之谾谾兮，通谷豁乎谽谺。汩减靸以永逝兮，注平皋之广衍。观众树之蓊薆兮，览竹林之榛榛。

东驰土山兮，北揭石濑。弭节容与兮，历吊二世。持身不谨兮，亡国失势。信谗不寤兮，宗庙灭绝！

呜乎哀哉[1]！操行之不得。墓芜秽而不修兮，魂亡归而不食。夐邈绝而不齐兮，弥久远而愈休。精罔阆而飞扬兮，拾九天而永逝。呜呼哀哉！

【曾】通层。【曲江】在陕西长安县东南，今已湮为平地。【隑州】曲江本秦之隑州，汉武帝因秦宜春苑故址开凿，其水曲折，故改名曲江。【减靸】状水流之轻疾。【休】通昧[2]。【阆】通朗。罔朗，状所处之空旷。【九天】古人常称最高处为九天，犹言历九重之天。《孙子》："善攻者，动于九天之上。"

---

[1] 呜乎哀哉：原书如此，他书作"乌乎"，无"哀哉"。又，此段原书末作"呜呼哀哉"，又不同于此处。

[2] 昧：原书作"味"。

（二）《长门赋》一首并序：

孝武皇帝陈皇后时得幸，颇妒，别在长门宫，愁闷悲思。闻蜀郡成都司马相如天下工为文，奉黄金百斤，为相如文君取酒，因于解悲愁之辞。而相如为文以悟主上，陈皇后复得亲幸。其辞曰：

夫何一佳人兮，步逍遥以自虞。魂踰佚而不反兮，形枯槁而独居。言我朝往而暮来兮，饮食乐而忘人。心慊移而不省故兮，交得意而相亲。伊予志之慢愚兮，怀贞悫之懽心。愿赐问而自进兮，得尚君之玉音。奉虚言而望诚兮，期城南之离宫。修薄具而自设兮，君曾不肯乎幸临。廓独潜而专精兮，天漂漂而疾风，登兰台而遥望兮，神恍恍而外淫。浮云郁而四塞兮，天窈窕而昼阴，雷殷殷而响起兮，声象君之车音。飘风回而起闺兮，举帷幄之襜襜，桂树交而相纷兮，芳酷烈之誾誾。孔雀集而相存兮，玄猿啸而长吟。翡翠胁翼而来萃兮，鸾凤翔而北南。心凭噫而不舒兮，邪气壮而攻中。下兰台而周览兮，步从容于深宫。正殿块以造天兮，郁并起而穹崇。闲徙倚于东厢兮，观夫靡靡而无穷。挤玉户以撼金铺兮，声噌吰而似钟音。刻木兰以为榱兮，饰文杏以为梁。罗丰茸之游树兮，离楼①梧而相撑。施瑰木之欂栌兮，委参差以榱梁。时仿佛以物类兮，象积石之将将。五色炫以相曜兮，烂耀耀而成光。致错石之瓴甓兮，象玳瑁之文章，张罗绮之幔帷兮，垂楚组之连纲。

---

① 楼：原书此处作"栖"，据原书《刊误表》改。

抚柱楣以从容兮，览曲台之央央。白鹤嗷以哀号兮，孤雌跱于枯杨。日黄昏而望绝兮，怅独托于空堂。悬明月以自照兮，徂清夜于洞房。援雅琴以变调兮，奏愁思之不可长。案流徵以却转兮，声幼妙而复扬。贯历览其中操兮，意慷慨而自卬。左右悲而垂泪兮，涕流离而纵横。舒息悒而增欷兮，蹝履起而彷徨。揄长袂以自翳兮，数昔日之諐殃。无面目之可显兮，遂颓思而就床。抟芬若以为枕兮，席荃兰而茝香。忽寝寐而梦想兮，魄若君之在旁。惕寤觉而无见兮，魂迋迋①若有亡。众鸡鸣而愁予兮，起视月之精光。观众星之行列兮，毕昴而出于东方，望中庭之蔼蔼兮，若季秋之降霜。夜曼曼其若岁兮，怀郁郁其不可再更。澹偃蹇而待曙兮，荒亭亭而复明。妾人窃自悲兮，究年岁而不敢忘。

【佳人】陈皇后也。【虞】度也，言所为被退②长门宫之事。【我】武帝也。言帝昔许朝往暮来幸临于己，今以饮食恣乐而忘于为人。人，后自谓也。【慊】绝也，言帝心绝移，不省故旧，交在得意，相亲而已。【慤】谨也。【尚】奉也。【离宫】即长门宫，在城南。【薄具】肴馔也。【廓】忧悼在心貌。【闉闉】香气盛也。【胁】敛也。【邪气】*《管子》曰："邪气袭内，正③色乃衰。"【造】至。【穹崇】高貌。【靡

---

① 迋迋：原书作"廷廷"。
② 退：原书此处无此字，据原书《刊误表》补。
③ 正：原书作"王"。

109

靡】细好也。【挤】排。【噜呓】声也。【文杏】木名。【丰茸】众饰貌。【撑】柱也。【瑰木】瑰奇之木。【樽栌】柱上枅也。【错石】杂象石也。【甓】瓴瓶谓之甓，郭璞曰："江东呼甓为瓯甀。"【自印】激励也。【揄】引也。【䛬】过。【㪹】咎也。【芬若】【荃兰】①皆香草也。言以为枕席，会君之幸临也。【迋迋】恐惧之貌。【毕昴】*《淮南子》曰："西方其星昴毕。"今出东方，谓五月六月也。【降霜】*《礼记》曰："季秋之月，霜始降。"【更】历也。【澹】摇也。【偓寒】伫立貌。【不敢忘】不敢忘君也。

于时继相如而起者为王褒。

第七节　王褒

褒字子渊，蜀人。宣帝时，待诏，擢为谏议大夫。有集五卷，今录其赋目如左：

（一）《洞箫赋》

（二）《九怀》：（甲）《匡机》，（乙）《通路》，（丙）《危俊》，（丁）《昭世》，（戊）《尊嘉》，（己）《蓄英》，（庚）《思忠》，（辛）《陶壅》，（壬）《株昭》。

王褒辞赋之最出色者，当推《九怀》。此篇音节短促，不若

---

① 芬若、荃兰：原书作"芬茗""葵兰"。

司马相如之《大人赋》冗长[1]，用字亦稀疏，故王褒之辞赋可以左图表之。

（甲）○○○兮○○图，如：

“余深悯[2]兮惨怛，愿一列兮无从，乘日月兮上征，顾游心兮鄗酆。”

（乙）○○兮○○图，如：

“弥览兮九隅，彷徨兮兰宫，芷闾兮药房，奋摇兮众芳。”

（丙）○○○○兮○○○○图，如：

“䮕垂两耳兮，中坂蹉跎。蹇驴服驾兮，无用日多。”

（丁）○○○兮○○○图，如

“皇门开兮，照下土。株秽除兮，兰芷睹。”

上（甲）（乙）两图几可概括王褒赋全部，（丙）（丁）例外。彼虽摹仿《九歌》，但前后回环重复，极合乐律，是以读之颇饶一种艺术风趣。次于王褒者为刘向。所著赋有《请雨华山赋》《雅琴赋》《围棋赋》，然无甚精采。《九叹[3]》一篇为其生平最得意之作，但纯系模仿《离骚》，仅得其形似者，故并略而不论。下此当推杨雄[4]。

---

① 冗长：原书作“沉长”。

② 悯：原书作“慰”。

③ 九叹：原书作“九歌”。

④ 杨雄：原书作“扬雄”。按，原书多作“杨雄”，除本章以外，其他部分偶作“扬雄”。

第八节　杨雄

雄字子云，蜀郡成都人。少好学，不为章句训诂，通而已，博览无所不见。默而好深湛之思，清静无为，少嗜欲，家无儋石之储，晏如也。非其意，虽富贵不事。顾尝好辞赋，每以司马相如赋为式，而心壮之。又怪屈原过相如，至不容，作《离骚》自投江而死，读之未尝不流涕。乃作书，往往[①]摭《离骚》文而反之，名曰《反离骚》，又作《广骚》、《畔牢怨》。天凤五年卒，年七十一。有《方言》十三卷，《训纂[②]》一卷，《蜀王本纪》一卷，《法言》十卷，《太玄经》九卷，《琴清英》一卷，集五卷[③]。兹录其赋目如左：

（一）《蜀都赋》；（二）《甘泉赋》；（三）《河东赋》；（四）《羽猎赋》；（五）《长杨赋》；（六）《覈灵赋》；（七）《太玄赋》；（八）《逐贫赋》；（九）《酒赋》；（十）《反离骚》。《广骚》《畔牢愁》仅有其目。

雄赋之最著者为《蜀都[④]赋》、《甘泉赋》、《羽猎赋》、《长杨赋》、《太玄赋》五篇。雄受司马相如之影响甚大，《蜀都赋》即运用"其则"二字，如云：

其中则有玉石[⑤]碧岑、丹青玲珑……南则有……于

---

① 往往：原书作"往"。于意不通，据《汉书·扬雄传》补。

② 纂：原书作"纂"。

③ 集五卷：原书作"合五卷"。按原书此处文字录自严可均《全汉文》卷五一，故从《全汉文》改。

④ 都：原书无此字。

⑤ 玉石：原书"石"后衍"山"字。

近则有……于远则有……其旁^①则有期牛兕旃、金马碧鸡。北则有……兽则麋罴^②……于是乎则左沉犁、右羌庭^③……乃……于木则楩柟^④……其竹则钟龙……^⑤于汜^⑥则深深^⑦漾漾……^⑧其中则有……其深则有……

一篇中几全运用套语，连接堆叠^⑨而成，是以汉赋自司马相如、杨雄"其则""于是"一提唱，便纵横叙述，滔滔不绝矣。

第九节　班固

西汉辞赋有贾谊、淮南王安、庄忌、东方朔、枚乘、司马相如、王褒、杨雄诸人，其间最出色者当推司马相如。相如扩大楚辞之"兮""些"领域，而用"其则""于是""于是乎""若乃"等虚词，用一主一客连篇累牍，前后问答，其四言中并夹以对偶歌辞，又用骚体散文插于其中，令人读之，辄觉山水云物，琳琅无尽。至东汉则首推班固。班固字孟坚，彪子。永平中召诣校书部，除兰台令史。永元初窦宪出塞，以为中护军，行中郎将

---

① 其旁：原书无，整理者补。

② 麋罴：原书如此。按，当是"麋罴"之误，而《蜀都赋》原文此处为"麖羊野麋，罴鼨貘貒"。

③ 羌庭：原书作"羌漆"。

④ 楩柟：原书作"梗柟"，二字前又衍省略号。

⑤ 此处省略号为整理者所加。

⑥ 汜：原书作"泥"。

⑦ 深深：原书如此，通行本作"注注"。

⑧ 省略号为整理者所加。

⑨ 堆叠：原书作"推叠"。

事。及宪败，坐下狱死，年六十一。著有《白^①虎通论》六卷，《汉书》一百十五卷，集十七卷。今录其赋目如左：

（一）《终南山赋》；（二）《览海赋》；（三）《两都赋》；（四）《西都赋》；（五）《东都赋》；（六）《幽通赋》；（七）《竹扇赋》；（八）《白绮扇赋》。

班固赋之最著者当属《两都赋》《西都赋》《东都赋》三篇，其格式亦系问答体，开首即云："有西都宾问于东都主人曰：'盖闻皇汉之初经营也，尝有意乎都河洛矣。'"下即直答至终，非若枚乘之《七发》，司马相如之《子虚》屡问屡答也。《东都赋》开首即云"东都主人喟然而叹曰，痛乎风俗之移人也"，亦一气到底。其在《离骚序》中称枚乘、司马相如、刘向、杨雄为妙才，而又盛赞屈原文弘博丽雅，为辞赋宗。班氏不好昆仑冥婚宓妃虚无之语，谓非法度之正，故所著赋多叙陈铺张宫阙亭台之美，园林渊鸟之胜，窈窕繁华，更盛迭贵，既无渺茫之传说，亦无深远之寄托。下笔写来，琳琅^②夺目，惨悽之声，悲愤之音，则并一语而无之。此良由所处之环境不同，而著作亦异也。

固父班彪，亦系著名文豪。彪字叔皮，扶风安陵人，初依隗嚣，继依窦融。建武三十年卒于官，有集五卷。所著《览海赋》《北征赋》《冀州赋》《悼离骚》等篇。间尤以《北征赋》最有声于时，《北征赋》摹仿《离骚》，如云"朝发轫于长都兮，夕宿瓠谷之玄宫"，"日晻晻其将暮兮，睹牛羊之下来"，完全楚

---

① 白：原书作"曰"。

② 琳琅：原书作"玲琅"，亦可通。

辞风骨。

固尚有一妹，名昭，字惠姬，年十四聘^①世叔，和帝数召入宫，令皇后贵人师事焉，号曰"大家"。固作《汉书》不终而卒，大家续之。著有《女戒》七篇，集三卷。所著赋有《东征赋》《针缕赋》《大雀赋》《蝉赋》，最著者为《东征赋》，作风与彪之《北征赋》相类。彪、昭赋皆祖述《楚辞》，然无大发明，不及固之纵横广远，琳琅光耀。所以论三班辞赋，举固而彪、昭附焉。

固之后有傅毅。毅字武仲，扶风茂林人。少博学，建元初，肃宗广召文学之士，以毅为兰台令史。少逸气，为窦宪府司马，早卒。所著赋之最显者为《舞赋》，运用骚体，而兼歌咏，冗长^②中，杂短促之音，然不逮^③三班远矣，故并附焉。兹并次班固《西都赋》于篇。

西都赋

有西都宾问于东都主人曰："盖闻皇汉之初经营也，尝有意乎都河洛矣。辍而弗康，寔用西迁，作我上都。主人闻其故而睹其制乎？"主人曰："未也。愿宾摅怀旧之蓄念，发思古之幽情，博我以皇道，弘我以汉京。"宾曰："唯唯。"

汉之西都，在于雍州，寔曰长安。左据函谷二崤之阻，表以太华终南之山。右界褒斜陇首之险，带以洪

---

① 聘：原书作"娉"。

② 冗长：原书作"沉长"。

③ 逮：原书作"迨"，亦通。改作"逮"字，免滋疑惑。

河泾渭之川。众流之隈，汧涌其西。华实之毛，则九州之上腴焉；防御之阻，则天下①之奥区焉。是故横被六合，三成帝畿，周以龙兴，秦以虎视。及至大汉受命而都之也，仰悟东井之精，俯协《河图》之灵。奉春建策，留侯演成。天人合应，以发皇明，乃眷西顾，寔惟作京。于是睎秦岭，睋北阜，挟沣灞，据龙首。图皇基于亿载，度宏规而大起。肇自高而终平，世增饰以崇丽，历十二之延祚，故穷泰而极侈。

建金城之万雉，呀周池而成渊。披三条之广路，立十二之通门。内则街衢洞达，闾阎且千，九市开场，货别隧分。人不得顾，车不得旋，阗城溢郭，旁流百廛。红尘四合，烟云相连。于是既庶且富，娱乐无疆。都人士女，殊异乎五方。游士拟于公侯，列肆侈于姬姜。乡曲豪举，游侠之雄，节慕原尝，名亚春陵。连交合众，骋骛乎其中。若乃观其四郊，浮游近县，则南望杜霸，北眺五陵。名都对郭，邑居相承。英俊之域，绂冕所兴，冠盖如云，七相五公。与乎州郡之豪杰，五都之货殖，三选七迁。充奉陵邑，盖以强干弱枝，隆上都而观万国也。

封畿之内，厥土千里，逴跞诸夏，兼其所有。其阳则崇山隐天，幽林穹谷，陆海珍藏，蓝田美玉。商洛缘其隈，鄠杜滨其足，源泉灌注，陂池交属。竹林果园，芳草甘木，郊野之富，号为近蜀。其阴则冠以九嵕，陪

---

① 天下：原书作"天地"。

以甘泉，乃有灵宫，起乎其中。秦汉之所以极观，渊云
之所颂叹，于是乎存焉。下有郑白之沃，衣食之源。提
封五万，疆埸绮分，沟塍刻镂，原隰龙鳞，决渠降雨，
荷锸成云。五谷垂颖，桑麻铺棻。东郊则有通沟大漕，
溃渭洞河，泛舟山东，控引淮湖，与海通波。西郊则有
上囿禁苑，林麓薮泽，陂池连乎蜀汉，缭以周墙，四百
馀里。离宫别馆，三十六所。神池灵沼，往往而在。其
中乃有九真之麟，大宛之马，黄支之犀，条支之鸟。逾
昆仑，越巨海，殊方异类，至于三万里。其宫室也，体
象乎天地，经纬乎阴阳。据坤灵之正位，仿太紫之圆
方。树中天之华阙，丰冠山之朱堂。因瑰材而究奇，抗
应龙之虹梁。列棼橑以布翼，荷栋桴而高骧。雕玉瑱以
居楹，裁金璧以饰珰。发五色之渥彩，光焰朗以景彰。
于是左城右平^①，重轩三阶。闺房周^②通，门闼洞开。
列钟虡于中庭，立金人于端闱。仍增崖而衡阈，临峻路
而启闺。徇以离殿别寝，承以崇台闲馆，焕若列星^③，
紫宫是环。清凉宣温，神仙长年，金华玉堂，白虎麒
麟。区宇若兹，不可殚论。增盘崔嵬，登降炤烂。殊形
诡制，每各异观。乘茵步辇，惟所息宴。后宫则有掖庭
椒房，后妃之室，合欢增城，安处常宁，茞若椒风，披
香发越，兰林蕙草，鸳鸾飞翔之列。昭阳特盛，隆乎孝

---

① 右平：原书作"平右"。
② 周：原书作"四"。
③ 列星：原书作"别宿"。"别"字误，"宿"或据别本。

成。屋不呈材，墙不露形。裛以藻绣，络以纶连，随侯明月，错落其间。金釭衔璧，是为列钱。翡翠火齐，流耀含英。悬黎垂棘，夜光在焉。于是玄墀釦砌，玉阶彤庭，碝碱彩致，琳珉青荧，珊瑚碧树，周阿而生。红罗飒𫄧，绮组缤纷，精曜华烛，俯仰如神。后宫之号，十有四位，窈窕繁华，更盛迭贵。处乎斯列者，盖以百数。左右庭中，朝堂百寮之位，萧曹魏邴，谋谟乎其上。佐命则垂统，辅翼则成化。流大汉之恺悌，荡亡秦之毒螫。故令斯人扬乐和之声，作画一之歌。功德著乎祖宗，膏泽洽乎黎庶。又有天禄石渠，典籍之府，命夫惇诲故老，名儒师傅，讲论乎六艺，稽合乎同异。又有承明金马，著作之庭，大雅宏达，于兹为群。元元本本，殚见洽闻，启发篇章，校理秘文。周以钩陈之位，卫以严更之署，总礼官之甲科，群百郡之廉孝。虎贲赘衣，阍尹阍寺，陛戟百重，各有典司。周庐千列，徼道绮错。辇路经营，修除飞阁。自未央而连桂宫，北弥明光而亘长乐。凌隥道而超西墉，棍①建章而连外属。设璧门之凤阙，上觚棱而栖金爵。内则别风之嶕峣，眇丽巧而耸擢，张千门而立万户，顺阴阳以开阖。尔乃正殿崔嵬，层构厥高，临乎未央，经骀荡而出馺娑，洞枌㮚以与天梁，上反宇以盖戴，激日景而纳光。神明郁其特起，遂偃蹇而上跻。轶云雨于太半，虹霓回带于棼楣。虽轻迅与僄狡，犹愕眙而不能阶。攀井干而未半，目眴

---

① 棍：原书作"棍"。

转而意迷，舍棍槛而却倚，若颠坠而复稽，魂恍恍以失度，巡回涂而下低。既惩惧于登望，降周流以彷徨，步甬道以萦纡，又杳窱而不见阳。排飞闼而上出，若游目于天表，似无依而洋洋。前唐中而后太液，览沧海之汤汤。扬波涛于碣石，激神岳之嶈嶈，滥瀛洲与方壶，蓬莱起乎中央。于是灵草冬荣，神木丛生，岩峻崷崒，金石峥嵘。抗仙掌以承露，擢双立之金茎，轶埃塌之混浊，鲜颢气之清英。骋文成之丕诞，驰五利之所刑。庶松乔之群类，时游从乎斯庭。实列仙之攸馆，非吾人之所宁。

尔乃盛娱游之壮观，奋泰武乎上囿，因兹以威戎夸狄，耀威灵而讲武事。命荆州使起鸟，诏梁野而驱兽。毛群内阗，飞羽上覆，接翼侧足，集禁林而屯聚。水衡虞人，修其营表，种别群分，部曲有署。罦网连纮①，笼山络野，列卒周匝，星罗云布。于是乘銮舆，备法驾，帅群臣，披飞廉，入苑门。遂绕酆鄗，历上兰。六师发逐，百兽骇殚，震震爚爚，雷奔电激，草木涂地，山渊反覆。蹂躏其十二三，乃拗怒而少息。

尔乃期门佽飞，列刃钻镞，要趹追踪，鸟惊触丝，兽骇值锋。机不虚掎，弦不再控。矢不单杀，中必叠双。飑飑纷纷，矰缴相缠，风毛雨血，洒野蔽天。平原赤，勇士厉，猿狖失木，豺狼慑窜。

---

① 纮：原书作"弦"。

　　尔乃移师趋险，并蹈潜秽，穷虎奔突[1]，狂兕触
蹶。许少施巧[2]，秦成力折。掎僄狡，扼猛噬，脱角挫
胝，徒搏独杀。挟师豹，拖熊螭，曳犀犛，顿象罴[3]。
超洞壑，越峻崖，蹶嶄岩。巨石隤，松柏仆，丛林摧。
草木无馀，禽兽殄夷。于是天子乃登属玉之馆，历长杨
之榭，览山川之体势，观三军之杀获。原野萧条，目
极四裔，禽相镇压，兽相枕藉。然后收禽会众，论功赐
胙，陈轻骑以行炰，腾酒车以斟酌，割鲜野食，举烽命
釂。飨赐毕，劳逸齐，大路鸣銮，容与徘徊。集乎豫章
之宇，临乎昆明之池。左牵牛而右织女，似云汉之无
涯，茂树荫蔚，芳草被隄，兰茝发色，晔晔猗猗。若摛
锦布绣，烛燿乎其陂。鸟则玄鹤白鹭，黄鹄鵁鶄，鸧鸹
鸨鶂，凫鹥鸿雁。朝发河海，夕宿江汉。沉浮往来，云
集雾散。

　　于是后宫乘輚辂，登龙舟，张凤盖，建华旗，祛黼
帷，镜清流，靡微风，澹淡浮。棹女讴，鼓吹震，声激
越，謍厉天，鸟群翔，鱼窥渊，招白鹇，下双鹄，揄文
竿，出比目，抚鸿罿，御矰缴，方舟并鹜，俯仰极乐。

　　遂乃风举云摇，浮游博览。前乘秦岭，后越九嵕，
东薄河华，西涉岐雍。宫馆所历，百有馀区。行所朝
夕，储不改供。礼上下而接山川，究休祐之所用，采游

---

① 穷虎奔突：原书作"穷奔虎突"。
② 施巧：原书作"师巧"。
③ 象罴：原书作"像罴"。

童之谨谣，第从臣之嘉颂。于斯之时，都都相望，邑邑相属，国藉十世之基，家承百年之业，士食旧德之名氏，农服先畴之畎亩，商循族世之所鬻，工用高曾之规矩。粲乎隐隐，各得其所。若臣者，徒观迹于旧墟，闻之乎故老，十分而未得其一端，故不能遍举也。

【皇】*李善曰：《孝经钩命决》曰，道机合者称皇。【经营】*《尚书》曰：厥既得吉，卜乃经营。【河洛】*东都有河南洛阳，故曰河洛也。【辍】*郑玄《论语注》曰：辍，止也。【唯唯】*《礼记》曰：父召无诺，唯而起。【雍州】*《汉书》曰：秦地于禹贡时跨雍梁二州，汉兴，立都长安。【函谷二崤】*《战国策》苏秦曰：秦，东有殽函之固。《盐铁论》曰：秦左殽函。《汉书音义》韦昭曰：函谷关。《左氏传》曰：崤有二陵，其南陵，夏后皋之墓，其北陵，文王所避风雨也。【表】标也。【太华】*《山海经》曰：华首之山西六十里，曰太华之山。【终南】*《毛诗》曰：终南何有，有条有枚。毛苌曰：终南，周之名山中南也。【褒斜】*《梁州记》曰：万石城沂①汉上七里，有褒谷，南口曰褒，北口曰斜，长四百七十里。【陇首】*《盐铁论》曰：秦右陇阺。《汉书·幸雍白麟歌》曰：朝陇首，览西垠。【洪河泾渭】*《尚书》曰：导河自积石，南至于华阴。《山海经》曰：泾水出长城北。【横】*《汉书音义》文颖曰：关西为横。

---

① 沂：原书作"沂"。

【被】*孔安国《尚书传》曰：被，及也。【六合】*
《吕氏春秋》曰：神通乎六合。高诱曰：四方上下，为
六合。【三成帝畿】*谓周、秦、汉也。《周礼》曰：
方千里曰王畿。【周以龙兴】*《史记》曰：周后稷名
弃，尧舜时为农师，号后稷，姓姬氏。至孙公刘，周之
道兴，至文王徙都丰，武王灭纣。孔安国《尚书序》
曰：汉室龙兴。【秦以虎视】*《史记》曰：秦之先
帝，颛顼之苗裔，至孝公作咸阳，攻并六国，称皇帝。
《周易》曰：虎视眈眈，其欲逐逐。【东井】*《汉
书》曰：汉元年十月，五星聚于东井，沛公至灞上。又
曰：以历推之，从岁星也，此高祖受命之符。【河图】*
《尚书·洛书》曰：河图，命纪也，然五经纬，皆河图
也。【奉春建策，留侯演成】*《汉书》曰，高祖西都
洛阳，戍卒娄敬求见，说上曰：陛下都洛不便，不如入
关，据秦之固。上问张良，良因劝上，是日车驾，西都
长安，拜娄敬为奉春君，赐姓刘氏。又曰封张良为留侯
也。【演】《苍颉篇》曰：演，引也。【天人】*天，
谓五星也。人，谓娄敬也。【皇】谓高祖也。《四子讲
德论》曰：天人并应。【乃眷西顾】*《毛诗》：乃眷
西顾，此惟与宅。【睎】*《说文》曰：睎，望也。
【岭】南山也。《汉书》曰：秦地有南山。【睋】*视
也。【北阜】山也。《汉书》文帝曰：以北山石为椁。
【沣灞】*张揖《上林赋注》曰：丰水出鄠南山丰谷。
《汉书》曰：灞水，出蓝田谷。【龙首】*《山海经》
曰：华山之西，龙首之山也。【亿】*孔安国《尚书

传》曰：十万曰亿。【载】*《尔雅》曰：载①，年也。【度】*《小雅》曰：羌，发声也。度与羌古字通。度或为庆也。【高】高祖。《汉书》张晏曰：为功最高，而为汉帝太祖，故特起名焉。【平】*《汉书》：孝平皇帝，元帝庶孙。荀悦曰：讳衎。【历十二】*汉自高祖至于孝平，凡十二帝也。【祚】*《国语》曰：天地之所祚。贾逵曰：祚，禄也。【金城】*《盐铁论》曰：秦四塞以为固，金城千里。【雉】*郑玄《周礼注》曰：雉长三丈，高一丈。【呀】*《字林》曰：呀，大空貌，火家切。【池】*《说文》曰：城有水曰池。【十二之通门】*《周礼》曰：匠人营国，方九里，旁三门。郑玄曰：天子十二门，通十二子也。【街衢】*《说文》曰：街，四通也。《尔雅》曰：四达谓之衢。【闾阎】*《字林》曰：闾，里门也。阎，里中门也。【九市】*《汉宫阙疏》曰：长安立九市，其六市在道西，三市在道东。【货】*郑玄《周礼注》曰：金玉曰货。【隧】*薛综《西京赋注》曰：隧，列肆道也。音遂。【阗】*郑玄《礼记注》曰：填，满也。填与"阗"同，徒坚切。【廛】*又曰：廛，市物邸舍也。除连切。【红尘】*李陵诗曰：红尘塞天地，白日何冥冥。【既庶且富】*《论语》曰：子适卫，冉有仆。子曰庶矣哉，冉有曰既庶矣，又何加焉。曰富之。【无疆】*《毛诗》曰：惠

---

① 载：原书无此字。

我无疆。【都人士女】*又曰，彼都人士，又曰彼君子女。【"游士"二句】*《汉书》曰：秦地五方杂错，富人则商贾为利，列侯贵人，车服僭上，众庶仿效，羞不相及。【肆】*郑玄《周礼注》曰：肆，市中陈也。【姬姜】*《左氏传》：君子曰，诗云，虽有姬姜，无弃憔悴也。【乡曲】*庄子曰：治州间乡曲。【豪举】*《史记》：魏公子无忌曰，平原之游，徒豪举耳。《文子》曰：智过十人谓之豪。【游侠】*《汉书》曰：秦地豪桀，则游侠通奸。【原尝】【春陵】*《史记》曰：平原君赵胜者，赵之诸公子也。诸子中胜最贤，宾客盖至者数千人。又曰：孟尝君名文，姓田氏，孟尝君在薛，招致诸侯、宾客、食客数千人。又曰：春申君者，楚人也，名歇，姓黄氏。考烈王以歇为相，封春申君，客三千馀人。又曰：魏公子无忌者，魏安釐王弟也，安釐王封公子为信陵君，致食客三千。【骋骛】*《楚辞》曰：朝骋骛乎江皋。《说文》曰：骋，直驰也。又曰：骛，乱驰也，音务。【郊】*郑玄《周礼注》曰：王国百里，为郊。【杜霸】【五陵】*《汉书》曰：宣帝葬杜陵，文帝葬霸陵，高帝葬长陵，惠帝葬安陵，景帝葬阳陵，武帝葬茂陵，昭帝葬平陵。【英俊】*文子曰：智过万人谓之英。千人谓之俊。【绂】*《苍颉篇》曰：绂，绶也。【冕】*《说文》曰：冕，大夫以上冠也。【冠盖如云】*《毛诗》曰：有女如云。【七相五公】*相，丞相也。《汉书》：韦贤为丞相，徙平陵；车千秋为丞相，徙长陵；黄霸为丞相，徙平陵；平当为丞相，徙平陵；魏相为丞相，徙平陵。公，御史大夫、将军通称也。《汉书》曰：张汤为御史大夫，徙杜陵；杜周为御史大夫，徙茂陵；萧望之为前将军，徙杜陵；冯奉世为右将军，徙杜陵；史丹为大将军，徙杜陵。然其馀不在七相之数者，并以罪国除故也。【豪杰】*文子曰：智过百人谓之杰，十人谓之豪。【五都】*《汉书》曰：王莽于五都立均官，更名洛阳、邯郸、临淄①、宛城，都市长安，皆为五均司市师。【三选】【七迁】*三选，谓选三等之人。七迁，谓迁于七陵也。【强干弱枝】*《汉书》曰：徙吏二千石、高訾富人及豪杰兼并之家于诸陵，盖亦以强干弱枝，非独为奉山园也。又元帝诏曰：往者有司缘臣子之义，奏徙郡国人，以奉园陵。自今所为陵者，勿置县邑。然则元帝始不迁人陪陵，自元以上，正有七帝也。【流】②宋均曰：流，犹枝也。【万国】*《左传》曰：鲁诸大夫曰，禹会诸侯于涂山，执玉帛者万国。【"封畿"二句】*《汉书》曰：洛邑与宗周通封畿，为千里。又曰：秦地沃野千里，人以富饶。【逴跞】犹超绝也。逴，音卓。跞，吕角切。【诸夏】*《论

---

① 淄：原书作"漕"。

② 此条所注"流"字，正文中并无与之对应之词。林之棠在注释《西都赋》时，直接大段地抄《昭明文选》中的注释，《昭明文选》这里的注释，又引"《春秋汉含孳》曰：强干弱流天之道"，以释《西都赋》中"强干弱枝"，又引宋均"流，犹枝也"，说明"强干弱流"即是"强干弱枝"。林之棠注释中并未引《春秋汉含孳》中"强干弱流"，因这里出现失去照应的情况。

语》：子曰，夷狄之有君，不如诸夏之亡也。【崇山】*
《上林赋》曰：崇山矗巃、崔巍。【隐天】*杨雄著
《蜀①都赋》曰：苍山隐天。【穹谷】*《韩诗》曰：
皎皎白驹，在彼空谷。薛君曰：穹谷，深谷也。【陆
海】*《汉书》：东方朔曰，汉兴，去三河之地，止灞
浐以西，都泾渭之南，此②谓天下陆海之地。【蓝田】*
《范子计然》曰：玉英出蓝田。【商洛】【鄠杜】*
《汉书》：弘农郡有商县、上洛县，扶风有鄠县、杜阳
县。【隈】【陂池】*《说文》曰：隈，水曲也。于回
切。孔安国《尚书传》曰：滨涯也。又曰：泽鄣曰陂，
停水曰池。【近蜀】*言秦境富饶，与蜀相类，故号近
蜀焉。《汉书》曰：秦地南有巴蜀、广汉，山林竹木蔬
食果实之饶。【郊野】*《尔雅》曰：邑外曰郊，郊外
曰野。【九嵕】*《汉书》：谷口县九嵕山，在西。
【甘泉】*《战国策》：范睢说秦王曰，大王之国，北
有甘泉谷口。《汉书》：公孙卿曰，仙人好楼居，于是
上令甘泉作延寿馆，通天台。《汉宫阙疏》曰：甘泉林
光宫，秦二世造。《汉书》曰：王子渊为《甘泉颂》。
又曰：杨子云奏《甘泉赋》。【郑白】*《史记》曰：
韩闻秦之好兴事，欲罢，无令东伐。乃使水工郑国间，
说秦。令凿泾水，自中山西抵瓠口为渠，并北山，东注

---

① 蜀：原书脱此字。又，原书前"著"误为"署"。
② 此：原书作"北"，据《昭明文选》注，误，据《汉书·东方朔传》
改。

洛。溉舄卤之地四万馀顷，收皆亩税一钟，命曰郑国渠。又曰：赵中大夫白公，复奏穿渠，引泾水，首起谷口，尾入栎阳，注渭，溉田四千馀顷，因曰白渠。人得甘饶，歌之曰：田于何所，池阳谷口。郑国在前，白渠起后。举臿①为云，决渠为②雨。泾水一石，其泥数斗。且溉且粪，长我禾黍。衣食京师，亿万之口。【提封】*天子畿方千里，提封百万。提，撮凡也，言大举顷亩也。韦昭曰，积土为封，限也。【疆埸】*《毛诗》曰：疆埸③有瓜。【沟塍】*《周礼》曰：十夫有沟。郑玄曰：遂，广深各二尺，沟倍之。《说文》曰：塍，稻田之畦也。音绳。【原隰】*《尔雅》曰：高平曰原，下湿曰隰。【五谷】*《周礼》曰：以五谷养病。《汉书音义》韦昭曰：黍稷菽麦稻也。【颖】*《毛诗》曰：实颖实粟。毛苌曰：颖，垂颖也。《小尔雅④》曰：禾穗谓之颖。【铺】*《尔雅》曰：铺，布也。普胡切。【菜】*王逸《楚辞注》曰：纷，盛貌也。"菜"与"纷"古字通。【"东郊"句】*通沟大漕，既达河渭，又可以泛舟山东，控引淮湖之流，而与海通其波澜。【漕】*《汉书·武纪》曰：穿漕渠，道渭。如淳曰：水转曰漕。【溃】*《苍颉篇》曰：溃，旁决也。胡对切。【洞】*《说文》曰：洞，疾流也。

---

① 臿：原书作"插"。此据《汉书》改。
② 渠为：原书作"为渠"。
③ 埸：原书作"场"。
④ 小尔雅：原书作"小雅"，当是沿《昭明文选》之误。

【河】*《国语》曰：秦泛①舟于河，归籴于晋。《史记》曰：荥阳下引河东，南为鸿沟，以与淮泗会也。【上囿禁苑】即林苑也。【薮】*郑玄《周礼注》曰：泽无水曰薮。【神池】*《秦记》②曰：昆明池中有神池，通白鹿原。【九真】【大宛】【黄支】【条支】*《汉书》：宣帝诏曰，九真献奇兽。又③《武纪》曰：贰师将军广利斩大宛王首，获汗血马。又曰：黄支自三万里贡生犀。又曰：条枝国④临西海，有大鸟卵⑤如瓮。【昆仑】*《山海经》曰：帝之下都，昆仑之墟，高万仞。《河图括地象》曰：昆仑在西北，其高万一千里。【巨海】*《子虚赋》曰：东注巨海。【太紫】*《春秋元命苞》曰：紫之言此也，宫之言中也，言天神图法，阴阳开闭，皆在此中也。又曰：紫宫，大帝室也。【中天】*《列子》曰：周穆王筑台，号曰中天之台。【"丰冠"句】*《周易》曰：丰其屋。《汉书》曰：萧何作未央宫。潘岳《关中记》曰：未央宫殿，皆疏龙首山土⑥作之，然殿居山上，故曰冠云。【瑰材】*《埤苍》曰：瑰⑦玮，珍奇也。【应龙】【虹梁】梁形似龙，而曲如虹也。【"雕玉"句】*言雕刻玉碣，以

---

① 泛：原书作"汛"。
② 《秦记》：原书如此。《昭明文选》注作"《三秦记》"。
③ 又：原书作"文"。
④ 条枝国：原书作"条国枝"。
⑤ 卵：原书作"卯"。
⑥ 土：原书作"二"。
⑦ 瑰：原书作"懷"。

居楹柱也。《尔雅》曰：玉谓之雕。郭璞曰：治玉名也。《广雅》曰：磌，磌也。磌与填古字通。并徒年切。《说文》：楹，柱也。《上林赋》曰：华榱璧[1]珰。韦昭曰：裁金为璧，以当榱头。【渥】*《毛诗》曰：颜如渥丹。郑玄曰：渥，厚渍也。乌学切。【焖】*《字林》曰：焖，火貌也。音艳[2]。【左墄右平】*《七略》曰：王者宫中，必左墄而右平。挚虞《决疑要注》曰：凡太极乃有陛，堂则有阶无陛也。左墄右平，平者，以文砖相亚次也。墄者为陛，级也，言阶级勒墄然。七则切。【重轩三阶】*王逸《楚辞注》曰：轩，楼板也。《周礼》：夏后氏世室九阶。郑玄曰：南面三，三面各二也。【闺】*《尔雅》曰：宫中门谓之闱，小者谓之闺。【闼】*毛苌《诗传》曰：闼，门内也。【钟虡】【金人】*《史记》曰：始皇大收天下兵器，聚之咸阳，销以为钟鐻，铸金人十二，重各千斤，置宫中。徐广曰：鐻音巨。《毛诗》曰：设业设虡[3]。毛苌曰：植曰虡[4]，与鐻古字通也。《三辅黄图》曰：秦营宫殿，端门四达，以则紫宫[5]。闼，他曷切。【阈】门限也。【阖】谓之扉。【徇】循也。【台】*四方而高曰台。【紫宫】*《春秋合诚图》曰：紫宫，

① 璧：原书作“壁”。
② 音艳：此二字原书在“以当榱头”之后。
③ 虡：原书作“虚”。
④ 虡：原书作“虚”。
⑤ 宫：原书作“官”。

大帝室，太一之精也。十二星藩臣皆曰紫宫也。【崔】高大也。【披庭】宫人之官。【增城】班婕妤居增城。【椒风】*桓子《新论》[1]曰：董贤女弟为昭仪，居舍号曰椒风。【合欢】【披香】【鸳鸾】【飞翔】*汉宫阁名，长安有合欢殿、披香殿、鸳鸾殿、飞翔殿，馀亦皆殿名。【昭阳】*《汉书》曰：孝成赵皇后弟，绝幸，为昭仪，居昭阳舍，其壁带往往为黄金钉，函蓝田璧、明珠翠羽饰之。《音义》曰：谓壁中之横带也。引《汉书》注，云"音义"者，皆失其姓名，故云音义而已。【钉】*《说文》曰：钉，毂铁也。【列钱】*言金钉衔璧，行列似钱也。钉，古双切。【裹】【纶】*《说文》曰：裹，缠也。于劫切。又曰：纶，纠青丝绶也。【随侯明月】*《淮南子》曰：随侯之珠，和氏之璧，得之而富，失之而贫。高诱曰：随侯，汉中国姬姓诸侯也。随侯[2]见大蛇伤断，以药傅而涂之，后蛇于夜中衔大珠以报之，因曰随侯之珠，盖明月珠也。李斯上书曰：有随和之宝，垂明月之珠。【翡翠】*张揖《上林赋注》曰：翡翠大小如爵，雄赤，曰翡，雌青，曰翠。【火齐】*《韵集》曰：玫瑰，火齐珠也。【悬黎垂棘】*《战国策》：应侯谓秦王曰，梁有悬黎[3]，楚有和璞，而为天下名器。《左氏传》曰：晋荀息请以垂

---

① 桓子《新论》：此数字，原书无，据李善注《昭明文选》补。

② 侯：原书作"俟"。

③ 梁有悬黎：原书作"有悬梁黎"。

棘之璧，假道于虞，以伐虢。【夜光】*许慎《淮南子注》曰：夜光之珠，有似明月，故曰明月也。高诱以随侯为明月，许慎以明月为夜光，班固上云"随侯明月"，下云"悬黎垂棘，夜光在焉"，然班以夜光非随珠、明月矣，以三都合为一宝。经典不载夜光本末，故说者参差矣。《西京赋》曰"流悬黎之夜光"，《吴都赋》曰"随侯于是鄙其夜光"。邹阳云"夜光之璧"，刘琨云"夜光之珠"，尹文子曰："田父得宝玉，径尺，置于庑上，其夜明照一室。"然则夜光为通称，不系之于珠璧也。【釦砌】以玉饰砌也。《说文》曰：釦，金饰器。枯后切。《广雅》曰：砌，阶也，且计切。【碝】*《说文》曰：碝，石之次，玉也。如兖切。【碱】碝类也，音戚。【致】*郑玄《礼记注》曰：致，密也。【珉】*郭璞《上林赋注》：珉，玉名也。张揖《上林赋注》曰：珉，石，次玉也。【珊瑚】*《广雅》曰：珊瑚，珠也。【碧树】*《淮南子》曰：昆仑山，有碧树在其北。高诱曰：碧，青石也。【阿】*《韩诗》曰：曲景曰阿。然此"阿"，庭之曲也。【飒纚】*薛综《西京赋注》曰：飒纚，长袖貌也。飒，思合切。纚，山绮切。【绮组】*《说文》曰：绮，文缯也。孔安国《尚书传》曰：组，绶也。【缤纷】*《楚辞》曰：佩缤纷其繁饰。王逸曰：缤纷，盛貌也。缤，匹人切。【俯仰如神】*《战国策》：张仪谓楚王曰，彼郑国之女，粉白黛黑，立于衢间，非知而见之者以为神。【后宫】*《汉书》曰：大星，正妃。

馀三星，后宫。又赞曰：汉兴，因秦之称号，帝正适称皇后，妾皆称夫人，号凡十四等云。昭仪位视丞相，婕妤视上卿，婼娥视中二千石，容华视真二千石，美人视二千石，八子视千石，充依视千石，七子视八百石，良人视七百石，长使视六百石，少使视四百石，五官视三百石，顺常视二百石，无涓、共和、娱灵、保林、良使、夜者，皆视百石。【窈窕】*《毛诗》曰：窈窕淑女，君子好逑。【繁华】*《史记》：华阳夫人姊说夫人曰，不以繁华时树本。【迭】*《方言》曰：迭，代也。徒结切。婼，音刑。【百寮】*《尚书》曰：百寮师师。【萧曹魏邴】*《汉书》曰：萧何，沛人，汉王即皇帝位，拜何为相国。又曰：曹参，沛人也，代萧何为相国。又曰：魏相，字弱翁，济阴人也，宣帝即位，代韦贤为丞相。又曰：邴吉，字少卿，鲁国人也，宣帝即位，代魏相为丞相。【谋谟】*孔安国《尚书传》曰：谋，谟也。【佐命】*李陵《报苏武书》曰：其馀佐命立功之士。《易乾凿度》曰：代者赤儿[①]，黄佐命。宋衷曰：此赤儿者，谓汉高帝也。黄者，火之子，故佐命，张良是也。【垂统】*《孟子》曰：君子创业垂统，为可继也。【辅翼】*《礼记》曰：保者，慎其身以辅翼之。【恺悌】*《长杨赋》曰：今朝廷出凯悌，行简易。【毒螫】*《四子讲德论》曰：秦之时处位任政者，并施螫毒。《说文》曰：螫，行毒也。舒亦

---

① 儿：原书作"兑"。下句"儿"字亦误作"兑"。

切。【乐和之声】*《孔丛子》曰：孔子曰，古之帝王，功成作乐，其功善者，其乐和，乐和则天下且由应之，况百兽乎。【画一】*《汉书》曰：萧何薨，曹参代之，百姓歌之曰，萧何为法，较若画一，曹参代之，守而勿失，载其清净，人以宁一。又景帝曰，歌者所以发德，舞者所以立功。【祖宗】*申屠嘉奏曰：高皇帝宜为太祖，孝文帝宜为太宗。【膏泽】*《史记》：太史公曰，成王①作颂，沐浴膏泽，而歌咏勤苦。《孟子》曰：膏泽下于民。【黎庶】*孔安国《尚书传》曰：黎，众也。【天禄石渠】*《三辅故事》曰：天禄阁在大殿北，以阁秘书。【惇诲】*《尔雅》②曰：惇，勉也。孔安国《尚书传》曰：诲，教也。【六艺】*《周礼》曰：六艺，礼乐射御书数。【稽】*孔安国《尚书传》曰：稽，考也。【承明】*《汉书》曰：严助为会稽太守，帝赐书曰，君厌承明之庐。张晏曰：承明庐在石渠门外。【大雅】*谓有大雅之才者，诗有《大雅》，故以立称焉。【宏达】*《汉书》：武帝曰，司马相如之伦，皆辨智③闳达。【元元本本】*谓得其元本也。【殚见洽闻】*《孔丛子》曰：苌弘曰，仲尼洽闻强记。《孝经钩命决》曰：丘摄秘文。【钩陈】*《乐汁图》曰：钩陈，后宫也。服虔《甘泉赋

---

① 成王：原书作"成主"。
② 原书"《尔雅》"前衍一"同"字。
③ 智：原书脱漏。

注》曰：紫宫①外营。勾陈，星也，然王者亦法之。
【严更】*薛综《西京赋注》曰：严更，督行夜鼓也。
【礼官】【甲科】*《汉书》曰：奉常，掌礼仪，属官
有五经博士。又曰：匡衡射策甲科，除太常掌故。【百
郡】【廉孝】*又曰：秦分天下为郡县。又曰：兴廉举
孝也。【虎贲缀衣】*《尚书》：周公曰，缀衣虎贲。
《公羊传》曰：贽，犹缀也。贽，之锐切。【阉尹阍
寺】*《周礼》曰：内小臣奄上土，又有阍人寺人。
【陛戟】*《汉书》曰：太后盛服坐武帐，武士陛戟，
陈列殿下也。【"周庐"二句】*《史记》：卫令曰，
周庐设卒甚谨。《汉书音义》张宴曰：直宿曰庐。《汉
书》曰：中尉掌徼循京师。如淳曰：所谓游徼循禁，备
盗贼也。【辇路】辇道也。《上林赋》②曰：辇道绁
属。如淳曰：辇道，阁道也。【除】*司马彪《上林赋
注》曰：除，楼陛也。【未央】*《汉书》曰：高祖至
长安，萧何作未央宫。【明光】*《三辅旧事》曰：桂
宫内有明光殿。【弥】*毛苌《诗传》曰：弥，终也。
【亘】*《方言》曰：亘，竟也。亘与絚古字通。【长
乐】*《汉书》曰：高祖修长乐宫。【隥道】*薛综
《西京赋注》曰：隥，阁道也。丁邓切。【墉】*毛苌
《诗传》曰：墉，城也。【棍】*《方言》曰：棍③，

---

① 宫：原书作"官"。
② 《上林赋》：原书作《林赋》。
③ 棍：原书作"棍"。

同也，音义与混同。胡本切。【建章】【凤阙】*《汉书》曰：建章宫，其东则凤阙，高二十馀丈，其南有璧门之属。【舳稜】*《汉书音义》应劭曰：舳，八^①舳，有隅者也。音孤。《说文》曰：稜，柧也。柧与舳同。稜，落登切。【金爵】*《三辅故事》曰：建章宫阙上有铜凤皇。然金爵则铜凤也。【别风】*《三辅故事》曰：建章宫东有折风阙。《关中记》曰：折风，一名别风。【嶕峣】*《广雅》曰：嶕峣，高也。嶕，兹尧切。【正殿崔嵬】*《汉书》曰：建章宫度为千门万户，前殿度高未央。然前殿则正殿也。《长门赋》曰：正殿嵬以造天。其高临乎未央，高之甚也。崔嵬，高貌也。【"骀荡"二句】*《关中记》曰：建章宫有馺娑、骀荡、枍诣、承光四殿。馺，素合切。娑，苏可切。骀，音殆。枍，乌诣切。【天梁】*亦宫名也。【"上反宇"二句】*《尔雅》曰：盖戴，覆也。激日景而纳光，言宫殿光辉，外激于日，日景下照，而反纳其光也。【神明】*《汉书》曰：孝武立神明台。【偓佺】*王逸《楚辞注》曰：偓佺，高貌也。【跻】*《公羊传》曰：跻者何？跻，升也。【轶】*《三苍》曰：轶，从后出前也。馀质切。【太半】*《汉书音义》韦昭曰：凡数三分有二为太半。【楣】*《尔雅》曰：楣谓之梁。靡饥切。【僄】*《方言》曰：僄，轻也。芳妙切。【狡】*郑玄《礼记注》曰：狡，疾也。

---

① 八：原书作"人"。

古饱切。【愕】*《字书》曰：愕，惊也。五各切。
【眙】*《字林》曰：眙，惊貌。敕史切。【井干】*
《汉书》曰：武帝作井干楼，高五十丈，辇道相属焉。
干，音寒。司马彪《庄子注》曰：井干，井栏也，然积
木有若栏也。【眴】*《苍颉篇》云：眴，视不明也。
侯遍切。【棂】*《说文》：棂，楯间子也。力丁切。
【槛】*王逸《楚辞注》曰：槛^①，楯也。胡黯切。
【稽】*《说文》曰：稽，留止也。【恍恍】*《长门
赋》曰：神恍恍而外淫。王逸《楚辞注》曰：恍，失意
也。况往切。【惩】*《广雅》曰：惩，恐也。【周
流】*《楚辞》曰：寤从容以周流，聊逍遥而自恃。
【彷徨】*《毛诗序》曰：徬徨不忍去。【甬道】*《淮
南子》曰：甬道相连。高诱曰：甬道，飞阁复道也。
【萦纡】*《说文》：萦纡，犹回曲也。【杳窱】*又
曰：杳，杳窱也。《广雅》曰：窈宨，深也。窈与杳
同。乌鸟切。窱，他吊切。【阳】*毛苌《诗传》曰：
阳，明也。【排飞阔】*《广雅》曰：排，推也。薄阶
切。阔，门阔也。【游目】*《楚辞》曰：忽反顾而游
目。【洋洋】*王逸《楚辞注》曰：洋洋，无所归貌。
【唐中】【太液】*《汉书》曰：建章宫，其西则有唐
中数十里，其北沼太液池，渐台高二十馀丈，名曰太
液，池中有蓬莱、方丈、瀛州、台梁，象海中仙山。如
淳曰：唐，庭也。【汤汤】*《尚书》曰：汤汤洪水方

---

① 槛：原书作"柜"。

割。【波涛】*《苍颉篇》曰：涛，大波。【碣石】*《尚书》曰：夹右碣石，入于河。孔安国曰：海畔山也。【蒋蒋】*《毛诗》曰：应门将将。【滥】*《说文》曰：滥，泛也。力暂切。【瀛洲】【方壶】【蓬莱】*《列子》：渤海之中有大壑，其中有山，一曰岱舆，二曰员峤，三曰方壶，四曰瀛州，五曰蓬莱。【神木】【灵草】谓不死药也。《史记》曰：三神山，仙人不死药皆在焉。【岩】*杜预《左氏传注》曰：岩，险也。【峻】*《说文》曰：峻，峭，高也。峻，思俊切。【嶖】*嶖①，高貌也。慈由切。【崒】*《尔雅》曰：崒者，厜㕒②也。慈悃切。【峥嵘】*郭璞《方言》曰：峥嵘，高峻也。峥，力耕切。嵘，胡萌切。【承露】*《汉书》曰：孝武又作柏梁、铜柱、承露仙人掌之属矣。【擢】*《方言》曰：擢，抽也。达卓切。【金茎】铜柱也。【埃堨】*王逸《楚辞注》曰：埃，尘也。许慎《淮南子注》曰：堨，埃也。堨与埃同，于害切。【鲜颢】*鲜，洁也。《楚辞》曰：天白颢颢。《说文》曰：颢，白貌。胡暠切。鲜，或为鳌，非也。【文成】【五利】*《汉书》曰：齐人李少翁，以方术见上，拜少翁为文成将军。言上即欲与神通，宫室被服非象神物不至。乃作甘泉宫，中为台，画天地泰一诸鬼神，而置祭具，以致天神。又曰：乐成侯登上书

---

① 嶖：原书作"哂"。

② 厜㕒：原书作"无义"。

言栾大，天子见大悦，曰：臣之师有不死之药可得，仙人可致。乃拜大为五利将军。【刑】*毛苌《诗传》曰：刑，法也。【松乔】*《列仙传》曰：赤松子者，神农时雨师也，服水玉以教神农。又曰：王子乔者，周灵王太子晋也，道人浮丘公接以上嵩高山。【壮观】*《史记》：相如《封禅书》曰，斯事天下之壮观。【戎】【狄】*《礼记》曰：西方曰戎，北方曰狄。【讲武事】*又曰：孟冬之月，天子乃命将帅讲武，习射御。《毛诗序》曰：有常德以立武事。【荆州】【梁野】*《尚书》曰：荆及衡阳惟荆州。又曰：华阳黑水惟梁州，然则南方多兽，故命使之。【接翼】*枚乘《菟园赋》曰：翱翔群熙，交颈接翼。【水衡虞人】*《周礼·川衡》，郑玄曰：川，流水也。衡，平其大小也。《周礼》曰：虞人莱所田之野为表。郑司农曰：表，所以识正行列也。【部曲】*司马彪《续汉书》曰：将军皆有部，大将军营五部，部有校尉一人，部下有曲，曲有军候一人。【罘】【绖】*郑玄《礼记注》曰：兽罟曰罘。扶流切。绖，罘之网也。胡萌切。【络】*《方言》曰：络，绕也。来各切。【星罗云布】*《羽猎赋》曰：涣若天星之罗。《韩子》曰：云布风动。【銮舆】【法驾】*蔡邕《独断》曰：天子至尊，不敢渫渎言之，故托于乘舆也。又曰：天子出，车驾次第，谓之卤簿，有法驾。司马彪曰：法驾，六马也。【飞廉】*《汉书·武纪》曰：长安作飞廉馆。【酆鄗】*《世本》[①]曰：武王在酆鄗。杜预《左氏传注》曰：酆在始平鄠东。孚宫切。《说文》曰：镐在上林苑中。镐与鄗同，胡道切。【上兰】*《三辅黄图》曰：上林有上兰观。【六师】【百兽】*《尚书》曰：司马掌邦政，统六师。又曰：百兽率舞。【震震爚爚】光明貌也。震，之人切。《字指》曰[②]：倏爚，电光也。弋[③]灼切。【电】*《说文》曰：电，阴阳激耀也。【涂地】*《汉书》曰：一败涂地。《广雅》曰：涂，污也。【反覆】犹倾动也。【蹂躏】*《字林》曰：蹂，践也。汝九切。《说文》曰：蹸，轹也。躏，与蹸同。力振切。【拗】犹抑也，于六切。【期门】【佽飞】*《汉书》：武帝与北地良家子期诸殿门，故有期门之号。又曰：佽飞，掌弋射。佽，音次。【钻鍭】《苍颉篇》曰：攒，聚也。钻与攒同，作官切。《尔雅》曰：金镞箭羽谓之鍭。胡沟切。【趹】*《广雅》曰：趹，奔也。古穴切。【机】*孔安国《尚书传》：机，弩牙也。【掎】【控】*《说文》曰：掎，偏引也。居蚁切。又曰：匈奴名引弓曰控。控，引也。【飑飑纷纷】众多之貌也。《说文》曰：飑，古飙字也。俾姚切。【矰缴】*《周礼》曰：矰，矢也。郑玄曰：结缴于矢谓之矰，矰，高也。《说文》曰：缴，生丝缕也。之若

① 《世本》：原书作《烘本》。
② 曰：原书无此字。
③ 弋：原书作“戈”。

切。【洒】*又曰：洒，所买切。【猿狄】*郭璞《山海经注》曰：猿似猕猴而大，臂长便捷，色黑。《苍颉篇》曰：狄，似狸。与救切。【豺狼】*《尔雅》曰：豺，狗足。郭璞曰：脚似狗也。《说文》曰：狼似犬，锐头白颊。【失木】*《淮南子》曰：猿狄颠蹶而失木。【慑】*郑玄《毛诗笺》曰：慑，惧也。章涉切。【潜】*《尔雅》曰：潜，深也。【秽】*《慎子》曰：兽伏就秽。《字书》曰：秽，芜也。【児】*《尔雅》曰：児似牛。【蹶】*《广雅》曰：蹶跟，跳也。蹶，居卫切。跟，徒帝切。跳，达彫切。【许少】【秦成】未详。【扼】*《说文》曰：搤，搤也。搤与扼古字通。于责切。【噬】*王弼《周易注》曰：噬，啮也，音誓。【挫】*郑玄《礼记注》曰：挫，折也。祖过切。【胫】*何休《公羊传》曰：胫，颈也。徒镂切。【徒搏】*《尔雅》曰：暴虎，徒搏也。郭璞曰：空手执曰搏。补洛切。【师豹】*《尔雅》曰：狻猊，如虦猫，食虎豹。郭璞曰：即师子也。狻，先丸切。猊，五奚切。虦，音栈。猫，音苗。【拖熊螭】*《说文》曰：拖，曳也。徒可切。熊，兽，似豕，山居，冬蛰。《欧阳尚书说》曰：螭，猛兽也。敕离切。【犀犛】【象罴】*郭璞《山海经注》曰：犀似水牛而猪头，黑色，有三蹄三角，一在顶上，一在额上，一在鼻上。又曰：犛，黑色，出西南徼外。力之切。又曰：象，兽之最大者也，长鼻，大者牙长一丈。《尔雅》曰：罴，似熊而

黄色。【嶄岩】*毛苌《诗传①》曰：嶄岩，高峻之貌
也。七咸切。【仆】*《说文》曰：仆，顿也。【殄
夷】*《尔雅》曰：殄②，尽也。杜预《左氏传注》
曰：夷，杀也。【属玉】【长杨】*《汉书·宣纪》
曰：行幸长杨宫属玉观。服虔曰：以玉饰，因名焉。
《三辅黄图》曰：上林有长杨宫。【榭】*《尔雅》
曰：阁谓之台，有木谓之榭。辞夜切。【三军】*《羽
猎赋》：三军忙然。【萧条】*《楚辞》曰：山萧条而
无兽。【四裔】*《左氏传》曰：投诸四裔，以御螭
魅。【胙】*《左氏传》曰：归胙于公。【炰】*《毛
诗》曰：炰之燔之。毛苌曰：以毛曰炰。薄交切。【割
鲜】*《子虚赋》曰：割鲜染轮。孔安国《尚书传》
曰：鸟兽新杀曰鲜。【烽】*《方言》曰：烽，虞，望
也。郭璞曰：今烽火是也。【醹】*《说文》曰：醹，
饮酒尽。子曜切。【大路】*《礼记》：大路者，天子
之车也。《白虎通》曰：天子大路。《周礼》曰：巾车
掌玉辂。凡驭辂仪，以銮和为节。郑玄曰：銮在衡，和
在轼，皆以金铃也。【豫章】*《三辅黄图》曰：上林有
豫章观。【昆明】【牵牛】*《汉书》曰：武帝发谪吏
穿昆明池。《汉宫阙疏》曰：昆明池有二石人，牵牛织
女象。【云汉】*《毛诗》曰：倬彼云汉。【蔚】*《苍
颉篇》曰：蔚，草木盛貌。【隁】*《说文》曰：隁，

---

① 诗传：原书作"传诗"。

② 殄：原书作"珍"。

塘也。都奚切。【莒】*《尔雅》曰：芹莒蘼芜。郭璞曰：香草也。莒，齿改切。【晔】*《汉书》曰：华晔晔，固灵根。《说文》曰：晔，草木白华貌。【猗猗】*《毛诗》曰：瞻彼淇澳，绿竹猗猗。毛苌曰：猗猗，美貌。【摛】*《说文》曰：摛，舒也。敕离切。【布绣】*杨雄《蜀都赋》曰：丽靡摛烛①，若挥锦布绣。【玄鹤】*《上林赋》曰：辚玄鹤。【鹭】*《尔雅》曰：鹭，舂②锄。郭璞曰：白鹭也。【鸧】*《说文》曰：鸧，黄鹄也。【鹲】*《尔雅》曰：鹲，头鹲。郭璞曰：似凫。鹲③，乌绞切。鹲，呼交切。【鹳】*毛苌《诗传》曰：鹳，水鸟也。【鸹】*《尔雅》曰：鸹，麋鸹也。鸹音括。郭璞曰：即鸧鸹也。【鸨】*郭璞《上林赋注》曰：鸨，似雁，无后指。鸨音保。【鷛】【凫】*杜预《左氏传注》曰：鷛，水鸟也。五激切。《尔雅》曰：舒凫，鹜。毛苌《诗传》曰：凫，水鸟。【鷖】*郑玄《诗笺》曰：鷖，凫属也。【鸿雁】*毛苌《诗传》曰：大曰鸿，小曰雁。【云集雾散】*《孝经钩命决》曰：云委雾散。【輚】*《埤苍》曰：輚，卧车也。士眼切。【龙舟】*《淮南子》曰：龙舟鹢首，浮吹以虞。【张凤盖】【建华旗】*桓子《新论》曰：乘车，玉爪、华芝及凤皇三盖之属。《上林

---

① 烛：原书作"鹲"。
② 舂：原书作"春"。
③ 鹲：原书作"鸠"。

142

赋》曰：乘法驾，建华旗。【祛黻帷】*高诱《淮南子注》曰：祛，举也。刘歆《甘泉赋》曰：章黼黻之文帷。【澹淡】*澹淡，盖随风之貌也。澹，达滥切。淡，徒敢切。【棹】*《方言》曰：楫，谓之棹。【讴】*《说文》曰：讴，齐歌也。于侯切。汉武帝《秋风辞》曰：萧鼓鸣兮发棹歌。【越】*《尔雅》曰：越，扬也。【謍】*《声类》曰：謍，音大也。呼宏切。【厉天】*《韩诗》曰：翰飞厉天。薛君曰：厉，附也。【翔】*《说文》曰：翔，回飞也。【窥】*《方言》曰：窥，视也。缺规切。【白鹇】*《西京杂记》曰：闽越王献高帝白鹇黑鸠各一双。【下】*《尔雅》曰：下，落也。《战国策》：更嬴曰，臣能虚发而下鸟。【揄】*《说文》曰：揄，引也，音头。【文竿①】竿以翠羽为文饰也。《毛诗》曰：籊籊竹竿。【比目】*《尔雅》曰：东方有比目鱼焉，不比不行，其名谓之鲽。他合切。【罾】*《尔雅》曰：繴谓之罿。罿，罬也。竹劣切。郭璞曰：繴，音壁。【方舟】*《尔雅》曰：大夫方舟。郭璞曰：并两舩。【俯仰】*《庄子》曰：俯仰之间。杜预《左氏传注》曰：俛，俯也，音免。【薄】*孔安国《尚书传》曰：薄，迫也。【河华】*河，黄河也。华，华山也。【岐雍】*《汉书》：右扶风美阳县有岐山，又右扶风有雍县也。

---

① 竿：原书作"芉"。下"竿"字亦然。

【"礼上下"句】*《尚书》曰：并告①无章于上下神祗。又曰：望于山川。【游童之谨谣】*《列子》曰：昔尧理②天下五十年，不知天下治欤乱欤。尧乃微服游于康衢，闻儿童谣曰：立我蒸人，莫匪尔极，不识不知，顺帝之则。【第从臣之嘉颂】*《汉书》曰：宣帝颇好儒术，王褒与张子侨等并待诏，所幸宫馆，辄为歌颂，第其高下，以差赐帛也。【食旧德】*《周易》曰：食旧德，贞，厉，终吉。【先畴】*《汉书音义》如淳曰：今陇西俗，麻田岁岁粪种，为宿畴也。【畎亩】*《尚书》曰：浚畎浍。孔安国曰：广尺深尺曰畎。古犬切。【"商循族世"等句】*《淮南子》曰：古者至德之时，贾便其肆，农安其业，大夫安其职，而处士循其道。《穀梁传》曰：古者有士人，有商人，有农人，有工人。

继班固而起，卓然东京辞赋宗者，张衡是已。

第十节　张衡

张衡，字平子，南阳西鄂人也。世为著姓。祖父堪，蜀郡太守。少善属文，游于三辅，因入京师，观太学，遂通五经，贯六艺。虽才高于世，而无骄尚之情，常从容淡静，不好交接俗人。永元中，举孝廉不行，连辟公府不就。时天下承平日久，自王侯以下，莫不逾侈。衡乃拟班固《两都赋》，作《二京赋》，因以

---

① 告：原书此字后衍"公"字。
② 理：原书作"礼"。

讽谏。精思傅会，十年乃成。大将军邓骘奇其才，累召不应。衡善机巧，尤致思于天文阴阳^①历算，常耽好《玄经》。问^②崔瑗曰：“吾观《太玄》，方知子云妙极道数，乃与五经相拟。”乃研核^③阴阳，妙尽旋机之正，作浑天仪。

常思图身之事，以为吉凶倚伏，幽微难明，乃作《思玄赋》……年六十二，永和四年卒。著《周官训诂》，崔瑗以为不能有异于诸儒也。又欲继孔子《易说》彖象残缺者，竟不能就。所著有《灵宪》一卷，《浑天仪》一卷，集十四卷。兹录其赋目如左：

（一）《温泉赋》；（二）《思玄赋》；（三）《二京赋》；（四）《东京赋》；（五）《南都赋》；（六）《定情赋》；（七）《归田赋》；（八）《舞赋》；（九）《羽猎赋》；（十）《扇赋》；（十一）《髑髅赋》；（十二）《象赋》；（十三）《鸿赋》。

最著者为《二京赋》《东京赋》《南都赋》《归田赋》四篇。其章法犹是枚乘、司马相如之流亚也。观《西京赋》云：

“左有——崤函重险，桃林之塞……”“右有——陇砥之隘……”“于前则——终南太一……”“于后则——高陵平原……”“于是……乃……于是……”“其中则有鼋鼍巨鳖，鳣鲤鲂鲖，鲉鲵鲭鲨”，“鸟则鹡鹩鸹鸨，鴐鹅鸿鹍”。

---

① 原书此处衍“天文”二字。

② 问：当为“谓”。《后汉书》本传正作“谓”。

③ 研核：原书作“仙核”。

又《南都赋》云：

> "其山则崆峣嶱嵑，塘峻嶻剌，岯嵾嶻嵬，嵚巇屼巘……""其木则柽松楔樱，樬柏杻橿，枫柙栌枥，帝女之桑。楈枒枰桐，栚柘檍檀……""縠玃猱狿戏其巅""鸑鷟鸹鸰翔其上，腾猿飞蠝栖其间"，"其竹则篢笼箽篾，筊箈箛^①箠"，"其川渎则淐澧濂沑"，"虫则有……""泽则有……""其草则有……""其鸟则有……"

此种章法，只要打开字典，依类相从，便成巨制，岂不易钦？然究在文学史上有何价值？曰：不然。张平子赋，虽摹仿枚乘、司马相如，彼用字则甚讲求，其用韵特别响亮，特别自然。如云：

> 远世则刘后甘厥龙醢，视鲁县^②而来迁。奉先帝而追孝，立唐祀乎尧山。固灵根于夏叶，终三代而始蕃。非纯德之宏图，孰能揆而处旃。近则考侯思故，匪居匪宁。秽长沙之无乐，历江湘而北征。曜朱光于白水，会九世而飞荣。察^③兹邦之神伟，启天心而寤灵。（《南都赋》）

此段凡九用 Terminal Consonants， 如"孙^④迁""唐山""终蕃""宏图""长沙""江湘""飞荣""兹邦""心

---

① 箛：原书无此字。
② 鲁县：原书作"鲁孙"。今诸本均作"县"。
③ 察：原书作"蔡"。
④ 孙：原书如此，当亦作"县"。

灵"皆系合口①。"视孙②""祀山""三始""匪""水世""神心"皆为同纽。其所为赋，音律极佳，即在此耳。沈约称平子艳发，文以情变，绝唱高踪③，久无嗣响，盖必有由然矣。

兹并次其《归田赋》于篇。

游都邑以永久，无明略以佐时。徒临川以羡鱼，俟河清乎未期。感蔡子之慷慨，从唐生以决疑。谅天道之微昧，追渔父以同嬉。超埃尘以遐逝，与世事乎长辞。于是仲春令月，时和气清。原隰郁茂，百草滋荣。王雎④鼓翼，仓庚哀鸣。交颈颉颃，关关嘤嘤。于焉逍遥，聊以娱情。尔乃龙吟方泽，虎啸山丘。仰飞纤缴，俯钓长流。触矢而毙，贪饵吞钩。落云间之逸禽，悬渊沉之鲂鳢。于时曜灵俄景，系以望舒。极般游之至乐，虽日夕而忘劬。感老氏之遗诫，将回驾乎蓬庐。弹五弦之妙指，咏周孔之图书。挥翰墨以奋藻，陈三皇之轨模。苟纵心于物外，安知荣辱之所如。

【归田】*李善曰：《归田赋》者，张衡仕不得志，欲归于田，因作此赋。凡在曰朝，不曰归田。【都】谓京都。【永】长也。【久】滞也。言久淹滞于京都，而无知略以匡佐其时君也。【羡】*《字林》曰：羡，贪欲也。《淮南子》曰：临河羡鱼，不如归

---

① 口：原书此处为"n"，疑为"口"字。待考。
② 孙：原书如此，当亦是"县"字之误。
③ 踪：原书作"纵"。
④ 雎：原书作"睢"。

家织网。高诱曰：美，愿也。【河清】*《易乾凿度》曰：天降嘉应，河清，清三日，变为赤，赤变三日。郑玄曰：圣王为政，治平之所致。【蔡子】【唐生】*《史记》曰：蔡泽，燕人。游学干①诸侯，不遇，从唐举相。举熟视②而笑曰：先生偈鼻、戴肩、魋颜、蹙齃、膝挛，吾闻圣人不相，殆先生乎？泽知举戏之，乃曰：富贵吾所自取。吾不知者，寿也，愿闻之。举曰：先生之寿，从今以往者，四十三岁。泽笑而谢去。谓御者曰：吾持梁刺齿肥，跃马疾驱。怀黄金之印，结紫绶于腰，揖让人主之前，食肉富贵，四十一年③，足矣。及入秦，昭王召见，与语，大说，拜为客卿。遂代范雎为秦相。【慷慨】*《说文》曰：慷慨，壮士不得志于心也。【谅】信也。【微昧】幽隐。司马迁《悲士不遇赋》曰：天道悠昧。【渔父】*《楚辞》曰：屈原既放，渔父见而问之曰：子非三闾大夫欤？渔父莞尔而笑，鼓枻④而去。王逸《楚辞序》曰：渔父避世⑤隐身，钓鱼江湖，欣然而乐。渔父歌曰：沧浪之水清，可以濯吾缨；沧浪之水浊，可以濯吾足。【嬉】乐也。【埃尘】*世务纷浊，以喻尘埃。《庄子》曰：游乎尘埃之外。【令月】*《仪礼》曰：令月吉日。郑玄

---

① 干：原书作"于"。
② 视：原书脱此字。
③ 四十一年：原书如此。《史记》作"四十三年"。
④ 枻：原书作"栅"。
⑤ 避世：原书作"世避"。

曰：令，善也。【王雎】*雎①鸠，王鸠也。郭璞曰：雕类也。【仓庚】*《尔雅》曰：仓庚，黄鹂也。鹂音利。【颉颃】上下也。毛苌《诗传》曰：飞而上曰颉，飞而下曰颃。【关关】*《尔雅》曰：关关嘤嘤，音声和也。【嘤嘤】*《释训》曰：丁丁嘤嘤，相切直也。注：嘤嘤，两鸟鸣也。【逍遥】*《毛诗》曰：于焉逍遥。《广雅》曰：逍遥，徜徉也。【"尔乃"二句】*言己从容吟啸，类乎龙虎。《春秋元命苞》曰：杓星高则群龙吟。《淮南子》曰：龙吟而景云至，虎啸而谷风辏。【触矢】射也。【吞钩】钓也。【贪饵】*《楚辞》曰：知贪饵而近毙。【"落云间"二句】*《列子》曰：詹何以独茧为纶，芒针为钩，引盈车之鱼于百仞之渊。楚王问其故，詹何曰：蒲且子之弋，弱弓纤缴，连双鸧于青云之际。臣因学钓五年，始尽其道。【鲹鳎】*毛苌《诗传》曰：鲹，鲍也。《字指》曰：鳎，鲹属。【曜灵】*《广雅》曰：曜灵，日也。【望舒】*王逸《楚辞注》曰：望舒，月御也。【俄】斜也。【般游】*《尚书》曰：般游无度。【老氏之遗诫】*《老子》曰：驰骋田猎，令人心发狂。注曰：精神安静，驰骋呼吸，精散气亡，故发狂。【蓬庐】*刘向《雅琴赋》曰：潜坐蓬庐之中，岩石之下。【五弦】琴也。《礼记》曰：舜作五弦之琴，以歌南风。郑玄注曰：南风，长养之风也。《毛诗》曰：南风

---

① 雎：原书作"雎"。

之薰兮，可以解吾民之愠兮。蔡邕《琴操》曰：伏羲氏作琴，弦有五者，象五行也。【周孔】*周，周公；孔，孔子也。【轨模】*贾逵《国语注》曰：轨，法也。郑玄《毛诗笺》曰：模，法也。莫奴切。

沈休文称其文艳发，绝唱高踪，久无嗣响，岂无故耶？

第十一节　王逸

逸字叔师，南郡宜城人，顺帝时为侍中郎，著有《楚辞章句》十二卷，集二卷，内赋、谏、诔、书、论及杂文凡二十一篇，汉诗百二十三篇。兹录赋目如左：

（一）《机妇赋》；（二）《荔支赋》；（三）《九思》，此为读楚辞而伤愍屈原之作：（甲）《逢尤》（乙）《怨上》（丙）《疾世》（丁）《悯上》（戊）《遭厄》（己）《悼乱》（庚）《伤时》（辛）《哀岁》（壬）《守志》。

王逸之作品以《九思》为最著。《九思》为悼屈原而作，其辞曰："悼屈子兮遭厄，沉玉躬兮湘汨。何楚国兮难化，迄于今兮不易。"此与《九叹》云："伊伯庸之末胄兮，谅皇直之屈原。云余肇祖于高阳兮，惟楚怀之婵连。"格调略同。若将《九怀》《九叹》《九思》三篇比较之，则《九叹》较佳。逸与屈原同乡，悼伤之情，宜能真切，何转不若刘向之《九叹》，此盖由窃慕向风，取法乎上，仅得其中也。至《九叹》之体虽亦出自《七谏》，而意有在，则不可同日而语也。要之，王逸之辞赋，只能附带于楚辞之后，而不能与司马相如、班孟坚独当一面，并立于汉赋之林。此在其辞语中绳之以"于是""于是乎""乃若"　"其则"之列，而知其大较焉。王逸之子延寿，字文考，有俊才。少游鲁国，作《灵光殿赋》。后蔡邕亦作此赋，未成，及见延寿所为，甚奇之，遂不敢作。王氏之后有马融。

第十二节　马融

融字季长，永初中拜郎中，在东观十年不调，自劾①归，为邓太后所怒，禁锢六年。安帝亲政，召还郎署，复在讲部。桓帝时，迁南郡太守，以忤梁冀免官，髡徙朔方。自刺不殊，遇赦，复拜议郎，重在东观著述。以病去官，延熹九年卒于官②，年八十八。有《周易注》十卷、《尚书注》十一卷、《毛诗注》十卷、《周官注》十二卷、《丧服经传注》一卷、《孝经注》二卷，又《仪礼注》《礼记注》《春秋三传异同说》《论语注》《列女传注》《老子注》《淮南子注》《离骚注》若干卷，集九卷。兹录赋目如左：

（一）《琴赋》；（二）《长笛赋》；（三）《围棋赋》；（四）《樗③蒲赋》；（五）《龙虎赋》。最著者为《长笛赋》。《长笛赋》系融追慕④王子渊、枚乘、刘伯康、傅武仲等箫、琴、笙颂而作者。融性好音律，鼓琴吹笛，所作《笛赋》与音律颇有关系。原诗之产生，本出音律。《虞书》曰"诗言志，歌永言，声依永，律和声"，《吕氏春秋·正乐篇》"齐之衰也，作

---

① 劾：原书作"劾"。
② 官：原书如此，当作"家"。
③ 樗：原书作"櫄"。
④ 慕：原书作"纂"。

南筦；楚之衰也，作巫音"，《论语》"子曰吾自卫反鲁，然后乐正，雅颂各得其所"，《史记·孔子世家》云"三百五篇，孔子皆弦歌之，以求合乎韶武①雅颂之音"，可见音律与诗大有密切关系。《长笛赋》以四言而兼五古，四言固不足以比《诗经》，而五古则汉诗中不可多得者。如云："介推还受禄。澹台载尸归，皋鱼节其哭。长万辍逆谋，渠弥②不复恶。蒯聩能退敌，不占成节鄂。王公保其位，隐处安林薄。宜夫乐其业，士子世其宅。"其中"禄""哭""恶""鄂"都合于隐态绘声之条件，在声音中可谓善描摹短促之情绪者矣。继马季长者有祢衡。

第十三节　祢衡

衡字正平，平原般人也。少有才辩，而尚气刚傲，好矫时慢物。时许都新建，贤士大夫，四方来集，或问衡曰："何不从陈长文、司马伯达？"衡答曰："吾岂从屠沽儿乎？"又问荀文若、赵稚长如何，衡答："文若可借面吊丧，稚长可使监厨请客。"唯善孔融与杨修，常曰：大儿孔文举，小儿杨德祖，馀子碌碌不足道也。融爱其才，荐之于上。曹操欲见之，衡称狂病不肯往，既而闻衡善击鼓，乃召为鼓史。因大会宾客，衡为渔阳参挝，蹀躞而前，容态有异，声节悲壮，听者莫不慷慨。已乃裸身而立，徐取岑牟、单绞而着之。操不满，送之刘表，表复送之黄祖。黄祖在蒙冲船上，大会宾客，而衡言不逊顺，遂为祖所杀，时年二十六。有集二卷，文多失传。所著《鹦鹉赋》甚有声。案

---

① 武：原书作"舞"。
② 弥：原书作"尔"。

《鹦鹉赋》系为黄祖而作，时黄祖射①宾客大会，有献鹦鹉者，举酒于衡前："祢②处士，今日无用娱宾，窃以此鸟自远而至，明彗聪善，羽族之可贵③，愿先生为之赋，使四座咸④共荣观，不亦可乎？"衡因为赋，笔不停缀，文不加点。其才思之敏捷，较之须赋十年而成者，奚啻霄壤别？衡下笔虽同走马，然为文仍极清秀，灵动。如云："彼贤哲之逢患，犹栖迟以羁旅。矧禽鸟之微物，能驯扰以安处！眷西路而长怀，望故乡而延伫。忖陋体之腥臊，亦何劳于鼎俎。嗟禄命之衰⑤薄，奚遭时之⑥险巇？岂言语以阶乱，将不密以致危，痛母子之永隔，哀伉俪之生离。匪余年之足惜⑦，悯众雏之无知。背蛮夷之下国，侍⑧君子之光仪。惧名实之不副，耻才能之无奇。羡西都之沃壤，识苦乐之异宜。怀代越之悠思，故每言而称斯⑨。"此类句皆极其自然，绝无矫饰隔绝之弊，辟汉赋之堆叠，而易以灵妙之笔，实东京以来格局之大变也。同时有王粲。

---

① 黄祖射：原书如此。《后汉书》载"黄祖长子射"大会宾客，林之棠可能误解。

② 祢：原书作"称"。据《鹦鹉赋》前小序改。

③ "羽族"句：原书作"羽族族可贵"。

④ 咸：原书无此字。

⑤ 衰：原书作"哀"。

⑥ 之：原书如此。通作"而"。

⑦ 惜：原书作"知"。

⑧ 侍：原书作"传"。

⑨ 斯：原书作"思"。

第十四节　王粲及其他①

粲字仲宣，山阳高平人。年幼弱，为蔡邕所器重，时蔡邕才学显著，贵重朝廷，常车骑填巷，宾客盈座。闻粲在门，倒屣迎之。初，粲与人共行，读道边碑，人问曰："卿能暗诵乎？"曰："能。"因使背而诵之，不失一字。著诗赋论议垂六十篇。卒年四十一。粲与北海徐干字伟长，广陵陈琳字孔璋，陈留②阮瑀字元瑜，汝南应玚字德琏，东平刘桢字公干相友善，皆一时文学著名之士。粲著有《去伐论集》三卷，《汉末英雄记》十卷，集十一卷。兹录赋目如左：

（一）《大暑赋》；（二）《游海赋》；（三）《浮淮赋》；（四）《闲邪赋》；（五）《出妇赋》；（六）《伤夭③赋》；（七）《思友赋》；（八）《寡妇赋》；（九）《初征赋》；（十）《登楼赋》；（十一）《羽猎赋》；（十二）《酒赋》；（十三）《神女赋》；（十四）《投壶赋④》；（十五）《围棋赋》；（十六）《迷迭赋》；（十七）《玛瑙勒赋》；（十八）《车⑤渠椀赋》；（十九）《援柔翰以作赋》⑥；（二十）《槐树⑦

---

① 原书本节标题为"王粲"，据书前目录改为"王粲及其他"。
② 陈留：原书作"陈琳"。
③ 伤夭：原书作"伤天"。
④ 投壶赋：原书作"投党赋"。
⑤ 车：原书作"东"。
⑥ 原书如此。按，据《昭明文选》左思《咏史》注，"援柔翰以作赋"为王粲《车渠椀赋》（全赋已佚）中句。而下文提及《弹棋赋》，此处又未列入，疑此处当改为"《弹棋赋》"。
⑦ 树：原书作"拆"。

赋》；（二十一）《柳赋》；（二十二）《白鹤赋》；（二十三）《鹖赋》；（二十四）《鹦鹉赋》；（二十五）《莺赋》。

内《投壶赋》《围棋赋》《弹棋赋》仅有其序，而无其辞。粲赋之最著名为《登楼》一篇，其原文如左：

> 登兹楼以四望兮，聊暇日以销忧。览斯宇之所处兮，实显敞而寡仇。挟清漳之通①浦兮，倚曲沮之长洲。背坟衍之广陆兮，临皋隰之沃流。北弥陶牧，西接昭丘。华实蔽野，黍稷盈畴。虽信美而非吾土兮，曾何足以少留！

> 遭②纷浊而迁逝兮，漫逾纪以迄今。情眷眷而怀归兮，孰忧思之可任？凭轩槛以遥望兮，向北风而开襟。平原远而极目兮，蔽荆山之高岑。路逶迤而修迥兮，川既漾而济深。悲旧乡之壅隔兮，涕横坠而弗禁。昔尼父之在陈兮，有归欤之叹音。钟仪幽而楚奏兮，庄舄显而越吟。人情同于怀土兮，岂穷达而异心？

> 惟日月之逾迈兮，俟河清其未极。冀王道之一平兮，假高衢而骋力。惧匏瓜之徒悬兮，畏井渫之莫食。步栖迟以徙倚兮，白日忽其将匿。风萧瑟而并兴兮，天惨惨而无色。兽狂顾以求群兮，鸟相鸣而举翼。原野阒其无人兮，征夫行而未息。心悽怆以感发兮，意忉怛而憯恻。循阶除而下降兮，气交愤于胸臆。夜参半而不寐兮，怅盘桓以反侧。

---

① 之通，原书作"通之"。

② 遭：原书作"曹"。

【仇】匹也。【清漳】【曲沮】*《山海经》曰：荆山，漳①水出焉，而东南注于睢②。《汉书·地理志》：汉中③房陵东山，沮水所出，至郢入江。睢与沮同。【弥】终也。【陶】陶朱公。《荆州记》曰：江陵县西有陶朱公冢。其碑云是越之范蠡，而终于陶。【牧】*郊外曰牧。【昭丘】*《荆州图记》曰：当阳东南七十里有楚昭王墓，登楼则见，所谓"昭丘"。【纷浊④】喻代乱也。【任】当也。【岑】*山小而高曰岑。【归欤之叹音】*《左氏传》曰：孔丘卒，公诔之曰：尼父，无自律。《论语》：子在陈曰，归欤归欤。【钟仪幽而楚奏】*《左氏传》曰：晋侯观于军府，见钟仪，问曰：南冠而絷者，谁也？有司对曰：郑人所献楚囚也。使税之，问其族，对曰：伶人也。使与之琴，操南音。公曰：乐操土风，不忘旧也。【"庄舄"句】*《史记》曰："陈轸适楚，秦惠王曰：子去寡人之楚，亦思寡人不？陈轸对曰：昔越人庄舄，仕楚执珪，有顷而病。楚王曰：舄，故越之鄙细人也。今仕楚执珪，富贵矣，亦思越不？对曰：凡人之思故，在其病也。彼思越，则越声，不思越则且楚声。人往听之，犹尚越声也。今臣虽弃逐之楚，岂能无秦声者哉？"【惧匏瓜之徒悬兮，畏井渫之莫食】《论语》子曰：吾

---

① 漳：原书作"泽"。
② 而东南注于睢：六字原书无，据文意自李善《昭明文选注》补。
③ 汉中：原书作"汉东"。
④ 浊：原书作"渴"。

岂匏瓜也哉，焉能系而不食？郑玄曰：我非匏瓜，焉能系而不食者，冀往仕而得禄。《周易》曰：井渫不食，为我心恻。郑玄曰：谓已浚渫也，犹臣脩正其身以事君也。张璠曰：可为恻然，伤道未行也，然不食以被任用也。

《登楼赋》上截皆合洪唐音①，如"消忧""长洲""沃流""昭丘""盈畴""少留""迄今""怀归""可任""开襟""高岑""济深""弗禁""叹音""越吹""异心"。前半写凭轩遥望，极目荆水，其韵脚便宏壮有声响，后半俯仰上下，感怀古今，用"匿""色""翼"之ək②韵，声极凄切。此类合于音律之作品，平子之后，当推仲宣为第一。

此外，汉及汉以前之赋家之见于《汉书·艺文志》，而为本篇所未曾专章论及者，尚有荀卿赋十篇，秦时杂赋九篇，赵幽王赋一篇，庄夫子赋二十四篇（名忌，吴③人），枚乘赋九篇，淮南王群臣赋四十四篇，太常蓼④侯孔藏赋二十⑤篇，阳丘侯刘郾⑥赋十九篇，吾丘寿王赋十五篇，蔡甲赋一篇，武帝赋二篇，兒宽赋二篇，光禄大夫张子侨赋三篇（与王褒同时），阳成侯刘德赋九篇，王褒赋十六篇，陆贾赋三篇，枚皋赋百二十篇，朱建赋二篇，常侍郎庄忽奇赋十一篇（枚皋同时），严助赋三十五篇，朱

---

① 合洪唐音：原书如此，疑有误。
② ək：此二符据原书摹写。
③ 吴：原书作"英"。
④ 蓼：原书作"葛"。
⑤ 二十：原书作"二"。
⑥ 郾：原书作"隁"。

买臣赋三篇，宗正刘辟彊赋八篇，司马迁赋八篇，郎中臣婴齐赋十篇，臣说赋九篇[1]，臣吾赋十八篇，辽东太守苏季赋一篇，萧望之赋四篇，河内太守徐明赋三篇，给事[2]黄门侍郎李息赋九篇，淮阳宪王赋二篇，杨雄赋十二篇，待诏冯商赋九篇，博士弟子杜参赋二篇，车郎张丰赋三篇，骠骑将军朱宇赋三篇，李思孝景皇帝颂[3]十五篇，广川惠王[4]越赋五篇，长沙王群臣赋三篇，魏内史赋二篇，东晥令延年赋七篇，卫士令李忠赋二篇，张[5]偃赋二篇，贾充赋四篇，张仁赋六篇，秦充赋二篇，李步昌赋二篇，侍郎谢多赋十篇，平阳公主舍人周长孺赋二篇，洛阳锜华赋九篇，睢[6]弘赋一篇，别栩阳赋五篇，臣昌市赋六篇，臣义赋二篇，黄门书者假史王商赋十三篇，侍中徐博赋四篇，黄门书者王广吕[7]嘉赋五篇，左冯翊史路恭赋八篇，汉中[8]都尉丞华龙赋二篇。其杂赋无名氏者凡十二家二百三十三篇，悉阙不载。

---

① 臣说赋九篇：原书作"说臣等九篇"。
② 给事：原书作"给赋"。
③ 颂：原书作"赋"，据《汉书·艺文志》改。
④ 广川惠王：原书作"度惠川王"。
⑤ 张：原书脱此字。
⑥ 睢：原书作"畦"。
⑦ 吕：原书作"召"。
⑧ 汉中：原书作"汉东"。

第十三章　乐之意义与乐府名称

乐，卜辞作 ，从丝附木，琴瑟之象，或增"白"，象调弦之器。（参考拙著《国学概论·小学篇》，《六书释例》）

《周礼》"十二教"云："以乐礼教和，则民不乖。"

《礼记·经解》："广博易良，乐教也"。

《易》曰："先王以作乐崇德。"又曰："好乐以治心。"

《论语》："子曰：吾自卫反鲁，然后乐正，雅颂各得其所。"又曰："乐其可知也，始作翕如也，纵之纯如也，皦如也，绎如也，以成。"

《孟子》："好乐甚，则齐国其庶几乎？"

《荀子》："人不能无乐，乐则必发于声音，形于动静。"

司马迁《史记》："雅颂之音理，而民正；嘄噭之声兴，而士奋；郑卫之曲动，而心淫。"

班固《前汉书·律历志》："声者，宫商角徵羽也。所以作乐者，谐八音，荡涤人之邪意，全其正性，移风易俗也。八音，土曰埙，匏曰笙，皮曰鼓，竹曰管，丝曰弦，石曰磬，金曰钟，木曰柷。五声 [①] 和，八音谐，而乐成。商之为言章也，物成孰可章度 [②] 也；角，触也，物触地而出，戴芒角也；宫，中也，居中央，畅四方，唱始施生，为四声纲也；徵，祉也，物盛大而繇祉也；羽，宇也，物聚臧宇覆之也。"

---

① 五声：原书作"五音"。

② 章度：原书作"兴度"。

又曰："五声之本，生于黄钟之律。九寸为宫，或损或益，以定商、角、徵、羽。九六相生，阴阳之应也。律有十二，阳六为律，阴六为吕。律以统气类物，一曰黄钟，二曰大族，三曰姑洗，四曰蕤宾，五曰夷则，六曰亡射。吕以旅阳宣气，一曰林钟，二曰南吕，三曰应钟，四曰大吕，五曰夹钟，六曰中宫。有三统之义焉。其传曰黄帝之所作也。黄帝使泠①纶自大夏之西，昆仑之阴，取竹之解谷（解，脱也。谷，竹沟也。取竹之脱无沟②节者③也。）生，其窍厚均者，断两节间而吹之，以为黄钟之宫。制十二箭以听凤之鸣，其雄鸣为六，雌鸣亦六，比黄钟之宫，而皆可以生之，是为律本。"

《汉书·礼乐志》："孔子曰：'安上治民，莫善于礼；移风易俗，莫善于乐。'礼节民心，乐和民声，政以行之，刑以防之。礼乐政刑四达而不悖，则王道备矣。乐以治内而为同，礼以修外而为异。同则和亲，异则畏敬，和亲则无怨，畏敬则不争。揖让而天下治者，礼乐之谓也。二者并行，合为一体。畏敬之意难见，则著之于享献辞受、登降跪拜；和亲之说难形，则发之于诗歌咏言，钟④石管弦。盖嘉其敬意，而不及其财贿，美其欢心，而不流其声音。故孔子曰：'礼云礼云，玉帛云乎哉？乐云乐云，钟鼓云乎哉？'此礼乐之本也。"

又曰："纤微瘣瘁之音作，而民思忧；阐谐嫚易之音作，而民康乐；粗厉猛奋之音作，而民刚毅；廉直正诚之音作，而民肃

---

① 泠：原书作"泠"。
② 沟：原书作"讲"。
③ 者：原书无此字，据《汉书》注补。
④ 钟：原书作"管"。

敬；宽裕和顺之音作，而民慈爱；流辟邪散之音作，而民淫乱。先王耻其乱也，故制雅颂之声，本之情性，稽之度数，制之礼仪，合生气之和①，导五常之行，使之阳而不散，阴而不集，刚气不怒，柔气不慑，四畅交于中，而发作于外，皆安其位而不相夺也，是以感动人之善心，而不使邪气得接焉②。是先王立乐之方也。"

审此，则古人于音乐之见解，非若近世之对 music 而仅取其艺术上之美，盖将藉以养性陶情③，移风易俗，近而修身齐家，远而冶国平天下，皆基于此，其意义可谓宏远者矣。

乐之意义既如上述矣，然则"乐府"之名究何自来乎？请申言之。

汉代文学有崇华守实二派，崇华派以赋著称，前已详说之矣。守实派以乐府著称，乐府一④称之成立，可分三步言之：

（一）乐府之端，肇自高祖。《史记·高祖本纪》：

　　高祖还归过沛，留，置酒⑤沛宫，悉召故人父老子弟，纵酒，发沛中儿得百二十人，教之歌。酒酣，高祖击筑，自为歌诗曰：

　　大风起兮云飞扬，威加海内兮归故乡，安得猛士兮守四方。

令儿皆和习之。高祖乃起舞，慷慨伤怀，泣数行下。

---

① 和：原书作"私"。

② 得接焉：原书作"从焉"。

③ 藉以养性陶情：原书作"籍以性养淘情"。籍、淘，误；性养，倒。

④ 一：原书无，据文意补。

⑤ 置酒：原书作"酒置"。

又《史记·乐书》"高祖过沛，诗三侯之章，令小儿歌之"，盖即《大风歌》也。《汉书·礼乐志》："孝惠时，以沛宫为原庙，皆令歌儿习吹以相和，常以百[1]二十人为员。至文景之间，礼官肄业而已。"

（二）"乐府"二字，创自孝惠。《汉书·礼乐志》："孝惠二年，使乐府令……"

（三）以"乐府"为名，正式成立官署为国立音乐机关，使吾人今日得论乐府文学者，其名成自孝武。《汉书·外戚传》：

孝武李夫人，本以倡进[2]。初，夫人兄延年性知音，善歌舞，武帝爱之。每为新声变曲，闻者莫不感动。延年侍上起舞，歌曰：

北方有佳人，绝世而独立，一顾倾人城，再顾倾人国。宁不知倾城与倾国，佳人难再得。

上叹息曰："善！世岂有此人乎？"平阳主因言延年有女弟，上乃召见之，实妙丽善舞，由是得幸。

又《汉书·礼乐志》：武帝"立乐府"，"采诗夜诵，有赵代秦楚之讴，以李延年为协律都尉，多举司马相如等数十人，造为诗赋，略论律吕，以合八音之调，作十九章之歌"。

可知"乐府"之端，远基高祖，名传孝惠，正式成立官署则始自武帝。郑樵《通志》四十九亦谓，乐府在汉初虽有其官，然采诗入乐，自汉武始，是也。

---

① 百：原书脱，据《汉书》补。
② 原文"进"后衍"夫"字。

第十四章　乐府产生之原因

诗歌与音乐有密切之关系，古诗未有不可歌者。子曰："吾自卫反鲁，然后乐正，雅颂各得其所。"又曰："师挚之始，《关雎》之乱，洋洋乎盈耳哉。"《史记·孔子世家》云："《关雎》之乱以为《风》始，《鹿鸣》为《小雅》始，《文王》为《大雅》始，《清庙》为《颂》始。三百五篇，孔子皆弦歌之，以求合韶舞雅颂之音。"汉代崇儒术，儒者首重诗书，诗须入乐，此乐府产生之原因一也。

《诗经》小序云："治世之音，安以乐，其政和；乱世之音，怨以怒，其政乖；亡国之音，哀以思，其民困。"故先王采诗以观民风，此儒者之说也。汉武既欲罢黜百家，尊崇儒术，采诗观风，固儒术政策上应有之步骤也，此乐府产生之原因二也。

《汉书·礼乐志》："高祖既定天下，过沛，作'风起'之诗，合①沛中僮儿百二十人，习而和之。至孝惠时，以沛宫为原庙，皆令歌儿习吹以相和，常以百二十人为员。至文景之间，礼官肄业而已。"儒家有慎终追远之礼，汉代为纪念高祖创业之意，故立原庙而传歌风之典，以垂无穷，故孝惠之后有乐府令之设，既又扩充为国立音乐机关，此乐府产生之原因三也。

古者天子在朝，日必举乐，故韩非云，"司寇行刑，君为之不举乐"，反言之，司寇不行刑，则君之乐将无日不举也。人君

---

① 合：《汉书》作"令"。按此条引文，非依《汉书》，有节略。

日[1]必举乐，举乐必有专司，乐府即专司举乐之机关也。此乐府产生之原因四也。

《论语》："子语鲁太师乐，曰：'乐其可知也'。"故《周礼》乐正崇四术，立四教，大乐正掌太学，为乐官之长，小乐正[2]掌小乐，为乐官之副。"子在齐闻《韶》，三月不知肉味"，又曰"乐则韶舞"，郑注"《韶》，舜乐"，可知古虽无乐府之名，早已有乐府之实。汉武之立乐府，以李延年为协律都尉，犹是周官乐正之属，特易其名耳。此乐府产生之原因五也。

综上五端，乐府产生之原因，其详可得略说矣。

---

[1] 日：原书作"曰"。
[2] 小乐正：原书作"小君乐正"。

第十五章 乐府分类

《旧唐书·音乐志》：虞廷振干羽之容，周人立弦诵之教，泊苍精道丧，战国尘飞，礼乐出于诸侯，雅颂沦于衰俗。齐竽^①燕筑，俱非瞰绎之音；东缶西琴，各写哇淫之状。乃至播鼗入汉，师挚寝弦^②。延陵有自郐之讥，孔子起闻《韶》之叹。及始皇一统，傲视百王。钟鼓满于秦宫，无非郑卫；歌舞陈于汉庙，并匦《咸》《韶》，即"九成""六变"之容，"八佾""四悬"之制，但存其数，罕达其情。而制氏所传，形容而已。武、宣之世，天子弘^③儒，采夜诵^④之诗，考从臣之赋，朝吟兰殿，暮奏竹宫，乃命协律之官，始制礼神之曲。属河间好古，遗籍充庭，乃约《诗颂》而制乐章，体《周官》而为舞节。自兹相袭，代易其辞，虽流管磬之音，恐异《茎》、《英》之旨。其后卧听桑濮，杂以《兜离》，孤竹、空桑^⑤，无复旋宫之义；崇牙树羽，惟陈备物之仪。烦手即多，知音盖寡。

《汉书·礼乐志》：高祖时，叔孙通因秦^⑥乐人制宗庙乐，太祝迎神于庙门，奏《嘉至》，犹古降神之乐也。皇帝入庙门，奏《永至》以为行步之命，犹古《采荠》《肆夏》也。乾豆上，

---

① 竽：原书作"竿"。
② 弦：原书作"络"。
③ 弘：原书作"宏"。
④ 夜诵：原书作"宋夜诵"。
⑤ 桑：原书作"寻"。
⑥ 秦：原书作"奏"。

奏《登歌》，独上歌，不以管弦乱人[①]声，欲在位者遍闻之，犹古清庙之歌也。《登歌》再终，下奏《休成》之乐，美神明既飨也。皇帝就酒东厢，坐定，奏《安乐》之乐，美礼已成也。

又有《房中祠[②]乐》，高祖唐山夫人所作也。周有《房中乐》，至秦名曰《寿人》。凡乐，乐其所生，礼不忘本，高祖乐楚声，故《房中乐》楚声[③]也。孝惠二年，使乐府令夏侯宽备其箫管，更名曰《安世乐》。高祖庙奏《武德》《文始》《五行》之舞，孝文庙奏《昭德》《文始》《四时》《五行》之舞，孝武庙奏《盛德》《文始》《四时》《五行》之舞。《武德舞》者，高祖四年作，以象天下乐已行武以除乱也；《文始舞》者，曰本舜《招舞》也[④]，高祖六年更名曰《文始》，以示不相袭也；《五行舞》者，本周舞也，秦始皇二十六年，更名曰《五行》也；《四时舞》者，孝文所作以明示天下之安和也。盖乐己所自作，明有制也，先王之乐，明有法也。孝景采《武德舞》以为《昭德》，以尊太宗庙。至孝宣，采《昭德舞》为《盛德舞》，以尊世宗。诸帝庙，皆常奏《文始》《四时》《五行舞》云。

高祖六年又作《昭容乐》《礼容乐》。《昭容》者，犹[⑤]古之《昭夏》也，主出《武德舞》。《礼容》者，主出《文始》《五行》。舞人无乐者，将至至尊之前不敢以乐也；出用乐者，言舞不失节，能以乐终也。大氐皆因秦旧事焉。

---

① 人：原书作"入"。

② 祠：原书作"词"。

③ 《房中乐》楚声：原书作"《房乐》楚中声"。

④ 曰本舜《招舞》也：原书作"本舞招舞也"。

⑤ 犹：原书作"独"。

乐志^①：明帝定四品。一曰大予乐，郊庙上陵用之。二曰雅颂乐，辟雍享射用之。三曰黄门鼓吹乐，天子宴群臣用之。四曰短箫铙歌乐，军中用之。古者雅用于人，颂用于神。武帝之立乐府，采诗虽不辨风、雅，至于《郊祀》《房中》之章，未尝用于人事，以明神人不可以同事也。

《汉书·礼乐志》：汉郊庙诗歌^②，未有祖宗之事，八音调均，又不协于钟律，而内有掖庭材人，外有上林乐府，皆以郑声施于朝廷。至成帝时，谒者常山王禹世受河间乐，能说其义，其弟子宋晔等上书言^③罢乐府官、郊祭乐及古兵法武乐，在经^④非郑卫之乐者，条奏，别属他官。丞相孔光、大司空何武奏^⑤郊祭乐人员。

《史记·乐书》：高祖崩，令沛得以四时歌舞宗庙，孝惠、孝文、孝景无所增更，于乐府习常肄^⑥旧而已。至今上即位，作十九章，令侍中李延年次序其声，拜为协律都尉。通一经之士不能独知其辞，皆集会五经家，相与共讲习志读^⑦之，乃能通知其意，多尔雅之文。

①　乐志：原书如此。按，此下引文出于《文献通考》"乐考"。
②　诗歌：原书作"歌"。
③　言：《汉书》作"言之"，下接宋晔奏语，为林之棠省去；林之棠此处引文，在"言"字之后，所接"罢乐府官"至"别属他官"，看似宋晔奏语，在《汉书》原文中，系后来汉哀帝废"郑声"诏书中语。
④　经：原书作"径"。
⑤　"奏"以下"郊祭乐人员"为《汉书》所载奏文中语，林之棠仅取奏文前五字，因之此处语意不完整。
⑥　肄：原书作"肆"。
⑦　读：原书作"志"。

唐杜佑 [①] 君卿《通典·乐》云：汉乐人员凡八百二十九人。又曰：汉光武平陇蜀，增广郊祀高帝配食，乐奏《青阳》《朱明》《西皓》《玄 [②] 冥》《云翘》《育命》之舞，北郊及祀明堂并奏乐，如南郊，迎时气，五部，春歌《青 [③] 阳》，夏歌《朱明》，并舞《云翘》之舞，秋歌《西皓》，冬歌《玄 [④] 冥》，并舞《育命》之舞，季夏歌《朱明》，兼舞二舞。明帝永平三年，东平王苍总定公卿之议，曰宗庙宜各奏乐，不宜相袭，所以明功德也。遂采《文始》、《五行》、《武德》，为《大武》之舞，荐之光武之庙。

据此则高祖时之《宗庙乐》《昭容乐》《礼容乐》，唐山夫人之《房中祠乐》，及高祖、孝文、孝武诸帝庙之舞曲等，皆宗庙之乐歌，词多尔雅，体仿三颂，习常肄 [⑤] 旧，未有明其意者。《史记》称通一经之士，不能独知其辞，必集会五经家相与讲习读 [⑥] 之，乃能通知其意，其古奥可知矣。此不足以代表汉代之乐府，特雅颂之遗耳。武帝以后，立乐府，有李延年、司马相如等从中研究，又采赵代秦楚之讴，案《汉书·艺文志》所载凡三百一十五篇，真正之守实派乐府，当推吴楚汝南燕代邯郸齐郑淮南河东浦反洛阳河南周南郡歌诗一百二十九篇，兹录其目如左：

---

① 佑：原书作"估"。
② 玄：原书作"元"。
③ 青：原书作"书"。
④ 玄：原书作"元"。
⑤ 肄：原书作"肆"。
⑥ 读：原书作"志"。

高祖歌诗二篇

泰一杂甘泉寿宫歌诗十篇

宗庙歌诗五篇

汉兴以来兵人[1]所诛灭歌诗十四篇

出行巡狩及游歌诗十篇

临[2]江王及愁思节士歌诗四篇

李夫人及幸贵人歌诗三篇

诏赐中山靖王子哙及孺子妾冰未央才人[3]歌诗四篇

吴楚汝南歌诗十五篇

燕代讴雁门云中陇西歌诗九篇

邯郸河间歌诗四篇

齐郑歌诗四篇

淮南歌诗四篇

左冯翊秦歌诗三篇

京兆尹秦歌诗五篇

河东蒲反歌诗一篇

黄门倡车忠等歌诗十五篇

雍[4]各有主名歌诗十篇

新[5]歌诗九篇

洛阳歌诗七篇

---

① 兵人：原书如此。通行本《汉书·艺文志》无"人"。

② 临：原书作"绍"。

③ 才人：《汉书》作"材人"。

④ 雍：《汉书》作"杂"。

⑤ 新：《汉书》作"杂"。

河南周歌诗七篇

河南周歌声曲析七篇

周谣歌诗七十五篇

周谣歌诗声曲析七十五篇

诸神歌诗三篇

送迎灵颂[①]歌诗三篇

周歌诗二篇

南郡歌诗五篇

汉兴，制氏以雅乐声律，世在乐官，颇能纪其铿锵鼓舞，而不能言其义。六国之君，魏文侯最为好古，孝文时得其乐人窦公，献其书，乃《周官》"大宗伯"之"大司乐章"也。武帝时河间献王好儒，与毛生等共采《周官》及诸子言乐事者，以作《乐记》，献八佾之舞，与制氏不相远。其内史臣王定传之，以授常山王禹，禹成帝时，数言其义，献二十四卷。刘向校书，得《乐记》二十三篇，与禹不同，其道寝以益微。

《晋书·乐志》：炎汉中兴，明皇帝即位，表圭景而陈清庙，树槐阴而疏璧流。祀光武于明堂，以配上帝，召桓荣于太学，祖而割牲。济济焉，皇皇焉，有足观者。自斯厥后，礼[②]乐弥殷。永平三年，官之司乐，改名"大予"，式扬典礼，旁求图谶，道邻雅颂，事迩中和。其有五方之乐者，则所谓"大乐九变，天神可得而礼"也。其有宗庙之乐者，则所谓"肃雍和鸣，先祖是听"者也。其有社稷之乐者，则所谓"琴瑟击鼓，以迓田

---

① 颂：原书作"饮"。

② 礼，原书无此字。

祖"者也。其有辟雍之乐者，则所谓"移风易俗，莫善于乐"者也。其有黄门之乐者，则所谓"宴乐群臣，蹲蹲舞我"者也。其有短箫之乐者，则所谓"王师大捷，令军中凯歌"者也。

《宋书·乐志》：汉兴，乐家有制氏，但能记其铿锵鼓舞，而不能言其义，周存①六代之乐，至秦唯馀《韶》《武》②而已。始皇改周舞曰《五行》，汉高祖改《韶舞》曰《文始》，以示不相袭也。又造《武德舞》，舞人悉执干戚，以象天下乐己行武以除乱也。故高祖庙奏《武德》《文始》《五行》之舞。周又有《房中之乐》，秦改曰《寿人》。其声，楚声也，汉高好之，孝惠改曰《安世》。高祖又作《昭容乐》《礼容乐》，《昭容》生于《武德》，《礼容》生于《文始》《五行》。汉初又有《嘉至乐》，叔孙通因秦乐人制宗庙迎神之乐也。文帝又自造《四时舞》，以明天下之安和。盖乐先王之乐者，明有法也；乐己所自作者，明有制也。孝景采《武德舞》作《昭德舞》，荐之太宗之庙。孝宣采《昭德舞》为《盛德舞》，荐之世宗之庙。汉诸帝奏《文始》《四时》《五行》之舞焉。武帝时，河间献王与毛生等共采《周官》及诸子言乐事者，以著《乐记》，献八佾之舞，与制氏不相殊。其内史中丞王定传之，以授常山王禹。禹，成帝时为谒者，数言其义，献记二十四卷。刘向校书，得二十三篇，然竟不用也。至明帝初，东平宪王苍总定公卿之议，曰：宗庙宜各奏乐，不应相袭，所以明功德也。承《文始》《五行》《武德》为《大武》之舞。又制"舞哥"一章，荐之光武之庙。汉末大

---

① 周存：原书无此二字，据《宋书》补。

② 《韶》《武》：原书作"韶舞"。

乱，众乐沦缺。

《宋书·乐志第十》"乐二""蔡邕论叙汉乐曰：一曰郊庙神灵。二曰天子享宴。三曰大射辟雍。四曰短箫铙^①歌。"

《隋书·音乐志》：汉高祖时，叔孙通爰定篇章，用祀宗庙。唐山夫人能楚声，又造房中之乐。武帝裁音律之响，定郊丘之祭。颇杂讴谣，非全雅什。汉明帝时，乐有四品：一曰大予乐，郊庙上陵之所用焉，则《易》所谓"先王作乐崇德，殷荐之上帝，以配^②祖考"者也。二曰雅颂乐，辟雍飨射之所用焉，则《孝经》所谓"移风易俗，莫善于乐"者也。三曰黄门鼓吹乐，天子宴群臣之所用焉，则《诗》所谓"坎坎鼓我，蹲蹲舞我"者也。四曰短箫铙^③歌乐，军中之所用焉，黄帝时岐伯所造，以建武扬德，风敌励兵，则《周官》所谓"王师大捷，则令凯歌"者也。又采百官诗颂，以为登歌，十月吉辰，始用蒸祭。董卓之乱，正声荡然。

毛晋^④《津逮秘书·乐府古题要解》：自汉迄唐，作者焱起云合^⑤，从未有汇成一编者，惟唐史臣吴兢^⑥纂采汉魏以来古乐府词，分为十卷，惜乎不传，传者仅《古题要解》二卷。

吴氏以《江南曲》（度关山曹魏乐）、《长歌行》、《薤露

---

① 铙：原书作"饶"。
② 以配：原书作"配以"。
③ 铙：原书作"饶"。
④ 毛晋：原书作"盛荐"。按，下文所引，系毛晋在《津逮秘书》之《乐府古题要解》卷末所附识语。
⑤ 作者焱起云合：原书作"作，乐府者云合"。
⑥ 兢：原书作"竞"。

歌》、《蒿里行^①》（亦曰《泰山吟行》）、《鸡鸣》、《对酒行》、《乌^②生八九子》、《平陵东》、《陌上桑^③》、《短歌行》（魏）、《燕歌行》、《秋胡行》、《苦寒行》、《董桃行》、《塘上行》、《善哉行》、《东门行》、《西门行》、《煌煌京洛行》、《艳歌何尝行》、《步出夏门行》、《野田黄雀行》、《满歌行》、《櫂歌^④行》、《雁门太守行》、《白头吟》，为乐府相和歌。案相和而歌，并汉世街陌讴谣之词，丝竹更相和，执节者歌之。

　　以《殿前生桂树》《白鸠篇》《碣石篇》《淮南王篇》为乐府拂舞歌。按拂舞^⑤，前史云出自江右，复有《济济》《独禄》等五篇，今读其词，除《白鸠》一篇，馀并非吴歌。

　　以《白苎歌》为乐府《白纻歌》。旧史称《白纻歌》，吴地所出，白纻舞本吴舞也。

　　以《上之回》《战城南》《巫山高》《君马黄》《芳树》《有所思》《雉子斑^⑥》《临高台》《钓竿》为乐府铙^⑦歌。案汉明帝定乐有四品，最末曰短箫铙^⑧歌，军中鼓吹之曲，旧说黄帝所造，以建武扬德，《周礼》所谓"王大捷则恺乐，军大献则

---

① 行：原书作"传"。

② 乌：原书作"鸟"。

③ 桑：原书作"案"。

④ 櫂歌：原书作"擢歌"。古籍多有作"擢歌"者，但《乐府古题要解》作"櫂歌"，不误。

⑤ 拂舞：原书作"舞"。

⑥ 斑：原书作"班"。

⑦ 铙：原书作"饶"。

⑧ 铙：原书作"饶"。

恺歌"是也。

以《黄鹤吟》《陇头吟》《出关》《入关》《出塞》《入塞》《折①黄柳》《黄覃子》《赤之扬》《望行人》《关山月》《洛阳道》《长安道》《梅花落》《紫骝马》《骢马》《雨雪》《刘生》为乐府横吹曲，有鼓角。《周礼》：以鼖鼓鼓军事，用角。旧说云蚩尤氏，帅②魍魅与黄帝战于涿鹿之野，帝始命吹角为龙鸣以御之。

以《王昭君》《子夜》《前溪③歌》《乌夜啼》《石城乐》《莫愁④》《襄阳》为乐府清商曲。按蔡邕云：清商曲，其词不足采著⑤。其曲名有《出郭西门》《陆地行车》《夹钟》《朱堂寝》《奉法》等五曲，非止《王昭君》等。一说清商曲，南朝旧乐也。

以《日重光》《月重轮》《上留田行》《相逢狭路间行》《艳歌行》《怨歌行》《饮马长城窟⑥行》《君子行》《君子有所思行》《朝歌行》《豫章行》《门有车马客行》《猛虎行》《齐讴行》《吴趋行》《会⑦吟行》《从军行》《出自蓟北门行⑧》《结客少年行》《东武⑨吟行》《苦热行》《放歌行》

---

① 折：原书作"析"。
② 帅：原书作"师"。
③ 溪：原书作"汉"。
④ 愁：原书作"秋"。
⑤ 采著：原书作"乐者"。
⑥ 窟：原书作"荐"。
⑦ 会：原书作"含"。
⑧ 门行：原书作"门头"。
⑨ 武：原书作"平"。

《西长安行》《怨歌行》《升天行》《凤将雏》《楚妃歌》《白马篇》《空城雀》《半度溪①》《起夜来》《独不见》《夜夜曲》《携手曲》《阳春曲》《关山月》《博陵王宫侠曲》②《新城长乐宫行》《大垂手》《行路难》《蜀③道难》《秦王卷衣曲》《轻薄篇》《妾薄命篇》《苦哉行》《悲哉行》《思归引④》《雉朝飞⑤》《走马引》《别鹤操》《水仙操》《公无度河》为乐府琴曲。

以《长门怨》《婕妤⑥怨》《铜雀台》《四愁》《七哀⑦》《同声歌行》《定情篇》《合欢诗》《招隐》《反招隐》《藁砧今何在》《连句》《爱妾换马》《自君之出矣》《离合诗》《盘中诗》《回文诗》《百年诗》《步虚词》《道里⑧名诗》《星名》《郡县名》《卦名》《药名》《姓名》《相名》《宫殿名》《草树鸟兽名》《歌曲名》《针穴名》《将军名》《车名》《船名》《无名》《寺名》《数》《八音》《六甲》《十二属》《六府》，不入类。

太原郭茂倩辑《乐府诗集》一百卷，上采尧舜时歌谣，下迄于五代，共分十二类，其目如左：

（1）《郊庙歌辞》：时间，汉迄五代。包括郊祀、明堂、

---

① 溪：原书作"说"。

② 以上两曲，原书作"《关山月傅陵王》，《宫狭曲》"。

③ 蜀：原书作"易"。

④ 思归引：原书作"思引绵"。

⑤ 飞：原书作"声"。

⑥ 妤：原书作"好"。

⑦ 哀：原书作"宸"。

⑧ 里：原书作"埋"。

郊庙、登歌、乐歌、雩祭、藉田、雅乐、圜邱[①]、蜡祭、朝日、夕月、社稷、先农、先圣、先师、泰山、祈谷、风雨、大享、拜洛、宗庙、先蚕、房中乐、太庙舞辞、清庙。

（2）《燕射歌辞》：时间，晋迄隋。包括四厢乐歌目、王公上寿酒歌、宴会、雅乐、五声调曲、《大飨》、《大射》。

（3）《鼓吹曲辞》：时间，汉迄唐。包括铙歌、凯歌、鼓吹铙歌、凯乐歌。

（4）《横吹曲辞》：时间，汉迄梁。包括横吹曲、鼓角横吹曲。

（5）《相和歌辞》：时间，汉。包括《相和》六引、《吟叹曲》、《四弦曲》、《平调曲》、《清调曲》、《瑟调曲》、《楚调曲》。

（6）《清商曲辞》：时间，晋迄唐。包括《吴声歌曲》、吴声曲辞、神弦歌、《祠渔山[②]神女歌》、《西曲》、《江南弄》、《上云乐》、雅歌。

（7）《舞曲歌辞》：时间，汉迄隋。包括雅舞、杂舞。

（8）《琴曲歌辞》：时间，唐虞迄隋唐。

（9）《杂曲歌辞》：时间，汉迄唐。

（10）《近代曲辞》：出于隋唐，时间去郭氏未远，故曰近代。

（11）《杂歌谣辞》：时间，唐虞至隋唐。包括歌辞、谣辞。

---

① 圜邱：原书"圜"后衍一"圌"字。

② 渔山：原书作"渔小"。

（12）《新乐府辞》：时间，唐。包括乐府杂题、家乐、补乐、倚曲、杂咏、正乐府。

之棠案，郊庙歌辞，所以用于郊庙朝廷以接人神之欢者也。燕射歌辞，燕在寝作乐，所以仁四方之宾客，射以矢舞作敬，所以亲故旧朋友也。鼓吹曲，鸣篪吹竽，行军得意，奏以示喜也，与横吹同。其后分为两部，有箫笳者为鼓吹，用之朝会、道路，亦以给赐也。相和歌辞，丝竹更相和也。其曲总平调、清调、瑟调、侧调，总谓之相和调。清商曲辞，一曰清乐。清乐者，九代之遗声，其始即相和三调是也。舞曲歌辞，凡乐之在耳者曰声，在目者曰容，声应乎耳，可以听知，容藏于心，难以貌观，故古者假干戚羽旄，以表其容，发扬蹈厉，以见其意，声容选和，而后舞曲歌辞备矣。琴曲歌辞，琴者，先王所以修身理性、禁邪防淫者也，盖民歌之一也。杂曲歌辞，或因意命题，或学古叙事，无一定准的也。近代曲者亦杂曲也，以其出于隋唐之世，故曰近代曲也。杂歌谣辞，有章曲曰歌，无章曲曰谣，《广雅》所谓声比于琴瑟曰歌，《尔雅》所谓徒歌谓之谣是也。新乐府歌辞，唐世新歌也，以其辞实乐府，而未常被于声，故曰新乐府也。

总前分类法当以郭茂倩之《乐府诗集》为最详尽，惟尚多重复。兹约之，可分类为四类：（一）郊庙歌辞；（二）燕射歌辞；（三）马上歌曲，包括鼓吹曲、横吹曲；（四）相和歌辞，包括清商曲辞、舞曲歌辞、琴曲歌辞。其杂曲歌辞、近代曲辞、雅歌谣辞、新乐府辞，皆无独立之必要，可分并于前四类中。

附郑樵《通志·乐志》分乐府为五十三类（兹依细目，并补总序，而列举之间并采其义以附）。

（1）汉《短箫铙歌》二十二曲。亦曰鼓吹曲，按汉晋谓之短箫铙歌，南北朝谓之鼓吹曲。

（2）汉《鞞舞歌》五曲。未详所始，汉代宴享则用之。

（3）《拂舞歌》五曲。魏武帝分《碣石》为四曲，共八曲。

（4）《鼓角横吹》十五曲。旧云用角，其说谓蚩尤帅魑魅与黄帝战于涿鹿之野，帝命吹角为龙吟以御之。

（5）《胡角》十曲。本以应胡笳之声，后渐用之，故横吹有双角，即胡乐也。

（6）《相和歌》三十三曲。汉旧歌也，曰相和者，并汉世街陌讴谣之辞，丝竹更相和，命执节者歌之。

（7）《相和歌》吟叹四曲。张永《元嘉技录》四曲也，古有八曲。

（8）《相和歌》四弦一曲。《技录》有四弦一曲，蜀国四弦是也。

（9）《相和歌》平调七曲。宋王僧虔大明三年《宴乐技录》平调有七曲也。

（10）《相和歌》清调六曲。王僧虔《技录》清调六曲也，张氏云非管弦音声所寄，似是命笛理弦之馀。

（11）《相和歌》瑟调三十八曲。王僧虔《技录》。

（12）《相和歌》楚调十曲。王僧虔《技录》五曲，怨①以下五曲续附。

（13）大曲十五曲。

（14）《白纻歌》一曲。梁武改为《子夜吴声四时歌》四

---

① 怨：原书如此。《通志》此处谓"自《长门怨》以下五曲续附"。

曲，共五曲。《白纻》与《子夜》一曲也，在吴为《白纻》，在晋为《子夜》，故梁武帝本《白纻》而为《子夜四时歌》。后之为此歌者曰《白纻》，则一曲，曰《子夜》，则四曲。今取《白纻》于《白纻》，取《四时歌》于《子夜》，其实一也。

（15）清商曲七曲。亦谓之清乐，出于清商三调，所谓平调、清调、瑟调是也。三调者乃周《房中乐》之遗声，汉魏相继，至晋不绝。自永嘉至隋平陈，置清商府，博采旧曲，至唐武后时犹有六十三曲。此外尚有《白雪》等三十三曲，《雅歌》二首，《四时歌》四首，凡三十八曲，又有《上林》等四曲，辞皆讹失，又有三曲《平调》《清调》《瑟调》有声无辞。其西凉五曲，天竺二曲，康国四曲，疏勒三曲，安国三曲，高丽二曲，礼毕二曲，皆主于清商焉。

以上正声。

（16）《瑟操》五十七曲。包括九引，十二操，三十六杂曲。

以下遗声。遗声者逸诗之流也，以义类相从，分二十五正门，二十附门，总四百十八曲，无非雅言幽思。当采其目以俟可考，采其诗以入系声。乐府以音相授，并不著辞，琴之有辞，自梁始。

以上正声之馀。

（17）别舞二十三曲。舞与歌相应，歌主声，舞主形，自六代之舞，至于汉魏，并不著辞也，舞之有辞自晋始。

以上别声之馀。

（18）《古调》二十四曲。

（19）《征戍》十五曲。

（20）《游侠》二十一曲。

（21）《行乐》十八曲。

（22）《佳丽》四十七曲^①。

（23）《别离》十九曲。

（24）《怨思》二十五曲。

（25）《歌舞》二十一曲。

（26）《丝竹》十一曲。

（27）《觞酌》七曲。

（28）《宫苑》十九曲。

（29）《都邑》三十四曲。

（30）《道路》六曲。

（31）《时景》二十五曲。

（32）《人生》四曲。

（33）《人物》九曲。

（34）《神仙》二十二曲。

（35）《梵竺》四曲。

（36）《番胡》四曲。

（37）《山水》二十四曲。

（38）《草木》二十一曲。

（39）《车马》六曲。

（40）《龙鱼》六曲。

（41）《鸟兽》二十一曲。

（42）《杂体》六曲。

---

① 曲：原书作"嗣"。

以上遗声，犹逸诗也。

下祀飨正声。今所列乐府，反以郊祀为后，何也？曰积风而雅而颂，犹积小而大，积阜而高也。所积之序如此，史家编次失古矣，安得不为之厘正乎？（原注）

（43）汉武帝郊祀之歌十九章。

（44）班固《东都》五诗。

（45）梁武帝《雅歌》十二曲。

（46）唐雅乐十二和曲。

以上正声。

下祀飨别声。正声者常祀之乐也，别声者非常祀之乐也。出于一时之事，为可歌也，故备于正声之后。

（47）汉《三侯》之章。

（48）汉《房中祠乐》十七章。

（49）隋《房内曲》二首。

（50）梁武帝《述佛法》十曲。

（51）陈后主四曲。

（52）北齐后主二曲。

（53）唐七朝五十五曲。舞曲夷乐并不在此。

以上别声。

第十四章　乐府诗内容

乐府诗之缺乏文学价值者，莫过于房中歌、郊祀歌，一味赞美祷颂，声情皆不足动人，故本章述乐府之内容乃举其足以代表乐府文学之特色者言之，否则概从删削。乐府之唯一价值，即在守实，质朴无华。例如《白头吟》：

> 皑如山上雪，皎如云间月。闻君有两意，故来相决绝。今日斗酒会，明旦沟水头。蹀躞御沟上，沟水东西流。凄凄复凄凄，嫁娶不须啼。愿得一心人，白头不相离。竹竿何嫋嫋，鱼尾何蓰蓰。男儿重意气，何用钱刀为？

【躞】音燮。【蹀】音牒。行之貌也。【嫋嫋】状竹竿之长貌。棠按，《诗经》中重言字皆随其前后文义以见意。（见《国学月报》拙著《〈诗经〉重言字释例》）【蓰蓰】鱼尾摇貌。【刀】钱也。

《乐府解题》曰：古辞云：皑如山上雪，皎如云间月，又云愿得一心人，白头不相离，始言良人有两意，故来与之相决绝，次言别于沟水之上，叙其本情；终言男儿重义气，何用钱刀。一说《白头吟》疾人相知，以新间旧，不能至于白头，故以为名。《西京杂记》：司马相如将聘茂陵女为妾，卓文君作《白头吟》以自绝，相如乃止。

《古今乐录》曰："王僧虔《技录》，《相和歌》楚调曲有《白头吟行》《泰山吟行》《梁甫吟行》《东武琵琶吟行》《怨诗行》。其器有笙、笛弄、节、琴、筝、琵琶、瑟七种。张永

《录》①云，未歌之前有一部弦，在弄后又有但曲七曲：《广陵散》《黄老弹飞引》《大胡笳鸣》《小胡笳鸣》《鹍鸡游弦》《流楚》《窈窕》，并举琴筝笙筑之曲。王录所无也。其《广陵散》一曲，今不传。"

此诗可以代表古代女子从一而终之思想，所谓"愿得一心人，白头不相离"句，与"女也不爽，士贰其行"，"男儿爱后妇，女子重前夫"，皆可互相发明。又如《怨歌行》：

　　新裂齐纨素，皎洁如霜雪。裁成合欢扇，团团似明月。出入君怀袖，动摇微风发。常恐秋节至，凉飙夺炎热。弃捐箧笥中，恩情中道绝。

　　【纨】音桓，绢也。【素】白也。【飙】风也。

此《相和歌楚调曲》之一。汉成帝时，班婕妤失宠，求供养太后于长信宫，乃作怨诗以自伤，托辞于纨扇云。诗中能将女子心情活现于字里行间，此质朴②无华之乐府，所以足贵也。

又如《善哉行》（古辞）：

　　来日大难，口燥唇干。今日相乐，皆当喜欢。（一解）

　　经历名山，芝草翻翻，仙人王乔，奉药一丸。（二解）

　　自惜袖短，内手知寒。惭无灵辄，以报赵宣。（三解）

　　月没参横，北斗阑干。亲交在门，饥不及餐。（四

---

① 张永《录》：原书作"张永录"。

② 朴：原书作"抱"。

解）

欢日尚少，戚日苦多。以何忘忧，弹筝酒歌。（五
解）

淮南八公，要道不烦，参驾六龙，游戏云端。（六
解）

【翻翻】多也。【王乔】《列仙传》："王子乔，
周灵王太子晋也，好吹笙，作凤鸣，游伊洛之间，浮
丘生接引上嵩高山①，后乘白鹤至缑②氏山头，举手谢
时人，数日而去。"【内】*内、纳③通。【灵辄】
《左传》宣公二年，宣子田于首山，舍于翳桑，见灵辄
饿，问其病，曰："不食三日矣。"食之，舍其半。
问之，曰："宦三年矣，未知母之存否。今近焉，请以
遗之。"使尽之，而为之箪食与肉，置诸橐以与之。
既而与为公介，倒戟以御公徒而免之。问其故，对曰：
"翳桑之饿人也。"问其名居，不告而退，遂自亡也。
【参】《诗经》："三星在隅。"三星即参星，参商二
星惟出没不相见。【阑干】言纵横也。【八公】《神仙
传》：淮南王与八公升天，所踏山上石皆陷成迹，鸡犬
尽皆升天，故鸡鸣天上，犬吠云中也。

此《相和歌瑟调曲》也，六解犹云六章也。《乐府解题》
曰："古辞云：'来日大难，口燥唇干。'言人命不可保，当

---

① 嵩高山：原书作"嵩山"。
② 缑：原书作"猴"。
③ 纳：原书作"讷"。

见亲友，且永长年术，与王乔八公游焉。又魏文帝词云：'有美一人，婉如清扬。'言其妍丽，知音识曲，善为乐方，令人忘忧。①此篇诸集所出，不入乐志。"按②明帝《步出夏门行》曰："善哉殊复善，弦歌乐我情"。然则"善哉"者，盖叹美人之辞也。又如《孤儿行》：

> 孤儿生，孤子遇生，命当独苦。父母在时，乘坚车，驾驷马。父母已去，兄嫂令我行贾。南到九江，东到齐与鲁。腊月来归，不敢自言苦。头多虮虱，面目多尘土。大兄言办饭，大嫂言视马。上高堂，行趣殿下堂。孤儿泪下如雨。使我朝行汲，暮得水来归。手为错，足下无扉。怆怆履霜，中多蒺藜。拔断蒺藜，肠肉中怆欲悲。泪下渫渫，清涕累累。冬无复襦，夏无单衣。居生不乐，不如早去，下从地下黄泉。春风动，草萌芽。三月蚕桑，六月收瓜。将是瓜车，来到还家。瓜车反覆，助我者少，啖瓜者多。愿还我蒂，独且急归。兄与嫂严，当与校计。
>
> 乱曰：里中一何谯谯！愿欲寄尺书，将与地下父母，兄嫂难与久居。

【趣】同趋。【殿】后也。《论语》："奔而

---

① 自"又魏文帝"以下至此，据《乐府诗集》卷三十六改。林之棠原书为："又魏文帝词云：'有美一人，婉如清扬。妍姿巧笑，和媚心肠。知音识曲，善为乐方。令人忘忧。'此篇……"按，林之棠此处系抄录《乐府诗集》而来，但杂入魏文帝原诗中其他文字，遂不可解。

② 按：此字以下至"叹美人之辞也"，原书俱作为《乐府解题》引语，而实际上，这部分是《乐府诗集》对于所引《乐府解题》语的按语。

殿。"【扉】菲也，草履。【渫渫】泪流貌。【蒂】瓜柄也。

此《相和歌瑟调曲》也。《孤子生行》一曰《孤儿行》，古辞言孤儿为兄嫂所苦，难与久居也。《歌录》曰："《孤子生行》，亦曰《放歌行》。"又如《瑟调艳歌行》：

> 翩翩堂前燕，冬藏夏来见。兄弟两三人，流宕在他县。故衣谁当补？新衣谁当绽？赖得贤主人，览取为我绽。夫婿从门来，斜倚西北眄[1]。语卿且勿眄[2]，水清[3]石自见。石见何累累，远行不如归。

【流宕】流离也。【绽】绽也。

《古今乐录》曰："《艳歌行》非一，有直云《艳歌》，即《艳歌行》是也。若《罗敷》《何尝》《双鸿》《福钟》等行[4]，亦皆艳歌。"《乐府解题》曰："古辞云：'翩翩堂前燕，冬藏夏来见'，言燕尚冬藏夏来，兄弟反流宕他县，主妇为绽衣服，其夫见而疑之也。"又如《西门行》（古辞）：

> 出西门，步念之。今日不作乐，当待何时？逮为乐，逮为乐，当及时。何能愁怫郁，当复待来兹？酿美酒，炙肥牛，请[5]呼心所欢，可用解忧愁。人生不满百，常怀千岁忧。昼短苦夜长，何不秉烛游。游行[6]去

---

① 此句原书作"斜倚西北盼"。
② 眄：原书作"盼"。
③ 水清：原书"清水"。
④ 等行：原书作"《乐行》"。
⑤ 请：原书作"清"。
⑥ 游行：原书作"行行"。

去如云除，弊车羸^①马为自储。

【逮】及也。【怫郁】《饮马长城窟》云："男儿宁当格斗死，何能怫郁筑长城？"

此《相和歌曲瑟调曲》也。《古今乐录》曰："王僧虔《技录》：《西门行歌》，古《西门》一篇，今不传。"《乐府解题^②》："《古辞》云：'出西门，步念之'，始言醇酒肥牛，及时为乐，次言'人生不满百，常怀千岁忧。昼短苦夜长，何不秉烛游'，终言贪财惜^③费，为后世所嗤。又有《顺东西门行》，为三七言。亦伤时顾阴，有类于此。"晋乐所奏，则与右录不同。其辞曰："出西门，步念之。今日不作乐，当待何时？（一解）夫为乐，为乐当及时。何能坐愁怫郁，当复待来兹？（二解）饮醇酒，炙肥牛，请^④呼心所欢，可用解愁忧。（三解）人生不满百，常怀千岁忧。昼短而夜长，何不秉烛游？（四解）自非仙人王子乔，计会寿命难与期^⑤。自非仙人王子乔，计会寿命难与期。（五解）人寿非金石，年命安可期？贪财爱惜费，但为后世嗤。（六解）"

此诗辞义颇不似汉人所作，汉代崇儒术，讲礼义，尚廉耻，士大夫以气节名教相号召，至晋方尚清谈，杨朱之学说盛行，所谓"且趣当生，奚遑死后"与"为乐当及时"实属同趣。在《诗经》时代有"子有廷内，弗洒弗扫。子有钟鼓，弗鼓弗考。宛其

---

① 羸：原书作"赢"。
② 题：原书脱此字，据原书《刊误表》补。
③ 惜：原书作"憎"。
④ 请：原书作"清"。
⑤ 期：及后二句"期"字，原书俱作"朝"。

死矣，他人是保"，亦似乐天主义，然如"日月其除。无已大康，职①思其居。好乐无荒，良士休休②"等句观之，自有差别矣。因无鉴证，故未敢断定。又如《东门行》：

> 出东门，不顾归。来入门，怅欲悲。盎中无斗米储，还视架上无悬衣。拔剑东门去，舍中儿母牵衣啼。他家但愿富贵，贱妾与君共铺糜。上用仓浪天故，下当用此黄口儿。今非咄，行吾去为迟，白发时下难久居。

【盎】盆。【架】衣架。【铺】食。

此《相和歌瑟调曲》也。《古今乐录》曰："王僧虔《技录》云：《东门行歌》，古③《东门》一篇，今不歌。"《乐府解题》曰："古词云：'出东门，不顾归；来入门，怅欲悲'，言士有贫不安其居者，拔剑将去，妻子牵衣留之，愿共铺糜，不求富贵，且曰今时清，不可为非也。若宋鲍照'伤禽恶弦惊'，但伤离别而已。"

其晋乐所奏则异于是，其辞如下："出东门，不顾归。来入门，怅欲悲。盎中无斗储，仰④视桁上无悬衣。（一解）拔剑出门去，儿女牵衣啼。他家但愿富贵，贱妾与君共铺糜。（二解）共铺糜，上用仓浪天故，下为黄口小儿。今时清廉，难犯教言，君复自爱莫为非。（三解）今时清廉，难犯教言，君复自爱莫为非。行吾去为迟，平慎行，望君归。（四解）"

此诗描写夫妇恩爱，不忍别离，一往情深，殊为可取。读此

---

① 职：原书作"戠"。
② 休休：原书如此，《诗经》原为"瞿瞿"。
③ 古：原书作"右"。
④ 仰：原书作"还"。

者取"忽见陌头杨柳色，悔教夫婿觅封侯"之句而较观之，诗人之风趣可悠然而兴矣。又如《怨诗行》：

> 天德悠且长，人命一何促。百年未几时，奄若风吹烛。嘉宾难再遇，人命不可续。齐度游四方，名系太山录。人间乐未央，忽然归东①岳。当须荡中情，游心恣所欲。

> 【奄】忽也。【嘉宾】《诗经》："我有嘉宾，鼓瑟吹笙。"【人命】《蒿②里曲》："人命不得少踟蹰。"

此《相和歌楚调曲》也。《古今乐录》曰："《怨诗行歌》，东阿王'明月照高楼'一篇。"王僧虔《技录》曰："荀录所载'古为君'一篇，今不传。"《琴操》曰："卞和得玉璞以献楚怀王，王使乐正子治之，曰：'非玉。'刖其右足。平王立，复献之，又以为欺，刖其左足。平王死，子立，复献之，乃抱玉而哭，继之以血，荆山为之崩。王使剖之，果有宝。乃封和为陵阳侯。辞不受，而作怨歌焉。"班婕妤《怨诗行》序曰："汉成帝班婕妤失宠，求供养太后于长信宫，乃作怨诗以自伤，托辞于纨扇云。"《乐府解题》曰："古词云：'为君既不易，为臣良独难。'言周公推心辅政，二叔流言，致有雷雨拔木之变。梁简文'十五颇有馀'，自言姝艳，以谗见毁。又曰'持此倾城貌，翻为不肖躯'，与古文意同而体异。若傅休弈《怨歌行》云：'昭昭朝时日，皎皎最明月。'盖伤十五入君门，

---

① 东：原书作"来"。
② 蒿：原书作"嵩"。

一别终华发，不及偕老，犹望死而同穴也。"又如《饮马长城窟行》：

> 青青河边草，绵绵思远道。远道不可思，夙昔梦见
> 之。梦见在我傍，忽觉在他乡。他乡各异县，展转不可
> 见。枯桑知天风，海水知天寒。入门各自媚，谁肯相为
> 言？客从远方来，遗我双鲤鱼。呼儿烹鲤鱼，中有尺素
> 书。长跪读素书，书中竟何如？——上言加餐食，下言
> 长相忆。

【绵绵】远貌。【夙昔】早夜也。

《乐府诗集①》："一曰《饮马行》。长城，秦所筑以备胡者。其下有泉窟，可饮马焉。古辞之②'青青河畔草，绵绵思远道'，言征戍之客，至于长城而饮其马，妇人思念其勤劳，故作是曲也。郦道元《水经注》曰：'始皇二十四年，使太子扶苏与蒙恬筑长城，起自临洮，至于碣石。东暨③辽海，西并阴山，凡万馀里。民怨劳苦，故杨泉《物理论》曰：秦筑长城，死者相属，民歌曰：生男慎勿举，生女哺用脯。不见长城下，尸骸相支拄。其冤痛如此。'"

《乐府解题》曰："古词，伤良人游荡不归，或云蔡邕之辞。"

《广题》曰："长城南有溪阪④，上有土窟，窟中泉流。汉时将士征塞北，皆饮马此水也。按赵武灵王既袭胡服，自代并阴

---

① 集：原书无此字。按，下文引语系录自《乐府诗集》，故补。
② 之：《乐府诗集》作"云"。
③ 暨：原书作"概"。
④ 南有溪阪：原书作"南溪丘"。

山下至高阙为塞，山下有长城，武灵王之所筑也。其山中断，望之若双阙，所谓高阙者焉。"

《古今乐录》曰："王僧虔《技录》云'《饮马行》，今不歌'。"又如《箜篌引》：

> 公无渡河，公竟渡河。堕河而死，当奈公何！

箜篌似瑟而小，以木拨弹之。《箜篌引》，乃相和六引之一，亦名《公无渡河》。

《乐府诗集①》："崔豹《古今注》曰：'《箜篌引》者，朝鲜津卒霍里子高妻丽玉所作也。子高晨起刺船，有一白首狂夫，被发提壶，乱流而渡。其妻随而止之，不及，遂堕河而死。于是援箜篌而歌曰：云云。声甚凄怆，曲终，亦投河而死。子高还，以语丽玉。丽玉伤之，乃引箜篌而写其声，闻者莫不堕泪饮泣。丽玉以其曲传邻女丽容，名曰《箜篌引》。'"

《古今乐录》曰："张永《技录》，相和有四引，一曰箜篌引，二曰商引，三曰徵引，四曰羽引，古有六引，其宫引、角引二曲阙。"

又如《妇病行》：

> 妇病连年累岁，传呼丈人前一言。当言未及得言，不知泪下一何翩翩！"属累君，两三孤子，莫使我儿饥且寒；有过慎莫笪笞，行当折摇，思复念之。"
>
> 乱曰：抱时无衣，襦复无里，闭门塞牖舍。孤儿到市，道逢亲交，泣坐不能起，从乞求与孤买②饵。对交

---

① 集：原书无此字，整理者补。
② 买：原书作"贫"。

啼泣，泪不可止。我欲不伤悲，不能已。探怀中钱持授

交。入门见孤儿啼，索其母抱。徘徊空舍中，行复尔

耳，弃置勿复道。

此《相和歌瑟调曲》也。辞句坚强，断绝无端，自是汉诗风

格。又如《艳歌何尝行》：

飞来双白鹄，乃从西北来。十十五五，罗列成行。

妻卒被病，行不能相随。五里一反顾，六里一徘徊。吾

欲衔汝去，口噤不能开。吾欲负汝去，毛羽何摧颓。

乐哉新相知，忧来生别离。踌躇顾群侣，泪下不自

知。

念与君离别，气结不能言。各各重自爱，远道归

还难。妾①当守空房，闭门下重关。若生，当相见；亡

者，会黄泉。今日乐相乐，延年万岁朝。

此亦相和歌瑟调曲也，一曰《飞鹄行》。《古今乐录》曰：

"王僧虔《技录》云《艳歌何尝行歌》，文帝《何尝》、《古

白鹄》二篇。"《乐府解题》曰："古辞云'飞来双白鹄，乃

从西北来'，言雌病不能负之而去，'五里一反顾，六里一徘②

徊'，虽遇新相知，终伤生别离也。"此诗风格声情与《孔雀东

南飞》暗合，当系同时作品也。又如《江南》：

江南可采莲，莲叶何田田，鱼戏莲叶间。鱼戏莲叶

东，鱼戏莲叶西，鱼戏莲叶南，鱼戏莲叶北。

【田田】莲叶之多也。

---

① 妾：原书作"妄"，据原书《刊误表》改。

② 徘：原书作"排"。

　　此相和歌辞相和曲也，《乐府诗集①》曰："《乐府解题》：'江南古辞，盖美芳晨丽景，嬉游得时也。'"又如《乌生》：

　　　　乌生八九子，端坐秦氏桂树间。唶我秦氏家有游遨荡子，工用睢阳彊，苏合弹。左手持彊弹两丸，出入乌东西。唶我一丸即发中乌身，乌死魂魄飞扬上天。阿母生乌子②时，乃在南山岩石间。唶我人民安知乌子处，蹊③径窈窕安从通？白鹿乃在上林西苑中，射工尚复得白鹿脯。唶我黄鹄摩天极高飞，后宫尚复得烹煎之？鲤鱼乃在洛水深渊中，钓钩尚得鲤鱼口。④唶我人民生，各各⑤有寿命，死生何须复道前后？

　　此《相和歌辞相和曲》也，《乐府诗集⑥》曰："一曰《乌生八九子》。《乐府解题》曰：'古辞云⑦"乌生八九子，端坐秦氏桂树间"，言乌母子本在南山岩石间，而来为秦氏弹丸所杀，白鹿在苑中，人得以为脯，黄鹄摩天，鲤在深渊，人得而烹煮之，则寿命各有定分，死生何叹前后也？'又有《城上乌》，盖出于此。"又如《平陵东》：

———————

　　① 集：原书无，整理者补。
　　② 子：原书脱。
　　③ 蹊：原书作"嗟"。
　　④ "唶我黄鹄"以下，原书标点为："唶我黄鹄摩天极，高飞后宫尚复得？烹煎之鲤鱼，乃在洛水深渊中，钓钩尚得鲤鱼口"。
　　⑤ 各各：原书作"各"。
　　⑥ 集：原书无此字，整理者补。
　　⑦ 云：原书作"言"。

平陵东，松柏桐，不见何人劫①义公。劫义公，在高堂下，交钱百万两走马。两走马，亦诚难，顾见追吏心中恻。心中恻，血出漉，归告我家卖黄犊。

此系古辞相和歌辞，崔豹《古今注》曰："《平陵东》，汉翟义门人所作也。"《乐府解题》曰："义，丞相②方进之少子，字文仲，为东郡太守。以王莽方篡③汉，举兵诛之，不克，见害。门人作歌以怨之也。"又如《陌上桑》：

日出东南隅，照我秦氏楼。秦氏有好女，自名为罗敷。罗敷善蚕桑，采桑城南隅。青丝为笼系，桂枝为笼钩。头上倭堕髻，耳中明月珠。缃绮为下裙，紫绮为上襦。行者见罗敷，下担捋髭须。少年见罗敷，脱帽著帩头。耕者忘其犁，锄者忘其锄。来归相怨怒，但坐观罗敷。

使君从南来，五马立踟蹰。使君遣吏往，问"是谁家姝"，"秦氏有好女，自名为罗敷。""罗敷年几何？""二十尚不足，十五颇有馀。"使君谢罗敷："宁可共载不？"罗敷前致辞："使君一何愚！使君自有妇，罗敷自有夫。"

"东方千馀骑，夫婿居上头。何用识夫婿，白马从骊驹。青丝系马尾，黄金络马头。腰中鹿卢剑，可值千万馀。十五府小吏，二十朝大夫。三十侍中郎，四十

---

① 劫：及下句中"劫"，原书俱作"却"。
② 相：原书脱。
③ 篡：原书作"纂"。

专城居。为人洁白皙，鬑鬑颇有须。盈盈公府步，冉冉府中趋。坐中数千人，皆言夫婿殊。"

【鹿卢】*长剑首以玉作井鹿卢形，通辘轳。【专城】言其权力足以统一城也。

此相和歌辞相和曲也。《乐府诗集①》曰："一曰《艳歌罗敷行》。《古今乐录》曰：《陌上桑》，歌瑟调，古辞《艳歌罗敷行》《日出东南隅篇》。崔豹《古今注》曰：《陌上桑》者出秦氏女子。秦氏，邯郸人，有女名罗敷，为邑人千乘王仁妻，王仁后为赵王家令。罗敷出采桑于陌上，赵王登台见而悦之，因置酒欲夺焉。罗敷巧弹筝，乃作《陌上桑》之歌以自明，赵王乃止。"

《乐府解②题》曰："古辞言罗敷采桑，为使君所邀，盛夸其夫为侍中郎以拒之。"与前说不同。若陆机《扶桑升朝晖》但歌美人好合，与古词始同而末异。又有《采桑》，亦出于此。

《通志》："《陌上桑》，亦曰《艳歌罗敷行》，亦曰《日出东南曲③》，亦曰《日出行》，亦曰《采桑曲》，曹魏改曰《摩④云曲》。按古辞《陌上桑》有二，此则为罗敷歌也。"又如《薤露》：

薤上露，何易晞？露晞明朝更复⑤落，人死一去何时归。

---

① 集：原书无此字，整理者补。
② 解：原书作"辞"。
③ 曲：四库全书本《通志》作"隅行"。
④ 摩：《通志》及《古乐苑》均作"望"。
⑤ 复：原书作"后"。

【晞】干也。

《蒿里》：

蒿里谁家地？聚敛魂魄无贤愚，鬼伯一何相催促，一命不得少踟蹰。

【蒿里】山名。

此二首古辞皆相和歌相和曲也。崔豹《古今注》曰："《薤露》、《蒿里》并丧歌也。本出田横门人，横自杀，门人伤之，为作悲歌，言人命奄忽，如薤上之露，易晞灭也。亦谓人死魂魄归于蒿里。至汉武帝时，李延年分为二曲，《薤露》送王公贵人，《蒿里》送士大夫庶人，使挽柩①者歌之，亦谓之挽歌。"谯周《法训》曰："挽歌者，汉高帝召田横，至尸乡自杀，从者不敢哭而不胜哀，故为挽歌以寄哀音。"《乐府解题》曰："《左传》云：齐将与吴战于艾陵，公孙夏命其徒歌虞殡。杜预云：送死，《薤露歌》即丧歌，不自田横始也。"

长歌行

青青园中葵，朝露待日晞。阳春布德泽，万物生光辉。常恐秋节至，焜黄华叶衰。百川东到海，何时复西归。少壮不努力，老大徒伤悲。

【焜黄】色衰貌。

前题②：

---

① 柩：原书作"枢"。
② 以下所录《长歌行》，林之棠作为一首；《乐府诗集》中则作为二首，自"仙人"至"延年寿命长"为一首，"岩岩"至"泣下沾罗缨"为另一首。

仙人骑白鹿，发短耳^①何长。导我上太华^②，揽芝
获赤幢。来到主人门，奉药一玉箱。主人服此药，身体
一日康。彊发白更黑^③，延年寿命长。岧岧山上亭，皎
皎云间星。远望使心思，游子恋^④所生。驱车出北门，
遥观洛阳城。凯风吹长棘，天天枝叶倾。黄鸟飞相追，
咬咬弄音声。伫立望西河，泣下沾罗缨。

此相和歌辞平调曲也。《古今乐录》曰："王僧虔《大明
三年宴乐技录》，平调有七曲，一曰《长歌行》，二曰《短歌
行》，三曰《猛虎行》，四曰《君子行》，五曰《燕歌行》，六
曰《从军行》，七曰《鞠歌行》^⑤。荀氏录所载十二曲，传者五
曲：武帝'周西'、'对酒'，文帝'仰瞻'，并《短歌行》。
文帝'秋风'、'别日'，并《燕歌行》是也。其七曲今不传。
文帝'功名'、明帝'青青'，并《长歌行》。武帝'吾年'、
明帝'双桐'，并《猛虎行》。'燕赵'，《君子行》。左延年
'苦哉'，《从军行》。'雉朝飞'，《短歌行》是也。其器有
笙、笛、筑、瑟、琴、筝、琵琶七种，歌^⑥弦六部。"

《乐府解题》曰："古辞云'青青园中葵，朝露待日晞'，
言芳华不久，当努力为乐，无至老大乃伤悲也。"

崔豹《古今注》曰："长歌、短歌，言人寿命长短，各有

---

① 耳：原书作"年"。

② 华：原书作"举"。

③ "身体"以下二句，《乐府诗集》作"身体日康强。发白更复黑"。
林之棠本章内容，多抄自《乐府诗集》，但此二句则据《古乐苑》。

④ 恋：原书作"念"。

⑤ 自"五曰"至此，原书脱漏。

⑥ 歌：原书无此字，据《乐府诗集》补。

定分，不可妄求。"按古诗云"长歌正激烈"，魏文①帝《燕歌行》云"短歌微吟不能长"，晋傅玄《艳歌何尝行》云"咄来长歌续短歌②"，然则歌声有长短，非言寿命也。

君子行

君子防未然，不处嫌疑间③。瓜田不纳履，李下不正冠。嫂叔不亲授，长幼不比肩。劳谦得其柄，和光甚独难。周公下白屋，吐哺不及餐。一沐三握发，后世称圣贤。

【瓜田】古谚瓜田李下，士避嫌疑。【劳谦】《易》：劳谦，君子终吉。【和光】《老子》：和其光，同其尘。【白屋】贫贱之所也。《汉书·萧望之传》："周公躬吐握④之礼，致白屋之意。"【吐哺】*《史⑤记·鲁世家》：周公戒伯禽曰："我一沐三握发，一饭三吐哺，起以待士，犹恐失天下之贤人，子之鲁，慎勿以国骄人。"

此相和歌辞平调曲也。《乐府解题》曰："古辞云'君子防未然'，盖言远嫌疑也。又有《君子有所思行》，辞旨与此不同。"

又如《有所思》：

有所思，乃在大海南。何用问遗君，双珠玳瑁簪，

---

① 文：原书作"武"。
② 歌：原书无此字。
③ 间：原书作"问"。
④ 吐握：原书作"掘"。
⑤ 史：原书作"鲁"。

用玉绍缭之。闻君有他心，拉杂摧烧之。摧烧之，当风扬其灰。从今以①往，勿复相思，相思与君绝。鸡鸣狗吠，兄嫂当知之。妃呼豨，秋风肃肃晨风飔，东方须臾高知之。

【绍缭】缠绕于外也。【妃呼豨】或曰曲铟之馀声。【飔】凉风也。左思赋："翼飔风之飂飂。"

《乐府解题》曰："古词言'有所思，乃在大海南。何用问遗君，双珠玳瑁簪。闻君有他心，烧之当风扬其灰。从今已往，勿复相思而与君绝'也。"案《古今乐录》汉太乐食举第七曲亦用之，不知与此同否。若齐王融"如何有所思"，梁刘绘"别离安可再"，但言离思而已。宋何承天《有所思篇》曰："有所思，思昔人，曾、闵二子善养亲。"则言生罹荼苦，哀慈亲之不得见也。

之棠案，此系汉鼓吹铙歌十八曲之十二曲，《乐府诗集②》："《古今乐录》曰：汉鼓吹铙歌十八曲，字多讹误。一曰《朱鹭》，二曰《思悲翁》，三曰《艾如张》，四曰《上之回》，五曰《拥离》，六曰《战城南》，七曰《巫山高》，八曰《上陵》，九曰《将进酒》，十曰《君马黄》，十一曰《芳树》，十二曰《有所思》，十三曰《雉子斑③》，十四曰《圣人出》，十五曰《上邪》，十六曰《临高台》，十七曰《远如期》，十八曰《石留》。又有《务成》《玄云》《黄爵》《钓

---

① 以：原书作"已"。
② 集：原书无此字，整理者补。
③ 斑：原书作"班"。

竿》，亦汉曲也。其辞亡。或云：汉铙歌二十一[①]，无《钓竿》，《拥离》亦曰《翁离》。"此十八曲中，《战城南》、《上邪》亦佳，兹次之于后。

战城南

战城南，死郭北，野死不葬乌可食。为我谓乌："且为客豪；野死谅不葬，腐肉安能去子逃？"水深激激，蒲苇冥冥。枭骑战斗死，驽马徘徊鸣。梁筑室，何以南，何以北？禾黍不获君何食，愿为忠臣安可得？思子良臣，良臣诚可思；朝行出攻，暮不夜归。

此篇描写战祸，所谓一将成名万骨枯是也。"客豪"句盖言，昔日之神武，杀人如麻，今日野死，为乌所食，乌亦足以自豪矣。客指死者，腐肉其能离乌而遁逃乎？"梁筑室，何以南，何以北"，言战争惨烈，房屋为墟，欲新筑而皆莫辨南北矣。言外馀音，令人读之哀感欲绝。

上邪

上邪，我欲与君相知，长命无绝衰。山无陵，江水为竭，冬雷震震，夏雨雪，天地合，乃敢与君绝。

此汉鼓吹铙歌十八曲之十五曲也。沈德潜曰："山无陵，以下五事，重叠言之而不见其排，何笔力之横也。"之棠案，此诗乃真正汉诗风格，其古奥严并，周秦以来得未曾有也。又如《羽林郎》：

昔有霍（原作霍，依《玉台》改）家奴，姓冯名子都。依倚将军势，调笑酒家胡。胡姬年十五，春日独当

---

① 二十一：原书作"三十一"。

垆。长裙连理带，广袖合欢襦。头上蓝①田玉，耳后大秦珠。两鬟（原作霍，依《玉台》改）何窈窕，一世良所无。一鬟五百万，两鬟千万馀。不意金吾子，娉婷过我庐。银鞍何煜爚，翠盖空踟蹰。就我求清酒，丝绳提玉壶。就我求珍肴，金盘鲙鲤鱼。贻我青铜镜，结我红罗裾。——不惜红罗裂，何论轻贱躯？

男儿爱后妇，女子重前夫。人生有新故，贵贱不相逾。多谢金吾子，私爱徒区区。

【霍】汉昭帝时，霍光以大司马大将军受遗诏辅政，出入禁闼二十馀年，未尝有过，然族党满朝，权倾内外，卒后，宣帝削其兵权，遂谋反，至夷族。【酒家胡】酒家女胡氏也。【垆】累土为之以居酒瓮也。【蓝田】山名。【大秦】西域国名。【窈窕】字从穴，本系深远之音②，言其态度深远闲雅也。【金吾子】古诗"嫁得金吾子，时闻轻薄名"，犹言浪荡子，或曰金吾官名。【煜爚】从火，光耀貌。【鲙】同脍，细切鱼肉也。【我】语词，《诗经》中"我车""我牛""我马"，"我"皆语词。

《乐府诗集③》曰："《汉书》曰：'武帝太初元年，初置建章营骑，后更名羽林骑，属光禄勋。又取从军死事之子孙，养羽林官，教以五兵，号羽林孤儿。'颜师古曰：'羽林，宿

---

① 蓝：原书作"兰"。
② 音：原书如此，疑当作"意"。
③ 集：原书无，整理者补。

卫之官，言其如羽之疾，如林之多。一说羽所[①]以为主者羽翼也。'《后汉书·百官志》曰：'羽林郎，掌[②]宿卫侍从，常选汉阳、陇西、安定、北地、上郡、西河六郡良家子补之。'《地理志》曰'汉兴[③]，六郡良家子选给羽林'是也。又有《胡姬年十五》，亦出于此。"

此系杂曲歌辞之一，杂曲者历代有之，或心志之所存，或情思之所感，或宴游欢乐之所发，或忧愁愤怨之所兴，或叙离别悲伤之怀，或言征战行役之苦，或缘于佛老，或出自夷虏，兼收备载，故总谓之杂曲。

杂曲歌辞，尚有《董娇娆[④]》亦佳。其《焦仲卿妻》一篇，近来学者多疑其非汉末作，然棠细察词句，仍以从古说为宜，兹并次之。

董娇娆（后汉宋子侯）

洛阳城东路，桃李生路傍。花花自相对，叶叶自相当。春风东北起，花叶正低昂。不知谁家子，提笼行采桑。纤手折其枝，花落何飘飏。

请谢彼姝子，"何为见损伤"。

"高秋八九月，白露变为霜。终年会飘堕，安得久馨香？"

"秋时自零落，春月复芬芳。何时盛年去，欢爱永相忘。"

---

① 所：原书无，整理者补。
② 掌：原书无，据《乐府诗集》补。
③ 兴：原书作"县"。
④ 娆：原书作"饶"。

　　吾欲竟此曲，此曲愁人肠。归来酌美酒，挟瑟上高堂。

　　【彼姝子】《诗·鄘风》："彼姝者子，何以与之？"【零】落也。

此杂曲歌辞也。

孔雀东南飞

　　孔雀东南飞，五里一徘徊。

　　"十三能织素，十四学裁衣，十五弹箜篌，十六诵诗书①。十七为君妇，心中常苦悲②。君既为府吏，守节情不移，贱妾留空房，相见常日稀，鸡鸣入机织，夜夜不得息。三日断五匹③，大人故嫌迟，非为织作迟，君家妇难为。妾不堪驱使，徒留无所施，便可白公姥，及时相遣归。"

　　府吏得闻之，堂上启阿母："儿已薄禄相，幸复得此妇，结发同枕席，黄泉共为友。共事二三④年，始尔未为久，女行无偏斜，何意致不厚？"

　　阿母谓府吏："何乃太区区？此妇无礼节，举动自专由。吾意久怀⑤忿，汝岂得自由？东家有贤女，自名秦罗敷。可怜体无比，阿母为汝求。便可速遣之，遣去慎莫留。"

---

① 书：原书作"约"。
② 苦悲：原书作"苦辛"。
③ 五匹：原书作"四匹"。
④ 二三：原书作"三二"。
⑤ 久怀：原书作"怀久"。

府吏长跪告："伏惟启阿母，今若遣此妇，终老不复取。"

阿母得闻之，槌①床便大怒："小子无所畏，何敢助妇语？吾已失恩义，会不相从许！"

府吏默无声，再拜还入户。举言谓新妇，哽咽不能语："我自不驱卿，逼迫有阿母。卿但暂还家，吾今且报府。不久当归还，还必相迎取。以此下心意，慎勿违我语。"

新妇谓府吏："勿复重纷纭。往昔初阳岁，谢家来贵门。奉事循公姥，进止敢自专？昼夜勤作息，伶俜萦苦辛。谓言无罪过，供养卒大恩。乃更被驱遣，何言复来还？妾有绣腰襦，葳蕤自生光。红罗复斗帐，四角垂香囊。箱帘六七十，绿碧青丝绳。物物各自异，种种在其中。人贱物亦鄙，不足迎后人。留待作遣施，于今无会因。时时为安慰，久久莫相忘。"

鸡鸣外欲曙，新妇起严妆。著我绣夹裙，事事四五通。足下蹑丝履②，头上玳瑁光。腰若流纨素，耳著明月珰。指如削葱根，口如含朱丹。纤纤作细步，精妙世无双。

上堂拜阿母，阿母怒不止。"昔作女儿时，生小出野里。本自无教训，兼愧贵家子。受母钱帛多，不堪母驱使。今日还家去，念母劳家里。"

---

① 槌：原书作"椎"。
② 丝履：原书作"丝屦"。

却与小姑别,泪落连珠子。"新妇初来时,小姑始扶床。今日被驱遣,小姑如我长。勤心养公姥,好自相扶将。初七及下九,嬉戏莫相忘。"

出门登车去,涕落百馀行。府吏马在前,新妇车在后。隐隐何甸甸,俱会大道口。下马入车中,低头共耳语:"誓不相隔卿,且暂还家去。吾今且赴府,不久当还归,誓天不相负。"

新妇谓府吏:"感君区区怀。君既若见录,不久望君来。君当作磐石,妾当作蒲苇。蒲苇纫如丝,磐石无转移。我有亲父兄,性行暴如雷。恐不任我意,逆以煎我怀。"举手长劳劳,二情同依依。

入门上家堂,进退无颜仪。阿母大拊掌:"不图子自归!十三教汝织,十四能裁衣。十五弹箜篌,十六知礼仪。十七遣汝嫁,谓言无誓违。汝今何罪过,不迎而自归?"

兰芝惭阿母:"儿实无罪过。"阿母大悲摧。

还家十馀日,县令遣媒来。云有第三郎,窈窕世无双。年始十八九,便言多令才。

阿母谓阿女:"汝可去应之。"

阿女含泪答:"兰芝初还时,府吏见丁宁,结誓不别离。今日违情义,恐此事非奇。自可断来信,徐徐更谓之。"

阿母白媒人:"贫贱有此女,始适还家门。不堪吏人妇,岂合令郎君?幸可广问讯,不得便相许。"

媒人去数日,寻遣丞请还。说有兰家女,承籍有宦官。"云有第五郎，娇逸未有婚。遣丞为媒人，主簿通语言。直说太守家，有此令郎君。既欲结大义，故遣来贵门。"

阿母谢媒人："女子先有①誓，老姥岂敢言？"

阿兄得闻之，怅然心中烦。举言谓阿妹："作计何不量？先嫁得府吏，后嫁得郎君。否泰如天地，足以荣汝身。不嫁义郎体，其往欲何云？"

兰芝仰头答："理实如兄言。谢家事夫婿，中道还兄门。处分适兄意，那得自任专？虽与府吏要，渠会永无缘。登即相许和，便可作婚姻。"

媒人下床去，"诺诺"复"尔尔"。还部白府君："下官奉使命，言谈大有缘。"府君得闻之，心中大欢喜。视历复开书："便利此月内。六合正相应，良吉三十日，今已二十七，卿可去成婚。"

交语速装束，络绎如浮云。青雀白鹄舫，四角龙子幡。婀娜随风转，金车玉作轮。踯躅青骢马，流苏金镂鞍。赍钱三百万，皆用青丝穿。杂彩三百匹，交广市鲑珍。从人四五百，郁郁登郡门。

阿母谓阿女："适得府君书，明日来迎汝。何不作衣裳？莫令事不举。"

阿女默无声，手巾掩口啼，泪落便如泻。移我琉璃榻，出置前窗下。左手持刀尺，右手执绫罗。朝成绣夹裙，晚成单罗衫。晻晻日欲暝，愁思出门啼。

---

① 先有：原书作"有先"。

府吏闻此变，因求假暂归。未至二三里，摧藏马悲哀。新妇识马声，蹑履相逢迎。怅然遥相望，知是故人来。

举手拍马鞍，嗟叹使心伤："自君别我后，人事不可量。果不如先愿，又非君所详。我有亲父母，逼迫兼弟兄。以我应他人，君还何所望？"

府吏谓新妇："贺卿得高迁！磐石方且厚，可以卒千年；蒲苇一时纫，便作旦夕间。卿当日胜贵，吾独向黄泉！"

新妇谓府吏："何意出此言？同是被逼迫，君尔妾亦然。黄泉下相见，勿违今日言！"

执手分道去，各各还家门。生人作死别，恨恨那可论！念与世间辞，千万不复全。

府吏还家去，上堂拜阿母："今日大风寒，寒风摧树木，严霜结庭兰。儿今日冥冥，令母在后单。故作不良计，勿①复怨鬼神。命如南山石，四体康且直。"

阿母得闻之，零泪应声落："汝是大家子，仕宦于台阁。慎勿为妇死，贵贱情何薄？东家有贤女，窈窕艳城郭。阿母为汝求，便复在旦夕。"

府吏再拜还，长叹空房中，作计乃尔立。转头向户里，渐见愁煎迫。

其日牛马嘶，新妇入青庐。奄奄黄昏后，寂寂人定初。我命绝今日，魂去尸长留。揽裙脱丝履，举身赴清

---

① 勿：原书作"忽"。

207

池。

府吏闻此事，心知长别离。徘徊顾树下，自挂东南枝。

两家求合葬，合葬华山傍。东西植松柏，左右种梧桐。枝枝相覆盖，叶叶相交通。中有双飞鸟，自名为鸳鸯。仰头相向鸣，夜夜达五更。行人驻足听，寡妇起彷徨。多谢后世人，戒之慎勿忘！

【区区】拘执也。【取】同娶。《论语》"君取于吴为同姓"。《孟子》："不告而取"。【公姥】母也。犹下云"父兄"兄也。【伶俜】孤单貌。【葳蕤】草名。有光彩。【纫】绳缕也。【遣施】作遣送时施舍也。【严妆】妆束也。【珰】耳珠。【初七及下九】伊士珍《琅嬛记》："古人以十九日为下九，每月下九，置酒为妇女之欢，名曰阳会。盖女子阴也，待阳以成，故女子于是夜为藏钩诸戏，以待月明，至有忘寐而达曙者。"【流苏】缉鸟尾垂之若梳然，以其蕊下垂，故曰苏。【赍钱】行装也。【甸甸】车声也。【劳劳】言举手而别也。【丞】【主簿】皆县令掾属。【六合】谓月建与月将①相合也。【说有兰家女，承籍有宦官】句疑有误。【青庐】用布幔为屋，交拜迎妇，此盖古有其事。段成式《酉阳杂俎》谓北朝婚礼，举以与南朝相对。你言②空间非言时间也。

---

① 月将：原书如此，似当作"日辰"。

② "你言"句：原书如此，疑"你"字当为"长"。

《乐府诗集》曰[①]："《焦仲卿妻》，不知谁氏所作也。其序曰，'汉末建安中，庐江府小吏焦仲卿妻刘氏，为仲卿母所遣，自誓不嫁。其家逼之，乃没水[②]而死。仲卿闻之，亦自缢[③]于庭树。时人伤之而为此辞也。'"此篇描写男女恋情坚决，矗矗动人，前半平写[④]婆母虐待儿媳处亦恰到好处，不愧为古今叙述诗之杰作。

东飞伯劳歌

东飞伯劳西飞燕，黄姑织女时相见。谁家女儿[⑤]对门居，开颜发艳照[⑥]里间。南窗北牖桂明光，罗帷绮帐脂粉香。女儿年岁十五六，窈窕无双颜如玉。三春已暮花从风，空留可怜与谁同。

此杂曲歌辞也。前半何等轻倩？后半"三春已暮花从风"句亦佳。

西洲曲

忆梅下西洲，折梅寄江北。单衫杏子红，双鬓鸦雏色。西洲在何处？两桨桥头渡。日暮伯劳飞，风吹乌白树。树下即门前，门中露翠钿。开门郎不至，出门采红莲。采莲南塘秋，莲花过人头。低头弄莲子，莲子青如

---

① 《乐府诗集》曰：原书作"此《乐府诗》"，据文意改。
② 没水：原书作"投水"。
③ 缢：原书作"谥"。
④ 平写：原书如此。
⑤ 女儿：原书作"儿女"，据《乐府诗集》改。
⑥ 照：原书作"昭"。

水。置莲怀袖中，莲心彻①底红。忆郎郎不至，仰首望飞鸿！鸿飞满西洲，望郎上青楼。楼高望不见，尽日栏杆头。栏干十二曲，垂手明如玉。卷帘天自高，海水摇空绿。海水梦悠悠，君愁我亦愁。南风知我意，吹梦到西洲。

此亦杂曲歌辞也。"海水摇空绿"句，最为玲珑②可喜。

冉冉孤生竹

冉冉孤生竹，结根泰山阿，与君为新婚，菟丝附女萝。菟丝生有时，夫妇会有宜，千里远结婚，悠悠隔山陂。思君令人老，轩车来何迟？伤彼蕙兰花，含英扬光辉，过时而不采③，将随秋草萎。君亮执高节，贱妾亦何为？

此亦杂曲歌辞也，描写离别之感，何等活跃？"思君令人老"平淡而有奇警④处。"过时而不采，将随秋草萎"，亦具有神采。

楚歌

鸿鹄高飞，一举千里，羽翼以就，横绝四海。横绝四海，又可奈何？虽有缯缴，尚（一作将）安所施？

此杂歌谣辞也。《汉书》曰：高祖欲立戚夫人子赵王如意，而废太子，后不果。戚夫人泣涕，帝曰："为我楚舞，吾为若楚歌。"其旨言太子得四皓为辅，羽翼成就，不可易也。颜师古

---

① 彻：原书作"撤"。
② 玲珑：原书作"琳珑"。
③ 采：原书作"将"。
④ 奇警：原书作"真警"，据文意改。

210

曰：楚歌者，楚人之歌，犹吴歈越吟也。此诗得《国风》之旨，故谈来①便觉有意境。

画一歌

萧何为法，讲若画一。曹参代之，守而勿失。载其清净，民以宁壹。

此亦杂歌谣辞也。《汉书》曰："惠帝时，曹参代萧何为相国。初，高帝与何定天下，法令既明，及参守职举事，无所变更，一遵何之约束，于是百姓歌之。"此诗甚似古逸，殆民谣中佳构也。

淮南王歌

一尺布，尚可缝，一斗粟，尚可舂。兄弟二人不相容。

此杂歌谣辞也。《汉书》曰：淮南厉王长，高帝少子也。长废法不轨，文帝不忍置于法，乃载以辎车，处蜀严道邛邮，遣其子、子母从居，长不食而死。后民有作歌，歌淮南王，帝乃追尊②淮南王为厉王，置园如诸侯仪。此辞与前首略同，亦民歌中佳构也。

秋风辞（汉武帝）

秋风起兮白云飞，草木黄落兮雁南归。兰有秀兮菊有芳，怀佳人兮不能忘。泛楼船兮济汾河，横中流兮扬素波。箫鼓鸣兮发棹歌，欢乐极兮哀情多，少壮几时兮奈老何？

---

① 谈来：疑当作"读来"。
② 尊：原书作"遵"。

此杂歌谣辞也。《汉武帝故事》曰："帝行幸河东，祠后土 ①，顾视帝京，忻然中流，与群臣饮宴。帝欢甚，乃自作《秋风辞》。"此辞音节特佳，"少壮几时兮奈老何 ②"，尤有无限声情。

李夫人歌（汉武帝）

是邪非邪，立而望之，偏何姗姗其来迟？

此亦杂歌谣辞也。《汉书·外戚传》曰："孝武李夫人，本以倡进，初武帝爱其兄延年，平阳主因言延年有女弟，帝乃召见之，实妙丽善舞，由是得幸。夫人少而蚤卒，帝思念不已，方士齐人少翁，言能致其神，乃夜张灯烛，设帷帐，陈酒肉，而令帝居他帐，遥望见好女如李夫人之貌，还幄坐而步。又不得就视，帝愈益相思悲感，为作诗，令乐府诸音家弦歌之。"此诗末句甚妙，恰到恍惚神往处。

李陵歌

径万 ③ 里兮度沙漠，为君将兮奋匈奴。路穷绝兮矢刃摧 ④，士众灭兮名已隤。老母已死，虽欲 ⑤ 报恩将安归。

此杂歌谣辞也。《汉书》曰："昭帝即位，数年，匈奴与汉和亲。汉使求苏武等，单于许武还。李陵置酒贺武曰：'异域之

---

① 土：原书作"上"。按，此处引文，原书作"帝行幸河东祠，后上顾，视帝京忻然中流……"
② 此句原书作"少壮几时奈老兮何"。
③ 万：原书作"义"。
④ 摧：原书作"推"。
⑤ 欲：原书无此字。

人，一别长绝。'因起舞而歌，陵泣下数行，遂与武决。"此诗末句哀感动人。

黄鹄歌

黄鹄飞兮下建章，羽肃肃兮行跄跄，金为衣兮菊为裳，唼喋荷荇，出入蒹葭，自顾菲薄，愧尔嘉祥。

此杂歌谣辞也。《西京杂记》曰："始元元年，黄鹄下太液池，帝为此歌。"按清商吴声曲有《黄鹄歌》，与此不同。此歌前半多长句，后末忽转短句，亦自铿锵有别致。

黄门倡歌

佳人俱绝世，握手上春楼。点黛方初月，缝裙学石留。君王入朝罢，争竞理衣裘。

此杂歌谣辞也。《汉书·礼乐志》曰："成帝时，郑声尤甚。黄门名倡，丙疆、景武之属，富显于世。"《隋书·乐志》曰："汉乐有黄门鼓吹，天子宴群臣之所用也。"此歌末句有神韵。

后汉顺帝末京都童谣

直如弦，死道边；曲如钩，反封侯。

此杂歌谣辞也。《后汉书·五行志》曰："顺帝之末，京都童谣……按顺帝即世，孝质短祚，大将军梁冀贪树疏幼，以为己功，专国号令，以赡其私。太尉李固以为清河王雅性聪明，敦诗悦礼，加又属亲，立长则顺，置善则固。而冀建白太后，策免固。征蠡吾侯，遂即至尊。固是日①幽毙于狱，暴尸道路，而太尉胡广封安乐乡侯，司徒赵戒厨亭候，司空袁汤安国亭侯。"故

---

① 是日：原书作"是月"。

童谣云云。

民谣质朴①无华，纯属天真，在文学中亦占一部分重要地位，间亦有因方言关系及特殊用意，致不能普遍化，是其所短也。

---

① 质朴：原书作"质璞"，亦通。

第十五章　汉诗

　　乐府之外，尚有汉诗。其见于沈德潜《古诗源》者，如前载《羽林郎》《青青河边草》《怨歌行》《北方有佳人》《董娇娆》《白头吟》皆是。但《乐府诗集》则并列之于乐府，今概从《乐府诗集》说。《上山采蘼①芜》、《十五从军征》、李陵苏武诗及古诗十九首，不见于《乐府诗集》，则从沈说。兹一一次之于后。

十五从军征

　　　　十五从军征，八十始得归。道逢乡里人，"家中有阿谁？""遥望是君家，松柏冢累累。兔从狗窦入，雉从梁上飞。中庭生旅谷，井上生旅葵。"——烹谷持作饭，采葵持作羹。羹饭一时熟，不知遗②阿谁？出门东向望，泪落沾裳衣。

　　此诗描写战事连绵，边防远戍之情况，何等惨切！一失足成千古恨，再回头已百年身，盖哲学家之言非攻非战，其立场为主观的，究不若文学家之用客观描写战事动人之为尤真切也。又如《上山采蘼③芜》：

　　　　上山采蘼芜，下山逢故夫。长跪问故夫："新人复何如？""新人虽言好，未若故人姝。颜色类相似，手

---

① 蘼：原书作"薇"。
② 遗：沈德潜《古诗源》作"贻"。
③ 蘼：此处及下文诗中，原书均作"薇"。

215

爪不相如。新人从门入，故人从阁去。新人工织缣，故
人工织素。织缣日一匹，织素五丈馀。将缣来比素，新
人不如故。"

此诗描写弃妇与夫之词，何等活跃！又如《古诗十九首》。

古诗

　　行行重行行，与君生别离。相去万馀里，各在天一
涯。道路阻且长，会面安可知。胡马依北风，越鸟巢南
枝。相去日已远，衣带日已缓。浮云蔽白日，游子不顾
反。思君令人老，岁月忽已晚。弃①捐勿复道，努力加
餐饭。

　　【生别离】*《文选》注《楚辞》曰：悲莫悲兮生
别离。【涯】*《广雅》曰：涯，方也。【道路阻且
长】*《毛诗》曰：溯洄从之，道阻且长。【安】*薛
综《西京赋注》曰：安，焉也。【"胡马"句】*《韩
诗外传》曰：诗曰代马依北风，飞鸟栖故巢，皆不忘本
之谓也。【"相去"句】*古乐府歌曰：离家日趋远，
衣带日趋缓。【浮云蔽白日】以喻邪佞之毁忠良，故游
子之行不顾反也。《文子》曰：日月欲明，浮云盖之。
陆贾《新语》曰：邪臣之蔽贤，犹浮云之障日月。《古
杨柳行》曰：谗邪害公正，浮云蔽白日。义与此同也。
【顾】*郑玄《毛诗笺》曰：顾，念也。

　　青青河畔草，郁郁园中柳。盈盈楼上女，皎皎当窗
牖。娥娥红粉妆，纤纤出素手。昔为倡家女，今为荡子

---

① 弃：原书作"弁"。

妇。荡子行不归，空床难独守。

【郁郁】*《文选》注：郁郁，茂盛也。草生河畔，柳茂园中，以喻美人当窗牖也。【盈盈】*《广雅》曰：嬴，容也，盈与嬴同，古字通。【娥娥】*《方言》曰：秦晋之间，美貌谓之娥。【纤纤】*《韩诗》：纤纤女手，可以缝裳。薛君曰：纤纤，女手之貌。毛苌曰：掺掺，犹纤纤也。【倡家女】*《史记》曰：赵王迁，母倡也。《说文》曰：倡，乐也，谓作妓者。【荡子】*《列子》曰：有人去乡土游于四方而不归者，世谓之为狂荡之人也。

青青陵上柏，磊磊硐中石。人生天地间，忽如远行客。斗酒相娱乐，聊厚不为薄。驱车策驽马，游戏宛与洛。洛中何郁郁，冠带自相索。长衢罗夹巷，王侯多第宅。两宫遥相望，双阙百馀尺。极宴娱心意，戚戚何所迫。

【青青】*《文选》注：青青言长存也。《庄子》：仲尼曰：受命于地，唯松柏独也，在冬夏常青青。【磊磊】*《楚辞》曰："石磊磊兮葛蔓蔓"。《字林》曰：磊磊，众石也。【"人生"二句】*言异松石也。《尸子》：老莱子曰：人生于天地之间，寄也，寄者固归。《列子》曰：死人为归人，则生人为行人矣。《韩诗外传》曰：枯鱼衔索，几何不蠹？二亲之寿，忽如过客。【聊】*郑玄《毛诗笺》曰：聊，粗略之辞也。【驽马】*《广雅》曰：驽，骀也，谓马迟钝者也。【宛与洛】*《汉书》：南阳郡有宛县。洛，东都也。

217

【冠带自相索】*《春秋说题辞》曰：齐俗冠带，以礼相提。贾逵《国语注》曰：索，求也。【第宅】*魏王《奏事》曰：出不由里，门面大道者名曰第。【两宫】*蔡质《汉官典职》曰：南宫北宫，相去七里。【戚戚】*《楚辞》曰：居戚戚而不可解。

今日良宴会，欢乐难具陈。弹筝奋逸响，新声妙入神。令德唱高言，识曲听其真。齐心同所愿，含意俱未申。人生寄一世，奄忽若飙尘。何不策高足，先据要路津。无为守穷贱，轗轲长苦辛。

【良】*《文选》注：毛苌《诗传》曰：良，善也。【陈】犹说也。【入神】*刘向《雅琴赋》曰：穷音之至入于神。【令德】*《左氏传》：宋昭公曰：光昭先君之令德。【高言】*《庄子》曰：是以高言不止于众人之口。《广雅》曰：高，上也，谓辞之美者。【真】犹正也。【所愿】谓富贵也。【奄忽】*《方言》曰：奄，遽也。【飙尘】*《尔雅》曰：飘飖谓之猋。《尔雅》或为此飙。【高足】*高，上也，亦谓逸足也。【轗轲】*《楚辞》曰：年既过太半，然轞轲不遇也。轗与轞同。

西北有高楼，上与浮云齐。交疏结绮窗，阿阁三重阶。上有弦歌声，音响一何悲。谁能为此曲，无乃杞梁妻。清商随风发，中曲正徘徊。一弹再三叹，慷慨有余哀。不惜歌者苦，但伤知音稀。愿为双鸣鹤，奋翅起高飞。

《文选》注：此篇明高才之人，仕宦未达，知人者稀也。【西北】*西北，乾位，君之居也。【疏】*薛综《西京赋注》曰：疏，刻穿之也。【绮】*《说文》曰：绮，文缯也。此刻镂以象之。【阿阁三重阶】*《尚书中侯》曰：昔黄帝轩辕，凤皇巢阿阁。《周书》曰：明堂咸有四阿，然则阁有四阿，谓之阿阁。郑玄《周礼注》曰：四阿，若今四注者也。薛综《西京赋注》曰：殿前三阶也。【弦歌】*《论语》曰：子游为武城宰，闻弦歌之声。【一何悲】*《说苑》：应侯曰：今日之琴，一何悲也。【杞梁妻】*《琴操》曰：《杞梁妻叹》者，齐邑杞梁殖之妻所作也。殖死，妻叹曰：上则无父，中则无夫，下则无子，将何以立吾节，亦死而已。援琴而鼓之，曲终，遂自投淄水而死。【清商】*宋玉《长笛赋》曰：吟清商，追流徵。【叹】【慷慨】*《说文》曰：叹，太息也。又曰：慷慨，壮士不得志于心也。【惜】*贾逵《国语》注曰：惜，痛也。【稀】*孔安国《论语》注曰：稀，少也。【奋翅】*《楚辞》曰：将奋翼兮高飞。【高】*《广雅》曰：高，远也。

涉江采芙蓉，兰泽多芳草。采之欲遗谁？所思在远道。还顾望旧乡，长路漫浩浩。同心而离居，忧伤以终老。

【"采之"句】*《楚辞》曰：折芳馨兮遗所思。【顾】*郑玄《毛诗笺》曰：回首曰顾。【同心】*《周易》曰：二人同心。【离居】*《楚辞》曰：将以遗兮离居。【老】*《毛诗》曰：假寐永叹，维忧用老。

　　明月皎夜光，促织鸣东壁。玉衡指孟冬，众星何历历。白露沾野草，时节忽复易。秋蝉鸣树间，玄鸟逝安适。昔我同门友，高举振六翮。不念携手好，弃我如遗迹。南箕北有斗，牵牛不负轭。良无盘石固，虚名复何益。

　　【促织】*《文选》注：《春秋考异邮》曰：立秋趣织鸣，功急故趣之。《礼记》宋均曰：趣织，蟋蟀也。【东壁】*季夏，蟋蟀在壁。①【玉衡】【孟冬】*《春秋运斗枢》曰：北斗七星，第五曰玉衡。《淮南子》曰：孟秋之月，招摇指申。然上云促织，下云秋蝉，明是汉之孟冬，非夏之孟冬矣。《汉书》曰：高祖十月至霸上，故以十月为岁首。汉之孟冬，今之七月矣。【白露】*《礼记》曰：孟秋之月，白露降。【"时节"句】*《列子》曰：寒暑易节。【秋蝉】【玄鸟】*《礼记》曰：孟秋，寒蝉鸣。又曰：仲秋之月，玄鸟归。郑玄曰：玄鸟，燕也。谓去蛰也。【安适】*《吕氏春秋》曰：国危甚矣，若将安适？高诱曰：适，之也。复云秋蝉、玄鸟者，此明实候，故以夏正言之。【同门】*《论语》曰：有朋自远方来，不亦乐乎？郑玄曰：同门曰朋。【六翮】*《韩诗外传》，

---

① 自《文选》注以下至此，抄自《文选》注而有舛错。《文选》卷二十九注为："《春秋考异邮》曰：立秋趣织鸣。宋均曰：趣织，蟋蟀也。立秋女功急，故趣之。《礼记》曰：季夏，蟋蟀在壁。"

盖桑曰：夫鸿鹤一举千里，所恃者六翮耳。【携手好】*《毛诗》曰：惠而好我，携手同车。【遗迹】*《国语》，楚斗且语其弟曰：灵王不顾于民，一国弃之，如遗迹焉。【南箕北有斗，牵牛不负轭】*言有名而无实也。《毛诗》曰：维南有箕，不可以簸扬[①]；维北有斗，不可以把酒浆。睆彼牵牛，不以服箱。【良】信也。【盘】*《声类》曰：盘，大石也。

　　冉冉孤生竹，结根泰山阿。与君为新婚，兔丝附女萝。兔丝生有时，夫妇会有宜。千里远结婚，悠悠隔山陂。思君令人老！轩车来何迟？伤彼蕙兰花，含英扬光辉。过时而不采，将随秋草萎。君亮执高节，贱妾亦何为？[②]

　　【"冉冉"二句】*《文选》注：竹结根于山阿，喻妇人托身于君子也。【泰山阿】*《风赋》曰：缘太山之阿。【兔丝】【女萝】*毛苌《诗传》曰：女萝，松萝也。《毛诗草木疏》曰：今松萝蔓松而生，而枝正青；兔丝草蔓联草上，黄赤如金，与松萝殊异。此古今方俗，名草不同。然是异草，故曰附也。【宜】*《苍颉篇》曰：宜，得其所也。【陂】*《说文》曰：陂，阪[③]也。【将随秋草萎】*《楚辞》曰：秋草荣其将实，微霜下而夜殒。【亮】*《尔雅》曰：亮，信也。

---

① 扬：原书据某本《文选》作"杨"。
② 按：此诗在上章中已加引用论述，被列入"乐府"之"杂曲歌辞"。
③ 阪：原书作"陂"。

庭中有奇树，绿叶发华滋。攀条折其荣，将以遗所思。馨香盈怀袖，路远莫致之。此物何足贡，但感别经时。

【怀】*《文选》注：王逸《楚辞注》曰：在衣曰怀。【致】*《说文》曰：致，送诣也。【贡】*贾逵《国语注》曰：贡，献也。"物"或为"荣"，"贡"或作"贵"。

迢迢牵牛星，皎皎河汉女。纤纤擢素手，札札弄机杼。终日不成章，泣涕零如雨。河汉清且浅，相去复几许。盈盈一水间，脉脉不得语。

【河汉】*《文选》注：毛苌曰：河汉，天河也。【泣涕零如雨】*《毛诗》曰：瞻望弗及，泣涕如雨。【脉脉】*《尔雅》曰：脉，相视也。郭璞曰：脉脉，谓相视貌也。

回车驾言迈，悠悠涉长道。四顾何茫茫，东风摇百草。所遇无故物，焉得不速老？盛衰各有时，立身苦不早。人生非金石，岂能长寿考？奄忽随物化，荣名以为宝。

【驾言】*《文选》注：《毛诗》曰：驾言出游。又曰：悠悠南行，顺彼长道。【化】谓变化而死也，不忍斥言其死，故言随物而化也。《庄子》曰：圣人之生也天行，其死也物化。

东城高且长，逶迤自相属。回风动地起，秋草萋已绿。四时更变化，岁暮一何速？晨风怀苦心，蟋蟀伤局促。荡涤放情志，何为自结束。燕赵多佳人，美者颜如玉。被服罗裳衣，当户理清曲。音响一何悲，弦^①急知柱促。驰情整中带，沉吟聊踟蹰。思为双飞燕，衔泥巢君屋。

【局促】*《文选》注：《汉书》景帝曰：局促效辕下驹。【理清曲】*如淳^②《汉书注》曰：今乐家五日一习乐，为理乐也。【中带】中衣带。【踟蹰】*《说文》：踟蹰，住足也。踟蹰与踟蹰同。

驱车上东门，遥望郭北墓。白杨何萧萧，松柏夹广路。下有陈死人，杳杳即长暮。潜寐黄泉下，千载永不寤。浩浩阴阳移，年命如朝露。人生忽如寄，寿无金石固。万岁更相送，圣贤莫能度。服食求神仙，多为药所误。不如饮美酒，被服纨与素。

【郭北墓】*《文选》注：应劭《风俗通》曰：葬于郭北。北首，求诸幽之道也。【白杨】*《白虎通》曰：庶人无坟，树以杨柳。【松柏】*仲长统^③《昌言》曰：古之葬者，松柏梧桐，以识其^④坟也。【陈死人】*《庄子》曰：人而无人道，是之谓陈人也。郭象曰：陈，久也。【长暮】*《楚辞》曰：去白日之昭昭^⑤，袭长夜之悠悠。【黄泉】*服虔《左氏传注》曰：天玄地黄，泉在地中，故言黄泉。【阴阳移】*

---

① 弦：原书作"统"。
② 如淳：原书作"如享"。
③ 仲长统：原书据《文选》注，作"仲长子"。
④ 其：原书作"白"。
⑤ 白日之昭昭：原书此五字在"坟也"后，位置错误。

《神农本草》曰：春夏为阳，秋冬为阴。《庄子》曰：阴阳四时运行。【朝露】*《汉书》：李陵谓苏武曰：人生如朝露。

去者日以疏，生者日以亲。出郭门直视，但见丘与坟。古墓犁为田，松柏摧为薪。白杨多悲风，萧萧愁杀人。思还故里闾，欲归道无因。

生年不满百，常怀千岁忧。昼短苦夜长，何不秉烛游？为乐当及时，何能待来兹。愚者爱惜费，但为后世嗤。仙人王子乔，难可与等期。

【"生年"二句】*《文选》注：孙卿子曰：人生无百岁之寿，而有千岁之信士，何也？曰：以夫千岁之法自持者，是乃千岁之信士矣。【来兹】*《吕氏春秋》曰：今兹美禾，来兹美麦。高诱曰：兹，年。【嗤】*《说文》曰：嗤，笑也。

凛凛岁云暮，蝼蛄夕鸣悲。凉风率已厉，游子寒无衣。锦衾遗洛浦，同袍与我违。独宿累长夜，梦想见容辉。良人惟古欢，枉驾惠前绥。愿得常巧笑，携手同车归。既来不须臾，又不处重闱。亮无晨风翼，焉能凌风飞。眄睐以适意，引领遥相睎①。徙倚怀感伤，垂涕沾双扉。

【凉风】*《文选》注：《礼记》曰：孟秋之月凉风至。【厉】*杜预《左氏传注》曰：厉，猛也。【无衣】*《毛诗》曰：无衣无褐，何以卒岁？【"良人"

---

① 睎：原书作"睎"。

句】＊良人念昔之欢①爱，故枉驾而迎己，惠以前绥，欲令升车也。故下云携手同车。《孟子》曰：齐人一妻一妾而处室者，其良人出，必厌酒肉。刘熙曰：妇人称夫曰良人。【晨风】＊《尔雅》：晨风，鹯也。

　　孟冬寒气至，北风何惨栗②。愁多知夜长，仰观众星列。三五明月满，四五詹兔缺。客从远方来，遗我一书札。上言长相思，下言久离别。置书怀袖中，三岁字不灭。一心抱区区，惧君不识察。

　　【惨栗】＊《文选》注：毛苌曰：栗冽，寒气也。【"三五"二句】＊《礼记》曰：地秉阴窍于山川，播五行于四时，和而后月生也，是以三五而盈，三五而阙。【札】＊《说文》曰：札，牒也。【"置书"二句】＊《韩诗外传》曰：赵简子少子名无恤，简子自为书牍，使诵之。居三年，简子坐青台之上，问书所在，无恤出其书于左袂，令诵习焉。【区区】＊李陵与苏武书曰：区区之心，窃慕此尔。《广雅》曰：区区，爱也。

　　客从远方来，遗我一端绮。相去万馀里，故人心尚尔。文采双鸳鸯，裁为合欢被。著以长相思，缘以结不解。以胶投漆中，谁能别离此。

　　【尚】＊《文选》注：郑玄《毛诗笺》曰：尚，犹

---

① 欢：原书作"权"。
② 栗：原书作"慄"。《文选》本作"栗"，文后注释亦作"栗"，故改。

也。【尔】*《字书》曰：尔，词之终耳。【以胶投漆中】*《韩诗外传》：子夏曰：实之与实，如胶与漆，君子不可不留意也。

明月何皎皎，照我罗床帏。忧愁不能寐，揽衣起徘徊。客行虽云乐，不如早旋归。出户独彷徨，愁思当告谁？引领还入房，泪下沾裳衣。

《古诗十九首》，刘勰《文心雕龙·明诗篇》云："古诗佳丽，或称枚叔，其《孤竹》一篇，则傅毅之词，比采而推，两汉之作乎？"徐陵《玉台新咏》取"西北有高楼"八首，题枚乘所作。萧统《文选》不题作者姓氏，但列于李陵、苏武、张平子之前。钟嵘《诗品》谓："古诗眇邈，人世难详。推其文体，固是炎汉之制，非衰周之唱也。"因之，后人遂有疑《古诗十九首》为非出于汉人手笔，其言曰：班固作《汉书·枚乘传》并未言作古诗。之棠案，此未足为证也。班固本一贵族文学家，生平以赋著称，彼视十九首之平淡诗歌，何能入眼？其不录宜也。刘勰、萧统、钟嵘去汉不远，其言不能无据，故本篇仍以之入汉诗，且篇中所言皆夫妇朋友离合死生之际，确系汉诗风骨，虽未敢断言为枚乘所作，然去乘之时代当不远也。又如李陵、苏武诗：

李少卿与苏武诗三首

《文选》注：《汉书》曰：李陵，字少卿，少时为侍中建章监。善射，爱人。降匈奴，为右校王，病死。

良时不再至，离别在须臾。屏营衢路侧，执手野踟蹰。仰视浮云驰，奄忽互相逾。风波一失所，各在天一隅。长当从此别，且复立斯须。欲因晨风发，送子以贱躯。

【屏营】*《文选》注：《国语》：申包胥曰，昔楚灵王，独行屏营。【斯须】*郑玄曰：斯须，犹须臾也。【晨风】*早风①。言欲因风发而己乘之以送子也。

嘉会难再遇，三载为千秋。临河濯长缨，念子怅悠悠。远望悲风至，对酒不能酬。行人怀往路，何以慰我愁。独有盈觞酒，与子结绸缪。

【濯长缨】*《文选》注：冠缨，仕子之所服，濯之以远游。今因远游而感逝川，故增别念也。【绸缪】缠绵之貌也。

携手上河梁，游子暮何之？徘徊蹊路侧，恨恨不得辞。行人难久留，各言长相思。安知非日月，弦望自有时。努力崇明德，皓首以为期。

【恨恨】*《文选》注：恨恨，恨也。【弦望】*刘熙《释名》曰：弦，月半之名也。其形一旁曲，一旁直，若张弓弛弦也。望，月满之名也。月大十六日，月小十五日。日在东，月在西，遥相望也。

苏子卿诗四首（五言）

《文选》注：《汉书》曰，苏武，字子卿，为栘②中监，使匈奴十九年，归，拜为典属国，病卒。

骨肉缘枝叶，结交亦相因。四海皆兄弟，谁为行路人？况我连枝树，与子同一身。昔为鸳与鸯，今为参与

---

① 原书"早风"前衍一"案"字。
② 栘：原书作"移"。

辰。昔者常相近，邈若胡与秦。惟念当离别，恩情日以新。鹿鸣思野草，可以喻嘉宾。我有一罇酒，欲以赠远人。愿子留斟酌，叙此平生亲。

【胡与秦】*《文选》注：淮南子曰：肝胆胡越。许慎曰：胡在北方，越居南方。然胡秦之义，犹胡越也。

黄鹄一远别，千里顾徘徊。胡马失其群，思心常依依。何况双飞龙，羽翼临当乖。幸有弦歌曲，可以喻中怀。请为游子吟，泠泠一何悲！丝竹厉清声，慷慨有馀哀。长歌正激烈，中心怆以摧。欲展清商曲，念子不能归。俯仰内伤心，泪下不可挥。愿为双黄鹄，送子俱远飞。

【黄鹄】*《文选》注：《韩诗外传》曰，田饶谓鲁哀公曰，夫黄鹄一举千里。【厉】烈也。谓清烈也。【挥】竭也。

结发为夫妻，恩爱两不疑。欢娱在今夕，嬿婉及良时。征夫怀往路，起视夜何其。参辰皆已没，去去从此辞。行役在战场，相见未有期。握手一长叹，泪为生别滋？努力爱春华，莫忘欢乐时。生当复来归，死当长相思。

【结发】*《文选》注：结发，始成人也，谓男年二十，女年十五时，取笄冠为义也。【其】辞也。【参辰】*参辰已没，言将晓也。【春华】喻少时也。

烛烛晨明月，馥馥我兰芳。芬馨良夜发，随风闻我堂。征夫怀远路，游子恋故乡。寒冬十二月，晨起践严

霜。俯观江汉流，仰视浮云翔。良友远离别，各在天一
方。山海隔中州，相去悠且长。嘉会难两遇，欢乐殊未
央。愿君崇令德，随时爱景光。

上诗萧统《文选》、钟嵘《诗品》皆明载李陵、苏武之作，
后人因班固《汉书·苏武传》及《艺文志》无其目，乃亦疑系伪
托，殊无据。案，意此数诗与《古诗十九首》《上山采蘼①芜》
《十五从军征》皆为同一好诗，系白描之真实文学，至若班固之
《咏史》、张衡之《四愁》，则去之远矣。

汉末有蔡琰之《悲愤诗》：

汉季失权柄，董卓乱天常。志欲图篡弑，先害诸贤
良。逼迫迁旧邦，拥主以自强。海内兴义师，欲共讨不
祥。卓众来东下，金甲耀日光。平土人脆弱，来兵皆胡
羌。猎野围城邑，所向悉破亡。

斩截无孑遗，尸骸相撑拒。马边县男头，马后载妇
女。长驱入西关，迥路险且阻。还顾邈冥冥，肝脾为烂
腐。所略有万计，不得令屯聚。或有骨肉俱，欲言不敢
语。失意几微间，辄言"毙降虏！要当以亭刃，我曹不
活汝"！

岂复惜性命？不堪其詈骂。或便加捶杖，毒痛参并
下。旦则号泣行，夜则悲吟坐。欲死不能得，欲生无一
可。彼苍者何辜，乃遭此厄祸！

边荒与华异，人俗少义理。处所多霜雪，胡风春夏
起。翩翩吹我衣，肃肃入我耳。感时念父母，哀叹无穷

---

① 蘼：原书作"薇"。

229

已。

有客从外来，闻之常欢喜。迎问其消息，辄复非乡里。邂逅徼时愿，骨肉来迎己。己得自解免，当复弃儿子。天属缀人心，念别无会期。存亡永乖隔，不忍与之辞。儿前抱我颈，问"母欲何之，人言母当去，岂复有还时？阿母常仁恻，今何更不慈，我尚未成人，奈何不顾思"？见此崩五内，恍惚生狂痴。号泣手抚摩，当发复回疑。

兼有同时辈，相送告离别。慕我独得归，哀叫声摧裂。马为立踟蹰，车为不转辙。观者皆歔欷，行路亦呜咽。

去去割情恋，遄征日遐迈。悠悠三千里，何时复交会？念我出腹子，胸臆为摧败。既至家人尽，又复无中外。城廓为山林，庭宇生荆艾。白骨不知谁，纵横莫覆盖。出门无人声，豺狼号且吠。茕茕对孤景，怛咤糜肝肺。登高远眺望，魂神忽飞逝。奄若寿命尽，旁人相宽大。为复强视息，虽生何聊赖？托命于新人，竭心自勖励！流离成鄙贱，常恐复捐废。人生几何时？怀忧终年岁。

【董卓】字仲颖，东汉临洮人。少尝游羌中，与豪帅①相结，以膂力过人为羌胡所畏。灵帝时，拜前将军。帝崩，卓拥兵入朝，废少帝，立献帝，弑何太后。袁绍等起兵讨卓，卓挟帝入长安，自为太师。献帝初平

---

① 豪帅：原书作"豪师"。

三年，司徒王允密诱其部吕布杀之。蔡琰为胡骑掳在南

匈奴十二年。【亭刃】杀之也。【弃儿子】言其二子。

【天属】天性所属也。【五内】五脏也。

此诗系蔡邕之女蔡琰所作。琰少有才学，初嫁卫氏，卫死，寡居母家。兴平间，董卓作乱，为胡骑所掳，居匈奴十二年，生二子。曹操怜蔡邕无嗣，遣人以金璧赎归，再嫁董祀。此诗为琰自述其被掳情况，一字一泪，哀感动人。

第十六章　汉代散文及其他

汉代散文作家有贾谊、枚乘、司马迁、刘向、扬雄①、班固等。然贾谊、枚乘、刘向、扬②雄、班固皆以赋见长，独司马迁则不然，所著《史记》疏荡奇岩，若长江大河，一泻无尽，诚古今第一大散文家也。以视贾长沙之《治安策》，枚叔之《上吴王书》，刘子晋③之《新序》《说苑》《列女传》，扬子云之《太玄》《法言》《训纂》，班子固之《汉书》，相去岂可以道里④计。

盖司马迁生于龙门，耕牧河山之阳，年十岁诵古文，二十而南游江淮，上会稽，探禹穴，浮于沅湘，北涉汶泗，讲业齐鲁之都，观孔子遗风，乡射邹峄⑤，厄困蕃⑥薛彭城，过梁楚以归。仕为郎中，既迁大史令，绅史记石室金匮之书。

十年⑦遭李陵之祸，幽于缧绁，乃效西伯拘演《周易》，孔子厄作《春秋》，于是续父业作《史记》，自黄帝以来讫太初，著十二本纪、十表、八书、三十世家、七十列传，凡百三十篇。

---

① 扬雄：林之棠原书，"扬雄""杨雄"混用，即在此段中，先后出现"扬雄""杨雄"及"扬子云"。前文汉赋部分，多作"杨雄"；此节多作"扬雄"。

② 扬：原书作"杨"。改作"扬"，以与上句统一。

③ 子晋：当为"子政"。刘向字子政。

④ 道里：原书作"道理"。

⑤ 峄：原书作"泽"。

⑥ 蕃：原书作"鄼"。

⑦ 十年：原书作"七年"。据《汉书》改。

班固有言曰：司马迁据《左氏》《国语》，采《世本》《战国策》，述楚汉春秋，接其后事[①]，讫于天汉，其言秦汉详矣。

至于采经摭传，分散数家之事，甚多疏略，或有牴牾，亦其所涉猎者广博，贯穿经传，驰骋古今，上下数千载间，斯已勤矣。

又其是非颇谬于圣人，论大道，则先黄老而后六经，序游侠，则退处士而进奸雄，述货殖，则崇势利而羞贱贫，此其所蔽也。

然自刘向、扬雄博极群书，皆称迁有良史之才，服其善序事理，辩而不华，质而不俚[②]，其文直，其事核，不虚美，不隐恶，故谓之"实录"，诚笃论也。

他若董仲舒、刘歆、贾逵、郑众之于经术，陆贾、晁错、崔骃、蔡邕[③]之于政论，许慎之于《说文》，王充、仲长统之于哲理，亦各有独到之处。若以言文学，则去之远矣，故不具论。

---

① 事：原书无，据《汉书》补。
② 俚：原书作"埋"。
③ 邕：原书作"扈"。

第四编　建安三国文学^①

第十七章　建安三国文学之背景

建安为汉末献帝之年号，在西历纪元后一百九十六年。时董卓劫迁帝室，公孙瓒举事于幽州，刘表雄视于荆土，孙权虎踞于江东，袁绍称强乎河北，袁术僭号于寿春，刘璋远据乎巴蜀，曹操迁驾于许都，刘轻曹重，天下纷纷，及玄德起义涿郡，与北之魏、东之吴，鼎足而三，是为三国。当此汉室倾颓，乾纲解纽，征鼙震宇，流血染壤，文学之趋势亦渐入哀感悲痛之途，歌颂升平^②之辞赋遂一蹶不振矣。

---

① 此一标题，书前目录中有，而书中遗漏，整理者补出。
② 升平：原书作"平升"。

第十八章　建安三国之文艺作家

建安文学上接东京，下开三国，正当新陈代谢之际，此时期之作家，大都生于建安，而死于三国。若谓之为建安文学家，则其人在三国时仍健在，若谓为三国文学家，则其人实露头角于建安之际。故吾谓此时代文学之分割，当以建安与三国连接，另立一时期，以与纯建安之应归东汉者迥别。从西历纪元后一百九十六年汉献帝建安元年，迄西历二百六十四年魏元帝咸熙元年止，凡六十八年，为一时期。在此时期之文坛中，第一当推曹操，次则为操之二子曹丕、曹植，又其次则为鲁国孔融文举、北海徐幹伟长、陈留阮瑀元瑜、广陵陈琳孔璋、山阳王粲仲宣、汝南应玚德琏、东平刘桢公幹，世称建安七子焉。曹操雄材大略，劲健高远；曹丕清绮婉约，闲雅美媛；曹植敏捷聪慧，简易不群；"王粲长于辞赋，徐干时有齐气"，然粲之匹也。

"仲宣独自善于辞赋，惜其体弱，不足起其文，至于所善，如《初征》《登楼》《槐赋》《征思赋》，古人无以远过也"，"但未遒耳"；"伟长怀文抱质，恬惔①寡欲，有箕山之志，可谓彬彬君子矣。著《中论》二十馀篇，成一家之言，辞义典雅，足传于后"，"所著赋如《玄猿②》《漏卮③》《团扇》《橘赋》，虽张、蔡不过也"；"孔璋章表殊健，微为繁富"；"元

---

① 恬惔：原书作"活谈"。

② 玄猿：原书作"元猿"且未加书名标记，今改原书避讳字"元"为玄。

③ 卮：原书作"扈"。

瑜书记翩翩，致足乐也"；"德琏斐然有述作意，才学足以著书"，"然和而不壮"，"美志不遂，良可痛惜"；"公干有逸气"，"但壮而不密"，"至其五言诗，妙绝当时"；孔融体气高妙有过人者，"然不能持论，理不胜词，以至乎杂以嘲戏，及其所善，扬、班俦也"。此外如繁钦，陈留路粹，沛国丁仪、丁廙，弘农杨修，河内荀纬等，亦有文采而不在建安七子之列[1]。其卓然足称一代文豪者，惟王粲与曹植二子焉，兹更分节述之。

第一节　王粲[2]

王粲字仲宣，山阳高平人也。曾祖父袭、祖父畅，皆为汉三公，父谦，为大将军何进长史。进以谦名公之胄，欲与为婚，见其二子，使择焉。谦弗许，以疾免，卒于家。

献帝西迁，粲徙长安，左中郎将蔡邕见而奇之，时邕才学显著，贵重朝廷，常车骑填巷，宾客盈座，闻粲在门，倒屣迎之。粲至，年既幼弱，容状短小，一坐尽惊。邕曰："此王公孙也，有异才，吾不如也。吾家书籍文章，尽当与之。"年十七，司徒辟，诏除黄门侍郎，以西京扰乱，皆不就。乃之荆州，依刘表。表以粲貌寝而体弱通脱，不甚重也。表卒，粲劝表子琮，令归太祖。太祖辟为丞相掾，赐爵关内侯。太祖置酒汉滨，粲奉觞贺曰："方今袁绍起河北，仗大众，志兼天下，然好贤而不能用，故奇士去之。刘表雍容荆楚，坐观时变，自以为西伯可规，士之避乱荆州者，皆海内之俊杰也，表不知所任，故国危而无辅。明

---

① 列：原书作"例"，据《刊误表》改。
② 按，第十二章《汉代赋家》第十四节已专论王粲，归于"汉代"。

公定冀州之日，下车即缮其甲卒，收其豪杰而用之以横行天下。及平江汉，引其贤俊而置之列位，使海内回心望风而顺治，文武并用，英雄毕集，此三王之举也。"后迁军谋祭酒。魏国既建，拜侍中。博物多识，问无不对。时旧仪废弛，兴造制度，粲恒典之。

初，粲与人共行，读道边碑，人问曰："卿能暗诵乎？"曰："能。"因使背而诵之，不失一字。观人围棋，局坏，粲为覆之。棋者不信，以帊盖局，使更以他局为之，用相比校，不误一道。其强记默识如此。性善算，作算术，略尽其理。善属文，举笔便成，无所改定。时人常以为宿构，然正复精意覃思亦不能加也。著诗、赋、论、议垂六十篇。建安二十一年，从征吴。二十二年春，道病卒，时年四十一。粲二子，为魏讽①所引，诛，后绝。所著《登楼赋》最有声，其文曰：

登楼赋

盛弘之《荆州记》曰：当阳县城楼，王仲宣登之而作赋。

登兹楼以四望兮，聊暇日以销忧。览斯宇之所处兮，实显敞而寡仇。挟清漳之通浦兮，倚曲沮之长洲。背坟衍之广陆兮，临皋隰之沃流。北弥陶牧，西接昭丘。华实蔽野，黍稷盈畴。虽信美而非吾土兮，曾何足以少留！遭纷浊而迁逝兮，漫逾纪以迄今。情眷眷而怀归兮，孰忧思之可任？凭轩槛以遥望兮，向北风而开襟。平原远而极目兮，蔽荆山之高岑。路逶迤而修迥②

---

① 魏讽：原书作"魏洞"。
② 迥：原书此处及文后注释均作"回"（迴）。

兮，川既漾而济深。悲旧乡之壅隔兮，涕横坠而弗禁。昔尼父之在陈兮，有归欤之叹音。钟仪幽而楚奏兮，庄舄显而越吟。人情同于怀土兮，岂穷达而异心？惟日月之逾迈兮，俟河清其未极。冀王道之一平兮，假高衢而骋力。惧匏瓜之徒悬兮，畏井渫之莫食。步栖迟以徙倚兮，白日忽其将匿。风萧瑟而并兴兮，天惨惨而无色。兽狂顾以求群兮，鸟相鸣而举翼。原野阒其无人兮，征夫行而未息。心悽怆以感发兮，意忉怛而憯恻。循阶除而下降兮，气交愤于胸臆。夜参半而不寐兮，怅盘桓以反侧。

【敞】*《文选》注：《苍颉篇》曰，敞，高显也。【仇】*《尔雅》曰：仇，匹也。【挟】犹带也。【清漳】*《山海经》曰：荆山，漳水出焉，而东南注于睢。《汉书·地理志》曰：汉中房陵东山，沮水所出，至郢入江。睢与沮同。【弥】*《尔雅》曰：弥，终也，谓终极也。【陶牧】*盛弘之《荆州记》曰：江陵县西有陶朱公冢，其碑云是越之范蠡，而终于陶。《尔雅》曰：郊外曰牧。【昭丘】*《荆州图记》曰：当阳东南十里，有楚昭王墓，登楼则见，所谓昭丘。【畴】*贾逵《国语注》曰：一井为畴。【纷浊】喻代乱也。【向北风而开襟】*言感北风，逾增乡思也。【荆山】*《汉书》临沮县，荆山在东北也。【岑】*《尔雅》曰：山小而高曰岑。【逶迤】长貌也。【迥】*《尔雅》曰：迥，远也。【漾】*薛君曰：漾，长也。

【楚奏】【越吟】*①《左氏传》：晋侯于军府见钟仪曰："南冠而絷②者，谁也？"有司对曰所献楚囚也。使税之，问其族，对曰伶人也。使鼓琴，操南音。公曰：操土风，不忘旧也。③《史记》曰：陈轸适楚，秦④惠王曰：子去寡人之楚，思寡人否？陈轸曰：昔越人庄舄在楚，有顷而疾。楚王曰：舄，故越之鄙细，今仕楚执圭，亦思越否？对曰：凡人之思故，在其病也。思越则越声，不思越则且⑤楚声。人请听之⑥，其犹尚越声也。今臣之楚，岂能无⑦秦声者哉！【穷达】*穷，谓钟仪。达，谓庄舄。【怀土】*《论语》：子曰，小人怀土。孔安国曰：怀，思也。吕氏春秋曰：道德于此，穷达一也。【日月之逾迈】*《尚书》云：日月逾迈，若弗云来。【俟河清其未极】*《左氏传》：郑子驷曰：周诗有之，俟河之清，人寿几

① 此二条，原书置于注文最后，致秩序混乱，整理者调整至此。

② 絷：原书作"系"。

③ 此处"楚奏"之释文，录自《昭明文选》注，而多有脱漏，致有不通之处。《昭明文选》此处为："晋侯（观）于军府，见钟仪，（问）曰：南冠而絷者谁也？有司对曰：（郑人）所献楚囚也。使税之，问其族，对曰：伶人也。使鼓琴，操南音。公曰：（乐）操土风，不忘旧也。"加括号的文字为林书脱漏者。

④ 秦：原书作"楚"。

⑤ 且：原书作"旦"。

⑥ 之：原书无此字，据《昭明文选》注补。按，此处释"越吟"文字，亦抄自《昭明文选》注而多有脱漏。脱此处"之"字，使意不可解，故为补出。

⑦ 无：原书作"听"，据《文选》注改。

何。杜预曰：逸诗也。《尔雅》曰：极，至也。【冀王道之一平】*贾逵《国语注》曰：觊，望也。冀与觊同①。《尚书》曰：王道正直。孔安国曰：王道平直也。【高衢】谓大道也。【骋】薛君《韩诗章句》曰：骋，驰也。【栖迟】*《毛诗》曰：衡门之下，可以栖迟。

汉赋至建安，"于是"、"于是乎"之长调已渐消灭，上下起伏，清靡婉约，非复枚、马之铺张扬②厉矣。然其清靡婉约亦自有超人处。与仲宣同时者有伟长，然仅张、蔡之俦，去枚、焉远矣。

第二节　曹植

陈寿《三国志·魏书·任城陈萧王传》云：陈思王植，字子建。年十岁馀，诵读《诗》《论》及辞赋数十万言，善属文。太祖尝视其文，谓植曰："汝倩人邪？"植跪曰："言出为论，下笔成章，顾当面试，奈何倩人？"时邺铜爵台新成，太祖③悉令④诸子登台，使各为赋。植援笔立成，可观，太祖甚异之。

性简易，不治威仪。舆马服饰，不尚华丽。每进见难问，应声而对，特见宠爱。建安十六年，封平原侯。十九年，徙封临菑侯。太祖征孙权，使植留守邺，戒之曰："吾昔为顿丘令，年

---

① 冀与觊同：原书作"异与冀同"。
② 扬：原书作"杨"。
③ 太祖：原书无此二字，据《三国志》补。
④ 令：《三国志》作"将"。

二十三。思此时所行，无悔于今。今汝年亦二十三矣，可不勉与？"植既以才见异，而丁仪、丁廙、杨修等为之羽翼。太祖狐疑，几为太子者数矣。而植任性而行，不自雕励，饮酒不节。文帝御之以术，矫情自饰，宫人左右，并为之说，故遂定为嗣。二十二年，增植邑五千，并前万户。

植尝乘车行驰道中，开司马门出。太祖大怒，公车令坐死。由是重诸侯科禁，而植宠日衰。太祖既虑终始之变，以杨修颇有才策，而又袁氏之甥也，于是以罪诛修。植益内不自安。

裴松之注引《典略①》，植与修书曰：

> 数日不见，思子为劳，想同之也。

> 仆少好辞赋（《文选》"少"字下有"小"字），迄至于今，二十有五年矣。然今世作者，可略而言也。昔仲宣独步于汉南，孔璋鹰扬于河朔，伟长擅名于青土，公干振藻于海隅，德琏发迹于大魏，足下高视于上京。当此之时，人人自谓握灵蛇之珠，家家自谓抱荆山之玉也。吾王于是设天网以该之，顿八纮以掩之，今尽集兹国矣。然此数子犹不能飞翰绝迹，一举千里也。以孔璋之才，不闲辞赋，而多自谓与司马长卿同风，譬画虎不成还为狗者也。前为（《文选》无"为"字）书啁之，反作论盛道仆赞其为文。夫钟期不失听，于今称之，吾亦不敢妄叹者②，畏后之嗤余也。世人著述，不能无病。仆常好人讥弹其文，有不善者，应时改定。昔

---

① 典略：原书作"魏略"。
② 者：原书无此字，据《三国志》补。

丁敬礼尝作小文，使仆润饰之，仆自以才不能过若人，辞不为也。敬礼云："卿何所疑难乎？文之佳丽，吾自得之，后世谁相知定吾文者邪？"吾常叹①此达言，以为美谈。昔尼父之文辞，与人流通，至于制《春秋》，游、夏之徒乃不能错一字（《文选》作"乃不能措一辞"）。过此而言不病者，吾未之见也。盖有南威之容，乃可以论于淑媛，有龙渊之利，乃可以议于断割（《文选》作"其断割"）。刘季绪才不能逮于作者，而好诋诃文章，掎摭利病。昔田巴毁五帝，罪三王，呰五②伯于稷下，一旦而服千人。鲁连一说，使终身杜口。刘生之辩③，未若田氏，今之仲连④，求之不难，可无叹息乎？人各有所好尚（《文选》无"所"字），兰茝荪蕙之芳，众人之所好，而海畔有逐臭之夫；咸池六英之发，众人所乐，而墨翟有非之之论，岂可同哉？今往仆少小所著辞赋一通相与。夫街谈巷说，必有可采，击辕之歌，有应风雅，匹夫之思，未易轻弃也。辞赋小道，固未足以揄扬大义，彰示来世也。昔扬子云先朝执戟之臣耳，犹称壮夫不为也，吾虽薄德，位为藩侯，犹庶几戮力上国，流惠下民，建⑤永世之业，流⑥

① 叹：原书作"赞"。
② 五：原书作"吾"。
③ 辩：原书作"辨"，据《三国志》改。
④ 仲连：原书作"师速"。
⑤ 建：原书无此字。
⑥ 流：原书作"留"。

金石之功，岂徒以翰墨为勋绩，辞颂为君子哉。

若吾志不果，吾道不行，亦将采史官之实录，辩[①]时俗之得失，定仁义之衷，成一家之言。虽未能藏之于名山，将以传之同好，此要之白首，岂可以今日论乎？其言之不怍，恃惠子之知我也。

明早相迎，书不尽怀。

二十四年，曹仁为关羽所围，太祖以植为南中郎将，行征虏将军。欲遣救仁，呼有所敕戒，植醉不能受命，于是悔而罢之。

文帝即王位，诛丁仪、丁廙并其男口。植与诸侯并就国。

黄初二年，监国谒者灌均希指，奏植醉酒悖慢，劫胁使者。有司请治罪，帝以太后故，贬爵安乡侯，其年改封鄄城侯。三年，立为鄄[②]城王，邑二千五百户。四年，徙封雍丘王，其年朝京都，上疏，帝诏答勉之。

又裴注引《魏氏春秋》曰：是时待遇诸国法峻，任城王暴薨，诸王既怀友于之痛，植及白马王彪还国，欲同路东归，以叙隔阔之思，而监国使者不听。植发愤告离而作诗曰（《文选》作《赠白马王彪》）：

谒帝承明庐，逝将归旧疆。清晨发皇邑，日夕过首阳。伊洛旷且深，欲济川无梁。泛舟越洪涛，怨彼东路长。回顾恋城阙，引领情内伤。大谷何寥廓！山树郁苍苍。霖雨泥我涂，流潦浩纵横。中逵绝无轨，改辙登高岗。修阪造云日，我马玄以黄。玄黄犹能进，我思郁以

---

① 辩：原书作"辨"。
② 鄄：原书作"郫"。

纤。郁纡将何念，亲爱①在离居。本图相与偕，中更不克俱。鸱枭鸣衡轭，豺狼当路衢。苍蝇间白黑，谗巧反亲疏。欲还绝无蹊，揽辔止踟蹰。踟蹰亦何留，相思无终极。秋风发微凉，寒蝉鸣我侧。原野何萧条②！白日忽西匿。孤兽走索群，衔草不遑食。归鸟赴高林，翩翩厉羽翼。感物伤我怀，抚心长叹息。叹息亦何为③，天命与我违。奈何念同生，一往形不归。孤魂翔故域，灵柩寄京师。存者忽复过，亡殁身自衰。人生处一世，忽若朝露晞。年在桑榆间，影响不能追。自顾非金石，咄咤令心悲。心悲动我神，弃置莫复陈。丈夫志四海，万里犹比邻。恩爱苟不亏，在远分日亲。何必同衾帱，然后展殷勤？仓卒骨肉情，能不怀苦辛。苦辛何虑思，天命信可疑。虚无求列仙，松子久吾欺。变故在斯须，百年谁能持。离别永无会，执手将何时？王其爱玉体，俱享黄发期。收泪即长涂，援笔从此辞。

【松子】汉张良弃官从赤松子游。【思】语词。

植每欲求别见独谈，论及时政，幸冀试用，终不能得。既还，怅然绝望。时法制待藩国既自峻迫，寮属皆贾竖下才，兵人给其残老，大数不过二百人。又植以前过，事事④复减半，十一

---

① 亲爱：原书作"亲受"。
② 萧条：原书作"萧愁"。
③ 亦何为：原书作"何所为"。《三国志》作"亦何为"，《昭明文选》作"将何为"，此从《三国志》改。
④ 事事：原书作"事"，又原书此处为："又植以前过事，复减半"。据《三国志》改。

年中而三徙都，常汲汲无欢，遂发疾薨，时年四十一。

　　曹植以诗显，其作风上接东京，下开六朝，辟辞赋之华靡，创建安三国之清婉，屈原之后，一人而已。

第十九章　建安三国之诗歌

（1）苦寒行（曹操）

载《魏武帝集》

　　北上太行山，艰哉何巍巍！羊肠阪诘屈，车轮为之摧。树木何萧瑟，北风声正悲。熊罴对我蹲，虎豹夹路啼。溪谷少人民，雪落何霏霏！延颈长叹息，远行多所怀。我心何怫郁，思欲一东归。水深桥梁绝，中路正徘徊。迷惑失故路，薄暮无宿栖。行行日已远，人马同时饥。担囊行取薪，斧冰持作糜。悲彼《东山》诗，悠悠使我哀。

　　【太行山】*今山西晋城县南，为太行山之主脉。【羊肠阪】在今山西长治县东南，长三里，盘曲如羊肠，故名。【东山】《诗·小雅》篇名。

此诗描写冬景，山回路转，悲壮雄健，为此时代诗歌杰作。

（2）燕歌行（曹丕）

载《魏文帝集》

　　秋风萧瑟天气凉，草木摇落露为霜。群燕辞归雁南翔。念君客游思断肠，慊慊思归恋故乡。君何淹留寄他方？贱妾茕茕守空房，忧来思君不可忘，不觉泪下沾衣裳。援琴鸣弦发清商，短歌微吟不能长。明月皎皎照我床。星汉西流夜未央。牵牛织女遥相望，尔独何辜限河梁！

　　【牵牛】*牵牛星，一名河鼓，亦称黄姑，在天河侧，与织女星隔河相对。【星汉】天河也。

（3）杂诗（曹丕）

载《魏文帝集》

　　漫漫秋夜长，烈烈北风凉。展转不能寐，披衣起彷徨。彷徨忽已久，白露沾我裳。俯视清水波，仰看明月光。天汉回西流，三五正纵横。草虫鸣何悲？孤雁独南翔。郁郁多悲思，绵绵思故乡。愿飞安得翼？欲济河无梁！向风长叹息，断绝我中肠。

　　【天汉西流】天汉，天河也。皎洁之夜，海天一色，故言西流。【三五】多也，与"二三"、"八九"皆同。

　　西北有浮云，亭亭如车盖。惜哉时不遇，适与飘风会。吹我东南行，行行至吴会。吴会非我乡，安得久留滞？弃置勿复陈，客子常畏人。

　　【吴会】吴与会稽二郡之合称。

曹丕长于批评，所著《典论》及《与吴质书》评衡当代文家，言简意浑，堪称月旦。本篇论建安三国文艺作家，多用丕语。其诗虽清绮，究不若评文工也。

（4）野田黄雀行（曹植）

载《曹子建集》，为相和瑟调曲之一

　　高树多悲风，海水扬其波。利剑不在掌，结友何须多？不见篱间雀，见鹞自投罗？罗家得雀喜，少年见雀悲。拔剑芟罗网，黄雀得飞飞。飞飞摩苍天，来下谢少年。

　　【来下谢少年】五字言雀有欲下来谢少年之意也。

（5）七哀诗（曹植）

载《曹子建集》

明月照高楼，流光正徘徊。上有愁思妇，悲叹有余哀。借问"叹者谁"？言是"宕子妻"。君行逾十年，孤妾常独栖。君若清路尘，妾若浊水泥。浮沉各异势，会合何时谐！愿为西南风，长逝入君怀。君怀时[1]不开，贱妾当何依？

【宕子】同荡子。【清路尘】到处飞也。【浊水泥】老在一处也。

（6）吁嗟篇（曹植）

载《曹子建集》

吁嗟此转蓬，居世何独然？长去本根逝，夙夜无休闲。东西经七陌，南北越九阡。卒遇回风起，吹我入云间。自谓终天路，忽然下沉渊[2]。惊飙接我出，故归彼中田。当南而更北，谓东而反西。宕宕当何依，忽亡而复存。飘飖周[3]八泽，连翩历五山。流转无恒处，谁知吾苦艰？愿为中林草，秋随野火燔。糜灭岂不痛？愿与根荄连。

【蓬】草名，茎高尺馀，叶如柳叶，有锯齿，花甚小，色白，秋枯根拔，风卷而飞，故又名飞蓬。【卒】通猝。【八泽】即八薮：谓鲁之大野（在今山东嘉祥

---

① 时：原书如此，据《乐府诗集》。他本多作"良"。
② 渊：原书作"泉"，为避讳字，今改本字。
③ 周：原书作"风"。

县），晋之大陆（无考），秦之杨汗（亦作杨纡，今地无考），宋之孟诸（在今河南商丘县东北），楚之云梦（在今湖北安陆县南），吴越间之具区（即今江浙间太湖），齐之海隅（无考），郑之圃田（在今河南中牟县西）。【五山】即五岳。

曹植之诗，比文独佳，良由其环境多忧，故穷愁而奋发为诗，语皆真挚，哀感动人。昔司马子长谓"诗三百篇大抵[①]圣贤发愤之所为作"，子建之诗，殆亦有所发愤而为之耶？

（7）杂诗（孔融）

远送新行客，岁暮乃来归。入门望爱子，妻妾向人悲："闻子不可见，日已潜光辉。孤坟在西北，常念君来迟。"褰裳上墟丘，但见蒿与薇。白骨归黄泉，肌体乘尘飞。"生时不识父，死后知我谁？孤魂游穷暮，飘飖安所依？人生图嗣息，尔死我念追。"俯仰内伤心，不觉泪沾衣。人生自有命，但恨生日希！

【嗣】古文"嗣"。【向人悲】妻妾相对而悲也。

《后汉书·孔融传》：融十岁，造李膺门曰："我是李君之通家子弟。"意谓李耳与孔子，其少小聪慧如此，其诗亦迫肖其人

（8）七哀诗（王粲）

西京乱无象，豺虎方遘患。复弃中国去，委身适荆蛮。亲戚对我悲，朋友相追攀。出门无所见，白骨蔽平原。路有饥妇人，抱子弃草间。顾闻号泣声，挥涕独不

---

① 抵：原书作"祗"。

还。"未知身死处，何能两相完？"驱马弃之去，不忍听此言。南登霸陵岸，回首望长安。悟彼下泉人，喟然伤心肝。

【乱无象】不景气也。此指献帝初平元年（公元一九零年），董卓挟帝入长安，诸将群起征讨事。粲尝避乱走荆州，依刘表。【霸陵】汉文帝葬所，在今陕西长安县东。【顾闻号泣声】言回顾虽闻其子号泣之声，但知挥涕独去，不复还视也。【"未知身死处"二句】妇人之辞。

"南登霸陵岸，回首望长安"，古今名句，寥寥十字便关千古登临之口。读者取《登楼赋》与此诗，较观之，当知王仲宣洵①不愧为一代大文豪也。

---

① 洵：原书作"询"。

第二十章　建安三国之散文

此时代散文作家，当首推曹丕，次为孔融文举，又次为诸葛亮孔明。孔文举文之最著者[①]为《论盛孝章书》，曹丕文之最著者为《与吴质书》，诸葛孔明文之最著者为《出师表》。兹一一附录于后。

（1）论盛孝章书（孔融）

文载《汉魏百三家集》

岁月不居，时节如流，五十之年，忽焉已至。公为始满，融又过二。海内知识，零落殆尽！惟有会稽盛孝章尚存。其人困于孙氏，妻孥湮没，单子独立，孤危愁苦。若使忧能伤人，此子不得复永年矣！

《春秋传》曰："诸侯有相灭亡者，桓公不能救，则桓公耻之。"今孝章，实丈夫之雄也，天下谈士，依以扬声，而身不免于幽絷，命不期于旦夕，是[②]吾祖不当复论损益之友，而朱穆所以绝交也。公诚能驰一介之使，加咫尺之书，则孝章可致，友道可弘矣！

今之少年，喜谤前辈，或能讥评孝章。孝章要为有天下大名，九牧之人，所共称叹。燕君市骏马之骨，非欲以骋道里，乃当以招绝足也。惟公匡复汉室，宗社将绝，又能正之。正之之术，实须得贤。珠玉无胫而自

---

① 者：原书脱，据文意补。

② 是：原书脱此字。

至者，以人好之也，况贤者之有足乎？昭王筑台以尊郭隗，隗虽小才，而逢大遇，竟能发明主之至心，故乐毅自魏往，剧辛自赵往，邹衍自齐往。向使郭隗倒悬而王不解，临溺①而王不拯，则士亦将高翔远引，莫有北首燕路者矣。

凡所称引，自公所知，而复有云者，欲公崇笃斯义也②。因表不悉。

【公】指曹操。【始满】谓年刚五十。按操生于汉桓帝永寿元年③（公元一五五年），时当在献帝建安九年（公元二零四年）。【盛孝章】* 名宪，与弟宏、仲俱为一时名士。初举孝廉，官吴郡太守。孙策平定吴会后，尝忌其才。融因言于曹操，征为都尉。未赴，卒为孙权所害。【"诸侯"句】见《公羊传》，系讥齐桓公不能救邢，听其为狄所灭。【损益】孔子有益者三友、损者三友之说，载《论语》。融为孔子二十世孙。【朱穆】字公叔，后汉南阳宛人，尝感世风浇薄，著《绝交论》。【九牧】犹言九州。【市骏马】战国时，燕郭隗告昭王云：古有使使者赍金市千里马，未至而马死，乃以五百金市马骨归。其君大怒，使者曰，死马当市，况生者乎？期年间果千里马三至。【珠玉无胫】本《韩诗外传》所载春秋时晋盖胥告平公语。【昭王】燕昭王欲

---

① 临溺：原书作"临难"。

② 也：原书脱此字。

③ 元年：原书作"元帝"。

复齐仇，将招致贤者，郭隗云：王欲致士，请自隗始。于是昭王筑宫，以师礼事隗。【乐毅】为昭王亚卿，后拜上将军，伐齐，下七十馀城。【剧辛】昭王使任国政，下齐之计，辛功最多。【邹衍】一作驺衍，有辩才，人称"谈天衍"，为当时诸侯所重。

（2）与吴质书（曹丕）

文载《魏文帝集》

三月三日，丕白：

岁月易得，别来行复四年。三年不见，《东山》犹叹其远，况乃过之，思何可支？虽书疏往返，未足解其劳结。

昔年疾疫，亲故多离其灾，徐、陈、应、刘，一时俱逝，痛可言邪！昔日游处，行则连^①舆，止则接席，何曾须臾相失？每至觞酌流行，丝竹并奏，酒酣耳热，仰而赋诗，当此之时，忽然不自知乐也。谓百年己分，可长共相保，何图数年之^②间，零落略尽？言之伤心！

顷撰其遗文，都为一集，观其姓名，已为鬼录。追思昔游，犹在耳目，而此诸子，化为粪壤，可复道哉！观古今文人，类不护细行，鲜能以名节自立。而伟长独怀文抱质，恬淡寡欲，有箕山之志，可谓彬彬君子者矣。著《中论》二十馀篇，成一家之言，辞义典雅，足传于后，此子为不朽矣。德琏常斐然有述作之意，其

---

① 连：原书作"接"。

② 之：原书无此字。

才学足以著书，美志不遂，良可痛惜！间者历览诸子之文，对之拭泪，既痛逝者，行自念也！孔璋章表殊健，微为繁富。公干有逸气，但未遒耳；其五言诗之善者，妙绝时人。元瑜书记翩翩，致足乐也。仲宣独自①善于辞赋，惜其体弱，不足起其文，至于所善，古人无以远过。昔伯牙绝弦于钟期，仲尼覆醢于子路，痛知音之难遇，伤门人之莫逮。诸子但为未及古人，自一时之隽也。今之存者，已不逮矣。后生可畏，来者难诬，恐吾与足下不及见也！

年行已长大，所怀万端，时有所虑，至通夜不瞑，志意何时复类昔日？已成老翁，但未白头耳！光武言："年三十馀，在兵中十岁，所更非一。"吾德不及之，年与之齐矣。以犬羊之质，服虎豹之文②，无众星之明，假日月之光，动见瞻观，何时易乎？恐永不复得为昔日游也！少壮真当努力，年一过往，何可攀援？古人思炳烛③夜游，良有以也。

顷何以自娱？颇复有所述造不？东望于邑，裁书叙④心。

【"东山"句】*《诗·豳风·东山》："我徂东山，慆慆不归；……自我不见，于今三年。"【昔年疾疫】*建安七子中徐幹、陈琳、应玚、刘桢，俱于建安

---

① 独自：原书作"续自"。

② 文：原书作"皮"。

③ 炳烛：按《百三家集》中作"秉烛"。

④ 叙：原书此处空白。

二十二年（公元二一七年）至二十三年间染疫死。【箕山】尧让天下于许由，由逃隐于箕山下。【钟期】春秋时，伯牙痛钟子期死，世无知音，终身不复鼓琴。【子路】《礼记》载：孔子知子路（名仲由，孔子弟子）为卫人所醢，因哭于中庭，命覆其醢。【光武言】东汉光武帝《赐隗嚣书》曰："吾年已三十馀，在兵中十岁，所更非一，厌浮词虚语耳。"见《东观汉记》。【年与之齐矣】丕生于汉灵帝中平四年（公元一八七年），时当在三十二三岁间。【虎皮】《法言》："羊质而虎皮，见草而悦，见豺而战。"【炳烛】《乐府西门行》："昼短苦夜长，何不秉烛游？"秉亦作炳。

（3）出师表（诸葛亮）

臣亮言：先帝创业未半，而中道崩殂。今天下三分，益州罢敝，此诚危急存亡之秋也。然侍卫之臣，不懈于内，忠志之士，忘身于外者，盖追先帝之殊遇，欲报之于陛下也。诚宜开张圣听，以光先帝遗德，恢弘志士之气，不宜妄自菲薄，引喻失义，以塞忠谏之路也。

宫中府中，俱为一体，陟罚臧否，不宜异同。若有作奸犯科及为忠善者，宜付有司，论其刑赏，以昭陛下平明之治①；不宜偏私，使内外异法也。侍中侍郎郭攸之、费祎②、董允等，此皆良实，志虑③忠纯，是以先

---

① 治：原书如此，他书多为"理"。
② 祎：原书作"袆"。
③ 虑：原书作"庐"。

帝简拔以遗陛下。愚以为宫中之事，事无大小，悉以咨之，然后施行，必能裨补阙漏，有所广益。将军向宠，性行淑均，晓畅军事，试用于昔日，先帝称之曰能，是以众议举宠为督。愚以为营中之事，事无大小[①]，悉以咨之，必能使行阵和穆[②]，优劣得所。亲贤臣，远小人，此先汉所以兴隆也；亲小人，远贤臣，此后汉所以倾颓也。先帝在时，每与臣论此事，未尝不叹息痛恨于桓灵也！侍中、尚书、长史、参军，此悉贞亮死节之臣，愿陛下亲之信之，则汉室之隆，可计日而待也。

臣本布衣，躬耕于[③]南阳，苟全性命于乱世，不求闻达于诸侯。先帝不以臣卑鄙，猥自枉屈，三顾臣于草庐之中，咨臣以当世之事，由是感激，遂许先帝以驱驰。后值倾覆，受任于败军之际，奉命于危难之间，尔来二十有一年矣。先帝知臣谨慎，故临崩寄臣以大事也。受命以来，夙夜忧叹[④]，恐托付不效，以伤先帝之明。故五月渡泸，深入不毛。今南方已定，兵甲已足，当奖帅三军，北定中原，庶竭驽钝，攘除奸凶，兴复汉室，还于旧都。此臣所以报先帝而忠陛下之职分也。

至于斟酌损益，进尽忠言，则攸之、祎、允之任也。愿陛下托臣以讨贼兴复之效，不效，则治臣之罪，以告先帝之灵。若无兴德之言，则责攸之、祎、允等之

---

① 事无大小：原书如此。

② 穆：原书如此，当据《昭明文选》。

③ 于：原书无此字。据《昭明文选》补。

④ 忧叹：原书作"忧虑"，据《昭明文选》改。

咎，以彰其慢。陛下亦宜自谋，以咨诹善道，察纳雅言，深追先帝遗诏。臣不胜受恩感激，今当远离，临表涕泣，不知所云。

　　【先帝】指刘备。【益州】今四川省。【罢】与"疲"通。【向宠】宜城人。蜀汉章武三年（公元二二三年）伐吴之役，全军失败，止宠营保全，为备所称许。【桓灵】后汉桓帝、灵帝，俱信任宦官，杀戮党人，致引起黄巾贼之乱。【尚书】指陈震。【长史】指张裔。【参军】指蒋琬。【南阳】汉郡名。今河南南阳县、湖北襄阳县等地。【草庐】今河南邓县西南，有亮旧宅，即当时三顾草庐处。【倾覆】指后汉建安十三年（公元二零八年），曹操败刘备于当阳间事。【泸】水名，在今四川泸定①县。【"南方已定"句】谓蜀汉建兴三年（公元二二五年），征服南蛮孟获事。【奸凶】指曹操。【旧都】指洛阳。

钟嵘《诗品》：曹公父子，笃好斯文，平原兄弟，郁为文栋，刘桢王粲，为其羽翼。次有攀龙托凤，自致于属车者，盖将百计。彬彬之盛，大备于时矣。

又曰：陈思王植，骨气奇高，词采华茂，情兼雅怨，体被文质。刘桢仗气爱奇，动多振绝，真骨凌霜，高风跨俗②。侍中王粲发愀怆之词，文秀而质羸③，在曹刘间别构一体，方陈思

---

① 泸定：原书作"庐定"。
② 俗：原书作"裕"。
③ 羸：原书作"赢"。

不足，比魏文有馀。文帝惟"西北有浮云"十馀首殊美[1]赡可玩，始见其工矣。武帝古直，有悲凉[2]之句。元瑜[3]平典，不失古体。

刘勰《文心雕龙[4]·明诗篇》：建安之初，五言腾踊，文帝陈思，纵辔以骋[5]节；王徐应刘，望路而争驱；并怜风月，狎池苑，述恩荣，叙酣宴，慷慨以任气，磊落以使才；造怀指事，不求纤密之巧，驱辞逐貌，唯取昭晰之能：此其所同也。

沈约《宋书·谢灵运传论》：至于建安，曹氏基命，二祖陈王，咸蓄盛藻[6]，甫乃以情纬文，以文被质。自汉至魏，四百馀年，辞人才子，文体三变。相如巧为形似之言，班固长于情理之说，子建、仲宣以气质为体，并标能擅美，独映当时。是以一世之士，各相慕习，原其飙流所始，莫不同祖《风》、《骚》。徒以赏好异情，故意制相诡。

玩上钟嵘、刘勰、沈约所论，建安三国文坛当可窥见一斑[7]。

---

① 美：原书作"英"。

② 悲凉：原书作"悲深"。

③ 元瑜：原书作"文瑜"。

④ 龙：原书作"韶"。

⑤ 骋：原书作"聘"。

⑥ 盛藻：原书作"二藻"。按，此处原书标点为："曹氏基命二祖，陈王咸蓄二藻"。

⑦ 斑：原书作"班"。

第五编　两晋南北朝文学

第二十一章　两晋南北朝之文学背景

晋承三国之后，苍生脱战争之苦，方冀少康长绵，不图怠荒以起，当时旷远之士皆优游竹林，弃礼法如土梗，视义理如桎梏，两汉儒风荡然无存矣。道教草萌，清谈潮涌，惠帝嗣位，八王树兵，怀帝之世，五胡乘之。及至愍帝，行酒狄庭，腥流秽张，荆棘铜驼，江河顿异。东晋而后，宴安江沱，虽有运甓之士衡，击楫①之士稚②，枕戈之越石，绝裾之太真，亦不能归浸③疆之咫尺。迨至恭帝，卒禅位④于宋。

刘裕承东晋之衰，身没未几，而二子不得其死，传世八叶，

---

① 楫：原书作"揖"。
② 士稚：原书作"士雅"，据《晋书・祖逖传》改。
③ 浸：原书如此，或当作"侵"。
④ 禅位：原书作"裨位"。

259

而六王不以寿终。别宫令出,至叹后身世世勿生帝王家①。

萧道成弑宋主,国号齐,不六传,国玺归梁。萧衍敦戒业,治清净,信中原牧守②之梦,纳侯景内附之谋,饿死台城而佛莫之救。迨至③鼎命中沦,邦家继覆。陈霸先移梁,舍身壮严,延祚后主,鹿游姑苏。总观上述,"自西晋衰微以后,东晋偏安江左以来,仅百年中,扬子江流域之民族一变而为刘宋,再变而为萧齐,三变而为萧梁,四变而为陈陈。以百馀年最短之期,国姓更迭者凡四,君主更迭者二十有四,臣弑君,子弑父,戕贼烝报,习为故常。鲜卑民族之后魏,遂乘隙南下,当刘宋内乱之时,一举而下河南,再举而定山东。宋齐更迭之际,略取淮北,进窥淮南。齐梁更迭之交,又略取义阳三关,进窥汉水流域,取汉中,进窥扬子江上流流域。梁陈更迭之交,魏室内乱,中分为二,西魏略取四川、云南,湖北以后梁为保护国,与陈分据扬子江上流中流流域,东魏略取江北、淮南,与陈分据扬子江下流流域。代表汉族之南朝(宋齐梁陈),国势如鼠入牛角,日渐缩小。后魏入中国已久,崇奉道教,至太武,诏州郡县各听建佛图一区,并作石窟寺于伊阙,以为九层浮图,高九十丈,极土木之盛。自分裂以后,东魏政柄入于高欢,西魏政柄入于宇文泰。欢卒,其子高洋握政柄,封齐王,自称皇帝,是为北齐文宣帝,废孝静帝为中山王,而弑之,夷其族,东魏亡。越七年,西魏宇文

---

① 世世勿生帝王家:原书作"勿世世生帝王家"。据《资治通鉴》卷一三五:"(宋顺)帝泣而弹指曰:'愿后身世世勿复生天王家!'"

② 牧守:原书作"收守"。

③ 迨至:原书作"殆至"。

护奉周公觉篡位，弑恭帝，是为北周。既而北齐又为北周所灭。溯自刘宋至萧梁①，常受北朝（后魏、北齐、北周）压迫，及后魏分裂，北朝之势稍衰。至侯景作乱，南朝之势又杀，北周北齐乘势南下，尽取江北淮南、山南、剑南、云南等地，南朝所馀者，仅江南、岭南一隅，较之刘宋全盛时代，不过二分之一。幸而北方分裂为二，时常搆兵，集注全力南侵为时势所不许，南朝之陈，藉以苟安旦夕。及北周灭北齐，黄河流域、汉水淮安②流域，与扬子江上流流域，并为一大国，均势之局破，隋室混一中国之机从此兆矣。"（参考《中国通史》）

　　总西晋武帝泰始③元年（西历纪元后二六五年）迄陈后主祯明二年④（西历纪元后五百八十八年），前后凡三百二十三年，几于无岁不在戎马仓皇中，乱臣贼子，杀夺相承。在此乱离中，文学之意识，自然出入于怨怒哀思中，其超然者则表里清谈与自然混合为一，亦非复承平安乐之音矣。

---

① 萧梁：原书作"箫梁"。

② 淮安：原书如此，疑当作"淮河"。

③ 泰始：原书作"秦始"。

④ 按：陈朝亡国，在祯明三年正月，三月陈后主北上。

第二十二章　两晋南北朝之思潮与文学统述

两晋南北朝道佛二家之说盛行。道家有玄理丹鼎符箓[1]，魏晋之交之何晏、王弼昌玄理[2]，东晋之葛洪昌丹鼎，南齐之陶弘景、后魏之寇[3]谦之昌[4]符箓。佛教如晋之贾慧远[5]、卫道安、龚法显[6]、智严、宝云、昙摩竭、鸠摩罗什，梁之达摩，后魏之惠生，或从事译述，或从事宣传，僧尼多至二百万人，寺三万馀区。气节名教荡然无复存矣。

此时代之思潮如此，则文学潮流之趋向可知矣。初有慧[7]远者，俗姓贾氏，雁门人，闻道安讲《般若经》，因而大悟，遂皈依之。后避苻秦[8]之乱，入晋，居庐山，与刘遗民等十八贤，同修净土，中有白莲社，因号"莲社"，陶潜等皆与游焉。其后天竺鸠摩罗什，长安僧法显，凉州[9]僧智严、宝云，北燕僧昙摩羯等，宋时多居江左，宣教译经之事，极盛一时。当世名士如谢灵运、颜延之等，皆为文赞扬佛理。陶、谢为一代文宗，接近莲社沙门，其思想之潜流可想而知矣。

---

① 箓：原书此处及下行，此字均作"录"，改为通行说法。
② 昌玄理：原书无，据文意补。
③ 寇：原书作"冠"。
④ 昌：原书作"唱"，亦通，改为"昌"，以与上文统一。
⑤ 慧远：原书作"惠远"，《高僧传》作"慧远"。
⑥ 法显：原书作"德显"。
⑦ 慧：原书作"惠"。
⑧ 苻秦：原书作"符秦"。
⑨ 凉州：原书作"淳州"，据《高僧传》改。

陶、谢而外，晋有：阮籍，陆机，潘岳，张协，左思，嵇[1]康，张华，陆云，石崇，曹摅，何邵，刘琨，卢谌[2]，郭璞，郭泰机，顾恺之，顾迈[3]，戴凯[4]，张载，傅玄，傅咸，缪袭，夏侯湛[5]，王济，杜预，孙绰，许询，戴逵，殷仲文。

宋有：颜延之，谢瞻[6]，谢混，袁淑，王微，王僧达，谢惠连，鲍照[7]，傅亮，何长瑜，羊曜璠[8]，范晔，南平王铄，建平王宏，谢庄，苏宝生，陵修之，任昙绪，戴法兴，区惠恭。

齐有：谢朓[9]，江淹，惠休，道猷，宝月，高帝，张永，王文宪，谢超宗，邱灵鞠，刘祥，檀超，钟宪，颜恻[10]，顾则心，毛伯成，吴迈远[11]，许瑶之，鲍令晖，韩兰英，张融，孔稚珪，王融，刘绘，江祐，王巾，卞彬，卞录，袁嘏，张欣泰。

梁有：范云，邱迟，任昉，沈约，陆厥，虞羲，江洪，鲍行卿，孙察[12]，萧统，钟嵘，刘峻，刘勰，何逊。

陈有：徐陵，阴铿。

---

① 嵇：原书作"稽"。
② 卢谌：原书作"虞谌"。
③ 顾迈：原书作"顾退"。
④ 戴凯：原书作"载凯"。
⑤ 夏侯湛：原书作"夏侯谌"。
⑥ 谢瞻：原书作"谢睒"。按，林之棠此名单抄自钟嵘《诗品》，据《诗品》校。
⑦ 鲍照：原书作"鲍熙"。
⑧ 羊曜璠：原书作"曜璠"，据钟嵘《诗品》补。
⑨ 朓：原书作"眺"。
⑩ 颜恻：原书作"颜则"。
⑪ 吴迈远：原书作"吴莲远"。
⑫ 孙察：原书作"孙蔡"。

魏有：郦^①道元，温子升；北齐有：邢邵，魏收；后周有：王衰，庾信。

文学之盛，彬彬于此矣。其最著者，如晋之阮籍、陆机、潘岳、左思、嵇康^②、张华、郭璞、孙绰、许询；宋之颜延之、陶潜^③、谢灵运；齐之谢朓、江淹；梁之任昉、沈约、钟嵘、刘勰、何逊；陈之阴铿、徐陵；魏之郦^④道元、温子升；北齐之邢邵、魏收；后周之王衰、庾信是也。其本传及其代表杰作，将于下章述之。

刘勰《文心雕龙·明诗》云："正始明道，诗杂仙心，何晏之徒，率多浮浅。唯嵇志^⑤清峻，阮旨遥深，故能标焉。若乃应璩《百一》，独立不惧，辞谲义贞^⑥，亦魏之遗直也。晋世群才，稍入轻绮，张潘左陆，比肩诗衢^⑦，采缛于正始，力柔于建安，或析文^⑧以为妙，或流靡以自妍，此其大略也。江左篇制，溺乎玄风，嗤笑徇务之志，崇盛忘机^⑨之谈，袁孙已下，虽各有雕采，而辞趣一揆，莫与争雄，所以景纯《仙篇》，挺拔而为俊

---

① 郦：原书作"丽"。
② 嵇康：原书作"稽康"。
③ 陶潜：原书作"陶渊"，据刊误表将"陶渊"改为"陶潜"。又或"渊"为"潜"字之误。
④ 郦：原书作"丽"。
⑤ 嵇志：原书作"稽志"。
⑥ 义贞：原书作"义真"。
⑦ 诗衢：原书作"诗衡"。
⑧ 析文：原书作"辨文"。
⑨ 忘机：原书作"亡机"。

矣。宋初文咏，体有因革，庄老告退，而山水方滋^①。俪采百字之偶，争价一句之奇，情必极貌以写物，辞必穷力而追新，此近世之所竞也。"

《文心雕龙·诠赋》云："太冲安仁，策勋于鸿规，士衡子安，底绩于流制。景纯绮巧，缛理有馀，彦伯梗概，情韵不匮，亦魏晋之赋首也。"

《文心雕龙·体性篇》云："嗣宗俶傥，故响逸而调远^②；叔夜俊侠，故兴高而采烈。安仁轻敏，故锋发而韵流；士衡矜重^③，故情繁而辞隐。触类以推，表里必符，岂非自然之恒资，才气之大略哉？"

钟嵘《诗品》云："太康中，三张二陆两潘一左，勃然复兴，踵武前王，风流未沫，亦文章之中兴也。永嘉时贵黄老，稍尚虚谈，于时篇什^④，理过其辞，淡乎寡味^⑤。爰及江表，微波尚传，孙绰、许询，桓、庾诸公诗皆平典^⑥似《道德论》，建安风力尽矣。

"先是郭景纯^⑦用俊上之才，变创其体，刘越石仗清刚之气，赞成厥美。然彼众我寡，未能动俗。逮义熙中，谢益寿斐

---

① 方滋：原书作"滋俪"。系脱"方"字且以下句首字"俪"断入本句。

② 故响逸而调远：原书作"故虑周而藻密"，误将《文心雕龙》对张衡（平子）的评价移于阮籍。

③ 矜重：原书作"轻飞"。

④ 篇什：原书作"篇计"。

⑤ 寡味：原书作"旁味"。

⑥ 平典：原书作"平允"。

⑦ 郭景纯：原书作"景纯"。

然继作，元嘉中①，有谢灵运，才高词盛，富艳难踪，固已含跨刘、郭，凌轹潘、左。故知陈思为建安之杰，公干、仲宣为辅；陆机为太康之英，安仁、景阳为辅；谢客为元嘉之雄，颜延年为辅。斯皆五言之冠冕，文词之命世也。"

沈约《宋书·谢灵运传论》云："降及元康，潘陆特秀，律异班贾，体变曹王，缛旨星稠，繁文绮合。缀平台之逸响，採南皮之高韵，遗风馀烈，事极江右。"

"有晋中兴，玄风独振，为学穷于柱下，博物止乎七篇，驰骋文辞，义单乎此。自建武暨乎义熙，历载将百，虽缀响联辞，波属云委，莫不寄言上德，托意玄珠，遒丽之辞，无闻焉尔。

"仲文始革孙、许之风；叔源大变太、元之气。爰逮宋氏，颜、谢腾声。灵运之兴会标举，延年之体裁②明密，并方轨前秀，垂范后昆。

"若夫敷衽论心，商榷③前藻，工拙之数，如有可言。夫五色相宣，八音协畅，由乎玄黄律吕，各适物宜，欲使宫羽相变，低昂互节，若前有浮声，则后须切响。一简之内，音韵尽殊，两句之中，轻重悉异，妙达此旨，始可言文。

"至于先士茂制，讽高历赏，子建函京之作，仲宣霸岸④之篇，子荆零雨之章，正长朔风之句，并直举胸情，非傍诗史，正以音律调韵，取高前式。自骚人以来，而⑤此秘未睹。

---

① 元嘉中：原书脱此三字。
② 裁：原书作"栽"。
③ 榷：原书作"推"。
④ 霸岸：原书作"霜岸"。
⑤ 而：原书无此字。

"至于高言妙句，音韵天成，皆暗与理合，匪由思至。张蔡曹王，曾无先觉，潘陆谢颜，去之弥远。世之知音者，有以得之，知此言之非谬。如曰不然，请待来哲。"

钟嵘、刘勰、沈约评衡当代文学，最为精当，故附录于此。

第二十三章　两晋南北朝之文艺作家

第一节　晋阮籍

阮籍字嗣宗，陈留尉氏人也。父瑀，魏丞相掾[1]，知名于世。籍容貌瑰杰，志气宏放，傲然独得，任性不羁，而喜怒不形于色[2]。或闭户读书，累月不出；或登临山水，经日忘归。博览群籍，尤好《庄》《老》。嗜酒能啸，善弹琴，当其得意，忽忘形骸[3]，时人多谓之痴，惟族兄文业每叹服之，以为胜己，由是咸共称异。

籍尝随叔父至东郡，兖州刺史王昶请与相见，终日不开一言，自以不能测。太尉蒋济闻其有隽才而辟之，籍诣都亭奏记曰："伏惟明公以含一之德，据上台之位，英豪翘首，俊贤抗足。开府之日，人人自以为掾属[4]；辟书始下，而下走为首。昔子夏在于西河之上，而文侯拥篲；邹子处于黍谷之阴，而昭王陪乘。夫布衣韦带之士，孤居特立，王公大人所以礼下之者，为道存也。今籍无邹、卜之道，而有其陋，猥见采择，无以称当。方将耕于东皋之阳，输黍稷之馀税。负薪疲病，足力不强，补吏之召，非所克堪。乞回谬恩，以光清举。"

---

① 掾：原书作"椽"。

② 而喜怒不形于色：此七字，原书《刊误表》谓当删去。

③ 骸：原书作"骇"。

④ 掾属：原书作"椽属"。

　　初，济恐籍不至，得记欣然。遣卒迎之，而籍已去，济大怒。于是乡亲共喻之，乃就吏。后谢病归。复为尚书郎，少时，又以病免。及曹爽辅政，召为参军。籍因以疾辞，屏于田里。岁馀而爽诛，时人服其远识。

　　宣帝为太傅，命籍为从事中郎。及帝崩，复为景帝大司马从事中郎。高贵乡公即位，封关内侯，徙散骑常侍。籍本有济世志，属魏晋之际，天下多故，名士少有全者，籍由是不与世事，遂酣饮为常。文帝初欲为武帝求婚于籍，籍醉六十日，不得言而止。

　　钟会数以时事问之，欲因其可否而致之罪，皆以酣醉获免。

　　及文帝辅政，籍尝从容言于帝曰："籍平生曾游东平，乐其风土。"帝大悦，即拜东平相。籍乘驴到郡，坏府舍屏障，使内外相望，法令清简，旬日而还。

　　帝引为大将军从事中郎。有司言有子杀母者，籍曰："嘻！杀父乃可，至杀母乎①！"坐者怪其失言。帝曰："杀父，天下之极恶，而以为可乎？"籍曰："禽兽知母而不知父，杀父，禽兽之类也。杀母，禽兽之不若。"众乃悦服。

　　籍闻步兵厨营人善酿，有贮酒三百斛，乃求为步兵校尉。遗落世事，虽去佐职，恒游府内，朝宴必与焉。

　　会帝让九锡，公卿将劝进，使籍为其辞。籍沉醉忘作，临诣府，使取之，见籍方据案醉眠。使者以告，籍便书案，使写之，无所改窜。辞甚清壮，为时所重。

---

　　① 乎：原书作"乎乎"。

籍虽不拘礼教，然发言玄远，口不臧否^①人物。

性至孝，母终，正与人围棋，对者求止，籍留与决赌^②。既而饮酒二斗，举声一号，吐血数升。及将葬，食一蒸肫^③，饮二斗酒，然后临诀，直言穷矣，举声一号，因又吐血数升，毁瘠^④骨立，殆致灭性。裴楷往吊之，籍散发箕踞，醉而直视，楷吊唁毕便去。或问楷："凡吊者，主哭，客乃为礼。籍既不哭，君何为哭？"楷曰："阮籍既方外之士，故不崇礼典。我俗中之士，故以轨仪自居。"时人叹为两得。

籍又能为青白眼，见礼俗之士，以白眼对之。及^⑤嵇喜来吊，籍作白眼，喜不怿而退。喜弟康闻之，乃赍酒挟琴造焉，籍大悦，乃见青眼。由是礼法之士疾之若仇，而帝每保护之。

籍嫂尝归宁，籍相见与别。或讥之，籍曰："礼岂为我设邪？"邻家少妇有美色，当垆沽酒。籍尝诣饮，醉，便卧其侧。籍既不自^⑥嫌，其夫察之，亦不疑也。

兵家女有才色，未嫁而死。籍不识其父兄，径往哭之，尽哀而还。其外坦荡而内淳至，皆此类也。时率意独驾，不由径路，车迹所穷，辄恸哭而反。尝登广武，观楚、汉战处，叹曰："时无英雄，使竖子成名！"登武牢山，望京邑而叹，于是赋《豪杰

---

① 臧否：原书作"藏否"。
② 赌：原书作"睹"。
③ 肫：原书作"肫"。
④ 毁瘠：原书作"毁脊"。
⑤ 及：原书作"乃"。
⑥ 自：原书作"目"。

诗》。景元^①四年冬卒，时年^②五十四。

籍能属文，初不留思。作《咏怀诗》八十馀篇，为世所重。著《达庄论》，叙无为之贵。文多不录。

籍尝于苏门山遇孙登，与商略终古及栖神导^③气之术，登皆不应，籍因长啸而退。至半岭，闻有声若鸾凤之音，响乎岩谷，乃登之啸也。遂归著《大人先生传》，其略曰："世之所谓君子，惟法是修，惟礼是克。手执圭璧^④，足履绳墨。行欲为目前检，言欲为无穷则。少称乡党，长闻邻国。上欲图三公，下不失九州牧。独不见群虱之处裈中，逃乎深缝，匿乎坏絮，自以为吉宅也。行不敢离缝际，动不敢出裈裆，自以为得绳墨也。然炎丘火流，焦邑灭都，群虱处于裈中而不能出也。君子之处域内，何异夫虱之处裈中乎？"此亦籍之胸怀本趣也。（节《晋书·阮籍传》）

籍诗之最著者为《咏怀诗》，兹附于后：

夜中不能寐，起坐弹鸣琴。薄帷鉴明月，清风吹我衿。孤鸿号外野，朔鸟鸣北林。徘徊将何见？忧思独伤心。

二妃游江滨，逍遥顺风翔。交甫怀环珮，婉娈有芬芳。猗靡情欢爱，千载不相忘。倾城迷下蔡，容好结中肠。感激生忧思，谖草树兰房。膏沐为谁施？其雨怨朝阳。如何金石交，一旦更离伤。

---

① 景元：原书作"景文"。

② 时年：原书作"年时"。

③ 导：原书作"道"。

④ 璧：原书作"壁"。

271

【二妃】*《文选》注：(《列仙传》)江妃①二女游于江滨，逢郑交甫挑之，不知其神女也。遂解珮与之，交甫悦，受珮而去，数十步，空怀无珮，女亦不见。【倾城】宋玉《登徒子好色赋》：臣东家之子，嫣然一笑，惑阳城，迷下蔡。

嘉树下成蹊，东园桃与李。秋风吹飞藿，零落从此始。繁华有憔悴，堂上生荆杞。驱马舍之去，去上西山趾。一身不自保，何况恋妻子？凝霜被野草，岁暮亦云已。

【"嘉树"二句】*谚曰：桃李不言，下自成蹊。蹊，人行处也。【藿】豆之叶也。

天马出西北，由来从东道。春秋非有托，富贵焉常保？清露被皋兰，凝霜沾野草。朝为媚少年，夕暮成丑老。自非王子晋，谁能常美好？

【"天马"句】*沈约曰：春秋相代，若环之无端，天道常也。譬如天马本出西北，忽由东道，况富之与贫，贵之与贱，易至乎？

阮嗣宗《咏怀诗》八十馀篇，为世所重，昭明删去重复，存十七首。今取其第一、第二、第三、第五共四首。"嗣宗俶傥"，"诗旨遥深"，"故虑周而调远"(《文心雕龙》《明诗》《体性》)。《咏怀》诸作"可以陶性灵，发幽思，言在耳目之内，情寄八荒之表，洋洋乎会于风雅，使人忘其鄙近，自致远大。颇多感慨之词，厥旨渊放，归趣难求"(钟嵘《诗

---

① 妃：原书作"斐"。

品》）。盖"阮公身仕^①乱朝，常恐遇祸^②，因兹发咏，故每有忧生之嗟。虽事在刺讥，而文多隐避"（颜延年注《咏怀诗》）。当其得意忘言，寻妙于万物之始，穷理尽性，研几于幽明之极（嵇叔良《魏散骑常侍阮嗣宗碑》）。百世而下难以情测也（颜延年注《咏怀诗》）。

第二节　陆机

陆机，字士衡，吴郡人也。身长七尺，其声如雷，文章冠世，作《辩亡论》，太康末与弟云俱入洛，造太常张华。华素重其名，如旧相识，曰："伐吴之后^③，利获二俊。"

初机有骏犬，名曰黄耳，甚爱之。既而羁寓京师，久无家信，语犬曰："我家绝无书信，汝能负书取消息否？"犬摇尾作声。机乃为书，以竹筒盛之而系其头^④，犬寻路南走，遂至其家，得报还洛，后因以为常。

时中国多难，戴若思等劝机还吴，机负其才望，而志匡世难，故不从。冏既矜^⑤功自伐，受爵不让，机恶之，作《豪士赋》以刺焉。冏不知悟，而竟以败。机又以圣王经国，义在封建，因采其远指，著《五等论》，后为成都王^⑥颖所害。（节《晋书》）

---

① 仕：原书作"事"。据《昭明文选》注引颜延年注改。
② 遇祸：《昭明文选》引颜延年注作"罹谤遇祸"。
③ 后：《晋书》作"役"。
④ 头：《晋书》作"颈"。
⑤ 矜：原书作"务"。
⑥ 成都王：原书作"成王"。

所著《文赋》甚有名，信不愧"沉辞怫悦，若游鱼衔钩，而出重渊之深；浮藻联翩，若翰鸟缨缴，而坠曾云之峻"（《文赋》）。

诗亦别具风趣，如《葵园诗》。

《晋书》：赵王伦篡位，迁帝于金墉城。后诸王共诛伦，复帝位。齐王冏谮机为伦作禅文，赖成都王颖救之免，故作此诗，以葵为喻谢颖。

> 种葵北园中，葵生郁蓁蓁。朝荣东北倾，夕颖西南晞。零露垂鲜泽，朗月耀其辉。时逝柔风戢，岁暮商飙飞。曾云无温夜，严霜有凝威。幸蒙高墉德，玄景荫素蕤。丰条并春盛，落叶后秋衰。庆彼晚凋福，忘此孤生悲。

【"朝荣"二句】*《文选》注：《淮南子》曰，圣人之于道，犹葵之与日，虽不与终始，其乡之诚也。高诱曰：倾①，仰也。诚，实也。【零露】*《毛诗》曰：零露瀼瀼。【柔风】*《管子》曰：东方曰春，柔风甘雨乃至。【商飙】*《楚辞》曰：商风肃而害之。【曾】*郑玄《毛诗笺》曰：曾，重也。【严霜】*《汉书》曰：孙宝曰：当从天气以成严霜之威。【墉】*《尔雅》曰：墙谓之墉。【蕤】*《说文》曰：蕤，草木华盛貌也。

《赴洛道中作》二首

> 总辔登长路，呜咽辞密亲。借问子何之？世网婴我

---

① 倾：原书作"卿"。

身。永叹遵北渚，遗思结南津。行行遂已远，野途旷无人。山泽纷纡馀，林薄杳阡眠。虎啸深谷底，鸡鸣高树巅。哀风中夜流，孤兽更我前。悲情触物感，沉思郁缠绵。伫立望故乡，顾影凄自怜。

远游越山川，山川修且广。振策陟崇丘，案辔遵平莽。夕息抱影寐，朝徂衔思往。顿辔倚嵩岩，侧听悲风响。清露坠素辉，明月一何朗？抚几不能寐，振衣独长想。

【总辔】*《文选》注：《家语》，孔子曰：善御者正身以总辔。【呜咽】*蔡琰诗曰：行路亦呜咽。薛君《韩诗章句》曰：呜，叹辞①也。毛苌《诗传》曰：咽，忧不能息也。【世网】*江伟《答军司马》诗曰：羁絷系世网，维进退准绳②。【婴】*《说文》曰：婴，绕也。【遗思】*秦嘉《赠妇诗》曰：遗思致款诚。【野途】*《周礼》曰：野涂五轨。《楚辞》曰：野寂寞其无人。【纡馀】*《上林赋》曰：纡③馀逶迤。【阡眠】*《楚辞》曰：远望兮阡眠。【"虎啸"句】*《淮南子》曰：虎啸而谷风至。【"鸡鸣"句】*《乐录》曰：鸡鸣高树巅。【顾影】*丁仪《寡妇赋》曰：贱妾茕茕，顾影为俦。【自怜】*《楚辞》曰：私自怜兮何极？

---

① 辞：原书作"绳"。
② 绳：原书作"辞"。
③ 纡：原书作"纾"。

【远游】*《文选》注：远游[1]，《楚辞》曰：愿轻举而远游。【越山川】*秦嘉妻徐氏答嘉书曰：高山岩岩，而君是越。【振策】*秦嘉诗曰：过辞二亲墓，振策陟长衢。【案辔】*《汉书》曰：天子案辔徐行。【莽】*《方言》曰：草，南楚谓之莽。【抱影寐】*《楚辞》曰：廓抱影而独倚。【顿辔倚嵩岩】*顿，犹舍也。《尔雅》曰：嵩，高也。

"夫陆机、陆云，实荆衡之杞梓，挺圭璋于秀实，驰英华于早年，风鉴澄爽，神情俊迈。文藻宏丽，独步当时；言论慷慨，冠乎终古。高词迥[2]映，如朗月之悬光；叠意[3]回舒，若重岩[4]之积秀。千条析理[5]，则电坼[6]霜开；一绪连文，则珠流璧合。其词深而雅，其义博而显，故足远超枚、马，高蹑王、刘，百代文宗，一人而已。然其祖考重光，羽楫吴运，文武奕叶，将相连华。而机以廊庙蕴才，瑚琏标器，宜其承俊乂之庆，奉佐时之业，申能展用，保誉流功。属吴祚倾基，金陵毕气，君移国灭，家丧臣迁[7]。矫[8]翮南辞，翻栖火树；飞鳞北逝，卒委汤池。遂使穴碎双龙，巢倾两凤。激浪之心未骋，遽骨修鳞；凌云之意将腾，先灰劲翮。望其翔跃，焉可得哉！

---

① 远游：原书作"远存"。

② 迥：原书作"回"。

③ 叠意：原书作"叠音"。

④ 岩：原书作"严"。

⑤ 析理：原书作"折理"。

⑥ 坼：原书作"拆"。

⑦ 臣迁：原书作"身迁"。

⑧ 矫：原书作"娇"。

"夫贤之立身，以功名为本；士之居世，以富贵为先。然则荣利人之所贪，祸辱人之所恶，故居安①保名，则君子处焉；冒危履贵，则哲士去焉。是知兰植中涂，必无经时之翠；桂生幽壑，终保弥年之丹。非兰怨而桂亲②，岂涂害而壑利？而生灭有殊者，隐显之势异也。故曰，衔美非所，罕有常安；韬奇择居，故能全性。观机、云之行己③也，智不逮言矣。睹其文章之诚，何知易而行难？自以智足安时，才堪佐命，庶保名位，无忝前基。不知世属未④通，运钟方否，进不能辟昏匡乱，退不能屏迹全身，而奋力危邦，竭心庸主，忠抱实而不谅，谤缘虚而见疑，生在己而难长，死因人而易促⑤。上蔡之犬，不诫于前，华亭之鹤，方悔于后。卒令覆宗绝祀，良可悲夫！然则三世为将，衅钟来叶；诛降不祥，殃及后昆。是知西陵结其凶端，河桥收其祸末，其天意也，岂人事乎！"（《晋书·陆机传论》）

第三节　潘岳

潘岳，字安仁，荥⑥阳中牟人。自少才名冠世，为众所疾，栖迟十年，出为河南令，未几，选为长安令，转散骑侍郎。性轻躁，趋世利，与石崇等诌事贾谧，每候其出，与石崇望尘而拜，其母诮之曰："尔当知足，而干没不已乎？"而岳终不改，后为

---

① 居安：原书作"安居"。
② 桂亲：原书作"桂深"。
③ 己：原书作"巳"。
④ 未：原书作"末"。
⑤ 促：原书作"足"。
⑥ 荥：原书作"荣"。

秀所诬，夷三族，岳将诣市，与母别曰："负阿母！"岳美姿仪，辞藻绝丽，尤善哀诔之文。少时挟弹出洛阳道，妇人遇之者皆连手萦绕，投之以果，遂满载以归。（节《晋书》）所著《悼亡诗》，甚为世所重。

悼亡诗二首

荏苒冬春谢，寒暑忽流易。之子归穷泉，重壤永幽隔。私怀谁克从，淹留亦何益？僶俛恭朝命，回心反初役。望庐思其人，入室想所历。帏屏无仿佛，翰墨有馀迹。流芳未及歇，遗挂犹在壁。怅恍如或存，周惶忡惊惕。如彼翰林鸟，双栖一朝只；如彼游川鱼，比目中路析。春风缘隙来，晨霤承檐滴。寝息何时忘？沉忧日盈积。庶几有时衰，庄缶犹可击。

【之子】谓妻也。【役】谓所任也。【庄缶】*庄子妻死，惠子吊之，箕踞鼓盆而歌。

皎皎窗中月，照我室南端。清商应秋至，溽暑随节阑。凛凛凉风升，始觉夏衾单。岂曰无重纩，谁与同岁寒？岁寒无与同，朗月何胧胧！展转眄①枕席，长簟竟床空。床空委清尘，室虚来悲风。独无李氏灵，仿佛睹尔容。抚衿长叹息，不觉涕沾胸。沾胸安能已，悲怀从中起。寝兴目存形，遗音犹在耳。上惭东门吴，下愧蒙庄子。赋诗欲言志，此志难具纪。命也可奈何，长戚自令鄙。

【室南端】室之南正门。【清商】*秋风为商。

---

① 眄：原书作"盼"。

【溽暑】*《说文》溽暑，湿暑也。【纩】细绵也。
【髣髴】六臣作髯髴。[1]【李氏灵】*武帝所幸李夫人
死，方士李少君言能致其神。乃夜设烛，张幄，令帝
居他帐，遥见好女似夫人之状还帐坐也。【东门吴】*
《列子》：魏有东门吴者，死子而不忧。【蒙庄子】*
庄子蒙人。【纪】犹录也。【鄙】*鄙其不能达观[2]。

潘诗体性"轻敏，故锋发而韵流"（《文心雕龙》），潘诗
"烂若舒锦，无处不佳"（《世说》[3]），钟嵘称其"原[4]出于
仲宣"（《诗品》），盖嘉其轻敏若"翔禽之羽毛，衣被之绡
縠[5]也"（《初记学》）。要之，"安仁思绪云骞，词锋景焕，
前史传于贾谊，先达方之士衡。贾论政范，源王化之幽赜[6]；潘
著哀词，贯人灵之情性。机文喻海，韫蓬山而育芜；岳藻如江，
濯美锦而增绚。混三家以通校，为二贤之亚匹矣。然其挟弹盈
果，拜尘趋贵，蔑弃倚门之训，干没不逞之间，斯才也而有斯行
也，天之所赋，何其驳欤！"（《晋书·夏侯湛传论》）

第四节　左思

左思，字太冲，齐国临淄人也。其先齐之公族，有左右公

---

[1] 此条原书如此。《悼亡诗》正文并无"髯髴"而只有"髣髴"（仿佛）。
[2] 达观：原书作"远观"，据文意改。
[3] 整理者按：此语出自《诗品》所引谢混语。余嘉锡《世说新语笺证》
　　亦引《诗品》。
[4] 原：《诗品》原作"源"。
[5] 绡縠：原书作"诮縠"。
[6] 赜：原书作"颐"。

子，因为氏焉。貌寝，口讷，而辞藻壮丽。不好交游，惟以闲①居为事，造《齐都赋》，一年乃成。后欲作《三都赋》，会妹芬入宫，移家京师，乃诣著作郎张载访岷邛②之事，遂构思十年，门庭藩溷皆著纸笔，遇得一句，即便疏之。赋成，皇甫谧为序，张载为注《魏都》，刘逵注《吴》《蜀》③，而序之曰："观中古以来，为赋者多矣，相如《子虚》擅名于前，班固《两都》理胜其辞，张衡《二京》文过其意。至若此赋，拟议数家，傅辞会义，抑多精致，非夫研核者不能④练其旨，非夫博物者不能统⑤其异。"张华见而叹曰，班张之流也。豪贵之家，竞相传写，洛阳为之纸贵。初，陆机入洛，闻思欲作《三都赋》，抚掌而笑曰："有伧父欲作《三都赋》，须其成，当以覆酒瓮耳。"及思赋出，机叹服为不能加也。（节《晋书》）

其诗之佳者如《咏史》：

荆轲饮燕市，酒酣气益⑥振。哀歌和渐离，谓若傍无人。虽无壮士节，与世亦殊伦。高眄邈四海，豪右何足陈。贵者虽自贵，视之若埃尘。贱者虽自贱，重之若千钧。

主父宦不达，骨肉还相薄。买臣困采樵，伉俪不安宅。陈平无产业，归来翳负郭。长卿还成都，壁立何寥

---

① 闲：原书作"闵"。
② 岷邛：原书作"岷卬"。
③ 《吴》《蜀》：谓《吴都赋》《蜀都赋》，原书作"《吴都》"，据《晋书》改。
④ 能：原书作"得"。
⑤ 统：原书作"绝"，据《晋书》改。
⑥ 益：原书作"亦"。

廓。四贤岂不伟，遗烈光篇籍。当其未遇时，忧在填沟壑。英雄有屯邅，由来自古昔。何世无奇才，遗之在草泽。

【酣】*《文选》注：孔安国《尚书传》曰，乐酒曰酣。【振】*毛苌《诗传》曰，震，犹威也。【"哀歌"二句】*《史记》曰，荆轲之燕，与屠狗及高渐离饮于燕市，酒酣，高渐离击筑，荆轲和而歌于市中，相乐也。已而相泣，旁若无人。【邈】*《汉书》注曰，邈，绵邈。【豪右】*张衡《四愁诗》序曰：豪右并兼之家。【埃尘】言轻。【千钧】喻重也。《列子》杨朱曰：贵非所贵，贱非所贱，齐贵齐贱。《汉书》曰，十六两为一斤，三十斤为一钧。【主父】*《史记》：或说主父偃曰太横，主父偃曰：臣结发游学四十年，身不得遂，亲不以为子，昆弟不收。【宦】*杜预《左氏传》注曰：宦，仕也。【骨肉】*《吕氏春秋》曰，父母之于子也，子之于父母也，此之谓骨肉之亲。【薄】轻鄙之也。《史记》曰：君薄淮阳邪。【买臣】*《汉书》曰：朱买臣家贫，常刈薪樵卖以给食，担束薪，行且诵书，妻亦负戴相随，数止买臣，无讴歌道中，买臣愈益疾歌，妻羞之，求去。买臣笑曰：我年五十当富贵也，今已四十余矣，汝苦日久，待我富贵，报汝功力。妻恚怒曰：如公等，终饿死沟中耳，何能富贵？买臣不能留，即听去。【伉俪】*《左氏传》曰：施氏之妇怒施氏曰：己不能庇其伉俪。杜预曰：俪，偶也。伉，敌也。【"陈平"二句】*《汉书》曰：陈平家贫，好读书，负郭穷巷，以席为门，然门外多长者车辙。《方言》曰：翳，菱也。郭璞曰：谓蔽菱也，音爱。郑玄《礼记注》曰：负之言背也。【"长卿"二句】＊《史记》曰：卓文君奔司马相如，相与驰归成都，居徒四壁立。郭璞曰：贫穷也。【寥廓】＊《楚辞》曰：嗟寥廓而无处。《广雅》曰：廓，空也。【遗烈】＊班固说东平王苍曰：遗烈著于无穷。【光篇籍】＊《汉书》曰：吴起、商鞅垂著篇籍。【填沟壑】＊《孟子》曰：志士不忘在沟壑。【屯邅】＊《周易》曰：屯如邅如。【古昔】＊《国语》曰：古曰在昔。【"何世"句】＊《孙子》曰：何世之无才，何才之无施。

习习笼中鸟，举翮触四隅。落落穷巷士，抱影守空庐。出门无通路，枳棘塞中涂。计策弃不收，块若枯池鱼。外望无寸禄，内顾无斗储。亲戚还相蔑，朋友日夜疏。苏秦北游说，李斯西上书。俯仰生荣华，咄嗟复凋枯。饮河期满腹，贵足不愿馀。巢林栖一枝，可为达士模。

【习习】＊《文选》注：《说文》曰，习习，数飞也。《鹖冠子》曰：笼中之鸟，空笼不出。【隅】＊郑玄《毛诗笺》云：隅，角也。【落落】疏寂貌，言士之居穷巷，若鸟之在笼中也。【抱影】＊《风赋》曰：廓抱影而独倚。【出门】＊王仲宣《七哀诗》曰：出门无所见。【枳棘】＊《孔丛子》：孔子山陵之歌曰：枳棘充路，陟之无缘。【"计策"句】＊东方朔《六言》曰：计策弃捐不收。【块】＊王逸《楚辞注》曰：块，独处貌。【寸禄】＊《国语》：叔向曰，绛之富商而无寻尺之禄。【"内顾"句】＊郑玄《毛诗笺》曰：回首曰顾。《古出东门行》曰：盎中无斗米储，还视架上无悬①衣。《说文》曰：储，蓄也，谓蓄积以待用也。【"亲戚"二句】＊郑玄《毛诗笺》曰：蔑，轻也。《庄子》曰：亲友益疏。【"苏秦"二句】＊《史记》曰：苏秦乃西至秦，说惠王，王方诛商鞅，疾辩士弗用，乃东之赵，遂说六国，苏秦为从约长，并相六国。后去赵之燕，阳为得罪于燕而亡，自燕之齐，齐宣王以为客卿，后齐大夫多与苏秦争宠者，而使人刺苏秦。又曰：李斯西入秦，说秦王，后秦王以斯为客卿。又曰：始皇以斯为丞相，二世下斯吏，斯就五刑。【俯仰】＊《庄子》曰：其疾也，俯仰之间。【荣华】＊《文子》曰，身有荣华，心有愁悴。【咄嗟】＊《苍颉篇》曰：咄，唪也。《说文》曰：唪，惊也。王弼《周易注》曰：嗟，忧叹之辞②。咄，丁忽切。唪③，仓愦切。【饮河】【巢林】＊《庄子》曰：鹪鹩巢林，不过一枝，偃鼠饮河，不过满腹。

太冲"动墨而④横锦"（《文心雕龙·时序》），"得讽喻之致，虽野于陆机，而深于⑤潘岳"（钟嵘《诗品》）。《咏

---

① 悬：原书作"县"。
② 辞：原书作"心"。
③ 唪：原书脱此字。
④ 而：原书无，从《文心雕龙》补。
⑤ 于：原书缺，据《诗品》补。

史》八首，尤为"拔萃"（《文心雕龙》），是之谓"山水有清音，其韵故足赏也"（《诗薮》[1]）。

第五节　嵇康[2]

嵇康，字叔夜，谯国铚人也。其先姓奚，会稽上虞人，以避怨，徙焉。

铚有嵇[3]山，家于其侧，因而命氏。兄喜，有当世才，历太[4]仆、宗正。康早孤，有奇才，远迈不群。身长七尺八寸，美词气，有风仪，而土木形骸，不自藻饰，人以为龙章凤姿，天质自然。恬静寡欲，含垢匿瑕，宽简有大量。学不师受，博览无不该通，长好老庄。与魏宗室婚，拜中散大夫。常修养性服食之事，弹琴咏诗，自足于怀，以为神仙禀之自然，非积学所得，至于导[5]养得理，则安期、彭祖之伦可及，乃著《养生论》。盖其胸怀所寄，以高契难期，每思郢质。所与神交者，惟陈留阮籍、河内山涛，豫其流者，河[6]内向秀、沛国刘伶、籍兄子咸[7]、琅邪[8]王戎。遂为竹林之游，世所谓竹林七贤也。

---

① 整理者按：原书此处引《诗薮》语，其意难明。胡应麟《诗薮》外编二："太冲以气胜者也，'振衣千仞冈，濯足万里流'，至矣，而'岂必丝与竹，山水有清音'，其韵故足赏也。"

② 嵇：原书作"稽"。且本节中均作"稽"，以下径改，不出注。

③ 嵇：原书作"稽"。

④ 太：原书作"大"。

⑤ 导：原书作"道"。

⑥ 河：原书作"何"。

⑦ 咸：原书作"威"。

⑧ 邪：原书作"郁"。

戎自言与康居山阳二十年，未尝见其喜愠之色。康尝采药游山泽，会其得意，忽焉忘反，时有樵苏者遇之，咸谓为^①神。至汲郡山中见孙登，康遂从之游。登沉默自守，无言说。康临去，登曰："君性烈，才隽，其能免乎？"康又遇王烈，共入山。烈^②尝得石髓^③如饴，即自服半，馀半与康，皆凝而为石。又于石室中见一卷素书，遽呼康往取，辄不复见。烈乃叹曰："叔夜志趣^④非常，不遇，命也。"其神心所感，每遇幽逸如此。

山涛将去选官，举康自代，康乃与涛书告绝，曰：

"闻足下欲以吾自代，虽事不行，知足下故不知之也。恐足下羞庖人之独割，引尸祝以自助，故为足下陈其可否。老子、庄周，吾之师也，亲居贱职；柳下惠、东方朔，达人也，安乎卑位。吾岂敢短之哉？又仲尼兼爱，不羞执鞭，子文无欲卿相，而三为令尹，是乃君子思济物之意也。所谓达能兼善而不渝，穷则自得而无闷。以此观之，故知尧舜之居世，许由之岩栖，子房之佐汉，接舆之行歌，其揆一也。仰瞻数君，可谓能遂^⑤其志者也。故君子百行，殊途同致，循性而动，各附所安。故有处朝廷而不出，入山林而不反之论。且延陵高子臧^⑥之风，长卿慕相如之节，意气所托^⑦，亦不可夺也。吾每读向子平、台孝威^⑧传，

---

① 为：原书缺，据《晋书》补。

② 烈：原书作"列"。

③ 石髓：原书作"石随"。

④ 志趣：原书作"趣"。

⑤ 遂：原书作"达"。

⑥ 子臧：原书作"子藏"。

⑦ 托：原书作"之"。

⑧ 威：原书作"感"。

慨然慕之，想其为人。加少孤露，母兄见骄（原作骄恣，依《文选》改），不涉经学，又读老庄，重增其放，故使荣进之心日颓，任逸之情转笃。阮嗣宗口不论人过，吾每师之，而未能及。至性过人，与物无伤，惟饮酒过差耳。至为礼法之士所绳，疾之如仇雠，幸赖大将军保持之耳。吾以不如嗣宗之资，而有慢弛之阙，又不识物情，暗于机宜，无万石之慎，而有好尽之累，久与事接，疵衅^①日兴，虽欲无患，其可得乎？又闻道士遗言，饵术黄精，令人久寿，意甚^②信之，游山泽，观鱼鸟，心甚乐之。一行作吏，此事便废，安能舍其所乐，而从其所惧哉？

"夫人之相知，贵识其天性，因而济之。禹不逼伯成子高，全其长也；仲尼不假盖于子夏，护其短也。近诸葛孔明不迫元直以入蜀，华子鱼不强^③幼安以卿相，此可谓能相终始，真相知者也。自卜已审，若道尽途殚则已耳。足下无事冤之，令转于沟壑也。

"吾新失母兄之欢，意常凄切。女年十三，男年八岁，未及成人，况复多疾，顾此恨恨^④，如何可言！今但欲守陋巷，教养子孙，时时与亲旧叙离阔，陈说平生，浊酒一杯，弹琴一曲，志意毕矣，岂可见黄门而称贞哉？若趣欲共登王途，期于相致，时为欢益，一旦迫之，必发狂疾。自非重仇，不至此也。既以解足下，并以为别。"

此书既行，知其不可羁屈也。性绝巧而好锻，宅中有一柳

---

① 衅：原书作"釁"。

② 意甚：原书作"意当"。

③ 强：原书作"疆"。

④ 恨恨：原书作"恨恨"。

树甚茂，乃激水圜之，每夏日，居其^①下以锻。东平吕安服康高致，每一相思，辄千里命驾，康友而善之。后安为兄所枉诉，以事系狱，辞相证引，遂复收康。康性慎言行，一旦缧绁，乃作《幽愤》诗。

初，康居贫，尝与向秀共锻于大树之下，以自赡^②给。颍川钟会，贵公子也，精练有才辩，故往造焉。康不为之礼，而锻不辍。良久会去。康谓曰："何所闻而来？何所见而去？"会曰："闻所闻而来，见所见而去。"会以此憾之。及是，言于文帝曰："嵇康，卧龙也，不可起。公无忧天下，顾以康为虑耳。"因谮^③："康欲助毋^④丘俭，赖山涛，不听。昔齐戮华士，鲁诛少正卯，诚以害时乱教，故圣贤去之。康、安等言论放荡，非毁典谟，帝王者所不宜容，宜因衅除之，以淳风俗。"帝既昵听信会，遂并害之。康将刑东市，太学生三千人请以为师，弗许。康顾视日影，索琴弹之，曰："昔袁孝尼尝从吾学《广陵散》，吾每靳固之，《广陵散》于今绝矣！"时年四十。海内之士，莫不痛之。帝寻悟而恨焉。

初，康尝游乎洛西，暮宿华阳亭，引琴而弹。夜分，忽有客诣之，称是古人，与康共谈音律，辞致清辩，因索琴弹之，而为《广陵散》，声调绝伦^⑤，遂以授康，仍誓不传人，亦不言其姓

---

① 其：原书作"目"。
② 赡：原书作"瞻"。
③ 谮：原书作"潜"。
④ 毋：原书作"母"。
⑤ 伦：原书作"论"。

字。康善谈理，又能属文，其高情远趣，率①然玄远。撰上古以来高士为之传赞，欲友其人于千载也。又作《太师箴》，亦足以明帝王之道焉。复作《声无哀乐论》，甚有条理。（《晋书》）

叔夜诗之最著者如《酒会诗》：

> 乐哉苑中游，周览无穷已。百卉吐芳华，崇基邈高跱②。林木纷交错，玄池戏鲂鲤。轻丸毙朔③禽，纤纶出鳢鲔。坐中发美赞，异气同音④轨。临川献清酤，微歌发皓齿。素琴挥雅⑤操，清声随⑥风起。斯会岂不乐⑦，恨无东野子。酒中念幽人，守故弥终始。但当体七弦，寄心在知己。

【朔禽】北鸟也。

"嵇旨清峻"（《文心雕龙》），"托喻⑧清远"（《诗品》），"文辞壮丽，好言老庄"（《三国志·魏·王粲传》），"学不师受，博洽多闻"（《三国志》注引嵇喜所撰康传），"但讦直露才，颇伤渊雅之致耳"（《诗品》）。

---

① 率：原书作"索"。
② 跱：原书作"踌"。
③ 朔：诸本多作"翔"或"飞"，此处"朔"疑"翔"字之误。
④ 音：原书作"意"。
⑤ 雅：原书作"虽"。
⑥ 随：原书作"隋"。
⑦ 乐：原书作"荣"。
⑧ 喻：原书作"谕"。

国家社科基金重大招标项目

"十四五"国家重点出版物
出版规划项目

湖北省公益学术著作
Hubei Special Funds 出版专项资金
for Academic and Public-interest
Publications

民国时期中国文学史
著作整理丛刊

丛书主编　陈文新　余来明

新著中国文学史

林之棠　著　王同舟　张坤　整理

下

长江出版传媒｜崇文书局

第六节 张华

张华，字茂先[①]，范阳方城人也。少孤，牧羊，同郡卢钦见而器之，乡人刘放[②]亦奇其才，以女妻焉。著《鹪鹩赋》以自寄，阮籍见之曰："此王佐才也。"由是声名乃著，旋拜封关内侯，以赞伐吴事，功成，封广武县侯，增邑万户。惠帝即位，以华为太子少傅[③]，又以诛玮有功，拜右光禄[④]大夫，仪同三司。嗣以不赞废贾后事被秀等收，夷三族。华博学多闻，著有《博物志》十篇及文章并传于世。（节《晋书》）

所著《情诗》，尤为雅健，其诗曰：

清风动帷帘，晨月照幽房。佳人处遐远，兰室无容光。襟怀拥灵景，轻衾覆空床。居欢惜夜促，在戚怨宵长。拊枕独啸叹，感慨心内伤。

【兰室】*《文选》注：古诗曰，卢家兰室桂为梁。【容光】*曹植《离别诗》曰：人远精魂近，寤寐梦容光。【拥】犹抱也。【"居欢"句】*一云居欢惜夜促。《尔雅》曰：惜，贪也。苦盖切。

游目四野外，逍遥独延伫。兰蕙缘清渠，繁华荫绿渚。佳人不在兹，取此欲谁与？巢居知风寒，穴处识阴雨。不曾远别离，安知慕俦侣。

---

① 茂先：原书作"茂生"。
② 刘放：原书作"刘敏"。
③ 傅：原书作"传"。
④ 右光禄：原书作"光右禄"。书后《刊误表》谓当改作"光禄右"，今据《晋书》改。

【游目】【延伫】*《文选》注:《楚辞》曰,忽反顾以游目。又曰,结幽兰而延伫。【巢居】【穴处】*《春秋汉含孳》曰:穴藏先知雨,阴瞳未集,鱼已噞喁。巢居之鸟,先知风,树木摇,鸟已翔。《韩诗》曰:鹳鸣于垤,妇叹于室。薛君曰:鹳,水鸟。巢处知风,穴处知雨,天将雨而蚁出壅土。鹳鸟见之,长鸣而喜。

刘勰甚赞其章表之俊,钟嵘谓:"其原出于王粲,其体华艳,兴托不奇,巧用文字,务为妍冶。虽名高曩代,而疏亮之士,犹恨其儿女情多,风云气少。谢康乐云,张公虽千篇,犹一体耳。今置之中品疑弱,处之下科①恨少,在季孟之间耳。"堪称笃论。

第七节　郭璞

郭璞,字景纯,河东闻喜人也。辞赋为中兴之冠,好古文奇字,洞悉五行、天文、卜筮之术,虽京房、管辂不能过也。惠怀之际,河东先扰,璞筮之,投策而叹曰:"嗟乎! 黔黎将湮没于异类,桑梓其翦为龙荒乎! "遂避地东南,王导深重之,引参己军事。璞素与桓彝友善,彝每②造之,或值璞在妇间,便入③,

---

① 下科:原书作"下料"。
② 每:原书作"再",据《晋书》改。
③ 便入:原书作"便溺",原书标点为:"或值璞在妇间便溺",据《晋书》改。

璞曰："卿来，他处自可，但不可厕^①上相寻耳。"彝后因醉诣璞，正逢在厕，掩而观之，见璞裸身被发，衔刀设醮。璞见彝，抚心大惊曰："吾每属卿勿来，反更如是！非但祸吾，卿亦不免矣。天实为之，将以谁咎？"

初，璞每言"杀我者山宗"，至是果有姓崇者构璞于敦，敦将举兵，又使璞筮，曰"无成"，敦因疑璞之劝峤、亮，又闻^②卦凶，乃向璞曰，卿更筮吾寿几何。答曰："若往武昌，寿不可测。"敦大怒曰："卿寿几何？"曰："命尽今日日中。"敦遂收璞斩之。

所著《游仙诗》最为有名，其辞曰：

> 京华游侠窟，山林隐遁栖。朱门何足荣，未若托蓬莱。临源挹清波，陵岗掇丹荑。灵溪可潜盘，安事登云梯。漆园有傲吏，莱氏有逸妻。进则保龙见，退为触藩羝^③。高蹈风尘外，长揖谢夷齐。

【游仙诗】*《文选》注：凡游仙之篇，皆所以滓秽尘网，锱铢缨绂，餐霞倒景，饵玉^④玄都。虽志狭^⑤中区，而辞无俗累，见非前识，良有以哉。【游侠】*《西京赋》曰，都邑游侠，张赵之伦。【山林】*《庄子》曰，徐无鬼见魏武侯，武侯曰，先生居山林久矣。郭

---

① 厕：原书此处及后句中，"厕"俱作"侧"。
② 闻：原书作"问"，此处又标点为"又问。卦凶"，当是因林之棠仓促间误解《晋书》原意所致。
③ 羝：原书作"翔"。
④ 玉：原书作"王"。
⑤ 志狭：原书作"狭志"。

璞《山海经注》曰，山居为栖。又曰：遯者，退也。《周易》曰，龙德而隐，遯世无闷。【朱门】*东方朔《十洲记》曰，臣故舍韬隐而赴王庭，藏养生而侍朱门矣。【蓬莱】*《史记》曰，李少君谓武帝曰，臣尝游海上，见安期生仙者，通蓬莱中也。【挹】【掇】*毛苌《诗传》曰：挹，斟也。又曰：掇，拾也。都活切。【丹荑】*《本草经》曰，赤芝一名丹芝，食之延年。凡草之初生，通名曰荑，故曰丹荑。【灵溪】溪名也。庾仲雍《荆州记》曰，大城西九里有灵溪水①。【云梯】言仙人升天，因云而上，故曰云梯。《墨子》曰，公输般为云梯，必取宋。张湛《列子注》曰，班输为梯，可以陵虚。【漆园】*《史记》曰，庄子者，蒙人也，名周，尝为蒙漆园吏。楚威王闻庄周贤，使使厚币迎，许以为相。庄周笑谓楚使者曰：亟去，无污我。【"莱氏"句】*《列女传》曰，莱子逃世，耕于蒙山之阳。或言之楚，楚王遂驾至老莱之门。楚王曰，守国之孤，愿变先生。老莱曰诺。妻曰：妾之居乱世②，为人所制，能免于患乎？妾不能为人所制。投其畚而去，老莱乃随而隐。【进】谓求仙也。【退】谓处俗也。【龙见】【触藩羝】*《周易》曰，九二，见龙在田，龙德而正中者也。又曰：羝羊触藩，羸其角，不能退，不能遂，无攸利。【高蹈风尘外】*《左氏传》曰，鲁

---

① 水：此字本非衍文，原书《刊误表》谓当删去。
② 乱世：原书作"世乱"。据《文选》注改。

人之皋，使我高蹈。《庄子》曰，孔子彷徨尘垢之外。【谢】*《说文》曰，谢，辞别也。【夷齐】*《史记》曰，伯夷、叔齐，孤竹君之子也。父欲立叔齐，及卒，叔齐让伯夷，伯夷曰，父命也，遂逃去，叔齐亦不肯立而逃。义不食周粟，隐于首阳山。

　　青溪千馀仞，中有一道士。云生梁栋间，风出窗户里。借问此何谁，云是鬼谷子。翘迹企颍阳，临河思洗耳。阊阖西南来，潜波涣鳞起。灵妃顾我笑，粲然启玉齿。蹇修时①不存，要之将谁使。

　　【青溪】*《文选》注：庾仲雍《荆州记》曰，临沮县有青溪山，山东有泉，泉侧有道士精舍。郭景纯尝作临沮县，故《游仙诗》嗟青溪之美②。【鬼谷子】*《史记》曰，苏秦东事师于齐，而习于鬼谷先生。徐广曰，颍川阳城有鬼谷。《鬼谷子》序曰，周时有豪士隐于鬼谷者，自号鬼谷③子，言其自远也。然鬼谷之名，隐者通号也。【翘迹】*《广雅》曰，翘，举也。【颍阳】*《吕氏春秋》曰，昔尧朝许由④于沛泽之中，请属天下于夫子，许由遂之颍川之阳。【洗耳】*《琴操》曰⑤：尧大许由之志，禅为天子，由以其言不善，

---

① 蹇修时：原书作"蹇时修"。
② 美：原书作"羊"。
③ 谷：原书此处为一逗号。
④ 许由：原书作"许田由"。
⑤ 《琴操》曰：原书脱"操曰"二字。原书《刊误表》谓当删"琴"字而非增"操曰"二字。

乃临河而洗其耳。【阊阖】＊高诱曰，兑为阊阖风。【涣】＊《周易》曰，风行水上，涣。【宓妃】宓妃也。【顾我笑】＊《毛诗》曰，顾我则笑。郑玄曰[1]：顾，犹视也。【粲然启玉齿】＊《穀梁传》曰，军人粲然皆笑。《庄子》曰，女商谓徐无鬼曰，吾所以说君[2]者，吾未尝启齿。司马彪曰：启齿，笑也。【蹇修】＊《楚辞》曰，吾令丰隆乘云兮，求宓妃之所在。解佩纕以结言兮，吾令蹇修以为理。王逸曰：古贤蹇修而媒理也。【将】＊《广雅》曰，将，欲也。

景纯"文藻粲丽，诗赋赞颂，并传于世"（《世说·文学编》注引璞传）。间尤以"《仙篇》[3]词多慷慨，乖远玄宗"（《诗品》），岂独"挺拔为俊"（《文心雕龙》），抑且"中兴第一"（《诗品》）矣。《晋书》称其"情源秀逸，思业高奇，袭文雅于西朝[4]，振辞锋于南夏"，非过誉也。至若语怪征神，衔刀被发，遑遑于幽秽之间，仲尼所谓"攻乎异端，斯害也已"，悲夫！（节《晋书·郭璞传论》）

晋代诗豪除上列数子外，豫其流者如潘尼、陆云、张协、张载是也。兹并略附诸子本传及其代表杰作于后。

第八节　潘尼

潘尼字正叔，少与从父岳俱以文章知名，历中书令，永嘉中

---

① 曰：原书无，据《昭明文选》注补。
② 君：原书无，据《昭明文选》注补。
③ 《仙篇》：《诗品》原文为"《游仙》之作"。
④ 西朝：原书作"中朝"，据《晋书》改。

称太常卿。所著有《迎大驾》诗一首甚有名。

> 南山郁岑崟，洛川迅且急。青松荫修岭，绿蘩被广
> 隰①。朝日顺长涂，夕暮无所集。归云乘幰浮，凄风寻
> 帷入。道逢深识士，举手对吾揖。世故尚未夷，崤函万
> 险涩。狐狸夹两辕，豺狼当路立。翔凤婴笼槛，骐骥见
> 维絷。俎豆昔尝闻，军旅素未习。且少停君驾，徐待②
> 干戈戢。

【"豺狼"句】*《汉书》：豺狼当道，不宜复问
狐狸。

钟嵘称正叔诗"虽不具美③，而文采高丽，并得虬龙片甲，
凤凰一毛，事同驳圣，宜居中品"。

第九节　陆云

云字士龙，少与兄机齐名，号曰二陆，为吴王郎中，成都王
颖表为清河内史，机被收，并收云。其答兄诗云：

> 悠远途可极，别促怨会长。衔思恋行迈，兴言在临
> 觞。南津有绝济，北渚河无梁。神往同逝感，形留悲参
> 商。衡轨若殊迹，牵牛非服箱。

【牵牛】星名。

钟嵘称士龙与兄衡，"殆如④陈思之匹白马"，《文心雕
龙》谓"士龙朗练，以识检乱，或能布采鲜净，敏于短篇"

---

① 隰：原书作"湿"。
② 徐待：原书作"徐徐"。
③ 虽不具美：原书断为"诗虽不具"，后无"美"字。据《诗品》改。
④ 如：原书作"为"。

是也。

第十节　张协

张协，字景阳，载之弟也，兄弟守道不竞，以属咏自娱，少辟公府，后为黄门侍郎，因托疾，遂绝弃人事，终于家。所著《杂诗》甚有名。

秋夜凉风起，清气荡暄浊。蜻蛚吟阶下，飞蛾拂明烛。君子从远役，佳人守茕独。离居几何时，钻燧忽改木。房栊无行迹，庭草萋以绿。青苔依空墙，蜘蛛网四屋。感物多所怀，沉忧结心曲。大火流坤维，白日驰西陆。浮阳映翠林，回飙扇绿竹。飞雨洒朝兰，轻露栖丛菊。龙蛰暄气凝，天高万物肃。弱条不重结，芳蕤岂再馥。人生瀛海内，忽如鸟过目。川上之叹逝，前修以自勖。

【蜻蛚】*《文选》注：《易通卦验》曰：立秋，蜻蛚鸣。【飞蛾】*崔豹《古今注》曰：飞蛾善拂灯火也。【君子】谓夫也。【"钻燧"句】*《论语》曰：钻燧改火。《礼含文嘉》曰：燧人始钻木取火，炮生为熟[①]。《邹子》曰：春取榆柳之火，夏取枣杏之火，季夏取桑柘之火，秋取柞楢之火，冬取槐檀之火。【房栊】*《说文》曰：栊，房室之疏也。【萋以绿】*古诗曰：秋草萋以绿。【青苔】*《淮南子》曰：穷谷之洴，生以苍苔。【蜘蛛】*《说文》曰：蜘蛛，蟊也。

---

① 炮生为熟：原书作"炮为生熟"。

魏文帝诗曰：蜘蛛绕户牖，野草当阶生。《论衡》曰：蜘蛛结丝以网飞虫，人之用计，安能过之。【感物】＊古诗曰：感物怀所思。【心曲】＊《毛诗》曰：乱我心曲。【大火】＊《毛诗》曰：七月流火。毛苌曰：火，大火也。【坤维】＊《淮南子》曰：坤维在西南。又曰：斗指西南维为立秋。【西陆】＊《续汉书》曰：日行西陆谓之秋。 杜预《左传》注曰：陆，道也。【龙蛰】＊《周易》曰：龙蛇之蛰，以求伸也。《礼记》曰：仲秋之月，蛰虫坏户。【凝】＊《广雅》曰：凝，止也。【天高】＊《楚辞》曰：悲哉秋之为气，天高而气清。【肃】＊《毛诗》曰：九月肃霜。毛苌曰：肃，缩也，霜降而收缩万物也。《尸子》曰：西方为秋。秋，肃也。万物草木肃，敬礼之至也。【"弱条"二句】＊《文子》曰：冬冰可折，夏条可结，时难得而易失。【瀛海】＊《史记》：邹衍曰，中国名赤县，中州也，中国外如赤县州者九，乃所谓九州也。于是有瀛海环之，人民禽兽莫能相通者，如一区中者，乃为一州。如此者九，乃有大瀛海环之。其外天地之外也。【"川上"句】＊《论语》：子在川上曰，逝者如斯。【前修】＊《楚辞》曰：謇吾法夫前修兮，非世俗之所服。【自勖】＊蔡琰诗曰：竭心自勖厉。

金风扇素节，丹霞启阳期。腾云似涌烟，密雨如散丝。寒花发黄采，秋草含绿滋。闲居玩万物，离群恋所思。案无萧氏牍，庭无贡公綦。高尚遗王侯，道积自成基。至人不婴物，馀风足染时。

【金风】*《文选》注：西方为秋而主金，故秋风曰金风也。【丹霞】*《河图》曰：昆仑山有五色水，赤水之气，上蒸为霞①，阴而赫然。魏文帝《芙蓉池》诗曰：丹霞夹明月。【闲居】已见上文。②【离群】*《礼记》：子夏曰，吾离群索居，亦已久矣。【萧氏牍】【贡公綦】*《汉书》曰：萧育与朱博为友，著闻当世，时人为之语曰：萧朱结绶，王贡弹冠。往者有王阳、贡公。《说文》曰：牍，书版也。班婕妤③赋曰：俯视兮丹墀，思君兮履綦。晋灼曰：綦，履迹也。【高尚】*《周易》曰：不事王侯，高尚其事。【道积】*《文子》曰：积道德者天与之，地助之。【基】*《庄子》曰：无为无治，谓之道基。【至人】【婴物】*《庄子》曰：不离于真，谓之至人。又：南伯子綦曰：吾与之乘天地之诚，而不以物与之④相婴。

朝霞迎白日，丹气临汤谷。翳翳结繁云，森森散雨足。轻风摧劲草，凝霜竦高木。密叶日夜疏，丛林森如束。畴昔叹时迟，晚节悲年促。岁暮怀百忧，将从季主卜。

【丹气】*《文选》注：丹气，谓赤水之气也。

---

① 为霞：原书作“为霞为霞”，衍二字。
② 闲居已见上文：六字系林之棠抄录《昭明文选》注而来，原书《刊误表》谓当删去。按，林之棠抄录《昭明文选》时出现的这种失疏，不止此一处，林之棠《刊误表》未能尽行处理。
③ 妤：原书作“好”。
④ 与之：原书作“与”。据《庄子》及《文选》注改。

【汤谷】*《淮南子》曰：日出汤谷。【翳翳】*《毛诗》曰：曀曀其阴。毛苌曰：如常阴曀然。"翳"与"曀"古字通。《论衡》曰：初出为云，繁云为翳。【森森】*蔡雍《霖赋》曰：瞻玄云之晻晻，悬长雨之森森。【凝霜】*《楚辞》曰：漱凝霜之纷纷。【畴昔】*《左氏传》：羊斟曰，畴昔之羊，子为政。【晚节】*邹阳上书曰：至其晚节末路。【季主卜】*《史记》曰：司马季主者，楚人也。卜于长安东市，宋忠与贾谊游于市中，谒司马季主，请卜。

昔我资章甫，聊以适诸越。行行入幽荒，欧骆①从祝发。穷年非所用，此货将安设。瓴甋夸玙璠，鱼目笑明月。不见郢中歌，能否居然别。《阳春》无和者，《巴人》皆下节。流俗多昏迷，此理谁能察。

【章甫】*《文选》注：章甫，以喻明德。诸越，以喻流俗也。《庄子》曰：宋人资章甫而适诸越，越人敦发文身，无所用之。司马彪曰：敦，断也。资，取也。章甫，冠名也。诸，于也。《尔雅》曰：适，往也。【欧骆】*《史记》曰：东海王摇者，其先越王勾践之后也，姓骆氏。摇率越人佐汉，汉立摇为东海王，都东瓯，世俗号为东瓯王。徐广曰：骆一作骆。《穀梁传》曰：吴，夷狄之国，祝发文身。范宁曰：祝，断也。郑玄《毛诗》曰：从，随也。【"穷年"二句】*冠无所设，以喻德无所效也。《西京赋》曰：穷年忘

---

① 欧骆：今本多作"瓯骆"，林之棠据《昭明文选》，作"欧骆"。

归。【"瓴甋"句】*言流俗之失也。《尔雅》曰：瓴甋谓之甓。《左氏传》曰：季平子卒，阳虎将以玙[1]璠敛。【"鱼目"句】*《洛书》曰：秦失金镜，鱼目入珠。【郢中歌】*宋玉对问曰：客有歌于郢中者，其始曰《下里》《巴人》，国中属而和者数千人，其为《阳春》《白雪》，国中属而和者不过数十人。是其曲弥高者，其和弥寡。【居然别】*《尹文子》曰：形之与名，居然别矣。【下节】*《楚辞》曰：揽辔而下节。【流俗】*《礼记》曰：不从流俗。郑玄曰：流俗，失俗也。

朝登鲁阳关，狭路峭且深。流涧万馀丈，围木数千寻。咆虎响穷山，鸣鹤聒空林。凄风为我啸，百籁坐自吟。感物多思情，在险易常心。揭来戒不虞，挺辔越飞岑。王阳驱[2]九折，周文[3]走岑崟。经阻贵勿迟，此理著来今。

【鲁阳关】*《文选》注：庾仲雍《荆州记》曰，其北有四关，鲁阳、伊关之属也。郦道元《水经注》曰：鲁阳关水，出鲁阳关分头山。【围木】*《说苑》曰：齐王曰，大国之树，必巨围。【寻】*应劭《汉书》注曰：八尺曰寻。【咆】*《说文》曰：咆，嗥也。【聒】*杜预《左传注》曰：聒，谨也。【"凄

---

① 玙：原书作"与"。
② 驱：原书作"躯"。
③ 文：原书作"又"。

风"句】＊《汉书》：息夫躬绝命辞曰："秋风为我吟"。【百籁】＊《庄子》：子游曰^①，地籁则众窍是。【坐自吟】＊无故自吟曰^②坐也。【揭来】＊刘向《七言》曰：揭来归耕永自疏。【戒不虞】＊《周易》曰：君子以治戎器戒不虞。【王阳】＊《汉书》曰：琅玡王阳为益州刺史，行部至邛僰九折坂，叹曰："奉先人遗体，奈何数乘此险？"以病去。及王遵为刺史，至其坂，问吏曰："此非王阳所畏道耶？"吏对曰："是。"遵叱其驭曰驱之^③。王阳为孝子，王遵为忠臣，然此言王阳驱九折，盖驱马而去之也。【"周文"句】＊《公羊传》曰：百里奚与蹇叔^④送其子，而戒之曰："尔即死，必殽之嶔岩，是文王之所避风雨者也。"何休曰：其处阻险，故文王过之，驱驰常若避风雨也。【来今】＊《汉书》：杜业上书曰：深思往事，以戒来今。

钟嵘《诗品》称其原出于王粲，文体华净，少病累，又巧构形似之言，雄于潘岳，靡于太冲，风流调达，实旷代之高手，词采葱菁，音韵铿锵，使人味之亹亹不倦。是也。

第十一节　张载

张载，字孟阳，武邑人。有才华，起家拜著作郎。长沙王又

---

① 曰：原书作"自"。
② 曰：原书作"白"。
③ 遵叱其驭曰驱之：原书作"遵叱其驭驱曰之"。
④ 蹇叔：原书作"蹇叔子"。

请为记事督，拜中书侍郎，稍迁领著作，遂称疾告归，卒于家。所著《七哀诗》二首甚有名。

> 北芒何垒垒，高陵有四五。借问谁家坟？皆云汉世主。恭文遥相望，原陵郁膴膴。季世丧乱起，贼盗如豺虎。毁坏过一抔，便房启幽户。珠柙①离玉体，珍宝见剽虏。园寝化为墟，周墉无遗堵。蒙笼荆棘生，蹊径登童竖。狐兔窟其中，芜秽不及②扫。颓陇并垦发，萌隶营农圃。昔为万乘君，今为丘山土。感彼雍门言，凄怆哀今古。

【北芒】*《文选》注：北芒，山名。【垒垒】冢相次貌。【恭文】*《后汉书》：葬孝安皇帝于恭陵，葬灵帝于文陵，葬光武皇帝于原陵。【一抔】喻小也。【便房】冢圹中空也。【雍门言】《新论》：雍门周以琴见孟尝君曰：臣窃悲千秋万岁后，坟墓生荆棘，狐兔穴③其中，樵儿牧竖踯躅而歌其上，行人见之悽怆，孟尝君之尊贵，如何成此乎？孟尝君喟然叹息，泪下承睫。

《诗品》："孟阳诗乃远惭厥弟，而近超两傅。"是也。

豫其流者并附姓氏于后：

晋侍中石崇。《晋书》曰：崇字季伦，渤海人，累迁侍中，后拜太仆卫尉。崇有妓曰绿珠，孙秀使人求之，崇不许，秀遂劝

---

① 柙：原书作"押"。
② 及：《昭明文选》作"复"。
③ 穴：原书作"冗"。

赵王伦诛崇。

晋襄城太守曹摅。《晋书》曰：摅字颜远，谯国人，迁高密王左司马。流人王逌等寇掠城邑，遇战，军败而死。

晋朗陵公何劭。《晋书》曰：劭字敬祖，陈国人，初为相国掾，稍迁尚书左仆射，薨，袭封朗陵郡公。

卢谌。《晋书》曰：谌字子谅，范阳人。为刘琨主簿，转从侍中郎，后依石季龙。冉闵诛石氏，谌随闵军遇害。

晋吏部郎袁宏。《晋书》曰：袁宏，字彦伯，陈郡人，有逸才。谢尚引为参军，累迁大司马桓温记室。后自吏部郎出为东阳太守，卒。

晋处士郭泰机。《傅咸集》曰：河南郭泰机，寒素之士。

晋常侍顾恺之。《晋书》曰：恺之，字长康，晋陵无锡人。桓温引为大司马参军，后为殷仲堪参军。义熙初，为散骑常侍。

晋冯翊守孙楚。《晋书》曰：孙楚，字子荆，太原人。征西扶风王骏与楚旧好，起为参军梁令卫军司马[①]，寻转太守[②]，卒。

晋太尉刘琨。《晋书》曰：琨字越石，中山人。永嘉初，为并州刺史，复加大将军、并州都督。建兴六年，其长史以并州叛降石勒，琨遂奔蓟。元帝渡江，复加太尉，后被害。

晋著作王赞。《晋书》曰：王赞，字正长，义阳人。辟司空

---

① 此句颇不可解，《晋书》云："起为参军。转梁令，迁卫将军司马。"

② 寻转太守：原书本为"为冯晋太守"，原书《刊误表》谓当改为"寻转太守"。按，此改属想当然而改，《晋书》本传谓："惠帝初，为冯翊太守。"原书"冯晋"为"冯翊"之误。

掾，历散骑侍郎，卒。

晋司徒掾张翰。《晋书》曰：张翰，字季鹰，吴郡人。齐王冏辟为东曹掾，睹天下乱，东归，卒于家。

晋司隶傅玄。《晋书》曰：傅玄，字休奕，北地人。州举秀才，稍迁至司隶校尉，卒。

晋太仆傅咸①。《晋书》曰：傅咸，字长虞，玄之子。举孝廉，拜太子洗②马，后为司隶校尉③，薨。

晋侍中缪袭。《文章志》曰：缪袭，字熙伯。《魏志》曰：袭，东海人，有才学，官④至侍中尚书光禄勋。

晋散骑常侍夏侯湛。《晋书》曰：夏侯湛，字孝若，谯国人。泰始中举贤良，拜郎中，惠帝即位，为散骑常侍。

殷⑤仲文。《晋阳秋》曰：殷仲文，字仲文，陈郡人。为骠骑行参军，以桓玄之姊夫，玄僭立，用为长史。帝反正，出为东阳太守。

晋骠骑王济。《晋诸公赞》曰：王济，字武子，太原晋阳人。有隽才，起家中书郎，终太仆。

晋征南将军杜预。《晋书》曰：杜预，字元凯，京兆人。起家拜尚书郎，稍迁至镇南大将军，都督荆州诸军事。平吴，加位特进，薨。

晋廷尉孙绰。《晋书》曰：孙绰，字兴公，太原人。为章安

---

① 傅咸：原书作"傅喊"。
② 洗：原书作"治"。
③ 尉：原书脱此字。
④ 官：原书无此字。按，此条原书据《昭明文选》注，故据注补。
⑤ 殷：原书脱此字。

令，稍迁散骑常侍，领著作郎，寻转廷尉卿，卒。

晋征士许询。《续晋阳秋》曰：许询，字玄度，高阳人。司徒掾辟不就，蚤卒。

晋河内太守阮侃。《陈留志》曰：阮侃，字德如，尉氏人。与嵇①康为友，仕至河内太守。

晋征士戴逵。《晋书》曰：戴逵，字安道。性不乐当世，太宰武陵王晞闻其善鼓琴，使人召之。逵对使者破琴曰，戴安道不为王门伶人。

晋侍中嵇②绍。《晋书》曰③：嵇④绍，字延祖，康之子也。累迁散骑常侍，赵王伦篡位，署为侍中。惠帝败于荡阴，遂被害。

晋黄门枣据。《今书七志》曰：枣据，字道彦，颍川人。弱冠，辟大将军府，迁尚书郎，贾充为伐吴都督，请为从事中郎。军还，徙黄门侍郎，迁中庶子，卒。

晋顿丘太守欧阳建。《晋书》曰：欧阳建，字坚石，渤海人。辟公府，历山阳令、尚书郎、冯翊太守，甚得时誉。及遇祸，莫不悼惜之。

晋中书令嵇含。《晋书》曰：嵇含，字君道，绍从子。家巩⑤县亳丘，自号亳丘子。举秀才，除郎中。惠帝北征，转中书侍郎，后为平越中郎将。

---

① 嵇：原书作"稽"。
② 嵇：原书作"稽"。
③ 曰：原书作"者"。
④ 嵇：原书作"稽"。
⑤ 巩：原书作"鞏"。

晋参军殷仲文^①。《晋阳秋》曰：殷仲文，字仲文，陈郡人，为骠骑行参军，以桓玄之姊夫，玄僭立，用为长史，帝反正，出为东阳太守。

第十二节　宋颜延之

颜延之，字延年，琅邪临沂人。少孤贫，居负郭，室巷甚陋。好读书，无所不览，文章之美，冠绝当时。饮酒，不护^②细行。年三十，犹未婚。妹适东莞^③刘宪之，穆之子也。穆之既与延之通家，又闻其美，将仕之；先欲相见，延之不往也。高祖受命，补太子舍人。时尚书令傅亮自以文义之美，一时莫及，延之负其才辞，不为之下，亮甚疾焉。少帝即位，出为始安太守。之郡，道经汨潭^④，为湘州^⑤刺史张纪祭屈原文以致其意，曰：

"惟有宋五年月日，湘州刺史吴郡张邵（此十五字系棠据《昭明文选》加入），恭承帝命，建旌旧楚。访怀沙之渊，得捐佩之浦。弭节罗潭，舣舟汨渚，敬祭楚三间大夫屈君之灵：

"兰薰而摧，玉贞则折。物忌坚芳^⑥，人讳明洁。曰若先生，逢辰之缺。温风迨时，飞霜急节。嬴、芊^⑦遘纷，昭、怀不端。谋折仪、尚，贞蔑椒、兰。身绝郢阙，迹遍湘干。比物荃

---

① 此条原书重出。
② 护：原书作"获"。
③ 莞：原书作"筦"，据《宋书》改。
④ 汨潭：原书作"汨罗潭"。
⑤ 湘州：原书作"州"。
⑥ 芳：原书作"方"。
⑦ 芊：按，此系据《宋书》，据义当作"芈"。

荪，连类龙鸾。声溢金石，志华日月。如彼树芬，实颖实发。望汩心欷，瞻罗思越。藉用可尘，昭忠难阙。”

元嘉三年，征为中书侍郎，寻转太子中庶子。顷之，领步兵校尉，赏遇甚厚。

延之好酒疏诞，不能斟酌当世，见刘湛、殷景仁专当要任，意有不平，常云：“天下之事务，当与天下共之，岂一人之智所能独了。” 辞甚激扬，每犯权要。谓湛曰：“吾名器不升，当由作卿家吏 ①。”湛深恨焉，言于彭城王义康，出为永嘉太守。延之甚怨愤，乃作《五君咏》以述竹林七贤，山涛、王戎以贵显被黜。

咏嵇康曰：“鸾翮有时铩，龙性谁能驯？”

咏阮籍曰：“物故可不论，途穷能无恸？”

咏阮咸曰：“屡荐不入官，一麾乃出守。”

咏刘伶曰：“韬精日沉饮，谁知非荒宴？”

此四句盖自序也。湛及义康以其辞旨不逊，大怒。时延之已拜，欲黜为远郡。

沙门释慧琳以才学为太祖所赏爱，每日 ② 召见，常升坐独榻，延之甚疾焉。因醉白上曰：“昔同子参乘，袁丝正色。此三台之坐，岂可使刑馀居之？”上变色。延之性既褊激，兼有酒过，肆意直言，曾无遏隐，故论者多不知云。居身清约，不营财利，布衣蔬食，独酌郊野，当其为适，傍若无人。

孝建三年卒，时年七十三。追赠散骑常侍，特进金紫光禄大

----

① 吏：原书作“史”。

② 每日：《宋书》作“每”。

夫如故，谥曰宪子。延之与陈郡谢灵运俱以词彩齐名，自潘岳、陆机之后，文士莫及也，江左称颜谢焉。（节沈约《宋书》）

所著诗如《夏夜呈从兄散骑车长沙》一首：

《文选》注：五言集曰：从兄散骑，字敬宗。车长沙，字仲远。

炎天方埃郁，暑晏阒尘纷。独静阕偶坐，临堂对星分。侧听风薄木，遥睇月开云。夜蝉当夏急，阴虫先秋闻。岁候初过半，荃蕙岂久芬。屏居恻物变，慕类抱情殷。九逝非空思，七襄无成文。

【炎天】*《文选》注：《淮南子》曰：南方曰炎天。高诱曰：南方五月建午，火之中也。火性上炎，故曰炎天。【方】*《广雅》曰：方，正也。【郁】*毛苌《诗传》曰：郁，积也。【暑晏】*《礼记》曰：仲夏小暑至。贾逵《国语注》曰：晏，晚也。【阒】*毛苌《诗传》曰：阒，息也。【纷】*杜预《左氏传注》曰：纷，乱也。【偶】*贾逵《国语注》曰：偶，对也。【星分】*《周礼》曰：以星分夜。【薄】*《法言》曰：风薄于山。孔安国《尚书传》曰：薄，迫也，亦激之意也。《楚辞》曰：雪纷纷而薄木。【"夜蝉"句】*《礼记》曰：仲夏之月，蝉始鸣。【阴虫】*《易通系卦》曰：蟋蟀之虫，随阴迎阳。《圣主得贤臣颂》曰：蟋蟀俟秋吟。【"岁候"二句】*《楚辞》曰：时亹亹而过中。又曰：荃蕙化而为茅。【屏居】*《汉书》曰：窦婴谢病，屏居田南山下。【物变】*《鵩^①鸟赋》曰：万物变化。【慕类】*《楚辞》曰：思慕类兮以悲。【抱情殷】*魏文帝《善哉行》曰：喟然以悁^②叹，抱情不得^③叙。桓玄《鹦鹉赋》曰：眷俦侣而情殷。殷，忧也。【九逝】*《楚辞》曰：惟郢路之辽远兮，魂一夕而九逝。【七襄】*《韩诗》曰：跂彼织女，终日七襄。虽则七襄，不成报章。薛君曰：襄，反也。

《秋胡诗》一首：

《文选》注：《烈女传》曰，鲁秋胡洁妇者，鲁秋胡子之妻。秋胡子既纳之五日，去而官于陈，五年乃归。未至其家，见路傍有美妇人方采桑，秋胡子悦之，下车谓曰：今吾有金，愿以与夫人。妇人曰：嘻，夫采桑奉二亲，吾不愿人之金。秋胡子遂去，归至家，奉金遗其母。其母使人呼其妇，妇至，乃向采桑者也。秋胡子见之而惭。妇曰：束发修身，辞亲往仕，五年乃得还，当见亲戚。今也乃悦路旁妇人，而下子之装，以金与之，是忘母不孝也。妾不忍见不孝之人。遂去而走，自投河而死。

椅梧倾高凤，寒谷待鸣律。影响岂不怀，自远每相四。婉彼幽闲女，作嫔君子室。峻节贯秋霜，明艳侔朝

---

① 鵩：原书作"鹏"。

② 悁：原书脱此字。

③ 得：原书脱此字。

日。嘉运既我从，欣愿自此毕。

燕居未及好，良人顾①有违。脱巾千里外，结绶登王畿。戒徒在昧旦，左右来相依。驱车出郊郭，行路正威迟。存为久离别，没为长不归。

嗟余怨行役，三陟穷晨暮。严驾越风寒，解鞍犯霜露。原隰多悲凄，回飙卷高树。离兽起荒蹊，惊鸟纵横去。悲哉宦游子，劳此山川路。

迢遥行人远，宛转年运徂。良时为此别，日月方向除。孰知寒暑积，僶俛见荣枯。岁暮临空房，凉风起坐隅。寝兴日已寒，白露生庭芜。

勤役从归顺，反路遵山河。昔辞秋未素，今也岁载华。蚕月观时暇，桑野多经过。佳人从所务，窈窕援②高柯。倾城谁不顾，弭节停中阿。

年往诚思劳，路远阔音形。虽为五载别，相与昧平生。舍车遵往路，凫藻驰目成。南金岂不重，聊自意所轻。义心多苦调，密比金玉声。

高节难久淹，朅来空复辞。迟迟前途尽，依依造门基。上堂拜嘉庆，入室问何之。日暮行采归，物色桑榆时。美人望昏至，惭叹前相持。

有怀谁能已，聊用申苦难。离居殊年载，一别阻③河关。春来无时豫，秋至恒早寒。明发动愁心，闺中起

---

① 顾：原书作"愿"。
② 援：原书作"授"。
③ 阻：原书作"祖"。

长叹。惨凄岁方晏，日落游子颜。

高张生绝弦，声急由调起。自昔枉光尘，结言固终始。如何久为别，百行愆诸己。君子失明义^①，谁与偕没齿。愧彼行露诗，甘之长川汜。

【"椅梧"句】＊《文选》注：《毛诗》曰：其桐其椅，其实离离。又曰：凤皇鸣矣，于彼高冈^②；梧桐生矣，于彼朝阳。司马绍统《赠山涛》诗曰：昔也植朝阳，倾枝俟鸾鹜。【"寒谷"句】＊刘向《别录》曰：邹衍在燕，有谷寒，不生五谷，邹子吹律而温，至生黍也。【"影响"二句】＊言椅梧伫凤鸟之来仪，寒谷资吹律而成煦，类乎影响，岂不相思。故夫妇之仪，自远相匹。《尚书》曰：惠迪吉，从逆凶，惟影响。《鹖冠子》曰：影则随形，响则应声。毛苌《诗传》曰：怀，思也。【婉】【幽闲】＊毛苌《诗传》曰：婉然，美貌。又曰：窈窕，幽闲也。【嫔】＊《尔雅》曰：嫔，妇也。【贯秋霜】＊贯，犹连也。傅玄《有女篇》曰：荣华既以艳，志节拟秋霜。【侔朝日】＊郑玄《周礼注》曰：侔，等也。诗曰：东方之日，彼妹者子，在我室兮。薛君曰：诗人言所说者，颜色盛美，如东方之日。【嘉运】＊陆机《从梁陈》诗曰：在昔蒙嘉运。【"燕居"句】＊《毛诗》曰：或燕燕居息。又曰：妻子好合。【良人】＊《孟子》曰：良人出，必厌酒肉。

---

① 明义：原书作"名义"。
② 冈：原书作"岗"。

311

刘熙曰：妇人称夫曰良人。【顾有违】*《毛诗》曰：
行道迟迟，中心有违。郑玄《毛诗笺》曰：顾，念也。
【"脱巾"二句】*巾，处士所服。绶，仕者所佩。今
欲官于陈，故脱巾而结绶也。《东观汉记》曰：江革养
母，幅巾屐履。《汉书》：萧育与朱博为友，长安谚曰
萧朱结绶，言其相荐达也。【王畿】*秋胡仕陈，而曰
"王畿"，《诗纬》曰：陈，王者所起也。【戒徒】*
《易归藏》曰：君子戒卑，小人戒徒。【昧旦】*《左
氏传》曰：馋鼎之铭，曰味旦丕显。

延年诗铺锦列绣，雕绘满眼，"虽乖秀逸，亦经纶文雅才
也"①（《诗品》）。

第十三节　陶渊明

陶渊明，字元亮，或云潜，字渊明②。浔阳柴桑人也。曾祖
侃，晋大司马。

渊明少有高趣，博学善属文，颖脱不群，任真自得。尝著
《五柳先生传》以自况，曰：

先生不知何许人也，亦不详其姓氏，宅边有五柳
树，因以为号焉。闲静少言，不慕荣利。好读书，不求

---

① 此处，原书未加引号，给读者印象为此段文句，俱出自《诗品》，而
实际上"铺绵列绣""雕绘满眼"等语，俱出《宋书·谢灵运传》。
故加引号，以示区别。

② 字渊明：原书无此三字，据萧统《陶渊明传》补。按，林之棠此节叙
陶渊明生平文字，主要采取萧统《陶渊明传》，又杂入《晋史》陶传
文字。

甚解，每有会意，欣然忘食。性嗜酒，家贫不能恒得，亲旧知其如此，或置酒而招之，造饮辄尽，期在必醉。既醉而退，曾不吝情去留。环堵萧然，不蔽风日；短褐穿结①，箪②瓢屡空，晏如也。尝著文章自娱，颇示己志。忘怀得失，以此自终。

时人谓之实录。

亲老家贫，起为州祭酒，不堪吏职，少日，自解归。州召主簿，不就。躬耕自资，遂抱③羸疾。江州刺史檀④道济往候之，偃卧瘠馁有日矣。道济谓曰："贤者处世，天下无道则隐，有道则至。今子生文明之世，奈何自苦如此？"对曰："潜也何敢望贤，志不及也。"道济馈以粱⑤肉，麾而去之。

后为镇军建威参军，谓亲朋曰："聊欲弦⑥歌，以为三径之资，可乎？"执事者闻之，以为彭泽令。不以家累⑦自随，送一力给其子，书曰："汝旦夕之费，自给为难。今遣此力，助汝薪水之劳。此亦人子也，可善遇之。"公田悉令⑧吏种秫，曰："吾常⑨得醉于酒，足矣。"妻子固请种秔，乃使二顷五十亩种秫，五十亩种秔。岁终，会郡遣督邮至县，吏请曰："应束带见

---

① 结：原书无，据《宋书·隐逸传》补。
② 箪：原书作"簟"。
③ 抱：原书作"犯"。
④ 檀：原书作"擅"。
⑤ 粱：原书作"梁"。
⑥ 弦：原书作"往"。
⑦ 累：原书作"界"。
⑧ 悉令：二字原书无。
⑨ 常：原书作"尝"。

之。"渊明叹曰:"我岂能为五斗米,折腰向①乡里小儿!"即自解绶去职,赋《归去来》。(棠案,《晋书》此处并载其辞,今本之,附录于右)其辞曰:

> 归去来今,田园将芜胡不归。既自以心为形役,奚惆怅而独悲。悟已往之不谏,知来者之可追。实迷途其未远,觉今是而昨非。舟遥遥以轻飏,风飘飘而吹衣。问征夫以前路,恨②晨光之熹微。乃瞻衡宇,载欣载奔。僮仆欢迎,稚子候门。三径就荒,松菊犹存。携幼入室,有酒盈樽。引壶觞以自酌,眄庭柯以怡颜。倚南窗以寄傲,审容膝之易安。园日涉以成趣,门虽设而常关。策扶老以流憩,时矫首而遐观。云无心以出岫,鸟倦飞而知还。景翳翳以将入,抚孤松而盘桓。归去来今,请息交以绝游。世与我而相遗,复驾言兮焉求?悦亲戚之情话,乐琴书以消忧。农人告余以春暮,将有事乎西畴。或命巾车,或棹孤舟。既窈窕以寻壑,亦崎岖而经丘。木欣欣以向荣,泉涓涓而始流。善万物之得时,感吾生之行休。已矣乎,寓形宇内复几时,曷不委心任去留。胡为乎③遑遑欲何之?富贵非吾愿,帝乡不可期。怀良辰以孤往,或植杖而耘耔。登东皋以舒啸,临清流而赋诗。聊乘化以归尽,乐夫天命复奚疑。

征著作郎,不就。

---

① 向:原书作"问"。
② 原书"恨"后衍一"路"字。
③ 乎:原书无,据《晋书》补。

江州刺史王弘欲识之，不能致也。渊明尝往庐山，弘命渊明故人庞通之赍酒具，于半道栗里之间邀之。渊明有脚疾，使一门生、二儿舁篮舆，既至，欣然便共饮①酌。俄顷弘至，亦无忤也。

先是，颜延之为刘柳②后军功曹，在浔阳，与渊明情款，后为始安郡，经过浔阳，日造渊明饮焉。每往，必酣饮致醉。弘欲邀延之坐，弥日不得。延之临去，留二万钱与渊明，渊明悉遣送酒家，稍就取酒。尝九月九日出宅边菊丛中坐，久之，满手把菊，忽值弘送酒至，即便就酌，醉而归。

渊明不解音律，而蓄无弦琴一张，每酒适，辄抚弄以寄其意。贵贱造之者，有酒辄设，渊明若先醉，便语客：“我醉欲眠，卿可去！”其真率③如此。

郡将常侯之，值其酿熟，取头上葛巾漉酒，漉毕，还复著之。

时周续之入庐山事释慧远④，彭城刘遗民亦遁迹匡山，渊明又不应征命，谓之浔阳三隐。后刺史檀韶苦请续之出州，与学士祖企、谢景夷三人，共在城北讲礼，加以雠校。所住公廨，近于马队，是故渊明示其诗云：“周生述孔业，祖谢响然臻。马队非讲肆，校书亦已勤。”

其妻翟氏，亦能安勤苦，与其同志。

自以曾祖晋世宰辅，耻复屈身后代，自宋高祖王业渐隆，不

---

① 饮：原书作“领”。
② 刘柳：原书作“刘抑”。
③ 真率：原书作“真索”。
④ 慧远：原书作“惠远”。

复肯仕。

元嘉四年，将复征命，会卒，时年六十三，世号靖节先生。（棠案，《晋书》云：渊明"不营生产，家务悉委之儿仆。未尝有喜愠之色，惟遇酒则饮，时或无酒，亦雅咏不辍。尝言夏月虚闲，卧北窗之下，清风飒至，自谓羲皇上人。性不解音，而蓄素琴一张，弦徽不具，每朋酒之会，则抚而和之，曰：'但识琴中趣，何劳弦上声。'"此事大半为萧传所无，故补志之。）（萧统《陶渊明传》）

陶公一生杰作尚有《桃花源记》。其辞曰：

晋太元①中，武陵人捕鱼为业，缘溪行，忘路之远近。忽逢桃花林，夹岸数百步，中无杂树，芳草鲜美，落英缤纷。渔人甚异之，复前行，欲穷其林。林尽水源，便得一山，山有小口，仿佛若有光。便舍船，从口入。初极狭，才通人，复行数十步，豁然开朗，土地平旷，屋舍俨然，有良田美池桑竹之属。阡陌交通②，鸡犬相闻。其中往来种作，男女衣着，悉如外人，黄发垂髫，并怡然自乐。见渔人，乃大惊，问所从来，具答之。便要还家，设酒杀鸡作食。

村中闻有此人，咸③来问讯，自云："先世避秦时乱，率④妻子邑人来此绝境，不复出焉。遂与外人间隔。"问今是何世，乃不知有汉，无论魏晋。此人

---

① 太元：原书作"太原"。

② 交通：原书作"相通"。

③ 咸：原书作"感"。

④ 率：原书作"索"。

——^①为具言所闻，皆叹惋，馀人各复延至其^②家，皆出酒食。

停数日辞去，此中人语云："不足为外人道也。"

既出，得其船，便扶向路，处处志之。及郡下，诣太守，说如此，太守即遣人随其往，寻向所志，遂迷，不复得路。

南阳刘子骥，高尚士也，闻之欣然规往，未果，寻病终。后遂无问津者。

其诗之佳者如《饮酒》：

结庐在人境，而无车马喧。问君何能尔，心远地自偏。采菊东篱下，悠然望南山。山气日夕佳，飞鸟相与还。此中有真意，欲辩已忘言。

秋菊有佳色，裛露掇其英。泛此忘忧物，远我达世情。一觞虽独进，杯尽壶自倾。日入群动息，归鸟趋林鸣。啸傲东轩下，聊复得此生。

【结】*《文选》注：结，犹构也。【尔】*郑玄《礼记》注曰：尔，助语也。【"飞鸟"句】*《管子》曰：夫鸟之飞，必还山集谷也。【真意】*《楚辞》曰：狐死必首丘，夫人孰能反其真情。王逸注曰：真，本心也。【忘言】*《庄子》曰：言者所以在意也，得意而忘言。

---

① ——：原书无此二字。

② 其：原书无此字。

【裛】*《文字集略》曰：裛，坌①衣香也。然露坌花亦谓之裛也。【掇】*毛苌《诗传》曰：掇，拾也。【忘忧物】*《毛诗》曰：微我无酒，以遨以游。毛苌曰：非我无酒，可以忘忧也。【日入】*《庄子》：善卷曰，余日出而作，日入而息。《尸子》曰：昼动而夜息，天之道也。【群动】*杜育诗曰：临下览群动。【归鸟】*曹子建《赠白马王彪》诗曰：归鸟赴乔林，此性之始也②。

《咏贫士诗》：

> 万族各有托，孤云独无依。暧暧空中灭，何时见馀晖。朝霞开宿雾，众鸟相与飞。迟迟出林翮，未夕复来归。量力守故辙，岂不寒与饥？知音苟不存，已矣何所悲。

【孤云】*《文选》注：孤云，喻贫士也。【暧暧】*王逸《楚辞》注曰：暧暧，昏昧貌。【"朝霞"二句】*喻众人也。【"迟迟"二句】*亦喻贫士。【"量力"二句】*《左氏传》：晋荀吴曰：量力而行。又向戍曰：饥寒之不恤，谁能恤楚也。【知音】*古诗曰：不惜歌者苦，但伤知音稀。【已矣】*《楚辞》曰：已矣，国无人兮莫我知。

《读山海经》：

---

① 原书"裛""坌"二字倒。
② 此性之始也：此处当是注"得此生"之意，而抄录《昭明文选》注时发生脱漏，《昭明文选》注为："刘瓛《易注》曰：自无出有曰生。生，得性之始也。"

孟夏草木长，绕屋树扶疏。众鸟欣有托，吾亦爱吾庐。既耕亦已种，且还读我书。穷巷隔深辙，颇回故人车。欢言酌春酒，摘我园中蔬。微雨从东来，好风与之俱。泛览《周王传》，流观《山海图》。俯仰终宇宙，不乐复何如？

【扶疏】*《文选》注：《上林赋》曰，垂条扶疏。【颇回故人车】*《汉书》曰：张负①随陈平至其家，乃负郭穷巷，以席为门，门外多长者车辙。《韩诗外传》：楚狂接舆妻曰：门外车辙何其深。【微雨】*《闲居赋》曰：微雨新晴。【周王传】《穆天子传》也。【山海图】《山海经》也。【俯仰】*《庄子》：老聃曰，其疾也，俯仰之间，再抚四海之外。

《拟古诗》：

日暮天无云，春风扇微和。佳人美清夜，达曙酣且歌。歌竟长叹息，持此感人多。明明云间月，灼灼叶中花。岂无一时好？不久当如何。

【酣且歌】*《文选》注：《尚书》曰，酣歌于室。

《挽歌诗》：

荒草何茫茫，白杨亦萧萧。严霜九月中，送我出远郊。四面无人居，高坟正嶕峣。马为仰天鸣，风为自萧条。幽室一已闭，千年不复朝。千年不复朝，贤达无奈何。向来相送人，各已归其家。亲戚或馀悲，他人亦已

---

① 张负：原书作"张良"。

歌。死去何所道，托体同山阿。

【"荒草"二句】*《文选》注：古诗曰，四顾何茫茫，东风摇百草。又曰：白杨何萧萧，松柏夹广路。《楚辞》曰：风飒飒兮木萧萧。【严霜】*《楚辞》曰：冬又申之以严霜。【远郊】*《尔雅》曰：邑外曰郊。【嶕峣】*《字林》曰：嶕峣，高貌也。【马为仰天鸣】*蔡琰诗曰：马为立踟蹰。【风为自萧条】*《汉书》：息夫《躬绝命辞》曰：秋风为我吟。

《辛丑岁七月赴假还江陵夜行涂口①》诗一首：

《文选》注：沈约《宋书》曰：潜自以曾祖晋世宰辅，不复屈身后代，自高祖王业渐隆，不复肯仕，所著文章，皆题年月。义熙已前，则书晋氏年号，自永初以来，唯云甲子而已。《江图》曰：自沙阳县下流一百一十里，至赤圻，赤圻二十里，至涂口也。

闲居三十载，遂与尘事冥。诗书敦宿好，林园无世情。如何舍此去，遥遥至西荆。叩栧②新秋月，临流别友生。凉风起将夕，夜景湛虚明。昭昭天宇阔，晶晶川上平。怀役不遑寐，中宵尚孤征。商歌非吾事，依依在耦耕。投冠旋旧墟，不为好爵萦③。养真衡茅下，庶以善自名。

【闲居】*《文选》注：《汉书》曰，司马相如称

---

① 涂口：原书脱"口"字。
② 栧：原书作"拽"。
③ 萦：原书作"荣"。

疾闲居。【尘事】尘俗之事也。【冥】＊《说文》曰：
冥，窈也。又曰：窈，深远也。【诗书敦宿好】＊《左
氏传》：赵襄曰，郤縠说礼乐而敦诗书。【世情】＊
《缠子》：董无心曰，无心①，鄙人也，不识世情。
【西荆】州也。时京都在东，故谓荆州为西也。【叩
枻】＊《楚辞》曰：渔父鼓枻②而去。王逸曰：叩船舷③
也。【临流】＊《楚辞》曰：临流水④而太息。【友
生】＊《毛诗》曰：虽有兄弟，不如友生。【天宇】＊
《淮南子》曰：甘暝于大霄⑤之宅，觉视于昭昭之宇。
李颙《离思篇》曰：烈烈寒气严，寥寥天宇清。【晶
晶】＊《说文》曰：晶晶，明也，通白白。⑥【不遑
寐】＊《毛诗》曰：不遑假寐。【商歌】＊《淮南子》
曰：宁戚商歌车下，而桓公慨然而悟。许慎曰：宁戚，
卫人，闻齐桓公兴霸，无因自达，将车自往。商，秋
声也。【非吾事】＊《庄子》：卞随曰，非吾事也。【耦
耕】＊《论语》曰：长沮桀溺耦而耕。【好爵】＊《周
易》曰：我有好爵，吾与尔縻之。【养真】＊曹子建
《辩问》曰：君子隐居以养真也。【衡茅】＊衡门茅茨

---

① 无心：原书作"无流"。
② 枻：原书作"舷"。
③ 舷：原书作"枻"。
④ 流水：原书作"心水"。
⑤ 霄：原书作"宵"。
⑥ 此条注抄自《昭明文选》而有误，《文选》注为："《说文》曰：通
　　白曰晶。晶，明也。"

也。【善自名】*范晔①《后汉书》：马援曰，吾从弟少游曰，士生一时，乡里称善人，斯可矣。郑玄《礼记》注曰：名，令闻也。

《归园田居》诗五首（录前三首）：

少无适俗韵，性本爱丘山。误落尘网中，一去三十年。羁鸟恋旧林，池鱼思故渊。开荒南野际，守拙归园田。方宅十余亩，草屋八九间。榆柳荫后檐，桃李罗堂前。暧暧远人村，依依墟里烟。狗吠深巷中，鸡鸣桑树颠。户庭无尘杂，虚室有馀闲。久在樊笼里，复得返自然！

野外罕人事，穷巷寡轮鞅。白日掩荆扉，虚室绝尘想。时复墟曲中，披草共来往。相见无杂言，但道桑麻长。桑麻日已长，我土日已广。常恐霜霰至，零落同草莽。

种豆南山下，草盛豆苗稀。晨兴理荒秽，带月荷锄归。道狭草木长，夕露沾我衣。衣沾不足惜，但使愿无违。

【暧暧】昏昧貌。《楚辞》：时暧暧其将罢兮。【樊笼】《北史》：杨休之不乐烦职，典选既久，谓人曰："此官清华，但烦剧防我赏适，真是樊笼！"甚言其所不得由也。【鞅】马颈革也。轮鞅代车，乃以部分代全体之代称。【墟曲】荒芜偏僻之乡间也。【霰】俗曰雪珠。雨点降下时，遇下层空气，冷度在冰点以下，

---

① 范晔：原书作"范睢"。

凝结而成者。与雪本为一物，特其形式异耳。【莽】意即草也。此处不作灌木之水莽草解。

渊明"文体省净，殆无长语，笃意真古，词兴婉惬"（钟嵘），"质而实绮，癯而实腴①"（苏轼），"冲澹深邃，出乎自然"（杨龟山），真"古今②隐逸诗人之宗也"（钟嵘）。

第十四节　谢灵运

谢灵运，陈郡阳夏人也。祖玄，晋车骑将军。父瑍，生而不慧，为秘书郎，早亡。灵运幼颖悟，玄甚异之，谓亲知曰："我乃生瑍，瑍那得生灵运？"灵运少好学，博览群书，文章之美，江左莫逮。从叔混特知爱之。袭封康乐公，食邑三③千户。以国公例，除员外散骑侍郎，不就，为琅邪王大司马行参军。性奢豪，车服鲜丽，衣裳器物，多改旧制，世共宗之，咸称谢康乐也。……

高祖伐长安……为世子中军咨议、黄门侍郎，奉使慰劳高祖于彭城，作《撰征赋》。

灵运为性褊激，多愆礼度，朝廷唯以文义处之。……

出为永嘉太守。郡有名山水，灵运素所爱好，出守既不得志，遂肆意游遨，遍历诸县，动逾旬朔，民间听讼，不复关怀。所至辄为诗咏，以致其意焉。在郡一周，称疾去职，从弟晦、曜、弘微等并与书止之，不从。

---

① 腴：原书作"腹"。
② 古今：原书前衍"千"字，成"千古今"。
③ 三：原书作"二"，从《宋书·谢灵运传》改。

灵运父祖并葬始宁县，并有故宅及墅，遂移籍会稽，修营别业，傍山带江，尽幽居之美。与隐士王弘之、孔淳之等纵放为娱，有终焉之志。每有一诗至都邑，贵贱莫不竞[1]写，宿昔之间，士庶皆遍，远近钦慕，名动京师。作《山居赋》，并自注以言其事。

灵运以疾[2]东归，而游娱宴集，以夜续昼，复为御史中丞傅隆所奏，坐以免官。是岁元嘉五年，灵运既东还[3]，与族弟惠连、东海何长瑜、颍川荀雍、太山羊璿之以文章赏会，共[4]为山泽之游，时人谓之四友。

惠连幼有才悟，而轻薄[5]，不为父方明所知。灵运去永嘉还始宁，时方明为会稽郡。灵运尝自始宁至会稽，造方明，过视惠连，大相知赏。时长瑜教惠连读书，亦在郡内，灵运又以为绝伦，谓方明曰："阿连才悟如此，而尊作常儿遇之；何长瑜[6]，当今仲宣，而给以下客之食。尊既不能礼贤，宜以长瑜[7]还灵运。"灵运载之而去。……

灵运因父祖之资，生业甚厚。奴僮既众，义故门生数百，凿山浚湖，功役无已。寻山陟岭，必造幽峻，岩嶂千重，莫不备尽。登蹑常著木履，上山则去前齿，下山去其后齿。尝自始宁南山伐木开径，直至临海，从者数百人。临海太守王琇惊骇，谓为

---

① 竞：原书作"兢"。

② 疾：原书作"族"。

③ 东还：原书作"东迁"，据《宋史》本传改。

④ 共：原书作"其"。

⑤ 薄：原书作"溥"。

⑥ 瑜：原书作"愉"。

⑦ 瑜：原书作"愉"。

山贼，徐知是灵运乃安。

又要琇更进，琇不肯，灵运赠琇诗曰："邦君难地^①险，旅客易山行。"

在会稽亦多徒众，惊动县邑，太守孟顗^②事佛精恳，而为灵运所轻，尝谓顗曰："得道应须慧业，丈人升天当在灵运前，成佛必在灵运后。"顗深恨此言。

会稽东郭有回踵湖，灵运求决以为田，太祖令州郡履行。此湖去郭近，水物所出，百姓惜之，顗坚执不与。灵运既不得回踵，又求始宁岯崲湖为田，顗又固执。灵运谓顗非存利民，正虑决湖多害生命，言论毁伤之，与顗遂构仇。因灵运横恣，百姓惊扰^③，乃表其异志。……灵运驰出京都，诣阙上表曰：

"臣自抱疾归山，于今三载，居非郊郭，事乖人间，幽栖穷岩，外缘两绝，守分养命，庶毕馀年。忽以去月二十八日，得会稽太守臣顗二十七日疏云：'比日异论噂嗒，此虽相了，百姓不许寂默，今微为其防。'披疏骇恼，不解所由，便星言奔驰，归骨陛下。及经山阴，防卫彰赫，彭排马枪，断截衢巷，侦逻纵横，戈甲竞道。不知微臣罪为何事。及见顗，虽曰见亮，而装防如此，唯有罔惧。臣昔忝近侍，豫蒙天恩，若其罪迹炳明，文字有证，非但为显戮司败，以正国典，普天之下，自无容身之地。今虚声为罪，何酷如之！

"夫自古谗谤，圣贤不免，然致谤之来，要有由趣。或轻死

----

① 地：原书作"知"。
② 顗：原书作"颛"。
③ 扰：原书作"优"。

重气，结党聚群，或勇冠乡①邦，剑客驰逐。未闻俎豆之学，欲为逆节之罪；山栖之士，而构陵上之衅。今影迹无端，假谤空设，终古之酷，未之或有，匪吝②其生，实悲其痛。诚复内省不疚，而抱理莫申。是以牵曳疾病，束骸归款。仰凭陛下天鉴③曲临，则死之日，犹生之年也。臣忧怖弥日，羸疾发动，尸存恍④惚，不知所陈。"

太祖知其见诬，不罪也。不欲使东归，以为临川内史，加秩中二千石。在郡游放，不异永嘉，为有司所纠。司徒遣使随州从事郑望生收灵运。遂有逆志，为诗曰："韩亡子房奋，秦帝鲁连耻。本自江海人，忠义感君子。"

追讨擒之，送廷尉治罪。廷尉奏灵运率部众反叛，论正斩刑。上爱其才，欲免官而已。彭城王义康坚执谓不宜恕，乃诏曰："灵运罪衅累仍，诚合尽法。但谢玄勋参微管，宜宥及后嗣，可降死一等，徙往广州。"其后，秦郡府将宗齐受⑤至涂⑥口，行达桃墟村，见有七人下路乱语，疑非常人，还告郡县，遣兵随齐受掩讨，遂共格战，悉擒付狱。其一人姓赵名钦，山阳县人，云："同村薛道双先与谢康乐共事以去，九月初道双因同村成国报钦云：'先作临川郡、犯事徙送广州谢，给钱令买弓箭刀楯等物，使道双要合乡里健儿于三江口篡取谢。若得志如意

---

① 乡：原书作"卿"。
② 吝：原书作"宏"。
③ 鉴：原书作"凿"。
④ 恍：原书作"忧"。
⑤ 齐受：原书此处及下一处，均作"受齐"。
⑥ 涂：原书作"除"。

之后，功劳是同。'遂合部党要谢，不及。既还，饥馑，缘路为劫盗。"有司又奏依法收治，太祖诏于广州行弃市刑。临死，作诗曰："龚胜无馀生，李业有终尽。嵇公理既迫，霍生命亦殒。凄凄凌霜叶，网网冲风菌。邂逅竟几何，修短非所愍。送心自觉前，斯痛久已忍。恨我君子志，不获岩上泯。"诗所称龚胜、李业，犹前诗子房、鲁连之意也。

时元嘉十年，年四十九。所著文章传于世。

灵运诗之最著者，如《述祖德》诗二首：

达人贵自我，高情属天云。兼抱济物性，而不缨垢氛。段生蕃魏国，展季救鲁人。弦高犒晋师，仲连却秦军。临组乍不绁，对珪宁肯分。惠物辞所赏，励志故绝人。茍茍历千载，遥遥播清尘。清尘竟谁嗣，明哲时经纶。委讲缀道论，改服康世屯。屯难既云康，尊主隆斯民。

中原昔丧乱，丧乱岂解已。崩腾永嘉末，逼迫太元始。河外无反正，江介有蹙圮。万邦咸震慑，横流赖君子。拯溺由道情，龛暴资神理。秦赵欣来苏，燕魏迟文轨。贤相谢世运，远图因事止。高揖七州外，拂衣五湖里。随山疏浚潭，傍岩艺枌梓。遗情舍尘物，贞①观丘壑美。

【贵自我】*《文选》注：《吕氏春秋》曰，阳朱贵己。高诱曰：轻天下而重己地。【天云】言高也。曹植《七启》曰：独驰思乎天云之际。【缨】绕也。

---

① 贞：原书作"日"。

327

【垢】滓也。【氛】气也。谓世事呰[①]恶，不相缨绕，不杂尘雾。【济物】＊嵇康书曰：子文三登令尹，是君子思济物之意也。【段生】干木也。【展季救鲁人】＊展季，柳下惠也。刘向《列女传》曰：柳下惠妻诔之曰，蒙耻救人，德弥大兮，遂谥曰惠。《春秋》：僖公二十六年，齐孝公伐鲁北鄙，公使展喜犒师。齐侯未入境，喜从之，公曰：鲁人恐乎？对曰：小人则恐，君子则否。齐侯曰：野无青草，室如悬磬，何恃而不恐？对曰：恃先王之命，昔周公太公股肱周室，夹辅成王，成王赐之盟曰：世世子孙，不相侵害。齐侯乃还，公使展喜犒师，使受命于展禽。【弦高】＊《吕氏春秋》曰：秦将兴师伐郑，贾人弦高遇之，曰：此必袭郑。乃矫郑伯之命以劳之，曰：寡君使臣犒劳以璧，膳以十二牛。秦三帅对曰：寡君使丙也，术也，视也，于边候晻之道也，迷惑陷入大国之地。再拜受之。高诱曰：晻，国名也，音晋，今为晋字之误也。《汉书音义》服虔曰：以师枯槁，故馈之，犹食劳苦谓之劳[②]也。《广雅》曰：犒，劳也。【仲连】＊《史记》曰：鲁仲连，齐人也。赵孝成王时，秦使白起围赵。魏王使将军新垣衍说赵尊秦昭王为帝，仲连责而归之，新垣衍起再拜，请出。秦将闻之，为却十五里。【"临组"二句】＊《史记》曰：平原君欲封鲁连，连不肯受。左太

---

① 呰：原书作"訾"。
② 劳：原书无此字。

冲《咏史诗》曰：临组不肯绁，对珪不肯分。《说文》曰：组，绶属也。王逸《楚辞注》曰：绁，系也。据仲连文，虽不见分珪之事，古者封爵，皆随其爵之轻重而赐之珪璧，执以为瑞信。今仲连不受齐赵之封爵，明其不肯分珪也。【惠物】【绝人】*恩惠及物，而不受赏赐，言勉其志，不与众同，故言绝人也。孔安国《尚书传》曰：励，勉也。【明哲】谓祖玄也。【道论】*《汉书》曰：太史公习道论于黄子。【改服】*《左氏传》：齐侯谓韩厥曰，服改矣。杜预曰：朝戎异服。【屯】*《周易》曰：屯，难也。【尊主】*《庄子》曰：语大功，立大名，此朝廷之士，尊主强国之人也。【隆斯民】*《魏志》：诏曰，翻然改节，以隆斯民。

　　【中原昔丧乱】*《晋中兴书》曰：中原乱，中宗初镇江东。中原，谓洛阳也。晋怀、愍帝时，有石勒、刘聪等贼破洛阳，怀帝没于平阳。【太元①】王隐《晋书》曰：怀帝即位，年号永嘉；孝武即位，年号太元。【河外】西晋也。【反正】*《公羊传》曰：拨乱反正，莫近于《春秋》。【江介②】东晋也。《左氏传》曰：以敝邑褊小，介于大国。杜预曰：介，间也。【蹙圮】*《毛诗》曰：今也蹙国百里。《尔雅》曰：圮，败覆也。【慴】惧也。【横流】*谢灵运《山居赋》自注曰：余祖车骑，建大功，淮肥左右得免横流之祸。

---

① 太元：原书作"元始"。
② 江介：原书作"江界"。

329

《孟子》曰：洪水横流，泛滥于天下。【拯】济也。【溺】没也。《孟子》曰：天下溺则援之以道。【道情】*《庄子》曰：夫道有情有信。【尅】*孔安国《尚书传》曰：尅，胜也。【神理】*曹植《武帝诔》曰：人事既关，聪镜神理。【来苏】*《尚书》曰：傒予后，后来其苏。【文轨】已见①。【贤相】即太傅也。【远图】*《山居赋》注曰：太傅既薨，远图已辍。《左传》：荣成伯曰，远图者忠也。曹大家上疏谓兄曰：上损国家累世勠劳远图之功。【高揖七州外】*《山居赋》注曰：便求解驾东归，以避君侧之乱。舜分天下为十二州，时晋有七，故云七州也。【五湖】*张勃《吴录》曰：五湖者，太湖之别名，周行五百馀里。《山居赋》注曰：选神丽之所，申高栖之意。【疏浚潭】*疏，开也。浚，深也。楚人谓深水为潭。【艺】树也。【贞观】贞，正也。观，视也。言正见丘壑之美。

《晚出西射堂》一首：

永嘉郡射堂。

步出西城门，遥望城西岑。连鄣叠巇崿，青翠杳深沉。晓霜枫叶丹，夕曛岚气阴。节往戚不浅，感来念已深。羁雌恋旧侣，迷鸟怀故林。含情尚劳爱，如何离赏

---

① 原书如此。林之棠此处系引用《昭明文选》注，《文选》注曰"已见《恨赋》"，林之棠抄录有脱误。按，《恨赋》"文轨"注为："《礼记》曰：书同文，车同轨。"

心。抚镜华缁鬓，揽带缓促衿。安排徒空言，幽独赖鸣琴。

【“步出”二句】*《文选》注：刘公幹《赠徐幹》诗曰：步出北寺门，遥望西苑园。【岑】*《尔雅》曰：山小而高曰岑。【郭】【巘崿】*《尔雅》曰：山正，郭。巘崿，崖之别名。《尔雅》曰：重巘，隒[①]。《文字集略》曰：崿崖也。【杳】*王逸《楚辞注》曰：杳，深冥也。【夕曛】*《楚辞》曰：与曛黄而为期。王逸曰：黄昏时也。【岚气】*夏侯湛《山路吟》曰：道逶迤兮岚气清。《埤[②]苍》曰：岚，山风也。岚，禄含切。【“羁雌”二句】*《七发》曰：暮则羁雌迷鸟宿焉。毛苌《诗传》曰：怀，思也。言鸟含情，尚知劳爱，况乎人而离于赏心。【抚镜】*孙绰子曰：抚明镜则好丑之貌可见。【缁鬓】*陆机《东宫》诗曰：柔颜收红藻，玄鬓吐素华。【“揽带”句】*《古诗》曰：衣带日已缓。【“安排”二句】*言安排之事，空有斯言。幽独不闷，唯赖鸣琴而已。《庄子》曰：仲尼谓颜回曰，安排而去化，乃入于寥天一。郭象曰：安于推移，而与化俱去，故乃入于寂寥，而与天惟一也。《楚辞》曰：幽独处乎山中。《琴赋》曰：处穷独而不闷者，莫近于音声也。

《登池上楼》一首：

① 隒：原书作“兼”。
② 埤：原书作“婢”。

永嘉郡池上楼。

　　潜虬媚幽姿，飞鸿响远音。薄霄愧云浮，栖川怍渊沉。进德智所拙，退耕力不任。徇禄反穷海，卧痾对空林。衾枕昧节候，褰开暂窥临。[1]倾耳聆波澜，举目眺岖嵚。初景革绪风，新阳改故阴。池塘生春草，园柳变鸣禽。祁祁伤豳歌，萋萋感楚吟。索居易永久，离群难处心。持操岂独古，无闷征在今。

　　【"潜虬"二句】*《文选》注：虬以深潜而保真，鸿以高飞而远害，今己婴俗网，故有愧虬鸿也。《说文》曰：虬，龙有角者。《淮南子》曰：蛟龙水居。又曰：鸟飞于云。【远音】*《穀梁传》：孔子曰，听远音者，闻其疾而不闻其舒。【"薄霄"二句】*王逸《楚辞注》曰：泊，止也。薄与泊同，古字通。马融《论语注》曰：怍，惭也。【进德】*《周易》：子曰，君子进德修业，欲及时也。【退耕】*《尸子》曰：为令尹而不喜，退耕而不忧，此孙叔敖之德也。【徇】*赵岐[2]《孟子注》曰：徇，从也。【穷海】谓永嘉郡也。【痾】*《说文》曰：痾，病也。【聆】*《广雅》曰：聆，听也。【举目】*李陵书曰：举目言笑。【岖嵚】*《洞箫赋》曰：岖嵚岿崎。【绪风】*《楚辞》曰：欸[3]秋冬之绪风。王逸曰：绪，余也。

《神农本草》曰：春夏为阳，秋冬为阴。【豳歌】*《毛诗·豳风》曰：春日迟迟，采蘩祁祁。【楚吟】*《楚辞》曰：王孙游兮不归，春草生兮萋萋。【索居】*《礼记》：子夏曰，吾离群索居，亦已久矣。【永久】*《诗》曰：我行永久。【处心】*《穀梁传》曰：郑伯之处心积虑，成于杀也。【持操】*《庄子》：罔两责影曰：曩子坐，今子起，何其无持操与？【无闷】*《周易》曰：遯世无闷。

《游南亭》一首：

永嘉郡南亭。

　　时竟夕澄霁，云归日西驰。密林含馀清，远峰隐半规。久痗昏垫苦，旅馆眺郊歧。泽兰渐被径，芙蓉始发池。未厌青春好，已睹朱明移。戚戚感物叹，星星白发垂。药饵情所止，衰疾忽在斯。逝将候秋水，息景堰旧崖。我志①谁与亮？赏心惟良知。

　　【“时竟”二句】*《文选》注：《淮南子》曰，季夏之月，大雨时行。高诱曰：是月有时雨也。《说文》曰：霁，雨止也。曹子建诗曰：朝云不归山，霖雨成川泽。然雨则云出，晴则云归也。【馀清】*《吕氏春秋》曰：冬不用箑，清有馀也。【半规】*张载《岁夕诗》曰：白日随天回，皦皦员如规。【痗】*毛苌《诗传》曰：痗，病也。【昏垫】*《尚书》：禹曰：洪水滔天，下民昏垫。孔安国曰：言天下民昏瞀

---

① 原书脱“我志”以下二句十字。

垫溺，皆困水灾也。【旅馆】＊杜预《左氏传注》曰：旅，客会也。【"泽兰"句】＊《楚辞》曰：皋兰被迳兮斯路渐。《广雅》曰：渐，稍也。【"芙蓉"句】＊《楚辞》曰：芙蓉始发杂芰荷。《王逸》曰：芙蓉，莲华也。【青春】＊《楚辞》曰：青春受谢白日昭。【朱明】＊《尔雅》曰：夏为朱明。【戚戚】＊《楚辞》曰：愁郁郁之无快，居戚戚而不解。【感物】＊《古长①歌行》曰：感物怀所思。【星星】＊左思《白发赋》曰：星星白发，生于鬓垂。【"药饵"句】＊饵药既止，故有衰病。《苍颉篇》曰：饵，食也。【逝将】＊《毛诗》曰：逝将去汝。【息景】＊《庄子》：罔两问影曰：向也坐而今也起，向也行而今也止，何也？影曰：火与日吾屯也，阴与夜吾代也，彼吾所以有待也，而况乎以有待者乎？彼来则我与之来，彼往则我与之往。司马彪曰：屯，聚也。火日明而影见，故曰吾聚也；阴暗则影不见，故曰吾代也。夜代，谓使得休息也。【亮】＊毛苌《诗传》曰：亮，信也。【惟良】＊《尚书》曰：时惟良显哉。

《游赤石进帆海》一首。

灵运《游名山志》曰：永宁、安固二县中，路东南便是。

　　首夏犹清和，芳草亦未歇。水宿淹晨暮，阴霞屡兴没。周览倦瀛壖，况乃陵穷发。川后时安流，天吴静不发。扬帆采石华，挂席拾海月。溟涨无端倪，虚舟有超

---

① 长：原书作"张"。

越。仲连轻齐组，子牟眷魏阙。矜名道不足，适己物可
忽。请附任公言，终然谢天伐。

【首】*《文选》注：《尔雅》曰，首，始也。
【清和】*《归田赋》曰：仲春令月，时和气清。
【歇】*《楚辞》曰：芳以歇而不比。杜预《左氏传
注》曰：歇，尽也。【阴霞】*《河图》曰：昆仑山
有五色水，赤水之气，上蒸为霞，阴而赫然。【周览】*
《登徒子好色赋》曰：周览九土。【瀛壖】*《史
记》：邹衍曰：区中者乃有一州，如此者九，乃有大瀛
海环之。《汉书》曰：尽河壖弃地。韦昭曰：谓缘河边
地。【陵】*郑玄《礼记注》曰：陵，躐也。【穷发】*顾
启期《娄地记》曰：浪山海中南极之观岭，穷发之人，
举帆扬越，以为标的。【"川后"二句】*《洛神赋》
曰：川后静波。《楚辞》曰：使江水兮安流。《山海
经》曰：朝阳之谷神曰天吴，是水伯也，其兽也八首八
足八尾，背黄青。【"扬帆"二句】*《临海志》曰：
石华附石，肉可啖。又曰：海月大如镜，白色。扬帆、
挂席，其义一也。《海赋》：维长绡，挂帆席。【溟
涨】*《庄子》曰：北溟有鱼，其名曰鲲，海运则图于
南溟。李弘范曰：广大窈冥，故以溟为名。谢承《后
汉书》曰：陈茂常度涨海。【端倪】*《庄子》：孔子
曰，反覆终始，不知端倪。《音义》曰：倪，音崖。
【虚舟】*《庄子》曰：有虚舟来触舟。【越】*孔安
国《尚书传》曰：越，远也。【"仲连"二句】*言仲
连轻齐组而之海上，明海上可悦。既悦海上，恐有轻朝

廷之①讥，故云子牟眷魏阙。《史记》曰：田单攻聊城不下，鲁连乃为书，约之矢以射城中，遗燕将。燕将得书，乃自杀。遂屠聊城。归而言鲁仲连，欲爵之，鲁连逃隐于海上。《吕氏春秋》曰：中山公子牟谓詹子曰：身在江海之上，心居魏阙之下，奈何？高诱曰：子牟，魏公子。一说，魏，象魏也。言身在江海之上，心乃在王室也。【矜名】*《韩子》：白圭曰，宋君，少主也，而务矜名。郭象《庄子注》曰：德之所以流荡，矜名故也。【适己】*《史记》曰：庄子，其言汪洋自恣以适己。【任公】*《庄子》曰：孔子围于陈，太公任往吊之，曰：直木先伐，甘泉先竭。子其意者饰智以惊愚，修身以明污，昭昭若揭日月而行，故不免也。孔子曰：善。乃逃大泽之中。入兽不乱群，入鸟不乱行，鸟兽不恶，而况人乎。【谢】*王逸《楚辞注》曰：谢，去也。

《石壁精舍还湖中作》一首：

《文选》注：精舍，今读书斋是也。谢灵运《游名山志》曰：湖三面悉高山，枕水渚，山溪涧凡有五处，南第一谷，今在，所谓石壁精舍。

> 昏旦变气候，山水含清晖。清晖能娱人，游子憺忘归。出谷日尚早，入舟阳已微。林壑敛暝色，云霞收夕霏。芰荷迭映蔚，蒲稗相因依。披拂趋南径，愉悦偃东扉。虑澹物自轻，意惬理无违。寄言摄生客，试用此道

---

① 朝廷之：原书作"之朝廷"。

推。

【“清晖”二句】＊《文选》注：《楚辞》曰，羌声色兮娱人，观者憺兮忘归。王逸曰：娱，乐也。憺，安也。【尚早】＊《左氏传》：赵宣子将朝，尚早。【阳已微】＊《正历》曰：阳①，太阳也。《楚辞》曰：阳杲杲其朱光。郑玄《毛诗笺》曰：微，不明也。【霏】云飞貌。【蒲稗】＊杜预《左氏传注》曰：稗，草之似谷者，薄懈切。【因依】＊阮籍《咏怀诗》曰：寒鸟相因依。【披拂】＊《庄子》曰：云者风起北方，一西一东，孰居无事而披拂是。【愉悦】＊《尔雅》曰：悦、愉，乐也。【偃】＊贾逵《国语》注曰：偃，息也。【虑澹】＊《淮南子》曰：澹然无虑。许慎曰：澹，足也。【物自轻】＊孙卿子曰：内省则外物轻矣。【惬】＊《广雅》曰：惬，可也。【寄言】＊《楚辞》曰：愿寄言于三岛。【摄生】＊《老子》曰：善摄生者不然。刘渊林《吴都赋注》曰：摄，持也。《左氏传》：刘子曰，民受天地之中以生，所为命。【推】＊《说文》曰：推，排也。为推排以求也。

《登石门最高顶》一首：

灵运《游名山志》曰：石门涧六处，石门溯水上入两山口，两边石壁，右边石岩，下临涧水。

晨策寻绝壁，夕息在山栖。疏峰抗高馆，对岭临回溪。长林罗户穴，积石拥基阶。连岩觉路塞，密竹使径

---

① 阳：原书脱。

迷。来人忘新术，去子惑故蹊。活活夕流驶，嗷嗷夜猿啼。沉冥岂别理，守道自不携。心契九秋干，目玩三春荑。居常以待终，处顺故安排。惜无同怀客，共登青云梯。

【绝壁】＊《文选》注：《江赋》曰，绝岸万丈，壁立霞驳。【山栖】＊郭璞《游仙诗》曰：山林隐遁栖。【疏】＊《广雅》曰：疏，治也。《西京赋》曰：疏龙首以抗殿。【抗】＊《广雅》曰：抗，举也。【忘新术】＊《景福殿赋》曰：欲反忘术。【惑故蹊】＊魏武帝《苦寒行》曰：迷惑失故路。【活活】＊《毛诗》曰：河水洋洋，北①流活活。【嗷嗷】＊《楚辞》曰：声嗷嗷以寂寥。《广雅》曰：嗷，鸣也。【沉冥】＊《汉书》曰：蜀严湛冥，久幽而不改其操。孟康注曰：蜀郡严君平，沉深玄默无欲。言幽深难测也。《尸子》曰：守道固穷，则轻王公。【携】＊贾逵《国语》注曰：携，离也。【九秋】古乐府有《历九秋妾薄相行》。【三春】＊班固《终南山赋》曰：三春之季，孟夏之初。【居常】＊《新序》：荣启期曰，贫者士之常，死者人之终，居常待终，何忧哉！【处顺】＊《庄子》曰：老聃死，秦失吊之，曰：适来，夫子时也；适去，夫子顺也。安时而处顺，忧乐不能入也。【同怀】＊陆机诗曰：感念同怀子。【云梯】＊郭璞《游仙诗》曰：安事登云梯。张湛《列子注》曰：云梯可以陵虚。

---

① 北：原书作"比"。

《从斤竹涧越岭溪行》一首：

灵运《游名山志》曰：神子溪南山与七里山分流，去斤竹涧数里。

　　猿鸣诚知曙，谷幽光未显。岩下云方合，花上露犹泫。逶迤傍隈隩，迢递陟陉岘。过涧既厉急，登栈亦陵缅。川渚屡径复，乘流玩回转。蘋萍泛沉深，菰蒲冒清浅。企石挹飞泉，攀林摘叶卷。想见山阿人，薜萝若在眼。握兰勤徒结，折麻心莫展。情用赏为美，事昧竟谁辨？观此遗物虑，一悟得所遣。

　　【猿鸣】＊《文选》注：《元康地记》云，猿与狖猴不共山宿，临旦相呼。【曙】＊《说文》曰：曙，旦明也。【隈隩】＊《说文》曰：隈，山曲也。《尔雅》曰：隩，隈也。郭璞曰：今江东呼隩为浦。於到切，又於六切。【陉岘】＊《尔雅》曰：山绝曰陉。郭璞曰：连山中断曰陉。陉，胡庭切。《声类》曰：岘，山岭小高也。岘与现同，贤典切。【厉】＊《毛诗》曰：深则厉。毛苌曰：以衣涉水为厉。【栈】＊《通俗文》曰：板阁曰栈。《汉书》曰：张良说汉王烧绝栈道。【陵】＊《广雅》曰：陵，乘也。【缅】＊韦昭《国语注》曰：缅，犹邈也。【蘋】【冒】＊毛苌《诗传》曰：蘋，大萍也。又曰：冒，覆也。【企】＊《说文》曰：企，举踵也。【挹】＊毛苌《诗传》曰：挹，斟也，犹今言酌也。【“想见”二句】＊《楚辞》曰：

若有人兮山之阿，披薜荔兮带女萝①。【"握兰"二句】*灵运《南楼中望所知迟客》诗曰：瑶华未堪折，兰苕已屡摘②。路阻莫赠问，云何慰离析。然握兰摘苕，咸以相赠问也。《楚辞》曰：被石兰兮带杜衡，折芳馨兮遗所思。王逸曰：石兰，香草也。枣据《逸民赋》曰：沐甘露兮馀滋，握春兰兮遗芳。《楚辞》曰：折疏麻兮瑶华，将以遗兮离居。王逸曰：疏麻，神麻也。司马彪《庄子注》曰：展，申也。又：汉家侍中握兰。【"情用"二句】*言事无高玩，而情之所赏，即以为美，此理幽昧，谁能分别乎？【"观此"二句】*《淮南子》曰：吾独怀慷慨遗物而与道同出，是故有以自得也。郭象《庄子注》曰：将大不类，莫若无心，既遣是非，又遣其所遣，遣之以至于无遣，然后无所不遣，而是非去也。

《登江中孤屿》一首：

江南倦历览，江北旷周旋。怀杂道转迥，寻异景不延。乱流趋正绝，孤屿媚中川。云日相辉映，空水共澄鲜。表灵物莫赏，蕴真谁为传。想象昆山姿，缅邈区中缘。始信安期术，得尽养生年。

【历览】*《文选》注：《长门赋》曰，贯历览其中操。【周旋】已见上文。③【迥】【延】*《尔雅》

---

① 女萝：原书作"女罗"。
② 摘：《文选》谢诗及本处注皆作"摘"。
③ 原书书后附《刊误表》谓"操周旋已见上文"当删。按，"周旋已见上文"系抄录《昭明文选》时应节去的内容，"操"字则应保留。

曰：迥，远也。又曰：延，长也。【乱流】*《尔雅》
曰：水正绝流曰乱。【屿】*刘渊林《吴都赋注》曰：
屿，海中洲，上有山石。【表】*郑玄《礼记注》曰：
表，明也，谓显明之也。【蕴】*马融《论语》注曰：
蕴，藏也。【真】*《说文》曰：真，仙人变形也。
【想象】*《楚辞》曰：思旧故而想象。【昆山】*《列
仙传》曰：西王母，神人，名王母，在昆仑山。【区
中】*司马相如《大人赋》曰：迫区中之隘狭。【安
期术】*《列仙传》曰：安期术，琅邪阜乡人，自言千
岁。【养生年】*《文子》曰：静漠恬淡，所以养生
也。《庄子·养生篇》曰：可以尽年。郭象曰：养生非
求过分，盖全理尽年而已。

《南楼中望所迟客》一首。

谢灵运《游名山志》曰：始宁又北转一汀七里，直指舍下园
南门楼，自南楼百许步，对横山。

杳杳日西颓，漫漫长路迫。登楼为谁思，临江迟来
客。与我别所期，期在三五夕。圆景早已满，佳人犹未
适。即事怨睽携，感物方凄戚。孟夏非长夜，晦明如岁
隔。瑶华未堪折，兰苕已屡摘。路阻莫赠问，云何慰离
析。搔首访行人，引领冀良觌。

【杳杳】*《文选》注:《楚辞》云，日杳杳以西
颓，路长远而窘迫。王逸注曰：言道路长远，不得复
还，忧心迫窘，无所舒志也。【为谁思】*《楚辞》
曰：吹参差兮谁思？【迟】犹思也。【"与我"二
句】*陆机《赠冯文罴》诗曰：问子别所期，耀灵缘

扶木。【三五】谓十五日也。《礼记》曰：月者，三五而盈也。【圆景】*曹子建《赠徐幹》诗曰：圆景光未满，众星粲已繁。【"佳人"句】*魏文帝《秋胡行》曰：朝与佳人期，日夕殊不来。杜预《左氏传注》曰：适，归也。【即事】*即此离别之意也。《列子》：周之尹氏有老役夫，昼则呻呼即事，夜则昏惫而熟寐。【睽携】*《周易》曰：睽，乖也。贾逵《国语注》曰：携，离也。【感物】*古诗曰：感物怀所思。【方】*郑玄《论语注》曰：方，常也。【"孟夏"二句】*《楚辞》曰：望孟夏之短夜，何晦明兮若岁。【"瑶华"二句】*《楚辞》曰：折疏麻兮瑶华，将以遗乎离居。又曰：被石兰兮带杜衡，折芳馨兮遗所思。《楚辞》曰：媒绝路阻。言不可结而赠也。毛苌《诗传[1]》曰：问，遗也。又曰：慰，安也。杜育《金谷诗》曰：既而慨尔，感此离析。【搔首】*《毛诗》曰：爱而不见，搔首踟蹰。【良觌】*《尔雅》曰：觌，见也。良觌，谓见良人也。

《斋中读书》一首。

永嘉郡斋也。

昔余游京华，未尝废丘壑。矧乃归山川，心迹双寂漠。虚馆绝诤讼，空庭来鸟雀。卧疾丰暇豫，翰墨时间作。怀抱观古今，寝食展戏谑。既笑沮溺苦，又哂子云阁。执戟亦以疲，耕稼岂云乐。万事难并欢，达生幸可

---

① 诗传：原书作"传诗"。

托。

【京华】＊《文选》注：郭璞《游仙诗》曰，京华游侠窟。【观古今】＊《文赋》曰：观古今于须臾。【戏谑】＊《毛诗》曰：善戏谑兮，不为虐兮。【沮溺】＊《论语》曰：长沮、桀溺耦而耕。【子云阁】＊《汉书》曰：王莽既以符命自立，即位之后，欲绝其源，以神前事。而甄丰子寻、刘歆子棻复献之。莽诛丰父子，投棻四裔。辞所连及，便收不请。时杨雄校书天禄阁上，理狱使者来，欲收雄，雄恐不能自免，乃从阁上自投，几死。京师为之语曰：惟寂惟漠[①]，自投于阁。潘安仁《夏侯湛诔》曰：执戟疲杨。【达生】＊《庄子》曰：达生之情者傀。司马彪曰：傀，大也。情在无，故曰大。傀音瑰。

《石门新营所住四面高山回溪石濑[②]修竹茂林诗》一首：

跻险筑幽居，披云卧石门。苔滑谁能步，葛弱岂可扪。嫋嫋秋风过，萋萋春草繁。美人游不还，佳期何由敦？芳尘凝瑶席，清醑满金樽。洞庭空波澜，桂枝徒攀翻。结念属霄汉，孤景莫与谖。俯濯石下潭，仰看条上猿。早闻夕飚急，晚见朝日暾。崖倾光难留，林深响易奔。感往虑有复，理来情无存。庶持乘日车，得以慰营魂。匪为众人说，冀与智者论。

---

① 惟寂惟漠：据《昭明文选》注如此，原书书后附《刊误表》谓当改为"惟寂漠"。若据《汉书》当为"惟寂漠，自投阁"，则下句"自投于阁"亦当改。

② 濑：原书作"赖"。

【跻】*《文选》注曰：《方言》曰，跻，登也。【幽居】*《论衡》曰：幽居静处，恬澹自守。【披云】*《庄子》曰：云者风起北方，一西一东，孰居无事，而披拂是。【扪】*毛苌《诗传》曰：扪，持也。【嫋嫋】*《楚辞》曰：嫋嫋兮秋风。王逸注曰：嫋嫋，风摇木貌也。【萋萋】*《楚辞》曰：春草生兮萋萋。【敦】*《方言》[①]曰：敦，信也。【瑶席】*《楚辞》曰：瑶席兮玉瑱。【醑】*《毛诗》曰：饮此醑矣。《埤苍》曰：滑美貌也。【金樽】*曹子建《乐府》诗曰：金樽玉杯，不能使薄酒更厚。【"洞庭"二句】*《楚辞》曰：洞庭波兮木叶下。又曰：攀桂枝兮聊淹留。【"结念"二句】*言所思念，邈若霄汉，孤影独处，莫与忘忧。蔡琰诗曰：茕茕对孤影，怛咤糜肝肺。毛苌《诗传》曰：谖，忘也。张翰诗曰：单形依孤影。【暾】*《楚辞》曰：暾将出兮东方。王逸注曰：始出，其形暾暾而盛大也。【"感往"二句】*言悲感已往，而夭寿纷错，故虑有回复；妙理若来，而物我俱丧，故情无所存。往，谓适彼可悲之境也。【日车】*《庄子》：牧马童子谓黄帝曰：有长者教予[②]曰：若乘日之车而游襄城之野。郭象曰：日出而游，日入而息也。车或为居。【营魂】*《楚辞》曰：载营魂而升霞。钟会《老子注》曰：经护为营也。【"匪为众

① 方言：原书前衍"张"字。
② 予：原书作"子"。

人"二句】＊司马迁书曰：可为智者说，难为俗人言。

"宋初文咏，体有因革。庄老告退，而山水方滋。俪采百字之偶，争价一句之奇，情必极貌以写物，辞必穷力而追新"（《文心雕龙·明诗》），灵运其代表也。丽典新声，络绎奔会（《诗品》），内无乏思，外无遗物（《诗品》），故能"含跨刘郭，凌轹潘左"（《诗品》）。"方轨前秀，垂范后昆"（《宋书》），诚不愧"元嘉之雄"（《诗品》），古今山水诗人之宗也。

第十五节　鲍照及其他[①]

鲍照字明远，世祖时，照为中书舍人，临海王子顼[②]为荆州，以为前军参军，子顼败，为乱兵所杀。

明远诗之最著者，如《行药至城东桥诗》一首：

鸡鸣关吏起，伐鼓早通晨。严车临迥[③]陌，延睐历城闉。蔓草缘高隅，修杨夹广津。迅风首旦发，平路塞飞尘。扰扰游宦子，营营市井人。怀金近从利，抚剑远辞亲。争先万里涂，各事百年身。开芳及稚节，含彩吝惊春。尊贤永昭灼，孤贱长隐沦。容华坐消歇，端为谁苦辛。

【鸡鸣】＊《文选》注：《史记》曰，关法，鸡鸣出客。【严车】＊《楚辞》曰：严车驾兮戏游。【延

---

① 原书在此，仅有"鲍照"二字单独成段，无"及其他"三字，亦未标明"第十五节"字样。据书前目录改。

② 顼：此处及后一处，原书俱作"瑱"。

③ 迥：原书作"回"。

瞬】*《神女赋》曰：望余帷而延视。《广雅》曰：瞬，视也。【闉】*毛苌《诗传》曰：闉，城曲也。【隅】城隅也。【迅风】【平路】*《楚辞》曰：轶迅风于清凉。又曰：为余先乎平路。【扰扰】*枚乘《七发》曰：扰扰若三军之腾装。【游宦】*《汉书》：薄昭与淮南王书曰：游宦事人。【营营】*《列子》：林类曰，吾又安知营营而求生之非惑乎？【市井】*《庄子》：仲尼曰，商贾旦于市井，以求其赢。司马彪曰：九夫为井，井有市。【怀金】*范晔《后汉书》：耿弇曰，怀金玉者，至不生归。《抱朴子》曰：夫程郑、王孙、罗裒之徒，乘肥衣轻，怀金挟玉者，为之倒屣。《说文》曰：怀，藏也。【“抚剑”句】*《左氏传》曰：子朱怒，抚剑从之。《列女传》：秋胡子妻谓秋胡曰：子辞亲往仕。【“开芳”二句】*以草喻人也。草之开芳，宜及少节，既以含彩，理惜惊春。夫草之惊春，花叶必盛，盛必有衰，固所当惜也。陆机《桑赋》曰：疊稚节以凤茂，蒙劲风而后凋。曹毗《冶城赋》曰：含彩可以宝珍。孔安国《尚书传》曰：吝，惜也。【尊贤】*《说苑》曰：子贱至单父，请耆老尊贤与之共治。【孤贱】*范晔《后汉书》：黄香上疏曰：江淮孤贱，愚矇小生。【隐沦】谓幽隐沉沦也。【消歇】*陆机《长歌行》曰：荣华宿夜零，无故自消歇。【苦辛】*古诗曰：辗轲长苦辛。

《还都道中作》一首：

浔阳还都道中作，都谓^①扬州也。

　　昨夜宿南陵，今旦入芦洲。客行惜日月，崩波不可留。侵星赴早路，毕景逐前俦。鳞鳞夕云起，猎猎晚风道。腾沙郁黄雾，翻浪扬白鸥。登舻眺淮甸，掩泣望荆流。绝目尽平原，时见远烟浮。倏悲坐还合，俄思甚兼秋。未尝违户庭，安能千里游。谁^②令乏古节，贻此越乡忧。

　　【南陵】＊《文选》注：《宣城郡图经》曰，南陵县西南水路一百三十里。庾仲雍《江图》曰：芦洲至樊口二十里，伍子胥初所渡处也。樊口至武昌十里。然此芦洲在下，非子胥所渡处也。【“客行”二句】＊《江赋》曰：骇溯浪而相礧，言客行既惜日月，兼崩波之上，不可少留。【道】＊《广雅》曰：道，急也^③。【鸥】水鸟也。【舻】＊《汉书音义》：李斐曰，舻，船前头刺棹处也。【掩泣】＊《楚辞》曰：长太息以掩涕。【绝】犹尽也。【兼秋】＊兼，犹三也。《毛诗》曰：一日不见，如三秋。【户庭】＊《周易》曰：不出户庭，无咎^④。【“谁令”二句】＊《思玄赋》曰：慕古人之贞节。《左氏传》：宋人曰，怀璧^⑤不可以越乡。

---

① 原书“谓”字后衍“都”字。按：此条原书置于诗题后、诗正文前，整理者移至注文。
② 谁：原书作“行”。
③ 也：原书作“也也”。
④ 咎：原书脱此字。
⑤ 璧：原书作“壁”。

明远发唱惊挺，操调险急（《齐书》），制形写物（《诗品》），倾炫心魂（《齐书》）。得景阳之诙诡，含茂先之靡嫚，音节强于谢昆，驱迈疾于颜延，总四家而擅^①美，跨两代而孤出。

豫其流者，并略附生平于后：

宋豫章太守谢瞻。《宋书》曰：谢瞻，字宣远，东郡人。宋黄门郎，以弟晦权贵，求为豫章太守，卒。

宋仆射谢混。《宋书》曰：混字叔源，为尚书右仆射，以党刘毅被诛。

宋太尉袁淑。《宋书》曰：袁淑，字阳源，陈郡人，彭城王起为祭酒。后迁至左卫率府。劭当行篡逆，淑谏见害。孝武立，赠侍中太尉。

宋征君王微。《宋书》曰：王微，字景玄，琅琊人，除南平王铄右军咨议。微素无宦情，并陈疾不就。江湛举为吏部郎，卒。

宋征虏将军王僧达。《宋书》曰：王僧达，琅琊人。初为始兴王参军，后为征虏将军，以屡犯上颜，于狱^②中赐死。

宋法曹参军谢惠连。《宋书》曰：谢惠连，陈郡阳夏人，族兄灵运深加知赏。后为司徒彭城王法曹，年二十七卒。

宋记室何长瑜。《宋书》曰：何长瑜，东海人，初为谢方明所致，教子惠连。与灵运、荀雍、羊璿之共为山泽之游，时人谓

---

① 擅：原书作"檀"。
② 于狱：原书作"狱于"。

之为四友。后为临川王义庆①记室参军。

羊曜璠，名璿之，太山人。

宋詹事范晔。《宋书》曰：范晔字蔚宗，顺阳人，为高相国掾，稍迁至太子詹事，坐谋反诛。

宋孝武帝。《宋书》曰：武帝讳骏，字休龙，文帝第三子，封武陵王。元凶劭弑逆，举兵诛劭，遂即帝位。

宋南平王铄。《宋书》曰：字休文，文帝第四子。

宋建平王宏。《宋书》曰：字休度，文帝第七子。

宋光禄谢庄。《宋书》曰：谢庄，字希逸，陈郡阳夏人，仕至光禄大夫，卒年三十六。

宋御史苏宝生、宋中书令史陵修之、宋典祠令任昙绪。三人《宋书》无传。

宋越骑戴法兴。《宋书》曰：戴法兴，山阴人。为南台侍御史，废帝即位，迁越骑校尉。

宋尚书令傅亮。《宋书》曰：傅亮，字季友，北地人。为中书郎，宋武帝受禅，加尚书仆射，元嘉三年，诛。

第十五节　南齐谢朓及其他②

谢朓字玄晖，陈郡阳夏人也。祖述，吴兴太守。父纬，散骑侍郎。朓少好学，有美名，文章清丽。

子隆在荆州，好辞赋，数集僚友，朓以文才尤被赏爱，流连

---

① 王义庆：原书作"善废"。据文义补、正。
② 原书此节标题作"南齐谢朓"，而目录中作"南齐谢朓及其他"，从目录改。

晤对不舍日夕。长史王秀之以年少相动，密以启闻。世祖敕曰：
"侍读虞云自宜恒应侍接，朓可还都。"朓道中为诗寄西府曰：
"常恐鹰隼击，秋菊委严霜。寄言嬲罗①者，寥廓已高翔。"

　　迁新安王中军记室，朓笺辞子隆曰："故吏文学谢死罪死
罪，即日被尚书召，以朓补中军新安王记室参军（此二十八字，
系棠据《文选》加入），朓闻之，潢汙②之水，思朝宗而每竭；
驽蹇之乘，希沃若而中疲。何则？皋壤摇落，对之惆怅；岐路
东西，或以呜悒。况乃服义徒拥，归志莫从，邈若坠雨，飘似
秋叶③。朓实庸流，行能无算，属天地休明，山川受纳，褒采一
介，抽扬④小善，舍耒场圃⑤，奉笔兔园。东泛⑥三江，西浮七
泽，契阔戎旃，从容宴语。长裾日曳，后乘载脂，荣立府廷，恩
加颜色。沐发晞阳，未测涯涘；抚臆论报，早誓肌骨。不悟沧
溟未运，波臣自荡；渤澥⑦方春，旅翮先谢。清切藩房，寂寥旧
荜。轻舟反溯，吊影独留，白云在天，龙门不见。去德滋永，思
德滋深。唯待青江可望，候归艎于⑧春渚；朱邸方开，效蓬心于
秋实。如其簪履或存，衽席无改，虽复身填沟壑，犹望妻子知
归。揽涕告辞，悲来横集。"

---

① 嬲罗：原书作"罗嬲"。按：林之棠节《南齐书》卷四十七《王融谢
　　朓传》，本节谢朓传记，整理者即依《南齐书》校核。
② 汙：原书作"汗"。
③ 秋叶：《南齐书》《昭明文选》俱作"秋蒂"。
④ 抽扬：此据《昭明文选》，《南齐书》作"搜扬"。
⑤ 场圃：原书作"场圃"。
⑥ 泛：原书作"治"。《昭明文选》作"乱"，《南齐书》作"泛"，
　　从《南齐书》改。
⑦ 渤澥：原书作"渤海"。
⑧ 于：原书作"与"。

寻以本官兼尚书殿中郎。

隆昌初，敕朓接北使，朓自以口讷，启让不当，不见许[1]。

高宗辅政，以朓为骠骑咨议，领记室，掌霸府文笔。又掌中书诏诰，除秘书丞，未拜，仍转中书郎。出为宣城太守，以选，复为中书郎。

建武四年，出为晋安王镇北咨议、南东海太守，行南[2]徐州事。启王敬则反谋，上甚嘉赏之。迁尚书吏部郎。上表三让，上优答不许。

朓善草隶，长五言诗，沈约常云"二百年来无此诗也"。敬皇后迁祔山陵，朓撰哀策文，齐世莫有及者。

东昏失德，江祏欲立江夏王宝玄，末更回惑，与弟祀密谓朓曰："江夏年少轻脱，不堪负荷神器，不可复行废立。始安年长入纂[3]，不乖物望。非以此要富贵，政是求安国家耳。"遥光又遣亲人刘沨密致意于朓，欲以为肺腑。朓自以受恩高宗，非沨所言，不肯答。少日，遥光以朓兼知卫尉事，朓[4]惧见引，即以祏等谋告左兴盛，兴盛不敢发言。祏闻，以告遥光，遥光大怒，乃称敕召朓，仍回车付廷尉，与徐孝嗣、祏、暄等连名启诛朓。又使御史中丞范岫奏收朓，下狱死。时年三十六。（节梁萧子显《南齐书》）

玄晖诗之最著者如《游东田》一首：

朓在钟山，东游还作。

---

① 不见许：《南齐书》作"见许"。

② 南：原书作"与"。

③ 纂：原书作"篡"。

④ 朓：原书无此字，据文意补。

戚戚苦无悰，携手共行乐。寻云陟累榭，随山望菌阁。远树暧仟仟，生烟纷漠漠。鱼戏新荷动，鸟散馀花落。不对芳春酒，还望青山郭。

【悰】*《文选》注：《汉书》广陵王胥歌曰，出入无悰为乐亟。韦昭曰：悰，乐也。魏文帝《折杨柳行》曰：端居苦无悰，驾游博望山。悰，裁宗切。【行乐】*杨恽《报孙会宗书》曰：人生行乐耳，须富贵何时。【累榭】*《楚辞》曰：层台累榭临高山。王逸曰：层、累，皆重也。【随山】*《尚书》曰：随山刊木。【菌阁】*《楚辞》曰：菌阁兮蕙楼。【仟仟】*《广雅》曰：芊芊，盛也。仟与芊同。【"不对"二句】*言野外昭旷，取乐非一，若不对兹春酒，还则望彼青山。魏武帝《短歌行》曰：对酒当歌。陆机《悲行》曰：游客芳春林。《毛诗》曰：为此春酒。

《郡内高斋闲坐答吕法曹》一首：

郡是宣城郡。

结构何迢遞，旷望极高深。窗中列远岫，庭际俯乔林。日出众鸟散，山暝孤猿吟。已有池上酌，复此风中琴。非君美无度，孰为劳寸心。惠而能好我，问以瑶华音。若遗金门步，见就玉山岑。

【结构】*《文选》注：结构，谓结连构架，以成屋宇也。《鲁灵光殿赋》曰：观其结构。【旷】*《广雅》曰：旷，远也。【高深】谓江山也。魏武帝《善哉行》曰：山不厌高，海不厌深。【乔林】*曹子建诗曰：归鸟赴乔林。【"已有"二句】*石崇《思归引》

曰：宴华池，酌玉觞。嵇康《赠秀才诗》曰：习习和风，吹我素琴。【"非君"二句】*《毛诗》曰：彼己之子，美无度。又曰：劳心忉忉。《列子》：文挚谓叔龙曰：吾见①子之心矣，方寸之地虚矣。【"惠而"句】*《毛诗》曰：惠而好我，携手同行。毛苌曰：惠，爱也。郑玄曰：言爱仁而又好我。【"问以"句】*《毛诗》曰：杂佩以问之。毛苌曰：问，遗也。《楚辞》曰：折疏麻兮瑶华，将以遗兮离居。【金门】*《解嘲》曰：历金门，上玉堂。【玉山岑】*《穆天子传》曰：癸巳，至群玉之山，容氏所守，先王之谓册府。郭璞曰：即《山海经》玉山，西王母所居者。皇甫谧《释劝》曰：排阊阖，步玉岑。

《暂使下都夜发新林至京邑赠西府同僚》一首：

　　大江流日夜，客心悲未央。徒念关山近，终知反路长。秋河曙耿耿，寒渚夜苍苍。引顾见京室，宫雉正相望。金波丽鳷鹊，玉绳低建章。驱车鼎门外，思见昭丘阳。驰晖不可接，何况隔两乡。风云有鸟路，江汉限无梁。常恐鹰隼击，时菊委严霜。寄言蹑罗者，寥廓已高翔。

　　【流日夜】*《文选》注：《吕氏春秋》曰，水泉东流，日夜不休。【央】*《毛诗》曰：夜未央。《广雅》曰：央，已也。【关山】*古乐府有《度关山》曲。王粲《闲邪赋》曰：关山介而阻险。【反路】*颜

---

① 见：原书作"月"。

延年《秋胡诗》曰：反路遵山河。【秋河】天汉也。
【耿耿】光也。【苍苍】*《毛诗》曰：蒹葭苍苍。
【京室】*潘岳《河阳县诗》曰，引领望京室。《东
都赋》曰：京室密清。【"宫雉"句】*《周礼》曰：
王城隅之制，九雉。古诗曰：两宫遥相望。【金
波】*《汉书》：歌云，月穆穆以金波。【丽】*王弼
《周易注》曰：丽，连也。【鵁鹊】*张揖《汉书注》
曰：鵁鹊观，在云阳甘泉宫外。【玉绳】*《春秋元命
包》曰：玉衡北两星为玉绳星。【建章】*《汉书》
曰：柏梁灾，于是作建章宫也。【驱车】*古诗曰：驱
车策驽马。【鼎门】*《帝王世纪》曰：春秋，成王定
鼎于①郏鄏，其南门名定鼎门，盖九鼎所从入也。【昭
丘阳】*《方言》曰，冢大者为丘，丘南曰阳。《荆州
图记》曰：当阳东有楚昭王墓。《登楼赋》曰所谓西接
昭丘也。【驰晖】日也。朓《至寻阳》诗曰：过客无
留轸，驰晖有奔箭。【乡】*毛苌《诗传》曰：乡，所
也。【鸟路】*《南中八志》曰：交阯郡，治龙编县，
自兴古鸟道四百里。【"江汉"句】*《楚辞》曰：江
河广而无梁。【鹰隼击】*毛苌《诗传》曰：古者鹰隼
击，然后罻罗设。【"时菊"句】*潘岳《河阳诗》
曰：时菊耀秋华。委，犹悴也。《楚辞》曰：冬又申之
以严霜。【"寄言"二句】*《喻蜀父老》曰：犹鹪鹏
之翔乎寥廓之宇，而罗者犹视乎薮泽。《广雅》曰：

---

① 于：原书作"王"。

寥，深也。廓，空也。

《酬王晋安》一首。

《五言集》曰：王晋安，德元。王隐《晋书》曰：晋安郡^①，太康三年置，即今之泉州也。

　　梢梢枝早劲，涂涂露晚晞。南中荣橘柚，宁知鸿雁飞。拂雾朝青阁，日旰坐彤闱。怅望一涂阻，参差百虑依。春草秋更绿，公子未西归。谁能久京洛，缁尘染素衣。

【梢梢】*《文选》注：《尔雅》曰，梢，梢棹也。郭璞曰：谓木无枝，柯梢棹长而杀也。【涂涂】*《楚辞》曰：白露纷以涂涂。王逸曰：涂涂，厚貌也。【晞】*毛苌《诗传》曰：晞，干也。【橘柚】*《列子》曰：吴越之国，有木焉，其名曰櫾，碧树而冬生。櫾则柚字也。【“宁知”句】*鸿雁南栖衡阳，不至晋安之境，故曰宁知也。【日旰】*《左氏传》：赵鞅曰，日旰矣。《说文》曰：旰，日晚也。【怅望】*蔡邕诗曰：暮宿何怅望。【百虑】*《周易》曰：一致而百虑。仲长统诗曰：百虑何为，至安在我。【“春草”二句】*言春草萋萋，故王孙乐之而不反。今春草秋而更绿，公子尚未西归。《楚辞》曰：王孙游兮不归，春草生兮萋萋。古诗曰：秋草萋已绿。《毛诗》曰：谁能西归。【“谁能”二句】*陆机《为顾彦先赠妇诗》曰：京洛多风尘，素衣化为缁。

---

① 安郡：原书脱此二字。

《郡内登望》一首。

萧子显《齐书》曰：朓出为宣城太守。

借问下车日，匪直望舒圆。寒城一以眺，平楚正苍
然。山积陵阳阻，溪流春谷泉。威纡距遥甸，巉岩带远
天。切切阴风暮，桑柘起寒烟。怅望心已极，惝恍魂屡
迁。结发倦为旅，平生早事边。谁规鼎食盛，宁要狐白
鲜。方弃汝南诺，言税辽东田。

【下车】*《文选》注：张景阳诗曰，下车如昨
日，望舒四五圆。【平楚】*《毛诗》曰：翘翘错薪，
言刈其楚。《说文》曰：楚，丛木也。【苍然】*郑玄
《毛诗笺》曰：蒹葭在众草之中，苍苍然也。【"山
积"句】*《江赋》曰：幽涧积阻。沈约《宋书》曰：
宣城郡，太康中分丹阳立。陵阳，子明得仙于广阳县
山。【"溪流"句】*《战国策》曰：饮茹溪之流。
《汉书》曰：丹阳郡有春谷县。《水经注》曰[①]：江连
春谷县北，又合春谷水。【威纡】*威夷纡馀，流长之
貌也。【距】*孔安国《尚书传》曰：距，至也。【巉
岩】*《广雅》曰：巉岩，高也。【惝恍】*《楚辞》
曰：招惝恍而永怀。招，敕骄切。惝，况壤切。恍，况
往切。【结发】*《汉书》：霍光结发内侍。【平生】*
《论语》：子曰，久要不忘平生之言。【鼎食】*《家
语》曰：子路南游于楚，列鼎而食。【狐白】*《晏子
春秋》曰：景公被狐白之裘，坐于堂侧。【汝南诺】*

---

① 曰：原书作"日"。

《续汉书》曰：汝南太守南阳宗资任用范滂，时人谣曰：汝南太守范孟博，南阳宗资主画诺。【辽东田】*《魏志》曰：管宁闻公孙度令行海外，遂至于辽东。皇甫谧《高士传》曰：人或牛暴宁田者，宁为牵牛著凉处，自饮食也。

《直中书省》一首。

萧子显《齐书》曰：朓转中书郎。

　　紫殿肃阴阴，彤庭赫弘敞。风动万年枝，日华承露掌。玲珑结绮钱，深沉映朱网。红药当阶翻，苍苔依砌上。兹言翔凤池，鸣佩多清响。信美非吾室，中园思偃仰。朋情以郁陶，春物方骀荡。安得凌风翰，聊恣山泉赏。

　　【紫殿】*《文选》注：紫殿，紫宫也。《汉书·成纪》曰：神光降集紫殿。【肃阴阴】*《庄子》曰：至阴肃肃，至阳赫赫。【彤庭】*西都宾曰，玉阶彤庭。【赫弘敞】*《西京赋》曰：赫旷旷以弘敞。【万年枝】*《晋宫阙名》曰：华林园有万年树十四株。【“日华”句】*《汉书》曰：日华曜宣明。又曰：武帝作柏梁铜柱、承露盘、仙人掌也。【玲珑】*晋灼《甘泉赋》注曰：玲珑，明见貌也。【绮钱】*《东宫旧事》曰：窗有四面，绫绮连钱。【朱网】*《楚辞》曰：网户朱缀刻方连。王逸注曰：网，绮文缕也。缀，缘也。网与罔同而义异也。【苍苔】*《淮南子》曰：穷谷之污，生以苍苔。【凤池】*《晋中兴书》曰：荀勖徙中书监为尚书令，人贺之，乃发恚云：夺我凤凰池，卿诸人何贺我邪？【鸣佩】＊《礼记》曰：君子行则鸣佩玉。【"信美"句】＊《登楼赋》曰：虽信美而非吾土兮。【偃仰】＊《毛诗》曰：或栖迟偃仰。【郁陶】＊《尚书》曰：郁陶乎予心，颜厚有忸怩。【骀荡】＊《庄子》曰：惠施之材，骀荡而不得，逐物不反。司马彪曰：骀荡，犹施散也。【凌风翰】＊《庄子》曰：鹊巢于高榆之颠，巢折，凌风而起。《毛诗》曰：如飞如翰。郑玄曰：如鸟之飞翰也。

《和徐都曹》一首：

宛洛佳遨游，春色满皇州。结轸青郊路，回瞰苍江流。日华川上动，风光草际浮。桃李成蹊径，桑榆荫道周。东都已俶载，言归望绿畴。

【宛洛】＊《文选》注：古诗曰，驱车策驽马，游戏宛与洛。【皇州】＊鲍照①《结客少年场》曰：表里望皇州。【结轸】＊《楚辞》曰：结余轸于西山。【青郊】＊《周礼》曰：东方谓之青。【"回瞰"句】＊《蜀都赋》曰：列绮疏以瞰江。【风光】＊《楚辞》曰：光风转蕙泛崇兰。王逸注曰：光风谓日出而风，草木有光色也。【"桃李"句】＊班固《汉书》赞曰：谚曰，桃李不言，下自成蹊。【桑榆】＊《楚辞》曰：鸣鸠栖于桑榆。【道周】＊《毛诗》曰：有杕之杜，生于道周。《毛诗》曰：周，曲也。【俶载】＊《毛诗》曰：以我覃耜，俶载南亩。毛苌曰：覃，利也。王肃曰：俶，始也。

---

① 照：原书据《昭明文选》注作"昭"。

载，事也。言用我之利，始事于南亩也。【言归】*
《毛诗》曰：言旋言归。【畴】*贾逵《国语注》曰：
一井为畴。

《和王主簿怨情》一首。

《五言集》云：王主簿，名季哲。

　　掖庭聘绝国，长门失欢宴。相逢咏蘼①芜，辞宠悲
班扇。花丛乱数蝶，风帘入双燕。徒使春带赊，坐惜红
妆变。生平一顾重，宿昔千金贱。故人心尚尔，故人心
不见。

　　【"掖庭"句】*《文选》注：《汉书·元纪》
曰，赐单于待诏掖庭王嫱为阏氏。应劭曰：名嫱，小
字昭君。娶女曰聘，据单于而言也，《琴道②》：雍门
周曰，一赴绝国。掖庭，王昭君所居也。【"长门"
句】*长门，陈皇后所居也。《南都赋》曰：接欢宴于
日夜。【咏蘼芜】*《古乐府》诗曰：上山采蘼芜，下
山逢故夫。【悲班扇】*班婕妤《怨诗》曰：新制齐纨
素，鲜洁如霜雪。裁为合欢扇，团团似明月。【赊】
缓也。【一顾重】*郑玄《毛诗笺》曰：顾，回首也。
《列女传》曰：楚成郑子瞀者，楚成王之夫人也。初，
成王登台，子瞀不顾。王曰：顾，吾与女千金。子瞀遂
行，不顾。曹植诗曰：一顾千金重，何必珠玉钱？【宿
昔】*阮籍《咏怀》诗曰：宿昔同衾裳。【"故人"二

---

① 蘼：原书作"縻"。
② 道：原书作"造"。

句】*古乐府曰：相去万馀里，故人心尚尔。郑玄《毛诗笺》曰：尚，犹也。《字书》曰：尔，词也。

玄晖诗，微伤①细密，颇在不伦，一章之中，自有玉石。（《诗品》）杨用修论发端，以玄晖"大江流日夜"为妙绝。（《诗薮》）之棠谓"日华川上动，风光草际浮"，中腹亦不弱。

豫其流者并附生平于后：

齐惠休上人。《宋书》曰：沙门惠休，善属文，世祖命之还俗。本姓汤，位至扬州刺史。

齐道猷上人。《高僧传》曰：释道猷，吴人，生公弟子。宋孝武勅住新安，为镇寺法主。

齐释宝月。《古今乐录》曰：释宝月，齐武帝时人，善解音律。

齐高帝。《齐书》曰：姓萧氏，讳道成，字绍伯。仕宋，累封齐王，废宋自立。

齐征北将军张勇。无传。

齐太尉王文宪。《南史》曰：王俭，字仲宝，琅琊临沂人，袭爵豫章侯。齐台建，迁右仆射，改封南昌县公，累迁侍中尚书，左镇军将军，薨年三十八。追赠太尉，谥文宪。

齐黄门谢超宗。《南齐书》曰：谢超宗，陈郡阳夏人。祖灵运。超宗好学，有文辞。解褐奉朝请，太祖即位，转黄门郎。

齐浔阳太守丘灵鞠。《南史》曰：丘灵鞠，吴兴乌程人。累迁员外郎，后除太尉参军，永明二年领骁骑将军。

---

① 伤：原书作"阳"。

齐给事中郎刘祥。《南齐书》曰：刘祥，字显征，东莞莒人。解褐为巴陵王征西行参军，除正员外。

齐司徒长史檀超。《南史》曰：檀超，字悦祖，高平金乡人。少好文学，解褐州西曹，后为司徒右长史。

齐正员郎钟宪。嵘之从祖也。

齐诸暨令颜则。

齐秀才顾则心。

齐参军毛伯成。

齐朝请吴迈远。《南史·文学传》曰：吴迈远，好为篇章，每作诗，得称意语，辄掷地呼曰：曹子建何足数哉！

齐朝请许瑶之。

齐鲍令晖。《小名录》曰：鲍照妹字令晖，有才思，亚于明远，著《香茗赋集》行世。

齐韩兰英。《齐书》曰：吴郡韩兰英，妇人，有文辞。宋孝武世，献《中兴赋》，被赏入宫。宋明帝世，用为宫中职僚。世祖以为博士，教六宫书学。以其年老多识，呼为韩公。

齐司徒长史张融。《南齐书》曰：张融，字思光，吴郡人。解褐为新安王中郎参军，后为仪曹郎，迁司徒右长史。建武四年病卒，年五十四。

齐詹事孔稚珪。《南齐书》曰：孔稚珪，字德璋，会稽人。举秀才，解褐宋安成王车骑法曹行参军，稍迁至太子詹事，卒。

思光①纡缓诞放，纵有乖文体，然亦捷疾丰饶，差不局促。融造境颇幽，盖本陆士衡。德璋生于封溪，而文为雕饰，青于蓝矣，稚珪甚豪属，颇似刘琨。

齐宁朔将军王融。《南齐书》曰：王融，字元长，琅琊临沂人。举秀才，历中书郎。竟陵王子良板②融宁朔将军军主。世祖疾笃，欲立子良，郁林深忿疾融，即位，收下廷尉狱，赐死，年二十七。

齐中庶子刘绘。《南齐书》曰：刘绘，字士章，彭城人。解褐著作郎，高宗即位，迁太子中庶子。

元长③士章，并有盛才，词美英净；至于五言之作，几乎尺有所短。王融文情并茂，颇似谢惠连，绘音采不赡丽，雅有风则，盖学平原焉。譬应变将略，非武侯所长，未足以贬卧龙。

齐仆射江祏。《南齐书》曰：江祏，字弘业，济阳考城人。永泰元年，为侍中中书令，转右仆射。祏弟卫尉祀为侍中。

第十六节　梁江淹

江淹，字文通，济阳考城人也。少孤贫，好学，沉静少交游，起家南徐州从事，转奉朝请。宋建平王景素好士，淹随景素在南兖州。广陵令郭彦文得罪，辞连淹，系州狱。淹狱中上

---

① 此条与此节体例不统一，而且意义难明。按，"思光"以下文字，除"融造境颇幽，盖本陆士衡"之外，均出自《诗品》，是《诗品》合评张融（即"思光"）、孔稚珪（即"德璋"）的文字。

② 板：原书作"扳"。

③ 自"元长"起至段末"卧龙"，文字多抄录《诗品》对王融、刘绘的评论，又加入林之棠自己的评论。

书曰：

"昔者贱臣叩心，飞霜击于燕地；庶女告天，振风袭于齐堂。下官每读其书，未尝不废卷流涕。何者？士有一定之论，女有不易之行。信而见疑，贞而为戮，是以壮夫义士伏死而不顾者此^①也。下官闻仁不可恃，善不可依，始谓徒语，乃今知之。伏愿大王暂停左右，少加怜察^②。

"下官本蓬户桑枢之民，布衣韦带之士，退不饰诗书以惊愚，进不买名声于天下。日者谬得升降承明之阙，出入金华之殿，何尝不局影凝严，侧身屏禁者乎？窃慕大王之义，为门下之宾，备鸣盗浅术之馀，豫三五贱伎^③之末。大王厚^④以恩光，眄以颜色，实佩荆卿黄金之赐，窃感豫让国士之分矣。常欲结缨伏剑，少谢万一，剖心摩踵以报所天。不图小人固陋，坐贻谤缺，迹坠昭宪，身限幽圄，履影吊心，酸鼻痛骨。下官闻，亏名为辱，亏形次之，是以每一念来，忽若有遗。加以涉旬月，迫季秋，天光沉阴，左右无色，身非木石，与狱吏为伍，此少卿所以仰天槌心，泣尽而继之以血者也。

"下官虽乏乡曲之誉，然尝闻君子之行矣。其上则隐于帘肆之间，卧于岩石之下；次则结绶金马之庭，高议云台之上；次则厉南越之君，系单于之颈，俱启丹册，并图青史，宁当争分寸之末，竞刀锥之利哉？

---

① 此：原书脱此字。

② 怜察：《梁书》卷十四作"怜鉴"。

③ 贱伎：原书作"贱使"。

④ 厚：《梁书》《文选》并作"惠"。

"然下官闻，积毁销金，积谗縻[1]骨，古则直生取疑于盗金，近则伯鱼被名于不义，彼之二才，犹或如此，况在下官，焉能自免？

"昔上将之耻，绛侯幽狱，名臣之羞，史迁下室，如下官当何言哉？夫鲁连之智，辞禄而不反；接舆之贤，行歌而忘归。子陵闭关于东越，仲蔚杜门于西秦，亦良可知也。若使下官事非其虚，罪得其实，亦当钳口吞舌，伏匕首以殒身，何以见齐鲁奇节之人，燕赵悲歌之士乎？

"方今圣历钦明，天下乐业，青云浮洛，荣光塞河，西洎[2]临洮狄道，北距飞狐阳原，莫不浸仁沐义，照景饮醴[3]，而下官抱痛圆门，含愤狱户，一物之微，有足悲者。仰惟大王少垂明白，则梧丘之魂，不愧于沉首，鹄亭之鬼，无恨于灰骨。不任肝胆之切，敬因执事以闻。此心既照，死且不朽。"

景素览书，即日出之。

永明初，迁骁骑将军，掌国史。

天监元年为散骑常侍、左卫将军，封临沮县开国伯，食邑四百户。淹乃谓子弟曰："吾本素宦，不求富贵，今之忝窃，遂至于此。平生言止足之事，亦以备矣。人生行乐耳，须富贵何时。吾功名既立[4]，正欲归身草莱耳。"其年，以疾迁金紫光禄大夫，改封醴陵侯。四年卒，时年六十二。高祖为素服举哀，赙钱三万，布五十匹，谥曰宪伯。淹少以文章显，晚节才思微退，

---

① 縻：原书作"摩"。《梁书》作"縻"，《文选》作"磨"。
② 洎：原书作"泊"。
③ 醴：原书作"酿"。
④ 立：原书作"在"。

时人皆谓之才尽。凡所著述百馀篇，自撰为前后集，并《齐史》十志，并行于世。（节姚思廉《梁书》）

棠案，刘璠《梁典》云："江淹少而沉敏，六岁能属诗，及长，爱奇尚异，自以孤贱，厉志笃学，洎[①]于强仕，渐得声誉。尝梦郭璞谓之曰：'君借我五色笔，今可见还。'淹即探怀，以笔付璞，自此以后，材思稍减。"又案：《南史》云："江淹少时，梦人授五色笔，由是文藻日新，后宿于冶亭，梦一丈夫，自称郭璞，谓淹曰：'吾有笔在卿处多年，可见还。'乃探怀中，得五色笔以授之，自后为诗，绝无美句，时人谓之才尽。"此无稽也，姚书只言"晚节才思微退，时人谓之才尽"，自是正史。

文通一生，最得意杰作为《别赋》，附录于后。

别赋

（载《江文通集》）

黯然销魂者，唯别而已矣！况秦吴兮绝国，复燕宋兮千里。或春苔兮始生，乍秋风兮暂起。是以行子肠断，百感凄恻。风萧萧而异响，云漫漫而奇色。舟凝滞于水滨，车逶迟于山侧。棹容与而讵前，马寒鸣而不息。掩金觞而谁御，横玉柱而沾轼。居人愁卧，恍若有亡。日下壁而沉彩，月上轩而飞光。见红兰之受露，望青楸之离霜。巡曾楹而空掩，抚锦幕而虚凉。知离梦之踟蹰，意别魂之飞扬。故别虽一绪，事乃万族。

【玉柱】谓所调之筝瑟。【曾】与"层"通。

至若龙马银鞍，朱轩绣轴。帐饮东都，送客金谷，

琴羽张兮箫鼓陈，燕赵歌兮伤美人，珠与玉兮艳暮秋，罗与绮兮娇上春。惊驷马之仰秣，耸渊鱼之赤鳞。造分手而衔涕，感寂寞而伤神！

【东都①】即今河南洛阳，东汉光武帝所都。按此指汉宣帝时疏广、疏受请老归，公卿大夫为设祖饯，供帐东都门外事。【金谷】地名，在洛阳县西。晋石崇尝筑别庐于此，称金谷园。时征西将军王翊还长安，诸臣在此送行。【琴羽】谓琴之羽声。【赤鳞】古时相传，瓠巴鼓琴，六马仰秣；伯牙鼓琴，渊鱼出听。

乃有剑客惭恩，少年报士，韩国赵厕，吴宫燕市。割慈忍爱，离邦去里，沥泣共诀，抆血相视。驱征马而不顾，见行尘之时起。方衔感于一剑，非买价于泉里。金石震而色变，骨肉悲而心死。

【韩】指战国时韩刺客聂政。【赵】指春秋时赵刺客豫让。让刺赵襄子，尝藏身厕中。【吴】指春秋时吴刺客专诸。【燕】指战国时燕刺客荆轲。【色变】荆轲偕秦舞阳入秦刺始皇，秦廷召见燕使，钟鼓并发，舞阳恐，面色如死灰。【骨肉】聂政刺杀韩相侠累，自破面决眼，屠腹而死；其姊抱尸而哭，因亦自杀尸旁。

或乃边郡未和，负羽从军。辽水无极，燕山参云。闺中风暖，陌上草薰。日出天而曜景，露下地而腾文。镜朱尘之照烂，袭青气之烟煴，攀桃李兮不忍别，送爱子兮沾罗裙。

---

① 都：原书作"部"。

【辽水】即今河北辽河。【燕山】在河北蓟县东南。自西山逶迤至东，高千仞，绵亘数百里。

至如一赴绝国，讵相见期。视乔木兮故里，决北梁兮永辞。左右兮魂动，亲宾兮泪滋。可班荆兮赠恨，惟樽酒兮叙悲。值①秋雁兮飞日，当白露兮下时。怨复怨兮远山曲，去复去兮长河湄。

【北梁】指汉李陵、苏武河梁诀别诗。

又若君居淄右，妾家河阳，同琼珮之晨照，共金炉之夕香。君结绶兮千里，惜瑶草之徒芳。惭幽闺之琴瑟，晦高台之流黄。春宫闼②此青苔色，秋帐含兹明月光，夏簟清兮昼不暮，冬釭凝兮夜何长！织锦曲兮泣已尽，回文诗兮影独伤。

【回文诗】前秦时窦韬被徙沙漠，别妻苏氏（名蕙，字若兰），誓不更娶，后竟纳妾赵阳台，苏氏因织锦为回文诗寄韬，词皆凄怨③。

傥有华阴上士，服食还仙。术既妙而犹学，道已寂而未传。守丹灶而不顾，炼金鼎而方坚。驾鹤上汉，骖鸾腾天。暂游万里，少别千年。惟世间兮重别，谢主人兮依然。

下有芍药之诗，佳人之歌，桑中卫女，上宫陈娥。春草碧色，春水绿波，送君南浦，伤如之何！

---

① 值：原书作"植"。
② 闼：原书作"闷"。
③ 凄怨：原书作"凄蕙"，不可解，据文意改。

至乃秋露如珠，秋月如珪，明月白露，光阴往来，与子之别，思心徘徊。是以别方不定，别理千名，有别必怨，有怨必盈。使人意夺神骇，心折骨惊，虽渊、云之墨妙，严、乐之笔精，金闺之诸彦，兰台之群英，赋有凌云之称，辩有雕龙之声，谁能摹暂离之状，写永诀之情者乎？

【渊、云】指汉文学家王褒（字子渊）与扬雄（字子云）。【严、乐】指汉武帝时名臣严安与徐乐。【金闺】即金马门。【凌云】汉司马相如奏《大人赋》，飘飘然有凌云之气。【雕龙】战国时齐人驺奭，常采驺[①]衍之术以纪文，人称雕龙奭。《史记》裴骃注引刘向《别录》曰："驺奭修衍之文饰，若雕镂龙文，故曰'雕龙'。"

文通拟汉三诗俱远，独魏文、陈思、刘桢、王粲，置之魏风莫辨，真杰思也。（《诗薮》）钟嵘称其诗体总杂，善于摹拟。棠谓文通不长于诗，所著赋如《恨赋》、《别赋》包罗万有，音节谐和，东京而后堪称第一。

第十七节　任昉

任昉字彦升，乐安博昌人。父遥，齐中散大夫。昉身长七尺五寸，幼而好学，早知名，雅善属文，尤长载笔，才思无穷，当世王公[②]表奏，莫不请焉。昉起草即成，不加点窜。沈约一代词

---

① 驺：原书作"驷"。
② 王公：原书作"公王"。

宗，深所推挹。

帝崩，迁中书侍郎。永元末，为司徒右长史。高祖克京邑，霸府初开，以昉为骠骑记室参军。始高祖与昉过①竟陵王西邸，从容谓昉曰："我登三府，当以卿为记室。"昉亦戏高祖曰："我若登三事，当以卿为骑兵。"谓高祖善骑也。至是故引昉，符昔言焉。昉奉笺曰：

"记室参军事任昉，死罪死罪（此十一字系棠据《昭明文选》增入）。伏承以今月令辰，肃膺典策，德显功高，光副四海，含生之伦，庇②身有地；况昉受教君子，将二十年，咳唾为恩，眄睐成饰，小人怀惠，顾知③死所。昔承清宴，属有绪言，提挈之旨，形乎善谑，岂谓多幸，斯言不渝。虽情谬先觉④，而迹沦骄饵，汤沐具而非吊，大厦构而相欢。

"明公道冠二仪⑤，勋超邃古，将使伊周奉辔，桓文扶毂，神功无纪，化物何称。府朝初建，俊贤骧首，惟此鱼目，唐突玙璠。顾己循涯，实知尘忝，千载一逢，再造难答。虽则殒越，且知非报⑥。不胜荷戴屏营之情，谨诣厅奉白笺谢闻，昉死罪死罪（以上二十一字系棠据《昭明文选》增入）。"

天监二年，出为义兴太守。在任清洁，儿妾食麦而已。寻⑦转御史中丞秘书监，领前军将军。自齐永元以来，秘阁四部篇卷

---

① 过：《梁书》作"遇"。
② 庇：原书作"疵"。
③ 知：原书作"如"。
④ 觉：原书作"与"。
⑤ 二仪：原书作"式议"。
⑥ 报：原书作"恨"。
⑦ 寻：原书作"承"。

纷杂，昉手自雠校，由是篇目定焉。六年春，出为宁朔将军、新安太守。在郡不事边幅，率然^①曳杖，徒行邑郭，民通辞讼者，就路决焉。为政清省，吏民便之。视事期岁，卒于官舍，时年四十九。阖境痛惜，百姓共立祠堂于城南。高祖闻问，即日举哀，哭之甚恸。追赠太常卿，谥曰敬子。

昉好交结，奖进士友，得其延誉者率多升擢，故衣冠贵游，莫不争与交游，坐上宾客，恒有数十。时人慕之，号曰任君，言如汉之三君也。陈郡殷芸与建安太守到溉书曰："哲人云亡，仪表长谢。元龟何寄，指南谁托？"其为士友所推如此。

昉坟籍无所不见，家虽贫，聚书至万馀卷，率多异本。著文章数十万言，盛行于世。昉撰《杂传》二百四十七卷，《地记》二百五十二卷，文章三十三卷。（节姚思廉^②《梁书》）

彦升诗之最有声者如：

《出郡传舍哭范仆射》一首

五言，刘潘《梁典》曰：天监二年仆射范卒，任昉自义兴贻沈约书曰：永念平生，忽为畴昔。然此郡谓义兴也。刘熙《释名》曰：传，舍也，使人所止息而去，后人复来，转相传也。《风俗通》曰：诸有传信，乃得舍于传也。

> 平生礼数绝，式瞻在国桢。一朝万化尽，犹我故人情。待时属兴运，王佐俟民英。结欢三十载，生死一交情。携手遁衰孽，接景事休明。运阻衡言革，时泰玉阶平。浚冲得茂彦，夫子值狂生。伊人有泾渭，非余扬浊

---

① 率然：原书作"索然"，据《梁书》改。

② 原书"廉"后衍"篙"字。

清。将乖不忍别，欲以遣离情。不忍一辰意，千龄万恨生。已矣平生事，咏歌盈箧笥。兼复相嘲谑，常与虚舟值。何时见范侯，还叙平生意。与子别几辰，经涂不盈旬。弗睹朱颜改，徒想平生人。宁知安歌日，非君撤瑟晨。已矣余何叹，辍春哀国均。

【"平生"二句】*国桢，谓范云也。《左氏传》曰：名位不同，礼亦异数。《女史》曰：式瞻清懿。《毛诗》曰：思皇多士，此生王国，王国克生，惟周之桢。毛苌《诗传》曰：桢，干也。【"一朝"二句】*《庄子》曰：若人之形者，万化而未始有极也。《史记》：范睢谓须贾曰，恋恋有故人之意。【待时】*《易》曰：君子藏器于身，待时而动。【王佐】*班固《汉书》曰：刘向称董仲舒有王佐之才。【民英】*袁子《正书》曰：立德蹈礼，谓之英。子产、季札，人之英也。【结欢】*《左氏传》曰：楚子使椒举如晋，曰：寡君愿结欢于二三君。【交情】*《史记》：太史公云，下邽翟公曰，一死一生，乃知交情。【"携手"二句】*衰孽，齐东昏侯也。休明，梁武帝也。班固《汉书述》曰：携手遁于秦。郑玄《毛诗笺》曰：孽，支庶也。《抱朴子①》曰：携手而游，接景而处。《左氏传》曰：王孙满曰，德之休明。【"运阻"二句】*曾子曰：天下有道，则君子诉②然以交同，天下无道，

---

① 子：原书脱此字。
② 诉：原书作"诉"。

则衡言不革。孔安国《尚书》曰：衡，平也，言平常之言也。彼言不革，此言革，言乱之甚也。《长杨赋》曰：玉衡正而泰阶平。【"浚冲"二句】*傅畅赞曰：王戎字浚冲，戎为选官时，江夏李重字茂曾，汝南李毅字茂彦，重以清尚，毅淹而通，二人操异，俱处要职。戎以识①会待②之，各得其用。夫子，谓范云。狂生，昉自谓也。《梁典》曰：范云为吏部尚书。又曰：昉为吏部侍郎。《淮南子》曰：台无所鉴，谓之狂生。高诱曰：台，持也。所鉴者玄德，故为狂生。台，古握字也。《汉书》曰：郦食其，人皆谓之狂生。【"伊人"二句】*伊人，谓范云也。综核人物，泾渭殊流，非余狂生能扬清激浊也。《毛诗》曰：泾以渭浊，湜湜其沚。孙绰曰：泾渭殊流，雅郑异调。曹子建《赠丁仪》诗曰：泾渭扬浊清。【"将乖"二句】*言将乖之初，不忍便诀，欲留少选之顷，以遣离旷之情也。【"不忍"二句】*言昔日将乖，不忍一辰之意，况今千龄永隔，万恨俱生者乎？毛苌《诗传》曰：辰，时也。应璩《与许子后书》曰：前别仓促，情谊不悉，追怀万恨。【篚笥】*《新序》：孙叔敖曰，筐篚之橐简书。《说文》曰：篚，笥也。【嘲谑】*《仓颉篇》曰：啁，调也。《字书》曰：嘲，亦啁也。《毛诗》曰：善戏谑兮。【虚舟】*《庄子》曰：方舟而济于河，有虚舟来

---

① 识：《昭明文选》注作"识"，原书《刊误表》谓应改作"诚"。
② 会待：原书作"待会"。

触舟，虽有褊心之人不怒也。【"与子"二句】*《左氏传》曰：日月之会是谓辰，以子丑配甲乙也。经，犹历也。【朱颜】*《楚辞》曰：美人既醉朱颜酡。【安歌】*《楚辞》曰：独愤积而哀娱兮，翔江洲而安歌？王逸曰：安意歌今，自宽慰也。【撤瑟】*《仪礼》曰：有疾病者，齐撤瑟琴。【辍春】*《史记》：赵良谓商鞅曰：五羖大夫死，秦[1]国男女流涕，春者不相杵。【国均】*《毛诗》曰：尹氏太师，维周之氏，秉国之均，四方是维。毛苌曰：均，平也。

"彦升工于笔"（《南史·沈约传》），"所以诗不得奇"（《诗品》）。然如"运阻衡[2]言革，时泰玉阶平"句，亦自不失渊雅。（棠）

第十八节　沈约

沈约，字休文，吴兴武康人也。祖林子，宋征虏将军。父璞，淮[3]南太守。璞元嘉末被诛，约幼窜[4]，会赦免。既而流寓，孤贫，笃志好学，昼夜不倦。母恐其以劳生疾，常遣减油灭火。而昼之所读，夜辄诵之，遂博通群籍，能属文。

兴宗为郢州刺史，引为安西外兵参军，兼记室。兴宗尝谓其诸子曰："沈记室人伦师表，宜善事之。"……

---

① 秦：原书作"奉"。
② 阻衡：原书作"衡阻"。
③ 原书"璞""淮"二字倒。
④ 窜：《梁书》作"潜窜"。

时竟陵王招士，约与兰陵萧琛、琅邪王融、陈郡谢朓、南乡范云、乐安任昉等皆游焉，当世号为得人。……

寻加特进光禄侍中少傅如故。十二年卒官，时年七十三。诏赠本官，赙钱五万，布百匹，谥曰隐。约左目重[①]瞳子，腰有紫志，聪明过人。好坟籍，聚书至二万卷，京师莫比。少时孤贫，丐于宗党，得米数百斛，为宗人所侮，覆米而去。及贵，不以为憾。……

约历仕三代，该悉旧章，博物洽闻，当世取则。谢玄晖善为诗，任彦升工于文章，约兼而有之，然不能过也。……

所著《晋书》百一十卷，《宋书》百卷，《齐纪》二十卷，《高祖纪》十四卷，《迩言》十卷，《谥例》十卷，《宋文章志[②]》三十卷，文集一百卷，皆行于世。

又撰《四声谱》，以为在昔词人，累千载而不寤，而独得胸衿，穷其妙旨，自谓入神之作，高祖雅不好焉。帝问周舍曰："何谓四声？"舍曰："'天子圣哲'是也。"然帝竟不遵用。（节姚思廉《梁书》）

休文诗之最著者如：

《别范安成诗》一首

五言。《梁书》曰：范岫字樊宾，齐代为安成内使。

生平少年日，分手易前期。及尔同衰暮，非复别离时。勿言一樽酒，明日难重持。梦中不识路，何以慰相思？

---

① 重：原书作"童"。

② 宋文章志：原书作"宋文章"。

【"生平"二句】*《文选》注：言春秋既富，前期非远，分手之际，轻而易之，言不难也。《汉书·灌夫传》曰：生平慕之。《论语》：子曰，久[①]要不忘平生之言。孔安国曰：平生，少时也。贾充《上与李夫人书[②]》曰：每至当别，未尝以为易。【"及尔"二句】*言年寿衰暮，死日将近，交臂相失，故曰非时也。《蜀志》曰：宋预聘吴，孙权捉预手曰：今君年长，孤亦老，恐不复相见也。【"勿言"二句】*苏武诗曰：我有一樽酒，将以赠远人。【"梦中"二句】*缪袭《嘉梦赋》曰：心灼烁其如阳，不识道之焉如。《韩非子》曰：六国时，张敏与高惠二人为友，每相思不能得见，敏便于梦中往寻，但行至半道，即迷不知路，遂回，如此者三。

《早发定山》一首

五言。《梁书》曰：约为东阳太守。然定山，东阳道之所经也。

夙龄爱远壑，晚莅见奇山。标峰彩虹外，置岭白云间。倾壁忽斜竖，绝顶复孤员。归海流漫漫，出浦水浅浅。野棠开未落，山樱发欲然。忘归属兰杜，怀禄寄芳荃。眷言采三秀，徘徊望九仙。

【莅】*《毛诗传》曰：莅，临也。【彩虹】*《楚辞》曰：建彩虹以招指。【白云】*《穆天子传》：西

---

① 久：原书此字前衍"雅"字。

② 人书：原书作"书人"。

王母谣曰，白云在天，丘陵自出。【倾壁】*《江赋》曰：绝岸万丈，壁立霞剥。【绝顶】*谢灵运有《登庐山绝顶》诗。毛苌《诗传》曰：山顶曰冢。[①]【浅浅】*《楚辞》曰：石濑[②]兮浅浅。王逸曰：浅浅，流疾貌也，音俊。【忘归】*《楚辞》曰：游子憺兮忘归。[③]【寄芳荃】*《楚辞》曰：荃不察余之中情。王逸曰：荃，香草，以喻君子。【三秀】*《楚辞》曰：采三秀于山间。王逸曰：三秀，谓芝草也。【九仙】*《列仙传》曰：涓子者齐人，好饵术[④]，至三百年乃见于齐，后授伯阳九仙法[⑤]。

《新安江水至清，浅深见底，贻京邑游好》一首

五言。《十洲记》曰：桐庐县，新安、东阳二水合于此，仍东流，为浙江。

眷言访舟客，兹川信可珍。洞澈随深浅，皎镜[⑥]无冬春。千仞写乔树，百丈见游鳞。沧浪有时浊，清济涸无津。岂若乘斯去，俯映石磷磷。纷吾隔嚣滓，宁假濯衣巾？愿以潺湲水，沾君缨上尘。

【珍】*《广雅》曰：珍，重也。【千仞】*《淮南子》曰：丰水之深千仞，投金铁焉，则形见于外。【百

---

① 原书此处有"归海已见上文"六字，从书后《刊误表》删去。
② 濑：原书作"赖"。
③ 原书此处有"怀禄已见"四字，从书后《刊误表》删去。
④ 术：原书作"木"。
⑤ 法：原书此字后衍一"法"字。
⑥ 镜：原书作"境"。

丈】*《抱朴子》曰：扶南金钢，生于百丈水底。【沧浪】*《楚辞》曰：渔父歌曰，沧浪之水浊，可以濯我足。【清济】*《战国策》曰：苏秦曰，齐有清济浊河。【涸无津】*《吴越春秋》曰：禹周行宇内，竭洛涸济，沥淮于泽。贾逵《国语注》曰：涸，竭也。《字书》曰：津，液也。涸，胡落切。【乘斯去】*《鹏^①鸟赋》曰：乘流则逝。【磷磷】*《毛诗》曰：扬之水，白石磷磷。【"纷吾"二句】*罻浑，谓去京师罻尘之地，以往东阳，自然隔越，亦不须濯衣巾。《楚辞》曰：纷吾可以濯我缨。【潺湲】*《杂子》曰：潺湲，水流皃也。楚辞曰，沧浪之水清兮^②，可以濯吾缨。

《南齐书·陆厥传》：永明末，盛为文章，吴兴沈约、陈郡谢朓、琅邪王融以气类相推毂，汝南周颙，善识声韵^③。约等文^④皆用宫商，以平上去入为四声，以此制韵，不可增减，世呼为"永明体"。

《南史·陆厥传》：约等文皆用宫商，将^⑤平上去入四声，以此制韵，有平头、上尾、蜂腰、鹤膝。五字之中，音韵悉异，两句之内^⑥，角徵不同，不可增减。世呼为"永明体"。

何谓平头。

---

① 鹏：原书作"鵬"。
② 兮：原书脱此字。
③ 韵：原书作"韶"。
④ 文：原书脱，据《南齐书》补。
⑤ 将：原书作"与"，据《南史》改。
⑥ 内：原书作"间"。

平头　五言诗第一字不得与第六字同声，第二字不得与第七字同声。同声者①，不得同平上去入四声，犯者名犯平头。如云"芳时淑气清，提壶台上倾"，如此之类是其病也。

上尾　五言诗第五字，不得与第十字同声，名为上尾。如云"西北有高楼，上与浮云齐"，是其病也。

蜂腰　五言诗一句之中，第二字不得与第五字同声，言两头粗，中央细，似蜂腰也。如云"青轩明月时，紫殿秋风日。瞳胧引夕照，晻暧映容质"是也。

鹤膝　五言诗第五字不得与第十五字同声，言两头细，中央粗，似鹤膝也。如云"拨棹金陵渚，遵流背城阙。浪蹙飞②船影，山挂垂轮月"是也。（节录储皖峰校印日本遍照金刚《文二十八种病》）

修文众制，五言最优，工丽为一时之选，（《诗品》）惜作新声，先自犯律。岂"材力有馀，风神全乏"（《诗薮》）之故欤？（棠）

第十九节　萧统

昭明太子统，字德施，高祖长子也。生而聪睿，三岁受《孝经》《论语》，五岁遍读五经，悉能讽诵……美姿貌，善举止，读书数行并下，过目皆忆。……

高祖大弘佛教，亲自讲说。太子亦崇信三宝，遍览众经……

---

① 者：原书无此字，遂至不可解，据《文镜秘府论》补。
② 飞：原书作"声"，据《文镜秘府论》改。

或与学士商榷①古今，间则以文章著述，率以为常。于时东宫有书几三万卷，名才并集，文学之盛，晋宋以来，未之有也。……

三年三月寝疾，恐贻高祖忧，敕参问，辄自力手书启，及稍笃，左右欲启闻，犹不许。继曰："云何令至尊知我如此恶。"因便呜咽。四月乙巳薨，时年三十一。高祖幸东宫，临哭尽哀，诏敛以衮冕，谥曰昭明。

太子仁德素著，及薨，朝野惋愕。京师男女，奔走宫门，号泣满路，四方氓庶及疆徼之民，闻丧皆恸哭。所著文集二十卷，又撰古今典诰文言为《正序》十卷，五言诗之善者为《文章英华》二十卷，《文选》三十卷。（节姚思廉《梁书》）

昭明选文，冠绝今古，其诗文独不见称，岂善评文之士，未必善为文耶？

第二十节　钟嵘

钟嵘，字仲伟，颍②川长社人。……父蹈，齐中军参军。嵘与兄岏、弟屿并好学，有思理。……明《周易》。……尝品古今五言诗，论其优劣，名为《诗评》，其序曰：

气之动物，物之感人，故摇荡情性，形诸舞咏③。欲以照烛三才，辉丽万有，灵祇待之以致飨④，幽微藉之以昭告。动天地，感鬼神，莫近于诗。

---

① 榷：原书作"确"。
② 颍：原书作"颖"。
③ 舞咏：原书作"咏舞"。
④ 飨：原书作"响"。

昔"南风"之辞，"卿云"之颂，厥义夐矣。《夏歌》曰"郁陶乎予①心"，楚谣云"名余曰正则"，虽诗体未全，然略是五言之滥觞也。逮汉李陵，始著五言之目。古诗眇邈，人代难详，推其文体，固是炎汉之制，非衰周之倡也。

自②王、扬③、枚、马之徒，辞赋竞爽，而吟咏靡闻。从李都尉讫班婕妤，将百年间，有妇人焉，一人而已。诗人之风，顿已缺丧。东京二百载中，唯有班④固《咏史》，质木无文致。

降及建安，曹公父子，笃好斯文；平原兄弟，郁为文栋；刘桢、王粲，为其羽翼。次有攀龙托凤，自致于属车者，盖将百计。彬彬之盛，大备于时矣。

尔后陵迟衰微，讫于有晋。太⑤康中，三张二陆，两潘一左，勃尔复兴，踵武前王，风流未沫，亦文章之中兴也。

永嘉时，贵黄老，尚虚谈，于时篇什，理过其辞，淡乎寡味。爰及江表，微波尚传，孙绰、许询、桓庾诸公，皆平典似《道德论》，建安风力尽矣。

先是郭景纯用俊上之才，创变其体；刘越石仗清刚之气，赞成厥美。然彼众我寡，未能动俗。

逮义熙中，谢益寿斐然继作；元嘉初，有谢灵运，才高辞盛，富艳难踪，固已含跨刘、郭，陵轹潘、左。故知陈思为建安之杰，公干、仲宣为辅；陆机为太康之英，安仁、景阳为辅；谢

---

① 予：原书作"于"。
② 自：原书无此字，据《梁书》补。
③ 扬：原书作"杨"。
④ 班：原书作"斑"。
⑤ 太：原书作"大"。

客为元嘉之雄，颜延年为辅：此皆五言之冠冕，文辞之命世。

　　夫四言文约意广，取效《风》《骚》，便可多得，每苦文烦而意少，故世罕习焉。五言居文辞之要，是众作之有滋味者也，故云会于流俗。岂不以指事遣^①形，穷情写物，最为详切者邪？

　　故《诗》有六义焉：一曰兴，二曰赋，三曰比。文已尽而意有馀，兴也；因物喻志，比也；直书其事，寓言写物，赋也。弘斯三义，酌而用之，干之以风力，润之以丹采，使味之者无极，闻之者动心，是诗之至也。若专用比、兴，则患在意深，意深则辞踬。若但用赋体，则患在意浮，意浮则文散。嬉成流移，文无止泊，有芜漫之累矣。

　　若乃春风春鸟，秋月秋蝉，夏云暑雨，冬月祁寒，斯四候之感诸诗者也。嘉会寄诗以亲；离群托诗以怨。至于楚臣去境，汉妾辞宫，或骨横朔野，或魂逐飞蓬，或负戈外戍^②，或杀气雄边。塞客辞衣单，霜闺^③泪尽。又士有解佩出朝，一去忘反，女有扬蛾入宠，再盼倾国。凡斯^④种种，感荡心灵，非陈诗何以展其义？非长歌何以释其情？故曰诗可以群，可以怨，使穷贱易安，幽^⑤居靡闷，莫尚于诗矣。故辞人作者，罔不爱好。

　　今之士俗，斯风炽矣！裁能胜衣，甫就小学，必甘心而驰骛焉。于是庸音杂体，各为家法。至使膏腴子弟，耻文不逮，

---

① 遣：原书作"遗"。
② 戍：原书作"戌"。
③ 闺：原书作"闻"。
④ 斯：原书作"兹"。
⑤ 幽：原书作"出"。

终朝点缀，分夜呻吟，独观谓为警策，众视终沦平钝。次有[①]轻荡之徒，笑曹刘为古拙，谓鲍照羲[②]皇上人，谢朓[③]今古独步。而师鲍照，终不及"日中市朝满"；学谢朓[④]，劣得"黄鸟度青枝"。徒自弃于高听，无涉于文流矣。

嵘观王公缙绅之士，每博论之馀，何尝不以诗为口实？随其嗜欲，商榷[⑤]不同，淄渑并泛，朱紫相夺，喧哗竞起，准的无依。近彭城刘士章，俊赏之士，疾其淆乱，欲为当世诗品，口[⑥]陈标榜，其文未遂，嵘感而作焉。昔九品论人，七略裁士，校以宾实，诚多未值。至若诗之为技，较尔可知。以类推之，殆同博弈[⑦]。

方今皇帝，资生知之上才，体沉郁之幽思，文丽日月，学究天人。昔在贵游，已为称首。况八纮既掩，风靡云蒸，抱玉者联肩，握珠者踵武。固以睨汉魏而弗顾，吞晋宋于胸中，谅非农[⑧]歌辕议，敢致流别。嵘之今录，庶周游于闾里，均之于谈笑耳。

顷之卒官。（节姚思廉《梁书》）

钟嵘以《诗品》显，为中国谈诗话之首出者，文章华丽，俱见于篇。

---

① 次有：原书作"有次"。
② 羲：原书作"义"。
③ 朓：原书作"眺"。
④ 朓：原书作"眺"。
⑤ 榷：原书作"确"。
⑥ 口：原书脱此字。
⑦ 弈：原书作"奕"。
⑧ 农：原书作"严"。

第二十一节　刘勰

刘勰，字彦和，东莞莒人。祖灵真，宋司空秀之弟。父尚，越骑校尉。勰早孤，笃志好学，家贫不婚娶，依沙门僧祐，与之居处积十馀年，遂博通经论，因区别部类，录而序之。今定林寺经藏，勰所定也。……昭明太子好文学，深爱接之。

初，勰撰《文心雕龙》五十篇，论古今文体，引而次之，其序曰：

"夫文心者，言为文之用心也。昔涓子《琴心》，王孙《巧心》，心哉美矣。夫故用之焉。

"古来文章，以雕缛成体，岂取驺奭之群言雕龙也？夫宇宙绵邈，黎献纷杂，拔萃^①出类者，智术而已。岁月飘忽，性灵不居，腾声飞^②实，制作而已。夫肖貌天地，禀性三才，拟耳目于日月，方声气乎风雷，其超出万物，亦已灵矣。形同草木之脆，名逾金石之坚，是以君子处世，树德建言，岂好辩哉^③？不得已也。

"余^④齿在逾立，尝夜梦执丹漆之礼器，随仲尼而南行。旦而寤，乃怡然而喜。大哉圣人之难见也，乃小子之垂梦欤？自生人以来，未有如夫子者也。敷赞圣旨，莫若注经，而马郑诸儒，弘之已精，就有深解，未足立家。唯文章之用，实经典枝条，五

---

① 萃：原书作"莘"。
② 飞：原书脱此字。
③ 哉：原书作"故"，据《梁书》改。
④ 余：《梁书》作"予"。

礼资之以成，六典因之致用，君臣所以炳焕，军国所以昭明。详其本源，莫非经典。而去圣久远，文体解散，辞人爱[1]奇，言贵浮诡，饰羽尚画，文绣鞶帨，离本弥甚，将遂讹滥。盖周书论辞，贵乎体要；尼父陈训，恶乎异端。辞训之异，宜[2]体于要。于是搦笔和墨，乃始论文。

　　"详观近代之论文者多矣，至如魏文述典，陈思序书，应场文论，陆机文赋，仲洽流别，弘范翰林，各照隅隙，鲜观衢路。或臧否当时之才，或铨品前修之文，或泛举雅俗之旨，或撮题篇章之意。魏典密而不周，陈书辩而无当，应论华而疏略，陆赋巧而碎乱，《流别》精而少功，《翰林》浅而寡要。又君山公干之徒，吉甫士龙之辈，泛[3]议文意，往往间出，并未能振叶以寻根，观澜而索源。不述先哲之诰，无益后生之虑。

　　"盖文心之作也，本乎道，师乎圣，体乎经，酌乎纬，变乎[4]骚，文之枢纽，亦云极矣。若乃论文叙笔，则囿别区分，原始以表末，释名以章义，选文以定篇，敷理以举统。上篇以上，纲领明矣。

　　"至于割情析[5]表，笼圈条贯，摛神性，图风势，苞会通，阅声字，崇赞于《时序》，褒贬于《才略》，怊[6]怅于《知音》，耿介于《程器》，长怀《序志》，以驭群篇。下篇以下，

---

① 爱：原书作"受"。按，原书此处标点为"辞人受（爱）奇言，贵浮诡"。

② 宜：原书作"宣"。

③ 泛：原书作"讯"。

④ 变乎：原书脱此二字，作"酌乎纬骚"。

⑤ 析：原书作"折"。

⑥ 怊：原书作"招"。

毛目显矣。

　　"位①理定名，彰乎大易之数，其为文用，四十九篇②而已。夫铨叙一文为易，弥纶群言③为难。虽复轻采毛发，深极骨髓，或有曲意密源，似近而远，辞所不载，亦不胜数矣。

　　"及其品评成文，有同乎旧谈者，非雷同也，势自不可异也；有异乎前论者，非苟异也，理自不可同也。同之与异，不屑古今，擘肌分理，唯务折衷。按辔文雅之场，而环络藻绘之府，亦几乎备矣。但言不尽意，圣人所难；识在瓶管，何能矩矱？茫茫往代，既洗予闻，眇眇来世，倘尘彼观。"

　　既成，未为时流所称。勰自重其文，欲取定于沈约。约时贵盛，无由自达，乃负其书，候约出，干之于车前，状若货鬻者。约便命取读，大重之，谓为深得文理，常陈诸几案。然勰为文长于佛理，京师寺塔及名僧碑志，必请勰制文。有敕与慧震沙门于定林④寺撰经证功，毕⑤，勰遂启求出家，先燔鬓发以自誓，敕许之。乃于寺变服，改名慧地。未期而卒。文集行于世。（节姚思廉《梁书》）

　　彦和以《文心雕龙》著称于世，其文词采泛溢，已见于篇，盖评文家之祖也。魏文述《典论》，只见篇什，陈思序《书》，仅及一端，未若彦和之依序品题，煜煜巨制也。

　　之数子外，如何逊之《日夕出富阳浦口和朗公》云："客

---

　　① 位：原书作"估"。
　　② 篇：原书无此字，据《梁书》补。
　　③ 言：原书作"言言"。
　　④ 林：原书作"称"。
　　⑤ 毕：原书脱此字，据《梁书》补。

心愁日暮[①]，徙倚空望归。山川涵树色，江水映霞晖。独鹤凌空逝，双凫出浪飞。故乡千馀里，兹夕寒无衣。"亦一时杰作也。

豫其流者，并附姓氏于后。

梁卫将军范云。《南史》曰：范云，字彦龙。

梁秀才陆厥。《齐书》曰：陆厥，字韩卿，吴人。

第二十二节　陈徐陵

徐陵，字孝穆，东海郯人也。祖超之……父摛……八岁能属文，十二通庄老义。既长，博涉史籍，纵横有口辩。……

六年，除散骑常侍、御[②]史中丞。时安成王顼为司空，以帝弟之尊，势倾朝野。直兵鲍僧[③]睿假王威权，抑塞辞讼，大臣莫敢言者。陵闻之，乃为章弹，导从南台官属，引奏案而入。世祖见陵服章严肃，若不可犯，为敛容正坐。陵进读奏版时，安成王殿上侍立，仰视世祖，流汗失色。陵遣殿中御史引王下殿，遂劾免侍中、中书监。自此朝廷肃然。……

至德元年卒，时年七十七。……

陵器局深远，容止可观，性又清简，无所营树，禄俸与亲族共之。太建中，食建昌邑，邑户送米至于水次，陵亲戚有贫匮者，皆令取之，数日便尽，陵家寻致乏绝。府僚怪而问其故，陵云："我有车牛衣裳可卖，馀家有可卖不？"其周给如此。

少而崇信佛教，经论多所精解。后主在东宫，令陵讲大品

---

① 暮：原书作"幕"。

② 御：原书脱此字。

③ 僧：原书作"叔"。

经，义学名僧，自远云集，每讲筵商较，四座莫能与抗。目有青睛，时人以为聪惠之相也。

自有陈创业，文檄军书，及禅授诏策，皆陵所制，而《九锡》尤美。为一代文宗，亦不以此矜物，未尝诋诃作者。其于后进之徒，接引无倦，世祖高宗之世，国家有大手笔，皆陵草之。其文颇变旧体，缉裁巧密，多有新意。每一文出，好事者已传写成诵，遂被之华夷，家藏善①本，后逢丧乱，多散失，存者三十卷。……

所著书以《玉台新咏》最有声，其诗之佳者，如《春日》云：

> 岸烟起暮色，岸水带斜晖。径狭横②枝度，帘摇惊燕飞③。落花承步履，流涧写行衣。何殊九枝盖④，薄⑤暮洞庭归。

徐孝穆诗，超逸有境界，所谓"径狭横枝度，帘摇惊燕飞"，即其一例。

第二十三节　后魏郦道元

郦道元，字善长，范阳人也。秦⑥州刺史范之子。太和中，为尚书主客郎。御史中尉李彪以道元秉法清勤，引为治书侍御

---

① 善：《陈书》卷二十六作"其"。《陈书》所指者为徐陵所著文章，非其家藏书。
② 横：原书作"朴"。
③ 飞：原书作"非"。
④ 盖：原书作"尽"。
⑤ 薄：原书作"荡"。
⑥ 秦：原书作"春"。

史。累迁辅国将军、东荆州刺史。威猛为治，蛮民诣阙讼其刻峻①，坐免官。……

未几，除安南将军、御史中尉。道元素有严猛之称。司州牧、汝南王悦嬖近左右丘念，常与卧起。及选州官，多由于念。念匿于悦第②，时还其家，道元收念付狱。悦启灵太后请全之，敕赦之。道元遂尽其命，因以劾悦。是时雍州刺史萧宝夤③反状稍露，悦等讽朝廷遣为关右大使④，遂为宝夤所害，死于阴盘驿亭。

道元好学，历览奇书。撰注《水经》四十卷、《本志》十三篇，又为《七聘》及诸文，皆行于世。……（节录魏收《魏书》）

兹录《水经注》一节，以见一斑⑤。

"（河水）又东入塞，过敦煌、酒泉、张掖郡南"注⑥

……河北有层山，山甚灵秀。山峰之上，立石数百丈，亭亭桀竖，竞势争高，远望参差，若攒图之托霄上。其下层岩峭举，壁岸无阶。悬岩之中，多石室焉。室中若有积卷矣，而世士罕有津达者，因谓之积书岩。岩堂之内，每时见神人往还矣。盖鸿衣羽裳之士，练精饵食之夫耳，俗人不悟其仙者，乃谓之神鬼。彼羌目鬼

---

① 峻：原书作"唆"。
② 第：原书脱此字。据《魏书》补。
③ 夤：原书作"彙"。
④ 大使：原书脱此二字。
⑤ 斑：原书作"班"。
⑥ 原书书后《刊误表》谓此处当删去"敦煌""酒泉""郡"五字，未知其意。

曰唐述，复因名之为唐述山。指其堂密之居，谓之唐述窟。其怀道宗玄之士，皮冠净发之徒，亦往栖托焉。

又，"（河水）南过赤城东，又南过定襄、桐过县西"注（节录）

其水西流，历于吕梁之山，而为吕梁洪。其山岩层岫衍，涧曲崖深，巨石崇竦，壁立千仞，河流激荡，涛涌波襄，雷济①电泄，震天动地。昔吕梁未辟，河出孟门之上。盖大禹所辟以通河也。

道元以《水经注》著称于世，其文独自机杼一家②。（棠少读书北大，新会陈垣先生尝劝棠将《水经注》中碑目、书目、怪异一一分别录出，辑成专书，考定其年代先后，余已辑其大半，多事卒卒，迄今尚未付梓。）

豫其流者并附姓氏于后：

温子升，魏光禄大夫。魏收《魏书》云：温子升字鹏举，太原人。博览百家之书，文章清婉。济阴王晖业尝曰："江左文人，宋有颜延之、谢灵运，梁有沈约、任昉，我子升足以陵颜，轹谢，含任，吐沈。"

元仅、刘思逸、荀济等作乱，文襄疑子升知其谋，方使之作献武王碑，文既成，乃饿诸晋阳狱，食敝襦而死，弃尸路隅，没其家口。太尉长使宋游道收葬之。又为集其文笔为三十五卷、《永安记》三卷。

---

① 济：原书脱此字。

② 独自机杼一家：原书如此，疑有脱误。

第二十四节　北齐邢邵、魏收

邢邵，字子才，河间鄚人^①。……年五岁，魏吏部郎清河崔亮见而奇之，曰："此子后当大成，位望通显。"十岁便能属文，雅有才思，聪明强^②记，日诵万馀言。族兄峦有人伦鉴，谓子弟曰："宗室中有此儿，非常人也。"

少在洛阳，会天下无事，专以山水游宴为娱，不暇勤业。尝因霖雨，乃读《汉书》五日，略能遍记之。后因饮谑倦，方广寻经史，五行俱下，一览便记，无所遗忘。文章典丽，既赡且速。年未二十，名动衣冠……每一文出，京师为之纸贵，读诵俄遍远近。……

永安^③初，累迁中书侍郎……除卫将军、国子祭酒。……

后授特^④进，卒。……邵词致宏远，独步当时。与济阴温子升为文士之冠，世论谓之温、邢。巨鹿魏收，虽天才艳发，而年在二人之后，故子升死后，方称邢、魏焉。

有集三十卷，见行于世。（节唐李百^⑤药《北齐书》）

魏收，字伯起，小字佛助，巨鹿下曲阳人也。为帝兄子广平王赞开府从事中郎，收不敢辞，乃为《庭竹赋》以致己意。寻兼中书舍人，与济阴温子升、河间邢子才齐誉，世号三才。

始收于温子升、邢邵稍为后进，邵既被疏出，子升以罪幽

---

① 河间鄚人：原书作"河南鄚人"。
② 强：原书作"彊"。
③ 永安：原书作"永嘉"。
④ 特：原书作"犄"。
⑤ 百：原书作"北"。

死，收遂大被任用，独步一时，议论更相訾毁，各有朋党，收每议陋邢邵文。邵又云："江南任昉①，文体本疏，魏收非直模拟②，亦大偷窃。"收闻，乃曰："伊常于沈约集中作贼，何意道我偷？"任昉、沈约俱有重名，邢魏各有所好。武平中黄门郎颜之推以二公意问仆射祖珽，珽答曰："见邢、魏之臧否③，即是任、沈之优劣。"收以温子升全不作赋，邢虽有一两首，又非所长，常云："会须作赋，乃成大才士。唯以章表碑志自许，此外更同儿戏。"自武成二年已后，国家大事诏命军国文词，皆收所作。每有警急，受诏立成，或时中使催促，收笔下有同宿构，敏速之工，邢、温所不逮。

武平三年薨，赠司空、尚书左仆射，谥文贞。有集七十卷。缘……史笔多憾于人，齐亡之岁，收冢被发，弃其骨于外。（节唐李百④药《北齐书》）

邢、魏齐名，皆以文显著，盖以章表碑志自许，诗乃不传也。

第二十五节　后周王褒

王褒，字子渊，琅邪临沂人也。祖骞，……父规……并有重名于江左。褒识量渊通，志怀沉静，美风仪，善谈笑，博览史传，尤工属文。梁国子祭酒萧子云，褒之姑夫也，特善隶⑤。褒

---

① 任昉：原书作"任盼"。
② 模拟：原书作"摸拟"。
③ 臧否：原书作"藏否"。
④ 百：原书作"北"。
⑤ 隶：《后周书》作"草隶"。

少以姻戚，去来其家，遂相模范。俄而名亚子云，并见重于世。梁武帝喜其才艺，遂以弟鄱阳王恢之女妻之……褒世胄名家，文学优赡，当时咸相推挹，故旬月之间，位升端右。宠遇日隆，而褒愈自谦虚，不以位地^①矜人，时论称之。

世宗即位，笃好文学，时褒与庾信才名最高，特加亲待。帝每游宴，命褒赋诗谈论^②，常在左右。

初，褒与梁处士汝南周弘让相善。及弘让兄弘正自陈来聘，高祖许褒等通亲知音问。褒赠弘让诗，并致书曰：

"嗣宗穷途，杨朱歧路。征蓬长逝，流水不归。舒惨殊方，炎凉异节，木皮春厚，桂树冬荣。想摄卫惟宜^③，动静多豫。

"贤兄入关，敬承款曲。犹依杜陵之水，尚保池阳之田，铲迹幽蹊，销声穷谷。何期愉乐，幸甚！幸甚！

"弟昔因多疾，亟览^④九仙之方；晚涉世途，常怀五岳之举。同夫关令，物色异人；譬彼客卿，服膺高士。上经说道，屡听玄牝之谈；中药养神，每禀丹沙之说。

"顷年事遒尽，容发衰谢，芸其黄矣，零落无时。还念生涯，繁忧总集。视阴惕日，犹赵孟之徂年；负杖行吟，同刘琨之积惨。河阳北临，空思巩县；霸陵南望，还见长安。所冀书生之魂，来依旧壤；射声之鬼，无恨他乡。白云在天，长离别矣，会见之期，邈无日矣。援笔揽纸，龙钟横集。"

---

① 地：原书无，据《周书》补。
② 论：原书无，据《周书》补。
③ 宜：原书作"宣"。
④ 览：原书作"资"。

寻出为宜州^①刺史，卒于位，时年六十四。……（唐令狐德棻《后周书》）

其诗之佳者，如《始发宿亭》：

> 送人亭上别，被马枥中嘶。漠漠村烟起，离离岭树齐。落星侵晓没，残月半山低。

子渊诗文俱佳，读"霸陵南望，还见长安"之句，正不弱于"南登霸陵岸，回首望长安"，托化之工，声情之壮，正不亚仲宣，王子可谓有后矣。

第二十六节　庾信

庾信，字子山，南阳新野人也。祖易^②，父肩吾，信幼而俊迈，聪敏绝伦。博览群书，尤善《春秋左氏传》。身长八尺，腰带十围，容止颓然，有过人者。起家湘东国常侍，转安南府参军。时肩吾为梁太子中庶子，掌管记。东海徐摛^③为左卫率。摛^④子陵及信，并为抄撰学士。父子在东宫，出入禁闼^⑤，恩礼莫与比隆。既有盛才，文并绮艳，故世号为徐庾体焉。当时后进，竞相模范。每有一文，京都莫不传诵。……侯景作乱，梁简文帝命信率^⑥宫中文武千馀人，营于朱雀航及景至，信以众先退。台城陷后，信奔于江陵。梁元帝承制，除御史中丞。及即

---

① 宜州：原书作"宣州"，据《周书》校本改。
② 祖易：原书作"祖易齐"，系林之棠节录《周书》"祖易，齐征士"时仓促致误。
③ 徐摛：原书作"徐擒"。
④ 摛：原书作"擒"。
⑤ 闼：原书作"围"。
⑥ 率：原书作"索"。

位，转右卫将军，封武康县侯，加散骑常侍。……

信多识旧章，为政简静，吏民安之。时陈氏与朝廷[①]通好，南北流寓之士，各许还其旧国。陈氏乃请王褒及信等十数人。高祖唯放王克、殷不害等[②]，信及褒并留而不遣。寻征为司宗大夫[③]。

世宗、高祖并雅好文学，信特蒙恩礼。至于赵、滕诸王，周旋款至，有若布衣之交。群公碑志，多相请托。唯王褒颇与信相埒，自馀文人，莫有逮者。信虽位望通显，常有乡关之思。乃作《哀江南赋》以致其意云。其辞曰：

"粤以戊辰之年，建亥之月，大盗移国，金陵瓦解。余乃窜身荒谷，公私涂炭。华阳奔命，有去无归，中兴道消，穷于甲戌[④]。三日哭于都亭，三年囚于别馆。天道周星，物极不反。傅燮之但悲身世，无所求生；袁安之每念王室，自然流涕。昔桓君山之志事，杜元[⑤]凯之生平，并有著书，咸能自序。潘岳之文彩，始述[⑥]家风；陆机之词赋，多陈世德。

信年始二毛，即逢丧乱，藐是流离，至于暮齿。燕歌远别，悲不自[⑦]胜；楚老相逢，泣将何及？畏南山之雨，忽践秦庭；让东海之滨，遂餐周粟。下亭漂泊，皋桥羁旅，楚歌非取乐之方，鲁酒无忘忧之用。追为此赋，聊以记言，不无危苦之辞，唯以悲

---

① 朝廷：原书作"朝"，据《周书》补"廷"。
② 等：原书作"使"并断入下句。
③ 大夫：《周书》作"中大夫"。
④ 戌：原书作"戊"。
⑤ 元：原书作"文"。
⑥ 述：原书作"过"。
⑦ 自：原书作"足"。

哀为主。日暮途远，人间何世？将军一去，大树飘零；壮士不还，寒风萧瑟。荆璧睨柱，受连城而见欺；载书横阶，捧^①珠盘而不定。钟仪君子，入就南冠之囚；季孙行人，留守西河之馆。申包胥之顿地，碎之以首；蔡威公之泪尽，加之以血。钓台移柳，非玉关之可望；华亭唳鹤，岂河桥之可闻？孙策以天下为三分，众裁一旅；项羽用江东之子弟，人唯八千。遂乃分裂山河，宰割天下。岂有百万义师，一朝卷甲，芟夷斩伐，如草木焉？江淮无涯岸之阻，亭壁无藩篱之固。头会箕^②敛者，合从缔交；鉏耰棘矜者，因利乘便。将非江表王气，应终三百年乎？是知并吞六合，不免轵道之灾；混一车书，无救平阳之祸。

"呜呼！山岳崩颓，既履危亡之运；春秋迭代，必有去故之悲。天意人事，可以凄怆伤心者矣。况复舟楫^③路穷，星汉非乘槎可上；风飙道阻，蓬莱无可到之期。穷者欲达其言，劳者须^④歌其事。陆士衡闻而抚掌，是所甘心；张平子见而陋之，固其宜矣。"

大象初，以疾去职，卒。隋文帝深悼之，赠本官，加荆淮二州刺史。（节令^⑤狐德棻《后周书》）

杜甫称"庾信生平^⑥最萧瑟，暮年诗赋重^⑦江关"，余谓"将军一去，大树飘零；壮士不还，寒风萧瑟"十六字，可以概

① 捧：原书作"棒"。

② 箕：原书脱此字。

③ 楫：《后周书》作"烜"。

④ 须：原书作"颂"。

⑤ 令：原书作"今"。

⑥ 生平：原书如此。各本常作"平生"。

⑦ 重：原书如此，常作"动"，疑林之棠别有所本。

括庾信生平诗赋[1]豪雄之气？所谓"暮年诗赋重江关"者，当于此求之。

---

[1] 诗赋：原书为"诗赋二"，疑"二"为衍文，或"二"后有脱文。

第二十四章　两晋南北朝之乐府

两晋南北朝之乐府，虽模拟两汉，间亦有可特书者。兹举例如左：

王昭君（晋石崇）

我本汉家子，将适单于庭。辞诀未及终，前驱已抗旌。仆御涕流离，辕马为悲鸣。哀郁伤五内，泣泪沾朱缨。行行日已远，乃造匈奴城。延我于穹庐，加我"阏氏"名。殊类非所安，虽贵非所荣。父子见陵辱，对之惭且惊。杀身良未易，默默以苟生。苟生亦何聊，积思常愤盈。愿假飞鸿翼，弃之以遐征。飞鸿不我顾，伫立以屏营。昔为匣中玉，今为粪上英。朝华不足欢，甘与秋草并。——传语后世人，远嫁难为情。

【阏氏】读若燕支，汉时匈奴王后之称。

代东武吟（宋鲍照）

主人且勿喧，贱子歌一言：仆本寒乡士，出身蒙汉恩。始随张校尉，占募到河源。后逐李轻车，追虏穷塞垣。密途亘万里，宁岁犹七奔。肌力尽鞍甲，心思历凉温。将军既下世，部曲亦罕存。时事一朝异，孤绩谁复论？少壮辞家去，穷老还入门。腰镰刈葵藿，倚杖牧鸡豚。昔如鞲上鹰，今似槛中猿。徒结千载恨，空负百年怨。弃席思君幄，疲马恋君轩。愿垂晋主惠，不愧田子魂。

【随】一作逐。【张校尉】【李轻车】皆汉名将。

【占】一作召。【李】指汉李广。【穷】一作出。
【牧】一作收。【结】一作积。

代白纻曲二首（鲍照）

朱唇动，素袖举，洛阳少年邯郸女。古称渌水今白
纻，催弦急管为君舞。穷[①]秋九月荷叶黄，北风驱雁天
雨霜，夜长酒多乐未央。

春风澹荡使思多，天色净绿气妍和。桃含红萼兰紫
芽，朝日灼烁发园花。卷幌结帷罗玉筵，齐讴秦吹卢女
弦，千金一笑买芳年。

【素袖】宋刻《玉台》作素腕，《艺文类聚》作素
袖。按晋白纻舞词，"质如轻云色如银，爱之遗谁赠佳
人。制以为袍馀作巾，袍以光躯巾[②]拂尘，丽服在御会
嘉宾。"则"素袖"实切"白纻"，《玉台》盖不知古
不忌白，而误改。《乐府诗集》，亦与《艺文类聚》
同，今从之。【年】《乐苑》作童。【渌】或作绿。
【使】《乐府诗集》作侠。【桃含】《艺文类聚》作
含桃。【兰】《乐府注》：一作莲。【花】一[③]作葩。
【一】《艺文类聚》、《乐府诗集》并作顾。

拟行路难（鲍照）

君不见河边草，冬时枯死春满道。君不见城上日，
今暝没尽去，明朝复更出。今我何时当得然？一去永灭

---

① 穷：原书作"穹"。
② 巾：原书作"山"。
③ 一：原书脱此字。

入黄泉。人生苦多欢乐少，意气敷腴在盛年。且愿得志数相就，床头恒有沽酒钱。功名竹帛非我事，存亡贵贱付皇天。

【今暝】《乐苑》作非暝。【尽】一作山。【付】《乐苑》作委。

对案不能食，拔剑击柱长叹息。丈夫生世会几时，安能蝶躞垂羽翼？弃置罢官去，还家自休息。朝出与亲辞，暮还在亲侧。弄儿床前戏，看妇机中织。自古圣贤尽贫贱，何况我辈孤且直？

【会】《乐府》作能。【蝶躞】《乐府》作叠燮。

中庭五株桃，一株先作花。阳春妖冶二三月，从风簸荡落西家。西家思妇见悲惋，零泪沾衣抚心叹。初送我君出户时，何言淹留节回换[1]。床席生尘明镜垢，纤腰瘦削发蓬乱。人生不得恒称意，惆怅徒倚至夜半。

【妖冶】《乐府》作沃若。【二三月】《乐府》注：一作二月中。【见悲】《乐府》注：一作见之。【送我】《乐府》作我送。【言】或作意。【簸】扬也。【明镜垢】言明镜生尘垢也。

锉檗染黄丝，黄丝历乱不可治。昔我与君始相值，尔时自谓可君意。结带与我言，"死生好恶不相置"。今日见我颜色衰，意中错漠与先异。还君金钗瑇瑁簪，不忍见之益悲思！

---

[1] 回换：原书作"换回"。

【蘗】疑蘖①之误，馀木也。《孟子》：非无萌蘖②之生焉。若作妖孽解，似不可通。【昔我】《乐府》作我昔。【值】一本作治。【"结带"二句】《古乐府》注：一作"结带与君同死生，好恶不肯相弃置"。【错漠】《乐府》作索寞，注"一作错乱"。【之】或作此。【悲】《乐府》作愁。

君不见蕣华不终朝，须臾奄冉零落销。盛年妖艳浮华辈，不久亦当诣冢头。一去无还期，千秋万岁无音嗣。孤魂茕茕空陇间，独魄徘徊绕坟基。但闻风声野鸟吟，岂忆平生盛年时。为此令人多悲恨，君当纵意自熙怡。

【蕣】灌木名，即木槿也。【奄】《乐府》作淹。

君不见少壮从军去，白首流离不得还。故乡窅窅日夜隔，音尘断绝阻河关。朔风萧条白云飞，胡笳哀极边气寒。听此愁人兮奈何？登山远望得留颜。将死胡马迹，能见妻子难。男儿生世辗轲③欲何道！绵忧摧抑起长叹。

【窅窅】犹冥冥也，字从穴，有昏暗义。《鹖冠子》：举善不以窅窅，拾过不以冥冥。【极】《乐府》作急。【迹】《乐府》作蹄。【能】《乐府》作宁。

---

① 蘖：原书作"蘗"。
② 蘖：原书作"蘗"。
③ 辗轲：原书作"轲辗"。

【辗轲①】古诗：辗轲长苦辛。

君不见柏梁台，今日丘墟生草莱。君不见阿房宫，寒云泽雉栖其中。歌妓舞女今谁在？高坟叠叠满山隅。长袖纷纷徒竞世，非我昔时千金躯？随酒逐乐任意去，莫令含叹下黄垆。

【柏梁台】汉武帝所筑，以香柏为梁，故名。【阿房宫】秦始皇所筑，穷极奢华。【叠叠】《乐府》《乐苑》并作垒垒。

代夜坐吟（鲍照）

冬夜沉沉夜坐吟，含声未发已知心。霜入幕，风度林。朱灯灭，朱颜寻。体君歌，逐君音。不贵声，贵意深。

【声】《乐府》作情。

代春日行三首②（鲍照）

献岁发，吾将行。春山茂，春日明。园中鸟，多嘉声。梅始发，桃始荣。汎舟舻，齐棹惊。奏《采菱》，歌《鹿鸣》。风微起，波微生。弦亦发，酒亦倾。入莲池，折桂枝。芳袖动，芬叶披。两相思，两不知。

【采菱】歌名。【鹿鸣】《诗经》篇名。【献岁发】*《乐府》"发"下有一"春"字。【桃】一作柳。【荣】一作青。【波微生】《乐府》注：一作"微

---

① 辗轲：原书作"轲辗"。又，此条原书在"极"条之前，顺序错乱，整理者移置于此。

② 三首：原书如此，当是"三言"之误。

波起，微风生"。

秋思引（汤惠休）

秋寒依依风过河，白露萧萧洞庭波。思君未光光已灭，眇眇悲望如思何。

【秋思引】一作《歌思引》。

赠范晔[1]（陆凯）

折花逢驿使，寄与陇头人。江南无所有，聊赠一枝春。

【"折花"二句】*《荆州记》曰：陆凯与范晔交善，自江南寄梅花一枝，诣长安赠之云云。【所有】一作别信。

巫山高（齐王融）

想像巫山高，薄暮阳台曲。烟霞乍舒卷，蘅芳时断续。彼美如可期，寤言纷在瞩。怅然坐相思，秋风下庭绿。

【阳台】山名，在今湖北汉川县南。《寰宇记》：在汉水之阳，山形如台。宋玉赋：楚襄王游云梦之泽[2]，梦神女曰，妾在巫山之阳，高丘之阻，朝朝暮暮[3]，阳台之下。【巫山】山名，在四川巫山县东，即巫峡巴山山脉特起处也。有二十[4]峰，峰有神女庙。宋

---

① 原书此处标题作"赠范诗晔"，当为"赠范晔诗"，依此处体例，删去"诗"字。
② 泽：原书作"译"。
③ 暮暮：原书脱一"暮"字。
④ 二十：原书如此，当为"十二"。

玉《高唐赋》：昔者先王尝游高唐，怠而昼寝，梦见一妇人，曰，妾巫山之女也，如高唐客①，闻君游高唐，愿荐枕席，王因幸之。后言男女幽会者曰巫山，曰云雨，曰高唐，曰阳台，皆本于此。【想像】宋刻《玉台》作响像，《古乐府》作仿佛，《艺文类聚》作髣象，并误。今从《乐府诗集》。【"烟霞"二句】*《古乐府》霞作云，蘅芳作猿鸟。《艺文类聚》烟霞作烟华，蘅芳作行芳。舒卷②，或作卷舒。时，或作自。【在瞩】或作在属。【"怃然"句】《艺文类聚》作"无忘坐相望"，误"怃"。宋刻《玉台》作"抚"，亦误。今从《乐府诗集》。

入朝曲（谢朓）

江南佳丽地，金陵帝王州。逶迤带绿水，迢递起朱楼。飞甍夹驰道，垂杨荫御沟。凝笳翼高盖，叠鼓送华辀。献纳云台表，功名良可收。

【逶迤】长貌，义与"逶移""迤蛇"并同。【迢递】同迢远。

白马篇（孔稚圭）

骥子蹋且鸣，铁阵与云平。汉家嫖姚将，驰突匈奴庭。少年斗猛气，怒发为君征。雄戟摩白日，长剑断流星。早出飞狐塞，晚泊楼烦城。虏骑四山合，胡尘千里惊。嘶笳振地响，吹角沸天声。左碎呼韩阵，右破休屠

---

① 如高唐客：宋玉赋及他书均作"为高唐之客"。
② 舒卷：原书作"卷"。

兵。横行绝漠表，饮马瀚海清。陇树枯无色，沙草不常青。勒石燕然道，凯归长安亭。县官知我健，四海谁不倾！但使强胡灭，何须甲第成。当今丈夫志，独为上古英。

【角】胡乐也。

估客乐（释宝月）

郎作十里行，侬作九里送。拔侬头上钗，与郎资路用。有信数寄书，无信心相忆。莫作瓶落井，一去无消息。

【估客乐】*齐武帝布衣时，尝游樊邓，登祚以后，追忆往事，作《估客乐》，使宝月奏之管弦。宝[1]月又上此二曲，凡四章。【信】一作客。

妾薄命篇十韵（梁简文帝）

名都多丽质，本自恃容姿。荡子行未至，秋胡无定期。玉貌歇红脸，长颦串翠眉。奁镜迷朝色，缝针脆胡丝。本异摇舟笤，何关窃席疑？生离谁拊背，滥[2]死遽成迟。王嫱貌本绝，踉跄入毡帷。卢姬嫁日晚，非复少年时。转山犹可遂，乌白望难期。妾心徒自苦[3]，傍人会见嗤。

【丽】《文苑英华》作雅。【未】《文苑英华》作不。【脸】《文苑英华》作缕。【串】一作惯。【缝

---

① 宝：原书脱此字。
② 滥：原书作"盍"。
③ 苦：原书作"古"。

针】《文苑英华》作针缝。【遽①】一作讵。【成】一作来。【踉跄】一作跄跄。【少】宋刻《玉台》作好，《艺文类聚》《古乐府》作少，《文苑英华》作妙。今从《艺文类聚》《古乐府》。【转】宋刻《玉台》作传，《古乐府》作转。【遂】宋刻《玉台》作逐，《乐府诗集》作遂。案，江总《杂曲》有"泰山言应可转移"句，似"转山"古有此语，但六朝所见之书，今不尽见，无由考其出处耳。宋刻《玉台》既语不可解，今推以文意，改从《古乐府》及《乐府诗集》。【期】一作追。

金闺思二首（简文帝）

游子久不返，妾身当何依②？日移孤影动，羞睹燕双飞。

自君之别矣，不复染膏脂。南风送归雁，聊以寄相思。

【别】一作出。【雁】一作燕。

夜望单飞雁（简文帝）

天霜河白夜星稀，一雁声嘶何处归？早知半路应相失，不如从来本独飞。

长歌行（元帝）

当垆擅旨酒，一卮堪十千。无劳蜀山铸，扶受采金

---

① 遽：原书作"卢"。又，原书在此条前衍"胡"，整理者径删。
② 依：原书作"衣"。

钱。人生①行乐尔，何处不流连？朝为洛生咏，夕作据梧眠。从兹忘物我，优游得自然。

【受】一作授。

陇头水 (元帝)

衔悲别陇头，关路漫悠悠。故乡迷远近，征人分去留。沙飞晓成幕，海气旦如楼。欲识秦川处，陇水向东流。

【晓】或作晚。【旦】或作夜。

折杨柳 (元帝)

巫山巫峡长，垂柳复垂杨。同心且同折，故人怀故乡。山似莲花艳，流如明月光。寒夜猿声彻，游子泪沾裳。

【巫山】一作山高。

代秋胡妇闺怨 (邵陵王)

荡子从游宦②，思妾守房栊。尘镜朝朝掩，寒衾夜夜空。若非新有悦，何事久西东。知人相忆否？泪尽梦啼中。

《艺文》作元帝，题云《闺怨》。

古离别 (梁江淹)

远与君别者，乃至雁门关。黄云蔽千里，游子何时还？送君如昨日，檐前露已团。不惜蕙③草晚，所悲道

---

① 生：原书作"主"。
② 宦：原书作"官"。
③ 蕙：原书作"惠"。

路寒。君在天一涯，妾心久别离。愿一见颜色，不异琼树枝。菟丝及水萍，所寄终不移。

【路】《玉台》《文选》作里。【君在天一涯】五臣本作"君行在天涯"，《玉台》作"君子在天涯"。【心①久】《文选》作身长。

当对酒（范云）②

对酒心自足，故人来共持。方悦罗衿解，谁念发成丝？狗性良为达，求名本自欺。迨君当歌日，及我倾樽时。

【性】《乐府》注：一作往。

长安有狭斜行（庾肩吾）③

长安有曲陌，曲陌不容憾。路逢双绮襦，问君居近远？我居临御沟，可识不可求。长子登麟阁，次子侍龙楼。少子无高位，聊从金马游。三子俱来下，左右若川流。三子俱来入，高轩映彩旒。三子俱来宴，玉柱击清瓯。大妇披云裘，中妇卷罗帱。少子多艳冶，花钿系石榴。夫君且安坐！欢娱方未周。

【长④安有曲陌】《乐府》作长安曲陌坂。【艳冶】《乐府》作妖艳。

---

① 心：原书作"流"。
② 范云：原书未标作者，此系整理者所补。
③ 庾肩吾：原书未标作者，此系整理者所补。
④ 长：原书作"妇"。

战城南（吴均）①

蹀躞青骊马，往战城南畿。五历鱼丽阵，三入九重围。名慴武安将，血污②秦王衣。为君意气重，无功终不归。

【蹀躞】《乐府》作躞蹀③。

行路难（吴均）④

君不见西陵田，从横十字成陌阡。君不见东郊道，荒凉芜没起寒烟。尽是昔日帝王处，歌姬舞女达天曙。今日翩妍少年子，不知华盛落前去。吐心吐气许他人，今旦回惑生犹豫。山中桂树自有枝，心中方寸自相知。何言岁月忽若驰，君之情意与我离。还君玳瑁金雀钗，不忍见此使心危。

行路难（费昶）⑤

君不见长安客舍门，倡家少女名桃根。贫穷夜纺无灯烛，何言一朝奉至尊。至尊离宫百馀处，千门万户不知曙。惟闻哑哑城⑥上乌，玉栏金井牵辘轳。丹梁翠柱

---

① 吴均：原书未标作者，此系整理者所补。
② 污：原书作"汗"。
③ 躞蹀：原书作"蹀躞"。
④ 吴均：原书未标作者，此系整理者所补。另，林之棠可能将此以下三首《行路难》误为同一作者（吴均）所作，故原书先列出三首诗原文，而后统一在后面加注。整理者为三诗各增标名，补出作者，并将相应注释分别移置各诗之后。
⑤ 原书此处既未另标诗题，也未标作者，此为整理者为统一体例起见而补。
⑥ 城：原书作"堿"。

飞流苏，香薪桂火炊雕胡。当年翻覆无常定，薄命为女
何必粗。

【流】一作屠。【雕胡】一作彫菰。此首《乐
府》、《玉台》并作费昶诗。

行路难（吴均）①

君不见上林苑中客，冰罗雾縠象牙席。尽是得意忘
言者，探肠见胆无所惜。白酒甜盐甘如乳，绿筋皎镜华
如碧。少年持名不肯尝，安知白驹应过隙。博山炉中百
和香，郁金苏合及都梁。逶迤好气佳容貌，经过青琐历
紫房。已入中山阴后帐，复上皇帝班姬床。班姬失宠颜
不开，奉帚供养长信台。日暮耿耿不能寐，秋风切切四
面来。玉阶行路生细草，金炉香灭变成灰。得意失意须
臾②顷，非君方寸递所裁。

【甜盐】【持名】＊"甜盐"字，"持名"字，诸
本并同，殊不可解。以下文义推之，疑"甜盐"当作
"甜酽"，"持名"当作"持杯"。【阴后】《乐府
诗集》作冯后。按，《汉书·外戚传》虽载冯昭仪为
中山太后，然中山阴后，《战国策》亦有明文，既义可
并存，即不必轻改旧本。【皇帝】＊梁代诗人，不应泛
称汉成为皇帝，疑为"汉帝"之讹。【灭】③或作炭。
【顷】一作间。

---

① 原书未另标诗题，亦未标作者。整理者据《乐府诗集》补。
② 臾：原书作"叟"。
③ 原书此条注为："（灰）灭或作炭。""（灰）"系衍文。

折杨柳（陈后主）

杨柳动春情，倡园妾屡惊。入楼含粉[①]色，依风杂管声。武昌识新种，官渡有残生。还将出塞曲，仍共胡笳鸣。

【仍共】《玉台》作仍作。

长相思（陈后主）

长相思，久相忆，关山征戍何时极？望风云，绝音息，上林书不归，回文徒自织。羞将别后面，还似初相识。

入隋侍宴应诏（陈后主）

日月光天德，山河壮帝居。太平无以报，愿上东封书。

《南史》曰：后主从隋文帝东巡，登芒山，赋诗。

【东封】[②]一作"万年"。

出自蓟北门行（徐陵）

蓟北聊长望，黄昏心独愁。燕山对古刹，代郡隐城楼。屡战桥恒断，长冰堑不流。天云如地阵，汉月带胡秋。溃土泥函谷，接绳缚凉州。平生燕颔相，会自得封侯。

【山[③]】一作然。【隐】一作倚。【地】《乐府》

---

① 粉：原书作"纷"。
② 东封：此二字原书无，整理者所加。按原书此条为："《南史》曰，后主从隋文帝东巡登《芒山赋》诗一作万年。"
③ 山：原书作"燕"。

作蛇。【秋】《乐府》作愁。

长安少年行（沈炯）[1]

长安好少年，骢马铁连钱。陈王装脑勒，晋后铸金鞭。步摇如飞燕，宝剑似舒莲。去来新市侧，遨游大道边。道边一老翁，颜鬓如衰蓬。自言居汉世，少小见豪雄。五侯俱拜爵，七贵各论功。建章通北阙，复道度南宫。太后居长乐，天子出回中。玉辇迎飞燕，金山赏邓通。一朝复一日，忽见朝市空。扶桑无复海，昆山倒向东。少年何假问，颓龄值福终。子孙冥灭尽，乡闾复不同。泪尽眼方暗，髀伤耳目聋[2]。杖策寻遗老，歌啸咏悲翁。遭随各有遇，非敢访童蒙。

【宝剑】一作宝锷。【居】一作生。

三妇艳诗（陈后主）[3]

大妇织残丝，中妇妒蛾眉。小妇独无事，歌罢咏新诗。上客何须起，为待绝缨时。

罗敷行（顾野王）

东隅丽春日，南陌采桑时。楼中结梳罢，提筐候早期。风轻莺韵缓，露重落花迟。五马光长陌，千骑络青丝。使君徒遣信，贱妾畏蚕饥。

【露重】《古乐苑》作霜洒。

---

① 沈炯：原书未标作者，此为整理者所补。
② 聋：原书作"袭"。
③ 陈后主：原书如此，各本均标为张正见作。

破镜诗（徐德言）

镜与人俱去，镜归人未归。无复姮娥影，空留明月辉。

《古今诗话》曰：陈太子舍人徐德言尚叔宝妹乐昌公主，陈政衰，谓妻曰，国破必入权豪家，倘情缘未断，尚冀相见。乃破一照，人分其半，约他日以正月望日卖于都市。陈亡，其妻果为杨越公得之。德言流离辛苦，仅能至京，遂以正月望日，访于都市。有苍头卖半照者，大高其价，人皆笑之。德言直引至其居，出半照以合之，仍题诗云云。公主得诗，悲泣不食，素因诘之，公主以实对。于是召德言至，还其妻。后归江南终老云。

咏邻女楼上弹琴（吴尚[1]野）

青楼谁家女？开窗弄碧弦。貌同朝日丽，装竞午花然。一弹哀塞雁，再抚哭春鹃。此情人不会，东风千里传。

闺怨（吴思玄）

金风响洞房，佳人心自伤。泪随明月下，愁逐漏声长。灯前羞独鹄，枕上怨孤凰。自觉鸳帷冷，谁怜珠被凉。

寄夫（陈少女）

自君上河梁，蓬首卧兰房。安得一樽酒，慰妾九回肠。

---

① 尚：原书作"当"。

上之回（北齐·萧悫）

发轫城西畤，回舆事北游。山寒石道冻，叶下故宫秋。朔路传清警，边风卷画旗。岁馀巡省毕，拥仗返皇州。

《选诗①拾遗》题云"巡省"。【路】②《乐府注》：一作落。【拥仗】一作按节。

感琵琶弦（冯淑妃）

虽蒙今日宠，犹忆昔日怜。欲知心断绝，应看膝上弦。

淑妃侍代③王达弹琵琶，因弦断，作诗云云。

敕勒歌（无名氏）

敕勒川，阴山下，天似穹庐，笼盖四野。天苍苍，野茫茫，风吹草低见牛羊。

《乐府广题》曰：北齐神武攻周玉璧④，士卒死者十四五，神武恚愤疾发。周王下命曰：高欢鼠子，亲犯玉⑤璧，剑弩一发，元凶自毙。神武闻之，勉坐以安士众，悉引诸贵，使斛律金唱《敕勒》，神武自和之。其歌本鲜卑语，易为齐言，故其句长短不齐。

怨歌行（北周·庾信）

家住金陵县前，嫁得长安少年。回头望乡泪落，不

---

① 选诗：二字原书无，据林之棠所据之《古乐苑》补。
② 路：原书如此，疑当为"下"，即诗中"叶下"或作"叶落"。
③ 代：原书无，据《北史》补。
④ 玉璧：原书作"王璧"。
⑤ 玉：原书作"王"。

知何处天边。胡尘几日应尽，汉月何时更圆？为君能歌此曲，不觉心随断弦。

【安】《乐府》作干。

咏园花（庾①信）

暂往春园傍，聊过看果行。枝繁类金谷，花杂映河阳。自红无假染，真白不须妆。燕送归菱井，蜂②衔上蜜房。非是金炉气，何关柏殿香。裛衣偏定好，应持奉魏王。

此时代乐府当以《敕勒川》为最佳。《敕勒川》以外，尚有《木兰辞》，亦当时北方民歌之圣品，《孔雀东南飞》之后之叙述诗，当推此为第一。其全文如下：

木兰辞（无名氏）

促织何唧唧，木兰当户织。不闻机杼声，惟闻女叹息。问女何所思，问女何所忆？"女亦无所思，女亦无所忆。昨夜见军帖，可汗大点兵。军书十二卷，卷卷有耶名。阿耶无大儿，木兰无长兄。愿为市鞍马，从此替耶征。"

东市买骏马，西市买鞍鞯，南市买辔头，北市买长鞭。旦辞爷娘去，暮宿黄河边。不闻耶娘唤女声，但闻黄河流水声溅溅。旦辞黄河去，暮宿黑山头，不闻耶娘唤女声，但闻燕山胡骑声啾啾。万里赴戎机，关山度若飞，朔气传金柝，寒光照铁衣。将军百战死，壮士十年

---

① 庾：原书作"廋"。
② 蜂：原书作"峰"。

归。归来见天子，天子坐明堂，策勋十二转，赏赐百千强。可汗问所欲。"木兰不用尚书郎，愿借明驼千里足，送儿还故乡。"

耶娘闻女来，出郭相扶持。阿姊闻妹来，当户理红妆。小弟闻姊来，磨刀霍霍向猪羊。开我东阁门，坐我西间床。脱我战时袍，著我旧时裳，当窗理云鬓，挂镜帖花黄。出门看火伴，火伴始惊惶，"同行十二年，不知木兰是女郎。"——雄兔脚扑朔，雌兔眼弥离，双兔傍地走，安能辨我是雄雌。

【促织】蟋蟀之别名。《诗纬纪历枢》：立秋促织鸣，女工急促之候也。【机杼】*机以转轴，杼以持纬。首句一作"唧唧复唧唧"。【辔】*马缰曰辔。【黑山】即杀虎山，在杀虎口东北九十里。【强】通疆①，有馀也。【可汗】突厥首领之译音。【十二转】唐勋有十二转，一转为武骑尉，十二转为上柱国。【红妆】妇女妆②饰，恒以红色，因相沿为女妆之称。【阁】门旁户也，与阁通。【花黄】花子额黄，古时女子之饰。【弥离】模糊也。【火伴】*古兵制以十人为火，故同伴称火伴。

乐府之外，以四六文显者：如晋有潘岳、陆机、左思、张华；梁有江淹、沈约；陈有徐陵；北周有庾信。以经学显者：晋之杜预；北齐有李炫；北周有熊安生。以史学显者：晋有陈寿、司马彪；宋有范晔；梁有沈约、萧子显；北齐魏收是也。

① 彊：原书作"疆"。
② 妆：原书作"收"。

第二十四章　两晋南北朝文学总述

此时期之文学有二大特色：（一）自然派，此派视富贵如浮云，弃功名如敝屣，其思想渐入道佛之门，故其作风接近自然。（二）唯美派，此派只求文辞之工整，不顾意义之矛盾，其思想渐趋绮靡之途，故其作风接近妍巧。有此二大特色，因以造成此时期文学之三阶段：

（一）太康（晋武帝年号，当西元二八零年）中之三张、二陆、两潘、一左，缛旨星稠，繁文绮合，唯美派文学家也，为第一阶段。

（二）自建武（晋元帝[①]年号，当西元三一七年）迄元嘉（宋文帝年号，当西元四二四年），孙绰、许询[②]、桓、庾、陶潜，寄言上德，托意玄珠，自然派文学家也，为第二阶段。

（三）元嘉以后，颜谢腾声，灵运之兴会标举，延年之体裁明密，唯美派兼自然派也。自永明（齐武帝年号，西元四八三年）迄普通（梁武帝年号，西元五二零年），谢朓、王融、沈约，创声病，用宫商，以平上去入四声制韵。范云、任昉、陆倕、萧琛、萧衍起而和之，雕绘者益进而纤巧，绮丽者益进而轻艳，世称竟陵（萧子良，齐武帝第二子）八友。唯美派文学，至此乃全盛，是为第三阶段。

故自太康，以迄祯明，前后三百年中，文学之特色有二，文

---

① 帝：原书作"卒"。

② 询：原书作"洵"。

学之阶段分三。若就南北朝而论，江左宫商发越，贵于清绮，河朔词义贞刚，重乎气质。气质则理胜其词，清绮则文过其意，理深者便于时用，文华者宜于歌咏，此其南北词人得失之大较也。

文学史家，往往在作家会聚之时，标其朝代之名，名其文学，如曰"太康文学"，"元嘉文学"，"永明文学"，本篇已依次述之，故不特标年号矣。

附隋文学。

隋氏灭陈，甫二传而邦家继覆，斯时也王世充专擅于东，薛仁杲窃据于西，梁萧铣角立于南，刘武周飞扬于北。其间咆哮[①]之群风驱，熊罴之象雾集，分裂山河，皆为战场，其纷乱之状，殆不减于三国。虽开皇之季，诏公私文翰并宜实录，然自文帝迄恭帝，仅二十七传[②]，其文学之足称者甚微，故不复述焉。

---

① 咆哮：原书此处作"哮关"，书后《刊误表》谓"哮关"当改作"咆哮"。

② 二十七传：原书如此。"传"字当作"年"，"二十七"或为"三十七"之误。杨坚代周建隋，在公元581年，恭帝禅位在公元618年。

第六编　唐文学

第二十五章　唐代文学之背景

隋失其鹿，群雄割据，分裂河山，皆为战场，李渊以世民为子，提一旅之羸师，奋迹太原，围折摭而仁杲降，攻洛阳而世充缚，据武牢而建德俘，战并州而武周定，破山东而黑闼①平，伐江陵而萧铣戮，六年之间，削平海内，六朝纷乱之局，至此始告宁息。然自玄宗以迄昭宗，二百年中，宦官藩镇，又先后作难，宦官始于高力士，终于韩全晦，藩镇始于安禄山，终于朱全忠。原天宝以后，中央集权制度，一变而为地方分权制度，中央势力微弱，动辄受强藩牵制，于是新罗、渤海、契丹、吐蕃、回纥、南诏，乘势先后内患，唐室遂以衰亡。故唐代文学分三时期。高祖、太宗大难始夷，沿江左馀风，绮章绘句，揣合低卬②，故多绮靡之作。为第一时期。玄宗天宝迄元和、长庆，乱象云起，战云密布，其作风趋向超脱悲苦，故多哀惨诉冤之作。为第二时

---

① 闼：原书作"阖"。
② 卬：原书作"卭"。

期。文宗开成以后，国势空虚，经济破产，文风乃萎靡不振矣。是为第三时期。

第二十六章　唐文学总述

唐承六朝之后，诗赋散文自不免受六朝纤弱影响，初唐高宗之世，有王勃、杨炯、卢照邻、骆宾王，世称四杰，俱工骈俪。武后时，有沈佺期、宋之问属对精炼，号为律诗，又谓之近体，世称沈宋。是时有陈子昂者，高雅冲澹，疏濯横古。

玄宗之世，张说、苏颋，以文章显，皆为宰相。说封苏公，颋封许公，世号苏许大手笔。时元结独变骈俪，为古文学家，所谓诗仙之李白，诗圣之杜甫，即产生是时，所著诗，俊巧奇岩，声律独工，古风近体，皆臻上乘，王维、孟浩然，相继而起，是时唐兴已百年，诸子争自名家。

大历贞元间，陆贽[1]以奏议独鸣，为德宗作诏诰，至武夫悍卒皆感泣。韩愈、柳宗元、李翱[2]、皇甫湜，起而排除百氏，法度森严，抵轹晋魏，上轧汉周，唐之文蔚然为一王法。诗则李杜之后，如韦应物、刘禹锡、张籍、白居易、杜牧、李商隐，皆卓然以所长为一世冠，其可尚已。

---

① 贽：原书作"鸷"。
② 翱：原书作"翔"。

第二十七章　唐代文艺作家

第一节　王绩

王绩，字无功，哲学家王通之弟，绛州龙门人。嗜酒，善酿，弃官，归东皋。著书号东皋子，集五卷。其诗之著者如：

春（一作初春）

前旦出园游，林华都未有。今朝下堂来，池冰开已久。雪被南轩梅，风催北庭柳。遥呼灶前妾，却报机中妇。年光恰恰来，满瓮营春酒。

赠程处士

百年长扰扰，万事悉悠悠。日光随意落，河水任情流。礼乐囚姬旦，诗书缚孔丘。不如高枕枕，时取醉消愁。

【姬旦】指周公。

王绩为唐代第一位诗人，生性虽接近陶潜，其作风则大不同，观上列二诗，对偶之工，依然未脱齐梁绮靡之致，读"遥呼灶前妾，却①报机中妇"，三复"采菊东②篱下，悠然见南山"，殆风马牛之不相及矣。

---

① 却：原书作"忽"。
② 东：原书作"東"。

第二节　卢照邻

照邻，字升之，范阳人。十岁从王义方授《苍》《雅》。因不堪足疾，自投颍①水，死年四十。尝著《五悲》文以自明。有集二十卷，又《幽②忧子》三卷。其诗之佳者如：

羁卧山中

卧壑迷时代，行歌任死生。红颜意气尽，白璧故交轻。涧户无人迹，山窗听鸟声。春色缘岩上，寒光入溜平。雪尽松帷暗，云开石路明。夜伴饥鼯宿，朝随驯雉行。度溪独忆处，寻洞不知名。紫书常日阅，丹药几年成。扣钟鸣天鼓，烧香厌地精。倘遇浮丘鹤，飘飘凌太清。

【紫书】即《道经》。《云笈七签》："紫书，用紫笔缮文"。【天鼓】空间发音似雷非雷者，名天鼓，见《史③记》。【浮丘】为古仙人名，相传周灵王与④王子晋吹笙骑鹤，同游嵩山。

第三节　王勃

王勃，字子安，绛州龙门人也。未冠应举及第。往交趾省父，渡海溺水，悸而卒，年二十八。勃好属文，初不精思，先磨

---

① 颍：原书作"颖"。
② 幽：原书作"出"。
③ 史：原书作"吏"。
④ 与：疑"与"前脱一"时"字，则注释之意为：浮丘公在周灵王时与王子晋同游嵩山。虽不尽确切，尚可通。

墨数升，引被覆面而卧，忽起书之，不易一字，时人谓之腹稿。其诗之佳者如：

九日

九日重阳节，开门有菊花。不知来送酒，若个是陶家？

【陶家】*陶潜九日无酒，出篱边怅望，久之，见白衣人至，乃王弘之送酒。弘字休元，临沂人。后仕宋，元嘉中，官至太保。

江亭夜月送别

乱烟笼碧砌，飞月向南端。寂寞离亭掩，江山此夜寒。

送杜少府之任蜀川（今崇庆府）

城阙辅三秦，风烟望五津。与君离别意，同是宦游人。海内存知己，天涯若比邻。无为在岐路，儿女共沾巾。

【风烟】蜀川也。【三秦】*昔项羽三分关内，王秦三降将，故曰三秦。【辅】来辅也。【五津】*《华阳国志·蜀》：大江自湔堰下至犍为，有五津，一曰白华，二曰万里，三曰江首，四曰涉头①，五曰江南。言长安与蜀相隔虽远，乃有城阙，上望之，彼蜀川五津之风烟，犹入目矣。

---

① 涉头：原书作"涉海"。

第四节　杨炯

炯，华阴人，博学善属文，时人以四杰称，乃自言曰，吾愧在卢前，耻居王后。其诗之著者如：

夜送赵纵

赵氏连城璧，由来天下传。送君还旧府，明月满前川。

第五节　骆宾王

宾王，义乌人。七岁能属文，尤妙于五言诗，尝作《帝京篇》，当时以为绝唱。徐敬业举义，为作檄，武后见之叹曰：宰相安得失此人！敬业败，宾王亡命，不知所终。中宗时，诏求其文，得数百篇，集成十卷。其诗之佳者如：

从军行

平生一顾重，意气溢三军。野日分戈影，天星合剑文。弓弦抱汉月，马足践胡尘。不求生入塞，唯当死报君。

在狱咏蝉并序

余系所禁垣，西是法曹厅，有古槐数株焉。虽生意可知，同殷仲文之古树，听讼斯在，即周召伯之甘棠。乃至夕照低阴，秋蝉疏引，发声幽息，有切尝闻，岂人心异于曩时，将虫响悲于前听。嗟乎，声以动容，德①

---

① 德：原书作"处"。

以象贤。故洁其身也，禀君子达人之高行，蜕其皮也，有仙都羽化之灵姿。候时而来，顺阴阳之数，应节为变，寄藏用之机。有目斯开，不以道昏而昧其视，有翼自薄，不以俗厚而易其真。吟乔树之微风，韵姿天纵，饮高秋之坠露，清畏人知。仆失路艰虞，遭时徽缧，不哀伤而自怨，未摇落而先衰。闻蟪蛄之[1]流声，误平反之已奏，见螳螂之抱影，怯危机之未安。感而缀诗，贻诸知己。庶情沿物应，哀弱羽之飘零，道寄人知，悯馀声之寂寞。非谓文墨，取代幽忧云耳。

西陆蝉声唱，南冠客思深。不堪玄鬓影，来对白头吟。露重飞难进，风多响易沉。无人信高洁，谁为表予心。

【西陆】*司马彪《续汉书》：日行西陆谓之秋。

【南冠客思深】*宾王家在浙江义乌，故曰"南冠"。为草《讨武氏檄》，系于狱，有扶王室意，故曰"客思深"。

四杰中王勃以《滕[2]王阁序》著名，中有"落霞与孤鹜齐飞，秋水共长天一色"之句，古今传为绝调。骆宾王以作《讨武曌[3]檄》名于时，及临刑，至令武则天叹为奇才不遇，宰相之过。其他杨炯虽曰"愧居卢前，耻居王后"，究不若王之宏逸、卢之轻倩，亦不若骆之雄健。四杰而外，则推沈宋。

---

① 之：原书作"而"。

② 滕：原书作"腾"。

③ 曌：原书作"鹈"。

第六节　沈佺期

沈佺期，字云卿，相州内黄人。长七言诗。著有集十卷。其诗之著者如：

杂诗

　　闻道黄龙戍[①]，频年不解兵。可怜闺里月，长照汉家营。少妇今春意，良人昨夜情。谁能将旗鼓，一为取龙城。

独不见

《乐府解题》曰：独不见，伤思而不得见也。

按此诗郭茂倩编入《乐府》，将"少妇"改"小妇"，将"郁金香"改"郁金堂"，将"木叶"改"下叶"，将"谁为"改"谁知"，将"更教"改"使妾"，不过协其乐音耳。今读者殊觉生[②]硬无味，今仍依原本改正。

　　卢[③]家少妇郁金香，海燕双栖玳瑁梁[④]。九月寒砧催木叶，十年征戍忆辽阳。白狼河北音书断，丹凤城南秋夜长。谁为含愁独不见，更教明月照流黄。

　　【卢家少妇】*梁武帝《乐府》：十五嫁为卢家妇，十六生儿字阿侯。【郁金香】*《梁书·扶南国传》：天监十八年，遣使献火齐珠，郁金、苏合等香。

---

① 戍：原书作"成"。
② 生：原书此处空白。
③ 卢：原书此处有二"卢"字。
④ 玳瑁梁：原书作"玳梁瑁"。

【玳瑁】*《隋书·地理志》：南海交趾，各一都会也，并所处近海，多犀角、瑇瑁、珠玑，奇异珍玮。瑇亦作玳。【"九月"句】*九月肃霜，则木叶黄落，似为砧声所催也。天寒捣衣，欲以远寄征夫也。【"十年"句】*十年，别久也。戍，守。忆，思征夫。【"白狼河"句】*《汉书·地理志》辽阳郡县：辽阳，大梁水西南至辽阳入辽。《水经注》：辽水右[1]会白狼水，水出右北平白狼县。长安[2]在白狼河北，年多路远，故曰音书断。【丹凤城】*《六典·唐工部》：丹凤门内[3]，正殿曰含光殿，夹殿二阁，左曰翔鸾，右曰栖凤。征妇在丹凤城之南，忆夫不寐，故觉秋夜长。【流黄】*古乐府《相逢行》：大妇织绮罗，中妇织流黄。梁简文帝诗：思妇流黄素，温姬玉镜[4]台。盖言不见其夫，妾已无限含愁矣。更教夜深之时，而明月照于流黄之上，其愁益觉难堪也。

第七节　宋之问

之问，一[5]名少连，字延清，虢州弘农[6]人，弱冠知名。选越州长史，徙钦州，寻赐死。集十卷。其诗之著者如：

---

① 右：原书作"又"。
② 长安：疑当作"辽阳"。
③ 内：原书作"内中"，据《唐六典》删"中"。
④ 镜：原书作"境"。
⑤ 一：原书无，据《新唐书》补。
⑥ 弘农：原书作"宏农"，当是据清时版本，民国时已无须避讳，林之棠爱奇尚异，故沿而不改。

题大庾岭北驿

《旧唐书》：东峤县即大庾岭，属韶州，一名梅岭。

阳月南飞雁，传闻至此回。我行殊未已，何日复归来。江静潮初落，林昏瘴不开。明朝望乡处，应见陇头梅。

【阳月】*十一月①一阳生，是谓阳月。鸿雁九月而南，正月而北，故曰随阳。【"传闻"句】*鸟至此，至大庾岭也。回，雁回也。【望乡处】即大庾岭，言其高也。【陇头梅】*庾岭梅花，南枝已落，北枝方开。《荆州记》：陆凯与范晔相善，自江南寄梅花一枝，诣长安与晔，并赠诗曰：折梅逢驿使，寄与陇头人。江南无所有，聊赠一枝春。

沈佺期、宋之问诗律靡丽，"回忌声病，约句准篇，如锦绣成文，学者宗之，号为沈宋"（《全唐诗话》）。

第八节　陈子昂

子昂，字伯玉，梓州射洪人。为县令段简所系，忧愤而卒。其《感遇》诗云：

本为贵公子，平生实爱才。感时思报国，拔剑起蒿莱。西驰丁令塞，北上单于台。登山见千里，怀古心悠哉。谁言未忘祸，磨没成尘埃。

【丁令】汉辽东人丁令威，尝学道于灵虚山，后化鹤归辽，疑所指即是。【单于台】在今绥远归化城西。

---

① 十一月：原书如此。通常据《尔雅》"十月为阳"，释阳月为十月。

汉武帝时，尝勒兵十八万骑，登单于台。

登幽州台歌

前不见古人，后不见来者。念天地之悠悠，独怆然
而涕下。

陈子昂而外，如李峤、苏味道、崔融、杜审言，世称"文章
四友"，贺知章、包佶①、张旭、张若虚，世称"吴中四士"。
此八子当以贺知章为最，其《回乡偶书》一诗，尤为出色，其
诗曰：

少小离家老大回，乡音无改鬓毛衰。儿童相见不相
识，笑问客从何处来。

【鬓毛衰】知章致仕回会稽故乡，年已八十六岁。

贺知章而外，吾独赞刘希夷，其《代悲白头翁》一诗，洗尽
初唐板滞习气，建立盛唐萧洒新声。

第九节　刘希夷

希夷一名庭芝，汝州人。少有文华，落魄不拘常格，后为人
所害，著有集十卷。其《代悲白头翁》诗云：

洛阳城东桃李花，飞来飞去落谁家？洛阳女儿好颜
色，行逢落花长叹息！今年花落颜色改，明年花开复谁
在？已见松柏摧为薪，更闻桑田变成海。古人无复洛阳
东，今人还对落花风。年年岁岁花相似，岁岁年年人不
同。寄言全盛红颜子，应怜半死白头翁。此翁白头真可

---

① 佶：原书作"拮"。

怜！伊昔红颜美少年。公子王孙芳树下，清歌妙舞落花
前。光禄池台开锦绣，将军楼阁画神仙。一朝卧病无相
识，三春行乐在谁边？宛转蛾眉能几时，须臾鹤发乱如
丝。但看古来歌舞地，惟有黄昏鸟雀悲。

"年年岁岁花相似，岁岁年年人不同"二句[1]，相传宋之问
欲夺为己有，乃以土囊压死希夷。吾谓末四句音节悠扬，风神亦
不弱。

第十节　李白

李白，字太白（棠案，《新唐书》云：白之生，母梦长庚
星，因以命之），山东人。少有逸才，志气宏放，飘然有超世
之志。父为任城尉，因家焉。少[2]与鲁中诸生孔巢父、韩准、裴
政、张叔明、陶沔等隐于徂徕山，酣歌纵酒，时号竹溪六逸。天
宝初，客游会稽，与道士吴筠隐于剡中。既嗜酒，日与饮徒醉于
市肆。玄宗度曲，欲造乐府新词，亟召白，白已醉于酒肆矣。召
入，以水洒面，即令秉笔，顷之，成十馀章，帝颇嘉之。尝沉醉
殿上，引足令高力士脱靴，由是斥去。（棠案，《新唐书》云：
白尝侍帝，醉，使高力士脱靴，力士素贵，耻之，摘其诗，以激
杨贵妃，帝欲官白，妃辄沮止。）乃浪迹江湖，终日沉饮。时侍
御史崔宗之谪官金陵，与白诗酒唱和，尝月夜乘舟，自采石达金
陵，白衣宫锦，袍于舟中，顾瞻笑傲，旁若无人。

初，贺知章见白，赏之曰："此天下谪仙人也。"（棠案，

---

① 原书句首有"人皆称"三字，据原书《刊误表》删。

② 少：原书"少"前有"洗"字。

《新唐书》云：知章见其文，叹曰：子，谪仙人也。言于玄宗，召见金銮殿，论当世事奏一篇，帝赐食，亲为调羹，有诏供奉翰林。）禄山之乱，玄宗幸蜀，在途以永王璘为江淮兵马都督扬[1]州节度大使，白在宣州谒见，遂辟从事。永王谋乱，兵败，白坐长流夜郎，后遇赦（棠案，《新唐书》云：初，白游并州，见郭子仪，奇之，子仪尝犯法，白为救免。至是子仪请解官以赎[2]，有诏长流夜郎，会赦，还寻阳……代宗立，以左拾遗召，而白已卒，年六十馀。白晚好黄老，度牛渚矶至姑孰，悦谢家青山，欲终焉。及卒，葬东麓。），得还，竟以饮酒过度，醉死于宣城。有文集二十卷行于世。（节刘煦《旧唐书[3]》）

其诗之最著者如：

将进酒

君不见黄河之水天上来，奔流到海不复回！君不见高堂明镜悲白发，朝如青丝暮成雪！人生得意须尽欢，莫使金樽空对月。天生我材必有用，千金散尽还复来。烹羊宰牛且为乐，会须一饮三百杯。岑夫子，丹丘生，将进酒，杯莫停！与君歌一曲，请君为我倾耳听。钟鼓馔玉不足贵，但愿长醉不愿醒。古来圣贤皆寂寞，惟有饮者留其名。陈王昔时宴平乐，斗酒十千恣欢谑。主人何为言少钱？径须沽取对君酌。五花马，千金裘，呼儿将出换美酒，与尔同销万古愁！

---

① 扬：原书作"杨"。
② 赎：原书作"赠"。
③ 书：原书作"音"。

【岑】指岑参。【丹丘】按丹丘姓元，少慕神仙术，白尝作《元丹丘歌》。【平乐】三国时魏曹植封陈王，植所著《名都篇》，有"归来宴平乐，美酒斗十千"句。按平乐，为汉明帝时观名，在今河南洛阳县故洛阳城西。

长干行（二首）

王琦曰：刘达《吴都赋》注：建业南五里，有山岗，其间平地，吏民杂居，号长干。中有大长干、小长干，皆相连。大长干在越城东，小长干在越城西，地有长短，故号大小长干。地下而广曰干。《方舆胜览》：建康府有长干里，去上元县五里。李白《长干行》所谓"同居长干里"，乃秣陵县东里巷，江东谓山陇之间曰干。《景定建康志》：长干里，在秦淮南。

妾发初覆额，折花门前剧。郎骑竹马来，绕床弄青梅。同居长干里，两小无嫌猜。十四为君妇，羞颜未尝开。低头向暗壁，千唤不一回。十五始展眉，愿同尘与灰。常存抱柱信，岂上望夫台。十六君远行，瞿塘滟滪堆。五月不可触，猿声天上哀。门前迟行迹，一一生绿苔。苔深不能扫，落叶秋风早。八月蝴蝶黄，双飞西园草。感此伤妾心，坐愁红颜老。早晚下三巴，预将书报家。相迎不道远，直至长风沙。

【竹马】*《博物志》：小儿五岁曰鸠车之戏，七岁曰竹马之戏。【弄】戏也。言青梅弄于床上，二人绕床匝走以争取也。【无嫌猜】因两小也。【抱柱信】*王琦曰：《史记》，尾生与女子期于梁下，女子不来，水至不去，抱柱而死。【望夫台】*《苏秾城集》：望夫台在忠州南数十里。【瞿塘滟滪堆】*《南史》：巴东有淫预石，高出水二十馀丈①，及秋水至，才如见焉②，次有瞿塘大滩，行旅忌之。淫预石，即滟预堆也。《一统志》：瞿塘在夔州府城东，旧名西陵峡，乃三峡之门，二岸对峙，中贯一江，滟预堆当其口。《太平寰宇记》：滟预堆，周围二十丈，在夔州南西二百步，蜀江中心，瞿塘峡口，冬水浅，屹然露百馀尺，夏水涨，没数十丈，其状如马，舟入不敢进，谚曰滟预大如马，瞿塘不可下，滟预大如鳖，瞿塘行舟绝，滟预大如龟，瞿塘不可窥，滟预大如襆，瞿塘不可触。【三巴】*《小学绀珠》：三巴，巴郡，今重庆府。巴东，今夔州。巴西，今合州。【长风沙】*《太平寰宇记》：长风沙，在舒州怀宁县东一百九十里，置在江界，以防寇盗。李白《长干行》云"相迎不道远，直至长风沙"，即其处也。陆游《入蜀记》：太白《长干行》云"早晚下三巴，预将书报家。相迎不道远，直至长风沙"，盖自金陵至长风沙七百里，而室家来迎，其夫甚言其远也。地属舒州。

其二

　　忆妾深闺里，烟尘不曾识。嫁与长干人，沙头候风色。五月南风兴，思君下巴陵。八月西风起，想君发扬子。去来悲如何，见少别离多。湘潭几日到，妾梦越风

---

① 丈：原书作"文"。
② 焉：原书作"马"，据《南史》改。

波①。昨夜狂风度，吹折江头树。森森暗无边，行人在
何处。好乘浮云骢，佳期兰渚东。鸳鸯绿蒲上，翡翠锦
屏中。自怜十五馀，颜色桃花红。那作商人妇，愁水复
愁风。

【南风】*云仙曰：古歌"南风之熏兮，可以解吾
民之愠②兮"。【西风】秋也。【巴陵】*王琦曰：唐
时巴陵郡本巴州也，武德六年，更名岳州，属江南。
【扬子】在真州扬子县，左与镇江分界。《江南志》：
扬子江发源岷山，和湘汉豫章诸水，绕江宁府城之西
南，经西北，至镇江，始名为扬子江，东流入海。【湘
潭】*《元和郡县志》：潭州有湘潭县，东北至州，
一百四里。云仙曰：前首自幼说起，说到望其还归而
止。后首是望其不归说起，一层一层直到自怜自恨而
止。

静夜思③

床前明月光，疑是地上霜。举头望明月，低头思故
乡。

云仙曰：明是月光，而反疑是霜，所以诗怕直致而
喜其曲折也。因疑地上霜，所以举头望也。瞥见明月，
触动故乡之情，所以低头而思也。只二十字，其中翻覆
层出不穷，本是床前明月光，翻疑是地上霜，因疑土地

---

① 风波：原书作"泥沙"。
② 愠：原书作"恨"。
③ 原书标题作"夜思"。

上霜，则见天上明月，见明月则思故乡，思故乡则头不得不低矣。床前则人已睡矣，疑是地上霜，则披衣起视矣，举头望明月，低头思故乡，则不能安睡矣，一夜萦思，踌躇月下，静中情形，描出如画。

黄鹤楼送孟浩然之广陵

故人西辞黄鹤楼，烟花三月下扬州。孤帆远影碧空[①]尽，唯见长江天际流。

【黄鹤楼】*杨齐贤曰：黄鹤楼以黄鹤山而名，在鄂州。【广陵】*《通典》：广陵郡，今之扬州。

早发白帝城

原本下江陵，今从李白《文集》改正。

朝辞白帝彩云间，千里江陵一日还。两岸猿声啼不住，轻舟已过万重山。

云仙曰：辞，别也。彩云间，言其高也。白帝城，在夔州，隔江陵一千二百里，峡溪多滩，其水甚驶。一日还者，言江陵到白帝城拖舟上来，不可以日计也，今从上放下，只消一日间，可抵江陵，故曰还也。峡长七百里，两岸俱是峡，峡中多猿善啼，其声凄苦，闻之令人伤悲。啼不住，言峡水迅速，两岸猿声，处处相继，不住其声，而轻舟顷刻间已过万重山矣。王琦曰：白帝城在夔州奉节县，与巫山相近，所谓彩云，正指巫山之云也。《水经注》：自山峡七百里中，两岸连山，略无阙处，重岩叠嶂，隐蔽天日，自非亭午夜分，不见

---

① 碧空：原书作“碧山”。

曦月，至于下水襄陵，沿沂阻绝，王命急宣，有时朝发白帝，暮宿江陵，其间千二百里。虽乘奔御风，不加疾也。每至晴初霜旦，林寒涧肃，常有高猿长啸，属引凄异，空谷传响，哀啭久绝，故渔者歌曰，巴东三峡巫峡长，猿鸣三声雷沾裳，即是。

游洞庭[①]二首（共五首）

洞庭西望楚江分，水尽南天不见云。日落长沙秋色远，不知何处吊湘君。

南湖秋水夜无烟，耐可乘流直上天。且就洞庭赊月色，将船买酒白云边。

登金陵凤凰台[②]

凤凰台上凤凰游，凤去台空江自流。吴宫花草埋幽径，晋代衣冠成古丘。三山半落青天外，二水中分白鹭洲。总为浮云能蔽日，长安不见使人愁。

第十一节　杜甫

杜甫，字子美，本襄阳人，后徙河南巩县。曾祖依艺，位[③]终巩令，祖审言，位终膳部员外郎，父闲，终奉天令。甫天宝初应进士不第。天宝末，献《三大礼赋》，玄宗奇之，召试文章，授京兆府兵曹参军。十五载，禄山陷京师，肃宗征兵灵武，甫自京师宵遁赴河西，谒肃宗于彭原郡，拜右拾遗。房琯布衣时与甫

---

① 庭：原书脱此字。
② 凤凰台：原书无此三字。
③ 位：原书作"体"。

善，时琯为宰相，请自帅①师讨贼，帝许之。其年十月，琯兵败于陈涛斜。明年春，琯罢相。甫上疏言琯有才，不宜罢免，肃宗怒，贬琯为刺史，出甫为华州司功参军。时关畿乱离，谷食踊贵，甫寓居成州同谷县，自负薪采梠，儿女饿殍者数人。久之，召补京兆府功曹。上元二年冬，黄门侍郎、郑国公严武镇成都，奏为节度参谋、检校尚书工部员外郎，赐绯鱼袋。武与甫世旧，待遇甚隆。甫性褊躁，无器度，恃恩放恣，尝凭醉登武之床，瞪视武曰："严挺②之乃有此儿。"武虽急暴，不以为忤。甫于成都浣花里种竹植树，结庐枕江，纵酒啸咏，与田夫野老相狎③，荡无拘检。严武过之，有时不冠，其傲④诞如此。永泰⑤元年夏，武卒，甫无所依。及郭英乂代武镇成都，英乂武人粗暴，无能刺谒，乃游东蜀依⑥高适，既至而适卒。是岁崔宁杀英乂，杨子琳攻西川，蜀中大乱。甫以其家避乱荆楚，扁⑦舟下峡，未维舟，江陵乱。乃泝沿湘流，游衡山，寓居耒阳。甫尝游岳庙，为暴水所阻，旬日不得食，耒阳聂令知之，自櫂⑧舟迎甫而还。永泰二年，啖牛肉白酒，一夕而卒于耒阳，年五十九。（刘昫《旧唐书》）

其诗之最著者如：

---

① 帅：原书作"归"。
② 挺：原书作"武"。
③ 狎：原书作"押"。
④ 傲：原书作"健"。
⑤ 永泰：原书作"永嘉"。
⑥ 依：原书脱此字，据《旧唐书》补。
⑦ 扁：原书作"遍"。
⑧ 櫂：原书作"擢"。

兵车行

车辚辚，马萧萧，行人弓箭各在腰。耶娘妻子走相送，尘埃不见咸阳桥。牵衣顿足拦道哭，哭声直上干云霄。道旁过者问行人，行人但云点行频。或从十五北防河，便至四十西营田。去时里正与裹头，归来头白还戍边。边庭①流血成海水，武皇开边意未已：君不闻汉家山东二百州，千村万落生荆杞。纵有健妇把锄犁，禾生陇亩无东西。况复秦兵耐苦战，被驱不异犬与鸡②。长者虽有问，役夫敢申③恨。且如今年冬，未休关西卒。县官急索租，租税从何出。信知生男恶，反是生女好。生女犹得嫁比邻，生男埋没随百草。君不见青海头，古来白骨无人收。新鬼烦冤旧鬼哭，天阴雨湿声啾啾。

《杜臆》：旧注"明皇用兵吐蕃，民苦行役而作此"。【耶】即爷字。【咸阳桥】*《元和郡县志》：桥在咸阳县西南十里。【防河】*《旧唐书》：开元十五年十二月，制以吐蕃为边害，今陇右道及诸军团兵五万六千人，河西及诸军团兵四万人，又征关中兵万人集临洮④，朔方兵万人集会州，防秋，至冬初无寇而罢。是时，吐蕃侵扰河右，故曰防河。【营田】*《唐食货志》：开军府以捍要冲，因隙地以置营田，有

---

① 庭：原书作"亭"。此诗本有"边亭"、"边庭"两种版本，原书后文注释，所注为"边庭"，则诗之正文当取"边庭"，以相照应。
② 鸡：原书作"鹤"。
③ 申：原书作"伸"。
④ 洮：原书脱此字。

警则以军。营田乃戍卒以备吐蕃者。【里正】*《海录碎事》：唐制凡百户为一里，置里正一人。【裹头】*《二仪实录》：古以皂罗三尺裹头，曰头巾。鲍氏曰：时老幼俱战亡，又括乡里之少小者，故里正为之裹头擐甲也。【戍边】*《史记》：中国扰乱，诸秦所徙戍边者皆复去。【边庭】*《后汉书》：卧鼓边庭。【流血成海水】*《史记·蔡泽传》：流血成川①。【武皇开边】*钱②笺：唐人诗称明皇，多云武皇。班固：武帝广开三边。【山东二百州】*黄希曰：古所谓山东，即今河北晋地也。今所谓山东，古之齐地，青齐是③也。《十道四蕃志》：关以东七道，凡二百一十七州。【千村万落】*《世说》：陆士衡入洛，次河南鄢师逆旅，妪曰：此东数十里无村落。

哀江头

鹤注：此至德二载春日，公陷贼中作。长安朱雀街东，有流水屈曲，谓之曲江，此地在秦为宜春苑，在汉为乐游园。开元疏凿，遂为胜境。其南有紫云楼、芙蓉苑，其西有杏园、慈恩寺。江侧菰蒲葱翠，柳阴四合，碧波红蕖，依映可爱。黄生曰：诗意本哀贵妃，不敢斥言，故借江头行幸处标为题目耳。

少陵野老吞声哭，春日潜行曲江曲。江头宫殿锁千门，细柳新蒲为谁绿。忆昔霓旌下南苑，苑中万物生颜

① 原书"川"后有"流"，为衍文，删。
② 钱：原书脱，据《杜诗详注》补。
③ 是：原书无，据《杜诗详注》补。

色。昭阳殿里第一人，同辇随君侍君侧。辇前才人带弓箭，白马嚼啮黄金勒。翻身向天仰射云，一箭正坠双飞翼。

明眸皓齿今何在，血污游魂归不得。清渭东流剑阁深，去住彼此无消息。人生有情泪沾臆，江草江花岂终极。黄昏胡骑尘满城，欲往城南忘城北。

【少陵】杜甫家在焉。【霓旌】*《高唐赋》：霓为旌，翠为盖。【南苑】*在都城东南，其南即芙蓉苑，故日南苑。【同辇】*《汉书》：成帝游于后庭，欲与班婕妤同辇。【才人】*《旧唐书·百官志》：内官才人七人，正四品。【黄金勒】*《明皇杂录》：上幸华清宫，贵妃姊妹购名马，以黄金为衔勒。【"明眸皓齿"以下】*此慨马嵬西狩事，深致乱后之悲。妃子游魂，明皇幸蜀，死别生离极矣。江草江花，触目增愁，城南城北，心乱目迷矣。【血污】言贵妃死于马嵬也。

哀王孙

按：明皇西狩，在天宝十五年六月十二[①]日。肃宗即位，改元至德，在七月甲子。是月丁卯，禄山使人杀霍国长公主及王妃驸马等，己巳[②]，又杀皇孙及郡县主二十馀人。诗云"已经百日窜荆棘"，盖在九月间也。诗必此时所作。《唐鉴》：杨国忠首

---

① 十二：原书作"十五"。

② 己巳：原书作"以下"。

倡幸蜀之策，帝然之，甲午既夕，命陈玄^①礼整比六军，选厩马九百馀，外人皆莫知也。乙未黎明，帝独与贵妃姊妹、王子妃主皇孙、杨国忠、卫见素^②、陈玄礼及亲近宦官宫人，出延秋门。妃主王孙之在外者，皆委之而去。《通鉴》：是日百官犹有入朝者，至宫门犹闻漏声，三卫立仗俨然。门既启，则宫人乱出，中外扰攘，王公士民，四出逃窜。

长安城头头白乌，夜飞延秋门上呼。又向人家啄大屋，屋底达官走避胡。金鞭折断九马死，骨肉不得同驰驱。腰下宝玦青珊瑚，可怜王孙泣路隅。闻之不肯道姓名，但道困苦乞为奴。已经百日窜荆棘，身上无有完肌肤。高帝子孙尽龙准，龙种自与常人殊。豺狼在邑龙在野，王孙善保千金躯。不敢长语临交衢，且为王孙立斯须。昨夜东风吹血腥，东来橐驼满旧都。朔方健儿好身手，昔何勇锐今何愚。窃闻天子已传位，圣德北服南单于。花门剺面请雪耻，慎勿出口他人狙。哀哉王孙慎勿疏，五陵佳气无时无。

【头白乌】＊云仙曰：《汉五行志》，成帝时童谣曰，“城上乌，尾毕逋。”杨慎曰：侯景篡位，令饰朱雀门，其日有白头乌万计，集于门楼，童谣曰：“白头乌，拂朱雀，还与吴。”此盖用其事，以侯景比禄山也。【延秋门】＊《雍录》：玄宗幸蜀，自苑西门出，在唐为苑之延秋门。【达官】＊《记》：公之

---

① 玄：原书作“元”。改玄为元，系清人避讳。
② 卫见素：原书作“韦元素”。

丧，诸达官之长杖。注：受命于君者，名达于上，谓之达官。【金鞭】*沈炯诗：陈王装瑙①勒，晋后铸金鞭。【九马】*《西京杂记》：文帝自代来，有良马九匹。【"腰下"句】*《汉书·陈平传》：船人疑②其亡将，腰下当有宝器金玉。《西京杂记》：飞燕女弟昭仪，遗飞燕珊瑚玦、玛瑙。【龙准】*文颖：高帝感龙而生，故其颜貌似龙，长颈高鼻。李斐曰：准，鼻也。【花门劐面】*劐，即犁，割也。《唐书》：甘州有花门山，堡东北千里，至回鹘衔帐。劐面，谓披其面皮，示诚恼也。【雪耻】*《乐毅书》：先王报怨雪耻。【狙】*《史记·留侯传》：秦王东游，良与客狙。《索隐》：狙，伺伏也，狙之伺物，必伏而俟之。

新婚别

兔丝附蓬麻，引蔓故不长。嫁女与征夫，不如弃路傍。结发为妻子，席不暖君床。暮婚晨告别，无乃太匆忙！君行虽不远，守边赴河阳。妾身未分明，何以拜姑嫜？父母养我时，日夜令我藏。生女有所归，鸡狗亦得将。君今往死地，沉痛迫中肠。誓欲随君去，形势反苍黄。勿为新婚念，努力事戎行！妇人在军中，兵气恐不扬。自嗟贫家女，久致罗襦裳。罗襦不复施，对君洗红妆。仰视百鸟飞，大小必双翔。人事多错迕，与君永相望。

---

① 瑙：原书作"脑"。
② 疑：原书作"凝"。

垂老别

四郊未宁静，垂老不得安。子孙阵亡尽，焉用身独完？投杖出门去，同行为辛酸。幸有牙齿存，所悲骨髓干。男儿既介胄，长揖别上官。老妻卧路啼，岁暮衣裳单。孰知是死别，且复伤其寒。此去必不归，是用劝加餐！土门壁甚坚，杏园度亦难。势异邺城下，纵死时犹宽。人生有离合，岂择衰老端！忆昔少壮日，迟回竟长叹。万国尽征戍，烽火被冈峦。积尸草木腥，流血川原丹。何乡为乐土，安敢尚盘桓！弃绝蓬室居，塌然摧肺肝。

【老】一作死。【存】一作好。【髓】一作肉。

佳人

绝代有佳人，幽居在岩谷[①]。自云良家子，零落依草木。关中昔丧乱，兄弟遭杀戮。官高何足论，不得收骨肉。世情恶衰歇，万事随转烛。夫婿轻薄儿，新人美如玉。合昏尚知时，鸳鸯不独宿。但见新人笑，那闻旧人哭？在山泉水清，出山泉水浊。侍婢卖珠回，牵萝补茅屋。摘花不插鬓，采柏动盈掬。天寒翠袖薄，日暮倚修竹。

石壕吏

暮投石壕村[②]，有吏夜捉人。老翁逾墙走，老妇出

---

① 岩谷：原书如此，各本多作"空谷"，亦有作"山谷"者，《杜诗详注》作"空谷"。

② 村：原书作"付"。

门看。吏呼一何怒^①，妇啼一何苦。听妇前致词："三
男邺城戍。一男附书至，'二男新战死'，存者且偷
生，死者长已矣。室中更无人，惟有乳下孙。有孙母未
去，出入无完裙。老妪力虽衰，请从吏夜归。急应河阳
役，犹得备晨炊。"夜久语声绝，如闻泣幽咽。天明登
前途，独与老翁别。

春望

国破山河在，城春草木深。感时花溅泪，恨别鸟惊
心。烽火连三月，家书抵万金。白头搔更短，浑欲不胜
簪。

仇兆鳌辑鹤注：此当是至德二载三月，陷贼营时所
作。【国破】*禄山陷京师，故曰国破。云仙曰：国破
则城空，城空则春日草木茂盛矣。【感时】承春字。
【恨别】承国破。【搔】*手爬也。

月夜忆舍弟

戍鼓断人行，秋边一雁声。露从今夜白，月是故乡
明。有弟皆分散，无家问死生。寄书长不达，况乃未休
兵。

鹤注：此当是乾元二年秦州作，是年九月，史思明
陷东京。二弟一在许，一在齐，皆在河南。

天末怀李白

凉风起天末，君子意如何？鸿雁几时到？江湖秋水
多。文章憎命达，魑魅喜人过？应共冤魂语，投诗赠汨

---

① 怒：原书作"恕"。

罗。

赵子栎^①曰：白于至德二载坐永王璘事而谪夜郎，公在秦州怀之而作。白初进《清平调》三章，蒙明皇赏幸，是文章命达，后因高力士相谗，太真深恨，从中捍止，是憎命达。夜郎^②乃魑魅之地。

客至

舍南舍北皆春水，但见群鸥日日来。花径不曾缘客扫，蓬门今始为君开。盘飧市远无兼味，樽酒家贫只旧醅。肯与邻翁相对饮，隔篱呼取尽馀杯。

秋夜书怀

细草微风岸，危樯独夜舟。星垂平野阔，月涌大江流。名岂文章贵^③？官因^④老病休。飘飘何所似？天地一沙鸥。

秋兴八首（录末二首）

昆明池水汉时功，武帝旌旗在眼中。织女机丝虚夜月，石鲸鳞甲动秋风。波漂菰米沉云黑，露冷莲房坠粉红。关塞极天惟鸟道，江湖满地一渔翁。

昆吾御宿自逶迤，紫阁峰阴入渼^⑤陂。香稻啄馀鹦鹉粒，碧梧栖老凤凰枝。佳人拾翠春相问，仙侣同舟晚更移。彩笔昔游干气象，白头吟望苦低垂。

---

① 栎：原书作"樽"。
② 郎：原书作"市"。
③ 贵：各本多作"著"，《杜诗详注》亦作"著"。
④ 因：各本或作"因"，或作"应"，《杜诗详注》作"应"。
⑤ 渼：原书作"汉"。

李白诗如《长干行》《将进酒》，杜甫诗如《哀江头》《哀王孙》《石壕吏》《潼关吏》《兵车行》《新婚别》，皆写实入神，富有普遍性。李白之《早发白帝城》《游洞庭》《登金陵》，杜甫之《春望》《秋夜书怀》，则又音节谐和，韵调高远，严沧浪《诗话》谓"盛唐诸公唯在兴趣，羚羊挂角，无迹可求，故其妙处透澈玲珑，不可凑泊^①"，吾于李杜信然。

第十二节　王维

王维，字摩诘，河东人。工书画，尤长于诗，开元天宝间，豪贵之门，无不拂席迎之。苏轼云维诗中有画，画中有诗，信然。其诗之著者如：

山居秋暝

空山新雨后，天气晚来秋。明月松间照，清泉石上流。竹喧归浣女，莲动下渔舟。随意春芳歇，王孙自可留。

【浣女】浣纱女也。

送别

山中相送罢，日暮掩柴扉。春草明年绿，王孙归不归？

【王孙】《楚辞》：王孙游兮不归，春草绿兮凄凄。

---

① 泊：原书作"拍"。

九月九日忆山东兄弟

独在异乡为异客，每逢佳节倍思亲。遥知兄弟登高处，遍插茱萸少一人。

【茱萸】乔木名。《风土记》：以重阳相会，登山饮菊花酒，谓之登高会，又云茱萸会。杜甫诗：明年此会知谁健，醉把茱萸子细看。

《全唐诗话》：殷璠①云维诗词秀，调雅，意新，理惬，在泉为珠，着壁成绘，一字一句，皆出常境。棠谓"天寒远山静，日暮长河急"二句，可以尽之矣。

第十三节 孟浩然

孟浩然，字浩然，襄阳人。游京师，出诗示明皇，云"不才明主弃"，明皇曰："卿不求仕，朕未尝②弃卿，奈何诬我。"逐未得大用。著有集三卷。其诗之佳者如：

宿建德江③

《一统志》：严州府建德县有新安江。

移舟泊烟渚，日暮客愁新。野旷天低树，江清月近人。

【烟渚】*秋暮之时，江渚有烟，故曰烟渚。

临洞庭上张丞相

洞庭湖在岳州府南，与青草湖相连，为五湖之二，云梦泽在

---

① 殷璠：原书作"商璠"。
② 尝：原书作"常"。
③ 原书标题后有"孟浩然"，今删。

其旁。

八月湖水平，涵虚混太清。气蒸云梦泽，波撼岳阳城。欲济无舟楫，端居耻圣明。坐观垂钓者，徒有羡鱼情。

【涵虚混】*湖水涵虚混，言湖水不分也。【蒸】腾也。【撼】动也。【云梦泽】在德安府安陆县南五十里，岳阳楼在洞庭湖上。

与诸子登岘山

《晋书·羊祜传》：祜乐山水，每风景必造岘山，置酒言咏，终日不倦，尝慨然叹息，谓从事中郎邹湛等曰：自有宇宙，便有此山，由来贤达胜士，登此远望，如我与卿者多矣，皆湮灭无闻，使人悲伤。湛曰：公令闻令望，必与此山俱传，至若湛等，乃当如公所言耳。后祜卒，襄阳百姓建碑于山，见之者无不堕泪，因名堕泪碑。

人事有代谢，往来成古今。江山留胜迹，我辈复登临。水落鱼梁浅，天寒梦泽深。羊公碑尚在，读罢泪沾襟。

【水落】水干也。【天寒】秋深也。天寒水清，故见其潭深沉莫测。【羊公碑】即堕泪碑。

岁暮归南山

北阙休上书，南山归敝①庐。不才明主弃，多病故人疏。白发催年老，青阳逼岁除。永怀愁不寐，松月夜窗虚。

---

① 敝：原书作"敞"。

【阙】*宫门、寝门、家门皆曰阙。【休】息也。【书】策也。【敝①】败也。【庐】故乡之庐，浩然应举不第，故归南山也。

过故人庄

故人具鸡黍，邀我至田家。绿树村边合，青山郭外斜。开轩面场圃，把酒话桑麻。待到重阳日，还来就菊花。

【就菊花】言欲就饮菊花酒也。

皮日休称孟浩然介于李、杜之间，又曰："北齐美萧悫'芙蓉露下落，杨柳月中疏'，先生则有'微云淡河汉，疏雨滴梧桐'，乐府美王融'日霁沙屿明，风动甘泉浊②'，先生则有'气蒸云梦泽，波动岳阳城'，谢朓之诗句精者有'露湿寒塘草，月映清淮③流'，先生则有'荷风送香气，竹露滴清响'，此与古人争胜于毫厘间也。"棠谓此三联当以"微云淡河汉，疏雨滴梧桐"为最佳，为最足代表孟诗之优点。

第十四节　高适

高适字达夫，渤海蓨④人。喜功名，封渤海县侯。年过五十始学为诗，以气质自高，每吟一篇，已为好事者传诵。开宝以来，诗人之达者，惟适而已。集二卷。其诗之佳者如：

---

① 敝：原书作"敝"。
② 浊：原书作"烛"。
③ 淮：原书作"谁"。
④ 蓨：原书作"修"。

送李少府贬峡中王少府贬长沙

峡中，即巴蜀，秦置巴郡，即益州也。《旧唐书·地理志》：秦置长沙郡。汉为长沙国，治临湘县。后汉为长沙郡，吴不改。晋怀帝置湘州，至梁初不改。隋平陈，为潭州，以昭潭为名。炀帝改为长沙郡，仍改临湘为长沙县。武德复为潭州。贬，谪也。

嗟君此别意何如，驻马衔杯问谪居。巫峡啼猿数行泪，衡阳归雁几封书。青枫江上秋帆远，白帝城边古木疏。圣代即今多雨露，暂时分手莫踌躇。

【衡阳】*《晋书·地理志》：孙权分长沙，立衡阳、湘东二郡。王勃《滕王阁序》：渔舟唱晚，响穷彭蠡之滨，雁阵惊寒，声断衡阳之浦，即此。

达夫诗音节亦好，如云"青枫江上秋帆远，白帝城边古木疏"，亦自风神楚楚。置之盛唐不逊色。

第十五节　王昌龄

王昌龄，字少伯，江宁人。中第补校书郎，又中博学宏[1]词科，迁汜[2]水尉，世乱还乡里，为刺史闾丘晓所杀。其诗之著者如：

秦时明月汉时关，万里长征人未还。但使龙城飞将在，不教胡马度阴山。

【汉时关】指今甘肃固原县东南之萧关。【龙城】

---

① 宏：原书作"究"。
② 汜：原书作"记"。

为匈奴诸长大会祭天之处。【飞将】*汉武帝时，李广以勇敢善战，为匈奴所惮，号飞将军。

王少伯诗，前人称其缜密思清，棠谓"但使龙城飞将在，不教胡马度阴山"亦豪壮有气力。

第十六节　韦应物

韦应物，京兆长安人，性高洁，所在焚香扫地而坐。著有集十卷。其诗之佳者如：

滁州西涧

独怜幽草涧边生，上有黄鹂深树鸣。春潮带雨晚来急，野渡无人舟自横。

《韵语阳秋①》称："应物诗平平处甚多，至于五字句，则超然于畦径之外。……白乐天云：韦苏州五言诗，高雅闲淡，自成一家之体。东坡亦云：乐天长短三千首，却爱韦郎五字诗。"棠独爱其七言。观上"春潮带雨晚来急，野渡无人舟自横"，写景何等幽静。

第十七节　韩愈

韩愈，字退之，邓州南阳人。生三岁而孤，随伯兄会贬官岭表。会卒，嫂郑鞠之。愈自知读书，日记数千百言。比长，尽能通六经百家学。擢进士第。

会董晋为宣武节度使，表署观察推官。晋卒，愈从丧出。不

---

① 阳秋：原书作"秋阳"。

四日，汴军乱，乃去依武宁节度使张建封，建封辟府推官，操行坚①正，鲠言无所忌。

调四门博士，迁监察御史。上疏极论宫市。德宗怒，贬阳山令。有爱在民，民生子，多以其姓字之。改江陵法曹参军。

元和初，权知国子博士，分司东都。三岁为真，改都官员外郎，即拜河南令。迁职方员外郎。华阴令柳涧有罪，前刺史劾奏之，未报而刺史罢。涧讽百姓遮索军顿役直，后刺史恶之，按其狱，贬涧房州司马。愈过华，以为刺史阴相党，上疏治之。既御史覆问，得涧赃，再贬封溪尉。愈坐是复为博士。

既才高数黜，官又下迁，乃作《进学解》以自谕。曰：

国子先生晨入太学，招诸生立馆下，诲之曰："业精于勤，荒于嬉；行成于思，毁于随②。方今圣贤相逢，治具毕张。拔去凶邪，登崇俊③良。占小善者率以录，名一艺者无不庸④。爬罗剔抉，刮垢磨光。盖有幸而获举⑤，孰云多而不扬？诸生业患不能精，无患有司之不明；行患不能成，无患有司之不公。"

言未既，有笑于列者曰："先生欺余哉。弟子事先生，于兹有年矣。先生口不绝吟于六艺之文，手不停披于百家之编。记事者必提其要，纂言者必钩其玄。贪多务得，细大不捐。烧膏油以继晷，常兀兀以穷年。先生之业，可谓勤矣。

---

① 坚：原书作"紧"。
② 随：原书作"惰"。
③ 俊：《新唐书》作"畯"。
④ 庸：原书作"容"。
⑤ 举：《新唐书》作"选"。

牴^①排异端，攘斥佛老。补苴罅漏，张皇幽眇。寻坠绪之茫茫，独旁搜而远绍。停百川而东之，回狂澜于既倒。先生之于儒，可谓有劳矣。

沉浸醲郁，含英咀华。作为文章，其书满家。上规姚姒，浑浑无涯；周诰商盘，佶屈聱牙；《春秋》谨严，《左氏》浮夸；《易》奇而法，《诗》正而葩。下逮《庄》《骚》，太史所录；子云相如，同工异曲。先生之于文，可谓宏其中而肆其外矣。

少始知学，勇于敢为；长通于方，左右具宜。先生之于为人，可谓成矣。

然而公不见信于人，私不见助于友。跋前踬后，动辄得咎。暂为御史，遂窜南夷。三年博士，冗不见治；命与仇谋，取败几时。冬暖而儿号寒，年丰而妻啼饥。头童齿豁，竟死何裨。不知虑此，而反教人为？"

先生曰："吁，子来前。夫大木为杗，细木为桷，欂栌侏儒，椳闑扂^②楔。各得其所，施以成室者，匠氏之工也。玉札丹砂，赤箭青芝，牛溲马勃，败鼓之皮，俱收并蓄，待用无遗者，医师之良也。登明选公，杂进巧拙，纡余为妍，卓荦为杰，校短量长，惟器是适者，宰相之方也。

"昔者孟轲好辩，孔道以明，辙环天下，卒老于行。荀卿宗王，大伦以兴，逃谗于楚，废死兰陵。是二儒者，吐辞为经，举足为法。绝类离伦，优入圣域。其遇于世何如也？

"今先生学虽勤而不繇其统，言虽多而不要其中，文虽奇而

① 牴：原书作"觚"。
② 扂：原书作"居"。

不济于用，行虽修而不显于众。犹且月费俸钱，岁靡廪粟。子不知耕，妇不知织，乘马从徒，安坐而食。踵常涂之促促，窥陈编以盗窃。然而圣主不加诛，宰臣不见斥，兹非其幸欤？动而得谤，名亦随之。投闲置散，乃分之宜。

"若夫商财贿之有无，计班资之崇卑，忘己量之所称，指前人之瑕疵。是所谓诘匠氏之不以杙①为楹，而訾②医师以昌阳引年，欲进其豨苓也。"

执政览之，奇其才，改比部郎中、史官修撰；转考功，知制诰，进中书舍人。……

宪宗遣使者往凤翔，迎佛骨入禁中，三日，乃送佛祠。王公士人，奔走膜呗。至为夷法，灼体肤，委珍贝，腾沓系③路。愈闻恶之，乃上表曰：

佛者，夷狄之一法耳。自后汉时始入中国，上古未尝有也。

昔黄帝在位百年，年百一十岁；少昊在位八十年，年百岁；颛顼在位七十九年，年九十八岁；帝喾在位七十年，年百五岁；帝尧在位九十八年，年百一十八岁；帝舜在位及禹，年皆百岁。此时天下太平，百姓安乐寿考，然而中国未有佛也。

其后汤亦年百岁，汤孙太戊在位七十五年，武丁在位五十年，书史不言其寿，推其年数，盖不减百岁。周文王年九十七岁，武王年九十三岁，穆王在位百年。此时佛法亦未至中国，非因事佛而致然也。

---

① 杙：原书作"杕"。
② 訾：原书作"赀"。
③ 沓系：原书作"系沓"。

汉明帝时，始有佛法。明帝在位才十八年。其后乱亡相继，运祚不长。宋、齐、梁、陈、元魏以下，事佛渐谨，年代尤促。惟梁武帝在位四十八年，前后三舍身施佛，宗庙祭，不用牲牢，昼日一食，止于菜果，后为侯景所逼，饿死台城，国亦寻灭。事佛求福，乃更得祸。由此观之，佛不足信，亦可知矣。

高祖始受隋禅，则议除之。当时群臣，识见不远，不能深究先王之道、古今之宜，推阐圣明，以救斯弊，其事遂止。臣常恨焉。

伏维睿圣文武皇帝陛下，神圣英武，数千百年已来，未有伦比。即位之初，即不许度人为僧尼道士，又不许别立寺观。臣当时以为高祖之志必行于陛下，今纵未能即行，岂可恣之令盛也？

今陛下令群僧迎佛骨于凤翔，御楼以观，舁入大内，又令诸寺递加供养。臣虽至愚，必知陛下不惑于佛，作此崇奉以祈福祥也。直以丰年之乐，徇人之心，为京都士庶设诡异之观、戏玩之具耳。安有圣明若此，而肯信此等事哉。

然百姓愚冥，易惑难晓。苟见陛下如此，将谓真心信佛，皆云天子大圣，犹一心信向；百姓微贱，于佛岂合更惜身命？以至灼顶燔指，十百为群，解衣散钱，自朝至暮，转相仿效，惟恐后时，老少奔波，弃其生业。若不即加禁遏，更历诸寺，必有断臂脔身以为供养者。伤风败俗，传笑四方，非细事也。

佛本夷狄之人，与中国言语不通，衣服殊制，口不道先王之法言，身不服先王之法服。不知君臣之义、父子之情。假如其身尚在，奉其国命，来[①]朝京师，陛下容而接之，不过宣政一见，

---

① 来：原书作"夹"。

礼宾一设，赐衣一袭，卫而出之于境，不令惑众也。况其身死已久，枯朽之骨，凶秽之馀，岂宜以入宫禁？孔子曰"敬鬼神而远之"，古之诸侯，吊于其国，必令巫祝先以桃茢祓除不祥，然后进吊。今无故取朽秽之物，亲临观之，巫祝不先，桃茢^①不用，群臣不言其非，御史不举其失，臣实耻之。

乞以此骨付之水火，永绝根本，断天下之疑，绝前代之惑。使天下之人，知大圣人之所作为，出于寻常万万也。

佛如有灵，能作祸祟，凡有殃咎，宜加臣身。上天鉴临，臣不怨悔。

表入，帝大怒，持示宰相，将抵以死。

裴度、崔群^②曰："愈言讦牾，罪之诚宜。然非内怀至忠，安能及此？愿少宽假，以来谏争。"

帝曰："愈言我奉佛太过，犹可容。至谓东汉奉佛以后，天子咸夭促，言何乖剌邪？愈人臣，狂妄敢尔，固不可赦。"

于是中外骇惧，虽戚里诸贵，亦为愈言，乃贬潮州刺史。

即至潮，以表哀谢。

帝得表，颇感悔，欲复用之，持^③示宰相曰："愈前所论，是大爱朕。然不当言天子事佛乃年促耳。"

皇甫镈^④素忌愈直，即奏言："愈终狂疏，可且内移。"乃改袁州刺史。

初，愈至潮州，问民疾苦，皆曰恶溪有鳄鱼，食民畜产且

---

① 茢：原书作"列"。
② 裴度、崔群：原书作"度崔群"。
③ 持：原书作"特"。
④ 镈：原书作"禅"。

尽，民以是穷。数日，愈自往视之，令其属秦济，以一羊一豚，投溪水而祝之。……

袁人以男女为隶，过期不赎，则没入之。愈至，悉计庸得赎所没，归之父母七百馀人。因与约，禁其为隶。……

长庆四年卒，年五十七。赠礼部尚书，谥曰文。

愈性明锐，不诡随。与人交，终始不少变。成就后进士，往往知名。经愈指授，皆称韩门弟子。愈官显，稍谢遣。凡内外亲若交友无后者，为嫁遣孤女而恤其家。嫂郑丧，为服期以报。

每言文章自汉司马相如、太史公、刘向、扬雄后，作者不世出[①]。故愈深探本元，卓然树立，成一家言。其文造端置辞，要为不袭蹈前人者。然惟愈为之沛然若有馀，至其徒李翱、李汉、皇甫湜从而效之，遽不及远甚。从愈游者，若孟郊、张籍，亦皆自[②]名于时。（节欧阳修、宋祁等《新唐书》）其文之佳者如：

原道

博爱之谓仁，行而宜之谓义，由是而之焉之谓道，足乎己无待于外之谓德。仁与义为定名，道与德为虚位。故道有君子小人，而德有凶有吉。

老子之小仁义，非毁之也，其见者小也。坐井而观天，曰天小者，非天小也。彼以煦煦为仁，孑孑为义，其小之也则宜。

其所谓道，道其所道，非吾所谓道也。其所谓德，德其所德，非吾所谓德也。凡吾所谓道德云者，合仁与

---

① 世出：原书作"出世"。

② 自：原书作"有"。

义言之也，天下之公言也。老子之所谓道德云者，去仁与义言之也，一人之私言也。

周道衰，孔子没，火于秦，黄老于汉，佛于晋魏梁隋之间。其言道德仁义者，不入于杨，则入于墨；不入于老，则入于佛。入于彼，必出于此。入者主之，出者奴之，入者附之，出者汙①之。噫！后之人其欲闻仁义道德之说，孰从而听之。

老者曰："孔子，吾师之弟子也。"佛者曰："孔子，吾师之弟子也。"为孔子者，习闻其说，乐其诞而自小也，亦曰"吾师亦尝师之云尔"。不惟举之于其口，而又笔之于其书。噫，后之人虽欲闻仁义道德之说，其孰从而求之。

甚矣，人之好怪也。不求其端，不讯其末，惟怪之欲闻。

古之为民者四，今之为民者六。古之教者处其一，今之教者处其三。农之家一，而食粟之家六，工之家一，而用器之家六，贾之家一，而资焉之家六，奈之何民不穷且盗也。

古之时，人之害多矣，有圣人者立，然后教之以相生养之道。为之君，为之师，驱其虫蛇禽兽而处之中土。寒，然后为之衣，饥，然后为之食，木处而颠，土处而病也，然后为之宫室。为之工，以赡②其器用；为

① 汙：原书作"汗"。
② 赡：原书作"瞻"。

之贾，以通其有无；为之医药，以济其夭死；为之葬埋祭祀，以长其恩爱；为之礼，以次其先后；为之乐，以宣其壹郁；为之政，以率其怠倦；为之刑，以锄其强梗。互欺也，为之符玺斗斛权衡以信之；相夺也，为之城郭甲兵以守之。害至而为之备，患生而为之防。今其言曰，"圣人不死，大盗不止"，"剖斗折衡，而民不争"。呜呼，其亦不思而已矣。如古之无圣人，人之类灭久矣。何也，无羽毛鳞介以居寒热也，无爪牙以争食也。

是故君者，出令者也；臣者，行君之令而致之民者也；民者，出粟米麻丝作器皿通货财以事其上者也。君不出令，则失其所以为君；臣不行君之令而致之民，民不出粟米麻丝作器皿通货财以事其上，则诛。今其法曰，"必弃而君臣，去而父子，禁而相生养之道，以求其所谓清净寂灭者"。呜呼，其亦幸而出于三代之后，不见黜于禹汤文武周公孔子也。其亦不幸而不出于三代之前，不见正于禹汤文武周公孔子也。

帝之与王，其号各殊，其所以为圣，一也。夏葛而冬裘，渴饮而饥食，其事殊，其所以为智，一也。今其言曰，"曷不为太古之无事。"是亦责冬之裘者曰"曷不为葛之之易也"，责饥之食者曰"曷不为饮之之易也"。

《传》曰，"古之欲明明德于天下者，先治其国。欲治其国者，先齐其家。欲齐其家者，先修其身。欲修其身者，先正其心。欲正其心者，先诚其意。"然则古之所谓正心而诚意者，将以有为也。今也，欲治其心，而外天下国家，灭其天常。子焉而不父其父，臣焉而不君其君，民焉而不事其事。

孔子之作《春秋》也，诸侯用夷礼则夷之，进于中国则中国之。《经》曰，"夷狄之有君，不如[①]诸夏之亡。"《诗》曰，"戎狄是膺，荆舒是惩。"今也，举夷狄之法而加之先王之教之上，几何其不胥而为夷也。

夫所谓先王之教者何也？博爱之谓仁，行而宜之之谓义，由是而之焉之谓道，足乎已无待于外之谓德。其文《诗》《书》《易》《春秋》，其法礼乐刑政，其民士农工贾，其位君臣父子师友宾主昆弟夫妇。其服麻丝，其居宫室，其食粟米果蔬鱼肉。其为道易明，而其为教易行也。是故以之为己，则顺而祥，以之为人，则爱而公。以之为心，则和而平，以之为天下国家，无所处而不当。是故生则得其情，死则尽其常，郊焉而天神假，庙焉而人鬼飨。曰：斯道也，何道也？曰：斯吾所谓道也，非向所谓老与佛之道也。尧以是传之[②]舜，舜以是传之禹，禹以是传之汤，汤以是传之文武周公，文武周公传之孔子，孔子传之孟轲。轲之死，不得其传焉，荀与扬也，择焉而不精，语焉而不详。由周公而上，上而为君，故其事行，由周公而下，下而为臣，故其说长。然则如之何而可也？曰不塞不流，不止不行，

---

① 如：原书作"知"。
② 之：原书作"以"。

人其人，火其书，庐其居，明先王之道以道之。鳏寡孤独废疾者有养也，其亦庶乎其可也。

其诗之佳者如：

次蓝关示侄孙湘

一封朝奏九重天，夕贬潮州路八千。欲为圣明除弊事，岂①将衰朽计残年。云横秦岭家何在？雪拥蓝关马不前。知汝远来应有意，好收吾骨瘴江边。

韩愈在中国学术上之地位，非在其能作《龙说》，非在其能著《原道》，乃在其敢大胆作《谏迎佛②骨表》，拙著《中国学术史》已详言之矣。其诗如《次蓝关示侄孙湘》诗，哀感③动人。《原道》一文谋篇布局，亦稳健有气力，当为有数杰作。他如《上宰相书④》、《谢上表》，皆无足取。苏明允称韩文能"抑绝蔽掩，不使自露"，秦少游论韩文，谓能钩庄列，挟苏张，摭迁固，猎屈宋，折以孔氏。吾家琴南谓：昌黎下笔之先，须唾无数不应言与言之似是而非者，则神智已空，定如山岳。然后随其所出，移步换形，只在此山之中，而幽窈曲折，使入者迷惘。而按之实理，又在在具有主脑，用正眼藏，施其神通以怖人，人又安从识者。棠案三子之说，当以琴南言之最切。明允只道"蔽掩"，意似嫌晦，少游则比拟无伦次，失之太夸，惟琴南之评论出于其外，又能入乎其中，非于韩文三折肱者莫道。

---

① 岂：各本多作"肯"，林之棠似据《全唐诗话》。
② 迎佛：原书作"佛迎"。
③ 哀感：原书作"哀盛"。
④ 上宰相书：原书作"上掌相书"。

第十八节　柳宗元

柳宗元，字子厚……少精敏绝伦，为文章卓伟精致，一时辈行推仰，第进士、博学宏辞科，授校书郎，调蓝田尉。贞元十九年，为监察御史里行。善王叔文、韦执谊。二人者奇其才，及得政，引内禁近，与计事，擢礼部员外郎，欲大进用。俄而叔文败，贬邵州刺史，不半道，贬永州司马。既窜斥，地又荒疠，因自放山泽间，其埋①厄感郁，一寓诸文。仿《离骚》数②十篇，读者咸悲恻。雅善③萧俛，贻书言情曰：

仆向者进当龃龉不安之势，平居闭门，口舌无数，又久与游者岌岌而操其间。其求进而退者，皆聚为仇怨，造作粉饰，蔓延益肆。非的然昭晰、自断于内，孰能了仆于冥冥间哉？仆当时年三十三，自御史里行得礼部员外郎，超取显美，欲免世之求进④者怪怒媢⑤疾，可得乎？与罪人交十年，官以是进，辱在附会。圣朝宽大，贬黜甚薄，不塞众人之怒，谤语转侈⑥，嚣嚣嗷嗷，渐成怪人。饰智求仕者，更訾仆以悦仇人之心，日为新奇，务相悦可，自以速援⑦引之路。仆辈益坐困辱，万罪横生，不知其端，悲夫！人生少六七十者，今三十七矣，长来觉日月益促，岁

---

① 埋：原书作"烟"。
② 数：原书作"其"。
③ 善：原书作"喜"。
④ 进：原书作"途"。
⑤ 媢：原书作"娼"。
⑥ 侈：原书作"移"。
⑦ 援：原书作"授"。

岁更甚，大都不过数十寒暑，无此身矣。是非荣辱，又何足道？云云不已，祗^①益为罪。

居蛮夷中久，惯习炎毒，昏眊重腿，意以为常。忽遇北风晨起，薄寒中体，则肌^②革惨懔，毛发萧条，瞿然注视，怵惕^③以为异候，意绪殆非中国人也。楚越间声音特异，鴂舌啁噪，今听之，恬然不怪，已与为类矣。家生小童，皆自然哓哓，昼夜满耳。闻北^④人言，则啼呼走匿，虽病夫亦惝然骇之。出门见适州闾市井者，其十八九杖^⑤而后兴。自料居此，尚复几何？岂可更不知止，言说长短，重为一世非笑哉？读《易》困卦，至"有言不信，尚口乃穷"，往复益喜，曰：嗟乎！余虽家置一喙以自称道，诟益甚耳。用是更乐瘖默^⑥，与木石为徒，不复致意。

今天子兴教化，定邪正，海内皆欣欣怡愉，而仆与四五子者沦^⑦陷如此，岂非命欤！命^⑧乃天也，非云云者所制，又何恨？然居治平之世，终身为顽人之类，犹有少耻，未能尽忘。倘因贼平庆赏之际，得以见白，使受天泽馀润，虽朽枿败腐，不能生植，犹足蒸出芝菌，以为瑞物。一^⑨释废锢，移数县之地，则世必曰罪稍解矣。然后收召魂魄，买土一廛为耕氓^⑩，朝夕歌谣，

---

① 祗：原书作"抵"。

② 肌：原书作"饥"。

③ 怵惕：原书作"沐汤"。

④ 北：原书作"此"。

⑤ 杖：原书作"枚"。

⑥ 默：原书作"点"。

⑦ 沦：原书作"论"。

⑧ 命：原书脱此字。

⑨ 一：原书脱此字。

⑩ 氓：原书作"田"。

使成文章，庶木铎者采取，献之法①宫，增圣唐大雅之什②，虽不得位③，亦不虚为太平人矣。

又贻京兆尹许孟容书曰：

宗元早岁与负罪者亲善，始奇其能，谓可以共立仁义、裨教化。过④不自料，勤勤勉励，唯以忠正信义为志，兴尧舜孔子道，利安元元为务，不知愚陋不可以强，其素意⑤如此也。

末路厄塞甄危，事既壅隔，很忤贵近，狂疏缪戾，蹈不测之辜。……今其党与幸获宽贷，各得善地，无公事，坐食奉禄，德至渥也。尚何敢更俟除弃废痼，希望外之泽哉？年少气锐，不识几微，不知当否，但欲一心直遂，果陷刑法，皆自所求取，又何怪也？

宗元于众党人中，罪状最甚，神理降罚，又不能即死，犹⑥对人语言，饮食自活，迷不知耻，日复一日。然亦有大故。自以得姓⑦来二千五百年，代为冢嗣。今抱非常之罪⑧，居夷獠之乡，卑湿昏雾，恐一日填⑨委沟壑，旷坠先绪，以是怛然痛恨，心骨沸热。茕茕孤立，未有子息，荒陬中少士人女子，无与为婚，世亦不肯与罪人亲昵，以是嗣续之重，不绝如缕。每春秋

---

① 法：原书作"德"。
② 什：原书作"计"。
③ 位：原书作"然"。
④ 过：原书作"道"。
⑤ 意：原书作"志"。
⑥ 犹：原书作"又"。
⑦ 姓：原书作"始"。
⑧ 罪：原书作"辜"。
⑨ 填：原书作"堪"。

时飨，子立捧①奠，顾昐②无后继者，懔懔然欷歔惴惕，恐此事便已，摧③心伤骨，若受锋刃。此诚丈人所共悯惜也。先墓在城南，无异子弟为主，独托村邻。自谴逐来，消息存亡不一至乡间，主守固以益怠。昼夜哀愤，惧便毁伤松柏，刍牧不禁，以成大戾。近世礼重拜扫，今阙者四年矣。每遇寒食，则北向长号，以首顿地。想田野道路，士女遍满，皂隶佣丐④，皆得上父母丘墓，马医、夏畦⑤之鬼，无不受子孙追养者。然此已息望，又何以云哉？

城西有数顷田，树果数百株，多先人手自封植，今已荒秽，恐便斩伐，无复爱惜。家有赐书三千卷，尚在善和里旧宅，宅今已三⑥易主，书存亡不可知。皆付受所重，常系心腑，然无可为者。立⑦身一败，万事瓦裂，身残家破，为世大僇。是以当食不知辛咸节适，洗沐盥漱，动逾岁时，一搔皮肤，尘垢满爪，诚忧恐悲伤，无所告诉，以至此也。自古贤人才士，秉⑧志遵分，被谤⑨议不能自明者以百数。故有无兄盗嫂，娶孤女訽妇翁者，然赖当世豪杰分明辨列，卒光史册。管仲遇盗，升为功臣；匡章被不孝名，孟子礼之。今已无古人之实而有诟，欲望世人之明己，

① 捧：原书作"俸"。
② 昐：原书脱此字。
③ 摧：原书作"催"。
④ 丐：原书作"匂"。
⑤ 畦：原书作"蛙"。
⑥ 三：原书脱"三"。
⑦ 立：原书脱此字。
⑧ 秉：原书作"乘"。
⑨ 谤：原书作"谪"。

不可得也。直不疑买金以偿[①]同舍，刘[②]宽下车归牛乡人。此诚知疑似之不可辩[③]，非口舌所能胜也。郑詹束缚于晋，终以无死；钟仪南音，卒获返国；叔向囚虏，自期必免；范痤[④]骑危，以生易死；蒯通据鼎耳，为齐上客；张苍、韩信伏斧锧，终取将相；邹阳狱中，以书自活[⑤]；贾生斥逐，复召宣室；兒宽摈厄，后至御史大夫；董仲舒、刘向下狱当诛，为汉儒宗。此皆瑰伟博辩奇壮之士，能自解脱。今以恇怯淟涊[⑥]、下才末伎，又婴痼病，虽欲慷慨攘臂，自同昔人，愈疏阔矣。贤者不得志于今，必取贵于后，古之著书者皆是也。宗元近欲务此，然力薄志劣，无异能解，欲秉笔覼缕，神志荒耗，前后遗忘，终不能成章。往时读书[⑦]，自以不至觝滞，今皆顽然无复省录。读古人一传，数纸后，则再三伸卷，复观姓氏，旋又废失。假令万一除刑部囚藉，复为士列，亦不堪当世用矣。伏惟兴哀于无用之地，垂德于不报之所，以通家宗祀为念，有可动心者操之勿失。虽不敢望归扫茔域，退[⑧]托先人之庐，以尽馀齿，姑遂少北，益轻瘴疠，就婚娶，求胄嗣，有可付托，即冥然长辞，如得甘寝，无复恨矣。

宗元久汩振[⑨]，为文思益深，尝著书一篇，号《贞

① 偿：原书作“槟”。
② 刘：原书作“亲”。
③ 辩：原书作“辦”。
④ 痤：原书作“瘥”。
⑤ 活：原书作“治”。
⑥ 淟涊：原书脱“淟”，“涊”作“认”。
⑦ 书：原书作“者”。
⑧ 退：原书脱。
⑨ 汩振：原书作“漂汩”。

符》。……南方为进士者，走数千里从宗元游，经指授者，为文辞皆有法，世号柳柳州。十四年卒，年四十七。宗元少时嗜进，谓功业可就，既坐废，遂不振，然其才实高，名盖一时。韩愈评其文曰："雄深健雅似司马子长，崔、蔡不足多也。"既没，柳人怀之，托言降于州之堂，人有慢者辄死。庙于罗池，愈因碑以实之云。

其诗之佳者如：

渔翁

渔翁夜傍西岩宿，晓汲清湘然楚竹。烟销日出不见人，欸乃一声山水绿。回看天际下中流，岩上无心云相逐。

江雪

千山鸟飞绝，万径人踪灭。孤舟蓑笠翁，独钓寒江雪。

韩柳齐名，若论风力，柳实胜于韩。千百年来盛称韩，以韩能尊孟轲、崇孔道也。

刘梦得谓柳文"端而曼，苦而腴，佶[1]然以生，瘟然以清"，琴南谓此四语"虽柳州自道，不能违心而他逸也"（《柳文研究法》）。此论柳文也，亦可以论柳诗。

第十九节　张籍

张籍字文昌，苏州吴人。贞元[2]十五年登进士，当时有名士

---

① 佶：原书作"稹"。

② 贞元：原书作"贞文"。

皆与之游，而愈贤之。籍为诗长于乐府，多警句，集七卷。其诗之著者如：

行路难

湘东行人长叹息，十年离家归未得。弊裘羸马苦难行，僮仆饥寒少筋力。君不见床头黄金尽，壮士无颜色。龙蟠泥中未有云，不能生彼升天翼。

节妇吟寄东平李司空师道

君知妾有夫，赠妾双明珠。感君缠绵意，系在红罗襦。妾家高楼连苑起，良人执戟明光里。知君用心如日月，事夫誓拟同生死。还君明珠双泪垂，何不相逢未嫁时。

白乐天读籍诗集云："张公何为者，业文[①]三十春。尤工乐府词，举代少其伦。"姚合读籍诗，有诗云："妙绝《江南曲》，凄凉怨女诗。古风无敌手，新语是人知。"余谓籍诗如《节妇吟》云"还君明珠双泪垂，恨不相逢未嫁时"，清丽柔婉，确[②]有古乐府风。

第二十节　元稹

元稹字微之，河南河内人，元和初举制科，对策第一[③]，年

---

① 文：原书作"之"。据张洎《张司业诗集序》改。
② 确：原书作"榷"。
③ 举制科，对策第一：原书为"应制策第一"，语意含混，故据《新唐书》改。

五十三卒。稹自少与白居易倡和，当时言诗者称"元白"，号为"元和体"。其集与居易同名"长庆"。其诗之佳者如：

阆州开元寺壁题乐天诗

忆君无计写君诗，写尽千行说向谁？题在阆州东寺壁，几时知是见君时？

第二十一节　白居易

白居易，字乐天，太原人。幼聪慧绝人，襟怀宏放，年十五六时，袖文一编投著作郎吴人顾况。况能文，而性浮薄，后进文章无可意者，览居易文，不觉迎门礼遇，曰："吾谓斯文遂绝，复得吾子矣。"……

居易文辞富艳，尤精于诗。……尝与稹书，因论作文之大旨曰：

夫文尚矣，三才各有文。天之文，三光首之；地之文，五材首之；人之文，六经首之。就六经言，《诗》又[①]首之。何者？圣人感人心，而天下和平。感人心者，莫先乎情，莫始乎言，莫切乎声，莫深乎义。诗者，根情，苗言，华声，实义。上自贤圣[②]，下至愚騄，微及豚鱼，幽及鬼神，群分而气同，形异而情一。未有声入而不应，情交而不感者。圣人知其然，因其言，经[③]之以六义；缘其声，纬之以五音。音有韵，义有类。韵协则

---

① 《诗》又：原书作"诗文"。
② 贤圣：原书作"圣"。
③ 经：原书作"继"。

言顺，言顺则声易入；类举则情见，情见则感易交。于是乎^①孕大含深，贯微洞密，上下通而二气泰，忧乐合而百志熙。二帝三王所以直道而行、垂拱而理者，揭^②此以为大柄，决此以为大窦也。（棠案，以下"元首明，股肱良"一段，钟嵘《诗品序》言之甚详，已见前篇，故从略）

……唐兴二百年，其间诗人不可胜数。所可举者，陈子昂有《感遇诗》二十首，鲍防《感兴诗》十五篇。又诗之豪者，世称李杜，李之作，才矣^③，奇矣，人不逮矣，索其风雅比兴，十无一焉。杜诗最多，可传者千馀首。至于贯穿古今，覼缕格律，尽工尽善，又过于李焉。然撮其《新安》、《石壕》、《潼关吏》、《芦子关》、"花门"之章，"朱门酒肉臭，路有冻死骨"之句，亦不过十三四。杜尚如此，况不逮杜者乎？……

日者^④闻亲友间说礼吏部举选人，多以仆私试赋判为准的。其馀诗句，亦往往在人口中。仆恧然自愧不之信也，及再来长安，又闻有军使高霞寓者欲聘娼妓，妓大夸曰，我诵得白学士《长恨歌》，岂同他^⑤哉？由是增价。

又足下书云到通州日，见江馆柱间有题仆诗者。何人哉？

又昨过汉南，适遇主人集众娱乐，它宾诸妓见仆来，指而相顾曰：此是《秦中吟》、《长恨歌》主耳。自长安抵江西三四千里，凡乡校佛寺、逆旅行舟之中，往往有题仆诗者……仆之诗，

---

① 于是乎：原书无，据《旧唐书·白居易传》补。
② 揭：原书作"挩"。
③ 矣：原书脱此字。
④ 者：原书作"来"。
⑤ 同他：原书作"嫁它"。

人所爱者，悉不过杂律诗与《长恨歌》已下耳。时之所重，仆之所轻。至于讽谕者意激而言质，闲适者思澹而辞迂①，以质合迂，宜人之不爱②也。今所爱者，并世而生，独足下耳。然百千年后，安知复无如足下者出而知爱我诗哉？……

微之知我心哉？浔阳腊月，江风苦寒，岁暮鲜欢，夜长少睡。引笔铺纸，悄然灯前，有念则书，言无铨次。勿以繁杂为倦，且以代一夕之话言也。（棠案此篇名曰书札，实则乐天自传，故删繁就简，祈便观览）

大中元年卒，时年七十六，赠尚书右仆射。有文集七十五卷，《经史事类③》三十卷，并行于世。

其诗之佳者如：

长恨歌

传：开元中，泰阶平，四海无事。明皇在位岁久，倦于旰食宵衣，政无大小始委于右丞相，深居游宴，以声色自娱。先是元献皇后、武淑妃，皆有宠，相次即世，宫中虽良家子千数，无可悦目者。上心忽忽不乐，时每岁十月，驾幸华清宫，内外命妇，熠熠景从，浴日馀波，赐以汤沐，春风灵液，澹荡其间。上心油然，若有顾遇，左右前后，粉色如土。诏高力士，潜搜外宫，得弘④农杨元琰女于寿邸。既笄矣，鬓发腻理，纤秾中度，举止闲冶，如汉武帝李夫人。别疏汤泉，诏赐澡

① 迂：此处及下句"迂"字，原书均脱。
② 爱：原书作"爱"。
③ 类：原书脱此字。原书为"经史事，三十卷"。
④ 弘：原书作"宏"。

莹，既出水，体弱力微，若不任绮罗，光彩焕发，转动照人，上甚悦。进见之日，奏《霓裳羽衣曲》以导之，定情之夕，授金钗钿合以固之，又命戴步摇垂金珰。明年，册为贵妃，半后服用。由是冶其容，修其词，婉娈①万态，以中上意，上益嬖焉。时省风九州，泥金五岳，骊山雪夜，上阳春朝，与上行同室，宴专席，寝专房。虽有三夫人、九嫔、二十七世妇、八十一御妻，暨后宫才人，乐府妓女，使天子无顾盼意。自是六宫无复进幸者。非徒殊艳尤态致是，盖才智明慧，善巧便佞，先意希旨，有不可形容者。叔父昆弟，皆列在清贵②，爵为通侯，姊妹封国夫人，富埒王室，车服邸第，与大长公主侔，而恩泽势力，则又过之，出入禁门不问。京师长吏为侧目，故当时谣咏有云："生女勿悲酸，生男勿喜欢。"又曰："男不封侯女作妃，看女却为门上楣。"其人心羡慕如此。天宝末，兄国忠盗丞相位，愚弄国柄。及安禄山引兵向阙，以讨杨氏为辞，潼关不守，翠华南幸。出咸阳，道次马嵬亭，六军徘徊，持戟不进，从官郎吏，伏上马前，请诛错以谢天下。国忠奉氂缨盘水，死于道周。左右之意未快，上问之，当时敢言者，请以贵妃塞天下怒。上知不免而不忍见其死，反袂掩面，使牵之而去，苍黄辗转，竟就绝于尺组之下。既而明皇狩成都，肃宗受禅灵武。明年，大凶归元。大

---

① 娈：原书作"恋"。
② 贵：原书作"贯"。

驾还都，尊明皇为太上皇，就养南宫，迁于西内。时移
事去，乐尽悲来，每至春之日，冬之夜，池莲夏开，宫
槐秋落，梨园子弟，玉琯发音，闻《霓裳羽衣》一声，
则天颜不怡，左右歔欷。三载一意，其念不衰，求之魂
梦，杳不能得。适有道士自蜀来，知上皇心念杨妃如
是，自言有李少君之术。明皇大喜，命致其神，方士乃
竭其术以索之，不至。又能游神驭气，出天界、没地府
以求之，不见。又旁求四虚上下，东极大海，跨蓬莱，
见最高仙山，上多楼阁，西厢下有洞户东向，阖其门，
署曰"玉妃太真院"。方士抽簪扣扉，有双鬟①童女出
应门，方士造次未及言，而双鬟复入。俄有碧衣侍女又
至，诘其所从来②，方士因称唐天子使者，且致其命。
碧衣云："玉妃方寝，请少待之。"于时云海沉沉，洞
天日晚，琼户重阖，悄③然无声。方士屏息敛足，拱手
门下。久之而碧衣延入，且曰："玉妃出。"见一人冠
金莲，披紫绡，佩红玉，曳凤舄，左右侍者七八人，揖
方士，问皇帝安否，次问天宝十四载以还事。言讫悯
然，指碧衣女取金钗钿合，各析其半，授使者曰："为
谢太上皇，谨献是物，寻旧好也。"方士受辞与信，将
行，色有不足。玉妃固征其意。复前跪致词："请当时
一事不为他人闻者，验于太上皇，不然，恐钿合金钗，

---

① 鬟：原书脱。
② 来：原书脱此字。
③ 悄：原书作"消"。

负新垣平之诈也。"玉妃茫然退立，若有所思，徐而言之曰："昔天宝十载，侍辇避暑骊山宫。秋七月，牵牛织女相见之夕，秦人风俗，是夜张锦绣，陈饮食，树瓜华，焚香于庭，号为乞巧。宫掖间尤尚之。时^①夜殆半，休侍卫于东西厢，独侍上。上凭肩而立，因仰天感牛女事，密相誓心，愿世世为夫妇，言毕执手各呜咽。此独君王知之耳。"因自悲曰："由此一念，又不得居此。复堕下界，且结后缘。或为天，或为人，决再相见，好合如旧。"因言："太上^②皇亦不久人间，幸惟自安，无自苦耳。"使者还奏太上皇，皇心震悼，日日不豫。其年夏四月，南宫晏驾。元和元年冬十二月，太原白乐天自校书郎尉于盩厔，鸿与琅琊王质夫家于是邑。暇日相携游仙游寺，话及此事，相与感叹。质夫举酒于乐天前曰："夫希代之事，非遇出世之才润色之，则与时消没，不闻于世。乐天深于诗，多于情者也。试为歌之。如何？"乐天因为《长恨歌》。意者不但感其事，亦欲惩^③尤物，窒乱阶，垂于将来者也。歌既成，使鸿传焉^④。世所不闻者，予非开元遗民，不得知。世所知者，有明皇本纪在，今但传《长恨歌》云尔。前进士陈鸿撰。

汉皇重色思倾国，御宇多年求不得。杨家有女初长

---

① 时：原书脱。
② 上：原书作"不"。
③ 惩：原书作"征"。
④ 焉：原书作"马"。

成，养在深闺人未识。天生丽质难自弃，一朝选在君王侧。回眸一笑百媚生，六宫粉黛无颜色。春寒赐浴华清池，温泉水滑洗凝脂。侍儿扶起娇无力，始是新承恩泽时。云鬓花颜金步摇，芙蓉帐暖度春宵。春宵苦短日高起，从此君王不早朝。承欢侍宴无闲暇，春从春游夜专夜。后宫佳丽三千人，三千宠爱在一身。金屋妆成娇侍夜，玉楼宴罢醉和春。姊妹弟兄皆列土，可怜光彩生门户。遂令天下父母心，不重生男重生女。骊宫高处入青云，仙乐风飘①处处闻。缓歌慢②舞凝丝竹，尽日君王看不足。渔阳鼙鼓动地来，惊破霓裳羽衣曲。九重城阙烟尘生，千乘万骑西南行。翠华摇摇行复止，西出都门百余里。六军不发无奈何，宛转蛾眉马前死。花钿委地无人收，翠翘金雀玉搔头。君王掩面救不得，回看血泪相和流。黄埃散漫风萧索，云栈萦纡登剑阁。峨嵋山下少人行，旌旗无光日色薄。蜀江水碧蜀山青，圣主朝朝暮暮情。行宫见月伤心色，夜雨闻铃肠断③声。天旋日转回龙驭，到此踌躇不能去。马嵬坡下泥土中，不见玉颜空死处。君臣相顾尽沾衣，东望都门信马归。归来池苑皆依旧，太液芙蓉未央柳。芙蓉如面柳如眉，对此如何不泪垂。春风桃李花开日，秋雨梧桐叶落时。西宫南内多秋草，落叶满阶红不扫。梨园弟子白发新，椒房阿

---

① 飘：原书作"骠"。
② 慢：原书作"漫"。
③ 肠断：原书作"断肠"。

监青娥老。夕殿萤飞思悄然，孤灯挑尽未成眠。迟迟钟鼓初长夜，耿耿星河欲曙天。鸳鸯瓦冷霜华重，翡翠衾寒谁与共。悠悠生死别经年，魂魄不曾来入梦。临邛道士鸿都客，能以精诚致魂魄。为感君王辗转思，遂教方士殷勤觅。排空驭气奔如电，升天入地求之遍。上穷碧落下黄泉，两处茫茫皆不见。忽闻海上有仙山，山在虚无缥缈间。楼阁玲珑五云起，其中绰约多仙子。中有一人字太真，雪肤花貌参差是。金阙西厢叩玉扃，转教小玉报双成。闻道汉家天子使，九华帐里梦魂惊。揽衣推枕起徘徊，珠箔银屏①逦迤开。云鬓半偏新睡觉，花冠不整下堂来。风吹仙袂飘飘举，犹似霓裳羽衣舞。玉容寂寞泪阑干，梨花一枝春带雨。含情凝睇谢君王，一别音容两渺茫。昭阳殿里恩爱绝，蓬莱宫中日月长。回头下望人寰处，不见长安见尘雾。唯将旧物表深情，钿合金钗寄将去。钗留一股合一扇，钗擘黄金合分钿。但教心似金钿坚，天上人间会相见。临别殷勤重寄词，词中有誓两心知。七月七日长生殿，夜半无人私语时。在天愿作比翼鸟，在地愿为连理枝。天长地久有时尽，此恨绵绵无绝期。

【"回眸"二句】*此叙贵妃姿色天然。【华清池】*《唐书·地理志》：天宝六年，更温泉宫曰华清宫，治汤井为华清池，温泉即汤井。【凝脂】言贵妃肌肤娇腻也。【侍儿】宫中侍女。此叙其专宠，三千

---

① 银屏：原书作"银钩"。

宫人怀恨作。【金屋】*《汉武故事》：武帝年数岁，长公主抱问曰：儿欲得妇否？曰：欲得。指女：阿娇好否？笑曰：若得阿娇为妇，当作金屋贮之。【娇侍】*所谓娇侍衣者，言侍贵妃之夜后宫佳丽之妃嫔也。叙其善歌舞，巧媚承迎，末句起下，有乐极生悲之慨，已兆长恨之端也。《太真外传》：杨贵妃小字。[①]【骊宫】*《唐书》：开元五年，置温泉宫于骊山，天宝六年，改为华清宫，即骊宫也。【"渔阳鼙鼓"等句】*《纲鉴》乙未十四载：冬十一月，安禄山反。禄山专制三道，阴蓄异志，殆将十年，以上待之厚，欲待上晏驾，然后作乱，会杨国忠与禄山不相悦，屡言禄山且反，上不听，国忠数以事激之，欲其速反，以取信于上，禄山由是决意遽反，会有奏事官自京师还，禄山诈为敕书，悉召诸将示曰：有密旨令禄山将兵入朝讨杨国忠，诸君宜即从军。众愕然相顾，莫敢异言，于是发所部十五万众，反于范阳，引兵而南。时海内久承平，百姓累世不识兵革，猝闻范阳兵起，远近震骇，河北皆禄山统内，所过州县，望风解，令之开门出迎，或弃城窜匿，或为所擒戮，无敢拒之者，附禄山者惟范阳、卢龙、密云、渔阳、汲、邺六郡而已。【鼙鼓】战鼓也。《纲鉴》丙申十五载：帝出奔蜀，哥舒翰麾[②]下来告急，上不时

---

① "太真"至"小字"句，不明其意，当脱"太真"二字。按《杨太真外传》中说："杨贵妃小字玉环，弘农华阴人也。"

② 麾：原书作"摩"。

召见，及暮，平安火不至，上始惧，召宰①相谋之，杨国忠首倡幸蜀之策，上然之，乃命龙武大将军陈玄礼，整顿六军，厚赐钱帛，选闲厩马九万②馀匹，黎明，上独与贵妃姊妹，皇子妃主，皇孙及亲近宦官宫人，出延秋门，妃主皇孙之在外者，皆委之而去。上至马嵬驿，将士饥疲，皆愤怒，陈玄礼以祸由杨国忠，欲诛之，会吐蕃使者二十馀人，遮杨国忠马前，诉以无食，国忠未及对，军士呼曰：国忠与胡虏谋反。追杀之，以枪揭其首。上杖屦③出驿门，慰劳军士，令收队，军士不应，上使高力士问之，玄礼对曰：国忠谋反，贵妃不宜供奉，愿陛下割恩正法。上曰：贵妃居深宫，安知国忠谋反？力士曰：贵妃诚无罪，然将士已杀国忠，而贵妃在陛下左右，岂敢自安？愿陛下审思之，将士安则陛下安矣。上乃命力士，引贵妃于佛堂缢杀之，舆尸置驿庭，召玄礼等人视之，于是始整部伍为行计。按，《纲鉴》：安禄山不意上遽西幸，遣使止崔乾祐④兵，留潼关凡十日，乃遣孙孝哲将兵入长安，于是贼势大炽，嗣后禄山闻囊日百姓乘乱多盗库物，既得长安，命大索三日，并其私财尽掠之，又令府县推按，铢两之物，无不穷治，连引搜捕，枝蔓无穷，即所谓"九重城阙烟尘生"也。【玉搔头】*《西京杂记》：武帝过李夫人，

---

① 宰：原书作"穿"。
② 九万：《资治通鉴》卷二百十八作"九百"。
③ 杖屦：原书作"枚履"。
④ 祐：原书作"柘"。

就取玉簪搔头，自后宫人搔头皆用玉。【云栈】*刘宰《题茅①山泼墨池庆云庵》诗：洞落吕公泉，桥横蜀道栈。【夜雨闻铃】*《太真外传》：上至斜谷口，属霖雨弥旬，于栈道中闻铃声，隔山相应，上既悼念贵妃，因采其声，为《雨霖铃》曲，以寄恨焉。【太液】*《汉书·武帝纪》：帝作大池，渐台二十馀丈，名曰太液池。【梨园】*《唐书·礼乐志》：明皇既知音律，又酷爱法曲，选坐部伎子弟三百，教于梨园，声有误者，帝必觉而正之，号皇帝梨园弟子。【椒房】殿名，在未央宫，皇后所居。【阿监】宫监之类。【鸿都】门名也。此叙道人已入其门，尚未遇见太真，用笔不骤。前段用"闻"字，是道士闻太真之信，此段用"闻"字是太真闻天子之使，引出后段"见"字。善用衬托法。【小玉】夫差女名。【双成】*《汉武内传》：王母命侍女董双成吹云和之笙。【九华帐】*王维诗：罗帏送上七香车，宝扇迎归九华帐。【长生殿】名为集仙台，以祀神。【比翼鸟】*《尔雅》：南方有比翼鸟焉，不比不飞，其名谓之鹣鹣。

上阳白发人

上阳人，红颜暗老白发新。绿衣监使守宫门，一闭上阳多少春？玄宗末岁初选入，入时十六今六十。同时采择百馀人，零落年深残此身。忆昔吞悲别亲族，扶入车中不教哭。皆云入内便承恩，脸似芙蓉胸似玉。未容

---

① 茅：原书作"第"。

君王得见面，已被杨妃遥侧目。妒令潜配上阳宫，一生遂向空房宿。宿空房，秋夜长。夜长无寐天不明，耿耿残灯背壁影，萧萧暗雨打窗声。春日迟，日迟独坐天难暮。宫莺百啭愁厌闻，梁燕双栖老休妒。莺归燕去长悄然，春往秋来不记年。唯向深宫望明月，东西四五百回圆。今日宫中年最老，大家遥赐尚书号。小头鞋履窄衣裳，青黛点眉眉细长。外人不见见应笑，天宝末年时世妆。上阳人，苦最多！少亦苦，老亦苦，少苦老苦两如何？君不见昔时吕向《美人赋》，又不见今日上阳白发歌？

【上阳】唐宫名，为高宗时所建，在今河南洛阳县。玄宗天宝末，使密采美色女子，当时号"花鸟使"。【吕向】字子回，泾州人，玄宗时官翰林，尝奏《美人赋》讽之。

新丰折臂翁

新丰老翁八十八，头鬓眉须皆似雪。玄孙扶向店前行，左臂凭肩右臂折。问翁臂折来几年，兼问致折何因缘？翁云贯属新丰县，生逢圣代无征战。惯听梨园歌管声，不识旗枪与弓箭。无何天宝大征兵，户有三丁点一丁。点得驱将何处去？五月万里云南行。闻道云南有泸水，椒花落时瘴烟起。大军徒涉水如汤，未过十人二三死。村南村北哭声哀，儿别爷娘夫别妻。皆云前后征蛮者，千万人行无一回。是时翁年二十四，兵部牒中有名字。夜深不敢使人知，偷将大石捶折臂。张弓簸旗俱不堪，从兹始免征云南。骨碎筋伤非不苦，且图拣退归乡土。此臂折来六十年，一肢虽废一身全。至今风雨阴寒夜，直到天明痛不眠。痛不眠，终不悔，且喜老身今独在。不然当时泸水头，身死魂孤骨不收。应作云南望乡鬼，万人冢上哭呦呦。老人言，君听取。君不闻开元宰相宋开府，不赏边功防黩武？又不闻天宝宰相杨国忠，欲求恩幸立边功？边功未立生人怨，请问新丰折臂翁。

【新丰】*故城在今陕西临潼县东北。【梨园】*玄宗时，选坐部伎子弟教习乐歌之所，故址在今陕西长安县。【云南行】*天宝中，南诏王阁①罗凤反，据住云南。【泸水】源出云南石屏山，东流注入盘江。【宋开府】指宋璟。古时三公及将军，能开设府署，辟置僚属，故称开府。【杨国忠】杨贵妃从兄。

昔人多以元白并称，余谓白居易贤于元微之远矣。观《长恨歌》、《琵琶行》诸作，李杜之后堪称第一。顾况尝睹乐天姓名，熟视曰："长安米贵，居大不易。"及披卷，读②其《芳草诗》至"野火烧不尽，春风吹又生"，叹曰："我谓斯文遂绝，今复③得子矣。前言戏之耳。"其感人如此。然则当日知乐天者，固不仅乐府教坊唱妓下层阶级矣。

第二十二节 温庭筠

温庭筠本名岐，字飞卿，太原人。少敏悟，才思艳丽，韵格

---

① 阁：原书作"阇"。
② 读：原书作"志"，据文意改。
③ 复：原书作"后"，据原书《刊误表》改。

清拔，工为词章小赋，与李商隐[1]皆有名，称温李。数举进士不第，思神速，每入试，押官韵作赋，凡八叉手而成，时号温八叉。著有集二卷。其词之著者如：

忆江南

梳洗罢，独倚望江楼。过尽千帆皆不是，斜晖脉脉水悠悠。——肠断白蘋洲。

菩萨蛮

玉楼明月长相忆，柳丝袅娜春无力。门外草萋萋，送君闻马嘶。　　画罗金翡翠，香烛销成泪。花落子规啼，绿窗残梦迷。

周济谓词有高下之别，有轻重之别，飞卿下语镇纸，端己揭响入云，可谓极两者之能事。张皋文谓飞卿之词深美闳约，刘融斋谓飞卿惊艳绝人，王国维谓精艳绝人四字，飞卿差近之。棠谓飞卿词，如春花初放，如秋月方升，如清晨四五点[2]钟之太阳，朝气蓬勃，个中自有可人之处，其风采视盛唐诸公之五七言诗，则又别开生面矣。

第二十三节　杜牧

杜牧字牧之，京兆万年[3]人。历殿中侍御使内供奉，会昌中，迁中书舍人。人称小杜，以别于杜甫。录诗三首：

---

① 隐：原书脱此字。
② 点：原书作"句"。
③ 万年：原书作"宛平"。

伤友人悼吹箫妓

玉箫声断没流年，满目春愁陇树烟。艳质已随云雨散，凤楼空锁月明天①。

江南春

千里莺啼绿映红，水村山郭酒旗风。南朝四百八十寺，多少楼台烟雨中。

【南朝】东晋后，宋、齐、梁、陈皆据南方，故称南朝。按南朝梁武帝时，佛教最盛。

泊秦淮

烟笼寒水月笼沙，夜泊秦淮近酒家。商女不知亡国恨，隔江犹唱后庭花！

【秦淮】即今南京秦淮河。【后庭花】南朝陈后主，每引宾客游宴，使共赋新诗，采尤丽者为曲调，其曲有《玉树后庭花》，后将《玉树》别为一曲，见《乐府诗集》。

《全唐诗话》称，牧为御史，分司②洛阳，时李司徒愿罢镇闲居，声伎豪侈，洛中名士咸谒之。李高会客，以杜持宪，不敢邀致。杜遣座客达意，愿与斯会。李不得已邀之。杜独坐南行，睇目注视，引满三卮，问李云："闻有紫云者，孰是？"李指示之。杜凝睇良久，曰："名不虚得，宜以见惠。"李俯而笑，诸妓亦皆回首破颜。杜又自饮二爵，朗吟而起曰："华堂今日绮筵开，谁唤分司御史来。忽发狂言惊满座，两行红粉一时回。"意

① 天：原书作"人"。
② 司：原书作"务"。

气闲逸，旁若无人。杜不拘细行，故诗有"十年一觉扬州梦，赢得青楼薄倖名"。余谓诗人旷达，自然，不宜绳以周孔礼法。所谓"礼乐仇①姬旦，诗书缚孔丘"，可为小知者下一针鍼。

第二十四节　韦庄

韦庄，字端己，杜陵人，见素之后，曾祖少微②，宣宗中书舍人。庄疏旷不拘小节，李询为西川宣谕和协使，辟为判官，以中原多故，潜欲依王建，建辟为掌书记，寻召为起居舍人，表留之，后相建，为伪③平章事。其词之佳者如：

菩萨蛮

人人尽说江南好，游人只合江南老。春水碧于天，画船听雨眠。垆④边人似月，皓腕凝霜⑤雪。未老莫还乡，还乡须断肠。

其二

如今却忆江南乐，当时年少春衫薄。骑马倚斜桥，满楼红袖招。翠屏金屈曲，醉入花丛宿。此度见花枝，白头誓不归。

刘公戢曰：词亦有初盛中晚，不以代世。牛峤、和凝、张

---

① 仇：王绩《赠程处士》原诗作"囚"。
② 少微：原书此处为"曾祖少宣徽宗……"，既有倒文，又有讹字。
③ 伪：原书如此。林之棠论唐代诗人，多截取旧题宋尤袤所著《全唐诗话》，故此处称为"伪平章事"。
④ 垆：原书作"墟"。
⑤ 霜：原书作"双"。

泌、欧阳炯①、韩偓、鹿虔扆②辈，不离唐绝句……于神味处全未梦见。余谓唐代词除温韦二家外，馀皆莫脱诗之环套，未足以言词也。词呼应最难，而呼尤难于应。"如今却忆江南乐"，从半空中应出一声，然后接云"当时年少春衫薄"，此便是呼，"骑马倚斜桥③"是应，"满楼红袖招"是呼，如此一呼一应，便虚动入律。陈眉公曰："制词贵于布置停匀，气脉贯串，其过叠处尤当如常山之蛇，顾首顾尾。"呼应灵，便首尾兼顾是也。

端己而外，如张志和之《渔父》（西塞山前白鹭飞，桃花流水鳜鱼肥。青箬笠，绿蓑衣，斜风细雨不须归）、韩翃之《章台柳》（章台柳，章台柳，往日依依今在否？纵使长条似旧垂，也应攀折他人手）、韦应物之《调笑令》（胡马胡马，远放燕支山下。跑沙跑雪独嘶，东望西望路迷。迷路迷路，边草无穷日暮）、王建之《调笑令》（团扇团扇，美④人病来遮面。玉颜憔悴三年，谁复商量管弦。弦管弦管，春草昭阳路断）、刘禹锡之《忆江南》（春去也，多谢洛阳人。弱柳从风疑举袂，丛兰裛露似沾巾，独坐亦含颦）、白居易之《忆江南》（江南好，风景旧曾谙。日出江花红胜火，春来江水绿如蓝，能不忆江南？）、《长相思》（汴水流，泗水流，流到瓜洲古渡头，吴山点点愁。思悠悠，恨悠悠，恨到归时方始休，月明人倚楼），皆有声有色。惟诸公究长于诗，故附述于此。盖唐代为词学草创时代，举飞卿、端己，足以概其馀耳。

---

① 炯：原书脱此字。据刘体仁《七颂堂词绎》补。
② 扆：原书脱此字。
③ 桥：原书作"阳"。
④ 美：原书作"奚"。

此外，唐代诗人之次要者如：

崔曙，宋州人。开元二十年[①]登进士第，录《九日登望仙台呈刘明府容》诗一首

> 汉文皇帝有高台，此日登临曙色开。三晋云山皆北
> 向，二陵风雨自东来。关门令尹谁能识？河上仙翁去不
> 回。且欲近寻彭泽宰，陶然共醉菊花杯。

【东[②]】一作西。【共】一作一。

王之涣，并州人。有文名，天宝间与王昌龄等皆名动一时。录《凉州词》一首：

> 黄河远上白云间，一片孤城万仞山。羌笛何须怨杨
> 柳，春风不度玉门关。

卢储，贞元年间擢进士第一。录《催妆诗》一首。

李翱[③]典郡江淮，储以进士投卷，翱置几案间，其女见之，谓小青衣曰：此人必为状头。翱闻，选以为婿，明年果第一人及第。

> 昔年将去玉京游，第一仙人许状头。今日幸为秦晋
> 会，早教鸾凤下妆楼。

皮日休，字袭美，一字逸少，襄阳人，隐居鹿门，自号间气布衣。咸通八年登进士，黄巢陷长安，伪署学士，使为谶文，疑其讥己，遂及祸，集二十八卷。录《惠山听松庵》诗一首：

---

① 年：原书作"公年"。

② 东：原书作"来"。"来"为韵脚，不可能作"西"，故改。

③ 翱：此处及下二处，原书均作"翔"，整理者据《唐诗纪事》卷五二改。

　　千叶莲花旧有香，半山金[①]刹照方塘。殿前日暮高
风起，松子声声打石床。

　　又其次，如魏征、李百药、苏味道、李峤、苏颋、张说、宋
璟、姚崇、张九龄、顾况、裴迪、储光羲、钱起、裴度、孟郊、
牛僧孺[②]、贾岛、李商隐、段成式[③]、韩偓等二千二百馀家，成
诗四万馀首，不及一一备载，唯有听读者径行参考《全唐诗》及
《全唐诗补》焉耳。

---

① 金：原书作"方"。
② 孺：原书作"儒"。
③ 式：原书作"武"。

第二十八章　唐诗发达之原因

唐代文学，散文及赋，均未有若何长足进步，所谓韩愈"文起八代之衰"，说殊不可靠，盖唐代文学之发达并不在散文，而在诗。唐诗即就其作家及数量言，已超越唐以前之诗学总成绩。唐诗分古体今体，其依仿六朝，篇无定章，句无定式，长短随意者，名曰古体；调以平仄声律，加以句语排整，号称律诗者，名曰今体。古体今体，划立鸿沟[①]。

唐诗之所以发达，要不外下列二因：（一）唐代思想偏重儒教，观太宗开宏文馆，聚四部二十馀万卷，妙选天下文学之士，商榷古今，可以征之矣。间虽有玄奘齎译印度论一千三百三十馀卷，高宗特崇老子，尊为太上玄元皇帝，然释道二教在唐[②]究甚微，儒学独发达甚盛，儒教首重诗书。唐代之思潮如此，其文学之趋向，焉得不偏重于诗。（二）唐代以诗学取士，世主靡不能诗，庙堂之上，雍容揄扬，侍从游宴之作，奉诏应制之篇，不一而足。观太宗作宫体诗，使虞世南赓和；中宗诞辰，内殿宴作联句；德宗令中书门下检定文词士三五十人应制；宪宗读白讽谏诗，召为学士；穆宗善元稹诗，征为舍人；文宗常于曲江赐宴群臣赋诗，特置学士七十二人；宣宗注意进士及第，每对朝臣问及人物，若有能诗者不中第，必叹息移时，白居易死，以诗吊之曰："缀玉联珠六十年，谁教冥路作诗仙。浮云不系名居易，造

---

① 沟：原书作"讲"。
② 唐：原书作"宋"。

化无为字乐天。"上有好者，下必甚焉，宜乎唐代诗学盛极一时，开有史以来诗学全盛之新纪元。

此外尚有可附带说明者，小说是已。例如，袁郊之《红线传》，薛调之《刘无双传》，李公佐之《谢小娥传》，裴铏之《昆仑奴》《聂隐娘》，张鷟之《游仙窟》，蒋 防①之《霍小玉传》，元稹之《会真记》，许尧佐之《章台柳传》，陈鸿之《长恨歌传》，沈既济之《枕中记》，皆有声于时。

---

① 防：原书作"方"。

第七编　五代文学

第二十九章　五代文学之背景

唐末群雄割据，中原大乱，疆土四裂，国内号称皇帝者有后梁、后唐、后晋、后汉、后周，史家称曰五代。五代共历五十载，国君更易凡十有四，被弑者凡七，被废灭者凡二，其以善终者，仅五。易国凡五，易姓凡八，起于盗贼者为后梁，出于胡族者为后唐、后晋、后汉，契丹以鲜卑别种，入主诸夏。在此乱离中，气节名教，荡然无存，谁复有闲①情研究古典文学，诗书既废，辞赋早已束之高阁，于是民间文学，遂乘时而起，长短句于是兴焉。

---

① 闲：原书作"间"。

490

第三十章　五代词学发达之原因

五代词学发达之原因有二：（一）由于外族杂入中土，多不谙中国古典文学，故浅近之长短句特别兴盛；（二）由于君主提倡，如南唐后主李煜，在围城中犹作《临江仙》词，即可知一代帝王爱好词学之专矣。他如后蜀主孟昶①，南唐中主李璟②，吴越王钱俶，皆以爱好词学见称于世。人谓五代君主多政治上昏君，艺术界忠臣，李后主拙于治国，在词中犹不失为南面王，良不诬也。

① 孟昶：原书作"王孟昶"。
② 璟：原书作"爆"。

491

第三十一章　五代词家

第一节　冯延巳

冯延巳，字正中，官南唐左仆射同平章事。其词之佳者如：

谒金门

风乍起，吹皱一池春水。闲引鸳鸯香径里，手挼红杏蕊。斗鸭阑干独倚，碧玉搔头斜坠。终日望君君不至，举头闻鹊喜。

【挼】按揉也。【斗鸭】以鸭相斗也。《三国志》："吴建曰[1]，孙侯虑于堂前作鸭斗栏。"

归国遥

江水碧。江上何人吹玉笛。扁舟远送潇湘客。芦花千里霜月白。伤行色。来朝便是关山隔。

【潇[2]湘】湖南潇水湘水之合称。

张皋文称正中为人专蔽固嫉，而其言忠爱缠绵，王国维谓正中虽不失五代风格，而堂庑特大，开有宋一代风气。棠谓正中小词，句多含蓄，如野云孤飞，去留无际，故能使人读之神观超越。

---

① 曰：原书作"日日"。
② 潇：原书此处及下处均作"萧"。

第二节　李后主

南唐后主李煜，字重光，聪悟[1]好学，善属文，工书画，明音律，特长于词。南汉亡后，后主惧甚，遣使朝宋，贬国号曰江南。开宝七年，宋遣曹彬伐江南，后主遣翰林学士承旨徐铉求缓师，曰："煜以小事大，如子事父，未有罪过，奈何见伐？"宋主曰："尔谓父子两家可乎？"城陷，后主出降。其词大率[2]皆佳，如：

虞美人

春花秋月何时了？往事知多少？小楼昨夜又东风，故国不堪[3]回首月明中。　　雕栏玉砌应犹在，只是朱颜改。问君能[4]有几多愁？恰似一江春水向东流。

【砌】层叠比次也。

乌夜啼

无言独上西楼，月如钩。寂寞梧桐深院锁[5]清秋。　　剪不断，理还乱，是离愁。别是一般[6]滋味在心头。

① 悟：原书作"晤"，亦通。
② 率：原书作"索"。
③ 堪：原书作"填"。
④ 能：原书作"还"。
⑤ 锁：原书作"琐"。
⑥ 一般：原书作"般"。

浪淘沙

帘外雨潺潺，春意阑珊。罗①衾不耐五更寒。梦里不知身是客，一晌②贪欢。　　独自莫凭栏，无限江山，别时容易，见时③难。流水落花春④去也，天上人间！

【阑珊】犹言衰落。白居易诗："诗情任意渐阑珊"，渐衰落也。

周济《论词杂著》云："李后主词如生马驹，不受控捉。毛嫱西施，天下美妇人也。严妆佳，淡妆亦佳，粗服乱头，不掩国色。飞卿，严妆也；端己，淡妆也；后主则粗服乱头矣。"王国维《人间词话》："词人者，不失其赤子之心者也。故生于深宫之中，长于妇人之手，是后主为人君者短处，亦即为词人长处。"又曰："主观之诗人不必多阅世，阅世愈浅，则性情愈真，李后主是也。"棠谓后主词，情柔声曼，白描不近俗，修饰不觉文，生香真色，在离即之间，其最得力处，固由其天性素真，无尘俗气。然具体论其词之妙趣，则全在结语上见功夫，如《乌夜啼》云"剪不断，理还乱，是离愁。别是一般滋味在心头"，末句结得何等含蓄。此即沈义父《乐府指迷》所谓以境结情之法，故能有有馀不尽之意。

五代词家，最出色者即上列冯李二氏，其次如李存勖之《如梦令》：

---

① 罗：原书作"萝"。
② 晌：原书作"饷"。
③ 时：原书作"是"。
④ 春：原书作"归"。

曾宴桃源深洞，一曲清歌舞凤。长记别伊时，和泪出门相送。如梦，如梦，残月落花烟重。

和凝之《薄命女》：

天欲晓，宫漏穿花声缭绕，窗里星光少。冷露^①寒侵帐额，残月光沉树杪。梦断锦帏空悄悄，强起愁眉小。

牛峤之《更漏子》：

南浦情，红粉泪，争奈两人深意。低翠黛，卷征衣，马嘶霜叶飞。　　招手别，寸肠结，还是去年时节。书托雁，梦归家，觉来江月斜。

【南浦】江文通《别赋》"送君南浦，伤如之何"，别离之所也。

《菩萨蛮》：

舞裙香暖金泥凤，画梁语燕惊残梦。门外柳花飞，玉郎犹未归。　　愁匀红粉泪，眉剪春山翠。何处是辽阳？锦屏春昼长。

薛昭蕴之《浣溪沙》：

倾国倾城恨有馀，几多红泪泣姑苏？倚风凝睇雪肌^②肤。　　吴主山河空落日，越王宫殿半平芜，藕花菱蔓满重湖。

【姑苏】山名，姑苏台在其上，吴王夫差所造。

《小重山》：

---

① 露：原书作"霞"。
② 肌：原书作"饥"。

春到长门春草青，玉阶华露滴、月胧明。东风吹断紫箫声，宫漏促、帘外晓啼莺。愁极梦难成。红妆和宿泪，不胜情。手挼裙带绕花行。思君切，罗幌暗尘生。

【幌】帏幔也。

毛文锡之《河满子》：

红粉楼前月照，碧纱窗外莺啼。梦断辽阳音信，那堪独守香闺？恨对百花时节，王孙绿草萋萋。

【百花】《陶朱公书》：二月十二日为百花生日。

牛希济之《谒金门》：

秋已暮，重叠关山岐路。嘶马摇鞭何处去？晓禽霜满树。　　梦断禁城钟鼓，泪滴枕檀无数。一点凝红和薄雾，翠蛾愁不语。

顾夐之《诉哀情》：

永夜抛人何处去？绝来音。香阁掩，眉敛月将沉。　　争忍不相寻？怨孤衾。换我心，为你心，始知相忆深。

【争忍】怎忍也。

毛熙震之《清平乐》：

春光欲暮，寂寞闲庭户。粉蝶双双穿槛舞，帘卷晚天疏雨。　　含愁独倚闺帏，玉炉烟断香微。正是销魂时节，东风满院花飞。

【销魂】江文通《别赋》：黯然魂销者，惟别而已矣。

欧阳炯之《浣溪沙》：

落絮残莺半日天，玉柔花醉只思眠。惹窗映竹满炉烟。　　独掩画屏愁不语，斜敧瑶枕鬓鬟偏。此时心在阿谁边？

《贺明朝》：

忆昔花间相见后，只凭纤手，暗抛红豆。人前不解，巧传心事，别来依旧，孤负春昼。　　碧罗^①衣上蹙金绣，睹对对鸳鸯，空裛泪痕透。想韶颜非久，终是为伊，只恁偷瘦。

【红豆】亦名相思子。相传有人殁于边，其妻思之，哭于树下而卒，故名。

孙光宪之《谒金门》：

留不得——留得也应无益。白纻春衫如雪色，扬州初去日。　　轻别离，甘抛弃。江上满帆风疾。却羡彩鸳三十六，孤鸾还一只。

【三十六】汉霍光尝于园中凿大池，植五色莲，养鸳鸯三十六对。

张泌之《江城子》：

浣花溪上见卿卿：脸波明，黛眉轻，高绾绿云，金簇小蜻蜓。好是问他来得么？和^②笑道："莫多情。"

《浣溪沙》：

枕障熏炉隔绣帏，二年终日两相思。杏花明月始应知。　　天上人间何处去？旧欢新梦觉来时，黄昏微雨画帘垂。

---

① 罗：原书作"萝"。

② 和：原书作"还"。

李璟之《山花子》：

　　菡萏香销翠叶残，西风愁起绿波间。还与韶光共憔悴，不堪看。　　细雨梦回鸡塞远，小楼吹彻玉笙寒。多少泪珠何限恨，倚阑干。

　　【菡萏】荷花也。《诗经》：彼[①]泽之陂，有蒲菡萏。《尔雅》：荷，芙渠，其华菡萏。

上列作家中，李存勖为后唐词人，牛峤、毛文锡、牛希济、顾夐、毛熙震、欧阳炯为西蜀词人，孙光宪为荆南词人，张泌、李璟为南唐词人。就中以南唐词人最为出色，盖冯延巳、李重光，皆南唐词人也。

---

① 彼：原书作"比"。

第八编　宋文学

第三十二章　宋代文学背景

　　自唐末群雄割据，海内分崩离析，至宋天下统一，盖又乱极而治之时代也。外族既去，汉族入主中华，自然主张固有文化，恢复故有习惯，实行故有道德，在宋以前故有之文化习惯道德，最有势力者厥为儒教，儒教兴盛于汉，衰落于两晋南北朝，再兴盛于唐，再衰落于五代，一起一伏宛若波澜。故宋兴儒教又兴盛，自赵普宣言以半部《论语》造宋太祖定天下，以半部《论语》造宋太宗[①]治天下之后，海内向[②]风，儒教之势力若春草，若秋潮，勃然而起，逮及周敦颐、程颢、程颐、邵康节、张横渠出，孔孟之学遂如日中天。至南宋继二程之学发挥而光大之者，

---

① 宋太宗：原书为"宋太祖"。按，"半部《论语》"之说出自《鹤林玉露》乙篇卷一："赵普再相，人言普山东人，所读者止《论语》，盖亦少陵之说也。太宗尝以此语问普，普略不隐，对曰：'臣平生所知，诚不出此。昔以其半辅太祖定天下，今欲以其半辅陛下致太平。'"今据《鹤林玉露》改。

② 向：原书作"响"。

又有朱熹、陆九渊，朱熹字晦庵，师事延平李侗，承默坐心体天理之师训，九渊字象山，象山先立乎其大，谓六经注我，我不注六经，晦庵主无极而太极，象山谓太极无无极，宋代理学至此乃全盛。然默坐穷理，终类禅宗，于是内则新党旧党，交哄不已 [1]，君主宰相日疲其心思才力从事于调停敷衍，而终无以善其后，外则女真入寇，而宋遂以不国，是则宋祚得以偏安三百二十年者儒教之力，其以覆亡者亦儒教阶之厉也。

孔子曰我非生而知之者，好古，勉以求之敏，又曰学而不厌，信而好古，儒教之标语无他，复古是已。宋代思想之潜流既以儒学为中心，则所以形于文学者处处自含有复古之势，故斯时散文巨子如欧阳修、王安石、曾巩、苏洵、苏轼、苏辙，皆极力提倡古文，世遂以之并入唐代之韩愈、柳宗元，称唐宋八大家，然就文学总成绩观，欧、王、曾、苏之文，不过较之以文为载 [2]道之工具之理学派周、程、邵、张为优，若以方之周邦彦、秦观、辛弃疾之词，则相去远矣。盖词滥觞于唐，滋衍于五代，造极于两宋，宋词之盛亦循古而加以阐发耳。宋代散文复古，而终不及古，故不足以代表其时代精神，词虽复古，则足以胜古，故有足称焉。

---

① 不已：原书此处作"于内"，据原书《刊误表》改。
② 载：原书作"戴"。

第三十三章　宋代词家

第一节　晏殊

晏殊，字同叔，江西抚州临川人。七岁能文，宋真宗初，以神童召试，赐进士出身，官至枢密使。著有《珠玉词》及文行世。其词佳者如：

蝶恋花

槛菊愁烟兰泣露，罗幕轻寒，燕子①双飞去。明月不谙离别②苦，斜光到晓穿朱户。　　昨夜西风凋碧树，独上高楼，望尽天涯路。欲寄彩笺兼③尺素，山长水阔知何处？

《宋史》称同叔文章赡丽，应用不穷，尤工诗，闲雅有情思。王国维《人间词话》谓同叔"昨夜西风凋碧树，独上高楼，望尽天涯路"，意近《诗》之《蒹葭》。案《蒹葭》三章云："蒹葭苍苍，白露为霜。所谓伊人，在水一方。溯洄从之，道阻且长。溯游④从之，宛在水中央。"下二章略同。同叔句意境，实与此诗相类。

宋刘攽《中山诗话》云："晏元献尤喜江南冯延巳歌词，其

---

① 子：原书作"双"。
② 离别：原书此处作"别离"，据原书《刊误表》改。按，通常作"离恨"。
③ 笺兼：原书作"鸾无"。
④ 溯游：原文作"游游"。

所自作亦不减延巳。"陈振孙、毛晋称其直逼《花间》。棠则独爱其结语，如《蝶恋花》之"欲寄彩笺兼①尺素，山长水阔知何处"，《踏莎行》"春风不解禁杨花，蒙蒙乱扑行人面"，"一场愁梦酒②醒时，斜阳却照深深院"，《浣溪沙》"似曾相识燕归来，小园香径独徘徊"，《玉楼春》"天涯地角有穷时，只有相思无尽处"，《清平乐》"双燕欲归时节，银屏昨夜微寒"，皆有有馀不尽之意。

第二节　欧阳修

欧阳修，字永叔，江西庐陵人。四岁而孤，母郑，守节自誓，亲诲之学，家贫，至以荻画地学书。幼敏悟过人，读书辄成诵。及冠，嶷然有声，宋兴且百年，而文章体裁，犹仍五季馀习，锼刻骈偶，委靡弗振，士因陋守旧，论卑气弱，苏舜元、舜钦、柳开、穆修辈，咸有意作而张之，而力不足，修游随，得唐韩愈遗稿于废书簏中，读③而心慕焉，苦志探赜，至忘寝食，必欲并辔绝驰而追与之并。举进士，试南宫第一，擢甲科。调西京④推官。始从尹洙⑤游，为古文，议论当世事，迭相师友。与梅尧臣游，为歌诗相倡和，遂以文章名冠天下。

修幼失父，母尝谓曰："汝父为吏，常夜烛治官书，屡废而叹。吾问之，则曰：'死狱也，我求其生，不得尔。'吾曰：

---

① 笺兼：原书作"鸾无"。
② 酒：原书作"洒"。
③ 读：原书无，据《宋史·欧阳修传》补入。
④ 西京：原书作"西"。
⑤ 洙：原书作"诛"。

'生可求乎？'曰：'求其生而不得，则死者与我皆无恨。夫常求其生，犹失之死，而世常求其死也？'其平居教他子弟，常用此语，吾耳熟焉。"修闻而服之终身。为文天才自然[①]，丰约中度。其言简而明，信而通，引物连类，折之于至理，以服人心。超然独骛，众莫能及，故天下翕然师尊之。奖引后进，如恐不及，赏识之下，率为闻人。曾巩、王安石、苏洵，洵子轼、辙，布衣屏处，未为人知，修即游其声誉，谓必显于世。笃于朋友，生则振掖之，死则调护其家。好古嗜学，凡周、汉以降遗文，断编残简，一切掇拾[②]，研稽异同，谓之《集古录》。奉诏修《唐书》纪、志、表，自撰《五代史记》，法严词约，多取《春秋》遗旨。自号醉翁，晚以六一居士自号，卒谥文忠。兹次其词于后：

少年游

阑干十二独凭春，晴碧远连云。千里万里，二月三月，行色苦愁人。　　谢家池上，江淹浦畔，吟魄[③]与离魂。那堪疏雨滴黄昏。更特地、忆王孙。

【凭】依倚也。

玉楼春

樽前拟把归期说，未语春容先惨咽。人生自是有情痴，此恨不关风与月。　　离歌且莫翻新阕，一曲能教肠寸结。直须看尽洛城花，始与春风容易别。

---

① 原书作"天才好自然"，据《宋史》本传删"好"字。

② 拾：原书作"掺"。

③ 魄：原书作"魂"。

【阕】乐章一首曰一阕。

浪淘沙

把酒祝东风，且共从容。垂杨[①]紫陌洛城东。总是当时[②]携手处，游遍芳丛。　聚散苦匆匆[③]，此恨无穷。今年花胜去年红。可惜明年花更好，知与谁同。

蝶恋花

翠苑红芳晴[④]满目。绮席流莺，上下长相逐。紫陌闲随金轳辘，马蹄踏遍春郊绿。　一觉年华春梦促。往事悠悠，百种寻思足。烟雨满楼山断续。人闲[⑤]倚遍阑干曲。

又

庭院深深深几许？杨柳堆烟，帘幕无重数。玉勒雕鞍游冶处，楼高不见章台路。　雨横风狂三月暮，门掩黄昏，无计留春住。泪眼问花花不语，乱红飞过秋千去。

【红】花也。

《古今词论》称永叔"泪眼问花花不语，乱红飞过秋千去"，为"层深[⑥]而浑成，何也？因花而有泪，此一层意也；因泪而问花，此一层意也；花竟不语，此一层意也；不但不语，

---

① 杨：原书作"扬"。
② 当时：原书作"当年"。
③ 匆匆：原书作"无匆"。
④ 晴：原书作"睛"。
⑤ 闲：原书作"间"。
⑥ 深：原书作"称"。

且又乱落、飞过秋千，此一层意也。人愈伤心，花愈恼人，语愈浅而意愈入，又绝无刻画①费力之迹，谓非层深而浑成耶？"《浣溪沙》词"绿杨楼外出秋千"，晁补之谓只一"出"字，便后人所不能道。王国维谓此本正中《上行杯》词"柳外秋千出画墙"，但欧语尤工耳。《少年游》词，人皆称与和靖《点绛唇》、圣俞②《苏幕遮》为咏春草绝调。《玉楼春》，王国维谓于豪放之中有沉着之致。棠谓永叔词气象和蔼，音节特低而柔，《蝶恋花》词之浑成，《浣溪沙》之"出秋千"之"出"，皆可从和蔼中见音节特低而柔之致，"烟雨满楼山断续"，"马蹄踏遍春郊绿"，"那堪疏雨滴黄昏"，"欲笑还颦，最断人肠"，从和蔼音节中尤足见诗人本色。

第三节　晏几道

晏几道，字叔原。殊幼子，曾监颍昌许田镇。为人孤傲自许，能文章，善持论，尤工乐府，著有《小山词》。如：

阮郎归

旧香残粉似当初。人情恨不如。一春犹有数行书。秋来书更疏。　　衾凤冷，枕鸾孤，愁肠待酒舒。梦魂纵有也成虚，那堪和梦③无。

---

① 画：原书作"尽"。
② 圣俞：原书作"舜俞"。按，此语本《人间词话》，据《人间词话》改。
③ 梦：原书作"雁"，据原书《刊误表》改。

鹧鸪天

小令尊前见玉箫。银灯一曲太妖娆。歌中醉倒谁能恨，唱罢归来酒未消。　　春悄悄，夜迢迢，碧云天共楚宫遥。梦魂惯得无拘检，又踏杨花过谢桥。

【悄悄】静也。【迢迢】深也。

几道词大约似唐人七绝者甚多，前举《鹧鸪天》上半截即其一例。黄山谷云，叔原乐府寓以诗人句法，精壮顿挫，能动操人心。《江西通志》亦称其清壮顿挫，见者击节是也。

第四节　柳永

柳永，初名三变，字耆卿，福建崇安人。宋仁宗景祐进士，官至屯田员外郎，世号柳屯田。著有《乐章集》行世。其词之佳者如：

倾杯乐

木落① 霜州，雁横烟② 渚，分明画出秋色。暮雨乍歇，小楫夜泊，宿苇村山驿。何人月下临风处，起一声羌笛。离愁万绪，闲岸草、切切蛩吟如织。　　为忆。芳容别后，水遥山远，何计凭鳞翼？想绣阁深沉，争知憔悴损，天涯行客。楚峡云归，高阳人散，寂寞狂踪迹。望京国，空目断、远峰凝碧。

---

① 木落：原书如此，《词综》等本作"木落"，常作"鹜落"。
② 烟：原书作"湮"。

诉衷①情近

雨晴气爽，伫立江楼望处。澄明远水生光，重叠暮山竹翠。遥想②断桥幽径，隐隐渔村，向晚孤烟起。　　残阳里，脉脉朱阑静倚③。黯然情绪，未饮先如醉，愁无际。暮云过了，秋光④老尽，故人千里。竟日空凝睇。

玉蝴蝶·秋思

望处雨收云断，凭阑悄悄，目送秋光。晚景萧疏，堪动宋玉悲凉。水风轻、蘋花渐老，月露冷、梧叶飘黄。遣情伤。故人何在？烟水茫茫。　　难忘。文期酒会，几孤风月，屡变星霜。海阔山遥，未知何处是潇湘？念双燕、难凭远信，指暮天、空识归艭。黯相望。断鸿声里，立尽斜阳。

沈义父《乐府指迷》称耆卿音律甚协，句法亦多有好处，然未免有鄙俗语。《古今词论》则称耆卿为词之正宗，又曰柳耆卿"衣带渐宽终不悔，为伊消得人憔悴"，即韦意而加婉。周济《论词杂著》⑤谓："耆卿为世訾謷久矣，然其铺叙委宛，言近意远，森秀幽淡之气在骨。耆卿乐府多，故恶滥可笑者多。使能

---

① 衷：原书作"哀"。
② 遥想：原书如此，《钦定词谱》等本作"遥想"，他本常作"遥认"。
③ 静倚：原书作"静体"。
④ 秋光：原书作"秋风"。
⑤ 《论词杂著》：原书作"《论词新著》"。以下引文即自出《论词杂著》。

珍重下笔，则北宋高手也。"审此，则柳词意婉而鄙俗，为论词者所公认。棠以为意婉固佳，鄙俗亦未必便劣，耆卿词在意婉与鄙俗中尚^①未有若何特别优异，其写境之佳，则是北宋诸词人所不能办。如《倾杯乐》云"苇村山驿，何人月下"，《诉衷情近》云"遥想断桥幽径，隐隐渔村，向晚孤烟起"，《玉蝴蝶》云"断鸿声里，立尽斜阳"，境界均极佳。

第五节　秦观

秦观，字少游，一字太虚，扬州^②高邮人。登进士，苏轼荐于朝。元祐初，除秘书省正字兼国史院编修，后放还，醉死于藤州光化亭。著有《淮海词》。录：

踏莎行

雾失楼台，月迷津渡，桃源望断无寻处。可堪孤馆闭春寒，杜鹃声里斜阳暮。　　驿寄梅花，鱼传尺素，砌成此恨无重数。郴江幸自绕郴山，为谁流下潇湘去？

张炎云：少游词体制淡雅，气骨不衰，清丽中不断意脉，咀嚼无滓，久而知味，苏东坡^③甚赏其《踏莎行》。张世文曰：词体大略有二，一婉约，一豪放，盖词情蕴藉^④，气象恢弘之谓耳。然亦存乎其人。如少游多婉约，东坡多豪放，东坡称少游为今之词手，大抵以婉约为正也。余以为《淮海词》静闹并出，一

---

① 中尚：原书作"中棠以为"，据原书《刊误表》删改。
② 扬州：原书作"杨州"。
③ 东坡：二字原书无，据原书《刊误表》补。
④ 藉：原书作"籍"。

若画图，如《好事近》云"春路雨添，花动一山春色"，此二句似幽静，下接云"行到小桥深处，有黄鹂千百"，何等热闹。《南歌子》云[①]"人去空流水，花飞半掩门"，似幽静，下接云"乱山何处觅行云，又是一钩新月照黄昏"，何等热闹。他如《点绛唇》云"烟水茫茫，回首斜阳暮"，《鹧鸪天》云"一春鱼鸟无消息，千里关山劳梦魂"，《画堂春》云"宝篆烟消龙凤，画屏云锁潇湘"，《虞美人》云"欲将幽恨寄青楼，争奈无情江水不西流"，《踏莎行》云"雾失楼台，月迷津渡，桃源望断无寻处。可堪孤馆闭春寒，杜鹃声里斜阳暮"，《满庭芳》云"多少蓬莱旧事，空回首，烟霭纷纷，斜阳外寒鸦数点，流水绕孤村"，其二"谩赢得青楼薄倖名存。此去何时见也？襟袖上空染啼痕。伤情处，高城望断，灯火已黄昏"，其三"秋千外绿水桥平，东风里朱门映柳，低按小秦筝"，皆极尽自然静闹并出之致。

第六节　苏轼

苏轼，字子瞻，眉州眉山人。生十岁，父洵游学四方，母程氏亲授以书，闻古今成败，辄能语其要，程氏读东汉范滂传，慨然太息，轼请曰："轼若为滂，母许之否乎？"程氏曰："汝能为滂，吾顾不能为滂母耶？"比冠，博通经史，属文日数千言，好贾谊、陆贽书。既而读《庄子》，叹曰："吾昔有见，口不能言，今见是书，得吾心矣。"嘉祐二年，试礼部。方时文磔裂诡异之弊甚盛，欧阳修思有以救之，得轼《刑赏忠厚论》，惊喜，

---

　　① 原书"云"后衍一"等"字。

欲擢冠多士，犹疑其客曾巩所为，但置第二；复以《春秋》对义居第一，殿试中乙科。后以书见修，修语梅圣俞曰："吾当避此人出一头地。"闻者始哗，久乃信服。建中靖国元年卒于常州，年六十六。轼与弟辙，师父洵为文，既而得之于天，尝自谓："作文如行云流水，初无定质，但常行于所当行，止于所不可不止。"虽嬉笑怒骂之辞，皆可书而诵之。其体浑涵光芒，雄视百代，有文章以来，盖亦鲜矣。

洵晚读《易》，作《易传》未究，命轼述其志。轼成《易传》，复作《论语说》[1]；后居海南，作《书传》；又有《东坡集》四十卷、《后集》二十卷、《奏议》十五卷、《内制》十卷、《外制》三卷、《和陶诗》四卷。其诗文当另述之。其词之佳者如：

浣溪沙·游蕲水清泉寺（寺临兰溪，溪水西流）

　　山下兰芽短浸溪，松间沙路[2]净无泥，萧萧暮雨子规啼。　　谁道人生无再少，门前流水尚能西！休将白发唱黄鸡[3]。

【子规】鸟名。【黄鸡】[4]指白发。

菩萨蛮·西湖送述古[5]

秋风湖上萧萧雨。使君欲去还留住。今日谩留君，

----

① 《论语说》：原书作"《论说》"。此处所言，均抄掇《宋史·苏轼传》，故据之而补。

② 沙路：原书作"幽路"。

③ 黄鸡：原书作"黄鹤"。

④ 黄鸡：原书作"黄鹤"。

⑤ 原书仅标"西湖"。

明朝愁杀人。　　尊前^①千点泪，洒向长河水。不用敛双蛾，路人啼更多。

【双蛾】指眉。

望江南

春未老，风细柳斜斜。试上超然台上看，半壕春水一城花。烟雨暗千家。　　寒食后，酒醒却咨嗟。休对故人思故国，且将新火试新茶。诗酒趁年华。

念奴娇

大江东去，浪淘尽、千古风流人物。故垒西边，人道是、三国周郎赤壁。乱石穿空，惊涛拍岸，卷起千堆雪。江山如画，一时多少豪杰。　　遥想公瑾当年，小乔初嫁了，雄姿英发。羽扇纶巾，谈笑间、强虏灰飞烟灭。故国神游，多情应笑我，早生华发。人间如梦，一尊还酹江月。

东坡词雄健有力气，为北宋冠。观《念奴娇》云"乱石穿空，惊涛拍岸，卷起千堆雪"，笔势豪雄，南宋惟岳飞《满江红》词有此气概，然"壮志饥餐胡虏肉，笑谈渴^②饮匈奴血"，亦嫌太露。东坡则处处显出诗人态度，如"遥想公瑾当年"，似嫌太露，而接以"小乔初嫁了"，便不见露，"强虏灰飞烟灭"似嫌太露，而接以"故国神游，多情应笑我，早生华发，人生如梦，一尊还酹江月"，便不露矣，足征文学全仗天才而无修养，毕竟作不出好文学，岳武穆是有天才人，所以能写出"怒发冲冠

---

① 尊前：各本多作"佳人"。
② 渴：原书作"喝"。

凭栏处，潇潇雨歇[①]，抬望眼，仰天长啸，壮怀激烈，三十功名
尘与土，八千里路[②] 云和月。莫等闲[③]，白了少年头，空悲切。

　　靖康耻犹未雪，臣子恨何时灭，驾长车踏破贺兰山缺，壮志
饥餐胡虏肉，笑谈渴[④] 饮匈奴血，待从头收拾旧山河，朝天阙"
之壮烈词调，惜欠缺文学修养，卒失之粗野。回头再看东坡词，
处处交关，处处收敛，处处显出词人手腕，大有上下床之别。张
炎《词源》称："东坡中秋《水调歌头》词清空中有意趣，无笔
力者未易到。"又谓东坡《永遇乐》"用事不为事所使"，又曰
"东坡词如《水龙吟》咏杨花[⑤]，咏闻笛，《过秦楼》、《洞仙
歌》、《卜算子》等皆清丽舒徐，高出人表，《哨遍》一曲，
隐括《归去来辞》[⑥]，更是精妙，周秦诸人所不能到"。沈义父
《乐府指迷》亦称东坡豪放，然东坡则甚赞秦少游《踏莎行》
"杜鹃声里斜阳暮"，东坡盖爱其婉约也。东坡于豪放中又兼婉
约，故能知己知彼。盖小令贵情柔声曼，若长调而亦喁喁细语，
失之约矣。必慷慨淋漓，沉雄悲壮，而又不粗野，乃为合作。
又东坡意、调往往分开，如《念奴娇》词，《古今词论》谓：
"'故垒西边，人道是、三国周郎赤壁'，论调则当于'是'字
读断，论意则当于'边'字读断。'小乔初嫁了，雄姿英发'，
论调则'了'字当属下句，论意则'了'字当属上句。'多情应

---

① 歇：原书作"欧"。
② 路：原书作"外"。
③ 闲：原书作"间"。
④ 渴：原书作"畅"。
⑤ 杨花：原书作"梅花"。
⑥ 《归去来辞》：原书作"归去来"，亦未标书名记号，据《词源》
　补。

笑我，早生华发’，‘我’字亦然。又《水龙吟》‘细看来不是杨花①，点点是离人泪’，调则当是‘点’字断句，意则当是‘花’字断，文自为文，歌自为歌，歌不碍文，文不碍歌，是故公雄才自放处。”

第七节　周邦彦

周邦彦，字美成，号清真，钱塘人。元丰初，以太②学生进《汴都赋》，神宗召为大学正。美成好音乐，能自度③曲。年六十六。著《片玉词》，宋时只名“清真”“片玉”之名，后人刘必钦所命。《宋史·艺文志》著录《清真集》十一卷。其词之佳者如：

浣溪沙

小院闲窗春色深，重帘未卷影沉沉。倚楼无语理瑶琴。　　远岫出云催薄暮④，细风吹雨弄轻阴。梨⑤花欲谢恐难禁。

虞美人

廉纤⑥小雨池塘遍。细点看⑦萍面。一双燕子守朱门。比似寻常时候、易黄昏。　　宜城酒泛浮春絮。细

---

① 杨花：原书作“梅花”。
② 太：原书作“大”。
③ 度：原书作“广”。
④ 暮：原书作“算”。
⑤ 梨：原书作“黎”。
⑥ 廉纤：原书作“帘纤”。
⑦ 看：原书作“开”。

作更阑①语。相将②羁思乱如云。又是一窗灯影、两愁人。

苏幕遮

陇云沉，新月小。杨柳梢头，能有春多少？试着罗裳寒尚峭。帘卷青楼，占得东风早。　翠屏深，香篆袅。流水落花，不管刘郎到。三叠阳关声渐杳③。断雨残云，只怕巫山晓。

红窗迥④

几日来、真个⑤醉。不知道、窗外乱红，已深半指。花影被风摇碎。拥春酲乍起。　有个人人⑥，生得济楚，来向耳畔⑦，问道今朝醒未？情性儿、慢腾腾地。恼得人又醉。

美成词末句最有力。如《虞美人》云"又是一窗灯影、两愁人"，其二"纵被行人惊散、又成双"，《玉楼春》云"夕阳深锁绿苔⑧门，一任卢郎愁里老"，《夜游宫⑨》云"有谁知，为萧娘，书一纸？"《红窗迥⑩》云"情性儿、慢腾腾地，恼得人

---

① 阑：原书作"兰"。
② 将：原书作"看"。
③ 渐杳：原书作"杳"，脱"渐"字。
④ 迥：原书作"回"。
⑤ 原书"真个"后脱"醉不知道"四字。
⑥ 人人：原书作"人"，脱一字。
⑦ 耳畔：原书作"耳边"。
⑧ 绿苔：原书作"绿杨"，当据《御选历代诗馀》，他本多作"绿苔"。
⑨ 宫：原书作"官"。
⑩ 迥：原书作"回"。

又醉"，《蝶恋花》云"此会未阑须记取，桃花几度吹红雨"，《解蹀躞》云"待凭征雁归时[1]，带将[2]愁去"，皆有绕绕不尽之致。张炎云："美成词只当看他浑成处，于软[3]媚中有气魄。采唐诗融化如自己者，乃其所长。惜乎意趣却不高远。"王国维曰："美成深远之致不及欧秦，唯言情体物，穷极工巧，故不失为第一流之作者。但恨创调之才多，创意之才少耳。"是也。

第八节　辛弃疾

辛弃疾，字幼安，号稼轩，济南人。生于宋高宗绍兴十年，少与党怀英同学，人称辛党。二十一岁为耿京掌书记。耿京为部众张安国所杀，张降金，辛弃疾夜袭金营，生擒张安国，戮之于市，遂为高宗所赏激，历官至湖南安抚使，创设飞虎营，雄镇一方，为江上诸军冠，时年四十岁。六十七岁，知绍兴府，又转江陵府，未几卒，谥忠敏。辛弃疾与朱熹友善。著《稼轩词》四卷，本子有二：一曰甲乙丙丁四卷本，今刊入陶氏景刊宋元明本词及赵氏校辑宋金元人词中；二曰元延祐信州刊本，《直斋书录解题》《宋史·艺文志》并著录。录词二首：

贺新郎

绿树听鹈鴂。更那堪、鹧鸪声住，杜鹃声切。啼到春归无啼处，苦恨芳菲都歇。算未抵、人间离别。马上琵琶关塞黑，更长门、翠辇辞金阙。看燕燕，送归

---

① 时：原书脱此字。
② 将：原书脱此字。
③ 软：原书作"轵"。

妾。　　将军百战身名裂。向河梁、回头万里，故人长绝。易水萧萧西风冷，满座衣冠似雪。正壮士、悲歌未彻。啼鸟还知如许恨，料不啼清泪长啼血。谁共我，醉明月。

永遇乐

千古江山，英雄无觅，孙仲谋处。舞榭歌台，风流总被，雨打风吹去。斜阳草树，寻常巷陌，人道寄奴曾住。想当年，金戈铁马，气吞万里如虎。　　元嘉草草，封狼居胥①，赢得仓皇北顾。四十三年，望中犹记，烽火扬州②路。可堪回首，佛狸祠下，一片神鸦社鼓。凭谁问、廉颇老矣，尚能饭否？

陈亦峰云："稼轩词自以《贺新郎》一篇为冠，沉郁苍凉，跳跃动荡，古今无此笔力。"刘后村撰稼轩文序，评其乐府曰"横绝四海③，扫空万古"。

张炎《词源》曰：辛稼轩《祝英台近》"景中带情，而有骚雅，故其燕酣之乐，别离之愁，回文题叶之思，岘首西州④之语，一寓于词。若能屏去浮艳，乐而不淫，是亦乐府之遗意"。

又曰：辛稼轩"作豪气词，非雅词也，于文章馀暇，戏弄笔墨⑤，为长短句之诗耳"。《乐府指迷》：东坡、稼轩"固豪放矣，不放处，未尝不叶律也"。周济《论词杂著》："稼轩不平

---

① 原书"狼居胥"后衍"意"字。
② 扬州：原书作"杨州"。
③ 四海：诸本多作"六合"。
④ 州：原书作"洲"，据《词源》改。
⑤ 笔墨：原书作"笔"，据《词源》改。

之鸣，随处辄发，有英雄语，无学问①语，故往往锋颖太露，然其才情富艳，思力果锐，南北两朝实无其匹。无怪流传之广且久也。世以苏辛并称，苏之自在处，辛偶能到之，辛之当行处，苏必不能到②，二公之词不可同日语也。"又曰：辛轩稼"郁勃故情深"，"纵横故才大"。王国维《人间词话》谓："东坡、稼轩词，须③观其雅量高致，有伯夷、柳下惠之风。"棠谓稼轩词妙在疏狂浪漫，故能写出赤子之心，如《沁园春》之"杯汝来前④，老子今朝，点检⑤形骸……叹汝于知己，真少恩哉。……杯再拜，道麾之即去，有召须来"，顺口道出，皆极自然，苟不通首看去，几令人忘其为词。

第九节　李清照

李清照，宋济南人，自号易安居士。父李格非，官礼部员外郎。二十一岁嫁⑥吏部侍郎赵挺之子明诚，结婚二载，明诚出仕，父挺之擢宰相，易安夫妇从此即大购碑文书帖。既明诚官青州、莱州，遂相偕作《金石录考证》。易安四十七岁时，明诚奔母丧赴金陵，金人陷青州，藏书付之一炬。俄明诚知湖州，病，时易安在池阳，得讯急东下，至建康，已病危，自此易安与明诚

---

① 学问：原书作"好问"。
② 到：原书作"行"。
③ 须：原书作"当"，据《人间词话》改。
④ 来前：原书作"前来"。
⑤ 点检：原书作"点掇"。按，此二字诸本亦有作"防检""检防"者，未见作"点掇"者。
⑥ 原书此处有"诸城"二字，据原书《刊误表》删。

遂永别矣。著《漱玉词》一卷，别本作五卷，《四库提要》著录仅得一十七阕本。其词之著者如《凤凰台上忆吹箫》：

> 香冷金猊，被翻红浪，起来慵自梳头。任宝奁尘满，日上帘钩。生怕离怀别苦，多少事、欲说还休。新来瘦，非干病酒，不是悲秋。　　休休。这回去也，千万遍《阳关》，也则难留。念武陵人远，烟锁秦楼。惟有楼前流水，应念我、终日凝眸。凝眸处，从今又添，一段新愁。

李太白、李后主、李易安，世称词家三李。易安词多入神之句，（贺黄公）但亦有"击缶韶外"之诮（张炎《词源》），其闺秀之优，究无骨者乎？（周济《论词杂著》）

第十节　姜夔

姜夔，字尧章，自号白石道人，又号石帚，鄱阳人。隐居不仕，与范成大、杨万里诸人相酬唱，卒于苏州。著有《白石诗》一卷、词五卷。

醉吟商小品

> 又正是春归，细柳暗黄千缕。暮鸦啼处。　　梦逐金鞍去。一点芳心休诉。琵琶解语。

淡黄柳（正平调，近客合肥）

> 空城晓角，吹入垂杨陌。马上单衣寒恻恻。看尽鹅黄嫩绿，都是江南旧相识。　　正岑寂，明朝又寒食。强携酒，小桥① 宅。怕梨花落尽成秋色。燕燕飞来，问

---

① 小桥：原书作"小乔"。

春何在？唯有池塘自碧。

张炎《词源》称"白石词如野云孤飞，去留无迹"，此言其清空也。咏梅二曲，前无古人，后无来者，自立新意，当为绝唱。周济《论词杂著》亦谓白石但主清空，又曰白石放旷故情浅，局促故才小，又曰白石以诗法入词，门径浅狭，如孙过庭书，但便后人模仿。王国维《人间词话》称白石有格而无情，又曰苏辛词中之狂，白石犹不失为狷。余谓白石词无甚佳句，但亦无甚劣句，平淡中显出苍老身手。

此外第二流作家，北宋有范仲淹希文，有《文正集》。录《苏幕遮》一首：

> 碧云天，红叶地，秋色连波，波上寒烟翠。山映斜阳天接水，芳草无情，更在斜阳外。　黯乡魂，追旅思，夜夜除非，好梦留人睡。明月楼高休独倚，酒入愁肠，化作相思泪。

张先子野，有《张子野词》二卷。录《渔家傲》一首：

> 巴子城头青草暮，巴山重叠相逢处。燕子占巢花脱树。杯且举，瞿塘水阔舟难渡。　天外吴门清霅路①。君家正在吴门住。赠我柳枝情几许。春满缕，为君将入江南去。

贺铸方回，有《东山寓声乐府》二卷。录《青玉案》一首：

> 凌波不过横塘路。但目送、芳尘去。锦瑟华年谁与度，月桥花院，琐窗朱户，只有春知处。　碧云冉冉

---

① 路：原书作"遂"。

蘅皋暮①，彩笔新题断肠句。若问闲情都几许，一川烟草，满城风絮，梅子黄时雨。

晁端礼次膺，有《闲斋琴趣》②六卷。录《绿鸭头》一首：

晚云收，淡天一片琉璃。烂银盘，来从海底，皓色千里澄辉。莹无尘，素娥淡伫，静可数、丹桂参差。玉露初零，金风未凛，一年无似此佳时。露坐久、疏萤时度，乌鹊正南飞。瑶台冷，栏干凭暖，欲下迟迟。　念佳人、音尘别后，对此应解相思。最关情、漏声正永，暗断肠、花影偷移。料得来宵，清光未减，阴晴天气又争知。共凝恋、如今别后，还是隔年期。人强健，清尊素影，长愿相随。③

刘过改之，有《龙洲④词》一卷。录《贺新郎》一首⑤：

老去相如倦。向文君、说似而今，怎生消遣？衣袂京尘曾染处，空有香红尚软。料彼此、魂消肠断。一枕新凉眠客舍，听梧桐、疏雨秋声颤。灯晕冷，记初见。　楼低不放珠帘卷。晚妆残、翠钿狼藉，泪痕凝⑥面。人道愁来须殢酒，无奈愁深酒浅。但寄兴、焦琴纨扇。莫鼓琵琶江上曲，怕荻花、枫叶俱凄怨。云万叠，寸心远。

---

① 暮：原书作"碧"。
② 《闲斋琴趣》：今通常题为"《闲斋琴趣外编》"。
③ 原书词后衍"唐多令"一行三字。
④ 龙洲：原书作"龙州"。
⑤ 一首：原书作"二首"。
⑥ 凝：原书作"疑"。

《唐多令》一首：

芦叶满汀洲，寒沙带浅流。二十年、重过南楼。柳下系船犹未稳，能几日、又中秋。　　黄鹤断矶头，故人曾到不？旧江山、浑是新愁。欲买桂花同载酒，终不似、少年游。

史达祖邦卿，有《梅溪词》一卷。录：

鹧鸪天

雁足无书古塞幽，一程烟草一程愁。　帽檐尘重风吹野，帐角香销月满楼。　　情思乱，梦魂浮。绡裙多忆敞貂裘。官河水静阑干暖，徙倚斜阳怨晚秋。

钗头凤

春愁远，春梦乱，凤钗一股轻尘满。江烟白，江波碧，柳户清明，燕帘寒食。忆、忆、忆。　　莺声晓，箫声短，落花不许春拘管。新相识，休相失[1]，翠陌吹衣，画楼横笛。得得得。

鹧鸪天[2]

雁足无书古塞幽，一程烟草一程愁。　帽檐尘重风吹野，帐角香销月满楼。　　情思乱，梦魂浮。绡裙多憾敞貂裘。官河水静阑干暖[3]，徙倚斜阳怨晚秋。

吴文英君特[4]，有《梦窗甲乙丙丁稿》四卷。录：

---

① 相失：原书作"相识"。

② 此作原书即重出。

③ 暖：原书作"嚅"。

④ 特：原书作"持"。

浣溪纱

门隔花深梦旧游，夕阳无语燕归愁，玉纤香动小帘钩。　　落絮无声春堕泪，行云有影月含羞，东风临夜冷于秋。

西江月

清梦重游天上，古香吹下云头。箫声三十六宫愁。高处花惊风骤。　　客路羁情不断，阑干晚色初[①]收。千山浓绿未成秋。谁见月中人瘦。

张炎叔夏玉田，有《山中白云》三卷。录《八声甘州》一首：

记玉关、踏雪事清游，寒气脆貂裘。傍枯林古道，长河饮马，此意悠悠。短梦依然江表，老泪洒西州。一字无题处，落叶都愁。　　载取白云归去，问谁留楚佩，弄影中洲？折芦花赠远，零落一身秋。向寻常、野桥流水，待招来、不是旧沙鸥。空怀感、有斜阳处，最怕登楼。

周密公瑾草窗，有《草窗词》二卷。录《一萼红[②]》一首：

步深幽。正云黄天淡，雪意未全[③]休。鉴曲寒沙[④]，茂林烟草，俯仰千古悠悠。岁华晚、飘零渐远，谁念我、同载五湖舟。磴古松[⑤]斜，崖阴苔老，一片清

---

① 初：各本多作"先"，此当据《御选历代诗馀》。
② 红：原书作"江"。
③ 未全：原书作"求全"。
④ 沙：原书作"河"。
⑤ 松：原书作"板"。

愁。 回首天涯归梦，几魂飞西浦，泪洒东州。故国山川，故园心眼，还似王粲登楼。最负他、秦鬟妆镜，好江山、何事此时游？为唤狂吟老监，共赋销忧。

汪元量大有，有^①《水云词》^②。录《莺啼序》一首：

金陵故都最好，有朱楼迢递。嗟倦客又此凭高，槛外已少佳致。更落尽梨花，飞尽杨花，春也成憔悴。问青山、三国英雄，六朝奇伟。 麦甸葵丘，荒台败垒，鹿豕衔枯荠。正潮打孤城，寂寞斜阳影里。听楼头、哀笳怨角，未把酒、愁心先醉。渐夜深、月满秦淮，烟笼寒水^③。 凄凄惨惨，冷冷清清，灯火渡头市。慨商女、不知兴废，隔江犹唱庭花，馀音亹亹。伤心千古，泪痕如洗。乌衣巷口青芜路，认依稀、王谢旧邻里。临春结绮，可怜红粉成灰，萧索白杨风起。 因思畴昔，铁索千寻，漫沉江底。挥羽扇，障西尘，便好角巾私第。清^④谈到底成何事。回首新亭，风景今如此^⑤。楚囚对泣何时已，叹人间今古真儿戏。东风岁岁还^⑥来，吹入钟山，几重苍翠。

王沂孙圣与^⑦，碧山、中仙，有《花外集》二卷。录《齐天乐》一首：

---

① 有：原书脱此字。
② 水云词：原书作"水云"，脱"词"或"集"字。
③ 水：原书作"永"。
④ 清：原书作"请"。
⑤ 如此：原书作"如昨"。
⑥ 还：原书作"退"。
⑦ 圣与：原书作"圣吴"。

一襟馀恨宫魂断，年年翠阴庭树。乍咽凉柯，还移暗叶，重把离愁深诉。西窗过雨，怪瑶佩流空，玉筝调柱。镜暗妆残，为谁娇鬓尚如许。　　铜仙铅泪似洗，叹移盘去远，难贮零露。病翼惊秋，枯形阅世，消得斜阳几度。馀音更苦。甚独抱清商，顿成凄楚。谩想熏风，柳丝千万缕。

陆游务观，有《剑南词》。录：

诉衷情

当年万里觅封侯，匹马戍①梁州。关河梦断何处？尘暗旧貂裘。　　胡未灭，鬓先秋，泪空流。此生谁料，心在天山，身老沧洲②。

好事近

客路苦思归，愁似茧丝千绪。梦里镜湖烟雨，看山无重数。　　尊前消尽少年狂，慵着送春③语。花落燕飞庭户，叹年光如许。

南北宋第三流作家如

黄庭坚有《山谷词》。录：

南乡子（重阳日宜州④城楼宴集即席作）

诸将说封侯，短笛长歌独倚楼。万事尽随风雨去，休休，戏马台南金络头。　　催酒莫迟留，酒味今秋似去秋。花向老人头上笑，羞羞，白发簪花不解愁。

---

① 戍：原书作"成"。
② 沧洲：原书作"沧州"。
③ 送春：原书作"还"。
④ 宜州：原书作"宣州"。

清平乐

春归何处？寂寞无行路。若有人知春去处^①，唤取归来同住。　　春无踪迹谁知？除非问取黄鹂。百啭无人能解，因风飞过蔷薇。

菩萨蛮

半烟半雨溪桥畔，渔翁醉着无人唤。疏懒意何长，春风花草香。　　江山如有待，此意陶潜^②解。问我去何之，君行到自知。

毛滂有《东堂词》。录：

浣溪沙（寒食初晴东堂对酒）

小雨初收蝶做团，和风轻拂燕泥干。秋千院落落花寒。　　莫对清尊追往事，更催新火续馀欢，一春心绪倚阑干。

叶梦得有《石林词》。录：

虞美人

一声鶗鴂^③催春晚，芳草连空远^④。年年馀恨怨残红，可是无情容易、爱随风。　　茂林修竹山阴道，千载谁重到。半湖流水夕阳前，犹有一觞一咏、似当年。

谢逸有《溪堂词》。录：

---

① 春去处：原书作"春处"。
② 陶潜：原书作"潜"。
③ 鶗鴂：原书作"啼鴂"。
④ 远：原书脱此字。

江神子（别情）

一江秋水碧湾湾，绕青山。玉连[1]环，帘幕低垂，人在画图间。闲抱琵琶寻旧曲，弹未了，意阑珊。　飞鸿[2]数点拂云端。倚阑看，楚天寒。拟倩东风，吹梦到长安。恰似梨花春带雨，愁满眼，泪阑干。

向子諲有《酒边词》。录：

阮郎归（绍兴乙卯大雪行鄱[3]阳道中）

江南江北雪漫漫，遥知易水寒。同云[4]深处是三关，断肠山又山。　天可老，海能翻，消除此恨难。频闻遣使问平安，几时銮辂还。

毛开[5]有《樵隐词》。录：

江城子

倚墙高树落惊禽。小窗深，夜沉沉。酒醒灯昏，人静更愁霖。惆怅行云留不住，携手处，却分襟。　悠悠风月两[6]关心。拥孤衾，恨难禁。何况一春，憔悴到如今。最苦清宵无寐极，相见梦，也难寻[7]。

蒋捷有《竹山词》。录：

---

① 连：原书作"莲"。
② 飞鸿：原书作"飞云"。
③ 鄱：原书作"翻"。
④ 同云：原书作"闲云"。
⑤ 毛开：原书作"毛并"。
⑥ 两：原书作"雨"。
⑦ 此数句，原书作"最苦清宵无寐，极想，梦也难寻"。

虞美人

丝丝杨柳丝丝雨，春在溟蒙处。楼儿^①忒小不藏愁。几度和云飞去、觅归舟。　　天怜客子乡关远，借与花消遣。海棠红近绿阑干。才卷朱帘，却又晚风寒。

程垓有《书舟词》。录：

摸鱼儿

掩凄凉、黄昏庭院，角声何处呜咽。矮窗曲屋风灯冷，还是苦寒时节。凝伫切。念翠被熏^②笼，夜夜成虚设。倚阑愁绝。听风竹声中，犀帏帐外，簌簌酿寒轻雪^③。　　伤心处，却忆当年轻别。梅花满院初发。吹香弄蕊无人见，惟有暮云千叠。情未彻。又谁料而今，好梦分胡越。不堪重说。但记得当初，重门锁处，犹有夜深月。

赵师使有《坦庵词》。录：

永遇乐

秋满衡皋，淡云笼月，晚来风劲。一抹残霞，数声过雁，还是黄昏近。凭高临远，倚楼凝^④睇，多少断愁^⑤幽兴。听渔村、鸣榔隐隐，别浦暮烟收暝。　　湘

---

① 楼儿：原书作"楼前"。
② 熏：原书作"重"。
③ 轻雪：原书作"雪"。按，此二句，《词综》作"犀帏影外，簌簌酿寒雪"。据观察，林之棠此节所列词作，多据《御选历代诗馀》，则当为"轻雪"。
④ 凝：原书作"疑"。
⑤ 断愁：原书作"断肠"。

妃起舞，芳兰纫佩，约略乱峰云鬓。景物悲凉，楚天澄
淡，过①尽归帆影。斜阳低处，远山重叠，萧树乱鸦成
阵。空无言，栏干凭暖，闷怀似困。

赵长卿有《惜②香乐府》。录：

浣溪沙（春暮）

柳老抛绵春已深，夹衣初试晓寒轻。别离无奈此时
情。 先自愁怀容易感，不堪闻底子规③声。西楼料
得数回程。

杨炎正④有《西樵语业》。录：

水调歌头

把酒对斜日，无语问西风。胭脂何事，都做颜色⑤
染芙蓉。放眼暮江千顷⑥，中有离愁万斛，无处落征
鸿。天在⑦阑干角，人倚醉醒中。 千万里，江南
北⑧，浙⑨西东。吾生如寄，尚想三径菊花丛。谁是中
州豪杰，借我五湖舟楫，去作钓鱼翁。故国且回首，此
意莫匆匆。

高观国有《竹屋痴语》。录：

---

① 过：原书作"更"。
② 惜：原书作"借"。
③ 子规：原书作"子思"。
④ 杨炎正：原书作"柳炎正"。
⑤ 颜色：原书作"歆色"。
⑥ 暮江千顷：原书作"莫江十顷"。
⑦ 天在：原书作"正在"。
⑧ 北：原书脱此字。
⑨ 浙：原书作"溯"。

醉落魄①

钩帘翠湿②。寒江上、雨晴风急。乱峰低处明残日。雁字成行，界破暮天碧。　　故人天外长为客，倚阑一望情何极？新来得个归消息。去棹回舟，数过几千只。

周必大有《近体乐府》。录：

醉落魄

才高句杰，飞黄却应鸾和节。新词聊卷波澜阔。泉玉淙琤③，犹不比清切。　　相逢未稳愁相别。南园烟草南楼月，阳关西出重吹彻。垂柳新栽，宁忍便攀折。

黄机有《竹斋诗馀》。录：

清平乐

西风猎猎，又是登高节。一片情怀无处说，秋满江头红叶。　　谁怜鬓影凄凉，新来更点吴霜。孤负荧囊菊盏，年年客里重阳。

山花子

流转春光又一年，春愁尽日④两眉尖。草草幽欢能几许？已天边。　　会得音书生羽翼，免教魂梦役关山。帘卷落花千万点，雨如烟。

石孝友有《金谷遗音》。录：

---

① 醉落魄：原书作"醉落花"。
② 湿：原书作"泾"。
③ 琤：原书作"挣"。
④ 春愁尽日：原书作"春尽日愁"。

阮郎归

烛花吹尽篆烟青，长波拍枕鸣。西风吹断雁鸿声，离人梦暗惊。　　乡思动，旅愁生，谁知此夜情。乱山重叠拥孤城，空江月自明。

菩萨蛮

雪香白尽江南陇，暖风绿到池塘梦。叠影上檐明，夜潮春水生。　　踏青何处去？杨柳桥边路。不见浣花人，汀洲空白蘋。

黄升有①《散花庵词》。录：

南柯子

天上传新火，人间试夹衣。定巢新燕觅香泥，不为绣帘朱户、说相思。　　侧帽吹飞絮，凭栏送落晖。粉痕销②淡锦书稀，怕见山南山北、子规啼。

卖花声

秋色满层宵，翯翯寒飙，一襟残照两无聊。数尽归鸦人不见，落木萧萧。　　往事欲魂消，梦想风标。春江涨绿水平桥。侧帽停鞭③沽酒处，柳软莺娇。

方千里有《和清真词》。录：

浣溪沙

杨柳依依窣地垂，曲尘波影渐平池，霏微细雨出鱼儿。　　先自别来容易瘦，那堪春去不胜悲？腰肢宽尽

---

① 升有：升，原书作"昺"。有，原书脱。
② 销：原书作"锁"。
③ 鞭：原书作"楩"。

缕金衣。

又

　　无数流莺远近飞，垂杨袅袅弄晴晖，断肠声里送春归。　　鬓影空思香雾湿，袜尘还想步波微，去年花下酒阑时。

刘克庄有《后村别调》。录：

沁园春（梦方孚若）

　　何处相逢？登宝钗楼，访铜雀台。唤厨人斫就，东溟鲸鲙，圉人呈罢，西极龙媒。天下英雄，使君与操，馀子谁堪共酒杯？车千乘，载燕南代北，剑客奇才。　　饮酣鼻息如雷，谁信被晨鸡催唤回。叹年光过尽，功名未立，书生老去，机会方来。使李将军，遇高皇帝，万户侯何足道哉？推衣起，但凄凉感旧，慷慨生哀。

长相思

　　烟凄凄，草凄凄，野火原头烧断碑，不知名姓谁。　　印累累，冢累累，千万人中几个归，荣华朝露① 晞。

张元干《芦川词》。录：

好事近

　　老去更思归，芳草正薰南陌。上巳② 又逢寒食，叹三年为客。　　吹花小雨湿秋千，闲却好春色。天甚不

---

① 露：原书作"霞"。
② 巳：原书作"己"。

怜人老，早教人归得。

张孝祥《于湖词》。录：

念奴娇

星沙初下，望重湖远水，长云漠漠。一叶扁舟，谁念我，今日天涯飘泊。平楚南来，大江东去，处处风波恶。吴中何地，满怀俱是离索。　　长记送我行时，绿波亭上，泣透青罗薄。樯燕低飞，人去后，依旧湘城帘幕。不尽山川，无穷烟浪，辜负秦楼约。渔歌声断，为君双泪倾落。

程珌《洺①水词》。录：

谒金门

烟漠漠，醉里看春都②错。过了清明迟一着，牡丹重约摸。　　晓日渐明檐角，天与芳辰难却。驻得韶华元有药③，桃源谁共约。

葛立方《归愚词》。录：

春光好（寒食将过淮作）

禁烟却酿春愁，正系马、清淮渡头。后日清明催叠鼓，应在扬④州。归时元已⑤临流，要绮陌、芳郊恣游。三月羁怀当一洗，莫放觥筹。

王安中《初寮词》。录：

---

① 洺：原书作"洛"。
② 都：原书作"却"。
③ 药：原书作"叶"。
④ 扬：原书作"杨"。
⑤ 已：原书作"己"。

一落索

塞柳未传春信，霜花侵鬓。送君西去指秦关，看日近、长安近？　玉帐同时英俊，合离无定。路逢新雁北飞来，寄^①一字、燕山问^②。

陈亮《龙川词》。录：

水调歌头（送章德茂大卿使虏）

不见南师久，谩说北群空。当场只手，毕竟还我万夫雄。自笑堂堂汉使，得似洋洋河水，依旧只流东？且复穹庐拜，会向藁街逢。　尧之都，舜之壤，禹之封。于中应有，一个半个耻臣戎。万里腥膻如许，千古英灵安在，磅礴几时通？胡运何须问，赫日自当中。

李之仪《姑溪词》。录：

卜算子

我住长江头，君住长江尾。日日思君不见君，共饮长江水。　此水几时休，此恨何时已。只愿君心似我心，定不负相思意。

蔡伸《友古词》。录：

满庭芳

烟锁长堤，云横孤屿，断桥流水溶溶。凭栏凝望，远目送征鸿。桃叶溪边旧事，如春梦、回首无踪。难忘

---

① 寄：原书脱此字。
② 问：原书作"间"。原书此数句断为"路逢新雁北飞来，一字燕山间"。

处，紫薇①花下，清夜一樽同。　　东城，携手地，寻芳选胜，赏遍珍丛。念紫箫声阕，燕子楼空。好是卢郎未老，佳期在、端有相逢。重重恨，聊凭红叶，和泪寄西风。

戴复古《石屏词》。录：

醉太平

长亭短亭，春风酒醒。无端惹起离情，有黄鹂数声。　　芙蓉绣茵，江山画屏。梦中昨夜分明，悔先行一程。

曾觌《海野词》。录：

忆秦娥

西风节，碧云卷尽秋宵月。秋宵月，关河千里，照人离别。　　尊前俱是天涯客。那堪三载遥相忆。遥相忆，年光依旧，渐成华发。

杨无咎《逃禅词》。录：

相见欢

不禁枕簟新凉，夜初长。又是惊回好梦、叶敲窗。　　江南望，江北望，水茫茫。赢得一襟清泪、伴馀香。

洪瑹《空同词》。录：

菩萨蛮（宿水口）

断虹远饮横江水，万山紫翠斜阳里。系马短亭西，丹枫明酒旗。　　浮生常客路，事逐孤鸿去。又是月黄

---

① 紫薇：原书作"紫微"。

昏，寒灯人闭门。

赵彦端《介庵词》。录：

谒金门

休相忆，明夜远如今日。楼外绿烟村幂幂[1]，花飞[2]如许急。　　柳岸晚来船集，波底斜阳红湿。送尽去云成独立，酒醒愁又入。

洪咨夔《平斋词》。录：

眼儿媚

平沙芳草渡头村，绿遍去年痕。游丝上下，流莺来往，无限销魂。　　绮窗深[3]静人归晚，金鸭水沉温。海棠影下，子规声里，立尽黄昏。

李昂英[4]《文溪词》。录：

菩萨蛮

云山叠叠[5]双眸短，梦魂夜趁行人远。千里共襟期，吟风饮月时。　　碧溪穿翠峡，雪意蓬萧飒。安得翅飞来，冲寒同访梅。

葛胜仲《丹阳词》。录：

浣溪沙

斗鸭[6]阑边晓露沾，华堂醉赏轴珠帘，插花人好手

---

① 幂幂：原书作"幕幕"。
② 花飞：原书作"花落"。
③ 深：原书作"溶"。
④ 李昂英：原书作"李公昂"。
⑤ 叠叠：原书作"叠垒"。
⑥ 鸭：原书作"鸦"。

纤纤。　　遮护轻寒施翠幄，标题仙品露牙签，词人遗恨独江淹。

侯寘《懒窟词》。录：

青玉案

三年牢落荒江路，忍明日、轻帆去。冉冉年光真暗度。江山无助，风波有险，不是留君处。　　梅花万里伤迟暮，驿使来时望佳句。我拼[①]归休心已许，短蓬孤棹，绿蓑青笠，稳泛潇湘雨。

沈端节《克斋词》。录：

虞美人

去年寒食初相见，花上[②]双飞燕。今年寒食又花开，垂下重帘不许、燕归来。　　隔帘听燕呢喃语，似说相思苦。东君都不管闲愁，一任落花飞絮、两悠悠。

张榘《芸窗词》。录：

青玉案

西风乱叶溪桥树，秋在黄花羞涩处。满袖尘埃推不去，马蹄[③]浓露，鸡声淡月，寂历荒村路。　　身名多被儒冠误，十载重来漫[④]如许。且尽清樽[⑤]公莫舞，六朝旧事，一江流水，万感天涯暮。

周紫芝《竹坡词》。录：

---

① 拼：原书作"伴"。
② 花上：原书作"花下"。
③ 蹄：原书作"啼"。
④ 漫：原书作"慢"。
⑤ 清樽：原书作"青尊"。

木兰花

江头雨后山如髻，催送新凉风有意。月来杨柳绿阴中，秋在梧桐疏影外。　　小窗纹簟凉如水，岁岁年年同此味。眼前不忍对西风，梦里更堪追往事。

吕滨老[①]《圣求词》。录：

卜算[②]子

云破月高悬，照我双双泪。人在朱桥转曲西，翠幕[③]重重闭。　　要见索商量，见了还无计。心似长檠一点灯，到晓清清地。

杜安世《寿域词》。录：

菩萨蛮

锦机织了相思字，天涯路远无由寄。寒雁只衔芦，何曾解寄书？　　缄封和血泪，目断西江水。拟欲托双鱼，问君有情无？

王千秋《审斋词》。录：

西江月

老去频惊节物，乱来依旧江山。清明雨过杏花寒，红紫芳菲何限？　　春病无人消遣，芳心有酒摧残。此情拍[④]手问阑干，为甚多愁我惯。

韩玉《东浦词》。录：

---

① 吕滨老：原书如此。按，常作"吕渭老"，亦作"吕滨老"。
② 算：原书作"箕"。
③ 幕：原书作"暮"。
④ 拍：原书作"怕"。

太常引

东城归路水云间，几曾放、梦魂闲。何日整归鞍，
又[1]人对、西风凭栏。　　温柔情性，系怀伤感，欲诉
诉应难。愁聚两眉端，又叠起、千山万山。

黄公度《知稼翁词》。录：

菩萨蛮

高楼目断南来翼，玉人依旧无消息。愁绪促眉端，
不随衣带宽。　　萋萋天外草，何处春归早。无语凭栏
干，竹声生暮寒。

陈与义《无住词》。录：

虞美人

十年花底承朝露，看到江南树。洛阳城里又东风，
未必桃花得似、旧时红。　　胭脂睡起春才好，应恨人
空老。心情虽在只吟诗，白发刘郎孤负、可怜枝。

卢祖皋《蒲江词》。录：

鹧鸪天

庭绿初圆结荫浓，香沟收拾树梢红。池塘少歇鸣蛙
雨，帘幕轻回舞燕风。　　春又老，笑谁同？澹烟斜日
小楼东。相思一曲临风笛，吹过云山第几重？

乌夜啼

柳色津头泫绿，桃花渡口啼红。一春又负西湖醉，
离恨雨声中。　　客袂迢迢西[2]塞，馀寒剪剪东风。谁

---

① 又：原书作"有"。
② 西：原书作"迢"。

家拂水飞来燕，惆怅^①小楼东。

卢炳《烘堂词》。录：

西江月

残雪犹馀远岭^②，晚烟半隐寒林。溶溶春涨绿波深，时有渔人钓艇。　　倚岸野梅坠粉，蘸^③溪宫柳摇金。凭栏凝伫酒初醒，料得谁知此景？

---

① 怅：原书作"恨"。
② 岭：原书作"领"。
③ 蘸：原书作"醮"。

第三十四章　宋词总述

　　词至宋为全盛时期。此时期之词，大都由诗陶融而出，于是作词之难，尤甚于诗，大有非诗人不能为词人之势。张炎《词源》云，美成负一代词名，所作之词，浑厚和雅，善于融化诗句。李笠翁曰，作词之难，难于上不似诗，下不似曲，立于二者之中。致[①]空疏者作词，无意肖曲，而不免仿佛[②]乎曲；有学问人作词，尽力避诗，究竟不离于诗。一则苦于习久难变，一则迫于舍此实无也。北宋词人如晏殊、欧阳修、晏几道，南宋词人如辛弃疾，皆从七言诗变化而出，间尤以几道、弃疾用之最显。若论词之神理骨性，则北宋词高健幽咽，南宋词情藻密妍，北宋词多就景叙情，南宋词多即事叙景，此其南北词人得失之大较也。

---

① 致：原书如此，或当为"大致"。按，此处林之棠当引自《古今词论》而字词小异。此"致"字，在李渔《窥词管见》中作"大约"。
② 仿佛：原书作"佛佛"。

第三十五章　宋代散文作家

第一节　欧阳修

欧阳修为宋代第一散文家，其生平，上章已详言之矣。欧公继韩柳，从事复古运动，其文之著者，如《苏子美文集序》：

> 余友苏子美之亡后四年，始得其平生文章遗稿于太子太傅杜公之家而集录之，以为十卷。子美，杜氏婿也，遂以其集归之而告于公曰："斯文，金玉也。弃掷埋没粪土，不能销蚀，其见遗于一时，必有收而宝之于后世者。虽埋没而未出，其精气光怪已能常自发见，而物亦不能掩也。故方其摈斥摧挫、流离穷厄之时，文章已自行于天下，虽其怨家仇人及尝能出力而挤之死者，至其文章则不能少毁而掩蔽之也。凡人之情，忽近而贵远。子美屈于今世，犹若此，其伸于后世，宜如何也？公其可无恨！"

> 予尝考前世文章政理之盛衰，而怪唐太宗致治几乎三王之盛，而文章不能革五代之馀习。后百有馀年，韩李之徒出，然后元和之文始复于古。唐衰，兵乱又百馀年而圣宋兴。天下一定，晏然无事，又几百年，而古文始盛于今。自古治时少而乱时多①，幸时治矣，文章或

---

① 时多：原书作"多时"。

不能纯粹，或迟久而不能及，何其难之[①]若是欤？岂非难得其人欤？苟一有其人，又幸而及出于治世，世其可不为之贵重而爱惜之欤？嗟吾子美！以一酒食之过，至废为民而流落以死，此其可以叹息流涕，而为当世仁人君子之职位宜与国家乐育贤材者惜也！

子美之齿少于予，而予学古文反在其后。天圣之间，予举进士于有司，见当时学者务以言语声偶摘裂，号为时文，以相夸尚。而子美独与其兄才翁及穆参军伯长作为古歌诗杂文，时人颇共非笑之，而子美不顾也。其后天子患时文之弊，下诏书讽勉学者以近古，由是其风渐息，而学者稍趋于古焉。独子美为于举世不为之时，其始终自守，不牵世俗趋舍，可谓特立之士也。

子美官至大理评事、集贤校理而废，后为湖州长史以卒，享年四十有一。其状貌奇伟，望之昂然，而即之温温[②]，久而愈可爱慕。其才虽高，而人亦不甚嫉忌，其击[③]而去之者，意不在子美也。赖天子聪明仁圣，凡当时所指名而排斥二三大臣而下，欲以子美为根而累之者，皆蒙保全，今并列于荣宠。虽与子美同时饮酒得罪之人，多一时之豪俊，亦被收采，进显于朝廷。而子美独不幸死矣，岂非其命也！悲夫！

之棠曰：欧公斤斤于复古运动，一则曰"韩愈出，然后元和

---

① 难之：原书作"难得"。
② 温温：原书作"以温温"。其断句为"即之以温，温久而愈可爱"。
③ 击：原书作"系"。

之文始复于古"，再则曰"宋兴几百年，而古文始盛于今"，其盛赞韩愈，盖欲恢宏周孔之道，追隆古之风，致天下于唐虞三代之治也[①]。卒位望通显，得展宏猷，宋兴三百年，振拔文风，当推公为第一。苏轼尝谈其文曰，论大道似韩愈，论事似陆贽，记事似司马迁，诗赋似李白。可谓知言。

第二节　苏洵

苏洵字明允，眉州眉山人。年二十七，始发愤为学。岁馀举进士，又举茂才异等，皆不中。悉焚常所为文，闭户益读书，遂通六经百家之说，下笔顷刻数千言。至于[②]嘉祐间，与其二子轼、辙皆至京师，翰林学士欧阳修上其所著书二十二篇[③]，既出，士大夫争传之，一时学者竞效苏氏为文章。所著《权书》《衡论》《几策》[④]，文多不可悉录。录其《心术篇》，《心术》曰：

> 为将之道，当先治心。太山覆于前而色不变，麋鹿兴于左而目不瞬。然后可以待敌。凡兵上义，不义虽利不动。夫惟义，可以怒士，士以义怒，可与百战。凡战之道，未战养其财，将战养其力，既战养其气，既胜养其心。谨烽燧，严斥堠，使耕者无所顾忌，所以养其

---

① 也：原书此处无此字，据原书《刊误表》补。

② 至于：疑当作"至和"。此处苏洵小传，系抄录《宋史》苏洵本传，本传此处作"至和、嘉祐间"。

③ 篇：原书作"编"。

④ 几策：原书据《宋史》本传作"机策"。

财；丰犒而优游之，所以养其力；小胜益急，小挫益厉[1]，所以养其气；用人不尽其所为，所以养其心。故士当蓄其怒、怀其欲而不尽。怒不尽，则有馀勇，欲不尽，则有馀贪。故虽并天下，而士不厌兵，此黄帝所以七十战而兵不殆也。

凡将欲智而严，凡士欲愚。智则不可测，严则不可犯，故士皆委己而听命，夫安得不愚。夫惟士愚，而后可与之皆死。凡兵之动，知敌之主，知敌之将，而后可以动于崄。邓艾缒兵于穴中，非刘禅之庸，则百万之师可以坐缚，彼固有所侮而动也。故古之贤将，能以兵尝敌，而又以敌自尝，故[2]去就可以决。

凡主将之道，知礼而后可以举兵，知势而后可以加兵，知节而后可以用兵。知礼则不屈，知势则不沮，知节则不穷。见小利不动，见小患不迁，小利小患，不足以辱吾技也，夫然后有以支大利大患。夫惟养技而自爱者无敌于天下，故一忍可以支百勇，一静可以制百动。

兵有长短，敌我一也。敢问：吾之所长，吾出而用之，彼将不与吾校；吾之所短，吾敛而置之，彼将强与吾角。奈何？曰：吾之所短，吾抗而暴之，使之疑而却；吾之所长，吾阴而养之，使之狎而堕其中。此用长短之术也。

---

① 此二句，原书脱中间四字，作"小胜益厉"。
② 故：原书作"就"。

善用①兵者使之无所顾，有所恃。无所顾，则知死之不足惜，有所恃，则知不至于必败。尺棰当猛虎，奋呼而操击，徒手遇蜥蜴，变色而却步，人之情也。知此者可以将矣。袒裼而按剑，则乌获不敢逼；冠胄衣甲，据兵而寝，则童子弯弓杀之矣。故善用兵者以形固，夫能以形固，则力有馀矣。

宰相韩琦见其书，善之，奏于朝，召试舍人院②，辞疾不至，遂除秘书省校书郎。会太常修纂建隆以来礼书③，乃以为霸州文安主簿，与陈州项城令姚辟同修礼书，为《太常因革礼》一百卷。书成，方奏，未报，卒。……有文集二十④卷。录：

苏明允《族谱引》

苏氏族谱，谱苏氏之族也。苏氏出于高阳，而蔓延于天下。唐神龙⑤初，长史味道刺眉州，卒于官，一子留于眉。眉之有苏氏自此始。而谱不及者，亲尽也。亲尽则曷为不及？谱为亲作也。凡子得书，而孙不得书者，何也？以著代也。自吾之父，以至吾之高祖，仕不仕，娶某氏，享年几，某日卒，皆书，而他不书者，何也？详吾之所自出也。自吾之父，以至吾之高祖，皆曰讳某，而他则遂名之，何也？尊⑥吾之所自出也。谱为

---

① 善用：原书脱此二字。
② 院：原书前衍"入"字。
③ 礼书：原书作"礼"，据《宋史》补"书"。
④ 二十：原书作"十"，据《宋史》改。
⑤ 神龙：原书作"神尧"。
⑥ 尊：原书脱此字。

苏氏作，而独吾之所自出得详与尊[1]，何也？谱，吾作也。呜呼！观吾之谱者，孝弟之心，可以油然而生矣。

情见于亲，亲见于服，服始于衰，而至于缌麻，而至于无服。无服则亲尽，亲尽则情尽，情尽则喜不庆，忧[2]不吊。喜不庆，忧[3]不吊，则途人也。吾所与[4]相视如[5]途人者，其初[6]兄弟也。兄弟其初，一人之身也。悲夫！一人之身，分而至于途人，此吾谱之所以作也。其意曰：分至于途人者，势也。势，吾无如之何也。幸其未至于途人也，使其无至于[7]忽焉可也。呜呼！观吾之谱者，孝弟之心，可以油然而生矣。

系之以诗曰：吾父之子，今为吾兄。吾疾[8]在身，兄呻不宁。数世之后，不知[9]何人。彼死而生，不为戚欣。兄弟之情，如足如手，其能几何？彼不相能，彼独何心！

苏明允文沉实有骨气，但不若欧公之柔婉。观上诸作，非阅世久、学力厚者不能道。

---

① 尊：原书作"草"。
② 忧：原书作"丧"，据《嘉祐集》卷十四改。
③ 忧：原书作"丧"。
④ 所与：原书作"正与"。
⑤ 如：原书作"始"。
⑥ 初：原书作"出"。
⑦ 至于：原书作"于"。
⑧ 疾：原书作"族"。
⑨ 知：原书作"属"。

第三节　苏轼

苏轼生平，已见前章。其文之著者[1]，如《祭欧阳文忠公文》：

鸣呼哀哉！公之生[2]于世，六十有六年。民有父母，国有蓍龟，斯文有传，学者有师，君子有所恃而不恐，小人有所畏而不为。譬如大川乔岳，不见其运动，而功利之及于物者，盖不可以数计而周知。今公之殁也，赤子无所仰芘，朝廷无所稽疑，斯文化为异端，而学者至于用夷。君子以为无为为善，而小人沛[3]然自以为得时。譬如深渊大泽，龙亡而虎逝，则变怪杂出，舞鳅鳝而号狐狸。昔其未用也，天下以为病；而其既用也，则又以为迟。及其释位[4]而去也，莫不冀其复用；至其请老[5]而归也，莫不惆怅失望。而犹庶几于万一者，幸公之未衰。孰谓公无复有意于世也，奄一去而莫予追！岂厌世[6]溷浊，洁身而逝乎？将民之无禄，而天莫之遗[7]？

昔我先君，怀宝遁世，非公则莫能致。而不肖无

① 者：原书脱，整理者补。
② 生：原书脱此字。
③ 沛：原书作"汤"。
④ 位：原书作"使"。
⑤ 请老：原书作"将老"。
⑥ 厌世：原书作"将"。
⑦ 遗：原书作"遣"。

状，因缘出入，受教于门下者，十有六年于兹。闻公之丧，义当匍匐往吊，而怀禄不去，愧古人以忸怩。缄词千里，以寓一哀而已矣。盖上以为天下恸，而下以哭其私。

东坡文气概独雄千古，方之明允，则可一览而知。一为老年人文，一为少年人文；一为学历甚富者之作，一为聪明人之作。

第四节　苏辙

苏辙，字子由。年十九，与兄轼同登进士科，……时父洵被命修礼书，兄轼签书凤翔判官。辙乞养亲京师。三年，轼还，辙为大名推官。逾年丁父忧，服除，神宗立已二年，辙上书言事，召对延和殿。时王安石以执政与陈升之领三司条例，命辙为之属。吕惠卿附安石，辙与论多相忤。安石出《青苗书》，使辙熟议，曰："有不便，以告勿疑。"辙曰："以钱贷民，使出息二分，本以救民，非为利也。然出纳之际，吏缘为奸，虽有法不能禁；钱入民手，虽良民不免妄用；及其纳钱，虽富民不免逾限。如此，则恐鞭棰必用，州县之事，不胜烦矣。唐刘晏掌国计，未尝有所假贷。有尤之者，晏曰：'使民侥幸得钱，非国之福；使吏倚法督责，非民之便。吾①虽未尝假贷，而四方丰凶贵贱，知之未尝逾时。有贱必籴，有贵必粜，以此四方无甚贵、甚贱之病，安用贷为？'晏之所言，则常平法耳。今此法见在，而患不修，公诚能有意于民，举而行之，则晏之功可立俟也。"安石

---

① 吾：原书作"公"，据《宋史·苏辙传》改。

曰："君言诚有理，当徐思之。"自此逾月不言青苗。

蔡京当国，降朝请大夫，罢祠，居许州，再复太中大夫致仕。筑室于许，号颍滨遗老，自作传万馀言，不复与人相见。终日默坐，如是者几十年。政和二年卒，年七十四。追复端明殿学士。淳熙中，谥文定。辙性沉静简洁①，不愿人知之。所著《诗传》《春秋传》《古史》《老子解》《栾城文集》，并行于世。其文以《上枢密韩太尉书》最有名：

太尉执事：辙生好为文，思之至深，以为文者气之所形，然文不可以学而能，气可以养而致。孟子曰我②善养吾浩然之气，今观其文章，宽厚宏博，充乎天地之间，称其气之小大。太史公行天下，周览四海名山大川，与燕赵间豪俊③交游，故其文疏荡，颇有奇气。此二子者，岂尝执笔学为如此之文哉？其气充乎其中，而溢乎其貌，动乎其言，而见乎其文，而不自知也。

辙生十有九年矣，其居家所与游者，不过其邻里乡党之人，所见不过数百里之间，无高山大野可登览以自广。百代之书虽无所不读，然皆古人之陈迹，不足以激其志气。恐遂汩没，故决然舍去，求天下奇闻壮观，以知天地之广大。过秦汉之故都，恣观终南、嵩、华之高，北顾黄河之奔流，慨然想见古之豪杰。至京师，仰观天子宫阙之壮与仓廪、府库、城池、苑囿之富且大

---

① 简洁：原书作"简读"，据《宋史》改。
② 我：原书作"吾"。
③ 豪俊：原书作"豪杰"。

也，而后知天下之巨丽。见翰林欧阳公，听其议论之宏辩，观其容貌之秀伟，与其门人贤士大夫游，而后知天下之文章聚乎此也。太尉以才略冠天下，天下之所恃以无忧，四夷之所惮以不敢发，入则周公、召公，出则方叔、召虎。而辙也未之见焉。且夫人之学也，不志其大，虽多而何为？辙之来也，于山见终南、嵩、华之高，于水见黄河之大且深，于人见欧阳公，而犹以为未见太尉也。故愿得观贤人之光耀，闻一言以自壮，然后可以尽天下之大观而无憾者矣。

辙年少，未能通习吏事。向之来，非有取于斗升之禄，偶然得之，非其所乐。然幸得赐归待选，使得优游数年之间，将归益治其文，且学为政。太尉苟以为可教而辱教之，又幸矣。

《宋史》称子由"为文汪洋澹泊①，似其为人"，余谓子由文雄中又略见疏狂，不若东坡之稳健，观《上枢密韩太尉书》可以知之矣。

第五节　曾巩

曾巩，字子固，建昌南丰人。生而警敏。……卒年六十五。巩性孝友，父亡，奉继母益至，抚四弟、九妹于委废单弱之中，宦学婚嫁，一出其力。为文章上下驰骋，愈出而愈工，本原于六经，斟酌于司马迁、韩愈，一时工作文词者鲜能过也。少与王安

---

① 泊：原书作"汩"。

石游，安石声誉未振，巩导之于欧阳修。及安石得志，遂与之异。神宗尝问："安石何如人？"对曰："安石文学行义，不减扬雄，以吝故不及。"帝曰："安石轻富贵，何吝也？"曰："所谓吝者，谓其勇于有为，吝于改过也。"帝然之。吕公著尝告神宗，以巩为人行义不如政事，政事不如文章，以是不大用。作《宜黄县学记》云：

> 古之人，自家至于天子之国，皆有学，自幼至于长，未尝去于学之中。学有诗书六艺、弦歌洗爵、俯仰之容、升①降之节，以习其心体、耳目、手足之举措。又有祭祀、乡射②、养老之礼，以习其恭让；进材、论狱、出兵授捷之法，以习其从事。师友以解其惑，劝惩以勉其进，戒其不率，其所以为具如此。而其大要，则务使人人学其性，不独防其邪僻放肆也。虽有刚柔缓急之异，皆可以进之于中，而无过不及。使其识之明，气之充于其心，则用之于进退语默之际，而无不得其宜；临之以祸福死生之故，而无足动其意者。为天下之③士而所以养其身之备如此，则又使知天地事物之变，古今治乱之理，至于损益废置④、先后始终之要，无所不知。其在堂户之上，而四海九州之业、万世⑤之策皆得。及出而履天下之任，列百官之中，则随所施为，无

---

① 升：原书作"心"。
② 乡射：原书作"乡社"。
③ 之：原书无此字。
④ 废置：原书作"废兴"。
⑤ 万世：原书作"万事"。

不可者。何则？其素所学问然也。

盖凡人之起居、饮食、动作之小事，至于修身为国家天下之大体，皆自学出，而[1]无斯须去于教也。其动于视听四支者，必使其洽于内；其谨[2]于初者，必使其要于终。驯之以自然，而待之以积久。噫，何其至也。故其俗之成，则刑罚措；其材之成，则三公百官得其士[3]。其为[4]法之永，则中材可以守；其入人之深，则虽更衰世而不乱。为教之极至此，鼓舞天下，而人不知其从之，岂用力也哉？

及三代衰，圣人之制[5]作尽坏。千馀年之间，学有存者，亦非古法。人之体性之举动，唯其所自肆，而临政治人之方，固[6]不素讲。士有聪明朴茂之质[7]，而无教养之渐，则其材之不成，固然。盖以不学未成之材，而为天下之吏，又承衰弊之后，而治不教之民。呜呼，仁政之所以不行，盗贼、刑罚之所以积，其不以此也欤！

宋兴几百年[8]矣，庆历三年[9]，天子图当世之务，

---

① 而：原书作"有"。
② 谨：原书作"仅"。
③ 得其士：原书作"得生"。
④ 为：原书脱此字。
⑤ 制：原书作"判"。
⑥ 固：原书作"因"。
⑦ 质：原书作"侦"。
⑧ 百年：原书作"四百年"。
⑨ 三年：原书作"元年"。

而以学为先，于是天下之学乃得立。而方此之时，抚州之宜黄犹不能有学。士之学者皆相率而寓于州，以群聚讲习。其明年，天下之学复废，士亦皆散去，而春秋释奠之事以著于令，则常以庙祀孔氏，庙废不复理。皇祐元年，会令李君详至，始议立学。而县^①之士某某与其徒皆自以谓得发愤于此，莫不相励而趋为之。故其材不赋而美，匠不发而多。其成也，积屋之区若干，而门序正位^②，讲艺之堂、栖士之舍^③皆足。积器之数若干，而祀饮寝食之用皆具。其像孔氏而下从祭之士皆备。其书经史百家、翰林子墨之文章无外求者。其相基会作之本末，总为日若干而已，何其周且速也？当四方学废之初，有司之议，固以谓学者人情之所乐。及观此学之作，其在废学^④数年之后，唯其令之一唱，而四境之内响应，而图之如恐不及。则夫言人之情不乐于学者，其果然也欤？

　　宜黄之学者，固多良士。而李君之为令，威行爱立，讼清事举^⑤，其政又良也。夫及良令之时，而顺其慕学发愤之俗，作为宫^⑥室教肄之所，以至^⑦图书器用之须，莫不皆有，以养其良材之士。虽古之去今远矣，

---

① 县：原书作"孙"。
② 正位：原书作"正值"。
③ 舍：原书作"合"。
④ 学：原书作"学子"。
⑤ 事举：原书作"可举"。
⑥ 宫：原书作"官"。
⑦ 以至：原书作"以致"。

然圣人之^①典籍皆在，其言可考，其法可求，使^②其相与学而明之，礼乐节文之详，固有所不得为者。若夫正心修身，为国家天下之大务，则在其进之而已。使一人之行修移之于一家，一家之行修移^③之于乡邻族党，则^④一县之风俗成，人材出矣。教化之行，道德之归，非远人也，可不勉欤！县之士^⑤来请曰："愿有记。"故记之。十二月某日也。

曾子固^⑥文类似明允，但沉实有馀，骨气不足，学力之不逮也。

第六节　王安石

王安石，字介甫，抚州临川人。

父益，都官员外郎。

安石少好读书，一过目终身不忘。其属文动笔如飞，初若不经意，既成，见者皆服其精妙。友生曾巩携以示欧阳修，修为之延誉。

擢进士上第，签书淮南判官。旧制，秩满许献文求试馆职，安石独否。

再调知鄞县，起堤堰，决陂塘，为水陆之利；贷谷与民，出

---

① "莫不皆有"至此，原书脱漏。
② 使：原书脱此字。
③ 移：原书作"掇"。
④ 则：原书作"名"。
⑤ 士：原书脱此字。
⑥ 子固：原书作"子由"。

息以偿，俾新陈相易，邑人便之。

通判舒州。文彦博为相，荐安石恬退，乞不次进用，以激奔竞之风。寻召试馆职，不就。

修荐为谏官，以祖母年高辞。修以其须禄养言于朝，用为群牧判官，请知常州。移提点江东刑狱，入为度支判官，时嘉祐三年也。

安石议论高奇，能以辨博济其说，果于自用，慨然有矫世变俗之志。于是上万言书，以为："今天下之财力日以困穷，风俗日以衰坏，患在不知法度，不法先王之政故也。法先王之政者，法其意而已。法其意，则吾所改易更革，不至乎倾骇天下之耳目，嚣天下之口，而固已合先王之政矣。因天下之力以生天下之财，取天下之财以供天下之费，自古治世，未尝以财不足为公患也，患在治财无其道尔。在位之人才既不足，而闾巷草野之间亦少可用之才，社稷之托，封疆之守，陛下[①]其能久以天幸为常，而无一旦之忧乎？愿监苟且因循之弊，明诏大臣，为之以渐，期合于当世之变。臣之所称，流俗之所不讲，而议者以为迂阔而熟烂者也。"

后安石当国，其所注措，大抵皆祖此书。

俄直集贤院。先是，馆阁之命屡下，安石屡辞。士大夫谓其无意于世，恨不识其面。朝廷每欲俾以美官，惟患其不就也。

明年，同修起居注，辞之累日[②]。阁门吏赍敕就付之，拒不受；吏随而拜之，则避于厕；吏置敕于案而去，又追还之。上章

---

① 陛下：原书脱此二字。

② 累日：原书作"累累"。

555

至八九，乃受。

遂知制诰，纠察在京刑狱，自是不复辞官矣。……

二年二月，拜参知政事。

上谓曰："人皆不能知卿，以为卿但知经术，不晓世务。"安石对曰："经术正所以经世务，但后世所谓儒者，大抵皆庸人，故世俗皆以为经术不可施于世务尔。"上问："然则卿所施设以何先？"安石曰："变风俗，立法度，正方今之所急也。"上以为然。

于是设制置三司条例司 ①，命判知枢密院事陈升之同领之。安石令其党吕惠卿预其事。而农田水利、青苗、均输、保甲、免役、市易、保马、方田诸役相继并兴，号为"新法"，遣提举官四十馀辈，颁行分下。

青苗法者，以常平籴本作青苗钱，散与人户，令出息二分，春散秋敛。

均输法者，以发运之职改为均输，假以钱货。凡上 ②供之物，皆得徙贵就贱，用近易远，预知在京仓库所当 ③办者，得以便宜蓄买。

保甲之法，籍乡村之民，二丁取一，十家为保，保丁皆授以弓弩，教之战阵。

免役之法，据家赀高下，各令出钱，雇 ④人充役。下至单丁、女户，本来无役者，亦一概输钱，谓之助役钱。

---

① 条例司：原书作"修例"。

② 上：原书作"下"。

③ 当：原书作"常"。

④ 雇：原书作"顾"。

市易之法，听人赊贷县官财货，以田宅或金帛为抵当，出息十分之二，过期不输，息外每月更加罚钱百分之二。

保马之法，凡五路义保愿养马者，户一匹，以监牧见马给之，或官与其直，使自市。岁一阅其肥瘠，死病者补偿。

方田之法，以东、西、南、北各千步，当四十一顷六十六亩一百六十步为一方，岁以九月，令、佐分地计量，验地土肥瘠，定其色号，分为五等。以地之等，均定税数。

又有免行钱者，约京师百物诸行利入厚薄，皆令纳钱，与免行户祗应。

自是四方争言农田水利，古陂废堰，悉务兴复。

又令民封状增价，以买坊场。

又增茶监^①之额。

又设措置河北籴使司，广积粮谷于临流州县，以备馈运。

由是赋敛愈重，而天下骚然矣。

御史中丞吕诲，论安石过失十事。帝为出诲，安石荐吕公著代之。

安石之再相也，屡谢病求去。及子雱死，尤悲伤不堪，力请解几务。上益厌之，罢为镇南军节度使、同平章事、判江宁府。

明年，改集禧观使，封舒国公。屡乞还将相印。

元丰二年^②，复拜左仆射、观文殿大学士。换特进，改封荆。

哲宗立，加司空。

---

① 监：原书作"盐"。
② 二年：原书作"三年"。

元祐元年，卒，年六十六[①]，赠太傅。

绍圣中，谥曰文，配享神宗庙庭。

崇宁三年，又配食文宣王庙，列于颜、孟之次。追封舒王。钦宗时，杨时以为言，诏停之。高宗用赵鼎、吕聪问言，停宗庙配享，削其王封。

初，安石训释《诗》《书》《周礼》既成，颁之学官，天下号曰"新义"。晚居金陵，又作《字说》，多穿凿傅会。其流入于佛、老。一时学者，无敢不传习，主司纯用以取士，士莫得自名一说，先儒传注，一切废不用。黜《春秋》之书，不使列于学官，至戏目为"断烂朝报"。

安石未贵时，名震京师。性不好华腴，自俸至俭。或衣垢不浣，面垢不洗，世多称其贤。蜀人苏洵独曰："是不近人情者，鲜不为大奸慝。"作《辩奸论》以刺之，谓王衍、卢杞，合为一人。

安石性强忮，遇事无可否，自信所见，执意不回。至议变法，而在廷交执不可。安石傅经义，出己意，辩论辄数百言，众不能诎。甚者谓"天变不足畏，祖宗不足法，人言不足恤"。罢黜中外老成人几尽，多用门下儇慧少年。久之，以旱引去。洎复相，岁馀罢，终神宗世[②]不复召，凡八年。

王安石纵横捭[③]阖，畅所欲言。其文在明允、东坡之间，贤于曾子固、苏子由远矣。

---

① 六十六：原书作"六十八"。

② 世：原书脱此字。

③ 捭：原书作"裨"。

　　欧苏王曾，在宋代虽称善为文，然究未有若何特异之成绩。所谓"唐宋八大家"者，亦只就唐宋八大家耳。其他理学派之周、程、张、邵、朱、陆之流，文索[①]主张辞达而已，专尚理智，不通情感，亦无涉于文流矣。

---

　　① 文索：原书如此，或当为"大率"之误。

第三十六章　宋诗

宋代文学[1]之盛不亚于唐，而诗独不鸣者，以有李杜在先，观于海者难[2]为水也。

此时代诗人如杨亿、刘筠之仿西昆体，王禹偁、徐铉之仿白体，寇準、林逋等之仿晚唐体，苏、黄、陈之元祐体，黄山谷之江西宗派体、山谷体及后山体，王荆公体，邵康节体，然皆取法乎上仅得其中也。

惟无中取有，则[3]梅尧臣、苏舜卿、欧阳修、王安石、苏东坡在北宋固[4]盛极一时，至南宋叶梦得、陆游、范成大、杨万里，乃登峰造极。其最著者，北宋当推东坡，南宋当推陆游。

第一节　苏轼

东坡事略已见前章。今录共诗三首。

（一）竹阁

海山兜率两茫然，古寺无人竹满轩。白鹤不留归后语，苍龙犹是种时孙。两丛恰[5]似萧郎笔，千亩空怀渭上村[6]。欲把新诗问遗像，病维摩诘更无言。

---

① 文学：原书作"诗学"，据原书《刊误表》改。
② 难：原书作"观"。
③ 惟无中取有，则：原书作"及"，据原书《刊误表》改。
④ 在北宋固：原书作"起，宋诗乃"，据原书《刊误表》改。
⑤ 恰：原书作"洽"。
⑥ 村：原书作"林"。

（二）正月二十日与潘、郭二生出郊寻春忽记去年是日同至女王城作诗乃和前韵

东风未肯入东门，走马还寻去岁村。人似秋鸿来有信，事如春梦了无痕。江城白酒三杯酽，野老苍颜一笑温。已约年年为此会，故人不用赋《招魂》。

（三）八月七日初入赣过惶恐滩

七千里外二毛人，十八滩头一叶身。山忆喜欢劳远梦（自注：蜀道有错喜欢铺，在大散关上①），地名惶恐泣孤臣。长风送客添帆腹，积雨浮舟减石鳞。便合与官充水手，此生何止②略知津？

刘熙载《艺概》称"东坡诗打通后壁说话，其精③微超旷，真足以开拓心胸，推倒豪杰"。

《二老堂诗话》称："白乐天为忠州刺史，有《东坡种花》二诗，又有《步东坡》诗云：'朝上东坡步，夕上东坡步。东坡何所爱，爱此新成树。'本朝苏文忠公不轻许可，独敬爱乐天，屡形诗篇。盖其文章皆主辞达，而忠厚好施，刚直尽言，与人有情，与物无着，大略相似。谪居黄州，始号东坡，其原必起于乐天忠州之作也。"

又曰："苏文忠公诗，初若豪迈天成，其实关键甚密。"是也。

---

① 上：原书作"山"。
② 止：原书作"岁"。
③ 精：原书作"积"。

第二节　陆游

陆游，字务观，号放翁，山阴人。年十二能诗文，以荫补官。孝宗时特赐进士出身。王炎宣抚[①]川陕，辟为干办公事。游素有志恢复中原，屡为炎陈进取之策。诗人范成大帅蜀，以为参议。绍兴元年，迁礼部郎中。嘉泰二年，同修国史。游年少慷慨，故其为诗词，多悲壮激烈。晚年渐归闲适，写自然景物，清丽可喜。本书所选，特取豪放一派。录诗四首：

（一）书愤

　　早岁那知世事艰，中原北望气如山。楼船夜雪瓜洲渡，铁马秋风大散关。塞上长城空自许，镜中衰鬓已先斑。出师一表真名世，千载谁堪伯仲间！

（二）冬夜泛舟有怀山南戎幕

　　钓船东去掠新塘，船迮篷低露篛[②]香。十里澄波明白石，五更残月伴清霜。飘飘枫叶无时下，袅袅菱歌尽意长。谁信梁州当日事，铁衣寒枕绿沉枪。

（三）书感

　　常记当年赋[③]子虚，公卿交口荐相如。岂知鹤发残年叟，犹读蝇头细字书？出处幸逃千载笑，功名从[④]负此心初。荒园落叶[⑤]纷如积，日暮归来自荷锄。

---

① 宣抚：原书作"抚"。
② 篛：原书作"蒻"。
③ 赋：原书作"贱"。
④ 从：原书作"纵"。
⑤ 叶：原书作"月"。

（四①）安流亭俟客不至独坐成咏

忆昔西征鬓未霜，拾遗陈迹吊微茫。蜀江春水千帆落，禹庙空山百草香。马影斜阳经剑阁，橹②声清晓下瞿唐。酒徒云散无消息，水榭凭栏泪数行。

放翁诗伟健清澈，如《书愤》云"楼船夜雪瓜洲渡，铁马秋风大散关"，何等伟健。《冬夜》云"十里澄波明白石，五更残月伴清霜"，何等清澈。南宋诗人，放翁而外，惟有杨万里有此情思，其《闲居初夏午睡起》云"日长睡起无情思，闲看儿童捉柳花"。棠十二龄时，最爱读万里诗，偶作《夜吟》云"孤灯对我跏趺坐，闲看猫儿过屋檐"，音③颇似之。

---

① 四：原书作"三"。
② 橹：原书作"得"。
③ 音：原书如此，似当作"意"。

第九编　元文学①

第三十七章　元代文学背景与戏曲发达之原因

元世祖以蒙古入主中华，其视汉文无异于今日欧美人士之视中文也。欧美人士来华，例须先习浅近之白话，然则元代蒙古人来华，自须先习白话。戏曲在文学中最白话化也，故元代文学，戏曲最为发达。

元以外族入主中土，宋朝文雅之士，多不愿立于其朝。若文天祥、谢枋得之流，虽国破家亡，犹殷殷以恢复为念。此外慷慨悲歌之士，含英咀华之辈，死难者尤指不胜屈。文士之仗义者既不立于朝，新进者必皆阿谀附势之辈，自以提倡白话文学以迎主上之心为务，盖语高深实无人能领会也。戏曲在文学中既最为白话化，故元代文学戏曲最为发达。

有元之初入中华也，分民族为四阶级，一蒙古，二色目，三汉人，四南人。其行政衙门长官，皆以蒙古人为之，汉人南人贰焉。一代之制，未有汉人、南人为正官者。中国习俗，向来重官

---

① 原书此标题在第三十八章之后。

轻民，所谓上之所好，下必有甚焉是也。外国人为中国官，彼之知中国古文学，自较中国人为难。避难趋易，人之常情，白话化之戏曲既较诗歌、辞赋为易学，则戏曲之日渐发达，又理势所必然也。

元至元六年，诏颁行天下，译书一切文字并用蒙古新字，同时创立蒙古学校，教授蒙古文字。九年，诏自今凡诏令并以蒙古字行。十二年，分翰林为二，设蒙文学士。

元主之心理，匪独欲避难趋易，从事浅近之通俗文学，彼直欲改革汉字，而以蒙古新字代汉字，至消灭中国文化而后止。然则戏曲畸形发达于元代，又中华文明之大幸矣。

第三十八章　戏曲之源①流

（关于元曲部分参考王国维《元曲考》②）

元代古文学不发达，其主要元素既由于古文学深奥不易学，然一时又不能强迫汉人认识蒙文，于是乃折衷于两者之间，特创通俗文学。凡朝廷之诏敕、典③章制度，以及官府之公文、民间之书札证据多用之。文学界受其影响，最白话化之文学戏曲因以发达，前章已详言之矣。盖戏曲原于《诗经》之问答体（如《国风》之《鸡鸣》《溱洧》《黄鸟》《株林》皆是。历来学者，对于《诗经》缺乏整个研究，致只知戏曲之原于《诗经》，而不知其源于上列四篇，知其原于上列四篇，当自本书始），一变而为《楚辞》，再变而为《乐府》，三变而为词曲，始有长短句。北宋时，有法曲、大曲，有蕃曲、队曲，有诸宫调，有传奇，有唱诨词，于是始有科白与唱相间。至南宋，乃有杂剧。此略言之也。

详言之，宋之滑稽戏大致与唐同。此滑稽戏，宋人亦谓之杂戏剧，或谓之新戏，但不以演事实为主，而以所含之意义为主。至其变为演事实之戏剧，则与当时之小说颇有关系。

至与戏剧更相近者，则为傀儡。傀儡原于周，汉末始用之于

---

① 源：原书作"原"。

② 《元曲考》：原书作"《元考曲》"。按，王国维著作无《元曲考》，原书此处附注文字，当是在书已排印之后仓促补入，故以小字添出，又未暇检核。

③ 典：原书作"曲"。

嘉会。唐之傀儡亦演故事。

傀儡之外尚有影戏，专以演故事为本。

戏剧之支流有打夜胡、讶鼓、舞队等。真正之戏剧，则须合言语、动作、歌唱以演一故事。

宋之歌曲词，最通行者为词，歌舞相兼者为传踏，亦谓之转踏、缠达。

宋时舞曲尚有曲破。

制曲之始，本为叙事而设，故宋金杂剧院本后尚用之。宋人乐曲之不限于一曲者，诸宫调之外，又有赚词。赚词者取一宫调之曲若干合之，以成一全体。

《武林旧事》所载官本杂剧二百八十本，用大曲者一百有三，法曲者四，用诸宫调者二，用普通词者三十有五，今仅存其目。此项官本杂剧，虽著录于宋末，然其中实有北宋之戏曲。如王子高《六幺①》一本，神宗元丰前之作是也。

殆至金始有院本之名称。金之倡妓居行院，因以其所唱之本名院本。元代院本、杂剧混合为一，盖元人参合宋金歌曲体裁以成一种新体。若追溯远流，则戏曲原于神巫，巫之事神，必用歌舞以乐神人。王国维谓在少皞之前，少皞不可考，其事盖周代已有之矣。《诗经·击鼓》之篇，《周礼》祀典之设，皆昭昭可考也。至若晋之优施，楚之优孟，秦之优旃，汉之俳优，晋之参军，北齐之代面、百戏，西域之拨头，隋末之踏摇娘，莫不原本歌舞。特巫以娱神，而优以娱人耳②。至唐则滑稽故事戏特别进

---

① 幺：原书作"么"。
② 耳：原书作"年"。

步，如代面、大面，拨头、钵头，踏摇娘，苏中郎，参军戏，樊哙排君难戏，樊哙排闷剧，皆盛极一时。其与歌舞戏异者，歌舞戏演故事，为应节之舞蹈，可永久排演，滑稽剧在一定之时地，以言语为随意之动作，以讽时事。其体有白有唱，取材于历史风俗，写照英雄义士、忠臣孝子节妇、才子佳人、神仙鬼怪等。元代文学至此乃蔚为大观。

第三十九章 元曲之分类

元曲分三类，杂剧、南剧、散曲是也；散曲又分小令、套数，小令略同于词，套数略同于杂剧之一折。但杂剧所以演故事，而套数则赋景物，杂剧有科白[①]，而套数无之。杂剧或借宫，或重韵，或衬字，而套数皆有限制也。

元曲有南曲、北曲之别，北曲一出歌者仅限一人，南曲则不拘人数。

蒙古崛兴，崇尚北曲，北曲多杂胡语。今元人北曲杂剧常见者共一百十七种，最常见者一种，即《西厢记》。近有吴昌龄之《西游记》、刘东生之《娇红记》，南曲院本存者仅《琵琶记》、《拜月亭》（一名《幽闺记》）二种。

就杂剧、南剧、散曲三种而论，唐代仅有歌舞剧及滑稽剧，至宋金二代始有纯粹演故事之剧，本子则无一存，故论真正之戏曲，不能不从杂剧始也。

元剧视前代剧之进步有二：（一）宋杂剧中用大曲者，次序不容颠倒，字句不容增减，格律至严，运用亦不灵便。元杂剧每剧皆用四折，每折易一宫调，每调中之曲必在十曲以上，视大曲为自由。（二）宋大曲大体只可谓之叙事，元剧则全为代言，元剧之形式材料虽有特色，而非尽出于创造。

---

① 科白：原书作"科目"。

第四十章　元曲之结构与内容名目

元剧以一宫调之曲一套为一折，普通杂剧，大率[1]四折，或加楔子，以足其未尽之意。其有增至十馀折者，则增数剧而成也。每折唱者只限一人，若末若旦。他色则有白无唱，若唱则限于楔子中，至四折中之唱者必为末或旦。而末与旦所扮，不必皆为剧中主要人物，苟剧中主要人物[2]于此折不唱，则亦退居他色，而以末或旦扮唱者，此定例也。此外有净，有丑，而末、旦二色复分多派。如末有外末、冲末、二末、小末；旦有老旦、大旦、小旦、旦徕、色旦、搽旦、外旦、贴旦等。《青楼集》云，凡妓以墨点破面为花旦，元剧中之色旦、搽旦即是也。外末、外旦又省为外，犹贴旦省为贴也。

何谓末旦？

案脚色之名，在唐时只有参军、仓鹘。至宋杂剧中，末泥为长，每一折四人或五人，引戏色分付，副净色发乔，副末色打诨[3]，或添一人名曰装孤。[4]《梦梁[5]录》云杂剧中末泥为长，则末泥或即戏头，然戏头分戏实出古舞中之舞头引舞，则末泥亦当出于古舞中之舞末。何谓末？前舞者退，后舞台者终其曲，谓之

---

① 大率：原书作"大索"。
② 人物：原书作"人"。
③ 诨：原书作"浑"。
④ 此数句原书断为："引戏色分付副净色，发乔，副末色，打浑，或添一人名曰装孤"。
⑤ 梁：原书作"梁"。

舞末。又长言之，则为末泥^①也。

净者，参军之促音。宋代演剧时，参军色手执竹竿子以面^②之，故参军亦谓之竹竿子。

副净为净之副，故宋人亦谓之参军。副净，古谓之参军。副末，古谓之苍鹘。鹘能击禽，故末可打副净也。

主张分付，皆编排命令之事，故其自身不复演戏。发乔者，盖乔作愚谬之态以供嘲讽，而打诨则益发挥之，以成一笑柄也。

何谓装孤、装旦？孤，当时官吏之称；旦，妇女之称。其假作官吏、妇女者，谓装孤、装旦。又，杂剧、院本、传奇之名，自古迄今，其义颇不一。宋时所谓杂剧，其初殆专指滑稽言之。

院本之名义亦不一。金之院本，与宋之杂剧略同。元人既创新杂剧，而又有院本，则院本殆即金之旧剧也。

传奇之名，实始于唐。唐裴铏所作《传奇》六卷，本小说家言，此传奇第一义也。至宋，则以诸宫调为传奇，则宋之传奇即诸宫调，一谓之古传，与戏曲亦无涉也。

元人则以元杂剧为传奇。

元剧中歌者与演者为一人，程羽文《盛明杂剧序》云："命意称名，原取颠谑，如曲^③欲熟而命以生，妇宜夜而名以旦，开场始事而为末，涂污不洁而云净，不过取当场哄然一噱，而技^④

---

① 泥：原书作"尼"。

② 面：疑当作"勾"。此数句似用王国维《宋元戏曲史·古剧之结构》："宋代演剧时，参军色手执竹竿子以勾之，……故参军亦谓之竹竿子。"《东京梦华录》卷九："参军色执竹竿子作语，勾小儿队舞。"

③ 曲：原书脱此字。

④ 技：原书作"枝"。

售矣。"

外末净丑生旦六者，"凡天地间智愚贤否、贵贱寿夭、男女华夷，有一事可传，有一节可录，新陈言于牍中，活死迹于场上。谁真谁假，是夜是年，总不出六人搬弄。状忠孝而神钦，状奸佞而色骇，状困穷[1]而心如灰，状荣显而肠似火，状蝉脱羽化，飘飘有凌云之思，状玉窃香偷，逐逐若随波之荡，可兴[2]可观，可惩[3]可劝，此皆才人韵士，以游戏作佛事，现身而为说法者[4]也。"

---

[1] 困穷：原书作"困窭"。

[2] 兴：原书作"乐"。

[3] 惩：原书作"征"。

[4] 者：原书无此字。

第四十一章　元曲之作家

元曲作者，王国维分为三期。第一期为蒙古时代，自太宗窝阔台取中原起，至世祖忽必烈南北统一止，约五十年，《录鬼簿》卷上所录之作者五十七人，大都在此。其人皆北方人也。第二时期为统一时代，从世祖至昭帝初年止，约六十年，《录鬼簿》所谓"已亡名公才人与余相知或不相知者"是也，其人则南方为多，否则北人而侨寓南方者也。第三时期为元末时代，约二十七年，《录鬼簿》所谓"方今才人"是也。棠按，此种分类，殊甚牵强。元代仅八十馀年，其作家大约皆在元开国初期。如关汉卿、杨显之、张国宝、石子章、王实父、高文秀、郑廷玉、白朴①、马致远、李文蔚、李直夫、吴昌龄、武汉臣、王仲文②、李寿卿、尚仲贤、石君宝、纪君祥、戴善夫③、李好古、孟汉卿、李行道、孙仲章、岳伯④川、康进之、孔文卿、张寿卿，皆是。第二期杨梓、宫天挺、郑光祖、范康、金仁杰、曾瑞、乔吉，第三期仅秦简夫、萧德祥、朱凯、王晔，皆不足名家。故本章元曲作家不再分期叙述。

第一节　关汉卿

关汉卿，号已斋叟，大都人。金末以解元贡于乡，后为太医

---

① 白朴：原书作"白横"。
② 文：原书作"父"。
③ 夫：原书作"甫"。
④ 伯：原书作"百"。

院尹，金亡不仕。作杂剧六十三种，现存十三种，中以《救风尘》《窦娥冤》最有名。《窦娥冤》为今《六月雪》之所本。汉卿之著录如右：

《关张双赴西蜀梦》

《闺怨佳人拜月亭》（元刊本，《录鬼簿》《正音谱》《也是园书目》并著录。"亭"，《录鬼簿》作"庭"。钱目[①]作《王瑞兰私祷拜月亭》）

《钱大尹智宠谢天香》

《杜蕊娘智赏金线池》

《望江亭中秋切鲙[②]》

《赵盼儿风[③]月救风尘》（《录鬼簿》作"烟月救风尘"[④]）

《关大王单刀会》

《温太真玉镜台》

《诈妮子调风月》

《包待制三勘蝴蝶梦[⑤]》

《感天动地窦娥冤》

《包待制智斩鲁斋郎》

《崔莺莺待月西厢记》第五剧[⑥]

---

① 钱目：原书作"钱穆"。
② 原书"鲙"后衍"旦"字。
③ 儿风：原书作"梦儿"。
④ 原书此条注置于《关大王单刀会》后，又脱"尘"字。
⑤ 梦：原书脱此字。
⑥ 第五剧：原书如此，当作"第五本"。旧说《西厢记》"草桥惊梦"之后，第五本为关汉卿所续。

录《救风尘》

朱氏曰：按全剧题目为"安秀才花柳成花烛"，正名为"赵盼儿风月救风尘"。剧中事实：郑州人周舍，在汴梁眷一歌妓宋引章，欲娶为妻，其母不愿，而引章亦誓欲嫁周。引章初与洛阳安秀实亦有嫁娶约，至是，安因求引章之手帕交赵盼儿往劝阻，引章不从。后引章嫁周舍，尝被毒打，乃遣人密告其母，使设计相救；其母复就商于赵盼儿。盼儿乃亲往郑州，假意欲嫁周舍，使先逐引章。周回家，即写休书与引章，逐之出。赵因挈引章逃归，周知受绐，往追引章，赵即以休书呈告郑州守，官判引章仍归安秀实，而治周以强占人妻之罪。

第二折

（周舍同外旦上，云）自家周舍是也。我骑马一世，驴背上失了一脚。我为娶这妇人呵，整整磨了半截舌头，才成得①事。如今着这妇人上了轿，我骑了马，离了汴京，来到郑州。让他轿子在头里走②，怕那一般的舍人说，"周舍娶了宋引章"，被人笑话。则见那轿子一晃一晃的，我向前打那抬轿的小厮，道："你这等欺我。"举起鞭子就打。问他③道："你走便走，晃怎么？"那小厮道："不干我事，奶奶在里边不知做什么。"我揭起轿帘一看，则见他精赤条条的，在里面打

---

① 得：原书作"彼"。
② 走：原书作"来"。
③ 问他：原书作"他们"。

筋斗。来到家中，我说："你① 套一床被我盖。"我到房里，只见被子倒高似床，我便叫那妇人在那里，则听的被子里答应道："周舍②，我③ 在被子里面哩。"我道："在被子里面做甚么？"他道："我套绵④ 子，把我翻在里头了。"我拿起棍来，恰待要打，他道："周舍，打我不打紧，休打了隔壁王婆婆。"我道："好也，把邻舍都翻在被里面！"（外旦云）我那里有这等事？（周舍云）我也说不得这许多。兀那贱人，我手里有打杀的，无有买休卖休的。且等我吃酒去，回来慢慢的打你。（下）（外旦云⑤）不信好人言，必有恓惶事。当初赵家姐姐劝我不听，果然进的门来，打了我五十杀威棒。朝打暮骂，怕不死在他手里？我这隔壁，有个王货郎，他如今去汴梁做买卖。我写一封书捎将去，着俺母亲和赵家姐姐来救我。若来迟了，我无那活的人也。天那，只被你打杀我也！（下）（卜儿哭⑥ 上，云）自家宋引章的母亲便是。有我女孩儿，从嫁了周舍，昨日王货寄信来，上写着道："从到他家，进门打了五十杀威棒。如今朝打暮骂，看看⑦ 至死。可急急

---

① 我说，你：原书作"我合妳"。原书"奶奶"作"妳妳"，"你"仍作"你"，故此处"妳"字亦误。

② 周舍：原书"周舍"前衍"问"字。

③ 我：原书脱此字。

④ 绵：原书作"棉"。

⑤ 云：原书脱此字。

⑥ 哭：原书作"英"。

⑦ 看看：原书作"看着"。

央赵家姐姐来救我。"我拿着书，去与赵家姐姐说知，怎生救他去。引章孩儿，则被你痛杀我也！（下）（正旦上，云）自家赵盼儿，我想这门衣饭，几时是了也呵！（唱）

〔商调·集贤宾〕咱这几年来，待嫁人心事有。听得道"谁揭债？谁买休？"他每待强巴劫深宅大院，怎知道折摧了舞榭歌楼。一个个眼张狂，似漏了网的游鱼，一个个嘴卢都，似跌了弹的斑鸠。御园中可不道是栽路柳，好人家怎容这等娼优？他每初时间有些实意，临老也没回头。

〔逍遥乐〕那一个不因循成就？那一个不顷刻前程？那一个不等闲间罢手？他每一做一个水上浮沤，和爷娘结下不厮见的冤仇，恰便似日月参辰和卯酉，正中那男儿机彀。他使那千般贞烈，万种恩情，到如今一笔都勾！

（卜儿上，云）这是他门首①，我索过去。（做见科，云）大姐，烦恼杀我也！（正旦云）奶奶，你为甚么这般啼哭？（卜儿云）好教大姐知道：引章不听你劝，嫁了周舍，进门去，打了五十杀威棒，如今打的看看至死，不久身亡。姐姐，怎生是好？（正旦云）呀，引章吃打了也！（唱）

〔金菊香〕想当日他暗成公事，只怕不相投。我作念你的言词，今日都应口。则你那去时，恰便似去秋。

---

① 门首：原书作"们首"。

他本是薄幸的班头，还说道有恩爱，结绸缪。

〔醋葫芦〕你铺排着鸳衾和凤帱，指望效天长共地久。蓦入门，知滋味，便合休！几番家眼睁睁打干净，待离了我这手。（带云）赵盼儿！（唱）你做的个见死不救，可不羞杀这桃园中，杀白马，宰乌牛。

（云）既然是这般呵，谁着你嫁他来？（卜儿云）大姐，周舍说誓来。（正旦唱）

〔幺篇〕那一个不嗲可可道横死^①？那一个不实丕丕拔了短筹？则你这亚仙子母老实头！普天下爱女娘的子弟口，（带云）奶奶，不则周舍说谎也。（唱）那一个不指皇天各般说咒，恰似秋风过耳早休休。

（卜儿云）姐姐，怎生搭救引章孩儿？（正旦云）奶奶，我有两个压被的银子，咱两个拿着^②买休去来。（卜儿云）他说来："则有打死的，无有买休卖休的。"（正旦寻^③思科，做与^④卜耳语科，云）则除是这般。（卜儿云）可是中也不中？（正旦云）不妨事，将书来我看。（卜递书科，正旦念云）"引章拜上姐姐并奶奶：当初不听好人之言，果有恓惶之事。进得他门，便打我五十杀威棒，如今朝打暮骂，禁持不过。你来的早，还得见我；来得迟呵，不能勾见我面了！只此拜上。"妹子也，当初谁教你做这事来？（唱）

---

① 横死：原书作"横死亡"。
② 拿着：原书无。
③ 寻：原书作"且"。
④ 与：原书脱此字。

〔幺篇〕想当初有忧呵同共忧，有愁呵一处愁。他道是残生早晚丧荒丘，做了个游街野巷村务酒。你道是百年之后，（云）妹子也，你不道来：这个也大姐，那个也大姐，出了一包脓。不如嫁个张郎妇，李郎妻，（唱）立一个妇名儿，做鬼也风流！

（云）奶奶，那寄书的人去了不曾？（卜儿云）还不曾去哩。（正旦云）我写一封书，寄与引章去。（做写科）（唱）

〔后庭花〕我将这情书亲自修，教他把天机休泄漏。传示与休莽戆收心的女，拜上你浑身疼的歹事头。（带云）引章，我怎得劝你来？（唱）你好没来由，遭他毒手，无情的棍棒抽，赤津津鲜血流。逐朝家如暴囚，怕不将性命丢。况家乡隔郑州，有谁人相睬瞅？空这般出尽丑！

（卜儿哭科，云）我那女孩儿，那里打熬得过。大姐，你可怎生的救他一救？（正旦云）奶奶，放心！（唱）

〔柳叶儿〕则教你怎生消受，我索合再做个机谋，把这云鬟蝉鬓妆梳就。（带云）还再穿上些锦绣衣服，（唱）珊瑚钩，芙蓉扣，扭捏的身子儿别样娇柔。

〔双雁①儿〕我着这粉脸儿，搭救你女骷髅。割舍的一不做二不休，拼了个由他咒也②波咒。不是我说大

---

① 雁：原书作"鹰"。
② 咒也：原书作"也咒"。

口，怎出得我这烟月[①]手！

（卜儿[②]云）姐姐，到那里仔细着！（哭科，云）孩儿，则被你烦恼杀了我也！（正旦唱）

〔浪里来煞〕你收拾了心[③]上忧，你展放[④]了眉间皱，我直着"花叶不损觅归秋"。那厮爱女娘的心，见的便似驴共狗，卖弄他玲珑剔透。（云）我到那里，三言两句，肯写休书，万事俱休；若是不肯写休书，我将他掐一掐[⑤]，拈一拈，搂一搂，抱一抱，着那厮通身酥，遍体麻。将他鼻凹儿抹上一块砂糖，着那厮舔又舔不着，吃又吃不着，赚得那厮写了休书。引章将的休书来，淹的撇了。我这里出了门儿，（唱）可不是一场风月，我着那汉一时休。（下）

【巴劫】即今"巴结"之音。【卯酉】意同"参商"。【卜儿】宋引章之母。【班头】首领也。【那一个不实丕丕】元俗语，实在是也。【亚仙】唐白行简所著《李娃传》，元石君宝演成《曲江池》一剧，称为李亚仙，系剧中之侠。

王国维《元剧之文章》甚赞汉卿《救风尘》云："其布置结构，亦极意匠惨淡之致，较后世之传奇有优无劣也。"又曰："关汉卿一空倚傍，自铸伟词，其言曲尽人情，字字本色，故当

---

① 烟月：原书作"烟花"。
② 儿：原书作"完"。
③ 心：原书作"必"。
④ 放：原书脱此字。
⑤ 掐一掐：原书作"搯一搯"。

为元人第一。"余谓汉卿曲乃会合歌谣文言语体，以浪漫之笔运用自然之调，写尽胸中琳珑之句，真正意到笔随，全无挂碍。

第二节　王实甫

王实甫，大都人。著有杂剧十四种，今存《崔莺莺待月西厢记》与《四丞相歌舞丽春堂》二种。其事实系据元稹《会真记》而加以补充。录《西厢记》第四本第三折①：

（夫人长老上，云）今日送张生赴京，十里长亭，安排下筵席。我和长老先行，不见张生、小姐来到。

（旦、末、红同上）（旦云）今日送张生上朝取应，早是离人伤感，况值那暮秋天气，好烦恼人也呵！悲欢聚散一杯酒，南北东西万里程。

〔正宫·端正好〕碧云天，黄花地，西风紧，北雁南飞。晓来谁染霜林醉？总是离人泪。

〔滚绣球〕恨相见得迟，怨归去得疾。柳丝长，玉骢难系，恨不倩疏林挂住斜晖。马儿迍迍的行，车儿快快的随，却告了相思回避，破题儿又早别离。听得道②一声去也，松了金钏；遥望见十里长亭，减了玉肌。此恨谁知！

（红云）姐姐今日怎么不打扮？（旦云）你那知我

---

① 原书引此折，对唱曲中的衬字加上引号，如"马儿迍迍的行"作"'马儿'迍迍'的'行"，使文句极为繁乱，故整理者删去衬字标记。

② 道：原书无此字。

的心里呵!

〔叨叨令〕见安排着车儿、马儿,不由人熬熬煎煎的气;有甚么心情花儿、靥儿,打扮的娇娇滴滴的媚;准备着被儿、枕儿,则索昏昏沉沉的睡;从今后衫儿、袖儿,都揾做重重叠叠的泪。兀的不闷杀人也么哥①,兀的不闷杀人也么哥②!久以后书儿、信儿,索与我凄凄惶惶的寄。

(做到)(见夫人科)(夫人云)张生和长老坐,小姐这壁坐,红娘将酒来!张生,你向前来,是自家亲眷,不要回避。俺今日将莺莺与你,到京师休辱末了俺孩儿,挣揣一个状元回来者!(末云)小生托夫人馀荫,凭着胸中之才,视官如拾芥耳。(洁云)夫人主见不差,张生不是落后的人。(把酒了,坐)(旦长吁科)

〔脱布衫〕下西风,黄叶纷飞;染寒烟,衰草萋迷。酒席上,斜签着坐的。蹙愁眉,死临侵地。

〔小梁州〕我见他,阁泪汪汪不敢垂,恐怕人知。猛然见了把头低;长吁气,推整素罗衣。

〔幺篇〕虽然久后成佳配,这时间怎不悲啼③!意似痴,心如醉,昨宵今日,清减了小腰围。

(夫人云)小姐把盏者。(红递酒,旦把盏长吁

---

① 哥:原书作"歌"。
② 哥:原书作"歌"。
③ 啼:原书作"唬"。

科，云）请吃酒。

〔上小楼〕合欢未已，离愁相继。想着俺前暮私情，昨夜成亲，今日别离。我谂知这几日相思滋味，却原来比别离情更增十倍。

〔幺篇〕年少呵，轻远别；情薄呵，易弃掷。全不想腿儿相挨，脸儿相偎，手儿相携。你与俺崔相国做女婿，妻荣夫贵。但得一个并头莲，煞强如状元及第。

（红云）姐姐不曾吃早饭，饮一口儿汤水。（旦云）红娘，甚么汤水咽得下！

〔满庭芳〕供食太急，须臾对面，顷刻别离。若不是酒席间子母每当回避，有心待与他举案齐眉。虽然是厮守得一时半刻，也合着俺夫妻每共桌而食。眼底空留意，寻思起就里，险化做望夫石。

（夫人云）红娘把盏者！（红把酒科）（旦唱）

〔快活三〕将来的酒共食，尝着似土和泥。假若便是土和泥，也有些土气息，泥滋味。

〔朝天子〕暖溶溶①玉醅，白泠泠②似水，多半是相思泪。眼面前茶饭怕不待要吃，恨塞满愁肠胃。蜗角虚名，蝇头微利，拆鸳鸯在两下里。一个这壁，一个那壁，一递一声长吁气！

（夫人云）辆起车儿，俺先回去，小姐随后和红娘来。（下）（末辞洁科）（洁云）此一行别无话儿，贫

---

① 溶溶：原书作“熔熔”。
② 泠泠：原书作“冷冷”。

僧准备买登科录看，做亲的茶饭，少不得贫僧的。先生在意，鞍马上保重者。从今经忏无心礼，专听春雷第一声。（下）（旦唱）

〔四边静〕霎时间杯盘狼藉。车儿投东，马儿向西，两意徘徊，落日山横翠。知他今宵宿在那里，有梦也难寻觅。

张生，此一行得官不得官，疾便回来。（末云）小生这一去，必夺一个状元。正是青霄有路终须到，金榜无名誓不归。（旦云）君行别无所赠，口占一绝，为君送行：弃掷今何在？当时且自亲。还将旧来意，怜取眼前人。（末云）小姐之意差矣，张珙更敢怜谁？谨赓一绝，以剖寸心：人生长远别，孰与再①关情？不遇知音者，谁怜长叹人？（旦唱）

〔耍孩儿〕淋漓襟袖啼红泪，比司马青衫更湿。伯劳东去，燕西飞；未登程，先问归期。虽然眼底人千里，且尽生前酒一杯。未饮心先醉，眼中流血，心里成灰。

〔五煞〕到京师，服水土，趁程途，节饮食，顺时自保揣身体。荒村雨露宜眠早，野店风霜要起迟。鞍马秋风里，最难调护，最要扶持！

〔四煞〕这忧愁诉与谁？相思只自知，老天不管人憔悴。泪添九曲黄河溢，恨压三峰华岳低。到晚来闷把西楼倚，见了些夕阳古道，衰柳长堤。

———

① 再：《元曲选》本作"最"。

〔三煞〕笑吟吟一处来，哭啼啼独自归。归家若到罗帏里，昨宵个绣衾香暖留春住，今夜个翠被生寒有梦知。留恋你，别无意，见据鞍上马，阁不住泪眼愁眉。

（末云）有甚言语，嘱咐小生咱？（旦唱）

〔二煞〕你休忧文齐福不齐，我则怕你停妻再娶妻，休要一春鱼雁无消息！我这里青鸾有信频须寄；你却休金榜无名誓不归。此一节君须记：若见了那异乡花草，休再似此处栖迟！

（末云）再谁似小姐，小生又生此念？（旦唱）

〔一煞〕青山隔送行，疏林不做美，淡烟暮蔼相遮蔽。夕阳古道无人语，禾黍秋风听马嘶。我为甚么懒上车儿内？来时甚急，去后何迟！

（红云）夫人去好一会，姐姐，咱家去。（旦唱）

〔收尾〕四围山色中，一鞭残照里。遍人间烦恼填胸臆，量这些大小车儿，如何载得起！

（旦、红下）（末云）仆童赶早行一程儿，早寻个宿处。泪随流水急，愁逐野云飞。（下）

【举案齐眉】《后汉书》："梁鸿与妻隐居霸陵山中，妻为具食，不敢于鸿前仰视，尝举案齐眉。"言夫妇相敬也。【望夫石】《神异经》：武昌北山有石，状如人立，相传昔有贞妇，其夫从役远行，妇携子饯送此山，登高望夫，遂化为石。【青衫更湿】唐白居易《琵琶行》："座中泣下谁最多，江州司马青衫湿。"

本篇大意系取元稹[①]《会真记》事。

宁献王《太和正音谱》评实甫之曲云，铺叙委婉，深得骚人之趣。棠谓《西厢记》描写入神，苟非身临其景者莫道。

第三节　白仁甫

白朴，字太素，一字仁甫，号兰谷，真定人。著有《天籁[②]集》二卷，杂剧十六种，今有《唐明皇秋夜梧桐雨》与《裴少俊墙头马上》（《录鬼簿》作"鸳鸯简"）[③]二种。《梧桐雨》系本陈鸿《长恨歌传》，叙唐明皇与杨贵妃事。

梧桐雨[④]

（高力士上，云）自家高力士是也。自幼供奉内宫，蒙主上抬举，加为六宫提督太监。往年主上[⑤]悦杨氏容貌，命某取入宫中，宠爱无比，封为贵妃，赐号太真。后来逆胡称兵，以诛杨国忠为名，逼的主上幸蜀。行至中途，六军不进。右[⑥]龙武将军陈玄礼奏过，杀了国忠，祸连贵妃，主上无可奈何，只得从之，缢死马嵬驿[⑦]中。今日贼平无事，主上还国，太子做了皇帝，主

---

① 稹：原书作"朴"。

② 籁：原书作"籁"。

③ 原书此条注在"二种"后，整理者移置，原注"鸳鸯简"三字加书名号，整理者改加引号。按，此条注语意不明朗，《裴少俊墙头马上》，《录鬼簿》作《鸳鸯简墙头马上》。

④ 以下所录为《梧桐雨》第四折。据考察，林之棠据《元曲选》本录。

⑤ 主上：原书作"上"。

⑥ 右：原书作"有"。

⑦ 马嵬驿：原书作"马驿亭"。

上养老，退居西宫，昼夜只①是想贵妃娘娘。今日教某挂②起真容，朝夕哭奠。不免收拾停当，在此伺候咱。（正末上，云）寡人自幸蜀还京，太子破了逆贼，即了帝位。寡人退居西宫养老，每日只是思量妃子，教画工画了一轴真容供养着，每日相对，越增烦恼也呵！（做哭科）（唱）

〔正宫·端正好〕自从幸西川，还京兆，甚的是月夜花朝。这半年来白发添多少，怎打叠愁容貌。

〔幺篇〕瘦岩岩不避群臣笑，玉叉儿将画轴高挑。荔枝花果香檀桌，目觑了伤怀抱。

（做看真容科）（唱）

〔滚绣球〕险些把我气冲倒，身谩靠，把太真妃放声高叫。叫不应雨泪嚎啕。这待诏，手段高，画的来没半星儿差错！虽然是快染能描，画不出沉香亭畔回鸾舞，花萼楼前上马娇，一段儿妖娆。

〔倘秀才〕妃子呵！常记得千秋节华清宫宴乐，七夕会长生殿乞巧。誓愿学连理枝，比翼鸟；谁想你乘彩③凤，返丹霄，命夭！

（带云）寡人越看越添伤感，怎生是好？（唱）

〔呆骨朵〕寡人有心待盖一座杨妃庙，争奈无权柄，谢位辞朝。则俺这孤辰限难熬，更打着离恨天最

---

① 只：原书作"总"。
② 挂：原书作"想"。
③ 彩：原书作"绿"。

高。在生时同衾枕，不能勾死后也同棺椁。谁承望马嵬坡尘土中，可惜把一朵海棠花零落了。

（带云）一会儿身子困乏，且下这亭子去，闲行一会咱。（唱）

〔白鹤子〕那身离殿宇，信步下亭皋。见杨柳袅翠蓝丝，芙蓉拆胭脂萼。

〔幺〕见芙蓉，怀媚脸；遇杨柳，忆纤腰。依旧的两般儿点缀上阳宫，他管一灵儿潇洒长安道。

〔幺〕常记得碧梧桐阴下立，红牙箸手中敲。他笑整缕金衣，舞按霓裳乐。

〔幺〕到如今翠盘中荒草满，芳树下暗香消。空对井梧阴，不见倾城貌！

（做叹科，云）寡人也怕闲行，不如回去来！（唱）

〔倘秀才〕本待闲散心，追欢取乐；倒惹的感旧恨，天荒地老。快快归来凤帏悄，甚法儿，挨今宵？懊恼！

（带云）回到这寝殿中，一弄儿助人愁也！（唱）

〔芙蓉花〕淡氤氲串①烟袅，昏惨剌银灯照，玉漏迢迢，才是初更报。暗觑清宵，盼梦里他来到。却不道口是心苗，不住的频频叫。

（带云）不觉一阵昏迷上来，寡人试睡些儿。（唱）

---

① 串：王季思《全元戏曲》校为"篆"。

〔伴读书〕一会家心焦燥，四壁厢秋虫闹。忽见掀帘西风恶，遥观满地阴云罩。俺这里披衣闷把帏屏靠，业①眼难交。

〔笑和尚〕原来是滴溜溜绕闲阶败叶飘，疏剌剌②刷落叶被西风扫，忽鲁鲁风闪得银灯爆。厮琅琅鸣殿铎，扑簌簌动朱箔，吉丁当玉马儿向檐间闹。

（做睡科）（唱）

〔倘秀才〕闷打颏和衣卧倒，软兀剌方才睡着。（旦上，云）妾身贵妃是也。今日殿中设宴，宫娥，请主上赴席咱。（正末唱）忽见青衣走来报，道太真妃、将寡人邀，宴乐。

（正末见旦科，云）妃子，你在那里来？（旦云）今日长生殿排宴，请主上赴席。（正末云）分付梨园子弟齐备着。（旦下）（正末做惊醒科，云）呀！元来是一梦。分明梦见妃子，却又不见了。（唱）

〔双鸳鸯〕斜軃翠鸾翘，浑一似出浴的旧风标，映着云屏一半儿娇。好梦将成还惊觉，半襟情泪湿鲛绡。

〔蛮姑儿〕懊恼，窨约。惊我来的，又不是楼头过雁，砌下寒蛩，檐前玉马，架上金鸡，是兀那窗儿外梧桐上雨潇潇。一声声洒残叶，一点点滴寒梢，会把愁人定虐。

〔滚绣球〕这雨呵，又不是救旱苗，润枯草，洒开

---

① 业：原书作"丛"。

② 剌剌：原书作"剌剌"。

花萼。谁望道秋雨如膏，向青翠条，碧玉梢，碎声儿毕剥。增百十倍歇和芭蕉。子管里珠连玉散飘千颗，平白地溅瓮番盆下一宵。惹的人心焦！

〔叨叨令〕一会价紧呵，似玉盘中万颗珍珠落。一会价响呵，似玳筵前几簇笙歌闹。一会价清呵，似翠岩头一派寒泉瀑。一会价猛呵，似绣旗下数面征鼙操。兀的不恼杀人也么哥，兀的不恼杀人也么哥！则被他诸般儿雨声相聒噪。

〔倘秀才〕这雨一阵阵打梧桐叶凋，一点点滴人心碎了。枉着金井银床紧围绕，只好把泼枝叶、做柴烧，锯倒。

（带云）当初妃子舞翠盘时，在此树下；寡人与妃子盟誓时，亦对此树。今日梦境相寻，又被他惊觉了。（唱）

〔滚绣球〕长生殿那一宵，转回廊，说誓约，不合对梧桐并肩斜靠，尽言词絮絮叨叨。沉香亭那一朝，按《霓裳》，舞《六幺》，红牙箸击成腔调，乱宫商闹闹炒炒。是兀那当时欢会栽排下，今日凄凉厮辏着，暗地量度。

（高力士云）主上，这诸样草木，皆有雨声，岂独梧桐？（正末云）你那里知道，我说与你听者。（唱）

〔三煞〕润蒙蒙杨柳雨，凄凄院宇侵帘幕。细丝丝梅子雨，妆点江干满楼阁。杏花雨红湿阑干，梨花雨玉容寂寞。荷花雨翠盖翩翩，豆花雨绿叶潇条。都不似你惊魂破梦^①，助恨添愁，彻夜连宵。莫不是水仙弄娇，蘸杨柳，洒风飘？

〔二煞〕咻咻似喷泉瑞兽临双沼，刷刷似食叶春蚕散满箔。乱洒琼阶，水传宫漏，飞上雕檐，洒滴新槽。直下的更残漏断，枕冷衾寒，烛灭香消。可知道夏天不觉，把高凤麦来漂。

〔黄钟煞〕顺西风低把纱窗哨，送寒气频将绣户敲。莫不是天故将人愁闷搅？度^②铃声响栈道，似花奴羯鼓调，如伯牙《水仙操》。洗黄花，润篱^③落，清苍苔，倒墙角；渲湖山，漱石窍，浸枯荷，溢池沼^④；沾残蝶，粉渐消，洒流萤，焰^⑤不着。绿窗前，促织叫，声相近，雁影高；催邻砧，处处捣，助新凉，分外早。斟量来，这一宵，雨和人，紧厮熬。伴铜壶，点点敲，雨更多，泪不少。雨湿^⑥寒梢，泪染龙袍。不肯相饶，共隔着一树梧桐，直滴到晓。

【高力士】*朱氏曰：高力士，高延福之养子，因改姓高，本冯氏子也。【马嵬坡】今陕西兴平县西二十五里，所谓马嵬镇是也。【主上】指肃宗^⑦。【待诏】唐时，翰林院为待诏之所。凡文词经学之士，下至

---

① 破梦：原书作"梦破"。
② 度：王季思《全元戏曲》校为"前度"。
③ 篱：原书作"离"。
④ 沼：原书作"沾"。
⑤ 焰：原书作"焰"。
⑥ 湿：原书作"温"。
⑦ 肃宗：当作"玄宗"。

卜医技术之流，皆直于别院，以备宴见。【沉香院】唐时禁中有沉香亭，四周植木芍药，玄宗与杨贵妃尝赏花于此，令翰林李白谱《清平调》三章。【回鸾舞①】古舞曲名。【花萼楼】玄宗于宫西置楼，署曰"花萼相辉之楼"。【千秋节】《隋唐嘉话》：八月初五日②，明皇生辰，为千秋节。【华清宫】玄宗时，改汤泉宫为华清宫，在今陕西临潼县南骊山上。【乞巧】白居易《长恨歌》："七月七日长生殿，夜半无人私语时。"【上阳宫】本唐高宗所建宫，在今河南洛阳县。【霓裳曲】玄宗所制。【梨园弟子】玄宗选坐部伎子弟三百，教于梨园（故址在今陕西长安县），号皇家梨园子弟。【六幺】曲名，本作"录要"，亦讹作"绿腰"。【高凤】《汉书》载，高凤妻尝之田，晒麦于庭，令凤③护鸡。时天暴雨，而凤持竿诵经，不觉潦水流麦。妻回，怪问，凤方觉悟。【花奴】汝阳王琎④之小名。玄宗尝召之以解秽。【水仙操⑤】相传春秋伯牙之师（成连）之师子春在海中所奏。【萼】音傲。【懆】音灶。

第四节　马致远

马致远，字东篱，大都人。著有杂剧十四种，今存六种，中

---

① 回鸾舞：原书作"畔回銮舞"，衍一字，错一字。
② 日：原书作"月"。
③ 凤：原书作"风"。
④ 琎：原书作"琎"。
⑤ 操：原书作"澡"。

以《汉宫秋》最负盛名。

（1）《江州司马青衫泪》；（2）《吕洞宾^①三醉^②岳阳楼》；（3）《太^③华山陈抟^④高卧》；（4）《破幽梦孤雁汉宫秋》（《录鬼薄》无"破幽梦"之字）^⑤；（5）《半夜雷轰荐福碑》；（6）《马丹阳三度任风子》。

《汉宫秋》

节录第三折

（番使拥旦上，奏胡乐科，旦云）妾身王昭君，自从选入宫中，被毛延寿将美人图点破，送入冷宫。甫能得蒙恩幸，又被他献与番王形像。今拥兵来索，待不去，又怕江山有失。没奈何，将妾身出塞和番。这一去，胡地风霜，怎生消受也！自古道："红颜胜人多薄命，莫怨春风当自嗟。"（驾引文武内官上，云）今日灞桥饯送明妃，却早来到也！（唱）

〔双调·新水令〕锦貂裘生改尽汉宫妆，我则索看昭君画图模样。旧恩金勒短，新恨玉鞭长。本是对金殿鸳鸯，分飞翼，怎承望！

（云）您文武百官计议，怎生退了番兵，免明妃和

----

① 宾：原书作"庭"。

② 醉：原书作"解"。

③ 太：原书作"大"。按，林之棠颇具个性，喜用通假字、异体字，如全书"暮"字，多用"莫"字。《陈抟高卧》有多种题名，多作《西华山陈抟高卧》，亦有作《泰华山陈抟高卧》《太华山陈抟高卧》者。林之棠此处据《录鬼簿》，《录鬼簿》作《太华山陈抟高卧》。

④ 抟：原书作"搏"。

⑤ 此注原书在《任风子》后，整理者移置此处。

番者？（唱）

〔驻马听〕宰相每商量，大国使还朝多赐赏。早是俺夫妻恓快。小家儿出外也摇装。尚兀自渭城衰柳助凄凉，共那灞①桥流水添惆怅。偏您不断肠！想娘娘那一天愁，都撮在琵琶上。

（做下马科，与旦打悲科）（驾云）左右慢慢唱者，我与明妃饯一杯酒。（唱）

〔步步娇〕您②将那一曲《阳关》休轻放；俺咫尺如天样。慢慢的捧③玉觞。朕本意待尊前捱些时光，且休问劣了宫商，您则与我半句儿俄延着唱。

（番使云）请娘娘早行，天色晚了也。（驾唱）

〔落梅风〕可怜俺别离重，你好是归去的忙。寡人心先到他李陵台上。回头见却才魂梦里想，便休题贵人多忘。

（旦云）妾这一去，再何时得见陛下？把我汉家衣服，都留下者！（诗云）正是：今日汉宫人，明朝胡地妾；忍着主衣裳，为人作春色。（留衣服科）（驾唱）

〔殿前欢〕则甚么留下舞衣裳？被西风吹散旧时香。我委实怕宫车再过青苔巷，猛到椒房，那一会想菱花镜里妆，风流相，兜的又横心上。看今日昭君出塞，几时似苏武还乡？

---

① 灞：原书作"霸"。
② 您：原书作"你"。
③ 捧：原书作"奉"。

（番使云）请娘娘行罢！臣等来多时了也。（驾云）罢，罢，罢！明妃，你这一去，休怨朕躬也。（做别科）（驾云）我那里是大汉皇帝！（唱）

〔雁儿落〕我做了别虞姬楚霸王，全不见守玉关征西将。那里取保亲的李左车，送女客的萧丞相？

（尚书云）陛下不必挂念。（驾唱）

〔得胜令〕他去也不少架海紫金梁，枉养着那边庭上铁衣郎。您也要左右人扶侍，俺可甚糟糠妻下堂。您但提起刀枪，却早小鹿儿心头撞。今日央及煞娘娘，怎做的男儿当自强？

（尚书云）陛下，咱回朝去罢。（驾唱）

〔川拨棹〕怕不待放丝缰，咱可甚鞭敲金镫响。你管燮理阴阳，掌握朝纲，治国安邦，展土开疆。假若俺高皇，差你个梅香，背井离乡，卧雪眠霜，若是他不恋恁春风画堂，我便官封你一字王。

（尚书云）陛下，不必苦死留他，着他去了罢！（驾唱）

〔七弟兄〕说甚么大王不当恋王嫱，兀良，怎禁他临去也回头望。那堪这散风雪旌节影悠扬，动关山鼓角声悲壮。

〔梅花酒〕呀！俺向着这迥野悲凉：草已添黄，色早迎霜。犬褪得毛苍，人搠起缨枪，马负着行装，车运着糇粮，打猎起围场。他，他，他，伤心辞汉王；我，我，我，携手上河梁。他部从入穷荒，我銮舆返咸阳。

返咸^①阳，过宫墙；过宫墙，绕回廊；绕回廊，近椒房；近椒房，月昏黄；月昏黄，夜生凉；夜生凉，泣寒螿；泣寒螿，绿纱窗；绿纱窗，不思量。

〔收江南〕呀！不思量，除是铁心肠；铁心肠，也愁泪滴千行。美人图，今夜挂昭阳。我那里供养，便是我高烧银烛照红妆。

（尚书云）陛下，回銮罢，娘娘去远了也。（驾唱）

〔鸳鸯煞〕我煞大臣行，说一个推辞谎，又则怕笔尖儿那火编修讲。不见他花朵儿精神，怎趁那草地里风光？唱道伫立多时，徘徊半晌。猛听的塞雁南翔，呀呀的声嘹亮。却原来满目牛羊，是兀那载离恨的毡车半坡里响。（下）

（番王引部落拥昭君上，云）今日汉朝不弃旧盟，将王昭君与俺番家和亲。我将昭君封为宁胡阏氏，坐我正宫。两国息兵，多少是好^②。众将士，传下号令，大众起行，望北而去。（做行科）（旦问云）这里甚地面了？（番使云）这是黑龙江，番汉交界去处，南边属^③汉家，北边属我番国。（旦云）大王，借一杯酒，望南浇奠。辞了汉家，长行去罢。（做奠酒科，云）汉朝皇帝，妾身今生已矣，尚待来生也。（做跳江科）（番

---

① 咸：原书作"成"。
② 好：原书作"为"。原书此处断句为："两国息兵，多少是为众将士"。
③ 属：原书无此字。

王惊救不及，叹科，云）嗨①，可惜可惜，昭君不肯入番，投江而死。罢，罢，罢！就葬②在此江边，号为青冢者。我想来，人也死了，枉③与汉朝结下这般仇隙，都④是毛延寿那厮搬弄出来的。把都儿⑤，将毛延寿拿下，解送汉朝处治，我依旧与⑥汉朝结和，永为甥舅，却不是好？（诗云）则为他丹青画误了昭君，背汉主暗地私奔，将美人图又来哄我，要索取出塞和亲。岂知道投江而死，空落的一见消魂。似这等奸邪逆贼，留着他终是祸根。不如送他去汉朝哈喇，依还⑦的甥舅礼，两国长存。（下）

【渭城】*朱氏曰：渭城，送别之处。【李陵台】《一统志》载，在大同府（今山西大同县）西北，汉李陵尝登台望乡，因亦称望乡台。【椒房】汉时宫殿名，在未央宫，为皇后所居。【玉门】即玉门关，在甘肃敦煌县西百五十里。【李左车】汉初，尝仕赵，封广武君。后被韩信所获，信用其策，遂下燕、齐诸城。【萧】指萧何。【高皇】指汉高祖。【一字王】见袁枚《随园笔记》，云辽时有一字王之称，即赵王、魏王

① 嗨：原书作"悔"。
② 葬：原书作"算"。
③ 枉：原书作"括"。
④ 都：原书作"却"。
⑤ 把都儿：原书作"把却儿"。
⑥ 与：原书无此字。
⑦ 还：原书作"遂"。

等类。【銮舆】天子所御车也。【昭阳^①】汉宫殿名。

关白马王四家外尚有：

高文秀三本：

　　《黑旋风双献^②功》

　　《须贾谇范叔》

　　《好酒赵元遇上皇》

郑廷玉五本：

　　《楚昭王疏者下船》

　　《包待制智勘^③后庭花》

　　《布袋和尚忍字记》

　　《看钱奴买冤家债主》

　　《崔府君断冤家债主》^④

李文蔚，真定人^⑤，一本：

　　《同^⑥乐院燕青博鱼》

李直夫，女真^⑦人，一本：

　　《便宜行事虎头牌》

吴昌龄，西京人，二本：

　　《张天师断风花雪月》

　　《花间四友东坡梦》

---

① 昭阳：原书作"服阳"。

② 献：原书作"戏"。

③ 制智勘：原书作"智制"。

④ 此本今多断为无名氏之作。

⑤ 人：原书无此字。

⑥ 同：原书作"曰"。

⑦ 真：原书作"道"。

武汉臣，济南府人，三本：

　　《散家财天赐老生儿》

　　《李素兰风月玉壶春》

　　《包待制智赚生金①阁》

王仲文，大都人，一本：

　　《救孝子烈母不认尸》

李寿卿，太原人，二本：

　　《说专诸伍员吹箫》

　　《月明和尚度柳翠》

尚仲贤，真定人，四本：

　　《洞庭湖柳毅传书》

　　《尉迟恭②三夺槊》

　　《汉高祖濯足③气英布》

　　《尉迟恭④单鞭夺槊》⑤

石君宝，平阳人，三本：

　　《鲁大夫秋胡戏妻》

　　《李亚仙诗酒曲江池》

　　《诸宫调风月紫云亭》

杨显之，大都人，二本：

---

① 赚生金：原书作"勘生舍"。

② 恭：原书作"公"。

③ 足：原书作"定"。

④ 恭：原书作"公"。

⑤ 此本今多断为关汉卿作。

《临江驿潇湘秋①夜雨》

《郑孔目风雪酷寒亭》

纪君祥②，大都人，一本：

《赵氏孤儿冤报冤》③

戴善夫④，真定人，一本：

《陶学士醉写风光好》

李好古，保定人，一本：

《沙门岛张生⑤煮海》

张国宾，大都人，三本：

《公孙汗衫记》

《薛仁贵衣锦还乡》

《罗李⑥郎大闹相国寺》

石子章，大都人，一本：

《秦修⑦然竹坞听琴》

孟汉卿，亳州人，一本：

《张鼎⑧智勘魔合罗⑨》

李行道，绛州人，一本：

---

① 秋：原书无此字。
② 祥：原书作"辉"。
③ 《赵氏孤儿冤报冤》：一作《冤报冤赵氏孤儿》，又名《赵氏孤儿大报仇》。
④ 夫：原书作"甫"。
⑤ 张生：原书作"张国月生"。
⑥ 李：原书作"季"。
⑦ 修：原书作"翛"。
⑧ 鼎：原书作"昇"。
⑨ 罗：原书脱此字。

　　《包待制智勘灰阑记》

王伯成，涿州人，一本：

　　《李太白贬夜郎》

孙仲章，大都人，一本：

　　《河①南府张鼎勘头巾》

康进之，棣②州人，一本：

　　《梁山泊李逵负荆》

岳伯川，济南人，一本：

　　《岳孔目借铁拐李还魂》

狄君厚，平阳人，一本：

　　《晋文公火烧介子推》

孔文卿，平阳人，一③本：

　　《东窗④事犯》

张寿卿，东平人，一本：

　　《谢金莲诗酒红⑤梨花》

马致远、李时中（大都人）、花李郎、红字李二合作一本：

　　《邯郸道省悟黄粱⑥梦》

宫天挺，字大用，大名开州人，一本：

　　《死生交范张鸡黍》

---

① 河：原书作"江"。
② 棣：原书作"隶"。
③ 一：原书作"十"。
④ 窗：原书作"富"。
⑤ 红：原书作"江"。
⑥ 粱：原书作"梁"。

郑光祖，字德辉，平阳襄陵人，四①本：

　　《伥梅香骗②翰林风月》

　　《辅成王周公摄政》③

　　《醉思乡王粲④登楼》

　　《迷青琐⑤倩女离魂》

金仁杰，一本：

　　《萧何追韩信》

范康，字子安，杭州人，一本：

　　《陈季卿悟道竹叶舟⑥》

曾瑞，字瑞卿，大兴人，一本：

　　《王月英元夜留鞋记》

乔吉甫，字梦符，号笙⑦鹤翁，又号惺惺⑧道人，太原人，
三本：

　　《玉箫女两世姻缘》

　　《杜牧之诗酒扬⑨州梦》

　　《李太白匹配金钱记》

秦简夫，初擅名都下，后居杭州，二本：

---

① 四：原书"四"前衍"郑"字。

② 骗：原书无此字。

③ 原书作"周公辅成王摄政"。

④ 粲：原书作"粲"。

⑤ 琐：原书作"琑"。

⑥ 舟：原书作"丹"。

⑦ 笙：原书作"笠"。

⑧ 惺惺：原书作"惺惶"。

⑨ 扬：原书作"杨"。

《东堂老劝破家子弟》

《宜秋山赵礼让肥》

萧德祥，号复①斋，杭州人，一本：

《王翛然断杀狗劝夫》

朱凯，字士凯，一本：

《昊天塔孟良盗骨殖》

王晔，字日华，杭州人，一本：

《破阴阳八卦桃花女》

杨梓，一本：

《霍光鬼②谏》

李致远，一③本：

《都孔目风雨还牢末》

杨景贤，一本：

《马丹阳度脱刘行首》

无名氏二十七本：

《严子陵垂钓七里滩》

《诸葛亮博望烧屯》

《张千替杀妻》

《小张屠焚儿救母》

《陈州粜米》

《玉清庵错送鸳鸯被》

---

① 复：原书作"役"。

② 鬼：原书作"魂"。

③ 一：原书无此字。

《随何赚风魔蒯通》

《争报恩三虎下田》

《庞居士误放来生债》

《朱砂担滴水浮沤记》

《包龙图^①智赚合同文字》

《冻苏秦衣锦还乡》

《小尉迟将斗将认父归朝》

《神奴儿大闹开封府》

《谢金吾诈拆清风府》

《庞涓夜走马陵道》

《朱太守风雪渔樵记》

《孟德耀举案齐眉》

《李云英风送梧桐叶》

《两军师隔江斗智》

《玎玎珰珰盆儿鬼^②》

《逞风流王焕百花亭》

《锦云堂暗定连环计》

《金水桥陈琳抱妆盒^③》

《风雨像生货郎旦》

《萨真人夜断碧桃花》

《冯玉兰夜月泣江舟》

---

① 龙图：原书作"待制"。

② 鬼：原书作"思"。

③ 盒：原书作"匣"。

604

上百十六种，据《元曲选》《正音谱》《也是园书目》著录，王国维《曲考》著录，今日所据以为研究之资者止于此。

南剧家

施惠，字君美^①，有《古今砌话》，编成一集。

高明，字则诚，温州瑞安人。以《春秋》中至正乙酉第，授处州录事，后改调浙闽幕都事，转江西行台掾^②，又转福建，官佐幕事等职，以词曲自娱。明太祖闻其名，召之，以老病辞归，卒于宁海。则诚所交皆当世名士，著有《柔克斋集》。

徐昭，字仲田，淳安人。洪武初征秀才，至藩省，辞归。著有《巢松集》。

---

① 美：原书作"英"。

② 掾：原书作"橡"。

第四十二章　元代之诗、小说话本、散文

元代文学，曲以外，诗当推元好问。好问字裕之，太原秀容人。登进士，入翰林，知制诰，卒年六十八，世称遗山先生。有《遗山集》四十卷、《中州集》十卷附《中州乐府①》一卷、《唐诗鼓吹》十卷。此外尚有：

虞集，字伯生，号道园，蜀郡人。翰林直学士，卒谥文敬。有《道园学②古录》五十卷。

杨③载，字仲弘，浦城人，亦一代名家。

范梈④，字亨父⑤，一字德机，清江人。官福建闽海道知事，卒⑥年五十二。

揭傒⑦斯，字曼卿，富州人，卒⑧谥文安。

虞杨范揭世称四大家，只以专事模仿，莫京⑨两宋，去唐诗尤远矣，故附述于此。

小说话本，则有元至治本《全相平话》五种，建安虞氏合刊：（一）《武王伐纣书》，（二）《乐毅图齐七国春秋后

---

① 乐府：原书作"集"。

② 学：原书作"子"。

③ 杨：原书作"揭"。

④ 梈：原书作"樗"。

⑤ 父：原书作"夫"。

⑥ 卒：原书作"辛"。又，范梈得年，此书似亦有误。

⑦ 傒：原书作"溪"。

⑧ 卒：原书作"辛"。

⑨ 莫京：原书"莫京"前有"匪独"二字，据原书《刊误表》删。

集》，（三）《秦并六国秦始皇传》，（四）《吕后斩韩信前 [①]汉书续集》，（五）《三国志》。此五种以《三国志》最名世。然涉于文流者亦甚微。

散文有元好问、许衡、吴澄 [②]、刘因、姚燧。然只是时代之淘汰者，无关一代文学之兴革也。

至今存之元碑文一类文字，价值尤不足称云。

---

① 前：原书作"前后"。

② 吴澄：原书作"吴证"，疑当作"吴澄"。

第十编　明文学

第四十三章　明代文学背景

元以外族入主中华，久为汉人所不满，明太祖以一布衣崛起濠泗间，血战十馀年，荡平群雄而有天下，于是复汉官之威仪，登极之初，即正纲纪，正祀典，易服色，祀至圣，训储贰，褒忠义（余阙，李黻），奖耆德（鲍恂，陈过），凡有著作，动协典谟，制度文章灿然光被。

厥后惠宗尊贤礼士，实鉴心法，务本六经；仁宗之朝，权谨以孝超升，刘俊以节赠谥。至成祖[①]编《四书大全》《五经大全》《性礼大全》，颁发各学校，显示恢复儒教，斯时应试之文，多主程朱之说。学派分三：（一）河东派，始倡者为山西薛瑄，其学一本程朱，以躬行复性为主。（二）江门派，始倡者为吴与弼，其子稍出朱陆之间，其门人之著者有胡居仁、陈献章，献章专以静为主，忘己为大，无欲为至，其说稍近陆子，学者

---

① 成祖：原书作"神祖"。

称白沙①先生。（三）姚江派，始倡者为姚江王守仁，立良知之说，与朱子相违，世以其言渐有类陆象山，通称陆王派，明季忠节之士，多由其学说所造成。审此则知明代之思潮，几完全以儒家为主，故文学亦主张复古。

---

① 白沙：原书作"白河"。

第四十四章　明代文学总述

明初文学之士，反①元季通俗文学，大唱复古运动，于时如宋濂、王祎②、方孝孺③以文雄，高、王、张、徐、刘以诗著。其他胜代遗逸，风流标映，不可指数，盖蔚然称盛已。

永宣以还，作者递兴，皆冲融演迤，不事钩棘，而气体渐弱。弘正之间，李东阳出入南北宋，溯流唐代，擅④声馆阁。而李梦阳、何景明更倡言复古，文自西京，诗自中唐⑤而下，一切吐弃。操觚谈艺之士，翕然宗之。明之诗文，于斯一变。

迨嘉靖时，王慎中、唐顺之辈，文宗欧曾，诗仿唐初，李攀龙、王世贞辈，文主秦汉，诗规盛唐。王、李之持论⑥，大率⑦与梦阳、景明相倡和也。归有光颇后出，以司马、欧阳自命，力排李何王李，而徐渭⑧、汤显祖⑨、袁宏道、钟惺之属，亦各争鸣一时，于是宗李何王李者稍衰。至启祯时，钱谦益、艾南英准

① 反：原书此处有此字，原书《刊误表》谓应删除此字。据文意，当予保留。
② 祎：原书作"祎"。
③ 孺：原书作"儒"。
④ 擅：原书作"檀"。
⑤ 唐：原书作"曹"。
⑥ 持论：原书作"指论"。
⑦ 率：原书作"崇"。原书此处为"王李之指论大崇，与梦阳……"。按，此章文字，多抄自《明史·文苑传》，故据《文苑传》校改。
⑧ 徐渭：原书作"徐谓阳"。
⑨ 汤显祖：原书无。当是林之棠抄录《明史·文苑传》时过于仓促，将"汤显祖"之"汤"字并入"徐渭"，又漏"显祖"二字而致。

北宋之矩矱，张溥、陈子龙撷东汉之芳华[1]，又一变矣。

此外又有时文、八股文、传奇。八股文始于宋王安石之经义，体用排偶，明代用其制以取士，初尚浑噩，一变尚体格，再变尚机调，三变尚才情。天顺以前，其体格式尚无一定，成化以后乃有八股，至天启、崇祯时，金声、陈子龙、黄淳耀、项煜方所造益精，然规范过甚，失之拘泥，不足以发表作者之天才，故佳构亦绝少。

传奇起于元季，而兴盛于明初，间亦可分三期述之。初期有高明、朱权、施惠、徐畖，二期有汤显祖、梁辰鱼、沈璟、郑若庸、陆采、梅鼎祚、汪廷讷、王玉峰，三期有冯梦龙、阮大铖[2]。

有明一代，文士卓卓表见者，其源流大抵如此。

---

① 华：原书作"笔"。
② 铖：原书作"钺"。

第四十五章　明代散文作家

第一节　宋濂

宋濂字景濂，浦江人。幼英敏强记，入龙门山著书，逾十馀年。太祖召见，除江南儒学提举，诏修《元史》，充总裁官。自少至老，未尝一日去书，推为开国文臣之首。四方学者，悉称为太史公。正德中，追谥文宪。有《潜溪》《銮坡》《芝园》《萝山》《朝天》诸集七十五卷。录：

钻燧说

宋子闲居，见家人夏季改火。不用桑柘，取赤樧二尺，中析之。一剡成小空，空侧开以小隙；一劀圆，大与空齐，稍锐其两端。上端截竹三寸冒之，下端寘空内，以细绹缠其腰，别藉卉毛于隙下。左手执竹，右手引绹急旋转之，二樧相轧，摩空木成尘，烟辄起，尘自隟流毛上。候其烟蓊荪，以虚掌覆空郁之，则火焰焰生矣。宋子叹曰：火在木中，不钻则火不见；万善具于人性，不学则善不明。人何可不学哉！

【宋子】*王氏曰：宋子，濂自称。【桑柘】《鲁论》注：夏季取桑柘之火。【樧】"杉"本字，似松，生江南，材可为船。【析】分也。【剡】削也。【劀】割也。【锐】顶纤曰锐。【两端】犹言两头。【截】断也。【冒】蔽也。【寘】置也。【绹】索也。【别藉卉毛于隙下】言以引火之物，别承其隙也。藉，犹俗言铺垫。【轧】车碾也。【蓊勃】气起貌。柳宗元文：蓊勃香气。【以虚掌覆空郁之】手心曰掌，言以虚掌覆孔，郁塞之使不得畅达，则烟自旁隙出而火生矣。

秦士录

邓弼，字伯翊，秦人也。身长七尺，双目有紫棱，开阖闪闪如电，能以力雄人。邻牛方斗，不可擘，拳其脊，折仆地。市门石鼓，十人舁，弗能举，两手持之行。然好使酒，怒视人，人见辄避，曰："狂生不可近，近则必得奇辱。"

一日，独饮娼楼，萧①、冯两书生过其下，急牵入共饮。两生素贱其人，力拒之。弼怒曰："君终不我从，必杀君，亡命走山泽耳，不能忍君苦也。"两生不得已从之，弼自据中筵，指左右，揖两生坐，呼酒歌啸以为乐。酒酣，解衣箕踞，拔刀置案上，铿然鸣。两生雅闻其酒狂，欲起走，弼止之曰："勿走也。弼亦粗知书，君何至相视如涕唾？今日非速君饮，欲少吐胸中不平气耳。四库书，从君问，即不能答，当血是刃。"两生曰："有是哉？"遽摘七经数十义叩之，弼历举传疏，不遗一言。复询历代史，上下三千年，缊缊不穷。弼笑曰："君等伏乎，未也！"两生相顾惨沮，不敢再有问。弼索酒被发跳叫曰："我今日压倒老生矣！古者学在养气，今人一服儒衣，反奄奄欲绝，徒欲驰骋

---

① 萧：原书作"箫"。

文墨，睥睨一世豪杰，此何可哉？此何可哉？君等休矣！"两生素负多才艺，闻弼言，大愧，下楼足不得成步。归，询其所与游，亦未尝见其挟书读也。

泰定末，德王执法西御史台，弼造书数千言，袖谒之，阍卒不为通。弼曰："若不知关中有邓伯翊耶？"连击踣数人，声闻于王。王令隶人捽入，欲鞭之。弼盛气曰："公奈何不礼壮士？今天下虽号无事，东海岛夷，尚未臣顺，间者驾海舰互市于鄞，即不满所欲，出火刀斫柱，杀伤我中国民。诸将军控弦引矢，追至大洋，且战且却，其亏国体为已甚。西南诸蛮，虽曰称臣奉贡，乘黄屋左纛，称制与中国等，尤志士所同愤。诚得如弼者一二辈，驱十万横磨剑伐之，则东西指日所出入，莫非王土矣，公奈何不礼壮士？"庭中人闻之，皆缩颈吐舌，舌久不能收。王曰："尔自号壮士，解持矛鼓噪前登坚城乎？"曰："能。""百万军中，可刺大将乎？"曰："能。""突围溃阵，得保首领乎？"曰："能。"王顾左右曰："姑试之。"问所须，曰："铁铠、良马各一，雌雄剑二。"王即命给与，阴戒善槊者五十人，驰马出东门外，然后遣弼往，王自临观，空一府随之。暨弼至，众槊并进，弼虎吼而奔，人马辟易五十步，面目无色，已而烟尘涨天，双剑飞舞云雾中，连斫马首堕地，血涔涔滴。王抚髀欢曰："诚壮士！诚壮士！"命勺①酒劳弼。弼立②饮不拜。由是狂名振一时，至比之王铁枪云。王上章荐诸天子，会丞相与王有隙，格其事不下。弼环视四体，叹曰："天生一具铜筋铁肋，不使立勋万里外，乃槁死三尺蒿下。命也，亦时也。尚何言？"遂入王屋山为道士，后十年终。

史官曰：弼死未二十年，天下大乱。中原数千里，人影殆绝，玄鸟来，亦失其家，竟栖林木间。使弼在，必当有以自见。惜哉！弼鬼不灵则已，若有灵，吾知其怒发上冲也。

【紫棱】*王氏曰：紫棱，《晋书·桓温传》：刘惔称桓温眼如紫石棱。【擘】开也。【舁】扛也。【箕踞】《战国策》：轲自知事不就，倚柱而笑，箕踞以骂。注：踞坐，展两足如箕。【四库】唐置集贤书院，知书官八人，分掌四库书，即经史子集四类。【七经】《易》《书》《诗》《礼》《春秋》《周礼》《仪礼》。【缊缊】不绝貌。【奄奄】无生气也。【睥睨】邪视也。【泰定】泰定帝，名也孙铁木儿，在位四年。【德王】按《元史》诸王表，有德安王、宣德王、懿德王及保德郡王，未知何指，或史传失载其人。【西御史台】即陕西诸道，行台御史。大德元年，移云南行台于京北行，为陕西台，有大夫、御史中丞、侍御史等官。

---

① 勺：原书如此。按，各本多作"酌"。
② 立：原书脱此字。

【踣】仆也。【捽】持头发也。【东海岛夷】指日本。
【鄞】今浙江鄞县。【控弦】《汉书·娄敬传》：是时
冒顿单于兵强，控弦十万骑。控，引也。【西南诸蛮】
指安南、缅、占城、爪哇、马八儿、俱蓝等。【黄屋
左纛】天子车以黄缯为里，曰黄屋车。左纛以牦牛尾制
大旗，置于车衡之左也。《史记》：项王急围荥阳，汉
将纪信曰："请为王诳楚，王可以间出。"于是信乘黄
屋车，傅左纛，曰汉王降。【十万横磨剑】景延广谓
辽使曰：翁怒则来战，孙有数十万横磨剑，足以相待。
【矟】矛长丈八曰矟。【辟易】退避也。《史记》：项
王瞋目叱之，赤泉侯人马俱惊，辟易数里。【髀】股
也。【王屋山】太①行山脉西南之一峰，在今山西垣曲
县东。【玄鸟】燕也。《礼记·月令②》：玄鸟至。
录《思春十韵》③：

南浦沉书传素鲤，东风将恨与新莺。物华半老胭脂
苑，春雾轻笼翡翠城。因弹《别鹤》心如剪，为妒文鸳
绣懒成。阳台树密朝霞回，巫峡潮回暮渚平。

---

① 太：原书作"大"。

② 《礼记·月令》：原书作"《礼月令》"。

③ 此处所录，题《思春十韵》而仅有四联，显有错误。此当系截取宋
濂所作《思春辞》排律而来。附《列朝诗集》载《思春辞（丙申春
作）》：美人别我城南去，几见楼头凉月生。南浦沉书寻素鲤，东风
将恨与新莺。丁香枝上同心结，九曲灯前白发明。花托芳魂随鹊梦，
草移愁色上帘旌。物华半老胭脂苑，春影轻笼翡翠城。歌扇但疑遮月
面，舞衫犹记倚云筝。因弹《别鹤》心如剪，为妒文鸳绣懒成。官烛
不啼偏有泪，湘桃无语自多情。岩南树密晨乌集，江北潮回暮渚平。
幸有梦中能聚首，唤醒恨杀短箫声。

《诗薮》称，濂诗特具精工流丽。王世贞《艺苑卮①言》："高帝尝谓宋濂：'浙东人才，惟卿与王祎②耳。才思之雄，卿不如祎，学问之博，祎不如卿。'"良有此③也。

第二节 王祎④

祎字子充，义乌人。明初，征为中书省掾⑤，改江南儒学提举司校理，迁侍礼郎，兼引进使、寻常起居注，出为南康同知事。忤旨，降漳州通判。诏修《元史》，与宋濂同为总裁官，擢翰林待制⑥。坐失朝，降编修。奉使吐蕃，未至，召还，改使云南，抗节死。建文中，赠翰林学士，谥文节。正统中，改谥忠文。有集二十四卷。录：

送许时用归越

旧擢庚寅第，新题甲子篇。老来诸事废，归去此身全。烟树藏溪馆，霜禾被石田。鉴湖求一曲，吾计亦茫然。

---

① 卮：原书作"厄"。
② 祎：原书作"祎"。后二"祎"字同此。
③ 此：原书如此，似当作"以"。
④ 祎：原书此处及本节中，均作"祎"。
⑤ 掾：原书作"椽"。
⑥ 待制：原书作"侍制"，据《明史》改。

《金华①诗录》：唐贤送行，每推一人②擅场，此与潜溪诗工力悉敌，均不愧擅场之作。（《明诗纪③事》）

第三节　方孝孺

方孝孺，字希直，宁海人。从宋濂游，濂见其文，深器之。洪武间，授汉中教授。建文即位，召为文学博士，靖难兵起，誓死社稷。文皇欲令草诏，哭且骂，不为屈，文皇磔之于市。著有《逊志斋集》二十四卷。录：

萧仆赞④并序

（赞⑤有二种，有用韵者，有不用韵者。）

萧仆者，萧颖士之仆也。颖士，唐玄宗时人，有文章而性褊躁少容。其仆事之甚谨，颖士时时笞骂之，至不能堪，仆拭泪奉承，不敢怨，惟恐拂其意。颖士笞骂弗为止。他客仆语萧仆曰："咄，痴男子，屈身为仆者，为酒食财货也。酒食财货，宁独萧氏有乎？曷不去而自受困辱耶？"萧仆曰："吾非不知之，去之诚何难，顾惜主才不忍耳。"遂终其家，不去。余闻而悲

---

① 金华：原书作"金章"。
② 一人：原书作"一元"，据《金华诗录》卷二十一改。按，《金华诗录》认为此诗与宋濂所作《送许时用还剡》工力悉敌。此《新著中国文学史》本节，全录自《明诗纪事》卷五，而转录《金华诗录》时，删去《金华诗录》中将王祎诗与宋濂诗对比的文字，故致不易索解。
③ 纪：原书作"记"。
④ 赞：原书作"赞"。
⑤ 赞：原书作"赞"。

之，为作赞。然非为是仆也。赞曰：

　　天下之至贱者，至于仆极矣。仆之所欲，得杯羹盂饭以养其生，岂要好贤之名于天下哉？而萧氏仆独爱其主之才，受其棰辱而不悔，甘其困厄而不去，拳拳慕悦，若忘其身之贱者。何也？盖秉彝好德之心，人人皆有之，仆能不泯之耳。是岂特贤于仆隶而已耶？

　　【萧颖士】字茂挺，四岁能文，十岁补太学生，观书一览即成诵。十九举进士，对策第一，名播天下。倭国入朝，自陈愿得萧夫子为师。卒，门人谥文元先生。
　　【少容】少容人之量也。【要】有挟而求曰要。

　　方孝孺气节高古，读其文，肖其为人，千载下得未曾有也。今南京雨花台尚有孝孺墓在，某君联云："血溅雨花岗，为痛[①]忠魂埋十族；声凄云树劲，长流正气凛千秋。"

第四节　高启

　　高启[②]，字季迪，号槎轩，又号青丘子，长洲人。洪武初为编修，与修《元史》，官至户部侍郎。魏观得罪[③]，为明太祖所腰斩，年三十九岁。著有《季迪大全集》十八卷、《凫藻集》五卷行世。录：

南宫生传

　　南宫生，吴人，伟躯干，博涉书传。少任侠，喜击

---

① 痛：原书作"病"。
② 原书"启"后以"（明）"表明此为明代之高启，整理者删去。
③ 魏观得罪：原书如此。

剑走马，尤善弹，指飞鸟下之。家素厚藏，生用周养宾客，及与少年饮博游戏，尽丧其赀。

逮壮，见天下乱，思自树功业，乃谢酒徒去学兵，得风后握奇陈法。将北走中原，从豪杰计事，会道梗，周流无所合，遂泝大江，游金陵，入金华、会稽诸山，渡浙江，泛具区而归。

家居以气节闻，衣冠慕之，争往迎候，门止车日数十两。生亦善交，无贵贱皆倾身与相接。有二将军，恃武横甚，数殴辱士类，号虎冠。其一尝召生饮，或曰彼酗不可近也。生笑曰："使酒人恶能勇，吾将柔之矣。"即命驾往，坐上座，为语古贤将事，其人竦听，居樽下拜起为寿，至罢会，无失仪。其一尝遇生客次，顾生不下己，目慑生而起。他日见生独骑出，从健儿，带刀策马踵生后，若将肆暴者。生故缓辔，当中道进，不少避，知生非懦儒，遂引去，不敢突冒诃避。明旦，介客诣生谢，请结欢。生能以气服人，类如此。

性抗直多辩，好箴切友过，有忤己，则面数之，无留怨。与人论议，蕲必胜，然援事析理，众终莫能折。时藩府数用师，生私策其隽蹶，多中。有言生于府，欲致生幕下，不能得，将中生法，生以智免。

家虽以贫，然喜事故人①，或馈酒肉，立召客与饮啖相乐，四方游士至吴者，生察其贤，必与周旋，款曲延誉，上下所知。

---

① 人：原书作"在"，据《凫藻集》改。

有丧疾不能葬瘗者，以告生，辄令削牍疏所乏，为请诸公间营具之，终饮其德不言，故人皆多生，谓似楼君卿、原巨先，而贤过之。

久之，稍厌事，阖门寡将迎，辟一室，庋历代法书，周彝汉砚，唐雷氏琴，日游其间以自娱。素工草隶，逼钟王，患求者众，遂自闷，希复执笔。歆慕静退，时赋诗见志，怡然处约，若将终身。生姓宋名克，家南宫里，故自号云。

赞曰：生之行凡三变，每变而益善。尚侠末矣，欲奋于兵，固壮，然非士所先。晚乃刮磨豪习，隐然自将，履藏器之节，非有德能之乎？与夫不自知返、违远道德者异矣。

【陈】同阵。【任侠】相与信为任，同是非为侠，所谓权行州里，力折公卿者是也。【弹】行九也。【天下乱】元顺帝至正七年，冬十月，沿江兵起，而方国珍、郭子兴、张士诚、陈友谅之徒，纷纷割据，战争无虚日。【风后握奇】《握奇经》，旧题风后撰。风后，黄帝三公也。按汉、隋、唐《志》，皆不载此书。《宋志》始著录。考其文，盖因唐独孤及《八阵图记》而依托为之，宋以后颇为谈兵者所祖。【梗】塞也。【大江】扬子江。【金华】今浙江金华县，县北有金华山。相传金星与婺女星争华，故名，亦名长山。【会稽】今浙江绍兴县。县东南有会稽山，上有石匮，壁立千云。升者累梯而上，一名玉笥。【沂】同溯，逆流而上曰沂。【具区】《周礼·职方氏》：东南曰扬州，其泽薮曰具区。注：其区即震泽，今江浙人称曰太湖。【门止车】门前停止之车。【两】车有两轮，故称两。【虎冠】《史记·齐悼惠王^①世家》：大臣议欲立齐王，而琅琊王及大臣曰："齐王母家驷钧恶戾，虎而冠者也。"【酗】醉怒也。【竦】敬也。【居樽下】犹言就下座也。【次】舍也。【慑】恐也，伏也，此似作示威解。【突冒】谓超其前而干犯之也。【诃避】谓诃叱之使避也。【介客】请客为介绍也。【蕲】求也。【藩府】指张士诚也。士诚据平江，自称吴王，群彦多从仕者。所不能致，季迪及宋克而已。【隽踬】犹言胜败也。【款曲延誉】款曲，犹委曲也。《后汉·光武纪》：与人不款曲，唯直柔耳。【牍】木简也。【疏所乏】谓将所乏之物，疏记之于上也。【饮其德】此"饮"字，与"饮恨""饮泣"之"饮"字同解，有含藏之意。【楼君卿】名护，汉人。有故人吕公无子，归护，护身与吕公，妻与吕妪同食，谓吕公以故旧穷老托身于我，义所当奉，遂养吕公终身，见《汉书·游侠传》。【原巨先】名涉，汉南阳太守。常例两千石送葬百万以上。时又少行三年之丧者，涉父死，让还赙送，扶柩归葬，庐墓三年。【庋】阁也。阁以板为之，庋食物也。【彝】酒尊也。【雷氏琴】《娜嬛记》：雷威作琴，不必皆桐，遇大风雪时，独往峨嵋，醋酒着蓑笠，

---

① 王：原书无，据《史记》补。

入深松中，听^①其声连延悠扬者，伐斫以为琴，妙过于桐。【钟王】钟繇、王羲之，晋人之善书者。【刮磨豪习】四字见韩愈《曹成王碑》。【隐然自将】将，持也。言有以自守也。【履藏器之节】《易经》："君子藏器于身，待时而动。语盖本此。"履，蹈也。

其诗词之著者如：

沁园春·雁

木落时来，花发时归，年又一年。记南楼望信，夕阳帘外，西窗惊梦，夜雨灯前。写月书斜，战霜阵整，横破潇湘万里天。风吹断，见两三低去，似落筝弦。　　相呼共宿寒烟。想只在、芦花浅水边。恨呜呜戍角，忽催飞起，悠悠渔火，长照愁眠。陇塞间关，江湖冷落，莫恋遗粮犹在田。须高举，教弋人空慕，云海茫然。

【间关】艰涩之意，状道路之难行也。【弋人】以矢取鸟之人也。

王子充称季迪之诗，隽逸^②而清丽，如秋空飞隼^③，盘旋百折，招之不肯下。

《四库总目》：高启天才高逸，实据明一代诗人之首，其于诗拟汉魏似汉魏，拟六朝似六朝，拟唐似唐，拟宋似宋，凡古人之所长莫不兼之，振元末纤秾缛丽之习，而返之于古，启实为有

---

① 听：原书作"聪"。

② 隽逸：原书作"隽"，据王祎《缶鸣集序》改。

③ 飞隼：原书作"飞舞"，据王祎《缶鸣集序》改。

力。……① 其摹仿古调之中，自有精神意义存乎其间。

死后张来仪诗云："平生五千卷，宁救此日艰。"又云："中郎幼女今痴小，遗稿千篇付与谁。"千古才人皆为之闻声下泪。

第五节 杨基

杨基，字孟载。其先嘉兴人，家于吴，为张士诚记室，明初官至山西按察使。著有《眉庵集》十二卷。

《南濠诗话》：世称高杨张徐，孟载诗律尤精。如云"花无桃李非春色，人有笙歌是太平""一官不博三竿日，万事无过两鬓星"，余爱其闲旷。及"乱世身如危处②立，异乡人似梦中来""千金已废床头剑，一字无存架上书"，则又叹其穷困。如云"红雨落花来衮衮③，绿波芳草去迢迢""六朝旧恨残阳里，南浦新愁细雨中"，余爱其含蓄。及云"柳色嫩于鹅破壳，苏痕斑似鹿辞昭""小雨透花清见萼，轻雷催笋碧抽尖"，又惊其新巧。"翠袖锦筝邀上客，画船银烛照归人""高楼锦色花连屋，深巷珠帘柳映桥"，则又见其情致之绮艳矣。"宣王石④鼓青苔涩，武帝金盘玉露多。八阵云开屯虎豹，三江潮落见鼋鼍"，则又见其气象之突兀矣。他如"半醉半醒花冉冉，闲愁闲闷雨⑤沉沉""恨不发如春草绿，笑曾花似面颜红""万里归心鸥送客，

---

① 原书此处为破折号。

② 处：原书作"卯"，《眉庵集》及《南濠诗话》均作"处"。

③ 衮衮：原书作"衮衰"。

④ 石：原书作"不"。

⑤ 雨：原书作"两"。

片时残梦鸟惊人",则又优柔 ① 痛快,而无牵合排比,其亦诗人之豪者哉。

第六节 张羽

张羽,字来仪,浔阳人,徙于吴。元末领乡荐,为安定书院山长。洪武初,征至京,应对不称旨,放还。再征,授太常司丞,坐事窜岭南,未半道召还,自知不免,投龙江死。有《静居集》六卷。录《怀友诗》一首:

> 念君多苦节,乱后竟悠悠。古巷青襟散,空闱白发愁。近书无片纸,旧业有扁舟。最忆相寻处,柴门独树秋。

李日华《六研斋三笔》:张来仪博学有高致,澄淡婉逸,与 ② 徐幼文、张伯雨并行。

第七节 徐贲

徐贲,字幼文,其先蜀人,徙常州,再徙吴 ③。张士诚辟为属,已谢去,居湖州蜀山。吴平,谪徙临濠。洪武初,用荐奉使晋冀,还授给事中,改御史,出按广东,改刑部主事,迁广西参议,再迁河南左布政使,以事下狱死。有《北郭集》六卷。录:

---

① 优柔:原书作"俊柔",据《南濠诗话》改。
② 与:原书无此字,据《六研斋三笔》卷一补。
③ 吴:原书作"吴张",衍"张"字。

泰山纪游

万仞峰头上帝居，紫宸①绛节接②清虚。昆仑尚想
周王制，赑屃犹传秦相书。盘礴三齐横地轴，孤根西北
接天枢。自是仙人真窟宅，愿得安期一起予。

其二曰：

山下更衣路渐难，岩岩高上历巉岏。天关遥控三千
里，烟磴斜悬十八盘。复殿尚留元狩碣，老松仍挂祖龙
官。怪来爽气清入③骨，玉峡流云瀑布寒。

《明诗纪事》云："幼文词彩遒丽，风韵凄朗，殆如楚客丛
兰，湘君芳杜④，每多惆怅。"余谓幼文诗颇密，有似盛唐，观
上诗雄紧跌宕，殆如其字。

第八节　刘基

刘基⑤，字伯温，青田人。元进士，后弃官归隐。明初，召
至金陵，陈时务十八策，屡从征伐有功，授太史令，累迁御史中
丞，兼弘文馆学士，封诚意伯。著有文集二十卷。录：

书刘禹畴行孝传后

世之所谓浮屠者，果何道而能使人信奉之若是哉？
人情莫不好安乐而恶忧患，故惴之必于其所恒惧，诱之
必于其所恒愿，然后不待驱而自赴，浮屠氏设为祸福之

---

① 宸：原书作"辰"，据《明诗纪事》卷八改。
② 接：原书作"按"，据《明诗纪事》卷八改。
③ 入：原书作"人"，据《明诗纪事》卷八改。
④ 杜：原书作"在"，据《明诗纪事》卷八改。
⑤ 原书"基"后以"（明）"标明此为明代之刘基，整理者删去。

说，其亦巧于致人欤？夫四海之众林林也，而无不为其所致，何哉？彼固非止惑愚昧而已也。人情无不爱其亲，亲没矣，哀痛之情未置，而谓冥冥之中，欲加以罪，孰不惕然而动于其心。间有疑焉，则群咻之，若目见其死者拘于囹圄，受棰楚而望救。故中材之人，莫不波驰而蚁附，虽有笃行守道之亲，则亦文致其罪，以告哀于土偶、木偶之前。彼固自以为孝而不知其为大不孝，岂不哀哉！且彼谓戕物者必偿其死，故有牛马羊豕蛇虺之狱，是天下之蠢动者，举不可杀也。今夫虎豹鹰鹯，搏击蜚走以食，日不知其几何，而独无罪乎？人之杀物有狱矣，虎豹食人而无狱，何其重禽兽而轻人也。彼又谓妇人之育子者，必有大罪，故儿女子尤笃信其说，以致恩于其母。吾不知司是狱者为谁，人必有母，将舍其母而狱人之母欤？将并[①]其母而狱之欤？狱其母不孝，舍其母而狱人之母不公。不孝不公，俱不可以令。二者必居一焉，将见群起而攻之矣。虽有狱，谁与治之？宰天地者帝也，彼则谓有佛焉。至论佛之所为，呴呴呕呕，若老妇然。有呼而求救，不论是非，虽穷凶极恶，无不引手援之。使有罪者勿恒刑，是以情破法也。夫法出于帝，而佛破之，是自获罪于天也。吾知其必无是事也昭昭矣。以刘子之贤，其不为所惑，无足怪者。吾独悲夫天下之为刘子者不多也，故又为之言，以窥夫知爱其亲而不知道者。

---

① 并：原书作"并与"。

【林林】盛貌。柳宗元《贞符》：惟人之初，总总而生，林林而群。【呶】谨也，《孟子》：众楚人呶之。【囹圄】监狱也。【棰】杖也。【楚】夏楚。【土偶】泥像也。【木偶】古用木偶殉葬，此则指木雕偶像而言。【呴呴呕呕】慈爱之声。

沁园春·和郑德章暮春感怀呈石末①元帅

万里封侯，八珍鼎食，何如故乡？奈狐狸夜啸，腥风满地，蛟螭昼舞，平陆成江。中泽号鸿，苞荆集鸮，软尽平生铁石肠。凭阑看，但云霓明灭，烟草苍茫。　　不须踽踽踪踪，盖世功名百战场。笑扬雄寂寞，刘伶沉湎，嵇生纵诞，贺老清狂。江左夷吾，关中宰相，济弱扶倾计甚长。桑榆外，有轻阴乍起，未是斜阳。

【寂寞】《汉书》：惟寂寞，自投阁②。【贺老】贺知章自号四③明狂客。【江左夷吾】《晋书》：温峤见王导曰："江左有管夷吾，吾复何虑？"【关中宰相】《汉书》："汉王数失军遁去，何常兴关中卒，辄补缺，上以此专属任何关中事。"时萧何已为丞相，故称宰相。

侍宴钟山应制

清和天气雨晴时，翠麦黄花夹路歧。万里玉关驰露

---

① 末：原书作"抹"，据《诚意伯集》改。
② 自投阁：原书作"空楼阁"。按，《汉书·扬雄传》："京师为之语曰：惟寂寞，自投阁；爱清静，作符命。"
③ 四：原书作"曰"。

布，九霄金阙绚云旗。龙文骕騻骖鸾辂，马乳蒲萄入羽卮。衰老自惭无补报，叨陪仪凤侍瑶池。

钟山应制诗颇多佳作，如江朝宗句^①云"松下鹤眠无客到，洞中龙出有云从。茶煎紫笋逢支遁，药炼丹砂羡葛洪"，詹同文句云"瑶花如雨三千界，紫气成龙五百^②年。风送香烟浮衮服，池涵树影拂青天"，描写山中景物皆极佳。陈田《明诗纪事》云："青田此诗，词意迥别，盖以侍宴时兰州方奏捷也。"

第九节　李东阳

李东阳，字宾之，茶陵人。四岁举神童，肄业京庠，天顺中举进士，改庶吉士，授编修，仕至少师、吏部尚书、华盖殿大学士致仕，卒赠太师，谥文正。著有《怀麓堂集》一百卷、《诗话》一卷。录：

食戒

予病脾时，沈都宪时旸尝对食，退语人曰："是非不能食，乃多食之故耳。"后鸿胪凌主簿远为予言，少时病不能食，有一叟问曰："汝欲食乎？吾教汝食。翼日，可空腹以来。"比至，设饭、肉各一器。将就食，遽以手止焉，曰："未可也。"取其饭，以箸画之为四分，乃使食。食下一口，辄欲就肉，又止焉，曰："未可也。"如是者三，尽一分，使食肉一脔。如是者四，而器尽。复问曰："汝尚能食乎？"曰："能。"曰：

---

① 句：原书无，据《明诗纪事》卷三补。

② 百：原书作"万"。

"不可。子姑去,凡食必准此为法。"及归,不阅月而食进。往谢,且问之,叟曰:"脾性恶腻,汝未食而先以腻物困之,安能使之运而化乎?"予闻之,重有感焉。越十馀年,病再作,皆用此法而瘥,因录以自警。

【病脾】食物不消化也。按脾脏在胃底之外侧,形卵圆而扁,色赤褐,为制造白血球之所,旧说脾有助胃消化谷食之用。【沈时旸】名晖,宜兴人,天顺庚辰进士,累迁副都御史,抚治郧阳,操履清约,立法严整,削强锄暴,奸豪敛迹。【凌远】字季行,凤阳人。荐四译馆译字三年,授冠带,后升鸿胪寺序班,取入直内阁。【翼日】明日也。

《食戒》虽寥寥数语,深得卫生秘诀,谁谓古今人之不相及也。文章之佳,辞理务须兼修,此文虽简而条理明晰,笔意亦清醒,简单道来,绝无拖泥带水之弊,是行文之清澈处。

第十节　唐顺之

唐顺之,字应德,武进人。嘉靖间,以进士官至右佥都御史,卒于官。著有《荆川集》十二卷,《史纂左编》一百二十四卷①、《文编》六十四卷、《武编》十卷、《稗②编》一百二十卷。录:

弟妇王氏墓志铭

弟妇姓王氏,尚书文肃公之曾孙女,应天府经历横

---

① 一百二十四卷:原书无,据《明史·艺文志》及《四库总目》补。
② 稗:原书作"裨"。

山文炳之女，余^①父永州守有怀翁之中妇，余弟郡学生
正之之妻也。年十八而来^②嫁，其生而贵家女也，既嫁
而骤见余儒生家所尚，一旦解去所御金簪珥，悉以易
银，而裂其华衣。至于中馈女红，率常身先诸僮奴。其
所解去金^③簪珥，又以之易银为本，而经营什一之息。
拮据^④勤生，若素处穷约然者。其性警慧爽豁，故^⑤于
人情事务，不习而晓，家人尊卑上下一无不宜。其舅称
之曰："余中妇最能洁茗精馔，以适我意。"于是宾客
茗馔，有不尽以分属之诸妇，而多以属之中妇者。其母
徐孺人闻之曰："是在我侧固然，固知其能事舅也。"
其姒余妻庄，称之曰："吾娣最能得我心事。"于是
心腹委曲，有不可以谂于其夫，而必以咨之姆娣间者。
其姊妹闻之曰："是在姊妹中固然，固知能睦于其姒
也。"

　　其始归余弟三载，而两娠皆半胎而堕^⑥，即以后嗣
为急。偶余弟从余自宜兴归，入室见一女子，讶问之，
知所置妾也。余弟靳靳以年始弱冠为辞，不御而遣之。
后五六年竟无子，乃更为置妾，至亲为之膏发整容，惟
恐不当余弟意。居常夫妇间，相得欢甚也，及置妾，则

———

① 余：原书作"予"。按，原书此篇表示"我"之"余"均作"予"，
　　据《荆川集》改，不另说明。
② 来：原书作"已"。
③ 金：原书脱。
④ 拮据：原书作"拮辛"。
⑤ 故：原书作"放"。
⑥ 堕：原书作"坠"。

每割床第之爱，若^①使其妾得以时御焉^②，而不以已故妨之者^③。其在姊妹五人中，最得其母徐孺人意。初，衡山公卒，母以意遗之二百金。乃以母当总总时，不忍受。其后，母病且卒，以金簪分与诸女为诀^④。其所分又独倍诸女，乃复以独厚为嫌，而并辞其所同得者。呜呼，其能置妾于中年无子之日，不足为难，而能置妾于少年始婚之时，则为难；能辞金于母存之日，不足为难，而能辞金于终母之身，则为难。盖其^⑤自少知书，稗官小说^⑥终日未尝去手，每览至古人奇节，辄激烈自诧^⑦，恨其不为男子。余以为正使其为男子，必能磊磊植立，不媚妒以败人之国，不货贿以自污其身，可知也。与余弟夫妇间，相得欢甚，而警戒相成之者尤切。始余父宦于外，余独与弟居。弟或所过动也，乃不喜而谓曰："子纵不自爱，其若汝兄何？"又且为之隐护，不使人知，盖恐以是见尤于其兄，而或至于相疏也。弟有一善可称也，则喜而谓之曰："非子之能，其汝兄薰染使然。"盖以是深动余弟，而欲其与兄相亲善也。以是余弟能知强于为善，而兄弟之好益密，弥缝从臾其间，盖有助焉。以彼才且贤，宜其多男子，享高寿，而

---

① 原书无"割床第之爱，若"字。

② 焉：原书脱。

③ 者：原书脱。

④ 原书此句脱漏倒错，为"其后母且簪分金，以卒与诸女为诀"。

⑤ 其：原书脱。

⑥ 稗官小说：原书无此四字。

⑦ 诧：原书作"言"。

竟以无子夭死，其死也又以产，此则理数之不可知者也。自其始连娠而堕，则已不专意于自娠矣。既置妾，固日夜以娠望之妾也。及自娠矣，众且以不妒之报，庶或在此，而竟以是死，谓之何哉？谓之何哉？其卒以嘉靖丁未六月初五日，年二十有九，葬以卒年之^①十二月十三日，祔于其姑余母任宜人兆之右方。铭曰：

《诗》咏螽斯，诜诜振振。嗟彼淑媛，罹此不辰。让娠于妾，不欲自娠。幸自有娠，卒灾其身。造物报施，孰云可信？惟其美行，久而不泯。伯氏铭之，以垂家人。

【王文肃】名克敬，山西大宁人。由淮东廉访使入为吏部尚书，乘传至淮安，坠马，居吴中养疴。元统初，起为江浙行省参知政事。年五十九，即请老，卒谥文肃。【应天】明府治，今江苏江宁县。【永州】今湖南零陵县。【珥】耳饰也。【裼^②】《诗·卫风》：衣锦裼衣。笺：禅也。今之單衣也。【中馈】烹饪之事。【女红】针黹也。《汉书》：锦绣纂组，害女红者。【拮】《说文》：手口共有所作也。【勤生】言勤于治生也。【姒】长妇为姒，介妇为娣，兄弟之妻相谓皆曰姒。【婵】夫弟之妻。【谐】谋也。【姆】弟妻谓夫之嫂曰姆。【半胎】胎未成熟小产也。【宜兴】今江苏宜兴县。【靳靳】固也。【御】进也，侍也。【总总】

---

① 之：原书脱。
② 裼：原书作"淡"。

亦作纵纵，急遽趋事貌。《礼·檀弓》：丧事欲其纵纵尔。【媢】忌嫉也。【过动】言过失之举动也。【薰染使然】言为兄所感化。【从臾】劝也。【祔】附葬也。【兆】茔墓界域也。【诜诜振振】诜诜，众多也。振振，仁厚也。《诗·周南》：螽斯羽，诜诜兮。宜尔子孙，振振兮。小序：《螽斯》，后妃子孙众多也。

如许家庭琐碎，言之列列如绘，顺之之文自有独到处。若以近世医学之常理测之，则不娠由于生理，须验以医，则斯文可以不作矣。今昔时移，论文之士，固不能以今衡古，吹毛求疵矣。

第十一节　王世贞

王世贞，字元美，太仓人。嘉靖间进士，官至南京刑部尚书，号弇州山人，著有《弇山别集》一百卷，《四部①稿》一百七十四卷、《续稿》二百七卷，《读②书后》八卷，《觚不觚录》一卷。录：

蔺相如完璧③归赵论

（赵得楚和氏璧，秦王请易以十五城，赵欲勿与，畏秦强④，欲与之，恐见欺。以问蔺相如，对曰："以城求璧而不与，曲在我矣；与之璧而不与我城，则曲在秦。臣愿奉璧而往，

---

① 部：原书作"帝"。
② 读：原书作"经"。
③ 璧：原书作"壁"。
④ 强：原书作"疆"。

城不入，臣请完璧而归。”王遣之。相如至秦，既献璧，视秦王无意偿城，绐取璧，使从者怀之，间行归赵，而以身待命于秦。秦王曰：“杀相如，终不能得璧，而绝秦赵之欢，不如因而厚遇之。”乃廷见相如，礼而遣之。）

蔺相如之完璧，人皆称之，予未敢以为信也。

夫秦以十五城之空名，诈赵而胁其璧。是时言取璧者，情也，非欲以窥赵也。赵得其情，则弗予，不得其情则予；得其情而畏之则予，得其情而弗畏之，则弗予。此两言决尔，奈之何既畏而复挑其怒也？

且^①夫秦欲璧，赵弗予璧，两无所曲直也。入璧而秦弗与城，曲在秦，秦出城而璧归，曲在赵。欲使曲在秦，则莫如弃璧；畏弃璧，则莫如弗予。夫秦王既按图以与城，又设九宾，斋而受璧，其势不得不与城。璧入而城弗予，相如则前请曰：“臣固知大王之弗与城也。夫璧非赵璧乎，而十五城秦宝也。今使大王以璧故而亡其十五城，十五城之子弟，皆厚怨大王，以弃我如草芥也。秦王弗予城而绐赵璧，以一璧故而失信于天下，臣请就死于国，以明大王之失信。”秦王未必不返璧也；今奈何使舍人怀而逃之，而归直于秦？是时秦意未欲与赵绝耳。令秦王怒而僇相如于市，武安君十万众历邯郸，而责璧与信：一胜而相如族，再胜而璧终入秦矣。吾故曰：蔺相如之获全于璧也，天也。若其劲渑池，柔廉颇，则愈出而愈妙于用。所以能完赵者，天固曲全之

---

① 且：原书作“旦”。

哉。

【设九宾斋而受璧】《史记·蔺相如列传》：今大王亦宜斋戒五日，设九宾于廷。注：《周礼》，大行人别九宾，谓九服之宾也。《列士传》云：设九牢也。古者朝会大事，则设九宾。或曰宾为摈，摈者九人，掌以次传命也。【绐】犹骗也。【舍人】左右亲信之人，卿大夫家有之。【僇】杀也。【武安君】白起。【邯郸】赵都城，今直隶邯郸县。【渑池】今河南渑池县。渑池之会，秦王请赵王鼓瑟，赵王鼓之，相如请秦王击缶，秦王不肯。相如曰："五步之内，臣请得以颈血溅大王矣。"左右欲刃相如，相如张目叱之，皆靡，秦王乃一击缶。酒罢，秦终不能有加于赵。【柔廉颇】颇以相如位出己上，曰："我见必辱之。"相如闻之，每朝，常称病，出而望见，辄引车避匿。其舍人皆以为耻。相如曰："子视廉将军孰与秦王？"曰："不若。"相如曰："夫以秦王之威，而相如廷叱之，相如虽驽，岂畏廉将军哉？顾吾念之，秦所以不敢加兵于赵，徒以吾两人在也。今两虎相斗，势不俱全。吾所以为此者，先国家之急而后私仇也。"颇闻之，肉袒负荆，至门谢罪，遂为刎颈交。

辞严义正，责相如不应①使舍人怀璧②而逃一段，尤见坦落痛快，笔锋锐利。相如在九泉有知，亦将无辞以对。王文短简中

---

① 不应：原书此处为"不"，据原书《刊误表》改。

② 璧：原书作"壁"。

俱见精警。

第十二节　归有光

归有光，字熙甫，昆山人。九岁能文，弱冠通经史诸书，师事同邑魏校，累试不第，徙居嘉定安亭江上，读书授徒，人称震川先生。晚成进士，授长兴县，大学士高拱、赵贞吉，雅知有光，引为南京太仆丞，留掌内阁制房敕，修《世宗实录》，卒于官。著有《震川文集》三十卷、《三吴水利录》四卷。录：

先妣事略

（事略非指一事而言，凡生平大概皆具，故与杂记中书某人事者不同。）

先妣周孺人，弘治元年二月十一日生。年十六来归，逾年生女淑静。淑静者，大姊也。期而生有光，又期而生女子，殇一人，期而不育者一人。又逾年生有尚，妊十二月。逾年，生淑顺。一岁，又生有功。有功之生也，孺人比乳他子加健。然数颦蹙，顾诸婢曰："吾为多子苦。"老妪以杯水盛二螺进，曰："饮此后，妊不数矣。"孺人举之尽，喑不能言。正德八年五月二十三日，孺人卒。诸儿见家人泣，则随之泣[①]，然犹以为母寝也。伤哉！于是家人延画工画，出二子，命之曰："鼻以上画有光，鼻以下画大姊。"以二子肖母也。

孺人讳桂，外曾祖讳明。外祖讳行，太学生。母何

---

① 泣：原书作"泫"。原书断为"随之泫然，犹以为母寝也"。

氏。世居吴家桥，去县城东南三十里。由千墩浦而南，直桥并小港以东，居人环聚，尽周氏也。外祖与其三兄皆以资雄，敦尚简实，与人姁姁说村中语，见子弟甥侄无不爱。

孺人至^①吴家桥则治木棉，入城则缉纑，灯火荧荧，每至夜分。外祖不二日使人问遗，孺人不忧^②米盐，乃劳苦若不谋夕。冬月炉火炭屑，使婢子为团，累累暴阶下。室靡弃物，家无闲人。儿女大者攀衣，小者乳抱，手中纫缀不辍，户内洒然。遇僮奴有恩，虽至棰楚，皆不忍有后言。吴家桥岁致鱼蟹饼饵，率人人得食。家中人闻吴家桥人至，皆喜。

有光七岁，与从兄有嘉入学。每阴风细雨，从兄辄留，有光意恋恋，不得留也。孺人中夜觉寝，促有光暗诵《孝经》，即熟读，无一字龃龉，乃喜。

孺人卒，母何孺人亦卒。周氏家有羊狗之疴，舅母卒，四姨归顾氏又卒，死三十人而定，惟外祖与二舅存。

孺人死十一年，大姊归王三接，孺人所许聘者也。十二年，有光补学官弟子。十六年而有妇，孺人所聘者也。期而抱女，抚爱之，益念孺人。中夜与其妇泣，追惟一二，仿佛如昨，馀则茫然矣。世乃有无母之人，天乎！痛哉！

---

① 至：原书作"之"。
② 不忧：原书作"忧不"。

【周孺人】太学生行女。【弘治】孝宗年号。【期】周年也。【殇】未成人丧也。【不育】生而旋死也。【喑】失声不能言也。【正德】武宗年号。【姁姁】和好貌。【缉】绩也。【纩】练其麻曰纩。【龃龉】不合也。【羊狗之疴】《前汉书·五行志》推论灾异，有曰："及六畜，谓之祸，言其著也。及人，谓之疴。疴，病貌，言浸深也。"按文中云羊狗之疴，言羊狗之祸及于人也，大约与近日鼠疫事相类。【王三接】官至河东都转运使。

文章之佳，不在辞藻丽密，而在曲达人情而有普遍性，能令读者不啻若自其口出。有光一代文豪，所著文多矣，吾独取此篇者，以其字字皆出至性至情，不虚饰，不文过，句句实录，乃是难得。有明一代文艺无甚特立处，只要摹古神似，亦有足多，有光于摹古之馀，笔力独露纸背，自足千古。

第十三节　艾南英

艾南英，字千子，东乡人。天启间，举于乡，对策力诋魏珰。后入闽，唐王召见，陈十可忧疏，授兵部主事，改御史，卒于官。录：

《踏花篇》序

《踏花篇》者，黄冈王孟侯居桃花源所得诗，因以名篇也。予至武陵，去桃源不百里，而未尝有游观之志。夫神仙之说，诚不知其有无，即使有之，然所贵于神仙者，以其淡泊无累，异于常人。使得一丘一壑而守之，若美田宅长子孙之计，其贪且愚若此，则亦与庸人何异?

今夫庸人得一廛以终老，愿世世无失，人未有过而问焉者也。而独浮慕于贪且愚之神仙，何欤?

或曰，其得名不以神仙，而以山川窔深，可以避世。则今之穷山僻坞，其人鸟言兽面，不通商贾，不知盐醯者何限? 诚得是也，而种植其间，皆桃源也。呜呼，得吾说而存之，桃源犹诸山也，亦何必以未至为戚哉? 乃孟侯之诗，其于是山不一而足，且[1]以名其篇。孟侯家世儒显，弃妻子婚宦不事，独来穷山中，岂神仙之说惑之耶? 抑有大不得已者存，故托而逃焉也?

夫是山以靖节之文而重，非以桃源重也，则谓以孟侯重桃源可矣。予独怪世之为文者，不知六籍子史之大，而侈花草虫鱼为高逸，虽名山水，亦反以其人其文而污。后为斯游者，其慎之哉。

【黄冈】今湖北黄冈县。【桃源】桃源山，在湖南桃源县南。山之西南，有桃源洞。【武陵】今湖南常德县，桃源县在其西，相距八十里。【廛】市宅也。【坞】山阿也。【窔】幽深也。【靖节】即陶潜也。【六籍】《六经》也。

南英文短简精纯，极尽曲折转环之妙。

---

① 且：原书作"且"。

第十四节　张溥①

张溥②，字天如，太仓人。与同里张采齐名，崇祯四年，第进士，改庶吉士，以葬亲乞假归，读书不复出。集四方名士，倡复社以继"东林"，声势大盛，执政恶党人，几得祸。年四十，卒。著有史论等书。录：

五人墓碑记

（墓在今江苏吴县虎邱山塘。凡碑后之无韵语者，即碑记也。然古无此称，第谓之碑而已，后人始有碑记之名，亦有名为碑③记，而后复系以诗铭者，此变体也。）

五人者盖当蓼洲周公之被逮，激于义而死焉者也。至于今，郡之贤士大夫请于当道，即除魏阉废祠之址以葬之，且立石于其墓之门，以旌其所为。呜呼，亦盛矣哉！

夫五人之死，去今之墓而葬焉，其为时止十有一月耳。夫十有一月之中，凡富贵之子，慷慨得志之徒，其疾病而死，死而湮没不足道者，亦已众矣。况草野之无闻者欤？独五人之皦皦，何也？

予犹记周公之被逮，在丁卯三月之望。吾社之行为士先者，为之声义，敛赀财以送其行，哭声震动天地。

---

① 溥：原书作"浦"。
② 溥：原书作"浦"。
③ 碑：原书作"牌"。

缇骑按剑而前，问："谁为哀者？"众不能堪，抶[1]而仆之。是时以大中丞抚吴者为魏之私人，周公之逮所由使也。吴之民方痛心焉，于是乘其厉声以呵，则噪而相逐。中丞匿于溷藩以免。既而以吴民之乱请于朝，按诛五人，曰颜佩韦、杨念如、马杰、沈扬[2]、周文元，即今之傫然在墓者也。然五人之当刑也，意气扬扬，呼中丞之名而詈之，谈笑以死。断头置城上，颜色不少变。有贤士大夫发五十金，买五人之脰而函之，卒与尸合。故今之墓中全乎为五人也。

嗟乎[3]！大阉之乱，缙绅而能不易其志者，四海之大，有几人欤？而五人生于编伍之间，素不闻诗书之训，激昂大义，蹈死不顾，亦曷故哉？且矫诏纷出，钩党之捕，遍于天下，卒以吾郡发愤一击，不敢复有株治，大阉亦逡巡畏义，非常之谋，难于猝发，待圣人之出，而投缳道路，不可谓非五人之力也。

由是观之，则今之高爵显位，一旦抵罪，或脱身以逃，不能容于远近，而又有剪发杜门，佯狂不知所之者，其辱人贱行，视五人之死，轻重固何如哉？

是以蓼洲周公忠义暴于朝廷，赠谥美显，荣于身后。而五人亦得以加其土封，列其姓名于大堤之上，凡四方之士，无有不过而拜且泣者，斯固百世之遇也。

---

① 抶：原书作"扶"。

② 扬：原书作"杨"。

③ 乎：原书作"夫"，断为"嗟夫大阉之乱"。

不然，令五人者保其首领，以老于户牖之下，则尽其天年，人皆得以隶使之，安能屈豪杰之流，扼腕墓道，发其志士之悲哉？

故余与同社诸君子，哀斯墓之徒有其石也，而为之记，亦以明死生之大，匹夫之有重于社稷也。贤士大夫者，冏卿因之吴公，太史文起文公，孟长姚公也。

【蓼洲周公】周顺昌，字景文，蓼洲其号也。吴县人，万历癸丑进士，天启中，历官吏部文选司郎中，乞假归。魏大中被逮，道吴门，顺昌出钱，与同卧起，并于旗尉前语侵忠贤，旗尉归告，因被逮，杀之狱中。【魏阉废祠】魏阉，指魏忠贤，毛一鹭为建生祠于虎邱山塘，名普惠祠。【皦皦】光明不灭貌。【丁卯】熹宗天启七年。【吾社】指复社。【行为士先】行谊高出于士者。【声义】声扬其义也。【缇骑】《后汉书·百官志》：执金吾，缇骑二百人。缇骑，谓赤衣马队也。执金吾，官名，主擒奸执猾。故后世逮治犯人之官役，均称缇骑。明锦衣卫校尉，掌逮捕职官罪犯也。【扶①】挞也。【大中丞】巡抚也。汉御史大夫有两丞，一曰御史丞，一曰中丞，明时命副都御使，或佥都御史，出仕巡抚，故云。【魏之私人】巡抚毛一鹭，忠贤党。【溷藩】厕也。《晋书·左思传》：门庭藩溷，皆著纸笔。【僄】同儦。《六书统》：冯高众立貌。【脰】项也。【函】封合也。谓以线缝之，使颈皮相接也。【生于编

---

① 扶：原书作"扶"。

伍之间】佩韦等皆市人，文元则顺昌舆隶也。编伍，谓平民编入户口册者。【矫诏】言魏阉伪托天子之诏[①]以逮人。【钩党】谓相牵引为同党也。《后汉书·灵帝纪》：制诏州郡，大举钩党。【株治】谓株连而逮治也。【非常之谋】谓篡窃也。熹宗崩，遗诏以弟信王嗣位，崔[②]呈秀与魏忠贤密谋久之，或云忠贤欲篡位，呈秀以时未可止之也。【圣人】指庄烈帝。【投缳[③]】庄烈帝即位，安置忠贤于凤阳，行至直隶阜城，与李朝钦皆赐死。【"今之高爵显位"六句】写阉党败之后情况，《明史·庄烈帝纪》：二年正月，定逆案，自崔呈秀以下，凡六等。【赠谥】庄烈帝即位，赠顺昌太常卿，官其一子，复以瞿式耜讼诸臣冤，诏谥忠介。【扼腕】抚手叹惜之状。【同卿】《周书》："穆王命伯囧为太仆正。"后世因借称太仆为同卿。【因之吴公】名默，吴江人，万历时，官太仆少卿。【文起文公】名震孟，详见《邢布衣传》小传。【孟长姚公】名希孟，震孟之甥也，万历进士，与震孟同持清议[④]，为阉党所排。

张溥[⑤]文段落清楚，笔势亦流畅，回环婉约，妙若行云。此文棠十龄时，塾师教以成诵，迄今二十馀载，犹历历在目，其感

---

① 诏：原书作"韶"。
② 崔：原书作"雀"。
③ 投缳：原书作"缳投"。
④ 清议：原书作"清义"。
⑤ 溥：原书作"浦"。

人至深如此。疏荡之处，可与东坡比肩。

明代文学，散文、诗皆标榜古调，匪独欲恢复宋唐之古，尚欲追"复秦汉之古"。于是有所谓前七才子者，即李梦阳、何景明、徐祯①卿、边贡②、康海、王③九思、王廷相是也；有所谓后七才子者，李攀龙、王世贞、谢榛、宗臣、梁有誉、徐中行、吴国伦是也。有所谓前五子者，后七才子去李王二人是也；又有所谓后五子、广五子、续五子、末五子者，皆以近宗唐宋，远追秦汉。其间袖领人物，为李梦阳、何景明、李攀龙、王世贞四人。

诗体如三杨（杨士奇、杨荣、杨溥），称"台阁体"，就中以士奇为最。袁中郎称"公安体"，钟惺、谭元春称竟陵体。

党社，如张溥④之复社，陈子龙之几社，艾南英之豫章社，皆以文章气节相号召。

---

① 祯：原书作"桢"。
② 贡：原书作"质"。
③ 王：原书作"五"。
④ 溥：原书作"浦"。

第四十六章　明代之传奇

明代文学，诗文以外，尚有传奇亦颇发达。其体由杂剧脱化而出，表面上与元杂剧迥[1]异：元杂剧折数限于四，明传奇则常数十折不等；元杂剧韵调各折仅以一贯为限，明传奇则屡易韵；元杂剧唱只一人，明传奇则凡登场者皆可唱；元杂剧常带楔子，明传奇则否，惟第一出戏曰"开场"或"开门[2]"以说明全篇大意。此传奇演进之程序也。明代传奇以高明则诚之《琵琶记》为最有名，次如宁献王朱权之《荆钗记》，徐畈之《杀狗记》，施惠之《拜月亭》（一称《幽闺记》），亦有声。

中叶中有《临川四梦》，即《牡丹亭》（一名《还魂记》）、《南柯记》、《邯郸记》与《紫钗[3]记》四种，至阮大铖[4]之《燕子笺》《春灯谜》《双金榜》《牟尼合》《忠孝环》，集剧场之大成，尤为难得[5]。

明代传奇今存者虽有二三百种之多，其足称者，亦仅上列数种。虽折数、韵调、登场人物与杂剧悬殊，实则仍传元季衣钵。然则谓之为明代传奇，无宁谓之为元之杂剧也。故本章不加详说矣。

---

① 迥：原书作"回"。

② 开门：原书如此，似当作"家门"。

③ 紫钗：原书作"荆叙"。

④ 铖：原书误为"针"。

⑤ 尤为难得：原书此处作"亦佳"，据原书《刊误表》改。

第四十七章　明代之小说、词及其他

小说有施耐庵（或曰罗贯中所录）之《水浒传》，叙梁山泊英雄故事，其本子有百回者作为天都外臣^①，百二十回本或为杨定见所作。今七十一回本，清金人瑞所删定者。罗贯中之《三国演义》，今传之百二十回本，为清人毛宗岗所改定。吴承恩之《西游记》及无名氏之《封神演义》、王世贞之《金瓶梅》、杨慎之《二十一史弹词》等，名目繁多，不及备载。此类书，二十年前，尚为士大夫所不齿。自白话文发达后，一般唱新文艺者乃以之并入《红楼梦》《石头记》^②等，奉为不祧之祖。平心而论，文学以情感为主，不宜^③有白话、文言之成见，致推损过实也。至若词，则剩水残山，难期于大。信乎刘体^④仁《词绎^⑤》所谓明"非不欲胜前人，而中实枵然，取给而已，于神味处全未梦见"是也。

他如一代巨制《永乐大典》，都二万四千九百卷，影响于后代文学者颇巨。

---

① 作为天都外臣：原书如此。据下文之意，此处或当为"为天都外臣作"，然而天都外臣仅"序"此书。

② 《红楼梦》《石头记》：原书作"红楼梦石头记"，亦未加书名标记。据作者语意，似将《红楼梦》《石头记》视为二种，故整理时未为《石头记》加括号。

③ 宜：原书作"宣"。

④ 体：原书作"礼"。

⑤ 词绎：原书作"词释"。

第十一编　清文学

第四十八章　清代文学背景

　　清以满洲入主中华，知汉人之不可以骤然高压也，于是乃用利用政策，当摄政睿亲王入关之初，（一）禁兵士入民家，（二）为崇祯帝后发丧，（三）葬殉难太监王承恩于思陵旁，以旌其忠，（四）命在京各官员以原官同满官一体办事，（五）命文臣衣冠暂从明制，（六）录用废员，征①辟名士，（七）减免大兵经过钱粮，收养穷民无告者，（八）选各省、府、州、县学生员之文行兼优者入太学肄业，（九）增加乡试、会试次数，其未附地方生员、举人来投试者准其一体应试。故国体虽变，而文字悉仍明旧。清代文学销沉沦没于附庸而莫蔚成大国者，其原盖自此始也。迨顺治二年六月②下剃发之令，有不从者杀无赦，杀明室诸王及宗室，兴科场诸狱，是时明室遗民反抗清廷者多系学者倡导，一般诸生附和之，于是义兵云起，其首领皆系文人。拥

---

　　① 征：原书作"微"。
　　② 月：原书作"日"。

立鲁王之张国维、钱肃乐[①]、张煌言，拥立唐王之黄道周，拥立桂王之瞿式耜、陈子壮、张家玉等，皆学者[②]也，故世祖深恶文人。顺治九年会试，大学士范文程弹劾第一名进士南海程可则文理荒谬，首篇尤悖戾经注。有旨可则除名，主考学士胡统虞降三级，成克巩降一级，同考官左敬祖等夺俸有差。十四年十月，御史任克溥上书，纠本年北闱多通关节，诏下同考官张我朴、李振邺、蔡元禧、陆贻吉、项绍芳，举人田耜、邬作霖等于狱，杀之。家产籍没，父母、兄弟、妻子流徙尚阳堡，牵连被祸者数百人，皆南士[③]也。给事中阴应节希旨，参奏江南主考方猷[④]、钱开宗等舞弊，诏逮猷[⑤]与开宗，处斩。同考官叶楚槐等十八人处绞，妻子、家产籍没入官，举人方域等十四人文理不通，俱革去举人，举人方章钺等八人俱革去举人，责四十板，家产籍没入官，父母、兄弟、妻子并流徙尚阳堡，刑部审核稽延，尚书以下俱降级。十五年二月，礼部磨勘丁酉科乡试朱卷，劾奏违[⑥]式各官，逮河南、山东、山西考官治罪，又以御史不弹劾为失职，俱下狱，免死，流徙尚阳堡。

此处有可注意者三：（1）文人多从事政治活动，故文学衰微，此其一。（2）程可则之除名，由于悖戾经注，可为清代复古之证，此其二。（3）关节舞弊之狱，考官之牵连被祸竟

---

① 钱肃乐：原书作"钱乐"。
② 学者：原书《刊误表》谓当改为"学者者"。
③ 士：原书作"土"。
④ 方猷：原书作"方犹"。
⑤ 猷：原书作"献"。
⑥ 违：原书作"韦"。

达数百人，天下士为之寒心，文学亦因之不振，此其三。自是以后，有名之文字狱迭兴。始则有庄廷鑨明史狱，继则沈天甫之诗集狱，世人直以文学为畏途，相率①而改徙②别业矣。虽康熙十七年诏举博学鸿儒备顾问著作之选，次年三月集诸被举者一百四十三人于体仁阁，试以赋诗，又召内阁翰林等官九十三员宴于乾清宫，特敕笑语无禁，然惴惴不安之象，仍笼罩于士子脑海中，历二百年而不息。

康熙五十二年，编修桐城戴名世《南山集》之狱起，同邑方苞亦罹祸。

雍正时，汪景祺以"皇帝挥毫不值钱"之句被戮。查嗣庭典试江西，以"维民所止"题指为系取"雍正"二字去其首，毙之于狱，戮其尸。陆生枏以细书《通鉴论》十七篇有抗愤不平语，被杀。谢济世以注释《大学》有毁谤程意，罚充当军中苦差。徐骏以"清风不识字，何得乱翻书"之句指为讥讪，命正法。吕留良以"清风虽细难吹我，明月何尝不照人"之句被戮尸。

乾隆朝，礼部侍郎世臣以"霜侵鬓朽叹③穷途""秋色招人懒上朝"降诏切责；内阁学士胡中藻以所出试题有"乾三爻不象龙"之句，指为"龙"与"乾隆"之"隆"同音，逮下狱，弃市；段昌绪、司存存、司淑信以收存圈点《吴三桂檄》论斩；彭家屏以族谱取名《大彭统④记》指为类似国号，赐自尽，子传笏论斩；齐国华以所刻书语涉忌讳诏磔；王锡侯著《字贯》，第一

---

① 率：原书作"索"。
② 徙：原书作"徒"。
③ 叹：原书作"欢"。
④ 统：原书作"新"。

本序文后《凡例》开列清圣祖世宗庙讳，指为大逆，逮至京，与子若孙七人俱论斩。

徐述夔著《一柱楼诗》，有"明朝期振翮，一举去清都"，谓其有兴明去清，诏戮尸[1]，其子若孙及列名校对俱拟斩。沈德潜以《咏黑牡丹》诗云"夺朱非正色，异种也称王"，以为有意诽谤[2]，命剖其棺。尹嘉铨有"为帝者师"之句，指为目无君上，命处绞。程明禋为郑友清生日寿文，有"绍芳声于湖北，创大业于河南"之句，照大逆律凌[3]迟处死，弟明珠拟斩。方芬以著《涛浣亭诗》[4]中有"乱剩有身随俗隐，问谁壮志足澄清"之句，时方芬已死，其子[5]国泰从宽杖一百，徒三年。广东韶州丹霞寺僧澹归以所著《遍[6]行堂集》，寺僧死者五百馀人。其馀类此而死不可胜数。乾隆三十九年八月，谕两江、浙闽、两广各省督抚遴选妥员，检查存书之家。至四十七年，据兵部所报，天下销毁之书共二十四次，五百三十八种，凡一万三千八百六十三部。于是遗老之著述，有关前朝遗书之纪载，或眷怀故国之诗文集，又付一炬矣。故自顺康雍乾四朝，几于无岁不兴文字狱，而文士处此世局，焉敢畅咏所怀，以自致祸。故有清二百年之文学

---

① 戮尸：原书作"戮屠"。

② 谤：原书作"膀"。

③ 凌：原书作"夌"，系所谓古字。又按，据《清代文字狱档辑》，书中所言此案判决，仅是河南巡抚所拟处理意见，清高宗谕军机处："将程明禋改为应斩立决，缘坐各犯俱着宽免。"

④ 涛浣亭诗：原书作"浣诗亭"，脱"涛"字，倒"亭诗"。按，方芬集名《涛浣亭诗集》。

⑤ 其子：原书如此。按，原书此案事实有误，方芬为方国泰五世祖，国泰为玄孙。

⑥ 遍：原书作"偏"。

实较任何朝代为劣，学者之大部分工作①，均移入考据，以为自遣藏身之具，流风所播，迄民国犹未衰。

清代考据家，清初如昆山顾炎武亭林（著《音学②五书》等），太原阎若璩百诗（著《伪古文尚书考》等），胡渭朏明（著《易图明辨》等），顾祖禹景范（著《读史方舆纪要》等），毛奇龄大可（著《春秋毛氏传》等），姚际恒（著《古文尚书》③），黄宗羲梨④洲（著《明儒学案》等），万斯同季野（著《学礼质疑》⑤等），梅文鼎定九（今传有《梅氏丛书辑要》）。

乾嘉之际，如婺源江永（《古韵标准》等），全祖望谢山⑥（《校水经注》⑦），惠栋定宇（著《九经古义》⑧等），江声淑沄（《尚书集注音疏》等），余萧客仲林（《古经解钩沉》等），王鸣盛凤喈（著《尚书后案》等），钱大昕竹汀（《二十二史考异》等），戴震东原（《声韵考》等），纪昀晓岚（《四库总目提要》等），王昶述庵（《金⑨石萃编》等），朱筠竹君

---

① 工作：原书作"功作"，据原书《刊误表》改。
② 学：原书作"乐"。
③ 《古文尚书》：原书如此。按，姚际恒著有《尚书通论》。
④ 梨：原书作"黎"。
⑤ 《学礼质疑》：原书如此。按，《学礼质疑》为万斯同兄万斯大所撰，万斯同有《礼》书多种，如《读礼通考》《丧礼辨疑》等。
⑥ 谢山：原书作"江山"。按，全祖望字绍衣，号谢山。
⑦ 《校水经注》：原书如此。按，清人常题为《七校水经注》《全氏七校水经注》。
⑧ 《九经古义》：原书作"九经大义"。
⑨ 金：原书作"全"。

（与《四库全书》纂修事），毕沅秋帆（《墨子集注[①]》等），卢文弨檠斋（《群书拾补》等），任大椿（《小学钩沉》等），章学诚实斋（《文史通义》《校雠通义》[②]等），崔述东壁（《考信录》及《读风偶识》等），段玉裁若膺（《说文解字注》），王念孙怀祖（《读书杂志》等），汪中容甫（《述学》等），钱坫[③]献之（《史记注》等），孔广森众[④]仲（著《诗声类》），孙星衍渊[⑤]如（《平津馆金石萃[⑥]编》等），张惠言皋文（《说文谐声谱》[⑦]等），焦循里堂（《论语通释》等），王引之伯申（《经传释词》《经义述闻》等），阮元云台[⑧]（《十三经注疏[⑨]校勘记》等）。

道光以后，如俞樾曲园（《古书疑义[⑩]举例》等），王国维静安（著《观堂集[⑪]林》等），戴望子高（《管子校正》等），王先谦益吾（《汉书补注》等），孙诒[⑫]让仲容（《墨子间

① 墨子集注：原书作“墨子校注”。
② 《文史通义》《校雠通义》：原书此处作“文史通校酬通义”，一书书名不完，一书“雠”字误为“酬”。
③ 坫：原书作“玷”。
④ 众：原书作“象”。
⑤ 渊：原书作“训”。
⑥ 萃：原书作“莘”。按，孙星衍《平津馆丛书》有《寰宇访碑录》等金石著作，至《平津馆金石萃编》为严可均辑。
⑦ 《说文谐声谱》：为张惠言草创，其子张成孙所成。
⑧ 云台：作“芸台”更规范。
⑨ 疏：原书作“外”。
⑩ 义：原书作“又”。
⑪ 集：原书作“乐”。
⑫ 诒：原书作“贻”。

诂》[①] 等），刘复先师半农（《四声谱》[②] 等）。其间最负盛名者惟顾炎武、阎若璩[③]、戴震、段玉裁、王念孙、阮元、王引之[④]、俞樾、孙诒[⑤]让、王静安、刘半农师十数人而已。

考校之外，则从事于理学，就中以孙奇逢夏峰[⑥] 之（《读易大旨》[⑦] 等），李颙二曲之（《四书反身录》），王夫之船山（今传有《船山遗书》），李光地厚庵之（《周易折中》），颜元习斋之（《存学编》《存治编》《存人编》《存性编》），李塨恕谷[⑧] 之（《周易传注》），王源昆绳之（《易传辨论》等），最为[⑨] 有名。以言文学，则足称者甚微矣。

---

① 《墨子间诂》：原书作《星子问讼》。
② 《四声谱》：原书如此。按，刘半农著有《四声实验录》，又有《四声新谱》，未完成而卒。
③ 璩：原书作"据"。
④ 王引之：原书作"王引元之"，衍"元"字。
⑤ 诒：原书作"贻"。
⑥ 夏峰：原书作"处峰"。孙奇逢，学者称"夏峰先生"。
⑦ 《读易大旨》：原书作《周易大旨》。
⑧ 谷：原书作"公"。李塨号恕谷。
⑨ 最为：原书作"而为最"，据原书《刊误表》改。

第四十九章　清代文学总述

　　清代自顺康雍乾厉行文字狱以后，文士率^①多匿迹销声，思想束缚，于斯为烈。职是之故，清代文学遂日益委靡不振，兼以政府取士专用八股，其诗赋一道亦不过偶尔点缀，因处处忌讳，故下笔辄感不自由，好诗歌即无从出。吾人叙述清代文学，至此乃大感困难，惟无中取有，略述所见耳。

　　清代散文，清初有侯方域、魏禧^②、汪琬等。其后分二派：一桐城，二阳湖。桐城派开山老祖，为桐城方苞，方氏唱五"不可入"主义：（1）为文不可入语录中语，（2）不可入魏晋六朝人藻丽排语^③，（3）不可入汉赋中板重字法^④，（4）不可入诗歌中隽语，（5）不可入南北史佻巧语。于时和之者有刘大櫆^⑤、姚鼐、管同、梅曾亮、方东树、曾国藩、张裕钊^⑥、吴汝纶、薛福成。阳湖派有恽敬、张惠言。

　　诗有钱谦益、吴伟业、施闰章、宋琬、王士祯、赵执信、沈德潜、袁枚、蒋士铨、赵翼。乾嘉之际，有黄^⑦景仁、洪亮吉，号称"吴中七子"者为王鸣盛、王昶、钱大昕、曹仁虎、黄文

---

① 率：原书作"索"。
② 禧：原书作"僖"。
③ 排语：多作"俳语"。
④ 字法：原书此处如此，而《刊误表》谓当改作"字语"。
⑤ 櫆：原书作"魁"。
⑥ 钊：原书作"剑"。
⑦ 黄：原书作"王"。

莲①、赵文哲②、吴泰来，称"岭南四家"者为黎简、张锦芳、黄丹书、吕坚。其后有郑珍、金和、黄遵宪，王闿运③。

词有朱彝尊、曹溶、李良年④、沈皥日、李符、王士祯、纳兰性德⑤、陈维崧、吴藻⑥、曹贞吉、吴绮、张惠言、蒋春霖⑦、周之琦、戈载、谭廷献、王鹏运。

戏曲传奇有李渔、孔尚任、洪昇、蒋士铨、李玉、杨潮观、万树、黄宪清、袁于令、吴炳、吴伟业、尤侗。

小说有夏敬渠、董解元⑧、金人瑞、曹霑、魏子安、陈球、俞达、韩子云、文康、石玉昆、吴敬梓、李汝珍、李宝嘉、吴⑨沃尧、刘鹗、曾朴。其他文士不可胜记，要皆以模仿为的鹄，无可尚已。

① 莲：原书作"运"。
② 哲：原书作"始"。
③ 闿运：原书作"闿闿"。
④ 李良年：原书作"李年"。
⑤ 性德：原书作"德性"。
⑥ 吴藻：原书如此，疑有误。按，此"吴藻"前后，所列俱为清初著名词家，当不是指近代女词人吴藻。
⑦ 霖：原书作"言"。
⑧ 董解元：原书如此。
⑨ 吴：原书无此字，整理者补。

第五十章　清代文艺作家

第一节　侯方域

侯方域，字朝宗，号雪苑，河南商丘人。生于明万历四十六年，顺治十一年卒，年三十七，著有《壮悔[1]堂全集》。录：

与孙生书

域附白，孙生足下：比见文二首，益复奇宕有英气，甚喜。亦数欲有言以答足下之意，而自审无所得，又甚愧。

仆尝闻马有振鬣长鸣，而万马皆暗者，其骏迈之气空之也。虽然，有天机焉，若灭若没，放之不知其千里，息焉则止于闲，非是则踢啮之，且泛驾矣。吾宁知泛驾焉之果愈于凡群耶。此昔人之善言马，有不止于马者，仆以为文亦宜然。

文之所贵者气也，然必以神朴而思洁者御之，斯无浮漫卤莽之失。此非多读书，未易见也，即读书而矜且负，亦不能见。倘识者所谓道力者耶？惟道为有力，足下勉矣。足下方年少，有馀于力，而虚名无所得如仆，犹不惮数问，岂矜与负者哉。然则以其求之于仆者，而益诚求之于古人，无患乎文之不日进也。

---

① 悔：原书作"诲"。

呜呼，果年少有馀于力，而又心不自满，以诚求
之，其可为者，将独文乎哉？足下殆自此远矣。

【鬣】音猎，马领上毛也。【喑】音阴，口不能言
也，俗谓之哑。【闲】马阑也，谓养马之所。【泛驾】
覆驾也，谓马有逸气而不循轨辙也。《汉书》：夫泛驾
之马，跞弛之士，亦在遇之而已。【浮漫】浮薄散漫
也。【卤莽】粗率也。卤音鲁。【道力】谓求道者所应
致力之处也。【自满】骄盈自足也。

人称方域文机旺神流，深入昌黎之室，而诡迈之趣，又得力
于《庄子》。余谓方域文空虚有气势，得之《孟子》为多。《孟
子》文多主客问答之辞，而又长于譬喻，方域虽未入室，盖升堂
矣。王士禛曰：“近日论古文，率推朝宗，远近无异词。”亦可
见时士推仰之至矣。清初古文家，方域而外，若魏禧、汪琬、姜
宸英、邵长蘅[1] 等，皆以所长为一世冠。

第二节　魏禧

魏禧，字叔子。生于[2] 明天启七年，一字冰叔，江西宁都
人。甲申之变，谋从曾应遴起兵，不果。入清，隐居翠微峰，
专肆力于古文。时李腾蛟、彭士望、邱维屏、林时益、彭任、
曾灿[3] 皆依之，并与兄祥、弟礼，世称“易堂九子”。康熙十七
年，诏举博学鸿儒，不就。康熙十九年卒，年五十七。著有《左

---

① 邵长蘅：原书作“即长衡”。按，邵长蘅一名衡。
② 生于：原书作“于生”。
③ 曾灿：原书作“曾烁节”。“烁”字误，“节”字衍。

传经世》《叔子集》行世。为文悲壮激昂，有志恢汉室之概。

第三节　汪琬

汪琬生明天启 [①] 四年，字苕文，号钝庵，学者称尧峰先生，江苏长洲人。顺治十二年进士，撰史稿百七十五篇。康熙二十九年卒，年六十七。所著有钝翁前后类稿续稿等，《尧峰诗文钞》。文宗韩欧，惜拘于法度，转板滞耳。

第四节　姜宸英

姜宸英，生于明崇祯元年，卒于清康熙三十八年，字西溟，一字湛园，浙江慈溪人。修《明史》《一统志》。年七十登进士，顺天乡试冤死狱中。著有《江防总论》《海防总论》《湛园集》等。为文在醇肆之间。

第五节　邵长蘅 [②]

邵长蘅 [③]，生于明崇祯十年，字子湘，自号青门山人，江苏武进人，与汪琬、朱彝尊等友善。康熙四十三年卒，年六十八。所著有《青门集》。"文章似柳子厚"（汪琬评），盖"荆川以后一人"（王士禛评）而已 [④]。

---

①　天启：原书此处作"启祯"，《刊误表》谓当改为"崇祯"，实当作"天启"。

②　蘅：原书作"衡"。

③　蘅：原书作"衡"。

④　而已：原书如此，疑王士禛所说为"荆川以后，一人而已"。

第六节　方苞

方苞，字灵皋，生康熙七年，学者称望溪先生，先世居桐城，康熙四十五年进士。五十年，以《南山集》狱牵连论斩[①]，李光地力救得免，隶旗籍，特命入南书房。六十一年为武英殿修书总裁，雍正元年赦，归籍，十一年擢内阁学士，以足疾辞，寻充《一统志》总裁，乾隆十四年卒，年八十二。所著有《方望溪全集》。录：

弟椒涂墓志铭

（载《方望溪集》）

吾弟既殁且十年，吾与兄奔走四方，尚不能为得一丘之土。而兄亦以忧劳致疾，卒于辛巳之冬[②]。逾年春，始卜葬于泉井之西原，而以弟祔焉。

自乙卯以前，吾父寓居棠村，弟始孩，依母及群姊，而余依兄。戊午后，兄侍王父于芜湖，而弟复依余。自迁金陵，弟与兄并女兄弟数人，皆疮痏，数岁不瘳，而贫无衣。有坏木委西阶下，每冬月，候曦光过檐下，辄大喜相呼，列坐木上。渐移就暄至东墙下，日西夕，牵连入室，意常惨然。兄赴芜湖之后，家益困，旬月中，屡不再食。或得果饵，弟托言不嗜，必使余啖之。时家无僮仆，特室在竹圃西偏，远于内，余与[③]弟

---

① 斩：原书作"轩"。
② 冬：原书脱此字。
③ 与：原书作"以"，据《方苞全集》改。

读书其中，每薄暮，风声肃①然，则顾影自恐。按时弟必来视余，或弟坐此，余治他事，间忘之矣。

弟性警敏，鸡鸣入市购米薪，日中治家事。客至，佐吾母供酒浆②，日入诵书，夜参半不寐。体素赢，吾与兄数止之不得，窃恨焉。果用此致疾。

方弟之存，家虽贫，父母起居寝食，毫发以上，弟皆在视，得其节。弟殁，吾与兄勤志之，辄复遗忘。吾父喜交游，与诸公夜饮，或漏尽乃归，旬月中，间③者仅三数日耳。弟恒令家人就寝，而己独候门。及余继之，则困不支矣。

弟疾起于丁卯之冬，时余与兄避难吴中，弟偕行，喀血，隐而不言，血气遂大耗。其卒也，以齿牙之疾，盖体赢不能服药也。先卒之数日，余心气悸动，父命避居野寺。弟弥留及梦中，呼余不已。呜呼！昔之人④常致死以勤礼，余未有大疾而废焉，悔与痛有终极邪？

弟初名棠君，后更名林，字椒涂。卒于康熙庚午三月初四日，年二十有一。铭曰：

天之于吾弟吾兄酷矣！使弟与兄死，而余独生，于余更酷矣！死而无知则已；其有知，弟与兄痛余之无依，母视余之自痛而更酷邪！

【乙卯】为康熙十四年，即公元一六七五年。【戊

---

① 肃：原书作"萧"，据《方苞全集》改。

② 浆：原书作"酱"。

③ 间：原书作"闲"。

④ 之人：原书作"人之"。

【午】为康熙十七年。【芜湖】即今安徽芜湖县。【丁卯】为康熙二十六年。【庚午】为康熙二十九年。

望溪论文以义法为主，桐城派之始祖也，尝曰"学行继程朱之后，文章介韩欧之间"。自后桐城派绍述其说，因唱文以见道，于是桐城派之文乃入于宋儒理学之蹊径，而规矩束缚[1]，则又甚焉。

第七节　刘大櫆[2]

刘大櫆[3]，字才甫，桐城人。方苞常称道之，由是知名，学者称海峰先生。录：

缥碧轩记

吾父读书于居室之东偏，右树以桐，左植以蕉，吾父兀坐其间，几席衣袂皆为空青结绿之色，因命之曰缥碧轩。

已而吾父得足疾，蓐处者二年。疾稍愈，间至其中，则向之所植蕉，皆已荡为清风，而桐惟一树存焉。笑曰："是恶睹所谓缥碧者乎？虽然，学以致其道，而闻道者未见其人，求安之心害之也。吾分之所当为，吾求而不得，则虽高堂邃室，层台曲沼，其亦何裨？求而得之，则虽在苍烟白露之中，皆以缥碧视之可也，奚必

---

① 缚：原书作"传"。

② 櫆：原书作"魁"。又，原书此节编号与上节重复，并且使后面二节编号均出现错误，今依序改之。

③ 櫆：原书作"魁"。

区区于是哉？"言既毕，叔子大概退而为之记。

【几席】古时无椅案，置于席上，倦则凭之。

【蓐】荐也。【缥碧】言流动之碧色也。【邃】深远也。

第八节　姚鼐

姚鼐，字姬传，生雍正九年，卒嘉庆二十年，一字梦穀，桐城人。以刑部郎中告归，主讲钟山书院。卒年八十五，著有《惜抱[①]轩全集》《古文辞类纂[②]》等书。录：

登泰山记

泰山之阳，汶水西流；其阴，济水东流。阳谷皆入汶，阴谷皆入济。当其南北分者，古长城也。最高日观峰，在长城南十五里。

余以乾隆三十九年十二月，自京师乘风雪，历齐河、长清，穿泰山西北谷，越长城之限，至于泰安。是月丁未，与知府朱孝纯子颍由南麓登。四十五里，道皆砌石为磴，其级七千有馀。泰山正南面有三谷。中谷绕泰安城下，郦道元所谓环水也。余始循以入，道少半，越中岭，复循西谷，遂至其巅。古时登山，循东谷入，道有天门。东谷者，古谓之天门溪水，余所不至也。今所经中岭，及山巅崖限当道者，世皆谓之天门云。道中迷雾冰滑，磴几不可登。及既上，苍山负雪，明烛天

---

① 惜抱：原书作"抱惜"。

② 类纂：原书作"汇纂"。

南。望晚日照城郭，汶水、徂徕如画，而半山居雾若带然。

戊申晦，五鼓，与子颍坐日观亭，待日出。大风扬积雪击面，亭东自足下皆云漫。稍见云中白若摴蒱[1]数十立者，山也。极天云一线异色，须臾，成五采。日上，正赤如丹，下有红光，动摇承之，或曰此东海也。回视日观以西峰，或得日，或否，绛皓驳色，而皆若偻。

亭西有岱祠，又有碧霞元君祠，皇帝行宫在碧[2]霞元君祠东。是日观道中石刻，自唐显庆以来，其远古刻尽漫失。僻不当道者，皆不及往。山多石少土，石苍黑色，多平方，少圆。少杂树，多松，生石罅，皆平顶。冰雪无瀑水，无鸟兽音迹。至日观数里内无树，而雪与人膝齐。桐城姚鼐记。

【汶水】源出山东莱芜县原山之阳，经泰安县东，西流至汶上县入运河。【济水】源出河南济源县西王屋山，东流至山东，与黄河平行入海。今其下游为黄河、大清河、小清河所占。【古长城】在山东肥城县西北，平阴县东北。《管子》："长城之阳，鲁也；长城之阴，齐也。"【日观峰】在泰山顶，游者可于此望东海日出奇景。【齐河】【长清】并县名，属今山东济南道。【泰安】今济南道泰安县。【朱孝纯】字

---

① 摴蒱：原书作"蒲摴"。
② 碧：原书作"盘"。

子颖，号海愚，清历城人，能画，诗力雄放，有《宝扇楼诗集》。【郦道元】字善长，北魏范阳人，著有《水经注》四十卷。【徂徕】山名，在泰安县东南四十里。【樗蒱①】《演繁露》："今世蜀地组绫，其文有两尾尖削，而中间宽广者，既不像②花，亦非禽兽，乃遂名樗蒱③。"【皓】音昊，白也。【岱祠】泰山神祠。【碧霞元君祠】在泰山绝顶。宋真宗东封，构昭应祠，祀天仙玉女碧霞元君。乾隆五年，祠毁于火，六年重建。【显庆】唐高宗年号。

姚姬传尝受古文法于刘大櫆④，于是言古文法者，乃曰"天下文章尽在桐城矣"（周寿昌语）。其徒刘开（字方来，号孟涂⑤，桐城人）、姚椿（字春木，娄县人）、梅曾亮（字伯言，上元人）、管同（字异之，上元人）承其学，皆有声。

第八节　曾国藩

曾国藩，字伯涵，号涤生⑥，清湘乡人。生嘉庆十六年，卒同治十一年，以平洪秀全，有功于清廷，官至大学士，卒谥文正。选《经史百家杂钞》，有文集四卷。录：

---

① 蒱：原书作"蒲"。
② 像：原书作"象"。
③ 蒱：原书作"蒲"。
④ 櫆：原书作"魁"。
⑤ 孟涂：原书作"孟坚"。
⑥ 涤生：原书作"涤笙"。

圣哲画像记

国藩志学不早，中岁侧身朝列，窃窥陈编，稍涉先圣昔贤、魁儒长者之绪。驽缓多病，百无一成，军旅驰驱，益以芜废。丧乱未平，而吾年将五十矣。往者，吾读班固《艺文志》及马氏《经籍考》，见其所列书目，丛杂猥多，作者姓氏，至于不可胜数，或昭昭如日月，或湮没而无闻。及为文渊阁直阁校理，每岁二月，侍从宣宗皇帝入阁，得观《四库全书》。其富过于前代所藏远甚，而存目之书数十万卷，尚不在此列。呜呼，何其多也！虽有生知之资，累世不能竟其业，况其下焉者乎？故书籍之浩浩，著述者之众，若江海然，非一人之腹所能尽饮也。要在慎择焉而已。余既自度其不逮，乃择古今圣哲三十馀人，命儿子纪泽图其遗像，都为一卷，藏之家塾。后嗣有志读书，取足于此，不必广心博骛，而斯文之传，莫大乎是矣。昔在汉世，若武梁祠、鲁灵光殿，皆图画伟人事迹，而《列女传》亦有画像。感发兴起，由来已旧。习其器矣，进而索其神，通其微，合其漠，心诚求之，仁远乎哉？

【志学】求学之志也。《论语》：吾十有五而志于学。【陈编】古人书籍也。【绪】言论也。【军旅驰驱】言于军营中供奔走也，文正尝督练湘军，故云。【"班固"句】固字孟坚，班彪之子，汉武帝①时，典

---

① 武帝：原书如此。按，班固任兰台令史、典校秘书，当在东汉明帝时。

校秘书，著有《前汉书》。《艺文志》，书中十志之一也。【"马氏"句】马端临，字贵与，宋乐平人，宋亡，隐居不仕，教授乡里。著有《文献通考》，为"九通"中之一种。【文渊阁】藏书之所也。清因明制，于京师紫禁城东南隅建文渊阁，藏《四库全书》。【校理】官名，掌校勘书籍事，以翰林官充之。【宣宗】名旻宁，清道光皇帝也，在位二十九年。【《四库全书》】内包①经史子集。【生知之资】不学而知之天资也。《论语》：生而知之者，上也。【圣哲三十馀人】②圣哲，犹圣贤也。三十馀人为尧、舜、禹、汤、文、周、孔、孟、左丘明、庄周、司马迁、班固、诸葛亮、陆贽、范仲淹、司马光、周敦颐、程颐、程颢、朱熹、张载、韩愈、柳宗元、欧阳修、曾巩、李白、杜甫、苏轼、黄庭坚、许慎、郑玄、杜佑、马端临、顾炎武、秦蕙田、姚鼐、王念孙。【纪泽】袭爵，官至兵部侍郎。光绪八年使俄，定伊犁界，还卒，谥惠敏。【武梁祠】在今山东嘉祥县武宅山。祠当汉从事武班墓前，有石室，四壁刻古帝王、忠臣义士、孝子贤妇像，各以小字识其旁。【鲁灵光殿】汉景帝子恭王，好治宫室，因鲁僖基兆而营焉，遭汉中微，西京诸殿，皆见隳坏，惟灵光殿独存。见王延寿《鲁灵光殿赋序》。其遗址当

---

① 内包：原书作"内包住"。
② 圣哲三十馀人：按，《圣哲画像记》所言三十馀人，不包括尧舜禹汤，画像者当自"始立文字"之周文王，"文周孔孟"至"顾秦姚王"计三十二人。

在山东曲阜县东。

姚鼐之《古文辞类纂^①》与曾国藩之《经史百家杂钞》，治桐城文者奉之为矩律，究姚曾二氏之选，亦自不恶，可继萧统《文选》之后。其徒吴敏树（字南屏，湖南巴陵人）、张裕钊^②（字廉卿，武昌人）、黎庶昌（字莼斋，贵州遵义人）、吴汝纶（字挚甫，桐城人），最有声。姚曾徒属满天下，桐城之文能自成一家，有由然矣。

桐城派古文外，尚有骈文家。在清初有陈其年、吴绮（字园^③次，号听翁，江都人）。乾嘉之际有胡天游，字稚威，山阴人；袁枚，字子才，初号^④简斋，又号随园，钱塘人；洪亮吉，字稚存，阳湖人。就中以洪亮吉为最。他如纪昀，号晓岚，河间人，其《四库全书进呈表》，与胡天游《一统志表》、枚《与蒋苕生书》，皆骈文中卓卓者。然骈文之声誉卒不及桐城派古文者，后起无人，不足发挥而光大之也。此外反桐城者，为阳^⑤湖派。此派以恽敬为首，敬字子居，阳湖人，与友人张惠言，初治考据骈俪之学，后弃而为古文，与桐城相对峙。与恽敬共壁垒者有张惠言，字皋文，江苏武进人，乾隆五十二年举于乡，试礼部，嘉庆四年始成进士，卒年四十二，著有《周易虞氏》^⑥，颇多新义。然卒不克与桐城并驾齐驱者，亦同坐骈文之弊，后起者

---

① 类纂：原书作"汇纂"。

② 张裕钊：原书作"刘裕剑"。

③ 园：原书作"函"。

④ 初号：原书作"柔号"，据文意改。

⑤ 阳：原书作"杨"。

⑥ 《周易虞氏》：原书如此。按，张惠言关于虞氏《易》义的著述有多种，最接近此处所举者为《周易虞氏义》。

不克负荷也。桐城派文章，直传至清末戊戌变政，康南海、梁启超起，始衰。民国以来，虽有吾家琴南，竭力砥柱，卒以狂涛浩荡，无济中流，美雨欧风，文海澎湃，桐城派至此乃完全衰息。

第五十一章　清诗

第一节　钱谦益

钱谦益，字受之，号牧斋，自号蒙叟，又称东磵老人。明万历三十八年进士，历官至侍郎，福王时为礼部尚书，顺治二年降清，授礼部侍郎，署秘书学士，未几引疾归里。著有《初学集》《有学集》《杜诗注》《吾炙①集》等书。录：

和盛集陶落叶诗

秋老钟山万木稀，凋伤总属劫尘飞。不知玉露凉风急，只道金陵王气非。倚月素娥徒有树，履霜青女正无衣。华林惨淡如沙漠，万里寒空一雁归。

牧斋诗，人称其气魄雄厚，为清诗之冠冕。玩"华林惨淡如沙漠，万里寒空一雁归"，颇有韦应物"春潮带雨晚来急，野渡无人舟自横"之概。

第二节　吴伟业

吴伟业，字骏公，号梅村，江苏太仓人。生于明万历三十七年，少年曾从张溥游，二十三岁中崇祯辛未进士，授编修。明亡，退居林下。顺治中有司力迫入都，累官国子祭酒，康熙十年卒，年六十三。著有《梅村集》四十卷，诗十八卷，诗馀二卷，

---

① 炙：原书作"灵"。

文二十卷。又乐府杂剧、《绥寇纪略》、《鹿樵纪闻》。其《绥寇纪略》一书，今已残缺，四库所录仅一部分耳。录：

言怀

　　苦留踪迹住尘寰，学道无成且闭关。只为鲁连宁蹈①海，谁云介子不焚山。枯②桐半死心还直，断石经③移藓自斑。欲就君平问消息，风波几得钓船还？

伟业不得已事清，终身引为恨事，均发于诗，故国之思亦时露于字里行间。读"只为鲁连宁蹈海，谁云介子不焚山"之句，取谢灵④运"韩亡子房奋，秦帝鲁连耻"而较观之，眷怀故国之深情，千载下有同感焉。

时有龚鼎孳者，字孝升⑤，合肥人，崇祯甲戌⑥进士，著有《定山堂集》，与钱、吴并称"江左三大家"。

第三节　宋琬、施闰章

宋琬生于明万历四十二年，字玉叔，号荔裳，山东莱阳人。顺治四年进士，授户部主事，十七年历官至浙江宁绍台道，十八年擢按察使，时登州⑦于七为乱，阖门被缧系者三载，康熙三年始得旨免罪。自是流寓江南，遨游山水以自适。吴三桂起兵，陷

---

① 蹈：原书作"踏"。
② 枯：原书作"林"。
③ 经：原书作"径"。
④ 灵：原书作"连"。
⑤ 孝升：原书作"孝外"。
⑥ 戌：原书作"戊"。
⑦ 州：原书作"洲"。

671

成都，忧愤疾卒于清康熙十二年。所著有《安雅堂集》。录：

舟中见猎狗有感

秋水芦花一片明，鸡同鹰隼共功名。墙边饱饭垂头睡，也似[1]英雄[2]髀肉生。

施闰章，字尚白，号愚山，晚号矩斋，江南宣城人。顺治六年进士，授刑部主事，旋擢山东学政，崇雅黜浮，取士必先行而后文，修景贤、白鹭洲两书院，讲学其中，听从者甚众。康熙六年以裁缺归，十七年召试博学鸿儒，授翰林院侍讲，纂《明史》。二十二年转侍读，是年卒，年六十六。所著有《学馀堂诗文集》。录：

山行

野寺分晴[3]树，山亭[4]过晚霞。春深无到客，一路落松花。

施宋齐名，世称南施北宋。宋数遭忧难，故多感时伤事之作，饶有凄惋哀绝之音，施则朴质敦厚，如华严楼阁，弹指即见，颇得渊明之致。

附：王夫之船山，生于明万历四十七年，卒于清康熙三十一年，年七十四。著有《柳岸吟》《落花诗》《遣[5]兴诗》等。

---

① 似：原书作"是"。
② 雄：原书作"雉"。
③ 晴：原书作"睛"。
④ 亭：原书作"高"。
⑤ 遣：原书作"遗"。

第四节 王士禛

王士禛，字贻上[①]，生于明崇祯七年，号阮亭，又号渔洋山人，山东新城人。以避讳改名士正。顺治十五年进士，历官国史副总裁、《渊鉴类函》总裁、刑部尚书，康熙五十年卒于家，年七十八。所著有《带经堂集》[②]《池北偶谈》《居易录》《渔洋[③]诗话》等书。录：

寄陈伯玑[④]金陵

东风作意吹杨柳，绿到芜城[⑤]第几桥。欲折一枝寄相忆，隔江残笛雨潇潇[⑥]。

王士禛当康熙中盛名满天下，世无不知有渔洋山人，甚有比之为唐杜甫者，推崇可谓备至矣。平心而论，士禛诗婉约稳健，无隔隔生硬之弊，是其所长。若以比杜甫则去之远矣，盖士禛诗刻划过甚，有类乡下小女，"朴实"则有之，大方自然，尤未也。案杜诗之佳，完全在声情中见功夫，盖神乎化矣，后之言诗者率[⑦]奉之为范矩，而终不及之者，盖声情出于天籁，非可以学而能也。士禛论诗向主神韵，尝云为诗先从风致入手，久之要造于平淡。何谓神韵，恐士禛亦未之梦见也。

---

① 上：原书作"正"。
② 《带经堂集》：原书作"《常经棠集》"。
③ 洋：原书作"羊"。
④ 玑：原书作"机"。
⑤ 芜城：原书作"垂杨"。
⑥ 潇潇：原书作"箫箫"。
⑦ 率：原书作"索"。

第五节　朱彝尊

朱彝尊生于明崇祯二年，卒清康熙四十八年，字锡鬯，号竹垞，浙江秀水人。年十七，弃举子业，肆力于大学，康熙十八年应博学鸿儒征，授检讨，纂修《明史》，二十二年入直南书房，三十一年假归，一意著述。卒年八十一。所著有《曝书亭集》《诗综》《词综》《经义考》等。人称彝尊与士祯为南北两宗，赵执信《谈龙录》谓王之才高，而学足以副之，朱之学博，而才[1]足[2]以运之。是也。

此外尚有岭南三大家：（一）屈大均，字翁山，又字介子，番禺人，有《九歌草堂集》。（二）陈恭尹，字元孝，号独漉，顺德人，有《独漉堂集》。（三）梁佩兰，字芝五，号药亭，广东南海人，有《六莹堂集》。

第六节　沈德潜

沈德潜生于康熙十一年，字确士，号归愚，江苏常州人。乾隆元年举博学鸿词科，卒于乾隆三十四[3]年，年九十七岁。著有

---

① 才：原书作"学"。作"学"显然有误，故改。按，《谈龙录》谓朱学博而才足以运之，与林之棠此处所引不同。《谈龙录》曰："王才美于朱，而学足以济之；朱学博于王，而才足以举之。是真敌国矣。"林之棠当系转录《四库提要》语而有误，提要谓："赵执信《谈龙录》论国朝之诗，以彝尊及王士祯为大家。谓王之才高，而学足以副之；朱之学博，而才足以运之。"

② 足：原书作"不足"。

③ 三十四：原书作"三十一"。

《归愚集》，选《古诗源》《唐诗别裁》等书，至今为人传诵。

第七节　袁枚

袁枚，生于康熙五十五年，字子才，号简斋，浙江钱塘人，世称随园先生。为人放荡不羁，筑随园于江宁城西，以吟咏著作为乐，卒于嘉庆二年，年八十二岁。著有《小仓山房诗集》《随园诗话》。余最爱其《谢苕生校定拙集》中句："姓名敢作千秋想，得失先安一寸心。天上月高花照影，海边弦绝水知音。如何六代江山大，梦里空存二鸟吟。"大有"孤帆远影碧山静[1]，惟有长江天际流"之概。

第八节　蒋士铨

蒋士铨，字心馀，一字苕生，号清容居士，江西铅山[2]人。受母训，六龄能执笔，生于雍正六年，九岁读《礼记》《周易》《毛诗》成诵，卒于乾隆四十九年，年五十七。著有《忠雅棠集》。其诗多名句，如《落叶》云："一林冷月露山寺，十里清霜生板桥。"亦自然有妙致。

第九节　赵翼及其他

赵翼，字云崧，号瓯北，阳湖人。生于雍正五年，乾隆三十六年进士，卒于嘉庆十九年，年八十八。著有《瓯北集》三十五

---

① 碧山静：原书如此。下句"惟有"字，亦原书如此。

② 铅山：原书作"船山"。

卷。其诗如《野步》云："最是秋风管闲事，红他枫叶白人头。"颇得雅俗共赏之致。

袁子才、蒋心馀、赵瓯北，时称江南三大家，皆乾隆代名诗人。乾嘉之际，又有所谓吴中七才子、岭南四大家等名目，殆指不胜屈矣。

第五十二章　清代之词曲小说

清初词人，以纳兰性德、陈维崧为最著。性德字容若，康熙中官至一等侍卫，生于顺治十二年，卒于康熙二十四年，年三十三。著有《饮水词》，时有项鸿祚、蒋春霖共称三大家。谭献尝谓："王士禛、钱芳标为才人之词，张惠言、周济为学人之词，惟性德、项鸿祚、蒋春霖为词人之词。"①是也。

性德而外，当推顾贞观。贞观字华封，号梁汾，江苏无锡人。官中书，著有《弹指词》。吴兆骞以罪谪宁古塔，贞观作《金缕曲》二阕寄之，为性德所见，性德甚服其才调，叹曰："山阳思旧之作，都尉河梁之什，并此三矣。"（《感旧集》）他如彭孙遹有《延露词》，沈谦有《词韵》《词谱》《东江集钞》。

清初工曲家推孔尚任、洪昇。尚任字聘之，又字季重，号东塘，自署②云亭，著有《桃花扇》一书，写南渡之兴亡，甚有名。

洪昇，字昉思，浙江钱塘人，著有《长生殿》传奇，长四十出，写杨贵妃事最入神。

清代小说家，首当推吴敬梓。敬梓字敏轩，一字文木，安徽全椒县人。好施舍，倾家后不事仕进，日以故书为伍，乾隆十九年卒于扬州，著述多已散佚。著有《儒林外史》，痛绝千古举子之无耻丑态，嬉笑怒骂，尽成文章。

---

① 引号为原书所有。《复堂词话》原为："阮亭、葆酚一流，为才人之词。宛邻、止庵一派，为学人之词。惟三家是词人之词。"
② 署：原书作"暑"。

附：原书《刊误表》介绍

原书在第三册正文末页（758页）之后，附有刊误表28页。

上题为"中国文学史刊误表"，下以双行小字作说明："此书经棠校阅后，手民未及照改，即行付印，致错误甚多，兹特作刊误表如下。其尚有亥豕鱼鲁之处当于再版时订正。林之棠"

刊误表每页分上下两栏，各17条，计34条，总计校订错误在900条以上。其中半数以上为标点，包括专名号、书名号方面的错误，关于文字衍脱倒错者约占三分之一。